# De vulkaan van Wageningen

Ander werk van Isabel Hoving

*De gevleugelde kat* (2002) Gouden Zoen 2003
*Het verbond van de Bliksems. Het Boek van het Vuur 1* (2009)

# Isabel Hoving

## Het Boek van het Vuur 2

# De vulkaan van Wageningen

Amsterdam · Antwerpen
Em. Querido's Uitgeverij BV
2010

www.queridojeugdboeken.nl

Omslagillustratie Ien van Laanen
Omslagontwerp Nanja Toebak

ISBN 978 90 451 1153 7/NUR 284

# Inhoud

Deel 1

# Het doodgelopen huis

# Het Alziend Oog

Ik heb een briljant idee! Eindelijk weet ik hoe ik mijn verhaal moet vertellen. Als een game! Natuurlijk. Een game over mij en mijn drie bondgenoten – de drie Bliksems. Zo:

*When the world was still young...*

Hé, Engels klinkt goed! Zware dreigende mannenstem dus, veel beter dan als-ie gewoon in het Spaans zou zijn.

> *when the world was still young,*
> *it was a deadly place.*
> *Fire raged in its entrails, comets struck its skin,*
> *and the gods feared that its tender life would soon end.*
> *Then, in the middle of a fire storm, its inner fire awoke.*
> *Some of the hottest flames took on awareness, took on shape...*
> *and the shapes screamed out in pain.*

Zoiets, ja. En dan zou je zien hoe die vlammende gedaanten zich naar de oppervlakte worstelden, en hoe ze brulden van de pijn terwijl ze vaste vorm aannamen. Moest een vet realistisch filmpje zijn. Je moest goed kunnen zien hoe het vuur zich in hun maag samenbalde, zodat je snapte dat ze geen ziel hadden, maar alleen een Vonk.

9

> *De Vuurdemonen dwaalden over de gloeiende aarde,*
> *die langzaam afkoelde.*
> *De goden zeiden hun:*
> *'Wachters van de aarde zult gij zijn. Kalmeer haar.*
> *Haar lot hangt van u af.'*

En intussen zag je dan films van aardbevingen en stromend magma, en je zag hoe de aarde dronken om haar scheve aardas tolde, tijdens haar baan om de zon, terwijl er intussen ongenadig kometen en meteorieten op haar inbeukten. O, lekker misselijkmakende beelden, ik zie het al helemaal voor me...

> *Elke zoveel miljoen jaar raakte de hele aarde totaal van slag:*
> *Een schok.*
> *Dan grepen de Vuurdemonen in. Ze temperden de Schok door*
> *na elke vulkaanuitbarsting op een zorgvuldig berekende plek een*
> *andere vulkaan te laten uitbarsten. Ze beïnvloedden de koers van*
> *kometen, zodat ze het effect van hun inslag konden regelen.*
> *Ze bespeelden de Schokken alsof ze muziek maakten.*
>
> *En zo, terwijl ze hun kunst verfijnden,*
> *leerden ze dat ze de evolutie konden sturen.*
>
> *Toen de mensen verschenen op aarde, vingen zij nu en dan een*
> *glimp op van de aanwezigheid van de Schokkers. Zij aanbaden*
> *hen als goden – of als duivels.*
> *Huiverend fluisterden ze de namen die zij hun gaven:*
> *Shiva, Viracocha, Lucifer, Agni, Aj Tojon, Hinokagoetsoetsji,*
> *Shango, Prometheus,*
> *Tubal-Kaïn, Kdaai-Maksin, Indra, Thoumè, Azazel...*

En dan zou de game echt beginnen. Muziek, zware stem.

---

*At the beginning of the twenty-first century,*
*all signs pointed at the coming of a new evolutionary catastrophe.*

### De Elfde Schok.

*De Vuurdemonen, de Schokkers, wandelden opnieuw over de*
*aarde. Maar dit keer waren zij met niet meer dan zeven.*
*De Zeven waren in grote verwarring.*
*Hoe konden ze de Schok met zo weinigen bespelen?*
*En welke richting moest de evolutie dit keer nemen?*
*De Zeven waren het oneens, en verhardden zich in hun*
*meningsverschillen. Zo kon het dat de eenentwintigste eeuw het*
*toneel werd van een strijd die daarvoor ondenkbaar was geweest:*

### de oorlog tussen de Schokkers.

---

Bombastische muziek, rood scherm, vlammende letters.

En dan zou je tegen die roodgloeiende achtergrond een figuur dichterbij zien komen. Een jongeman, achttien jaar. Zijn zwarte haar verward, misschien een bebloede hoofdband om. Brandende donkere ogen. In lichte wapenrusting, zwaard getrokken. Nee, onzin, hij zou die M16 van hem over zijn schouder hebben hangen natuurlijk.

Zware stem weer, of misschien nu een gewone mensenstem – of de mijne:

*Maar dit keer stond er meer op het spel dan de toekomst van de evolutie. Givenchy, achttien jaar, mijn beste vriend, de enige in de wereld om wie ik geef, was vanwege zijn moed, kracht en schoonheid door één van de Schokkers gegijzeld. De duisterste Schokker van alle, degene die mensen bevend aanduiden als Asa'el, 'Asiz, of Azazel...*

*Deze Schokker, die in zijn wanhoop een eigen leger was gaan vormen, had Givenchy gevangen gezet, en getraind tot een keiharde vechtmachine.*
*Of, zoals hij het noemde: een Bliksem.*

En dan zie je Givenchy, van alle kanten, zoals dat in games gaat, als je je personage kiest. Zal ik meteen zeggen dat hij ook Skat heet, Skat de Bliksem, of is dat te verwarrend?

*Voor deze Schokker was de jongen niets meer dan een kamikazestrijder, een offerpion in zijn kosmische strijd tegen zijn mede-Schokkers. Maar ik had maar één verlangen: Givenchy te helpen ontsnappen aan de Schokkersoorlog, om samen met mij, zijn beeldschone vriendin, te vluchten.*

Ja, hoor eens, je mag liegen en overdrijven in zo'n game.

*Weg van de kosmische verwoesting, weg van een zekere dood in dienst van moordzuchtige Schokkers, naar het echte leven.*
*Het heerlijke leven van luxe, liefde en vrijheid.*
*Maar tussen hem en het leven stonden talloze obstakels...*

En dan moest het eerste monster opduiken natuurlijk, op wie Givenchy meteen in zou hakken. En ik zou meevechten – ik bedoel, zijn beeldschone vriendin.

Waar zou ik onze andere bondgenoten laten opduiken? De twee andere Bliksems, die, als het aan deze Schokker lag, zouden opgroeien tot Vuurschokkers? Prooi kon er het beste meteen bij de eerste missies al bij komen.

> *Prooi of Tengoe,*
> *de jongen uit het bos, driftkikker van veertien,*
> *met te veel krullend haar,*
> *te veel goedgelovigheid,*
> *en ietsje te veel zin om de wereld te redden.*

En de derde Bliksem dan, die ik met zoveel moeite had gevonden, op het oneindig grote internet? Ik zal het goed met jullie maken, ik maak er een simpel missietje van. Waarmee je haar gemakkelijk te pakken krijgt. Precies daar waar je het niet verwachten zou: in Amsterdam, een oud stadje in het kille Noordwest Europa. Want daar betrapte ik haar, afgelopen december, net toen ik alle moed had opgegeven!

Ik keek naar de vier speelkaarten die ik tegen de schimmelende muur van mijn ondergelopen kelder had geprikt. Hartenvrouw, ik. Schoppenheer, Givenchy. Klaverboer, Prooi. En de ruitenvrouw, Wik Kasterman. Mijn supervangst: de derde Bliksem. Dat waren wij: vier helden. Het Verbond van de Drie Bliksems, en ik.

Maar verdomme, het was inmiddels februari, en alles liep spaak. Ik had al een hele tijd niks van Wik Kasterman gehoord, terwijl ik met mijn spioneerprogramma zág dat alles in haar Amsterdamse straat in orde was. Maar het ergste was: Givenchy en Prooi waren al vier maanden spoorloos! *Vier maanden!* Wat zat ik nou stom te fantaseren? Hoe leuk ik het ook maakte, het wás verdomme geen game! Zat ik me voor te stellen hoe het laatste glorieuze level zou gaan? Nou, sorry, er zou helemaal geen laatste level zijn! Als ik eerlijk was, dan moest ik mijn helden al in het vierde level aan hun einde laten komen. Overgelopen naar de vijand, verraden en gevangen. Vermoord! Al hun levens verbruikt. Ik moest onder ogen zien dat het stomweg voorbij was. Als Givenchy aan Dem Azèl had *kunnen* ontsnappen, terug naar mij, dan had hij dat allang gedaan... Er was gewoon geen enkele game, film of lollig verhaal dat de kloterige, frustrerende mislukking van ons leven kon vatten!

Nee. Ho. Stop. Actie! Ik ben het Alziend Oog, ook al valt er niks te zien dan een hele hoop rookwolken. Ik heb Wiks adres, ze is nog steeds mijn handlanger. Ik kan haar alles toesturen wat we nodig hebben om aan de ellende te ontsnappen. Ik zal mijn spionageprogramma blijven bespelen tot ik iedereen heb getraceerd. Dit is míjn verhaal, en ik zal niet toestaan dat het uit elkaar valt. Actie! Givenchy en Prooi, meld je! Amsterdam, meld je!

# 1 In de kamer van Kasterman

Ik woon in Amsterdam. Net even beneden de zeespiegel. Als de zeespiegel gaat stijgen en de duinen doorbreken, dan komt de hele stad onder water te staan. En weet je wat? Het kan me geen donder schelen. Niks kon me schelen, in dat vroege voorjaar van het jaar dat ik vervloekt was.

Ik hoorde niet meer bij de wereld. Sinds december, toen ik voor het eerst contact kreeg met mijn mailvriendin V., hoorde ik er niet meer bij. Ik was bij háár gaan horen. En toen ze in februari ineens in de ijle lucht was opgelost, had ik geen keus gehad... Ik had gezworen haar te vinden en te redden. Ik had de vuurdemonen opgeroepen en me aan hen uitgeleverd, omdat ik geen keus had, omdat zij de enigen waren die me konden helpen. En o god, sindsdien stuurden ze me voortdurend griezelige seintjes dat ze me inderdaad gehoord hadden, dat ze me in de gaten hielden.

Er was een vogelspin bij me naar binnen gekropen, overal in mijn kamer hoorde ik het ritselen, ik zag aldoor rare kleine diertjes wegschieten. Als ik V. mocht geloven, dan kropen er ook nog eens nietsontziende huurmoordenaars op me af. Het was een beetje te veel van het goede. Eerst was ik ziek van de zenuwen en toen werd ik ziek van de griep. Ik lag een paar dagen in de greep van akelige koortsdromen, met veel bosbranden, en monsters die aldoor veranderden. Hagedissen die uitdijden tot ze in reuzenspinnen veranderd waren, die dan weer uit elkaar barstten als inktzwammen. Stenen die verpulverden en dan aarde werden, die in planten veranderde, die verslijmden en opdroogden en aarde werden en in elkaar geperst werden tot keiharde glimmende stenen, zwart als antraciet, glinsterend als pyriet. Ik werd er misselijk van. Toen ik uit de koorts opdook was ik nog steeds in de war. Een dodelijk schrikkerige vuurdemon in de dop...

Tot ik op een dag thuis kwam uit school, en mijn moeder me wees op een postpakketje dat op de trap lag. 'Van een internetvriendje? Je koopt toch niks over internet, hè?'

Het was een klein plat pakje van bruin papier, met erg veel plakband eromheen gewikkeld. Mijn naam stond erop, in grote ronde letters. WIK KASTERMAN. En daaronder mijn adres. Ik draaide het om en om in mijn handen. Grote, kleurige postzegels. Uit Venezuela. Nergens een afzender. Maar evengoed wist ik van wie het was. Ik hoefde het niet eens uit te rekenen.

Het schitterde voor mijn ogen toen ik het uit begon te pakken, alleen op mijn kamer, met de deur op slot. Tussen de stukken pakpapier en plakband werd een zilverblauwe doek zichtbaar. Ik trok het pakje helemaal uit elkaar en verzamelde de inhoud op mijn bed.

En toen zat ik er een hele tijd naar te staren.

1 verkreukeld briefje, met grote blokletters. 1 zilverblauwe doek, van heel licht, doorschijnend materiaal, waarin zat: 1 dikke kapot gekauwde balpen, met het opschrift *Wageningen Universiteit.*

Lieve Wik,
In haast. Ik heb niet kunnen mailen omdat we heel onverwacht vertrokken. Ik post dit onderweg. Ik durf het niet langer bij me te houden – mijn moeder begint iets te merken. Maak het niet stuk. Vertrouw mij en niemand anders. Dit is onze garantie voor een fantastische toekomst!!! Verstop dit ver van je bed en houd het heel, heel goed verborgen. GEEF HET ABSOLUUT AAN NIEMAND WEG, OOK AL BEDREIGEN ZE JE MET DE DOOD! Wacht op mijn bericht! In vriendschap, je V.

Mijn hele kamer knetterde. Ik zweer het je, mijn haar stond overeind en mijn hart bonkte als een gek, van opwinding en van blijdschap. V. leefde nog! Ze was helemaal niet vermoord, ze was gewoon op reis gegaan, en ze was niet kwaad op me! Ik rook aan de blauwe doek en vroeg me af of ik dit aan de vuurdemonen te danken had. Was dit het antwoord op mijn smeekbede?

Toen zakte mijn blijdschap weg. Tot nog toe waren het niets dan verhalen geweest, ik had ze op afstand kunnen houden. Maar die lichte doek en die idiote balpen waren akelig écht. Ik wist wel niet waarom ze van belang waren, maar er waren blijkbaar mensen die die spullen dolgraag wilden hebben. Ik zou erom bedreigd en aangevallen kunnen worden... Het was heerlijk te weten dat alles goed was met V., maar tegelijkertijd snoerde dat pakje van haar het net rond me dicht, zat ik in het hart van een écht complot.

Ineens leek alles doodeng. Dat rottige pakje van V., maar ook al het andere in mijn kamer, alles wat bovennatuurlijke machten op kon roepen, alles wat raar en demonisch was: mijn verzameling monsterplantjes, mijn vuurstenen, mijn Tarotkaarten. Ik gooide de verstarring van me af, sprong op, schoof het hele postpakket in een doos, smeet er mijn vuurstenen en kaarten bovenop, plakte de doos dicht en rende ermee naar beneden, naar buiten, naar de box aan de overkant waar mijn vader zijn opslag bewaarde, en ik zette hem op de bovenste plank, tussen de art-decolampjes. Daarna zette ik al mijn monsterplantjes in de tuin. En toen pas kon ik weer normaal ademhalen.

Maar rustig thuiszitten ging niet meer. Urenlang liep ik door de stad, een zenuwziek spichtig wicht. Op een maandagmiddag na school ging ik met de lift de Kalvertoren op. Ik bleef een tijd staan bij het raam, hoog boven de schots en scheve daken van Amsterdam. Van bovenaf bezien was het maar een rare, lukrake stad, met al die grijze, rode en bruine daken die op elkaar botsten. Op de grond krioelde het van de bewegende wezentjes.

Al die mensen zouden sterven. Het kon drie eeuwen duren, of tien eeuwen, maar uiteindelijk zou alles vergaan. Alles, behalve de grootse koepel van de hemel, die reikte van horizon tot horizon. Die zou de aarde trouw blijven tot aan het einde over vijf miljard jaar, als alles zou worden verzengd in het laatste vuur.

Ik weet niet goed wat me overkwam. M'n maag deed pijn, terwijl ik er plotseling ongelofelijk naar verlangde te zíén, met m'n eigen ogen te zíén, hoe de wereld in vuur zou vergaan. Ik wilde zien hoe de mensen zouden verdrinken en verbranden, met al hun zelfvoldane logica en ratio, die er toch niks toe doen omdat we allemaal kapotgaan... Ik wilde zíén hoe al dat dwingerige geklets werd weggevaagd!

Ze denken maar dat hun wereldje stevig en veilig is. Maar dan komen er ineens monsterspinnen binnenkruipen en gekmakende dreigende mails en dan stort het hele kaartenhuis in elkaar. Dan pas besef je dat je nergens veilig bent, nergens.

Mijn moeder had het altijd eindeloos over hoe wij van Kasterman elkaar moeten redden. Dat was haar waarheid: ze denkt dat ze mensen kan redden. Maar dít, dit wat ik hier onder me zag, was de waarheid: dat *niemand van ons gered wordt*. De mensheid sterft stomweg uit, dát is de waarheid! Honderden mensen worden verpletterd in orkanen, duizenden verdrinken bij overstromingen, tienduizenden sterven door aardbevingen. En miljoenen sterven vanwege de moordlust die in de mensen zelf oplaait, en dát, dát is de waarheid die mijn moeder niet wil zien!

De blinde natuur plant zich stompzinnig voort en smijt haar eigen kinderen weg, als voer voor de beesten, of het nou om beukennootjes of kleine eendjes of mensenkinderen gaat. Allemaal, allemaal gaan ze naar de verdommenis, en eens in de zoveel miljoen jaar komt er een ramp die *alles* verwoest, en dát is de waarheid: dat de evolutie een moordzuchtig, verslindend monster is!

En mijn moeder haalt vier kinderen uit de vuurzee, Toon, Tobia, Dario en mij, en dan denkt ze dat ze ons gered heeft, maar we zijn niet te redden, want we zijn de weggegooide kinderen, en de dood en de verwoesting zitten in ons, dat haal je er niet uit. Kijk naar Dario! En nu laaide het op in mij, afschuwelijk scherp, zo scherp dat ik daar ter plekke van het dak af wilde springen, met m'n kop voorover de verwoesting in.

Terwijl ik daar zo met bonkend hart naar adem stond te happen, flakkerde er iets op in mijn ooghoek. Ik dacht dat de zon in een raam scheen; maar er was geen zon. En toen zag ik hem. Hij stak één moment stralend af tegen een donkergrijze wolk boven het Koningsplein. Toen schoot hij als een bliksemschicht omhoog, tot hij hoog in de hemel stilhield, een scherpe, adembenemende schittering. Hij openbaarde zich aan me. Het kon niet anders of hij wist dat ik keek. Het volgende moment vloog hij verder, met fladderbewegingen die nu duidelijk herkenbaar waren als die van een vogel, een vuurvogel die zich af en toe liet vallen, met af en toe een bliksemsnelle glijvlucht tussendoor. Het duurde maar even. Toen was hij weg, naar het oosten, voorgoed weg.

'Waarmee kan ik je van dienst zijn?'

'O...' Stem uit de hemel. Ik wist een paar tellen niet waar ik was.

'Eh... een koffie, alsjeblieft.'

'Cappuccino? Espresso? Koffie verkeerd?'

'O... cappuccino. Sorry.'

Mijn stem moet heel raar geklonken hebben. Ik ging beverig zitten. Er was geen ontkomen meer aan. Ook als ik V.'s nare pakje niet had ontvangen, dan zat ik toch tot mijn nek in de demonenwereld. In mij was een angstaanjagend wezen gegroeid, dat haakte naar vuur en vernietiging, en dat totaal niet meer leek op de oude Kim Kasterman.

Op een zaterdagavond eind maart, toen mijn ouders al naar bed waren en m'n broers met de afstandsbediening zaten te klooien voor de tv, liep ik de donkere keuken binnen. Ik deed het licht aan. De stilte zoemde. De koelkast en de radiator zoemden, de tl-buizen maakten een laag snorrend geluid. Alles was diep in zichzelf verzonken.

Uit de kamer klonken de kreten van de jongens. Bonk. Dreun. Verre, doffe geluiden. Ik liep naar het aanrecht, draaide de kraan open en hield er een glas onder. En terwijl het glas zich vulde voelde ik het.

Ik wist ineens honderd procent zeker dat er iemand buiten was, iemand die naar me keek. Ik voelde het als een rare tinteling aan de achterkant van m'n schedel, die langs mijn nek langs mijn oren en over mijn schouderbladen wegkroop. Ik draaide me langzaam om, en met het volle glas in mijn handen liep ik in de richting van het raam.

Niks te zien. Ik had half en half verwacht een eng bleek gezicht te zien, dat zich tegen het glas aan drukte. Een demonisch masker... Maar het glas spiegelde zwart als de nacht. De stilte buiten was bijna hoorbaar. Ik deed nog een paar stappen naar voren, legde mijn voorhoofd tegen het raam en tuurde met kloppend hart de nachtelijke straat in. Geparkeerde auto's. Fietsen. Vuilniszakken naast de bomen.

En toen viel die ene boom schuin tegenover ons huis me op. Een smalle boom. Maar nu iets minder smal dan gewoonlijk. Ik knipperde met mijn ogen en toen ik weer keek was ik er zeker van. Er had zich daar iemand tegen de boomstam aan gedrukt. Een schaduw. Die ons huis in de gaten hield. Met een kreet schoot ik van het raam weg.

Ik wist niet wat hij wilde. Al V.'s waarschuwingen tolden door mijn hoofd. Het enige wat ik zeker wist, was dát hij daar stond. Het was geen verbeelding. Dit was honderd procent zeker.

Ik liep achteruit. Ik denk dat ik al die tijd nog niet zo bang was geweest als toen. Ik wist dat eindelijk het moment was aangebroken waar deze gekmakende weken naartoe hadden geleid. Nu kwam alles samen, nú, op dit akelig echte moment, om kwart over elf op 26 maart. Dit moment was het knooppunt van het net waarin V. zat, en de horrorspin in mijn kamer – en de moordenaars waar V. me voor had gewaarschuwd. Degene die daarbuiten stond had het antwoord op alle raadsels in handen.

En ongetwijfeld ook een pistool.

## 2 Het goud van de primaten

Lang, lang was de weg naar het geheime vliegveld. Prooi liet de wind langs zijn verbrande gezicht strijken terwijl hij zijn Yamaha voorwaarts joeg. Zijn lippen waren opengesprongen. Alles deed pijn: zijn handen om het stuur, zijn voetzolen, zijn hoofd. Als je maar lang genoeg doorreed koelde de snelheid je zo af dat je niets meer voelde. Helemaal niets. Dat was goed.

Pas toen de avondlucht van rood naar donkerblauw verkleurde, kwamen ze aan bij een kale vlakte aan de kust. Er stonden wat schuren en hangars. Midden op de betonnen vlakte stonden kleinere en grotere vliegtuigen. Ze zagen er loodzwaar uit. De Schokker parkeerde de Harley en verdween in een van de schuren. Prooi slenterde het betonnen veld op, met Fai achter zich aan, terwijl hij de nachtwind over zijn pijnlijk opgezwollen gezicht liet waaien. Het was hier niemandsland. Geen bos, geen aarde was hier te ruiken. Boven hen was de donkere lucht. Vlakbij de oceaan. De oneindigheid begon hier.

Het was hem best. Hij wilde graag in het niets oplossen. Niets voelen, niets weten. Klaag niet, dacht hij. Mists woorden: klaag niet als 's ochtends de nevel rijst. Klaag niet.

Hij hoorde voetstappen achter zich. Hinoka. 'Doet je gezicht erg pijn?'

'Beetje.'

'Misschien moet je er vet op doen. Er staat een kist met verbandspullen in de jeep.'

Ze liepen samen terug naar de jeep. Fai bleef vlak achter Prooi lopen, niet op zijn gemak in deze kale wereld. Hinoka haalde potjes en tubes tevoorschijn. Ze haalde haar vingers door een pot zalf en smeerde hem op Proois wangen en lippen. 'Au.'

'Het is toch beter hoor, het vet te houden.' Hinoka lachte. 'Je ziet er verschrikkelijk uit. Al die zwarte vegen, dat bloed, en nu dat vet erdoorheen gekloddderd... Nou ja, je ziet er nu tenminste echt angstaanjagend uit. Een echte Bliksem.'

Ze liet hem zijn handen ophouden en wreef ook daar een dikke laag zalf op. Proois gezicht leek nog erger opgezwollen dan daarnet. Hij had het gevoel dat hij zijn mond nooit meer dicht zou kunnen doen. Dof liep hij terug naar zijn Yamaha, en ging er wijdbeens naast zitten, met Fais kop op zijn dijbeen. Hij luisterde naar het bonken in zijn hoofd tot Hinoka weer bij hem kwam. 'Hier,' zei ze en hield hem twee pilletjes voor en een ijzeren mok met water. 'Tegen de pijn. Je hebt pijn, hè?'

Hij knikte. Het water was verrukkelijk. Hinoka nam de mok van hem af en verdween in de nacht. Prooi leunde tegen zijn motor aan.

Hij schrok wakker omdat de Schokker terugkwam. Zware voetstappen, harde stemmen. Hij maakte zich los van het gezelschap mensen met wie hij had lopen overleggen en riep: 'Over een klein uur kunnen we! Is alles uitgeladen wat mee moet?'

Skat en Ira, die bij de jeep rondscharrelden, begonnen de zware bagage naar het vliegtuig te slepen. Na een poosje dook Skat weer op. 'Ze zijn nog wel even bezig.' De Schokker humde. Skat streek zijn haar naar achteren. 'Weet u...'

Loom keelgeluid van de Schokker.

'Ik maak me er nog steeds zorgen over. Dat u de anderen hebt laten gaan. Ik bedoel – ik wil niet zaniken, misschien lukt het de Demonen voor mensen door te gaan. Maar de Catastrofes...'

'Tja. Wat zou jij dan gedaan hebben, in mijn plaats?'

'Ik weet het niet. Misschien had u de Catastrofes kunnen verschepen naar Dem Kdaai Maksin, in Mongolië. Misschien hadden ze bij hem in de Smidse kunnen werken.'

Ira's hoofd draaide zich in hun richting. Zijn ogen gloeiden rood op.

'Transport is duur, Askat. Dat wordt me deze dagen wel ingepeperd.'

'Maar maakt u zich dan geen zorgen? Het spoor leidt overduidelijk naar u.'

'Ik maak me geen zorgen.'

Skat zoog zijn wangen naar binnen. 'Nou ja. Hopelijk hebben ze zich bijtijds verspreid... Maar ik blijf erbij dat het riskant was ze vrij te laten.'

'En wie zegt dat ik ze heb vrijgelaten?'

Even was het doodstil. Iedereen had het gesprek tussen Skat en de Schokker gevolgd en iedereen had gehoord wat de Schokker zojuist had gezegd. Het duurde even voor het doordrong wat hij bedoelde. Skat begreep het als eerste. Hij liet zijn motorsleutels op de grond vallen. Toen maakte Hinoka een gesmoord keelgeluid. Prooi voelde het bloed uit zijn hoofd wegzakken. Terwijl hij op de grond naar houvast tastte, hoorde hij dat Ira zich rinkelend oprichtte.

Dem Azèl zei niets. Hij trok aan zijn sigaret; zijn gezicht was gewend naar het vliegtuigje dat verderop in een cirkel van licht stond.

'Maar...' Skats stem, hoog als van een meisje.

'Hoor eens, Askat,' viel de Schokker uit, 'ik wens helemaal niets te horen over mijn strategische besluiten! Wat ik beslis gaat jou niet aan! En ik deel je er ook niets over mee. Níéts!'

Skat stond stram rechtop tegenover de Schokker. Zag hij voor zich wat voor Proois ogen opdoemde? Zwart oranje steekvlammen? Zag hij voor zich hoe Virak en Tojon naast elkaar om het hardst voortraceten, lachend en scheldend, tot, zonder waarschuwing, de warme machines tussen hun benen explodeerden? Zag hij de losgerukte ledematen van de Catastrofes door de lucht tollen?

Mannen kwamen op hen af gelopen. Ze stelden vragen, de Schokker antwoordde. Hij deed een paar stappen in de richting van het vliegtuig. Niemand volgde hem. Hij draaide zich om naar Skat en zei iets. Skat stond doodstil. Prooi hoorde dat de Schokker hem sloeg. Het volgende ogenblik voelde hij een dreun tegen zijn eigen rug. Hij kromp in elkaar en probeerde overeind te krabbelen. Fai blafte. De betonnen bodem schokte onder Prooi weg, stond een moment scheef en klapte weer tegen hem aan. Handen grepen hem onder‚zijn oksels beet. Ze sleepten hem in de richting van het vliegtuig, terwijl hij zijn voeten recht tegen de grond aan probeerde te krijgen. Toen stak er licht in zijn ogen. IJzeren traptreden versperden hem de weg. Hij klauterde op handen en voeten naar boven. In een nauwe ruimte stonden leren stoelen tegen elkaar aan gepropt, en op een van de achterste belandde hij. Hij sloot zijn ogen en probeerde zijn adem onder controle te krijgen.

'Laat dat beest!' zei iemand kwaad. 'Het gaat mee.'

Piepgeluidjes vlakbij. Harde nagels, een nat neusje. En Fais warme lijfje op zijn schoot, dat sidderde zoals het nooit gesidderd had. Prooi trok hem tegen zich aan en verborg zijn hete, vette gezicht in zijn vacht.

De ruimte dreunde zwaar op het ritme van de motor, die het vliegtuig straks de lucht in zou sleuren. Hij gaat ontploffen, dacht Prooi. Hij gaat ontploffen en het kan me niets schelen. Zware deuren werden dichtgeklapt. Het dreunen nam toe. Fai maakte hoge keelgeluidjes.

'Riem vast,' zei een man. Hij boog zich voorover en trok ongeduldig aan een riem met grote ijzeren gespen, die tussen Proois been en de stoel was dubbelgevouwen. Uit zijn ooghoek zag hij de anderen om zich heen, maar hij wendde zijn gezicht af en sloot zijn ogen.

'Ik zal pas gerust zijn als we vliegen,' zei Dem Azèl, die in de stoel voor hem zat, tegen Skat. Maar die keek strak door zijn raampje.

'Heb je die laatste boodschap nog verzonden, Askat? Heeft Lucia de aflevering bevestigd?'

Skat zei niets.

'Hé!'

Iedereen zat zwijgend in zijn stoel, iedereen keek naar buiten, waar niets te zien was.

'Ik vroeg je wat, Askat! Geef antwoord!'

Skats stem klonk hees. 'Het waren míjn mensen. De Demonen waren van míj.'

'Zit je daar nou nog over te mokken? Bij het kloppend merg van de Diepte, wie heeft ze *gemaakt*? En met welk doel? Ze hebben hun doel gediend, je hebt ze niet meer nodig!'

'Ze waren van míj.'

'Ja, en je radio was van jou, en je saxofoontjes! Daar klaag je niet over, hè, dat die verdwenen zijn?'

'De Demonen waren geen dingen!'

'Nee. En wat waren ze dan wel, Askat?'

'Deels mensen. Méér dan mensen!'

Met een snelle beweging boog Dem Azèl zich naar Skat toe. Hij greep hem bij zijn bovenarm, ineens bloedserieus. 'Bedenk,' gromde hij, 'wat dat is, een mens. Wat was nou dat menselijke in de Demonen? Niets dan consternatie en verbijstering.'

Skat leunde van hem weg, maar hij trok de jongen ruw naar zich toe.

'Consternatie en verbijstering! En dat is het enige wat vergaat, als een mens sterft! Het Vuur blijft. Het Vuur dat daaronder zit! Het eeuwige Vuur. De Waarheid!'

Skat trok zich los en draaide zijn gezicht van hem weg. De Schokker ging rechtop zitten, hief zijn handen op, maar leunde toen met een zucht achteruit. 'Dit leven is niet wat het is! Het is alleen wat het zou kunnen *worden*. Je staart je blind op dat wat er is, terwijl dat alleen maar de belofte is van wat komen moet! Een tussenstadium!'

Hij kwam weer overeind. 'En ik maar denken dat jij onderhand begreep wat het is om een Vuurschokker te zijn! Nee, inderdaad, we zijn niet erg aardig! De *Liefde* is niet erg aardig. Dacht je dat ik daar niet onder leed? Goed, vreet je maar op. Maar zelfs al zóú ik... *alles* wat ik... jij hebt je maar neer te leggen. Als je nú al...'

Hij draaide cirkels met zijn grote handen. Een rilling trok door hem heen. Hij liet zijn handen zakken en leunde weer achteruit. 'O, schitterend gezelschap voor een hemelreis. Echt glorieus. Drakenvlucht met een stelletje padden. Nou, komt er nog wat van? Karren we nog? Avanta, schipper, naar de zon!'

Toen het vliegtuig eindelijk vertrok vergat Prooi momenten lang alle pijn van de warme aarde. Ze reden eerst goed hard over de baan en toen verdubbelde het vliegtuig zijn vaart. Hij gaat hárd, dacht Prooi. Maar toen ging hij nog harder, brullend harder. Prooi klemde Fai tegen zich aan en hield zijn adem in. Te hard! Onmogelijk hard! En nog harder! Hij verwachtte elk moment de explosie. En toen, onverwacht, verdween alle snelheid. Het angstaanjagend gebrul viel weg. Goedmoedig dreunend schoten ze verder. Prooi verloor alle besef van snelheid. Ze stonden stil in de lucht.

We vallen terug, wist hij. Het is verschrikkelijk misgegaan.

Hij wierp een angstige blik naar buiten en zag beneden hem, klein, verlichte huisjes. Ze zakten langzaam verder weg terwijl hij naar ze keek. Ik vlieg, begreep hij. Bij de Ruimte. Ik vlieg.

Het ging maar heel langzaam. Hij zag hoe het kwam: het vliegtuig sloeg niet met zijn vleugels. Het liet zich maar een beetje sloom drijven. Onder hen wentelde de nachtelijke aarde langzaam weg.

Lang vlogen ze door een ondoordringbare duisternis. Heel af en toe was er een lichtje beneden. Meestal was er niets. Eén keer landden ze om te slapen. Hun reis naar de Oude Wereld was een tocht door dromen, nachtmerries en korte perioden van al even verwarrend wakker zijn. Steeds als Prooi ontwaakte, uit een van zijn nachtmerries van vuur, zag hij onder zich andere variaties op hetzelfde. Groene bossen, afgewisseld met bruine, groene en gele velden. Dan eindeloos blauw. Soms niets dan wolken. Soms niets dan eindeloze vlaktes grijs.

Het laatste deel van de reis ging door een nachtwereld vol lichten en rumoer. Het mocht dan een oude wereld zijn, het was beslist een drukke, krioelerige wereld. Die lichtjes overal beneden hen beurden Prooi op. Misschien is het hier wel gewoon leuk en grappig, dacht hij. Maar hij kon zich niet voorstellen dat hij ooit weer iets leuk en grappig zou vinden.

Ze klommen omhoog om een gebergte te passeren, een uitgestrekte opeenstapeling van lichtend witte steenklompen, die zich hoog in de hemel verhieven. Daarna daalden ze af naar landstreken van donkere velden en heuvelgebieden. Prooi begon weer in slaap te vallen. De aarde was onmeetbaar groot. Maar hij was nog niet weggesukkeld of de piloot schreeuwde: 'Klaarmaken voor landing! Opgepast!' Het vliegtuig daalde met grote bochten af, een ondoordringbare nacht in.

Toen raakten de wielen de grond. Het vliegtuig werd door elkaar geschud. Ze stuiterden omhoog, klapten neer. De remmen werden aangetrokken. Gierend minderden ze vaart. Ze hobbelden een eindje verder. Toen stond het vliegtuig eindelijk helemaal stil. Iedereen herademde. Klik, klik. Ze gespten zich opgelucht los.

'Welkom in Europa,' zei de piloot, die breed lachend binnenkwam. 'Meneer! Eindbestemming! Kunnen we even afrekenen?'

'Eindbestemming?' vroeg de Schokker.

'Dichtstbijzijnde vliegveld bij de coördinaten die u opgaf. Ik kreeg nog een bedrag van u, volgens afspraak.'

De Schokker staarde naar buiten. 'Hoe laat is het?'

'Even over drieën.'

'Hoe ver is onze eindbestemming ook al weer?'

'Naar het punt dat u opgaf nog een kleine honderdvijftig kilometer. Ik had u toch gemeld dat ik onmogelijk dichterbij kon komen?'

'En wat is er verder voor me geregeld?'

'Ik had de opdracht u hierheen te brengen. Als u wilt kunt u de rest van de nacht in de barakken hier doorbrengen, zodat u morgenochtend zelf vervoer kunt regelen. Het spijt me, dit is geen officieel vliegveld, ik moet hier weg zodra ik getankt heb.'

Mopperend en vloekend boog de Schokker zich over de formaliteiten. Intussen verlieten de anderen het vliegtuig. Buiten was het koud. Verbazend koud zelfs. De twee mensen die op het vliegtuig afkwamen bekommerden zich niet om de kou. Ze laadden hun kisten en tassen op een handkar en reden hem naar lage barakken verderop. De reizigers sjokten er zwijgend achteraan. Binnen in de barak was het ook koud. Het was er kaal en schoon. Een leeg keukentje grensde aan een kamer vol zware houten tafels en banken. In een paar zijkamers stonden bedden. Maar er was niemand die hen met angstige bewondering verwelkomde, niemand die hun haastig warme dranken aanbood, voedsel, dikke dekens. Het was er volkomen verlaten.

Toen de twee mensen, in groen-bruine buitenjacks, binnenkwamen, keken ze verbaasd naar het gezelschap dat om een tafel zat. Eén van hen, die een buitengewoon rood hoofd had, zei iets, in rauwe, bijtende klanken.

'Wat zegt-ie?' vroeg de Schokker, die vermoeid met z'n elleboog op de tafel leunde.

'Hij vindt het geloof ik niet goed dat we hier zijn,' zei Prooi.

'Wat krijgen we nou?! Hij hééft niks goed te vinden! Ik wacht op bediening! Gastvrijheid, verdomme, een beetje respect! Weten ze wel wie ik bén?'

Prooi stond op. 'We willen graag eten en slapen,' zei hij op een manier die hem leek te passen bij de klanken die de man daarnet had uitgestoten. 'Waar kunnen we slapen?'

De man met het rode hoofd sperde zijn ogen open. 'Wablief?'

'Slapen. Eten,' zei Prooi, gebarend met zijn handen. 'Goed?'

'Willen jullie hier slapen?' Het rode hoofd overlegde met zijn collega. Na wat heen-en-weergepraat keerde hij zich weer naar Prooi toe. 'Uiterlijk om acht uur moeten jullie weg zijn.'

Eten en drinken kregen ze niet. Maar ze kregen wel bedden om op te slapen. De Schokker sliep met Skat en Ira in één kamertje. Prooi kroop in het bovenste bed van een piepend stapelbed in een apart voorraadkamertje. Hinoka rolde zich op in de dekens van het onderste bed.

'We zijn er, Tengoe,' zei Hinoka toen ze in de kou voor zich uit staarden, zo diep mogelijk weggedoken in de stugge dekens. 'De Oude Wereld.'

'Ze hebben geen flauw idee wie we zijn,' zei Prooi.

'Geen flauw idee,' beaamde Hinoka.

### Gastvrijheid oude stijl

De Oude Wereld bleek felgeel, grijs en bruin te zijn. In de scherpheldere ochtendlucht zag Prooi, vlak achter het vliegveld, glooiende bossen waarin bomen met doodmoeie bruine kruinen zij aan zij stonden met geelbebladerde, witte stammen. Het geel stak prachtig af tegen de blauwe lucht. Wonderlijk: hij telde misschien vijf verschillende soorten bomen, niet veel meer. Waren de bomen hier zo eenkennig? Bleven ze het liefste in de buurt van hun eigen soort? In hun eigen bos moest je eindeloos zoeken voor je twee bomen van hetzelfde soort gevonden had.

'Hé, Tengoe! Doe je nog mee, of hoe zit het?'

Ze hadden hun kisten, plunjezakken en koffers eigenhandig op een houten kar geladen. Ze zouden daarmee over onopvallende bospaden naar een punt vijf kilometer verderop lopen, waar een telefonisch opgetrommelde vrachtwagen van een contactpersoon hen zou opwachten. Ze groetten de twee stugge mensen, die zich blijkbaar de rest van de nacht bezig hadden gehouden met het verwijderen van platen van de landingsbaan. 'Hou je een beetje gedeisd,' zei het rode hoofd, dat ophield met platen stapelen om hun het pad te wijzen. 'Jullie vallen nogal op. Ze houden hier niet van buitenlanders.' Prooi vertaalde niet wat hij zei.

Na een dikke anderhalf uur lopen kruiste hun zandpad een bestrate weg. Daar zetten ze zich neer om te wachten. De lucht was langzaam dichtgetrokken. Zolang de zon scheen zag de wereld er wel aardig uit, vond Prooi, met dat prachtig lichtende geel; maar zodra de lucht betrok daalde een norse somberheid over het bos neer. Dat was precies zoals hij zichzelf voelde, bedacht hij, terwijl hij met pijnlijke vingertoppen tegen zijn pijnlijke lippen drukte. Na een kil halfuur wachten begon het te regenen. Een geur van verrotting steeg uit het bos omhoog. De futloze regen bleef zielig doorsputteren, alsof de hemel niet meer hartstocht op kon brengen.

Toen, een moedeloos uur later, verscheen de vrachtwagen. Het was een breed, verroest geval. Zijn uitlaatpijp stak boven de stuurcabine uit en braakte roetzwarte stank uit. Een jonge blonde kerel in een geruit winterjack sprong naar buiten. 'Azèl?'

Ze schrokken allemaal van die respectloze vraag. Achter de kar ontvouwde Ira zich dreigend, rinkelend. De jongeman keek even verbaasd naar hem, maar hij richtte zich tot de Schokker. 'Het klopt toch? U moet Azèl zijn!'

De Schokker spuugde geen vuur, hij haalde niet uit. Hij rechtte zijn rug, gooide zijn vlechten naar achteren. Ook in de Oude Wereld was hij nog steeds Dem Azèl, belichaming van het Vuur, boodschapper van de Diepte. Hij was zichzelf: oppermachtig, eeuwig. Fier stapte hij op de man af, zich nog wat meer opblazend. 'Naar Zrn, kerel! Snel!'

De man stak zijn hand uit. Hij was blond, breed, vlezig en totaal niet geïmponeerd. 'U moest het wel zijn! Ik herken u zo uit de verhalen van m'n vader! Ik heb veel over u gehoord. Raar om u nu zelf te rijden... Azèl in eigen persoon! M'n vader werkt voor u.'

Hij sprak hun eigen taal. Ondanks zijn zware accent was hij goed te verstaan.

'Ah.'

De man grinnikte. 'Al die verhalen over u... hij was dolgraag zelf gekomen! Hij is zwaar ziek. Hartaanval, dubbeltje op z'n kant. Vandaar dat ik hier nu ben. Is dat de bagage?'

Hij stapte op de kar af en begon de dichtstbijzijnde kist naar zich toe te trekken. 'Hé, jongen. Help es!' Hij riep Skat alsof hij een hond was. Met gefronste wenkbrauwen tilde Skat een kant van de kist op. De man ontsloot de deur van het laadgedeelte en schoof de bagage er al babbelend in. 'Hij heeft al z'n kinderen Spaans geleerd, hij nam ons op vakantie altijd mee naar Spaanssprekende landen. Daarom spreek ik de taal. Herinnert u zich nog dat hij tien jaar geleden in Centraal-Amerika was? U heeft hem daar toen ontmoet. Nou ja, u ontmoet zoveel mensen.'

Hij hield de deur wijd open. 'Het lijkt me het beste als IJzeren Hein, die jongeman en het meisje hier achterin meereizen. Het is het beste zo min mogelijk opzien te baren. Kunt u een sjaal om die vlechten heen binden of zo? Of de kraag optrekken? De mensen hier houden niet van vreemd, ziet u.'

De Schokker knikte afwezig in de richting van de drie reisgenoten, die hem verontwaardigd aankeken. 'Doe wat hij zegt. Ira, jij ook.'

Toen Prooi met Fai onder zijn arm naast de Schokker de hoge cabine in was geklommen, startte de man de motor. Het was een krachtige motor, die in hotsende slagen draaide, met een zwaar, dreunend geluid. Ze zaten hoog boven de weg. Reusachtige ruitenwissers veegden de regenspatten soepel van de voorruit af. Een kacheltje begon warme lucht te blazen.

'Karl is de naam, trouwens. Karl Wellenbruck. Mag ik vragen wat u bij Zrn wilt doen?'

'Ik wil het slot gebruiksklaar maken,' zei de Schokker koel.

'Die steenhoop?' Karl schakelde, turend in zijn grote zijspiegels. 'Serieus? Maar waar wilt u wonen tijdens de bouw? Die zal wel een paar jaar duren.' Hij keek de Schokker vragend aan. 'U zult personeel willen aannemen natuurlijk. Weet niet of u daar in die uithoek iemand zal kunnen krijgen. Materialen aanvoeren lijkt me knap onmogelijk. Maar waar wilt u nu dat ik u heen breng?'

'Zrn,' zei de Schokker.

'Kunt u niet beter eerst naar uw voorlopige logeeradres hier?'

'Zrn,' herhaalde de Schokker.

'M'n vader zei dat u met z'n allen een ondoorgrondelijk stelletje bent,' zei Karl welgemoed. 'Schatrijk maar onbegrijpelijk, zei hij. Maar met veel respect, hoor. Dat hij fortuin heeft gemaakt, dat is dankzij zijn werk hier voor u. Snorders! Schokken! Ik heb er nooit het fijne van begrepen.'

Ze reden lang door een verlaten landschap van heuvels, steile kliffen en eindeloze, eindeloze bossen. Er was nauwelijks ander verkeer. De vrachtwagen sloeg een kiezelpad in dat met veel bochten omhoog leidde. Na een splitsing ging het kiezelpad over in een wagenspoor dat door een doolhof van knoestige, kromme bomen voerde. Karl stuurde de wagen mopperend over het smalle pad, koos een ander spoor, maar liep ten slotte vast in de doornstruiken. Hij stopte abrupt. 'D'r is hier in eeuwen niemand meer geweest,' zei hij. 'Sorry.'

'Ik had gevraagd de toegangsroutes te controleren,' zei de Schokker met zijn zwaarste stem.

'M'n vader is al een poos niet goed. Nou, wat doen we?'

'Hoe ver is het vanhier?'

'Paar kilometer, geloof ik.'

Er was niets te zien dan de massa druppende doornstruiken voor hen.

'Ik was hier een jaar of twintig geleden voor het laatst, Azèl. Met m'n vader, ik was nog een jochie. Het was toen al een ruïne.'

'Het moet een van de beste paleizen in dit deel van de wereld zijn... voor onze groep,' zei Dem Azèl. 'Had uw vader niet de opdracht het paleis bewoonbaar te houden?'

'Dat weet ik natuurlijk niet. Destijds was het ook al niks meer dan een hoop overgroeide stenen. De laatste driehonderd jaar heeft er niemand meer gewoond.' Karl krabde aan zijn tanden. 'Hoor es, het lijkt me echt het beste dat u er een keer met eigen vervoer heen gaat. Motoren, of paarden. Ik wil u met alle plezier ergens afzetten. Hebt u een adres, of moet ik een hotel opzoeken?'

De Schokker klonk zo mogelijk nog sonoorder dan daarnet. 'Ik heb een zelfstandige uitvalsbasis nodig. Zijn er meer van onze mensen in de buurt?'

'In Poznań zit iemand, weet ik van m'n vader. In Polen. Hebt u nu niet veel aan.'

Prooi voelde hoe het warme lichaam van de Schokker naast hem verder verhit raakte. Zijn Vonk pulseerde onrustig. En dat was niet omdat Prooi naast hem zat.

'Karl, laat even die jongen uit de laadruimte hier komen.'

'Best,' zei Karl. Hij zette de motor af en klauterde de cabine uit. Dem Azèl kroop langs het stuur heen door dezelfde deur naar buiten. Prooi zag hoe hij achter Karl aan naar achteren liep. De achterdeur knarste open. Wat er daarna gebeurde, kon Prooi niet zien. Hij hoorde alleen de dreunen waarmee zware personen uit de laadruimte op de bosgrond sprongen. Dan nog meer dreunen. Stemmen, een hoge uitroep. Even later klom Hinoka op de bestuurdersstoel.

'Wat is er gebeurd?' vroeg Prooi.

Hinoka gaf geen antwoord. Ze keek in de zijspiegels en stelde ze bij, inspecteerde de hendels en knoppen en draaide het contactsleuteltje om. De motor sloeg hoestend aan. De Schokker verscheen aan Proois kant van de cabine. 'Tengoe, ga achterin zitten.'

Skat dook achter de Schokker op. Verbouwereerd klom Prooi de warme cabine uit. Toen hij op de grond sprong, duwde Skat hem een zwaar ijzeren voorwerp in de hand. Met zijn ogen op de revolver gericht kwam hij bij de openstaande achterdeur aan. Hij kroop de donkere ruimte in. In het zwakke licht zag hij de massieve gestalte van Ira neerhurken. Op de vloer lag, slap, een ander lichaam.

Het lichaam van Karl hotste slap als een zak mee met alle bewegingen die de vrachtwagen maakte. Ook toen de wagen stopte en de laaddeur wijd werd opengegooid, bleef hij roerloos op zijn buik liggen. Skat klom naar binnen en legde de man op zijn rug. Hij kletste hem in zijn gezicht, trok zijn oogleden omhoog en haalde ten slotte een mes uit zijn zak. Prik. 'Eu!' zei Karl, opschokkend.

'Mooi,' zei Skat. 'Luister, Karl! Je beseft volgens mij niet helemaal wie we zíjn. We hebben het lot van *alle* mensen op deze zieke planeet in handen, snap je? We zijn Vuurschokkers!'

Karl stotterde iets onverstaanbaars.

'Je vader heeft goed geld opgestreken en er niks voor gedaan. Jij gaat het goedmaken.' Hij stak weer toe, een felle, ondiepe prik in Karls zij. Karl kwam met een gil overeind: 'Hou op!'

'Tengoe, hou hem onder schot. Karl, wat weet je van Wuszyn? Is dat paleis nog intact?'

'Dat... dat is een toeristische attractie. Druk! Niks voor jullie.'

'Luosani?'

'W-wintersportcentrum.'

'O, Karl, Karl,' zei Skat. 'Toon nu eens wat initiatief. We zoeken een intact kasteel, dat leegstaat of dat we snel kunnen ontruimen. Ergens ver weg van mensendorpen.'

'Ma-maar... die zíjn er niet,' stotterde Karl. 'Of het zijn ruïnes, of ze zijn in gebruik! Luister, m'n vader nam me niet in vertrouwen, ik weet niks! Wat wil je nou?'

'Een veilige uitvalsbasis, dat wil ik. Maar als je niks weet... jammer, Karl. Tengoe...'

Prooi hief zijn revolver.

'Wacht!' riep Karl.

'Waarop?'

'Ik – een voorlopige oplossing. O mijn god.'

33

'Niet huilen. Wat is die voorlopige oplossing?'

Karl zat raar te beven. 'Mijn oudtante... haar hotel.'

Skat klakte met zijn tong. 'Hotel is niks. Een leeg paleis moeten we hebben. Tengoe...'

'*Scheisse*, luister! Dat hotel *ís* leeg. Het was ooit een soort jachthuis. Het is daar doodverlaten, het ligt zowat óp de Duits-Tsjechische grens, er kwam geen hond meer. Bos, niks dan bos, kilometers in de omtrek. Mijn oudtante is er in d'r eentje blijven wonen.' Hij hief zijn handen op. 'In godsnaam. Je kunt er voorlopig blijven – als je zweert dat je haar niets zult doen!'

'We zweren niets,' zei Skat.

Het was een reis van eindeloze bochten. Het enige prettige was dat deze keer Hinoka samen met Prooi en Ira in de bak zat. Ze deelden hun laatste proviand, koude aardappelen en tortilla's, en probeerden te slapen. In zijn sombere halfslaap wist Prooi zeker dat ze voortdurend dezelfde rondjes reden. Steeds opnieuw zette hij zich schrap voor het volgende nare bochtje. En toen, onverwacht, was er geen volgende bocht meer. De vrachtwagen stopte. De motor sloeg af.

Fai tippelde met stijve pootjes naar de deur. Hij begon zenuwachtig te piepen. Meteen klonk vanbuiten zwaar bassend blafgeluid. Ze hoorden hoe de deur van de cabine werd dicht geramd, en hoe het blaffen aanzwol, alsof een meute honden een prooi in de gaten kreeg. Fai begon wild te huilen. Drie personen liepen door dorre bladeren van de wagen weg.

'Ze laten ons hier toch niet stikken?' zei Hinoka kwaad. Ze gaf een paar fikse rukken aan de grendel en ineens schoot hij los. De deur zwaaide open. Prooi sprong waakzaam op de grond, terwijl Fai hem als een kogel voorbij schoot, het donker in. De koude duisternis die hen omringde rook naar vocht en verrotting. Het was hier heel plantaardig, rook Prooi, en al dat plantaardige staarde hem aan als een vormeloze massa zwart. Maar links voor hen blonk licht. Toen ze over het krakend bladerdek liepen, volgde Ira met loodzware passen, zijn ijzeren armen knarsend tegen zijn pantser.

Het hotel bleek een flink houten huis, met een scheef dak. Plezierig gouden licht viel door de ramen op een houten veranda. Door de openstaande voordeur zag Prooi in de hal een klein mager vrouwtje staan, gekleed in een dikke jas en met rubberlaarzen aan haar voeten. Ze hield twee grote honden aan de riem en uitte kwade schelle woorden, in de taal van het roodhoofd op het vliegveld. 'Nou, je doet maar, Karl! Ik kan er toch niks tegen doen, wel?'

Prooi stak zijn hoofd verder door de deuropening en zag hoe de Schokker uit een hoek van de hal naar voren stapte. Hij doemde op voor het vrouwtje als een monster voor een konijn. Groot, warm, zinderend. Zijn effect op de honden was verbluffend. Ze zakten allebei door hun achterlijf en schoven piepend naar achteren. De grote blikkerogen van de oude vrouw fixeerden de Schokker. Haar wenkbrauwen trokken samen. Haar hand ging naar het zilveren kruis dat ze om haar hals droeg. 'O, jij grote boze,' fluisterde ze. Ze hief haar wijsvinger op en haar stem kraste luid. 'Jij! Denk maar niet dat ik niet weet wie je bent!'

Prooi zag hoe de Schokker donker terugstaarde, tot zijn oogleden loken en een weemoedig lachje zijn mond vertrok. 'Wat een eer, mevrouw,' zei hij in hun eigen taal. En toen, in een taal die Prooi nooit eerder gehoord had: 'Wij zullen elkander begrijpen.'

Op dat moment stampte Skat zwaar ademend de houten veranda op; hij schoof Prooi opzij en beende de hal binnen. De vrouw wierp hem een kwade blik toe, maar toen richtte ze haar verontwaardigde blik weer op de Schokker. 'Jij,' zei ze schel, 'jij krijgt geen kans! Jij kan mijn neefje bang maken, jij kan mij dwingen, maar jij zult geen macht over mijn ziel krijgen. Versta je?'

'Tengoe,' wuifde de Schokker. Prooi schoof stil naar binnen, en hij fluisterde de Schokker in wat de vrouw gezegd had. Toen draaide hij zich naar hun gastvrouw. 'We willen geen macht over uw... uw ziel. We willen alleen eten. En slapen. Voor een poosje.'

Maar haar ogen bleven op de Schokker gevestigd. 'Duivel,' zei ze. 'Kwaadaardige heer van de Seïrim, bederver der mensheid. Verwekker van reuzengebroed, verleider van mensenvrouwen. Brenger van wapengeweld, verwoester!'

Prooi vertaalde aarzelend. De Schokker zag er ineens moe uit. 'Vergeet dan ook de rest niet, mevrouw,' zei hij. 'Zondebok. Verbannen in de wildernis. Maar zeker ook: krachtige van God, diegene die de zon krachtig laat stralen. Liefhebber van schoonheid. Dat mag toch ook niet vergeten worden.'

'Bazeltaal,' siste de vrouw. 'Jouw kwade duiveltaal, slik hem in en stik erin.'

'Hij spreekt Spaans, tante,' zei Karl schor.

'Spaans. Satanstaal. Hij is nu híér!'

'Hij is geen satan, tante. Ik heb u toch verteld wie hij is? De zeer geachte heer Azèl! Mijn vader werkt voor hem. Voor een mooi salaris, hoor.'

'Ik weet heel goed wie hij is,' zei de vrouw koppig.

'We zullen u ook geld geven,' zei Prooi. 'Oók een mooi salaris.'

Op dat moment besloot Hinoka naar binnen te stappen. De ogen van de vrouw sperden zich open. Ze nam hen alle twee op, zoals ze achter elkaar binnenkwamen: de prachtige Hinoka, en de ijzeren verschrikking die Ira was.

'Meisje,' zuchtte de vrouw. 'Ach, kindje.'

'Ik ben Hinoka,' zei Hinoka in het Spaans en ze stak haar hand uit. 'Ik ben blij u te ontmoeten. We zijn u heel dankbaar dat u ons bij u wilt laten logeren.'

De oude vrouw keerde zich verward naar Karl om. 'Wat zegt dat kindje? Ze is Chinees, hè?'

'Ze bedankt u omdat u zo vriendelijk bent hen te laten logeren,' zei Karl.

'Zo'n Chinees meisje! Die zijn gehoorzamer, hè? Echte vrouwen durft hij natuurlijk niet aan. Ach lieve heer, zo'n meisje!'

'Tante Constanze,' zei Karl, 'ik blijf hier bij u zolang zij hier zijn. Ik beloof het u. U hoeft nergens bang voor te zijn. Dit is allemaal vanwege mijn vader.'

'Ik ben niet bang,' zei tante Constanze. 'Ik ben drieëntachtig, Karl, waar moet ik bang voor zijn? Na al die jaren alleen tussen de spoken? Ik ben niet bang, Karl. Ik ben boos! Dit is geen manier!' Ze richtte zich op, en haar ogen spiegelden nijdig. 'Maar goed, zo is dat met duivels. Nou, dat meisje moet me maar helpen met het eten. De kamers doe ik niet, daar ben ik te oud voor. Leg ze dat maar uit in die Satanstaal van je.'

Prooi had desnoods in de warme hal willen blijven. Op één wand na, die met een rood gordijn bedekt was, waren de muren en de vloer van prettig bruin hout. De twee banken tegen de muur waren van hetzelfde hout, het tapijt was van dikke rode wol, en alles werd overgoten door het heerlijk vette olielicht van twee wandlampen. Aan de muren hingen plaatjes. Plaatjes van Oudewereldbomen. Soms stond er een beest onder. Een Oudewereldbeest met bruine ogen en takken op zijn kop.

Maar toen het vrouwtje met de twee angstige honden de keuken in verdween, met Hinoka als hulp en Ira als bewaker, zei Karl: 'Kom,' en hij ging hun met een olielamp in de hand voor naar boven. De houten trap kwam op een gesloten deur uit, die Karl met een machtige trap openschopte. Daarachter lag een koude houten gang vol gesloten deuren. Aan een spijker naast elke deur hing een sleutel. Het tochtte behoorlijk.

'Ik heb niet gezegd dat het hier comfortabel zou zijn,' zei Karl, die wat van de schrik leek te bekomen. Skat opende een deur, zijn M16 in de hand. Karl liet de olielamp naar binnen schijnen. Tussen hen beiden door zag Prooi vooral veel hout. Op de grond lagen glasscherven. Een kale ijzeren bedspiraal stond op zijn kant. 'Hm,' zei Skat. Hij opende een volgende deur. Er stonden waarachtig twee houten ledikanten in, met matrassen en kussens erop. Spinnen hadden hier lang ongestoord hun gang kunnen gaan; het stonk er schimmelig en muf. Maar tegen een van de houten muren stond een betegeld kacheltje. 'Alle kamers waren verwarmd,' zei Karl. 'Vijftien jaar terug. Misschien krijgen we die kachels aan de praat.'

'Doe je best,' zei Skat, terwijl hij opzij stapte om de andere deuren te openen. Van de tien kamers in het hotel was de helft redelijk bruikbaar. Prooi koos een kamer met een balkon op de eerste verdieping. Er hing een heel leuk plaatje, vond hij: gezellige zonnige bomen waar een beest onder stond dat twee kleintjes bij zich had. De Schokker installeerde zich in de grootste kamer op de tweede verdieping. Skat en Ira namen de kamers daarnaast.

'Karl,' zei Skat, voor ze hem wegstuurden om schoonmaakspullen te halen. 'Als jij vlucht, nemen we je tante te grazen. Vluchten jullie allebei, dan steken we dit huis in brand en weten we je vader te vinden. Wil je vechten, dan moet je weten dat Dem Azèl onkwetsbaar is. Ikzelf heb in mijn leven al meerdere mensen gedood.' Hij lachte hem toe. 'En Tengoe spuwt vuur.'

'Ik wéét wanneer ik in de val zit! Jullie zijn de baas. Oké?'

'Hoe weten we dat hij geen legermacht aan mensen op de been brengt?' vroeg Dem Azèl, die op de rand van zijn bed ging zitten toen Karl verdwenen was.

'Zeker weten we het nooit,' zei Skat. 'Mensen hebben zoveel technische trucs. Maar ik heb z'n mobiele telefoon afgepakt, en ik heb daarnet alle kabels die ik naar het huis zag lopen doorgesneden. Telefoon en misschien elektra. Of ze een radio hebben weet ik niet. Ik zal straks het huis doorzoeken.'

'De vrachtwagen,' zei Prooi. 'Daar zat een radio in.'

'O ja,' zei Skat. 'Goed idee. Die haal ik er zo wel uit. Ik heb in elk geval de autosleutels. Ik sluit die mensen vannacht op in hun kamers, ik heb dat wijfje d'r sleutelbos in beslag genomen.'

Dem Azèl sloeg op het matras. Wolken stof stegen op. 'Het is toch om razend te worden, dat m'n contactpersonen me geen betere ontvangst weten te bieden? We moeten snel een waardiger paleis vinden. Op Dem Tubals kaarten stonden wel honderd Schokkerspaleizen in Eurazië!' Hij nieste en veegde zijn neus geërgerd af met zijn mouw.

'Die kaarten zouden wel eens verouderd kunnen zijn,' zei Skat. Hij gooide zijn geweer van de ene hand over in de andere. 'U hebt eerder in de Oude Wereld gewoond. Is dat paleis niet bruikbaar?'

'Dat in Spanje? Nee. Dat is inmiddels allang in andere handen.'

'Oké,' zei Skat. 'Het zal allemaal wat makkelijker gaan als we onze motoren weer hebben. Wanneer komen die aan? En waar precies?'

'In een Europese haven. Waar en wanneer het mijn mensen het beste uitkomt.'

38

Skat perste zijn lippen op elkaar. 'Hm. Dus ook dat is onzeker.'

'Verdomme!' barstte de Schokker uit. 'Ik heb geen behoefte aan jouw verwijten en kritiek, kereltje! Hoe haal je het in je kop? Je kent m'n doel, m'n strategie en alle obstakels, en ik verwacht dat je enig initiatief ontwikkelt! Je weet net zo goed als ik dat alles veel soepeler zou lopen als ik niet zo'n stompzinnig gebrek had aan geld! Net nú! Het is toch absurd dat een Vuurschokker zich over zulke kwesties druk moet maken?'

'Wat zijn uw orders?' Skats stem klonk ijziger dan de kou in de kamer.

'Zoals altijd! Doe wat nodig is! Moet ik het uitspellen? Zorg dat ik me niet met die stupide alledaagse details hoef bezig te houden! Hou m'n kapitaal op peil, zorg voor fatsoenlijk personeel! Dát zijn m'n orders, net als altijd!'

Het werd stil. Prooi hoorde het zachte fluisteren en kraken buiten. Skat keek naar de grond. Hij klonk schor, toen hij eindelijk sprak. 'U had volkomen toegewijd personeel. U hád het.'

'Aaach jij! Sodeflikker toch een eind op, jij.' De Schokker stond op, ramde het raam open en ging over de vensterbank hangen. Skats borstkas ging heftig op en neer. Toen keerde hij zich op zijn hakken om en beende de kamer uit. Zijn lange leren jas wapperde om zijn benen.

Voor het eten moesten ze naar beneden, of ze wilden of niet. Er moest en zou in de keuken gegeten worden. Grote pannen werden op tafel gezet en Constanze, in dezelfde dikke wollen jas als daarnet, kwakte fikse porties groenten en aardappelen op hun bord. Chagrijnig draaide ze zich om naar een houten vat en vulde zeven ijzeren drinkkroezen. Karl nam ze grijnzend van haar aan. Hij gaf de bekers door tot iedereen er één in de hand had. 'Zum Wohl,' zei Karl, de kroes heffend. Maar Constanze riep: 'Karl!'

Ze scharrelde vinnig terug naar haar plaats, stelde zich daar als een nijdige speld op en vouwde haar handen hoog boven de tafel. 'Laten we beginnen.' Haar felle ogen, kwaad achter de grote brillenglazen, priemden recht in de ogen van haar bezoekers. 'Als jullie tenminste weten wat dat ís.'

'We respecteren de geloofssystemen van de mensen,' zei Dem Azèl kort.

En Constanze barstte los. Eerst een lang verzoek aan haar vader, om brood en vergeving. Toen een reeks verhalen, over verdwaalde herten die dorst hadden en bergen waar hulp vandaan kwam, net zolang tot Karl zachtjes zei: 'Tante Constanze.' Ze opende haar ogen en bitste: 'En verlos ons van de boze.' Toen liet ze zich op haar stoel vallen. Haar zilveren kruisje flakkerde.

'Na denn,' zei Karl, en hij tilde zijn kroes weer op. 'Zum Wohl!'

Het was een lekker hartige, schuimende drank. Maar het eten was lang zo lekker niet als Ampers maaltijden. 'We eten hier geen vlees,' zei Constanze, en dat was een deel van het probleem. De groenten glommen wel van de boter, maar ze smaakten flauw. Ook de aardappelen misten de lekkere smaak die Amper ze gaf. Constanze hield blijkbaar niet van pittig. Maar toe kregen ze enorme hoeveelheden gebakken appel met pudding. Nog maar een dag geleden had Prooi gedacht dat hij nooit meer ergens van zou kunnen genieten, maar nu vrat hij ervan tot hij zich niet meer kon verroeren.

De betegelde keuken was heel anders dan die van Amper. Beige tegels en donkerbruin hout. Blauwgeruit plastic kleed op de tafel. Zware houten stoelen met hoge ruggen. Boven en onder het aanrecht waren kasten met gesloten deurtjes, en tegen de muren stonden kabinetten, ook al afgesloten. Alles was loodzwaar, alles was afgesloten. Ja, er hingen wat gedroogde kruiden en een streng uien in een hoek. Maar de rest bleef geheim. Alleen hing er een grappige klok aan de muur, een klok als een houten huisje. Af en toe ging het deurtje open, en dan sprong er een houten vogeltje naar buiten. Koekoek! En dan verdween het weer.

De koffie bestond vooral uit melk met suiker. Halverwege zijn beker begon Prooi zich onstuitbaar slaperig te voelen. Constanze, die mopperend de borden door het sop haalde, riep over haar schouder: 'Nah, wat denken jullie ervan? Half elf! Dat jong had allang in bed moeten liggen!'

'De kamers zijn nog niet klaar,' zei Skat.

'Dan helpen jullie Karl maar! Zo gaat dat niet. Ik wil de honden ook weer los kunnen laten. En vergeet niet, ik hou alles bij. Deze maaltijd kostte jullie 47,50 D-mark. Euro, bedoel ik. Goedenacht.'

Het lukte Karl de kamers toonbaar te krijgen. Hij had de matrassen grondig uitgeklopt, zodat er nauwelijks meer stof uit wolkte, en de bedden afgesopt en opgemaakt met lakens die niet eens zo erg muf roken. Tot Proois genoegen lag er op zijn ledikant een veren dekbed. Het was zo versleten dat de veren eruit opdwarrelden als je het aanraakte, maar het was bol en gerieflijk. Draaierig van uitputting en te veel eten gooide Prooi zijn bovenkleren op de grond en werkte zich onder de lakens. Het bed was eerst ijskoud. Fai drukte zich onder de dekens tegen Proois buik aan. Langzaam, langzaam werden ze warm. De wereld golfde in trage bewegingen op en neer. Totdat hij zich eindelijk donker om Prooi heen vouwde. Die vreemde wereld van hier, die koude Oude Wereld.

### De wet van de naaldbomen

Een nacht vol bange vuurdromen liep stuk op een ochtend vol zon. Prooi kneep zijn ogen dicht tegen het licht dat naar binnen viel. Hij trok Fai in zijn armen, drukte zijn gezicht tegen zijn kopje aan, voelde zijn korstige lippen en wist alles weer.

Hij opende met tegenzin zijn ogen. Het licht was net zo verkeerd als het gisteren was geweest. IJl, metalig. Oud licht. Hij stak zijn hoofd boven het dek uit en keek de bleekblauwe lucht vol wolkenflarden in. Vanbuiten klonk niets dan het ruisen, ruisen, ruisen van bladeren. Ze riepen hem. Honderden kilometers dorre bladeren riepen hem toe. Waren ze kwaad? Beschuldigden ze hem van nietsontziende moord? Beklemd plukhaarde hij Fais nekvacht.

Hij was een Vuurschokker. Maar gevoelloos was hij nog niet. Al sinds de avond dat hij Amper had laten wegjagen werd hij gekweld door zelfverwijt. Nu was dat rotgevoel opgeslokt door het nog onverdraaglijker besef dat hij degenen vermoord had die hem het liefste waren geweest: Silurian, de Afdankers. Het lag als een gruwelijk gewicht op zijn maag, het tintelde ziek in zijn bloed, zo walgelijk dat hij het zich niet kon veroorloven eraan te denken.

Hij trok de dikste kleren die hij kon vinden uit zijn plunjezak tevoorschijn. Hij besloot zijn nog altijd gevoelige handen en gezicht ongewassen te laten, werkte zich puffend in zoveel mogelijk kleren, stak de kleine revolver die Skat hem had gegeven in zijn zak en rende de trap af. Beneden holden de monsterhonden luid blaffend op hem en Fai af. Constanze kwam in haar jas en kaplaarzen de keuken uit. 'Matteüs! Lucas! Af!'

Prooi tilde Fai op. 'Mag ik verder?'

'Waar mot jij heen?'

'Buiten kijken.'

Constanze knikte kort. 'Als je terugkomt, schoenen uit en sloffen aan. Karl is de zaal aan het klaarmaken.'

De boslucht was prikkelend zoals hij thuis nooit was geweest. Snuffelend doolde Prooi onder de glimmende stammen. Ook dit bos bestond uit heel veel dezelfde bomen. Stevige bomen met een ruwe schors en gelobde helbruine bladeren, bomen met bruinrode bladeren als gespreide handen, hier en daar geelbladige bomen met slanke helderwitte stammen. Ze wiegden stilletjes naast elkaar heen en weer, diep in zichzelf verzonken. Prooi raakte ze voorzichtig aan. Ze reageerden nauwelijks. Ze waren niet vijandig. Ze waren helemaal niets.

Een van de ruwschorsbomen, die prettig laag vertakt was, leek hem uit te nodigen in hem te klimmen. Handig klauterde Prooi omhoog. Hij hoorde het sap traag in de bomen soezen. Deze boom sliep bijna helemaal. Hij liet zijn handen over de schors gaan, hij ving het heel zwakke pulseren van het sap op. Peinzend liet Prooi zich terugvallen op de bebladerde aarde. Waren ze ziek, of sliepen ze? Maar als ze niet ziek waren, waarom lieten deze bomen dan zoveel van hun bladeren tegelijk vallen? Dat deden ze in hun oude woonplaats nooit. Was het angst? Verdriet? Woede?

Sterker dan daarnet was hij zich bewust van de oneindigheid van de oceaan van bomen waardoor hij was omringd. Hoe ver hij ook zou lopen, hij zou omsingeld blijven door koude, dorre bomen, die hem blind aanstaarden. Aan hun kille blik viel niet te ontsnappen. 'Ik ben een Bliksem!' riep hij. Zijn woorden vielen dood tussen de dode bladeren op de grond. 'Ik ben een Vuurschokker! Ik sta aan jullie kant, ik doe alles alleen voor jullie!'

De woorden ketsten naar hem terug. Er was niets in hem wat oplaaide. De Vonk die hem voor hun vertrek naar de Oude Wereld in een laaiende, onkwetsbare Vuurschokker had veranderd, liet hem akelig in de steek. 'Ik kon er echt niets aan doen,' zei hij zachter tegen de boom naast hem. 'Ik zweer je dat ik niemand wilde verbranden. Ik zweer het, ik droom er steeds van...'

Alles zweeg. Hij liep het bos verder in, totdat hij in een donker deel kwam, waar niets dan naaldbomen groeiden. De geur van hars streelde zijn neus. Oude, vertrouwde geur. Plechtig zoals naaldbomen altijd waren, de mooie bomen van het Derde Seizoen. Trouw, geloof. Dat is ook mijn wet, dacht hij. Ik moet trouw zijn. Zelfs al moet ik doden wat me het liefste is. Ik moet heet zijn, hard en gevoelloos... als vuur... ik ben alleen maar de drager van het Vuur van mijn Wekker.

Trouw, geloof... ze ruisten en hij wist: ook zij waren trouwe volgers van een wet. De wet van de Wind. Ook zij strekten zich onophoudelijk naar hun meester uit: de wind. Dat was de wet van het Derde Seizoen.

Langzaam liet de Vonk zijn maag opgloeien. Dankbaar beloofde hij dat hij zich zou overgeven. Hij zou zijn eed gestand doen. Niet denken, niet voelen. Vuur zijn. Hij legde zijn hand op de schors van de naaldboom naast hem.

'Ik zweer,' fluisterde hij, 'ik zweer dat ik absoluut trouw zal zijn. Ik zweer dat ik alles zal doen wat de Schokker me zegt, hoe afschuwelijk het ook is. Ik zweer dat ik nooit spijt zal hebben. Want ik ben de drager van het Vuur!' Hij sloeg hard tegen de schors aan, en riep zo luid als hij kon: 'En de bomen zijn mijn getuige, en als ik er ooit aan twijfel dat de Schokker gelijk heeft, dan... dan zal ik sterven!'

Hij drukte zijn handpalm met al zijn kracht tegen de schors, en toen bonkte hij zijn voorhoofd tegen de stam aan. 'Dat zweer ik!'

Hij wandelde terug, kalmer dan hij tevoren was geweest. Ergens halverwege stuitte hij op vlezige paddenstoelen, die eetbaar roken. Hij wist niet hoe ze heetten, maar hij vulde er zijn zakken mee, droeg handenvol terug naar het hotel. Constanze zou het wel weten.

Ze wist het inderdaad. 'Eekhoorntjesbrood. Mooi, eten we soep vooraf. Ga zitten, jongen.'

Hij ging aan de keukentafel zitten. Tevreden dat hij eraan gedacht had zijn schoenen in te wisselen voor de grote sloffen uit de voorraadkamer rechts naast de voordeur.

'Hier, een kop koffie. Het is al half twaalf, je moet maar even wachten op je eten.'

Maar ze legde een zoete koek naast zijn beker. Het goede van mensen is de keuken, dacht Prooi, en toen de koekoek uit zijn deurtje tevoorschijn sprong, lachte hij hardop.

'Jij lijkt me nog niet de kwaadste, jongeman,' zei Constanze vanaf het aanrecht, waar ze de paddenstoelen fijnhakte. 'Al ben je al een eind op weg naar het verderf. Maar ik waarschuw je, ik heb geen geduld. Als ik iets merk van duivelspraktijken is het afgelopen. Dan maken jullie me maar dood.'

'Dem Azèl is geen duivel,' zei Prooi, aan zijn koek zuigend. 'Meent u nou echt dat u niet weet wie hij is? U weet toch wel dat hij een van de Schokkers van de Elfde Schok is? De beste. Hij gaat ervoor zorgen dat er een nieuwe wereld komt. Daar moet zelfs u toch wel van gehoord hebben.'

'De nieuwe wereld komt als de Here Jezus terugkeert op aarde,' zei Constanze. 'Dan zal het schokken, ja! En dan worden alle slangen en duivels teruggejaagd, het helse vuur in!'

Prooi schudde zijn hoofd. 'Het Vuur komt juist naar buiten barsten. Dat is de Schok.'

'Dat zeg ik toch? Het vuur verslindt alle duivels en godloochenaars. Zo.' Ze gooide eerst een flinke klont boter en toen de paddenstoelen in een hete pan. Prooi snoof de geur met welbehagen op.

44

'Mijn vriend is ook kok,' zei hij. 'Hij kookt heel lekker. Pittiger dan u. Meer smaak.'

'O ja? Wat kookt die vriend van jou dan? Turks zeker.'

'Nee, tortilla's en zo.'

'Tortela's, tortels! Turkse troep!' Ze gooide nog wat boter in de pan, toen wat meel, waarna ze hard begon te roeren. Daarna goot ze er flinke scheuten room en melk bij. 'Maar dat, dat monster, dat is geen Turkse duivel, hoor. Dat maak je mij niet wijs. Ik wéét wie hij is.' Ze legde het deksel op de pan. 'En waar is dat meisje nu, dat Chineesje? Ze moet me helpen met de aardappels.'

Even overwoog Prooi in de warme keuken te blijven en zelf te helpen met schillen en koken. Toen herinnerde hij zich weer wie hij was. 'Hinoka is een Demon,' zei hij streng. 'Ze is veel te goed voor mensenwerk. U moet wel beseffen wie we zijn, méns!'

'Denk maar niet dat ik dat ook maar een moment vergeet!' Ze strekte een benige wijsvinger naar hem uit. 'Uit m'n keuken, duivelsjong, want m'n handen jeuken! Vort! En roep dat meisje!'


## Bende

Na het middageten stuurde Constanze iedereen de gezelschapszaal in, door de deur achter het rode gordijn in de hal. Karl had de zaal met grote ijver schoongepoetst. Gebloemde sofa's en bruinleren fauteuils stonden om lage tafels heen geschikt. In een hoek van de zaal stonden lompe eettafels met bijpassende stoelen. In een andere hoek stond een merkwaardig gevormde houten kast. Het fijnste was het naar dennenhout geurende haardvuur dat in een uitsparing in de muur oplaaide. Op de schoorsteenmantel stonden vrolijke stenen beestjes om een traag tikkende klok heen. De muren waren bedekt met allerhande interessante voorwerpen: platen van bomen en watervallen, houten kruisen, toeters, borden met woorden (*'Ein fester Burg ist unser Gott'*), en boven het haardvuur hing zelfs een exemplaar van het gewei dat de beesten op de plaatjes boven op hun kop droegen.

Skat, zijn M16 over de schouder, liep naar de vreemde kast in de hoek. Hij tilde een deksel op en ontblootte een rij zwarte en witte stenen. Ding, klonk het, toen hij er één betikte. Hij glimlachte en sloeg beurtelings op de hele rij. Ding, ding ding ding dang dang ding. Het zong.

'Weet je dat je talent hebt, Askat?' vroeg de Schokker, die aan een tafel bij het raam was gaan zitten. 'Je zou nog muziek uit een puntenslijper kunnen halen, jij.' Hij was vandaag in een heel wat beter humeur dan gisteren. 'Niet dat niet elke Vuurschokker een beetje muzikaal moet zijn, om de muziek van de Schok te kunnen horen... maar jij hebt er echt iets mee.' Hij luisterde een poosje naar Skats geëxperimenteer, één wenkbrauw hoog, een halve glimlach om zijn lippen. Toen sloeg hij met zijn knokkels op tafel. 'Oké, werk aan de winkel. Askat, haal even onze kaarten van boven. Karl, hier. Ik heb je nodig.'

Karl ging gehoorzaam bij de tafel zitten.

'Zeg eens, kerel. Heb jij contact met de mensen van het Snordersspel hier in de regio?'

'Volgens mij was mijn vader de enige hier. Hij was de webmaster van de site Snordersspel regio Duitsland-Tsjechië-Oostenrijk.'

'Wat is er met de regio-afdelingen gebeurd? We hadden hier tientallen zaakwaarnemers!'

Karl haalde zijn schouders op. 'Ik geloof dat de fut er een beetje uit was... Er was iets met een achterstand in de uitbetaling van de salarissen... Ik weet het verder niet.'

'Zo? Ik zal dan maar eens contact opnemen met het hoofdkantoor Europa. Andere vraag. Kun je me vertellen waar die concentratie van gifgassen in het westen van jullie land vandaan komt?'

'Wat bedoelt u? Het Ruhrgebied? Zware industrie. Hoezo?'

'Industrie? En wie heeft dat georganiseerd? Wie stuurt dat aan?'

'Nou ja... een hele hoop bedrijven zitten daar!'

'Maar wie berekent de precieze hoeveelheid kooldioxide die nodig is?'

Karl staarde hem in verwarring aan. Hij schrok op toen Skat met de stapel atlassen en kaarten onder zijn arm terugkwam. 'Weet je echt niet wíé het klimaat probeert te veranderen? Je maakt me toch niet wijs dat dat *vanzelf* gebeurt? Daar moet toch iemand achter zitten?'

'Dat is... dat is gewoon industrie...'

De Schokker schoof een van de kaarten naar Karl toe. 'Vertel me dan maar hoeveel vulkanen hier in de buurt zijn.'

'Vulkanen? Werkende? Volgens mij geen enkele.'

'En mijnen? Ertsmijnen, mineralen, goud?'

Skat posteerde zich op de stoel naast Karl, zijn grote zwarte HK dreigend in de hand, de M16 over de stoelleuning.

'Ik probeer u te helpen! Ik zweer het! Maar ik ben misschien niet de meest geschikte persoon, ziet u? Ik ben ook maar een gewone bouwvakker!'

'Karl,' zei de Schokker, 'breng me naar een telefoon. Nu. Snel.'

Toen de Schokker en Karl weg waren ging Skat languit op een sofa liggen slapen, in zijn leren jas, met zijn laarzen op de ene armleuning en zijn hoofd in de kussens bij de andere. Hij hield de M16 in zijn armen alsof het een baby was. Hinoka keek met een nauw merkbare glimlach naar hem. Ira zat op zijn hurken naast het vuur en Prooi krulde zich op in een stoel aan de andere kant bij het vuur, met een onwennige blik op Ira. Hij vertrouwde de Catastrofe niks. Maar zodra hij wegzakte, besprongen zijn nachtmerries hem. Paniekerig klauwde hij naar boven, weg uit het duister waar zijn nachtmerries huisden, het daglicht in. Boven wachtte Hinoka.

'Zullen we een spelletje doen?' vroeg ze.

'Goed,' zei Prooi. 'Wat?'

Het liep erop uit dat ze de hele middag kaartten. Na een tijdje met z'n drieën, want Ira voegde zich tot Proois schrik zwijgend bij hen. Ze speelden canasta, alsof het allemaal doodgewoon was, toen poker, waar Ira verbazend goed in bleek te zijn. Ten slotte ontwaakte Skat en ook hij zette zich gapend aan hun tafel. Ze speelden weer canasta, nu met z'n vieren. Dat was in het Huis van het Vuur nooit gebeurd, dacht Prooi: een Demon en een Catastrofe, die samen met de Bliksems kalm een spelletje speelden. Waren Skat en Ira nu al aan het uitdoven, in dit koude mensenland? Ik zal niet uitdoven, zei hij tegen zichzelf. Nooit. Ik heb het gezworen. Ik zal het instrument van het Aardvuur zijn.

Pas veel later, lang na het avondeten, verscheen Dem Azèl weer. Zodra hij de voordeur door was, brulde hij: 'Askat! Tengoe!' waarna hij de trap op stormde.

'Wat is het nieuws?'

De Schokker liep met grote stappen heen en weer door de slaapkamer. 'Géén nieuws van Kdaai Maksin. Die is alleen door bereden trollen te bereiken, geloof ik. Hij weigert gewoon de telefoon op te nemen! Ik heb een van m'n mensen opdracht gegeven er persoonlijk een boodschap af te leveren. Met een dringend verzoek om als de sodemieter een royale hoop goud te leveren, want dat is nu prioriteit nummer één.' Hij groef een sigaret op uit zijn jaszak en stak hem aan. 'Ik heb 'm duidelijk gemaakt dat-ie voor z'n eigen gezondheid maar beter ogenblikkelijk kan leveren. Hopelijk dringt het door – je moet het er bij die kerel in rammen, anders snapt-ie het niet.'

Hij smeet de afgebrande lucifer op de grond. 'Ik heb Dem Thoumè meteen ook maar effe stevig de waarheid gezegd. En wat zegt die idioot? Dat-ie liever voorlopig dáár blijft rondhangen! Hij vertelde me trouwens wel dat m'n list goed gelukt is, Mist denkt echt dat ik op weg ben naar Dem Tubal, om me over te geven. Ik wou dat ik straks d'r gezicht kon zien...' Hij grinnikte. 'Het wordt allemaal nog beter als het me lukt het middelpunt te vinden.'

Zijn enthousiasme werkte aanstekelijk. Prooi moest zich inhouden om niet uit te roepen dat hij wíst waar het middelpunt was, totdat hij zich weer herinnerde dat hij het helemaal niet wist. Gawa, gawing...

'Is het geen schitterende grap, jongens, dat wij hier met de Vuurschokkers actie ondernemen, terwijl zij daarginder eindeloos zitten te emmeren en te treuzelen?' Hij keek hen allebei stralend aan. 'Het is fascinerend wat er hier aan de hand is! Weet je wat ik maar niet uit m'n kop krijg? Die zwakzinnige mensenmeute hier weet van niks, maar er zijn hier overduidelijk een paar centra van waaruit de klimaatverandering wordt aangestuurd. Ruhrgebied, de Povlakte! Wie zit daarachter? Niemand van de Zeven. Zelfs Mists klauwen reiken niet zo ver. Er moet híér iemand zitten, vlakbij, die in het geniep iets aan het uitspoken is. En dat kan niet anders zijn dan een onbekende Schokker. Dit is het onweerlegbare bewijs dat ik gelijk heb! *Er zijn nog meer Schokkers dan de Zeven!*'

Hij stond met fonkelende ogen in het midden van de kamer, terwijl de sigaret die hij in zijn uitgestrekte hand hield rookslingers uitwasemde.

'Díé moet ik vinden! En als me dat lukt, en als ik hem voor ons kan winnen, dan zijn we met ons vieren. Met Kdaai Maksin en Thoumè erbij, zes. Absoluut overwicht. Zes Vuurschokkers tegen drie Waterschokkers! Totale overwinning, jongens! Dan kunnen we de evolutie eindelijk absoluut veiligstellen!'

'Ik weet het niet,' zei Skat. 'De Snorders koersen niet massaal op één punt af. Bovendien, zo'n Schokker zou de mensen opgevallen moeten zijn. We hadden er verhalen over moeten horen. Bij ons wisten alle mensen in de buurt van uw bestaan, al wisten ze niet precies wie of wat u was.'

'Zeker. Maar die mensen hier zijn helaas van een ander slag, Askat. Een stuk minder helder, dat heb ik daarnet gemerkt. Onze Schokkersnamen zijn wereldwijd befaamd, al millennia lang huiveren de mensen voor ons, maar die stomme bleke dorpelingen hier voelden mijn macht volstrekt niet aan! Ze zijn volkomen blind en doof! Ik stierf van verlangen er een paar de waarheid te laten voelen, gewoon puur met braakvuur!'

'Niets lette u.'

'Nou ja,' zuchtte de Schokker, 'm'n eigen tere hart. En praktische overwegingen. Maar het is dus volslagen onmogelijk om hier personeel te vinden dat louter uit ontzag voor me wil werken. 't Is een slap zootje hier.' Hij zuchtte weer, rook uitblazend. 'Mijn eigen werknemers hebben last van dezelfde sulligheid. Niets dan consternatie op het hoofdkantoor in Spanje. Rapporten niet gereed, geen overzichten en statistieken, ik zeg, steek die statistieken in je reet, ik wil gewoon weten wáár de Snorderstrek op afstevent. Dan kan ik de onbekende Schokker lokaliseren! Geen antwoord. Ze weten het stomweg niet. Plukje in

Midden-Europa, plukje in West-Europa, plukje in Oost-Europa. Ja, dat kan ik ook zien!' Hij bleef staan voor de kaart van Europa die hij aan de muur had gehangen, volgeprikt met spelden, en sloeg ertegen-aan. 'Het is nú nog niet duidelijk, maar er móét een patroon zijn! Waar betaal ik die idioten voor?'

'Betaalt u ze dan?'

'Ja, waar halen we goud vandaan, Askat, in afwachting van Mak-sins levering? M'n wereldomvattende machine kraakt in haar voe-gen! Goud, dat is m'n olie! We moeten nú doorpakken! Heb je al een plan?'

'Ja. Als ik de vrachtwagen krijg, en Tengoe, dan los ik dat probleem voor u op.'

'Ga je gang, als je maar geen aandacht op ons vestigt. Ik ben me er akelig van bewust dat we hier met een verdomd klein groepje volko-men berooid tussen miljoenen argwanende primaten zitten. Ze heb-ben geen flauw benul wie ik bén!'

'Wat gaan we doen?' vroeg Prooi, toen ze in de vrachtwagen over de smalle zandweg reden.

'Wat dacht je,' zei Skat. 'Stelen, natuurlijk.'

De weg slingerde zich door de vochtige nacht. In de dalen hing mist. O, dacht Prooi, klaag niet als 's ochtends de nevel rijst.

'Skat? Waar kwam het goud van de Schokker eigenlijk vandaan?'

'Uit de Smidsen. Dem Kdaai Maksin zorgde ook voor vaste aanvoer uit zíjn Smidse. Vuurdemonen delen hun goud met elkaar.'

'Maar nu niet meer.'

'Ik weet niet wat er aan de hand is. Dem Azèl is bang dat de Raad Maksin verboden heeft hem goud te leveren, vanwege alle conflicten. Het kan net zo goed zijn dat Dem Maksin er gewoon geen zin meer in heeft. Wat beslist niet verbetert als Dem Azèl hem tegen de haren in strijkt. Buitengewoon stom. Maksin is een lichtgeraakte en ongeloof-lijk koppige duivel.' Hij tikte tegen zijn maag.

'Maar we krijgen versterking,' zei Prooi. 'Een onbekende Schokker. Fantastisch, hè?'

'Hm,' zei Skat, terwijl hij de weg met half dichtgeknepen ogen in de gaten hield.

Na niet al te lang rijden kwam een dorp in zicht. Skat reed erdoorheen. 'Niet te dicht bij huis,' mompelde hij. Verderop doemde een groter stadje op. Skat parkeerde de vrachtwagen op een braakliggend terrein naast de eerste gebouwen. 'We lopen eerst een rondje. Je hebt de Taurus toch bij je, hè?'

Prooi knikte. Sinds Skat hem de revolver in de handen had gedrukt, droeg hij hem altijd bij zich. Het was een lekker handzame .38 met een heel korte loop, een snubnose. Hij paste prima in zijn jas- of broekzak. Waakzaam slenterden ze de verlaten straat in. Het was na middernacht en alle huizen waren donker. Hier en daar hingen bloembakken, zag Prooi, waaruit vermoeide, sterk ruikende rode bloemen hingen. Op sommige huizen hingen bordjes. *Konditorei. Bild am Sontag.*

Het was zo stil, dat alle huizen verlamd van ontzetting naar de twee vreemdelingen keken. Maar in het centrum was er hier en daar nog wat te beleven; achter gevels klonk muziek en mensen met dikke bleke gezichten liepen luid pratend over straat. Felle blauw-groen-rode lampenslingers zwaaiden boven hun hoofd. De Bliksems zochten kalmere straten op en bleven staan bij een gebouwtje waar rolluiken voor de ramen waren neergelaten. Op een bord boven de zware toegangsdeur stond *Raiffeisen-Volksbank.*

De huizen waren in deze streek weinig gastvrij. Er waren nauwelijks ramen in de grijze muren uitgespaard, en de paar die er wel waren, waren afgesloten met rolluiken, of fors getralied. Toch ontdekte Prooi een halfopen raampje op de tweede verdieping van de achtermuur. Vastberaden werkte hij zich langs bloembakken, regenpijpen en tralieramen naar boven, tot hij zijn bovenlijf door het wc-raampje wist te trekken. Beneden hem, op een plankje boven de wc-pot, stond een vaasje gedroogde bloemen. Hij duwde zichzelf verder naar binnen, zette zich af, en sprong katachtig soepel over de wc-pot heen. Het vaasje viel om, er vielen nog wat prulletjes op de grond. Maar niemand van de bewoners leek te zijn gealarmeerd.

De wc-deur gaf toegang tot een donkere gang. Hij zette zijn voeten ademloos voorzichtig neer, om niets te laten kraken. Tapijt onder zijn voeten. Hij rook mensen achter deuren vlakbij. Ook een merkwaardig sterke hagedissengeur, maar vooral mensen. Nauwelijks ademend daalde hij een oude, krakende houten trap af, zijn hand om de snubnose in zijn zak. Maar toen hij de donkere kamers en gangen zorgvuldig onderzocht, vond hij geen trap die hem verder naar beneden kon brengen. Alleen een zware voordeur. Juist. Achter die deur lag natuurlijk de trap naar het goud. En hij was muurvast afgesloten.

Hij draaide zich om en schrok zich lam toen achter hem een klok begon te zingen. Ratelend en piepend zong hij een hijgerig wijsje, waarna één heldere slag weerklonk. Toen de stilte terugkeerde, hoorde Prooi buiten lawaai opbruisen. Feestgangers kwamen op de straat beneden voorbij. Er werd gezongen en gelachen. Een moment later hoorde hij buiten de voordeur onvaste stemmen.

'Brittaaa...'

'Nee, hou op!' Gegiechel. 'Nee echt, joh. Ze zijn vast al razend! Ga weg.'

Onderdrukt gefluister, gelach. Even later klonk beneden joelerig gezang. Van dichterbij klonk het geluid van een sleutel die in een slot gestoken werd. Prooi omklemde de snub. Spande zijn spieren. De deur kraakte open. Meisjesgegiechel, een walm van alcohol en rook. Prooi sprong.

Misgerekend! Ze had een onverwachte draai gemaakt, en hij botste pal tegen haar op. Ze slaakte een hoge gil en stortte achterover, met Prooi over haar heen, die klauwde naar houvast. Ze hingen met elkaar verstrengeld aan de trapleuning. 'Idioot,' siste het meisje, 'ik schrik me rot! Jij ook altijd met je rotgeintjes!'

'Sorry,' zei Prooi onnozel, terwijl hij zich uit haar omstrengeling los probeerde te maken. Het trapgat was donker. Maar niet zo donker dat Brigitta geen glimp van hem kon opvangen. Ze slikte schrikkerig lucht in. 'Maar... wie ben jij? Je bent m'n broer helemaal niet! Wat doe je hier?'

Boven hen klonk een strenge vrouwenstem. 'Brigitta! Het is één uur!'

'Ik kom, mammie!'

Ze was een stevig blond meisje, dat overdadig was opgemaakt. Verward keek ze in de richting van de stem boven en toen naar Prooi, met zijn wapen in de hand. Haar vuurrode mond vertrok in een half lachje. 'Super,' zei ze. En toen, heel zacht: 'Wacht hier!' Ze trok Prooi mee naar binnen en duwde hem een donkere gang in.

'BRIGITTA!'

'Ik ben thuis, mammie! Het was zo afschuwelijk! Annika is ziek geworden, ze had verschrikkelijke buikpijn en minstens veertig graden koorts! We moesten haar naar de eerste hulp brengen, we dachten dat ze buikvliesontsteking had! Maar toen sprong er een hert pal voor de auto...'

Ze verdween in de duisternis van de bovenste verdieping. Prooi sloop terug naar de deur. Hij zat weer stevig op slot. Voortvarend meisje, die Brigitta. Hij zat opnieuw gevangen. Geërgerd vroeg hij zich af wat een Vuurschokker in een dergelijk geval hoorde te doen. De Vonk pulseerde in zijn binnenste. De hele boel in de hens zetten? Maar dat zou hem niet helpen te ontsnappen, hè? Boven hoorde hij Brigitta huilen. Een paar minuten later kwam ze de trap af gestampt. Ze verdween in de keuken, maar even daarop stak ze haar hoofd om de hoek: 'Kom je nog!'

Nooit zag een meisje er minder behuild uit dan Brigitta. Kwaad, beledigd en vastberaden dreunde ze flesjes op de tafel, en brood en potjes. 'Weet je wat dat voor *belachelijke* fascisten zijn! Nou mag ik een máánd niet uit! En alleen omdat we iemand van de dood moesten redden!'

In haar neusvleugels en wenkbrauwen staken ijzeren ringetjes. Haar lange haar hing in piekerige blonde, roze en groene lokken over haar schouders. Ze draaide hem haar lijkbleke gezicht toe, extra wit nog vanwege de pikzwarte lange wimpers en de pikzwarte sterren rond haar ogen.

'Doe die revolver maar weg, ik doe je niks. Je bent een inbreker, hè?'

Ze nam zijn verbrande gezicht op, zijn vlekkerige wollen trui, het vale roodfluwelen jasje vol schroeiplekken. Met een vlugge blik op de deuropening stak Prooi de snub in zijn jaszak.

'Maak je niet druk, die komen niet beneden. Ze willen me effe niet zien. Nou, ik hun ook niet. Ze hebben geen hárt.'

'Is dat meisje gered?' vroeg Prooi, die niet goed wist wat zijn volgende stap moest zijn, en haar graag van de kwestie van zijn aanwezigheid in huis wilde afleiden.

'Wie?'

'Dat meisje dat zo ziek was.'

'Wat?' Ze keek hem aan alsof ze wilde spugen. Toen lachte ze. 'O, Annika! Die was natuurlijk helemaal niet ziek. Maar wat kon ik anders zeggen?' Ze stak hem een geopend flesje toe. 'Wat is dat voor accent, dat jij hebt? Ben je een zigeuner soms? Erg Turks zie je er niet uit.' Ze nam een slok uit haar flesje. 'Ik had vorig jaar een Turks vriendje. Kenan. Vonden m'n ouders níét leuk.' Ze keek hem scheel aan. 'Ze vinden niks leuk wat ik doe. Nou, heb je al wat gejat hier?'

'Nee. Ik moet eigenlijk beneden zijn.'

Ze barstte in beledigend gegiechel uit. 'Wat? Bij de bánk?' Ze zette haar flesje terug op tafel en begon de boterhammen te besmeren met een laag donkerbruine pasta. Prooi, die zo gauw geen vlijmscherp antwoord wist te vinden, keek hongerig toe.

'Je kunt van hieruit helemaal niet in de bank komen, slimbo!' Ze likte het mes af en smeet het achter zich op het aanrecht. 'Trimmen ze je in elkaar als je met lege handen terugkomt?'

Prooi fronste zijn wenkbrauwen. Het meisje was hem veel te brutaal, maar het zou niet helpen als hij haar hier ter plekke affakkelde. Brigitta keek hem peinzend aan, terwijl ze haar boterham at. 'Tsju,' zei ze. Toen schoof ze hem de andere boterham toe. 'Zit niet zo te kijken, eet op.'

'Ik bedoel,' zei ze toen ze het brood achter haar kiezen had gepropt, 'eigenlijk zouden mensen helemaal geen geld moeten hebben. Mensen als mijn vader in elk geval niet. Weet je waaraan hij het uitgeeft? *Reptie-len*. Serieus, dat is z'n hobby. Boven heeft-ie een hele kamer met zeldzame hagedissen en slangen en zo. Die beesten kunnen er niet tegen gevangen te zitten! Ze gaan achter mekaar dood. Misselijk word je ervan. Maar hij wil gewoon niet luisteren als ik hem zeg hoe zíék het is! Dat dóé je toch niet?'

De boterham was zo lekker dat Prooi zich moest bedwingen er niet nog een te vragen. Dit moest hij koste wat kost nog eens zien te krijgen. Chocoladepasta, stond op de pot. 'Ik moet weg.'

'Hm.' Ze leek aldoor bleker te worden. 'Kijk es in die pot daar, waar *Meel* op staat.'

Prooi ging gehoorzaam op een stoel staan, lichtte het deksel op en haalde een handvol papier uit de pot. Hij keek er goed naar. Langzaam drong het tot hem door dat dit bankbiljetten waren. Vijf euro. Tien euro. Twintig euro. Vijftig euro.

'Wil je een plastic zakje?'

'Maar...'

'Hoor eens, dit is mijn wraak. Dan kan-ie tenminste een poosje geen reptielen meer kopen. Kunnen ze lekker in hun jungle blijven rondscharrelen. Heeft m'n vader wat om over na te denken.'

Ze vulden samen een plastic zak met knisperig papiergoed. Honderden biljetten waren er. Prooi begon te trillen van opwinding.

'Mooi,' zei Brigitta buiten adem, 'dit is echt absoluut te gek. Net nou-ie er het geld in heeft gedaan dat-ie voor z'n ouwe morelia's heeft gevangen! Moet je zien hoeveel het is!'

Prooi probeerde al die vijfjes, tientjes, twintigjes en vijftigjes bij elkaar op te tellen.

'Zo heb ik ze nog nooit te pakken gehad! Maar je moet maken dat je wegkomt. De politie is hier catastrofaal. Je moet hier nóóit je neus meer laten zien, begrepen?'

Ze duwde hem de hal in. Boven was enig leven hoorbaar; er klonk het geklater van water. Gingen ze naar de wc? Zou het opengebroken raam hun opvallen? Toen Brigitta de voordeur langzaam opendraaide, klonk van boven een kreet. 'Tsjuus, gauw nou! Rennen, joh!' Zonder aankondiging begon ze te gillen: '*Help! Nee, niet doen! Help! Ga weg, hou op!*' Ze stopte en knipoogde, terwijl ze hem een zet gaf en het weer op een brullen zette: '*Help!!!*'

Boven hen klonken opgewonden stemmen. Paniekerige uitroepen: 'Brigitta!'

Maar Brigitta stond een inbreker de deur uit te duwen, terwijl ze heel overtuigend het huis bij elkaar krijste. Prooi holde de trap af, ontgrendelde de benedendeur en stond op de stoep. Skat!

Met kloppend hart holde hij het zijstraatje in, de steeg in, waar Skat zou wachten.

Geen Skat te bekennen.

Maar hij kon hier niet blijven staan, met die plastic zak vol bankbiljetten in zijn hand en het gillende meisje boven in het huis. Prooi schoot ervandoor, in de richting waar de vrachtwagen had gestaan. Hád gestaan. Hij stond er nu niet meer.

Hij moest maken dat hij wegkwam! Hijgend begon hij over de asfaltweg te rennen, in de richting waar ze vandaan waren gekomen. Het was raar, maar terwijl hij daar in z'n eentje voortholde, in dat donkere niemandsland, besefte hij dat hij zich voor het eerst sinds hun vertrek niet meer zo hopeloos ellendig voelde.

Hij wist dat Constanzes huis ver weg was, dus liep hij geduldig door. Soms sliep hij half tijdens het lopen. Na een eeuwigheid begon de hemel boven het heuvelachtige land langzaam te verkleuren. Het werd dag. Af en toe kon hij heel ver zien, tot waar de beboste heuvels en landbouwvelden in de horizon oplosten. Soms openden zich naast de weg diepe, in mist verzonken dalen. Klaag niet als 's ochtends de nevel rijst, zei hij, ijskoud en trillerig van uitputting. Klaag niet als 's ochtends de nevel rijst.

Het ochtendverkeer passeerde met kalme regelmaat. Zoef, zoef. Nu het licht was geworden moest hij steeds van de weg af springen en zich verstoppen. Toen in de loop van de ochtend een zware wagen naderde, stapte hij zuchtend verder het struikgewas in. Hij struikelde, herstelde zich en keek met lodderige ogen naar de vrachtwagen die voorbij denderde en zag... Skat.

O, bij de klauwen van het gillende Lot! Hij veerde overeind, was met drie sprongen terug op de weg, schreeuwde de vrachtwagen achterna en zette het op een lopen. Het was gekkenwerk, natuurlijk. Dat rotding ging honderd keer zo hard als hij. Nooit zou het hem lukken thuis te komen, nooit! Vloekend volgde hij de kromming van de weg, en daar, ineens, in zijn volle glorie, beschenen door het bleke licht van de zieke Oudewereldzon, stond, half in de berm, Skats vrachtwagen op hem te wachten.

Achter het stuur zat Skat een sigaret te roken. Hij keek niet eens op toen Prooi de cabine binnenklom. Hij stak de sigaret in een mondhoek, schakelde, drukte voetpedalen in, keek met gestrekte nek in de grote zijspiegels en draaide de weg weer op. Prooi drukte de plastic zak tegen zijn buik. Warme lucht omspoelde zijn benen. Nu pas begon hij echt te klappertanden.

'Waar z-zat je nou?'

'Waar zat jíj, zul je bedoelen. Ik had eerst de wagen gehaald, om snel weg te kunnen komen. Toen de politie kwam, dacht ik dat je was gesnapt. Ik ben nog naar het politiebureau gereden, om je te bevrijden. Maar er kwam niemand. Toen gokte ik dat je wel op deze weg terecht zou komen.'

Ach, wat klonk het allemaal logisch.

Skat klakte, hoofdschuddend. 'Ik heb evengoed m'n slag kunnen slaan. Klein winkeltje ergens achteraf. Vijfhonderd euro hooguit, maar we kunnen weer even voort. Trouwens, dat vrouwtje van het hotel heeft ook een geldkistje, in de kast in de grote zaal. Zit vierhonderd euro in.'

'Ik heb ook wat,' zei Prooi. 'In deze zak. Ik weet niet precies hoeveel het is. Zesduizend euro of zo, of misschien meer, ik weet het niet. Het was om reptielen te kopen.'

De verraste kramp waarmee Skat zich naar hem omdraaide, de verbijsterde blik in zijn ogen. 'Pas op!' schreeuwde Prooi, want de vrachtwagen reed bijna van de weg af.

'Tering,' zei Skat, terwijl hij een ruk gaf aan het stuur. 'Hoe... waar...'

Kort vertelde Prooi hem over zijn avontuur met Brigitta. Skat schudde zijn hoofd. 'Wat een mazzel! Wat een belachelijke mazzel!'

'Ja hè,' zei Prooi tevreden.


Geluk is een vogel die zich op je schouder neerzet en dan weer wegfladdert. Je kunt hem niet oproepen, je kunt hem niet dwingen te komen. Maar in deze tijd bleef het geluk hun toelachen. Later die week konden ze de hand leggen op de inhoud van de kassa van een luxe tassenwinkel, net toen er maar één winkelmeisje in de zaak aanwezig was. Ze was zo verschrikkelijk bang voor de twee gewapende jongens (allebei met een zak over hun gezicht, deze keer), dat ze niet eens kon gillen. Skat leegde de kas met een paar snelle bewegingen in zijn tas en toen griste hij, slim genoeg, ook nog een kistje mee dat achter de toonbank stond. Daarin bleek nog achtentwintighonderd euro aan bankbiljetten te zitten.

Het was bepaald verrukkelijk om een angstaanjagend roofdier te zijn, vond Prooi. Zeven nachtelijke expedities later telden ze de buit: een kleine twintigduizend euro. 'Goede start, maar bij lange na niet genoeg,' zei Skat. 'En het wordt allemaal steeds riskanter. Ik heb een krant bekeken. De politie zegt dat er een bende actief is in de regio. Er zijn zelfs mensen die ons gezien hebben.'

'Bende,' zei Prooi. Dat woord beviel hem.

'We moeten eigenlijk een serieuze slag slaan,' zei Skat. 'We hebben miljoenen nodig.'

'We kunnen een bank opblazen,' zei Prooi. 'Met genoeg benzine, en een aansteker...'

'Tengoe,' zei Skat hoofdschuddend, 'je zou er nog toe in staat zijn ook.'

'Maar waarom niet, Skat? We zijn Schokkers! We kunnen alles doen wat we willen!'

'Helaas, ja,' zei Skat. 'Maar laten we voorlopig eerst maar eens proberen op een *verstandige* manier rijk te worden, Tengoe.'

# 3 Als het misgaat, dan maar grandioos

Hun geldvoorraad groeide, maar het daglicht begon te krimpen, alsof de zon zelf dodelijk vermoeid was. Het werd steeds later licht en vroeger donker. Op een ochtend na een stormnacht was Prooi echt geschrokken. Een groot deel van de bladeren was van de takken afgerukt. Voor het eerst kon je de naaktheid van het bos zien, de zwarte blote stammen: het was een misselijkmakend gezicht.

De Schokker kwam naast hem staan, voor het raam in de grote zaal. Hij schoof het zware gordijn opzij en floot bijna bewonderend. 'Nu zie je het, hè Tengoe?'

'Wat is er met ze aan de hand?'

'Het is gruwelijk, hè? Het tast je merg aan... Dit is wat er gebeurt als de kou de wereld in haar greep krijgt. Nu zie je waar Mist op uit is. Kou, nattigheid, stervende bomen.'

Ook die dag trok hij er, zoals zo vaak, met Karl en de vrachtauto op uit. Telefoneren, organiseren, opdrachten geven, steeds kwadere bedelbrieven naar Kdaai Maksin sturen. De rest van de dag zat hij meestal op zijn kamer met Skat te rekenen en te discussiëren. Maar deze dag kwam hij de grote zaal brandend van opwinding binnenvallen, met Skat achter zich aan. Prooi sprong op uit de stoel waarin hij dromerig naar de haardvlammetjes had zitten kijken. Ira en Hinoka kwamen dichterbij.

'Kinderen,' riep de Schokker buiten adem, 'luister naar me en vertel me of ik krankzinnig ben geworden!'

Hij trok Prooi bij zijn schouder naar zich toe, en begon er uit louter enthousiasme in te knijpen.

'Het gaat over die onbekende Schokker die hier ergens aan het werk

59

is... wat onze eerdere vermoedens bevestigt, niet? De Snorders worden door een Schokker vlakbij aangetrokken!'

'Ze gaan niet duidelijk één kant op,' zei Skat.

'Nee, stil even. Ik wist ook al voor ik de Snorders maakte dat er onbekende Schokkers moesten zijn. Waarom ik dat wist? Omdat de Groten nog niet wakker zijn geworden! Een gigant als Shiva heeft zich nog niet kenbaar gemaakt, net zomin als Loki, Re, Hephaistos en Shango... hoe kan dat? Er staat een beslissende Schok op stapel, en de Groten zouden zich afzijdig houden?'

'Dus u denkt dat die onbekende Schokker hier in de buurt...' begon Prooi.

'Ja! Dat dat een van de Groten moet zijn! Ja, absoluut! Maar dat niet alleen. Kijk, Dem Tubal is niet meer in staat leiding te geven. Dat betekent dat onze Zanger geen Zanger meer is! Maar als er een Schok op stapel staat móét er een Zanger zijn! Is het dan niet mogelijk, ik bedoel, is het niet *hoogstwaarschijnlijk* dat deze onbekende Schokker pas kortgeleden is ontwaakt, *toen Dem Tubal zijn taak als Zanger neerlegde*, en dat al Tubals kennis en wijsheid op deze nieuwe Schokker zijn overgegaan?'

Prooi, die een beetje werd afgeleid door het geknijp in zijn schouder, probeerde het tot zich door te laten dringen. Er was niet zomaar een Schokker in de buurt, maar de grootste van allen – en die was dan ook nog eens de Zanger? Hun aller leider? Een nieuwe leider?

'Vanzelf?' vroeg Skat. 'Die kennis zou *vanzelf* op hem zijn overgegaan?'

'Het onderbewustzijn van alle Schokkers is via het aardvuur met elkaar verbonden, Askat. Maar ik ben nog niet klaar! Als ik gelijk heb, en als deze nieuwe Schokker inderdaad de taken van de Zanger heeft overgenomen, als hij met andere woorden de Zanger ís – dan is de plaats waar hij ontwaakte – *het middelpunt van de aarde.*' Hij liet Prooi los. Er viel een diepe stilte.

'Uw hypothese is dus,' zei Skat toen, 'dat als we deze Schokker vinden, we zowel de Zanger als het middelpunt van de aarde hebben gevonden. Omdat *Het Boek van het Vuur* zegt dat de Zanger per definitie in het middelpunt van de aarde ontwaakt.'

'Ja.'

'Maar wie..' vroeg Prooi.

'Wie? Wie zal het zeggen? Een van de oude Noordse duivels, een van die Germaanse woestelingen? Een van de zeer ouden uit India, die naar het westen zijn gestuwd, op de stroom van het magma? Die uit Afrika, Australië?' Hij glimlachte naar Prooi. 'Hij zal ontzagwekkend zijn, en zodra we hem vinden en op de hoogte stellen van het geso-demieter tussen de Schokkers zal hij direct de leiding op zich nemen! Vanuit het middelpunt der aarde! Klopt mijn redenering, kinderen?'

'Het kan bijna niet anders,' zei Hinoka. En Ira gromde, met een korte knik. 'Absoluut,' zei Prooi. Skat liep langs hen heen naar de tafel, waar hij zijn landkaarten op neergooide. 'Waarom denkt u dat het een Vúúrschokker is, en dat hij onze kant zal kiezen?' Hij draaide zich naar Dem Azèl om. 'Afgezien daarvan, wie of wat hij ook mag zijn, we zul-len hem toch eerst moeten *vinden*.'

'Ik weet niet zeker of jij niet eerder een eeuwige koude douche bent, Askat,' zei Dem Azèl welgemoed, 'dan mijn broodnodige steun en toe-verlaat, tijdens deze moeizame aanloop naar onze triomf. Als jullie het met me eens zijn, laten we dan alsjeblieft eerst een glas drinken op mijn ontdekking. We staan op het punt de Ware Zanger te ontmoeten!'

Prooi werd een tijdlang zó meegesleept door de opwinding van Dem Azèls ontdekking, dat zijn Vonk in hem oplaaide en hem verwarmde als-of ze weer thuis waren. Het leven baadde een tijd in puur zonlicht. Maar dat kwam niet alleen door Dem Azèl. Dat kwam ook door Hinoka.

Op een nacht, toen hij ondanks alles weer met zijn nachtmerries vocht, was ze zijn kamer binnengekomen, die naast de hare lag, en had ze hem wakker geschud. 'Droomde je?' Hij had haar hand gepakt. En toen had ze gefluisterd: 'Ik ook,' en ze was, zomaar in haar dunne nachtjurk, bij hem onder de dekens gekropen. En daar, alsof het alle-maal doodgewoon was, was ze in slaap gevallen. Hij had een poosje on-gelovig naar haar hartverscheurend mooie gezicht gekeken. Ze sliep zo diep dat hij haar wang kon strelen, haar hals, tot de bolling van haar zachte borst – een streling die hem ongenadig opwond. Hij drukte zijn neus in haar warm geurende hals en drukte zich heerlijk, nauwelijks wetend wat hij deed, tegen haar dij aan... een beetje wrijvend, een beetje maar... tot ze hem met een onverwacht luid brabbelwoord de rug toekeerde. Geschrokken liet hij haar los. Toen hij die ochtend wakker werd, was ze weg.

Skat en Ira hoorden bij de Schokker op de tweede verdieping, dacht hij, en hij en Hinoka hoorden hier bij elkaar, op de eerste. Het was een heerlijke gedachte. Een paar dagen zweefde hij in een warme verrukking rond, schrikkerig gelukkig als Hinoka naar hem glimlachte. Alsof ze een geheim deelden. Maar Hinoka was van Skat... Maar nee, de Schokker had gezegd dat hij, Prooi, haar best van Skat mocht afsnoepen; Skat wilde haar toch niet meer? En Hinoka wilde bij hém zijn, bij Prooi... of niet? Hij vroeg zich nerveus af bij wie Hinoka eigenlijk wilde zijn. Ze was één keer bij hem gekomen, maar, al deed ze overdag lief tegen hem, daarna kwam ze niet weer. Het stak hem dat ze onnodig lang bij oude Constanze rondhing. Steeds weer hoorde Prooi hen ernstig met elkaar praten, meestal met Karl als tolk. Constanze las Hinoka met stemverheffing voor uit een boek, maar als Prooi de keuken binnenkwam zwegen ze.

Bij wie wilde Hinoka zijn? Op een avond, toen Prooi vroeg in bed gekropen was, kwam ze na een klopje op de deur zijn kamer binnen, waarna ze op de bedrand ging zitten. Hij wachtte met bonkend hart af, maar ze greep zijn hand niet vast, ze kwam niet bij hem onder de dekens; ze wilde alleen maar praten.

'Weet je dat er ook nog andere boeken zijn dan *Het Boek van het Vuur*? Boeken die vertellen hoe het ís?'

'Jawel. De mensen van het eiland van Dem Tubal hadden ook een boek,' zei Prooi, zijn ogen op haar mond gericht. 'Over mensen van mais, en 21 december 2012, en verder de hele wereldgeschiedenis.'

'O ja?' Hinoka fronste haar wenkbrauwen. 'Maar ik bedoel het boek dat door... door de onsterfelijke aan de mensen is gegeven. Constanze heeft dat boek.'

'Boeken zijn maar woorden! Illusies!'

'*Het Boek van het Vuur* bestaat anders ook alleen maar uit woorden,' zei Hinoka geërgerd. 'En het zegt alleen maar wat over de Schokkers. Constanzes boek gaat over gewone mensen. Snap je?'

'Jij bent geen gewoon mens,' zei Prooi zacht.

'Nee? Ik weet het niet, Tengoe. Ik weet niet meer wie of wat ik ben.' Haar lieve gezicht zag er ineens heel droevig uit. 'Iedereen praat maar over de Zanger... en dat is fantastisch... maar waar moet ik heen, Tengoe, als we hem vinden? Wat gaat hij tegen mij zeggen? Ik ben geen Schokker, zoals jullie...'

Prooi kwam overeind en legde zijn hand op haar schouder. Zachtjes legde ze haar warme hand op de zijne. Zo zaten ze een poosje dicht bij elkaar, tot ze opstond en naar haar eigen kamer ging.

Tot zijn verbazing zag hij dat Hinoka Duits probeerde te leren. Van tante Constanze, en van Karl, die het maar al te gezellig leek te vinden haar les te geven. Prooi hoorde ze in de keuken lachen. Het moest Skat ook opgevallen zijn, want op een dag viel hij de gezelschapszaal binnen, waar Prooi zich in zijn eentje bij het vuur zat te vervelen. 'Tengoe, leer me die taal!'

'Welke taal?'

'Die taal die ze hier spreken! Ik begrijp nog niet de helft van wat ze zeggen!'

'Maar we zijn hier al een hele tijd!'

'Hoor es, ik weet niet hoe het jou lukt die taal zo snel door te krijgen – zal wel zijn omdat jij je meteen zo gretig aan alles en iedereen aanpast – maar ik heb er meer moeite mee. Ik ken wat Engels, daar lijkt het op, hè? Maar ik moet het veel beter kunnen, als ik die mensen effectief wil kunnen bedreigen. En ik heb geen zin eerst dat boek van Constanze uit m'n hoofd te leren, zoals Hinoka.'

'Je moet gewoon doen als bij dieren en bomen. Je moet proberen te *ruiken* wat ze bedoelen, terwijl je luistert. Meestal kun je het dan wel raden, toch?'

Skat zuchtte. 'Vertel me liever hoe ik iets in die taal van hier moet *zeggen*. Hoe zeg je bijvoorbeeld: "Geef me de code van je bankpas of ik schiet je je linkeroor van je kop"?'

Wat nog niet zo gemakkelijk was. Prooi kon razendsnel oppikken wat iemand in een vreemde taal tegen hem zei, hij kon met enige moeite op ongeveer dezelfde manier terugpraten, maar hij was niet in staat al die vreemde woorden spontaan uit zijn mouw te schudden.

Skat was onverwacht begripvol. Hij stond op en zette zich aan de piano, waar hij verstrooid losse klanken uit plukte. 'Nou ja, het is al een wonder dat je het zomaar kunt verstaan. Misschien moet ik ook les van Karl nemen. Het is niet genoeg om de Naam van Dem Azèl te noemen, hè, om ze bang te maken?'

'Maar waarom eigenlijk niet?'

'Ik weet het niet... De mensen zijn blijkbaar in andere dingen gaan geloven. Ze zijn in de war, ze zijn totaal vergeten hoe ontzagwekkend de oude Namen zijn.'

Toen Skat zo plechtig praatte over de Waarheid van de Schokkers, besefte Prooi dat hij de laatste dagen meer aan Hinoka dacht dan aan zijn heilige taak bij de Elfde Schok.

'Weet je, Tengoe, voor Schokkers is het een ontzagwekkend moment, als ze eindelijk hun Naam kunnen opeisen. Daarmee claimen ze de kracht en vermogens die bij die heilige Naam horen. Shiva, Re, Thor, Hephaistos...'

'Maar... dat zíjn ze toch ook? Ik bedoel, ze gaan het aardvuur in en dan komen ze er weer uit, maar dan zijn ze toch nog steeds wie ze waren?'

Skat speelde een aantal akkoorden, eerst zware, welluidende akkoorden, dan een reeks rare akkoorden, die schoven en wrongen. 'Eerlijk gezegd, Tengoe... ik wou dat ik het wist. Wat is precies het verband tussen een naam en een persoon? Vallen naam en persoon samen? Is Dem Azèl een reïncarnatie van Azazel, is hij hem zélf? Of líjkt hij alleen op hem?' Hij speelde hakkelig verder. 'Hoe word je wat je naam betekent?'

Zoals Tengoe? dacht Prooi. Hij keek naar Skat, die diep in gedachten toetsen aansloeg.

'En Askat? Is dat een heilige Naam?'

Skat fronste zijn wenkbrauwen. 'Dat is mijn *voorlopige* naam. Hij zegt dat hij nog niet zeker weet welke Naam ik belichaam. We hebben allebei onze vermoedens, maar... Jouw naam is trouwens ook maar een gok.'

'En Givenchy? Jouw oude naam? Wat betekende dat dan?'

'Dat betekende niks! Dat was een mensennaam! We pikten gewoon zomaar modenamen, die chic klonken. Heel kinderachtig. Mensennamen betekenen niks, en dat is nou net het probleem, daarom zegt zíjn Naam hun ook niks, want mensen dragen betekenisloze namen!'

'Zoals Amper.' Hij schrok er zelf van, hoe die naam hem plotseling ontviel.

'Nee, daar heb je het mis. Amper heeft zijn naam ook van de Schokker gekregen. Toen onze oude huishoudster Ampertje zeven jaar geleden bij hem bracht, zo'n vette klodder van een heuveljoch was het, meer een biggetje dan een mens, zo van: "Nou Dem, hier hebben we een nieuwe hulp, een stevige knul", toen begon hij te lachen. "Maar dat is..." zei hij, en ik denk dat-ie stikte van het lachen, "...maar dat is amper... dat is amper..." En toen was het al gebeurd.' Hij snoof. 'Hij had z'n naam.'

Prooi knikte ongelukkig. Was blij toen de deur werd geopend, Karl binnenkwam, en Skat hem vroeg of hij bij hen wilde gaan zitten. Vanaf dat moment besteedden ze elke dag een paar uur aan taallessen. Skat, Karl, en vaak ook Hinoka – en dan voegde Prooi zich bij hen, al was het alleen om een poosje ongegeneerd haar warme geur in te kunnen ademen.

## De verwarringen van het Vierde Seizoen

'Morgen is het de Achtste Schok,' zei Skat tijdens het avondeten.

'Verheug u, getrouwen der Diepte,' mompelde Dem Azèl. Hij haalde een zakdoek tevoorschijn en snoot langdurig zijn neus. Toen schrok hij op. 'De Achtste? Is het echt al de Achtste?'

'Ja. Vieren we het?'

'De Achtste! Het begin van de loofbomen! Ik had geen idee, de tijd vliegt! Nou, waarom zouden we het niet vieren?' Hij sloeg met zijn vlakke hand op tafel. 'Het zal me m'n koppijn doen vergeten! De Achtste, het blakerende hoogtepunt van het Vierde Seizoen! Niet de grootste, wel de scherpste! Noemen we de Achtste niet de Verbijsterende?'

Constanze zat hen wantrouwig op te nemen. De Schokker lette niet op haar. 'We moeten hem absoluut vieren! Verdorie, Kdaai Maksins goud kan elk moment arriveren, en als ik straks de juiste gegevens van het hoofdkantoor krijg, reizen we af naar de Zanger! Beseffen jullie wel in wat voor overweldigende tijd we leven? We staan op de drempel van het tijdperk van de Ware Zanger! En dan zouden we de Achtste niet vieren?'

'Maar we kunnen het huis niet versieren,' zei Hinoka. 'Er zijn hier geen bloemen.'

'Dan beperken we ons tot de maskerades en de rest van de consternatie. Laten we onze ballingschap vergeten, kinderen, ons herinneren wie we zijn, en spelen!' Hij veegde woest langs zijn natte neus.

Hinoka keek ongemakkelijk de tafel rond. Haar jukbeenderen kleurden roze. 'Ik... eh... ik...'

'Wel, Hinoka?'

'Ik ben het enige meisje,' zei Hinoka, dieper blozend.

'En?'

Hinoka haalde diep adem. 'Ik doe het niet.'

Skat gluurde vanuit een ooghoek naar haar. Prooi probeerde te begrijpen waar het over ging.

'Ah,' zei de Schokker. 'Juist. Dus je doet het niet.'

Hinoka schudde kort haar hoofd.

'Wel, wel. Het meisje speelt niet mee.' De Schokker trok zijn wenkbrauwen omhoog. 'Dus je weigert onze Vonk aan te blazen? Terwijl we je daarvoor hebben meegenomen? Ik had het kunnen weten, Hinoka. De Demonen bleken vanaf het begin voos. Opschepperij en ijdelheid, koude liefdeloosheid, en geen greintje besef van het heilige.' Hij trok zijn neus luidruchtig op. 'Wel, mijn getrouwen, vier de Achtste Schok dan maar van harte met jullie reine kaartspelletjes, en drink een pulletje bier op mijn gezondheid. Jullie Schokker zoekt z'n heil elders. Goedenavond.'

De dag van de Achtste Schok begon met een stortbui van ijsnaalden. Dem Azèl en Karl renden er samen doorheen op weg naar de vrachtwagen, waarmee ze naar hun onbekende doel vertrokken. De anderen hingen in de gezelschapszaal rond. Ira zat, zoals gewoonlijk, in hurkzit Prooi te beloeren. Skat probeerde weer melodietjes uit de piano te wroeten. Om half elf kwam Constanze binnen, met een dienblad vol koffiemokken, zo zwaar dat Prooi opsprong om het van haar over te nemen voor ze eronder zou bezwijken. Tot hun verbazing vertrok de oude vrouw niet. Ze liet zich neer op een rechte stoel bij het haardvuur. 'Meisje,' zei ze. 'Haal me het boek.'

Hinoka wipte op, liep naar een van de kasten en haalde er een groot boek uit. Constanze poetste haar bril op en legde het boek op haar schoot. Toen strekte ze haar rug. 'Vandaag is het zondag 18 november,' zei ze. 'Ik weet niet wat voor duivels feest jullie wilden vieren. Turks, Spaans, duivels, dat maakt mij niet uit! Maar wíj zullen deze zondag nu eens vieren zoals hij gevierd hoort te worden. Dit is een fatsoenlijk hotel! Luister.' Ze kuchte en begon op zangerige toon te lezen: 'In den beginne schiep God den hemel en de aarde. De aarde nu was woest en ledig, en duisternis was op den afgrond...'

Ze las door tot het einde van de passage waar God, aan het einde van de zesde dag, de levensadem in de neus van de eerste mens blies. Haar stem klonk hees, maar ferm. Ze sloeg het boek met voldoening dicht. Haar strijdlustige blik ontmoette vier paar ogen. 'Daar! Zo was het!'

'Zo was het,' zei Skat, in haar eigen taal.

Constanze tilde haar hoofd met een rukje op. 'Ja?'

'Ja. Zo ongeveer.' Skat zocht naar woorden, legde het haar in haar eigen taal uit, af en toe terugvallend op de taal van het Huis van het Vuur. 'Uw boek rekent de kleinere Schokken niet. Daarom komt u tot een totaal van zes dagen – zes perioden – als we de rustdag niet meerekenen. Ze worden van elkaar gescheiden door vijf nachten. In ons boek noemen we die nachten de Schokken. Dat klopt. Er zijn, behalve de vijf kleinere, die mislukt zijn, vijf grote Schokken geweest.'

'Schokken! Dat is onzintaal!'

'Nee, dat is het zeker niet. Uw verslag van de Seizoenen is... poëtisch en niet nauwkeurig. Maar dat is het onze uiteraard ook niet. Het meningsverschil tussen uw geloof en het onze zit hem vooral in de plaats die u de bomen toekent. Wij bekijken de evolutie vanuit de bomen, omdat zij de wijste schepselen zijn; uw boek bekijkt de evolutie vanuit de beperkte optiek van de mens.'

Constanze schudde ongeduldig haar grijze hoofd. 'Bazeltaal. Dit is *het Boek*! Wacht maar! Ik zal je Leviticus 16 eens voorlezen! Aanstaande zondag, jongeman!'

'Graag,' zei Skat, met een hoffelijk knikje.

Naarmate de middag vorderde kroop er toch iets feestelijks in de dag. Ze stalen een grote fles vlierbessenjenever uit de voorraadkast en sleepten de opwindplatenspeler met een stapel platen naar de Schokkerskamer, waar ze de kachel aanzetten. Hinoka danste een rare dans waarbij ze eruitzag als iemand die elektrische schokken kreeg, wat zo aanstekelijk was dat Skat haar na probeerde te doen. 'Tengoe!' riep hij, en toen liet Prooi zien wat hij kon, en dat was heel wat, vooral omdat zijn benen van de drank al aardig van elastiek werden. Hinoka lachte zich slap om zijn stuiptrekkingen. Zelfs Ira, die zich tot Proois ongenoegen bij hen had gevoegd, stond op een gegeven moment op. Hij bleef in zijn donkere hoek achter het bed, maar hij sprong hoekig op en neer, in een monotoon ritme.

'Ho,' zei Skat, en hij liet zijn leren jas van zich af glijden. Hij was deze weken geen spat vadsiger geworden. Hij was wie hij was: een zweepslag van een jongen. Zo danste hij, rukkerig, schoppend, in zichzelf gekeerd. Zweetplekken verschenen in de oksels van zijn witte overhemd.

'Je danst als Virak,' zei Hinoka. 'Dans als Virak, Skat!'

Toen was het afgelopen. Skat stopte en stond doodstil. 'Virak,' zei hij.

Al het plezier was uit Hinoka weggedropen. Daar stond ze, wit en glanzend, haar zwarte haren vochtig van het dansen, haar huid bloeiend en zacht; maar met ontoegankelijk donkere ogen.

Ze liepen het donkere zandpad af tot het hotel niet meer te zien was. Ieder van hen droeg brandhout. Midden op het pad schikten ze het hout. Skat stak het aan. Het was windstil en het vuur knetterde gemakkelijk op. Kleine vlammetjes werden oplaaiende vlammen met een blauw hart. Ze deden een paar stappen achteruit en stonden dicht naast elkaar.

'Dit vuur,' zei Skat langzaam en plechtig.

Ze knikten allemaal. Hinoka's hand sloot zich om Proois pols.

'Dit vuur...'

Het was alsof in de vlammen levende wezens huisden, die geruisloos gillend kronkelden van pijn.

'...draagt in zich onze liefde voor degenen die ons trouw waren.'

Prooi hoorde hem slikken.

'Vuur,' vervolgde Skat met lage stem, 'bewaar onze liefde. We zweren dat ieder vuur van nu af aan... ons zal herinneren aan degenen die we verloren. En die dat niet verdienden.'

'We zweren dat voortaan ieder vuur,' fluisterde Hinoka, 'ons aan hen herinnert.' Prooi herhaalde haar woorden schor. Zelfs Ira gromde: 'We zweren.'

'Agni,' zei Hinoka. Er zat een kreukel in haar stem. 'Jura. Vendia.'

'Silurian.' Het lukte Prooi niet verstaanbaar te spreken. 'Himboei. Devon.'

'Virak,' zei Skat. 'Virak... Tojon. Shango. Prom.' Hij haalde diep adem. 'Bosjintoi. Noeskoe.'

'Gibil,' dreunde Ira's stem, toonloos. 'Goibnen.'

De vlammen hoorden de namen. Ze kronkelden naar de namen toe, die door de nacht cirkelden en zogen ze in zich op. De namen werden vuur. Ze zagen het voor hun ogen gebeuren.

Skat nam een dunne, ijzeren staaf in zijn hand. Hij legde het uiteinde in het vuur. Hij knielde erbij neer en blies ertegen. Wachtte en schudde zijn hoofd. 'Kom es, Tengoe. Blaas. Zo heet als je kunt.' Prooi blies. Het vuur flakkerde op.

'Heter.'

Heter? Prooi sloot zijn ogen en riep de herinnering aan het brandende dakbos zo pijnlijk mogelijk in zich op. Hij liet haar schrijnen, schroeien, aanzwellen. Toen haalde hij diep adem, zo diep als hij kon, en opende zijn mond. In één keer stootte hij alle lucht uit zijn longen.

Met zijn adem kwam zijn eigen vuur mee. Het spoot blauw de vlammen in, die wild opsprongen, meters hoog.

Prooi sprong achteruit. Hij had zo hard uitgeademd dat het vuur zijn lippen nauwelijks had geraakt. Hij zag het vuur indikken, totdat het hart van het vuur witheet zinderde. Langzaam zagen ze het puntje van de staaf die Skat in het vuur had gelegd rood verkleuren. 'Ira?' zei Skat.

Ira stapte tot vlak bij het vuur. Skat legde zijn hand op het handvat van de staaf. 'We zullen onze vrienden nooit vergeten.' Hij trok de staaf uit het vuur en drukte drie keer de gloeiend hete punt tegen Ira's slaap. Ira gaf geen krimp. Met bevende hand legde Skat de staaf weer terug. 'Hinoka?'

'Hier vlak onder mijn rechteroog,' zei Hinoka, terwijl ze bij het vuur neerknielde.

'Laat Tengoe je tegenhouden,' zei Skat. Prooi stapte naar voren. Hinoka knielde en legde haar hoofd tegen zijn zij aan. Prooi hield haar stevig vast. Ze vertrok haar gezicht toen de punt haar huid raakte. Toen was het voorbij.

'Zal ik jou ook tegenhouden?'

Prooi knikte. Hij legde zijn wang tegen Hinoka's warme buik. Haar zachte handen hielden zijn kin en voorhoofd vast. Prooi zette zich schrap. De pijn kwam heet en plotseling. Even boorde de staaf zich diep in zijn slaap. Toen was het al gebeurd. Het klopte, stak en brandde.

Deze pijn brandde de wroetende pijn van de laatste herinneringen aan de Nieuwe Wereld weg. Deze pijn was jong en schoon. Ze deelden hem, zij vieren, zij die overleefden. Hij had de pijn uit Skats handen ontvangen, terwijl Hinoka hem vasthield. Terwijl Ira keek.

'Ira,' zei Skat. Ira stapte rammelend dichterbij. Skat knielde. 'Onder mijn rechteroog. Net als bij Hinoka en Tengoe.' Hij sloot zijn ogen niet toen Ira de roodgloeiende staaf pakte, maar sperde ze wijd open, alsof hij het vuur in zich wilde opnemen. 'Virak,' fluisterde hij. 'Tojon, Shango...' De punt van de staaf vrat zich zijn huid in. 'Viii...' ademde hij; zijn gezicht was vertrokken.

Ze liepen pas terug toen het vuur helemaal was uitgebrand.

Constanze had haar best gedaan zo vies mogelijk te koken. Het avondeten leek nog het meest op pap waar slappe bladgroente doorheen was
geroerd. Zelfs het toetje was vies: koude, waterige bessenvla waar te
weinig suiker in zat. 'Dit hoeft u niet op de rekening te zetten, mevrouw,' zei Skat voor hij de gezelschapszaal opzocht om piano te spelen.

Ze gingen vroeg slapen. Prooi lag onder zijn dekbed te woelen, toen
de deur openpiepte.

'Hinoka! Wat is er?'

'Niks. Ben je nog wakker?'

'Ja.'

'Zeg... wil je alsjeblieft bij mij komen slapen, vannacht? Ik ben zo
bang voor dromen.'

Haar kamer grensde aan die van Prooi. In het flauwe schijnsel van
een theelichtje op de vensterbank zag Prooi dat het een lief kamertje
was geworden. Hinoka had een paar schilderijtjes uit de andere kamers naar de hare verhuisd. Haar kleren hingen los in de ruimte: mooi
rood, glanzend zwart, wit met gele en rode motieven. Voor haar bed
lag een rood kleedje. Ze dook haar bed in en hield het dekbed open
voor Prooi. Toen vlak na Prooi Fai zich onder de lakens wriggelde,
lachte ze. Ze kroop naar Prooi toe, legde haar armen om hem heen en
trok hem naar zich toe. 'Ik wilde niet alleen zijn, vannacht. Begrijp je
dat?'

Hij legde zijn hand op haar zij. Zoals hij hier lag, in Hinoka's armen,
zomaar ineens na al die nachten dat hij hiervan gedroomd had, dat was
onvoorstelbaar. Zijn bloed broeide en kietelde. Hij moest iets zeggen.
Als hij niks zei, zou hij ontploffen.

'Doet het... doet het nog pijn?'

'Beetje. Maar het was goed om te doen, hè? Ik had al zoveel om ze
gehuild... maar dit was veel beter. Nu zullen we ze nooit meer vergeten, Tengoe. Nooit.'

'Nee.'

'De Achtste Schok zal altijd hun dag zijn. Het was een heel woest
feest, maar ik wil het nooit meer vieren. Ik wil nooit meer een Schok
vieren.' Ze wreef haar wang tegen zijn schouder.

71

'Was het echt een woest feest?'

Ze kriebelde langs zijn bovenlip, daar waar een snor zichtbaar begon te worden. 'O ja. De Achtste Schok was echt raar. 's Avonds was iedereen verkleed... We dronken en rookten en snoven allerlei rommel, en we maakten grappen, want daar ging het om. Je wist echt niet wie iedereen was.'

'En dan?'

'Als we allemaal goed gek waren speelden we. Het spel van de Honingbij. De Achtste Schok was het begin van de grappen, de verleiding... en de seks. Daar draaide het om bij het spel van de Honingbij... en daarom wilde ik niet dat we dat nu deden. Begrijp je?'

Proois mond werd ineens erg droog.

'We waren altijd met te weinig meisjes. We sloten een pact, met alle meiden. We vertelden elkaar wie van de jongens we wel wilden en wie niet. We hielpen elkaar.' Hinoka zuchtte. 'Het was ook wel heel spannend, hoor. Ik wist dat Skat mij zocht... toen nog wel... en ik zocht hem... maar intussen had ik ook alle andere jongens achter m'n kont aan.'

Haar stem streelde zijn oor. Zijn Vonk vloog van zijn keel naar zijn onderbuik en weer terug.

'Spijt het je nu toch, dat we het dit jaar niet spelen?' Pesterig stemmetje. Toen, heel lief: 'Maar jij bent zo'n schatje, Tengoe. Soms wou ik dat je vijf jaar ouder was...'

Haar onbestaanbaar zachte, warme lippen drukten zich op zijn mond. Heel even flitste haar tong langs de zijne, voordat ze haar mond van zijn mond liet wegglijden, naar zijn kin, zijn hals... 'Maar dan ben ik juist weer blij dat je nog een jongetje bent.' Ze wreef haar neus in zijn hals. 'Beloof me dat je niet zo wordt als de andere jongens. Zul je niet zo hard en egoïstisch worden als de anderen? Zul je altijd lief zijn voor een meisje, als je met haar bent? Vragen wat zíj wil? Beloof je me dat?'

Hij knikte, zijn neus in haar kriebelig zachte haren, zijn hand zo lief mogelijk op haar bovenarm, in zijn hoofd niet de geringste gedachte aan hemzelf, omdat alles vol was van Hinoka.

'Jongens worden zo hard, als ze ouder worden. Skat zit daarboven alleen maar eindeloos met hém te kletsen over hoe ze die Zanger moeten vinden... ik doe er helemaal niet meer toe.'

Haar vingers verstrengelden zich met de zijne. 'Je doet er wél toe,' fluisterde Prooi hees. Een heet vlammetje lekte vanuit zijn keel zijn mondholte in, schroeide de binnenkant van zijn neusgaten. Hij brandde zo dat hij hard in haar handen moest knijpen, zijn buik tegen de hare duwen, zelfs al voelde ze dan dat hij een gierende stijve had. Ze moest het wel merken, o ja, maar ze praatte, ze praatte gewoon door: 'Ach nee. Niet voor hén. Maar weet je wat gek is? Ik doe er wel toe voor het Boek van Constanze. Het is zo interessant. Wist je dat iedereen onsterfelijk kan worden, ook een Demon zoals ik?'

Ze trok één hand uit de zijne, kriebelde zijn nek, en toen verstarde ze. Prooi schrok zo mogelijk nog erger. De deur van haar slaapkamer was opengegaan. Een schorre stem: 'Hinoka?'

'Skat...'

Prooi rook hem. Vlierbessenjenever en nicotine. Hij dook weg onder de dekens. Maar Hinoka was bliksemsnel overeind geschoten. 'Skat!' Haar stem was helemaal niet meer melancholiek, maar vol en jong en opgewonden.

'Hinoka, luister... o tering.'

Hij liet zich op het bed ploffen, vlak naast Prooi. Hinoka kroop over Prooi heen en trok Skat in haar armen. 'Zeg maar niks. Kom... gaan we naar jouw kamer.'

'Nee. Alsjeblieft, ik kan niet meer. Ik kan niet meer.'

Er was geen ontsnappen mogelijk. Skat liet zich achterover op het bed vallen, onvermijdelijk daar waar geen zachte matras was, maar Proois harde lichaam. Fai piepte. Skat was verbijsterd, maar niet bij machte zich te verroeren. 'Whuh?'

Prooi was er zo verschrikkelijk snel vandoor geglipt, met Fai in zijn kielzog, dat hij een tel later niet meer wist of hij echt in Hinoka's geurende omhelzing had gelegen. Zijn hart danste een dronken Schokdans, en hij wist niet omdat dat was vanwege zijn opwinding, zijn overhaaste vlucht, of simpelweg vanwege hete jaloezie.

In een van de kamers op de eerste verdieping was een grote klerenkast met aan de binnenkant van de deur een manshoge spiegel. Toen hij de volgende ochtend uit de badkamer kwam zocht Prooi de spiegel op. Hij gooide de handdoeken op de grond en bekeek zichzelf.

Nee, hij was geen jongetje meer. Dat wat er op zijn bovenlip groeide was duidelijk herkenbaar als een snor. Zijn gezicht was niet meer zo rond als hij het zich herinnerde, zijn kaken leken fermer geworden. Leek hij meer op Skat dan vroeger? Hij duwde de springerige massa zwarte krullen achter zijn oren. Nee, niet echt. Zijn mond leek wel op die van Skat, maar zijn gezicht was minder spits. Ineens begreep hij dat hij breder zou worden dan Skat. Meer zoals de Schokker.

Zijn ogen waren minder rond dan vroeger, zijn wimpers minder lang. Zijn neus leek rechter. Hij bestudeerde de jongen in de spiegel nauwkeurig. De drie rode punten onder zijn rechteroog. Zijn nek: breder dan vroeger. Je kon zijn biceps zien opbollen als hij zijn armen spande. Beneden zijn gewelfde borstspieren tekenden zich duidelijk harde buikspieren af. En daaronder, onder slordig uitgroeiend schaamhaar, hing zijn onmiskenbaar ferme geslacht.

Hij was een man aan het worden. Een volwassen Vuurschokker. Zag Hinoka niet dat hij allang geen jongetje meer was? Wat hij voor haar voelde was beslist niet jongetjesachtig. Hij was al bijna even groot als zij. Zag ze niet dat hij breder zou worden dan Skat? Had ze niet gezien dat hij vuur kon spuwen, en Skat niet?

Skat en Hinoka waren niet bij het ontbijt verschenen, en ze verschenen ook niet bij het middageten. Pas om een uur of vijf kwam Hinoka beneden. Ze glimlachte als de Heilige Maagd. Met glanzende ogen zweefde ze langs Prooi, die zich in de gezelschapszaal vastberaden door een hele stapel tijdschriften over bosbeheer en textiele werkvormen heen werkte. Toen ze de keuken in zwierde, smeet Prooi de stapel op de grond. Hij dook het koude avondbos weer in. Die nacht dacht hij voortdurend geluiden uit Hinoka's kamer te horen. Gegiechel, zuchten, steunen. Hij had rare nachtmerries, waaruit hij om de haverklap ontzet ontwaakte. Zijn Vonk schroeide op een hoogst irritante manier.

Pas na het avondmaal van de volgende dag hoorden ze de vrachtwagen terugkomen. Het was niet te missen: luid toeterend reed hij tot vlak bij de veranda. Dem Azèl en Karl sprongen er tegelijkertijd uit, schaterend en luid roepend. De honden stormden blaffend naar buiten, maar dat maakte de mannen alleen nog vrolijker. In de hal stuitten ze op een onverbiddelijke Constanze.

'Laarzen úít!'

'Tante Constanze,' hikte Karl, 'ik blijf m'n hele verdere leven hier bij u. Dit is een *machtige* streek! Wat een vrouwen!'

'Er is zoveel... *zoveel* te zeggen voor blond,' bulderde de Schokker terwijl hij zijn laarzen uitschopte. De grootste hond probeerde ze grommend tussen zijn kaken te krijgen. 'U bent een prachtvrouw, Constanze! En uw neef, dat is een prachtkerel. Parels van het... van het Vierde Seizoen!'

Hij had geen enkele aandacht voor de vier die hem in de hal stonden aan te kijken. Maar voor hij de trap beklom riep hij over zijn schouder: 'Askat! Over een kwartiertje!'

Hinoka sloeg haar ogen neer. Skat trok zijn wenkbrauwen op. De Schokker was al halverwege de trap voordat hij knikte.

Toen Prooi de volgende ochtend langs de kamer met de spiegel liep zag hij Skat door de halfopen deur staan. Hij stond daar net zoals hij daar zelf had gestaan, zijn lijf bewonderend. Ai, dacht Prooi. Skat was onovertrefbaar. Dat kreeg je, als je vier jaar voorsprong had. Behalve zijn schouders was Skat niet breed, hij was atletisch slank, maar zijn spieren waren schitterend gewelfd, pantserhard.

Skat liet zijn spieren één voor één zwellen. Hij draaide zijn rechterzij naar de spiegel toe, toen zijn linkerzij. De cirkel rond zijn hart was zelfs in de spiegel te zien. Toen begon hij bekken naar zichzelf te trekken en rare poses aan te nemen. Hoofd scheef, linkerschouder hoog. Wiegen met z'n heupen. Zijn been elegant uitslaan, zijn voet op zijn grote teen laten steunen. Wiebelen met zijn hoofd. Hij sperde zijn ogen wijd open, stak zijn tong uit en vertrok zijn gezicht tot een spottende grimas. Toen, plotseling, viel zijn gezicht in het slot. Hij keerde zich met een ruk om naar de deur.

Prooi wist niet hoe snel hij weg moest duiken.

Het Vierde Seizoen, bedacht hij, toen hij met Fai achter zich aan door de kilte van het bos liep, had de allervreemdste effecten. Grappen, verwarringen, verleidingen. Gekte in Skats kop, in Skats ingewikkelde kop. En de onmogelijkste, ergerlijkste jeuk in zijn eigen buik.


## De plichten van een Bliksem

Ze wachtten ongeduldig op de goudzending van Kdaai Maksin. Maar de winterdagen regen zich aaneen, en noch van Kdaai Maksin, noch van Dem Thoumè, noch van het hoofdkantoor kwam enig nieuws. De Schokker klaagde over de incompetentie van zijn medewerkers, foeterde op het verraad van Maksin, die hij steeds driftiger berichten stuurde, en sloot zich steeds vaker op in zijn warme slaapkamer. Als hij beneden kwam, behandelde Constanze hem zonder een greintje respect. Prooi vroeg zich af waarom Dem Azèl haar niet op haar plaats zette, als ze een bord voor hem neer smakte en 'Vreet, duivel' snauwde. Het was alsof zijn Vonk dan kromp.

Prooi werd intussen door zijn eigen beslommeringen in beslag genomen: Hinoka. Toen de Schokker hem en Ira op een avond een teken gaf dat hij zich bij hem moest voegen, voelde hij zich dan ook meteen schuldig. Half verwachtend dat de Schokker hem streng op zijn plichtsverzuim zou aanspreken, zette hij zich op een stoel in de Schokkerskamer neer. Maar Dem Azèl had iets anders aan zijn hoofd.

'Goed nieuws, m'n kinderen! Ik heb eindelijk bruikbare gegevens over de Snorderstrek binnengekregen, en ze tonen glashard aan dat de Zanger zich binnen een kring van vijfhonderd kilometer middellijn direct ten westen van ons bevindt. En die kring gaan we nu dichtsnoeren!'

'Als u de Zanger vindt,' zei Skat, 'en als dat inderdaad een Vuurschokker is, zijn we met zes Vuurschokkers. Als Kdaai Maskin en Dem Thoumè tenminste nog mee willen doen, nadat u ze al die tijd de huid hebt volgescholden.'

'Askat...'

'Het is toch zo? Die agressie werkt totaal averechts! Ik wou dat u dat eindelijk eens inzag!'

'Agressie? Ik zeg die kerels de waarheid, warhoofd!'

'De waarheid? Heeft u dan de waarheid in pacht? U zit maar een beetje te gokken waar die Zanger is, u heeft totaal geen bewijs! Waarom geeft u niet toe dat u het niet zeker weet?' In Skats hals tekenden zich rode vlekken af. 'En zelfs áls Kdaai Maksin en Dem Thoumè zich bij ons voegen, wat dan? U heeft zelf gezegd dat zeven het absolute minimum is. Met minder dan Zeven Schokkers kan de Schok niet beheerst worden. Eén voor elk werelddeel! Dus als u zich tegen die tijd niet óók hebt verzoend met de Waterschokkers, zijn we nog steeds vleugellam!'

Het gezicht van de Schokker zag er plotseling doodmoe uit. Prooi had behoefte hem te helpen. 'De Derde,' zei hij zacht.

'Zei je wat, Tengoe?'

'De derde Bliksem. U kunt de derde Bliksem opsporen. Dan zijn we met ons zevenen.'

De Schokker wreef over zijn stoppelkin. 'De derde Bliksem? Hoe kom je daar ineens bij? Waarom denk je dat die opgedoken zou zijn?'

Prooi kon onmogelijk zeggen dat hij dat in Mists huis had opgevangen. 'Ik... ik had een droom...'

'Een droom?' De Schokkersogen peilden de zijne. 'Een Bliksemdroom over de verloren Bliksem? Ja... het is theoretisch mogelijk dat ie hierheen is geslingerd. Dat zou die grillige patronen in de Snorderstrek verklaren. Er zijn duidelijk meer elektromagnetische polen waardoor ze worden aangetrokken.' Zijn ogen schitterden. 'Welja! Wie weet!' Hij beende naar de kaart. 'Maar de roep van de Zanger is het sterkste. Kom hier! Kom hier, Askat, jij ook!'

Ze kwamen naast hem staan. 'Kijk! Zie je die wonderlijke patronen? Zie je die draaiingen, waaruit je de magnetische centra kunt verklaren? Hier! Dacht je dat ik in het wilde weg aan het gokken ben, Askat? Kijk dan! Dit is die cirkel waar ik op doel!' Hij wees een gebied op de kaart aan. 'Dit zijn de tekenen van zijn aanwezigheid, de geheimzinnige tekenen waarmee hij ons tot zich roept. Wil je ze nu nog ontkennen?'

Prooi zocht in de wirwar van rode spelden vergeefs naar mystieke tekenen.

'En omdat ik wél geloof in wat ik met mijn eigen ogen zie, heb ik Mist op de dag van de Achtste Schok een briefje gestuurd. Met net genoeg pesterijen om haar ongerust te maken. Even een toespeling gemaakt op de overmacht die we heel binnenkort zullen hebben.' Hij grinnikte.

'Binnenkort?' vroeg Skat. 'U denkt dus ook nog in alle ernst dat we die kring van vijfhonderd kilometer *binnenkort* hebben doorzocht?'

Weer trok die trek van vermoeidheid over het gezicht van de Schokker. 'Askat, dit is ook jóúw missie! Jij draagt mijn Vonk, jongen. Jouw Vonk is sterker dan de mijne! Zet alsjeblieft de intuïtie van je Vonk in, en probeer te *voelen* waar het middelpunt zich bevindt! Ik kan het niet alleen!'

Toen Prooi naar bed wilde gaan, riep de Schokker hem terug. Hij stuurde Skat en Ira de kamer uit en klopte naast zich op het bed. Prooi ging ongemakkelijk zitten. Nu zou het komen.

'Hoe is het met m'n Tengoe?'

'Goed,' mompelde Prooi. Dem Azèl bekeek hem vanuit zijn ooghoeken. 'Echt waar? Je bent zo... zo afwezig de laatste tijd. Wat is er?' De man streek een krul van Proois haar achter zijn oor. Toen volgde hij met zijn wijsvinger zijn kaaklijn. Liet zijn vinger over zijn hals naar beneden glijden, tot bij het litteken van de schram, die hij lang niet meer had opengepeuterd. 'Hm... voel je je verwaarloosd? Is dat het?'

Prooi begon zijn hoofd te schudden, maar de man nam zijn kin tussen duim en wijsvinger. 'Jawel, dat is het, hè? We hebben een tijd niet met elkaar gepraat. Maar jij hield een poosje niet zo heel erg veel van Dem Azèl, Tengoe. Je vond me een moordenaar, hè?'

Hij streelde over Proois lippen en liet hem los. 'Het spijt me, kereltje. Ik zweer het je, het spijt me echt. Ik had je nooit dat Huis weer in moeten sturen. Die dag dat we weggingen.'

Prooi verstijfde. Hij wilde er niks over horen, niks over die dag, niks over dat dak.

'Ik weet niet. Ik was buiten mezelf, weet je. Razend omdat we weg moesten, weet ik veel... Ik ben bang dat ik m'n woede op jou botvierde. Misschien juist omdat je zo op me lijkt... Het moet verschrikkelijk voor je zijn geweest.' Hij praatte zo zacht dat hij nauwelijks te verstaan was.

Ze zaten stil naast elkaar. Toen zuchtte de Schokker. 'Nou ja, daar heb jij natuurlijk niks aan, als ik me verontschuldig. Maar ik deed het niet om je te pijnigen, jochie. Ik wilde je, geloof ik, alleen aan den lijve laten voelen welke vloek wij allebei dragen, jij en ik. Dat we moeten vermoorden waarvan we houden, dat we houden van wat we moeten ombrengen. Ik wilde dat je begreep welke pijn mij martelt.'

Hij legde zijn hand op Proois schouder en draaide hem naar zich toe, zodat hij hem in de ogen kon kijken. 'Jij en ik dragen hetzelfde heilige aardvuur in ons, dat in het hart van de aarde woedt. Het Vuur dat nieuw leven schept door dood en verdoemenis te stichten. Ik had het je nooit zo mogen laten voelen... maar begrijp je de genadeloze schoonheid van die waarheid? Dat jij en ik, hoe gevoelig we ook zijn, niets anders zijn dan de leven scheppende, moordende kracht van de aarde zelf?'

Prooi zag de pijn in zijn vermoeide ogen.

'Alle ware schoonheid is onverdraaglijk. De evolutie is subliem in haar schoonheid, juist omdat ze ver boven het menselijke uitgaat!' Hij wendde zijn blik af. 'Weet je? Ik ben ook bang geweest. Ben het nog steeds. Voor de krachten die ik hoor te beheersen... het Vuur, die onmenselijke massa hete vernietiging onder onze voeten. Maar... die angst, die woede... die moeten we leren beheersen. We moeten de schoonheid van het Vuur vrij baan leren geven. Al onze gevoelens en gedachten opzij zetten. Alleen dan kunnen we de verschrikkelijke taak vervullen waarvoor we in het leven zijn geroepen.'

De Schokkershand lag warm op Proois schouder.

'Weet je, m'n Tengoe... verdomme, ik mag het je niet vragen, maar... je bent een Vuurschokker, en ik hoef de dingen niet zachter voor je te maken. Door dat gesodemieter hield je op van me te houden. En dat was fout. Je moet onvoorwaardelijk van me houden. Veel meer dan je nu doet. Onmenselijk veel. Herinner je je de taak die ik je heb gegeven?'

'Uw Vonk versterken,' zei Prooi. 'En dat zal ik doen!'

'Ik merk er niet zoveel van, lieverd. Besef je wel dat de Vonk die jou verwarmt, dat dat míjn Vonk is? Die van jou wint elke dag aan kracht. Je Schokkersintuïtie groeit mee. Ik weet niet of je het gemerkt hebt, maar het gaat niet goed met me. Die rotkou hier zuigt me leeg. In dat opzicht heeft Askat gelijk... m'n intuïtie verzwakt. Ik heb jou het sterkste en puurste in mezelf gegeven. Mijn ziel zelf... Misschien kun je eens bedenken wat je daarvoor terug kunt doen?'

'Ja,' zei Prooi. 'We hebben wél al meer dan twintigduizend euro opgehaald.'

De Schokker humde. 'Da's natuurlijk mooi. Maar dat is niet het belangrijkste.' Hij liet zijn hand langs Proois rug naar beneden glijden, kneep hem hard in zijn zij en stond op. 'Denk eens na over wat ik heb gezegd. Ik heb niet in de eerste plaats geld nodig, maar je warmte, je intuïtie, je geloof... Ik hou van je, Tengoe. Ik reken op je. Jij kunt óók voelen waar het middelpunt is. Als je je maar overgeeft.'

Een warmte doortrok Prooi vanuit zijn maag tot in zijn haarwortels. Die oude, plechtige warmte, die hem sterker maakte.

'Jij bent mijn enige hoop, Tengoe. Breng ons naar het middelpunt! Naar het goud en het geluk... alsjeblieft. Askat heeft het ware geloof niet, maar jij bént mij, m'n jongen. Zul je dat nooit vergeten?'

Vastbesloten om zijn taak naar behoren uit te voeren, schoof Prooi op een middag naast Skat aan de tafel, die bezaaid lag met kaarten en tijdschriften. Skat had een nieuwe stapel tijdschriften gevonden, waarin van alles stond over geologie en paleontologie, en daar las hij nu in, als onderbreking van zijn studie van hun landkaarten en atlassen. Prooi deed alsof hij louter uit nieuwsgierigheid naar de kaarten keek. Met kloppend hart trok hij de kaart van het meest westelijke deel van Europa naar zich toe. Nederland. Dat klopte, dat was de naam die de man uit het bos had genoemd: het middelpunt van de wereld lag ergens in Nederland. Hij staarde naar het vreemd gevormde flard land aan de Noordzee, een onduidelijke wirwar van strepen, vlekken en stippen. De kaart was bedekt met krioelende lettertjes. Gawa, dacht hij vastberaden. Gawing, Winga, wat was het... Zwaagwesteinde, Groningen, Garijp, Dwingeloo, nee... Wieringermeer, Waterland, niks... De namen schitterden voor zijn ogen. Wacht! Vlaardingen! Vlaardingen? Nee. En toen, toen hij voor de vierde keer de hele kaart door vlooide, had hij hem. Onmiskenbaar. *Wageningen.* Wageningen, natuurlijk! Hij zag tot zijn spijt dat Wageningen op geen enkele manier als het middelpunt van wat dan ook beschouwd kon worden, maar dat temperde zijn blijdschap niet. Zijn intuïtie zei hem dat het klopte. Daar wachtte de Zanger op hen, en het begin van de heerlijke, warme, nieuwe tijd.

Hij grinnikte zacht in zichzelf. *Wageningen.* Hoe had hij het kunnen vergeten? Hij vouwde de lastige kaart dicht, en toen weer open, om uit te zoeken hoe ver Constanzes huis van Wageningen lag. En terwijl hij zo aan het klungelen was, ving hij Skats koele blik op. Alsof hij betrapt was, vouwde hij de kaart haastig op. Fout. Weer open, anders dichtvouwen. Skat bleef hem observeren. 'Wat heb je?'

'Niks.' Hij schoof de slordig dichtgepropte kaart onder de andere. 'Skat. Denk je dat het middelpunt van de aarde in Nederland zou kunnen zijn?'

'Nederland?' Skat trok de kaart onder de stapel vandaan. 'Dit landje hier?' Hij staarde even naar de kaart, viste toen een boekje uit de chaos van paperassen, bladerde erin, las wat, en sloeg het weer dicht. 'Lijkt me heel onwaarschijnlijk. Zo te lezen is het een drassig landje, Tengoe, zonder wat voor vulkanen dan ook. Bovendien is het overbevolkt. Logisch gezien moet het middelpunt op een onopvallende, verlaten, vulkanische plek liggen.'

'Ja?'

'Omdat het middelpunt van de aarde de plek is waar de Zanger ontwaakt. En zoals alle Schokkers wordt ook de Zanger in een vulkaan wakker. Schokkers keren via vulkanen weer naar het aardoppervlak terug. Maar in Nederland is geen vulkaan te bekennen. Sorry.'

Dus dan had die man uit het bos toch maar wat uit zijn nek gekletst. Als Skat gelijk had.

Wat hij meestal had.

Prooi liep ontnuchterd naar buiten. Eén ding leek hem duidelijk: hij kon zijn geheim niet zomaar aan Dem Azèl vertellen. Hij moest Wageningen eerst met zijn eigen ogen bekijken, als ze er in de buurt waren. En zo lang kon dat toch niet meer duren?

## De Oudewereldwinter

Maar dat deed het wel. De vogel van het geluk keek om zich heen, merkte dat het koud en donker was geworden en besloot zijn heil elders te zoeken. Ze hadden niet meteen door dat hun geluk was gekeerd. Zoals elke zaterdagmiddag wilden ze ook die dag weer een overval wagen. Skat stapte vastberaden in zijn leren jas de gezelschapszaal binnen. Maar op het moment dat Prooi met tegenzin overeind kwam uit zijn stoel bij het haardvuur, slaakte Hinoka een kreet.

Ze verdrongen zich naast haar voor het raam. Het was gaan sneeuwen. Het sneeuwde niet een beetje, het sneeuwde verschrikkelijk. Vette vlokken joegen in eindeloze dwarrelingen langs het raam, zodat je duizelig werd als je erin staarde. Ze keken er verbijsterd naar. Toen renden ze naar buiten.

Het was fantastisch. De sneeuw daalde donzig neer, in lieve, onschuldige vlokjes, maar groeide algauw aan tot een compacte, verende massa. Hinoka gooide lachend een sneeuwbal recht in het gezicht van Skat, die daar niet op gerekend had. Hij wierp zich op haar en wreef haar gezicht in met sneeuw, totdat ze zich schaterend losworstelde en Prooi achternarende, omdat hij haar had uitgelachen. Toen de wind aanwakkerde en de sneeuwjacht zich verdichtte, zei Skat: 'Mazzel voor de winkeliers. Dat wordt geen overval vandaag.'

De dagen daarop bleef het sneeuwen. 's Nachts raakten de ramen van hun slaapkamers bedekt met ijs. Karl sloot de buitenkraan af en omwikkelde de waterleidingen met dikke lappen. Ze gingen vroeg naar bed en sliepen elke dag langer uit. Toen Prooi op een ochtend in december gapend de zaal binnensloffte, veel te laat voor het ontbijt, bleken Skat en Dem Azèl op de bank bij het vuur in druk gesprek gewikkeld. Hij spitste zijn oren. Maar het ging niet over een spoedig vertrek.

'Bij de Negende Schok waren toch ook maar een paar Schokkers betrokken, hè?'

'Ja Askat, het was een van de mislukkingen. De Tweeling-Komeet, de Ongelukkige. Het was eerder een practical joke dan een Schok. Ik weet het nog goed, eerst pletterde die meteoriet neer in wat nu Amerika heet, en omdat dat te weinig uithaalde besloten we er nog één vlak daarna in te laten slaan... beng, recht in het huidige Rusland, wat het hele effect van de eerste tenietdeed. Een blunder van jewelste.'

In de verlaten keuken stond de koffiekan nog op het fornuis te pruttelen. Prooi schonk zichzelf een volle mok in en deed er vier scheppen suiker bij. In de kamer kabbelde het gesprek voort. Ira hurkte naast de Schokker op de grond, en wierp Prooi een duistere blik toe. Hem negerend kroop Prooi met zijn koffie op de gebloemde bank tegenover die van Dem Azèl en Skat. Hij hoopte dat Hinoka gauw beneden zou komen.

'Maar de Zanger is dus net als u allemaal honderden miljoenen jaren oud.'

'Ja.'

'Ja, en dat heb ik nou nooit goed begrepen.' Prooi keek op. Skat had die strijdlustige blik weer in zijn ogen. 'Hoe kunnen levende organismen, die in stand blijven door de stofwisseling, millennia in leven blijven? Als je eet voed je de cellen, en die delen zich. Maar wat ik uit die tijdschriften begrijp, is dat cellen zich niet tot in het oneindige kunnen blijven delen. Celdeling is een onzeker proces, dat gaat onvermijdelijk een keer mis. Dus het is niet mogelijk dat een organisme eeuwig blijft leven.'

'Nee! Maar zo zit het ook niet! Je laat je in de war maken door die onnozele tijdschriften! We verliezen onze stoffelijkheid, Askat, zodra de Schok achter de rug is. Dan keren we terug tot het Vuur. Na verloop van tijd, als we zijn gezuiverd en versterkt, nemen we weer een lichamelijke vorm aan, de vorm van de meest complexe levensvorm die op dat moment voorhanden is. Je redenering slaat nergens op.'

83

'Goed, dus bij de Tiende Schok...'

'Die ook mislukt is.'

'Ja, maar toen, zo'n vijftien miljoen jaar geleden, toen had u dus de vorm van – wat had je toen? De meest complexe levensvorm was die moerasaap, oreopithecus. Dat waren nog niet eens voorlopers van homo erectus. Hoe communiceerde u met elkaar? Hoe plande u de Schok dan?' Skats ogen schitterden. 'Of de Achtste Schok? Logisch gezien moest u toen allemaal dinosaurussen zijn geweest. Nou, dat heeft me altijd gefascineerd. Hoe regel je als dinosaurussen onder elkaar een Schok die de dinosaurussen moet uitroeien?'

'Onzin! Natuurlijk waren we geen dinosaurussen!'

'Of de Derde Schok, de allerbeste... een verbond van vissen, hagedissen en varentjes heeft samen de beste van alle Schokken geproduceerd. Ongelooflijk, toch!'

Dem Azèl sprong op en haalde uit. Skat dook opzij, zodat hij zijn vuistslag op zijn schouder opving. 'We vlamden op! We vlamden op en dikten daarna in tot het vlees... gebruikmakend van de stoffelijkheid van de meest complexe vormen van die tijd, maar we vielen daar natuurlijk niet mee samen, idioot! We brandden! Brandden met kosmisch inzicht, Askat! Zou het helpen als je ons *draken* noemde? Of Goden, Engelen – of Demonen? Want we zijn Demonen, Askat! Boomachtige Demonen, visachtige Demonen, maar Demonen, ongelovige! Denk je dat ik *fantaseer*?'

Ira was overeind geschoten, Prooi had de helft van zijn koffie gemorst en klemde de beker met kloppend hart tegen zich aan, maar Skat gaf geen krimp. Op zijn rug liggend riep hij: 'Hoe was het, om een boomachtige Demon te zijn? Hoe denken bomen? Hoe vlammen ze?'

'Dat weet je zelf beter dan ik, jij bent begonnen als boom!'

'Herinnert u het zich?'

'Herinner jij het je?'

'Nee, maar ik bedoel het serieus. U bent tien keer opgevlamd en vlees geworden. Herinnert u zich al die incarnaties nog?' Skat kwam behoedzaam overeind.

Dem Azèl liet zich op de bank terugzakken. Ira bleef rechtop staan, zijn rode ogen op Skat gevestigd. 'Vagelijk. In mijn dromen keer ik terug tot die eerdere vormen. Natuurlijk zijn met de terugkeer naar de Schokkersslaap de herinneringen goeddeels uitgewist. Die kleven immers aan het vlees. De geuren, de kleuren, de chemische sensaties, die ben ik voor het grootste deel vergeten.' Hij wreef over zijn voorhoofd. 'En we moeten ook vergeten. De last van de herinnering aan al die miljarden jaren zou ondraaglijk zwaar zijn.'

'Hoe wist u dat u een Schokker was, toen u weer in het vlees ontwaakte? Was Dem Tubal bij u? Wie ving u op, wie vertelde u wie u was?'

Prooi keek van de één naar de ander. Wat bezielde Skat toch? Hij protesteerde al weken bij alles wat de Schokker beweerde.

'Zoals je weet werd ik bij mensen ondergebracht. Ik had een heel jong lichaam. Zo is dat met alle Schokkers gegaan. Gaandeweg werd ik me bewust van mijn Vonk. Ik zocht contact met soortgenoten. Allereerst met Mist, helaas, die Tubal in hetzelfde dorp had geplaatst. Toen ik twintig leek te zijn verliet ik het huis van mijn pleegouders om mijn rechtmatige plaats in te nemen, in overleg met Tubal, eerst in Spanje, toen een tijdlang in de Andes.'

'U heeft dus als kind een tijd gedacht dat u niet meer was dan een mens.'

De Schokker stak zijn onderlip naar voren. 'Ja.'

'U bent dus geen onfeilbare godheid, of zo. Uw Vonk incarneert in het vlees. Hoe weet u dan dat uw Schokkersintuïtie onfeilbaar is?'

Dem Azèl lachte sarcastisch. 'O, daar is-ie op uit. Ik ben een verblinde stuntelaar, en ik stapel de ene stommiteit op de andere. Ja hè?' Zonder waarschuwing boog hij zich voorover en sloeg Skat kletsend met de rug van zijn linkerhand in zijn gezicht. 'Sorry, maar er ís een waarheid! En Schokkers kunnen die waarheid *direct* schouwen, of je dat nu leuk vindt of niet!' Hij kwam overeind en stond in zijn volle omvang tegen het vuur afgetekend, terwijl hij zijn wijsvinger in Skats richting priemde: 'Het enige wat ik van je vraag, warhoofd, is dat je in de waarheid van je *eigen* Vonk gelooft! Dáár zit je Schokkersintuïtie, en als je daar eerder naar had geluisterd, dan had je allang aangevoeld waar het middelpunt van de wereld is!'

'Dus u geeft toe dat uw eigen intuïtie u dat soort dingen niet vertelt?'

De Schokker gooide zijn hoofd in de nek. 'Ik heb m'n Vonk aan jóú gegeven. Het is verdomme je plicht er wat mee te doen! Het middelpunt opsnorren, bijvoorbeeld, en de Zanger!'

'Maar waarom geeft u niet toe dat u niet onfeilbaar bent? U maakt fouten! Waarom geeft u dat niet toe?'

Prooi wachtte gespannen op de reactie van de Schokker. Maar die bleef merkwaardig kalm. 'Ja hoor,' zei hij alleen, voordat hij de deur hard achter zich dicht dreunde, 'weifelachtigheid en primatenlogica zijn natuurlijk de allerbeste methoden om de Schokkerswaarheid te schouwen. Rationaliseer maar lekker door. Zodat we er tenminste zeker van zijn dat we nooit bij het middelpunt aankomen. Adiós.'


'Nou,' zei Dem Azèl die namiddag, toen ze zwijgend in de zaal bij elkaar zaten, 'laat dat vrouwtje iets moois voor ons koken, Hinoka. Het is de Negende Schok vandaag.'

'Ach ja,' zei Hinoka. '9 december. Ik was het helemaal vergeten.'

Ze liep plichtsgetrouw naar de keuken. Prooi volgde haar behulpzaam. Tante Constanze was nog niet met koken begonnen. Hinoka trok alle keukenkastjes een voor een open, en inspecteerde de voorraadkelder. 'D'r is niks,' mompelde ze. 'Geen bananen. Geen bananenpudding, geen bananenchips. Zelfs geen druppel bananenlikeur!'

'Was dit dan de Schok van de bananen?'

'Ze zeggen dat het zo'n Schok was dat de apen er hun staart van kwijtraakten en dat ze op hun achterbenen begonnen te lopen. En ja, we kregen bananenbomen. Ik weet niet of het wat met elkaar te maken heeft.' Ze draaide zich abrupt naar Prooi om. 'Ik wil de Schokken niet meer vieren.'

'We kunnen Constanze toch wel vragen of ze lekker wil koken,' zei Prooi hoopvol.

'We maken het haar toch al zo moeilijk,' zuchtte Hinoka.

Hun verzoek aan Constanze had toch succes, want Constanze had de aardappelen voor de verandering gebakken, gezouten en gepeperd, en ze had met Hinoka's hulp zelfs voor pudding toe gezorgd. Maar toen ze alles op tafel hadden gezet, ging Hinoka niet zitten. Ze ontweek de verbaasde blikken van de anderen en stamelde: 'Smakelijk eten. Ik ga naar boven.' Ze draaide zich om en liep met een rood hoofd de keuken uit, gevolgd door Constanze, die het gezelschap een nijdige blik toewierp.

'Vrouwen,' zei de Schokker. Hij trok de pan met aardappelen naar zich toe en begon iedereen royaal op te scheppen.

Elke dag snoof Prooi de lucht op. Elke dag weer rook hij niets dan vorst en sneeuw. Er was zeker geen spoor op te vangen van het middelpunt van de wereld. Twaalf dagen later was het nog steeds onmogelijk er met de vrachtwagen op uit te gaan. Tijdens het avondeten zei Skat: 'Dit zou in de toekomst wel eens het feest van de Elfde Schok kunnen worden. Weet u nog, dat Dem Tubal zei dat 21 december 2012 de grote dag zou zijn? Grappig idee.'

'Askat, ik weet dat je in de war bent, maar ik zou het op prijs stellen als jij en je vriendinnetje enige kritische afstand zouden houden tot de bijgeloven van de mensen. Weet je wel *hoeveel* heilige boeken de mensen hebben geproduceerd? Het is al erg genoeg dat Dem Tubal tot het mensengeloof is vervallen! 21 december 2012! Zullen wij ons maar bij de Waarheid houden? Als enigen van de negen Schokkers?'

Maar ze vierden op 22 december de laatste Schok van het jaar, de flamingoroze Tiende Schok, de suikerzoete, de Wegbereider, zoals de Schokker zei, zonder Hinoka.

Drie dagen later vond ze het tot Proois verbazing blijkbaar wel het goede moment om een feestmaaltijd op te dienen. Ze was al dagen met Constanze en Karl in de weer geweest, ze hadden sparrentakken in huis gehaald alsof het de Derde Schok was, hadden glimmende glazen ballen opgehangen en kaarsen neergezet, en speelden opgewekte koorliedjes op de opdraaibare platenspeler. De hele dag kwamen er veelbelovende geuren uit de keuken. Prooi liep watertandend in en uit, en werd elke keer weer de deur uit gezet. Toen het avondeten eindelijk in de versierde gezelschapszaal werd opgediend, zorgde Constanze voor een Bijbellezing en een lang gebed. Hinoka legde blozend uit dat dit de dag was waarop de Verlosser was geboren, de Zoon van God, en dat dat de liefste man was die er ooit geweest was, omdat hij ontzettend veel van iedereen hield, ook van mensen. Juist van mensen.

'Fijn voor de mensen dan,' zei de Schokker, 'maar wat heeft dat met ons te maken, Hinoka?'

Die avond zaten ze bij uitzondering met zijn allen in de zaal bij elkaar rond het haardvuur, met koffie en warme wijn. Tot Proois blijdschap was Hinoka naast hem op de bank komen zitten. Hij hing doezelig tegen haar aan, innig tevreden omdat ze dat glimlachend toeliet.

Aan de andere kant van de kring boog Karl zich naar de Schokker over. 'Zeg – Azèl, neem me niet kwalijk – maar het is nu al kerst, en Nieuwjaar staat voor de deur. Hoe lang denken jullie – heb je al een idee wanneer jullie verder trekken?'

Ze keken allemaal op. De Schokker zei niets.

'Niet om 't een of ander,' zei Karl, 'maar volgens mij gaat het dooien, en als de wegen vrij zijn wil ik je met alle plezier naar Poznań brengen, naar die regiovertegenwoordiger Oost. Voor mezelf kan het me niet zo schelen of we hier nog een poos blijven, maar m'n verloofde en m'n ouders worden almaar ongeruster. Bovendien, 't wordt echt te zwaar voor tante Constanze. Ik...'

'Ik ga als ik ga,' zei Dem Azèl bars.

'Oké. Ja. Prima natuurlijk. Prima, ik hoop alleen...'

'Ja Karl, ik ook. Meer dan je denkt.' De Schokker stond op, en liep zwaar de zaal uit.

Karl had gelijk: de dooi viel in. De sneeuw vergrauwde, rotte weg en liet een treurige moddertroep achter. De druipende dagen waren nog donkerder dan daarvoor. Maar de Schokker riep zijn Bliksems weer bij zich. Zijn instructies waren kort: zoveel mogelijk geld binnenhalen. Zodat ze eindelijk de reis naar het westen konden beginnen.

'En probeer eindelijk eens een spoor op te pikken van de Zanger! Snuif de lucht op, let op het gloeien van je Vonk, zie dat je er achter komt of we naar het noordwesten of het zuidwesten moeten. Schat in hoe ver hij nog is. Jullie Vonk is een Schokkersmagneet, activeer hem in naam van de Diepte eindelijk eens!'

En zo waagden Skat en Prooi zich opnieuw met de vrachtwagen de wereld in. Maar ze vingen geen enkel spoor van de Zanger op, en het geld dat ze binnenbrachten, het resultaat van kleine winkelovervallen in afgelegen dorpjes, was onvoldoende voor een veilige expeditie westwaarts. Er waren schatten nodig om comfortabel logies te betalen, benzine, sneller vervoer, personeel, steekpenningen, en alles wat verder nodig was om de Zanger een waardige ontvangst en een veilige verblijfplaats te bezorgen. Tijdens die teleurstellende tochten kwam het jaar van de geschiedenis van het leven op aarde ten einde. En het begon weer opnieuw. Weer herdachten ze het grote wonder van het Cambrium, waarin het mirakelspel van de evolutie van start ging. Weer herinnerden ze zich de geboorte van de kleur groen. Maar in de mismoedige leegte van de Midden-Europese winter was weinig terug te vinden van het sprankelende groen van de Nieuwe Wereld.

'Het moet afgelopen zijn, jongens!' riep de Schokker ten slotte. 'Ik word misselijk van die strontwinter hier, en van die chagrijnige koppen om me heen!'

'Ja,' zei Skat droog, met een blik op Dem Azèls grauwe gezicht.

Dem Azèl wreef in zijn bloeddoorlopen ogen. 'Jullie vertikken het enig initiatief te nemen, onze Hinoka begint in een mens te veranderen, en ik word zelf ook akelig daas. We moeten weg voor het te laat is! Laat Kdaai Maksin de pest krijgen! Volgens de verhalen moeten er in het middelpunt rivieren van goud stromen, ik verdom het nog langer naar zijn pijpen te dansen, we hebben zijn goud niet nodig! Jullie gaan binnenkort nog wat laatste zakgeld halen, en dan, met de hulp van jullie intuïtie, wagen we het erop. We nemen de vrachtwagen, en dan: op hoop van zegen! Jullie zijn de gidsen! Weg uit deze papperige mensenzooi, op naar de Zanger, op naar de verschrikkingen van het Vijfde Seizoen!'

# De schoonheid van het mislukken

De ochtend van die fatale dag, de dag van hun laatste overval, had Prooi zich voorgenomen Hinoka uit zijn gedachten te bannen, en zo heet mogelijk te zijn. Het moest een uur of elf 's avonds zijn toen ze op de donkere snelweg een veelbelovend lichtschijnsel naderden. Skat minderde vaart. Een bord langs de weg dook op, *Texaco*. Meteen daarna *Imbiss*. Skat stuurde de oprit op. Een helverlicht benzinestation kwam in zicht. Daarachter lag een laag gebouw waar nog een enkel blauw licht uit de ramen scheen. Het was versierd met tientallen kleurige ballonnen. Bij de ingang stond een bespottelijk beeld van een kerel met een rode neus, die een bord ophield. Ze parkeerden de vrachtwagen dicht bij de afrit, net buiten het lichtschijnsel van het benzinestation. Skat liet de motor lopen.

'Wat wou je doen?' vroeg Prooi.

'Dat benzinestation,' zei Skat. 'We trekken die zakken over onze kop en dwingen de mensen daar hun geld af te geven.'

'Als we geluk hebben,' zei Prooi. 'Maar de laatste tijd...'

'Stil,' snauwde Skat. Hij trok de twee katoenen boodschappentasjes uit het dashboardvak en gooide Prooi er eentje toe. 'Er zijn vast camera's. We moeten snel zijn. Ik hou ze onder schot, jij pakt het geld.'

Prooi knikte. Hij trok de vervelende zak over zijn gezicht, draaide hem totdat de kijkgaten goed zaten, pakte de tas voor het geld en sprong de wagen uit. Achter hem kwamen Skats laarzen op het asfalt neer. Ze naderden het benzinestation via een omweg, licht vermijdend. Toen sprongen ze het gebouw binnen, hun wapens in de aanslag. Ze slopen langs de kasten met etenswaren. Niemand. Prooi stak een voordeelpakket Mars in zijn zak. Toen ze bij de toonbank kwamen, was er nog steeds niemand. De toonbank was nauwelijks beveiligd. Maar erboven hing een camera. Ze stonden er recht voor.

Skat aarzelde niet. Hij sprong met één geweldige zwaai over de toonbank heen en trok de la van de kassa open. Met zijn vrije hand begon hij er bankbiljetten uit te plukken, die hij over de toonbank heen in Proois richting smeet. Prooi borg het geld beduusd in zijn plastic tas. Geluk, dacht hij, geluk – hij zei het als een bezwering, alsof hij het ongeluk zo kon uitstellen – geluk, geluk... tot uit de deuropening achter de toonbank een gestalte verscheen. Een vrouw. Prooi keek recht in haar gezicht en bevroor. Maar wat er het volgende moment gebeurde was nog onthutsender. De vrouw schopte de M16 met een goed gemikte trap uit Skats hand en liet haar andere hand hard op zijn schouder neerkomen. Skat sloeg zijdelings tegen de toonbank aan. Ze rukte de zak van zijn hoofd en trok zijn gezicht bij zijn haar achterover.

Prooi kon zich een moment lang niet bewegen. Eén krankzinnig moment had hij gedacht dat Hinoka binnenkwam. Toen had hij gezien dat ze een stuk ouder was en dat ze niet echt op haar leek. Maar ze had Hinoka's tante kunnen zijn.

'Jij smerig stuk onderkruipsel! Dacht je even een greep in m'n kas te doen?'

'Laat hem los!' riep Prooi van onder zijn zak. Hij priemde de loop van zijn snubnose in haar richting. 'Laat hem los of ik schiet!'

'Jij schiet niks!' schreeuwde de vrouw woedend. Even stond de tijd stil. Toen gebeurden er drie dingen tegelijk. De deur achter de toonbank spuugde een krijtwitte man met een rode knopneus en een belachelijk dik rood geverfde mond uit. Skat sloeg de arm van de vrouw met al z'n kracht van zich af. En Prooi schoot.

De vrouw schreeuwde. De man met de rode neus schreeuwde. Skat schreeuwde. Ze verdwenen alle drie achter de toonbank. Het volgende moment dook Skat er weer bovenuit, met zijn M16 in de hand. Hij klom boven op de toonbank en sprong er aan Proois kant weer af. Vanachter de toonbank gierde de vrouw, met uitschieters van pijn: 'Rudi! Laat ze niet wegkomen! Rudi!'

Prooi, die op zijn benen stond te trillen, de snub nog in zijn hand, stond plotseling oog in oog met het idiote gezicht van de witte man, met zijn waanzinnige rode mond en zijn stomme rode neus. Skat stond achterin, vlak bij de deur, klaar om naar buiten te rennen.

'In godesnaam,' zei de man. Zijn vette rode mond lachte, maar zijn echte, smalle mond lachte helemaal niet. 'God in de hemel! Help ons, in godesnaam!'

Prooi had zijn revolver op hem gericht, maar hij leek het niet te merken. 'Ze bloedt! Rijdt ons in godesnaam naar het ziekenhuis, ik smeek het je! Ze bloedt dood, lieve god!'

'Dat k-kan niet,' mompelde Prooi. In zijn ene hand beefde zijn wapen, in de andere hield hij de plastic zak met het geld tegen zijn borst geklemd. Van achter de toonbank klonk vlijmscherp kermen. De man keerde zich sidderend naar haar om. 'Rustig, Sini... het komt goed, heus...' Hij keerde zich naar Prooi. 'Mijn auto is kapot! In godsnaam, help me haar naar jullie wagen te brengen. Ik zal jullie echt niet verraden. Maar anders... ze bloedt dood!'

Nooit zou Prooi begrijpen waarom ze deden wat ze deden. Was het omdat de man een greep in de kas deed en hem een nieuwe stapel bankbiljetten toeschoof? Waren ze de kluts kwijt omdat de vrouw op Hinoka leek? In elk geval kwam Skat terug van de deur. Hij wierp een blik over de toonbank en hing zijn M16 over zijn schouder. Een moment later tilde hij de benen van de vrouw voorzichtig van de grond. De man met de rode neus ondersteunde haar schouders. Zodra ze haar optilden gilde ze. Bloed had de rechterbovenkant van haar lichtblauwe trui doordrenkt.

Prooi volgde hen naar buiten, de snub nog steeds in zijn hand, naar de vrachtwagen die met lopende motor klaarstond. Hij opende het portier aan de bijrijderskant, zodat Skat en de man de vrouw de cabine in konden tillen. Ze lag met gesloten ogen naast de chauffeursstoel te hijgen. De man met de rode neus klom achter haar aan. Prooi volgde. Hij smeet zijn snub en de zak met geld naast zijn voeten. De vrouw kreunde toen Skat het portier hard dichtsloeg.

'Waar is dat ziekenhuis?'

'Goddank, niet ver hier vandaan is een kleine kliniek. Twintig kilometer verderop, even voorbij Raststätte Imbühl-Stauwerschnauf.'

Ze reden de snelweg op. Prooi werd fijngedrukt tussen de man en het portier. Hij probeerde een glimp op te vangen van het gezicht van de vrouw, wat moeilijk was vanwege de zak over zijn hoofd. Hij wilde zich er steeds opnieuw van overtuigen dat het echt niet Hinoka was.

Skat reed met een verbeten gezicht op hoge snelheid over de donkere snelweg. Prooi merkte dat hij nerveuze blikken op de spiegels wierp. Toen hij begreep waarom Skat zich zorgen maakte, zweeg hij nerveus. De man met de rode neus kreeg als laatste door dat er iets aan de hand was. 'O,' zei hij. 'Wacht! Zijn dat ambulances? Kun je ze een teken geven? Goddank!'

'Geen ambulances,' zei Skat. 'Politie.'

Blauwe lichten flikkerden een eind achter hen op de snelweg. De sirenes sneden pijnlijk scherp door hun oren.

'Het alarm,' zei de man. 'Natuurlijk. Rij door, we mogen geen tijd verliezen! Het is nog maar zo'n vijftien kilometer, rij alsjeblieft door! Stop niet voor ze! Rij door!'

Skat drukte het gaspedaal in. De vrachtwagen was niet gebouwd voor snelheid, maar hij kon er evengoed een sakkers vaartje in zetten. Hoe harder ze reden, hoe meer hij schokte en dreunde, wat zacht gesteun aan de vrouw ontlokte. 'Laat ze ons niet aanhouden. Rij door!' smeekte de man. 'God,' vervolgde hij, 'en de dag begon al zo ellendig. M'n wagen kapot... voor de zesde keer in een jaar... de hele dag voor clown spelen... klotefamiliefeestje. En dan dit! Januari is altijd een klotemaand. Rij alsjeblieft door.'

'Doe ik,' snauwde Skat.

Maar hij zag net zo goed als Prooi dat de zwaailichten dichterbij kwamen. Op onze motoren hadden ze ons nooit te pakken gekregen, dacht Prooi. Nooit.

'Sini heeft natuurlijk op het alarm gedrukt,' sputterde de man. 'En die camera's... dan zijn ze vlot, hoor.' Hij zat beverig heen en weer te draaien, zijn arm om de vrouw heen geslagen. 'Maar ze zijn altijd vlot. Hoe vaak ze mij niet achterna hebben gezeten. Ik heb een snelle wagen, zie je. Ouwe Alfa Romeo. Altijd gesodemieter mee, maar áls hij rijdt is hij snel. Rij in godsnaam door!'

Ze waren nu zo dichtbij dat ze de agenten in de wagens konden zien zitten. Blauwe verkeersborden met pijlen flitsten voorbij. 'Kijk uit,' zei Skat. Toen ze al halverwege de afslag waren, gooide hij het stuur abrupt om. Met gierende remmen draaiden ze van de snelweg af, met een eindeloze bocht mee, slippend, bijna kantelend, tot ze op een smallere tweebaansweg uitkwamen.

'Nee,' zei de man. 'Het ziekenhuis! Alsjeblieft, keer om!'

'Daar zijn ze weer,' zei Prooi grimmig.

Skat reed op topsnelheid door, terwijl hij de kant van de weg in de gaten hield. Dit keer waarschuwde hij niet, toen hij aan het stuurwiel rukte. Ze schoten van de weg af, een nauwelijks zichtbaar donker bosweggetje in. Ze werden hard omhoog gegooid toen ze door een kuil heen raasden. De vrouw kermde.

'Ik wil je vrouw graag redden, maar niet ten koste van m'n vrijheid. Waar gaat dit heen?'

'Weet ik veel! Ik smeek je, keer om! Elke seconde telt!'

Plompverloren stopte Skat. Hij opende het portier. 'Rudi kerel, beste man, rij zelf. Ik heb er een beetje genoeg van. Tengoe!' Hij was al buiten. Prooi graaide de zak met geld mee. Achter hen op het pad was het blauwe schijnsel van flikkerlichten zichtbaar. Zo snel als hij kon volgde Prooi Skat het kreupelhout in. Ze waadden door enkeldiep bladerdek, struikelden over lange uitsteeksels van doornstruiken, stortten zich een dalletje in en klauterden er weer uit. Even verderop renden ze over harde bodem. Meteen daarop was een hek. Een hek van ijzerdraad met scherpe stekels. Ze doken eronderdoor en konden toen vrijuit over een kale grasvlakte rennen. Achter hen was niets te horen. Geen motorgeronk, geen sirenes.

'Waar gaan we heen?'

Skat haalde zijn schouders op. 'De wijde wereld in, Tengoe.'

'Weet je niet hoe we thuiskomen?'

'Heb je dan zo'n zin naar huis te gaan? De nacht is nog jong, de lol is pas begonnen!'

'Lol?' zei Prooi verontwaardigd.

'Tsja,' zei Skat, en hij lachte. 'Belachelijke troep, toch? Wat een absolute catastrofe! De wagen kwijt, ons enige vervoer! Geniaal, niet?'

'We hadden ze moeten opwachten! Ze overvallen, hun Porsche stelen!'

Skat klakte minachtend. Toen snoof hij. 'Maak je niet druk, Tengoe.

Het is de laatste tijd een en al catastrofe. Alles gaat mis, alles zakt in elkaar en gaat kapot... Maar dat is toch precies waar we op uit zijn, als Vuurschokkers? We kunnen er maar beter lol aan beleven, hè?'

'Wat klets je nou? Er gaat niks mis! We zijn op weg naar de Zanger!'

'Er gaat niks mis? Interessant. Al onze vrienden zijn uitgemoord, we zitten al maanden zonder geld vast in een stervend bos, onze aanvoerder jaagt z'n laatste bondgenoten tegen zich in het harnas, terwijl hij zienderogen verzwakt en al zijn vermogens verliest, en jij vindt dat er niks misgaat.'

'Maar we moeten hem ook helpen! Waarom help je hem niet? Het is je plicht!'

'Alsof ik niet m'n best heb gedaan te helpen. Met m'n feilloze Schokkersintuïtie proberen te voelen waar we heen moeten... Heb jij soms al wat gevoeld, met die Schokkersintuïtie van je?'

Prooi zei niets.

'Zie je? En hij voelt het ook niet, hij doet maar wat! Waarom moesten de Demonen dood? Waarom slaat hij de Vuurschokkers van zich af? Wat wint hij ermee? Is dat de wet van het Vuur? Dat het *lekker* is om dingen kapot te maken?'

Skat haalde uit en schopte hard tegen een boomstam. 'Het gaat al maanden mis, Tengoe! En we wisten allebei dat het met onze amateuristische overvallen ook grandioos mis zou gaan. We sprongen allebei maar al te graag met open ogen in de afgrond. De vraag was alleen: hóé zou het misgaan? Nou, mooier kon niet. Toch? De ultieme mislukking. Pure schoonheid.' Hij lachte hees. 'Dat wijf dat karate kon... dat jij de snub afschoot! En die zenuwzieke clown. Waarom schoot je eigenlijk?'

Prooi haalde zijn schouders op.

'Ach, Tengoe, doe nou niet zo stijf. Geniet van het moment! Dit is toch heel fraai? De twee enige Bliksems op de wereld, de enige hoop van de Elfde Schok, verdwaald in mijlenbreed ijskoud herfstbos! Zullen ze ooit nog op hun basis terugkeren, beste kijkers? Of zullen ze door wolven aan stukken gereten worden?'

'Doe niet zo belachelijk!'

'Ah,' zei Skat, die bleef staan en een sigaret uit zijn zak haalde, 'doe ik belachelijk? Ja, Tengoe, ik doe belachelijk. Ik bén ook belachelijk. Ik kan alleen maar niet beslissen wat er nou precies belachelijk aan me is. Ben ik belachelijk omdat ik ineens niks meer ben dan een miezerig overvallertje op de vlucht, nadat ik jaren heb geploeterd om een onsterfelijke superheld te worden? Of ben ik belachelijk omdat ik nog steeds van plan ben te doen wat *hij* wil – me opblazen in dienst van de vernietiging van de hele wereld, in de bespottelijke overtuiging dat ik daarmee de evolutie vooruithelp? Of is het misschien nog veel belachelijker dat ik zo nu en dan de redelijkheid inzie van de dingen die een bedrieglijke schikgodin me heeft ingeblazen, waardoor ik bang ben geworden voor vuur?'

Hij klikte zijn aansteker aan en keek in het vlammetje. 'Nou ja, het zou makkelijker zijn als ik niet zo van hem hield – wat ik doe, misschien wel meer naarmate hij zich stommer gedraagt, naarmate hij meer kapotmaakt waar ik van hield.' Hij mompelde bijna onverstaanbaar, terwijl hij met de aansteker speelde. 'Maar misschien is dat wel rechtvaardig, omdat ik hem ook heb afgenomen wat het allerbelangrijkste voor hem was. Schuld, want het is mijn schuld, dat-ie verzwakt... afschuwelijke schuld... ik weet niet... ik weet niet eens of hij weet wat ik hem heb aangedaan. Hij straft me in elk geval hard genoeg.' Hij stak zijn sigaret aan. 'Je ziet, Tengoe. Ik ben echt belachelijk. Vind jij jezelf eigenlijk belachelijk? Een beetje ben je het toch wel, hè?'

'Hoezo?'

'Nou, met je zuivere verliefdheid op de onsterfelijke Dem Azèl, die zo hinderlijk botst met je wat minder zuivere verliefdheid op Hinoka. Die, zoals je best weet, niet precies zo verrukt is van jou als jij van haar.'

'Je weet er niks van!' Hij wist best dat Skat hem treiterde, misschien om hem af te leiden van de onthutsende dingen die hij zojuist had gezegd, maar hij kon het niet laten. 'Hinoka komt toevallig uit zichzelf bij mij! En ze heeft me gezegd dat ze haar twijfels heeft over jou.' Skat begon te grinniken, maar Prooi blafte: 'Ze wéét dat jij niet te vertrouwen bent! Je bent niet te vertrouwen, dat heb je net weer bewezen. Niemand kan je vertrouwen! Versace had gelijk!'

'Versace? Jij hebt er een handje van je bij de dames in te likken, hè?

96

Wat me eraan herinnert: wat heeft ze jou eigenlijk over de Derde verteld? Of heb je dat van iemand anders? Je begon er een poos geleden ineens over, dat we de Derde moesten zoeken.'

'Ze heeft bijna niks gezegd. Alleen dat-ie bestaat.'

'Ze heeft jou niet verteld wáár de derde Bliksem is? Ze heeft niks over Europa gezegd?'

'Misschien bestaat-ie wel helemaal niet.'

'O nee,' zei Skat bedachtzaam. 'De Derde bestaat wel degelijk.'

'Hoe weet je dat?'

'Omdat ik de Derde heb *gezien*.'

'Wat?'

'Is dat zo gek? We wisten toch allemaal hoe het zat? Er waren kinderen met kringen in het bos en daar ging het om. Nou, ik heb zo'n kind met een kring gezien.'

'Wanneer dan? En wat is er dan mee gebeurd?'

'Meegenomen. Door mensen. We deden wedstrijdjes wie het verste het land in kon komen. Deden jullie dat nooit? Er was een barrière, weet je nog? Dat speelden we op een dag met een hele bende. En toen was die Derde er ineens ook bij. Ik schrok me dood, ik zag die kring, onder de smurrie die we allemaal op ons lijf smeerden – ik weet niet eens of ik dat kind nu al eens eerder had gezien of niet. Afijn, precies op die dag kwam er een groep mensen langs. Wij maakten dat we wegkwamen, maar dat kind met de kring dus niet. Liep recht in hun armen. Nooit meer iets van teruggezien.' Hij nam een trek van zijn sigaret en blies een fikse rookwolk uit. 'Maar we hebben niets aan de Derde, Tengoe. Dat wou ik je nog zeggen. Die is allang door mensen gehersenspoeld. Wij zijn de enigen die Dem Azèl bij de Zanger kunnen brengen, jij en ik! Niet met intuïtie, maar met helder nadenken. Als we dat willen, tenminste. Als we dat willen...'

'Ík wel, Skat. En ik waarschuw je. Als ik ook maar een vermoeden krijg dat je Dem Azèl verraadt...'

'Ach, maak je niet dik, Tengoe! Ik zat alleen maar onzin te lullen. Ik kan juist niet wachten om van de ene grandioze mislukking naar de volgende grandioze catastrofe te stormen! Want reken er maar op dat de Elfde Schok een belachelijke catastrofe wordt, als hij alleen door Vuurschokkers wordt aangeblazen! Maar daar zit iets ziek aantrekkelijks in, hè? Je blind in de afgrond storten?'

Hij gooide zijn sigaret weg en beende het pad af. Prooi rende hem geërgerd achterna. Wat rook Skat toch weerzinwekkend sterk en zelfverzekerd. Goud en rook, vuur en bloed. Onoverwinnelijk, omdat hij zelfs een mislukking als een overwinning zag.

Tijdens die winternacht bevroor de lucht die ze inademden. De grond werd steenhard. Tegen de ochtend sliepen ze een paar ijskoude uren in een vogelobservatiepost. Hongerig en stijf doolden ze de dag daarna door het bos. Totdat ze op een asfaltweg stuitten. Tot hun immense verbazing liet een aangeschoten melkrijder hen een eind meeliften in zijn bestelbus. Maar toen ze eindelijk het laatste stuk van het verlaten zandpad naar Constanzes hotel af strompelden, waren ze te moe om blij te zijn dat ze het houten huis eindelijk zagen opdoemen. Zo moe, dat ze zelfs niet meteen begrepen wat het betekende dat er twee politiewagens voor het hotel stonden, met woest zwaaiende blauwe lichten op het dak.

# 4 De gelovigen en de ongelovigen

Ze stonden naar de politiewagens te staren toen de deur van het hotel werd opengegooid. De eerste die naar buiten kwam was Hinoka. Proois hart schoot in zijn keel. Een dikke geüniformeerde man duwde haar met zijn vuile klauw om haar nek in de richting van de auto's. Vlak achter hen strompelde Ira de veranda op, raar voorovergebogen, zijn armen achter zijn rug gewrongen, nauwelijks in bedwang gehouden door een klerenkast van een politieman. En toen, groot, woedend, stapte Dem Azèl de veranda op, geflankeerd door twee forse agenten, die een pistool op hem gericht hielden. 'Hou je poten thúís, primaten!' schreeuwde hij, en in zijn stem sidderde een drift die op exploderen stond.

Skat en Prooi hoefden elkaar niet aan te kijken. Ze reageerden ogenblikkelijk. Skats stem: 'HANDEN OMHOOG!' Een schot uit de M16, een schreeuw van een van de mensen. Prooi was naast Skat naar voren gesprongen, zijn snub in de aanslag; hij schoot in de lucht, schoot weer. De agenten reageerden in paniek. Twee doken er op de grond, Ira en Hinoka rukten zich los en renden het bos in. Een van de twee die Dem Azèl hadden vastgehouden holde voorovergebogen opzij, terwijl hij in hun richting schoot. De ander trok Dem Azèl voor zich en riep: 'Gooi je wapen neer!'

Ze dachten er niet aan. Prooi schoot vergeefs op de weghollende agent, maar Skat rende blind op Dem Azèl en de agent af. 'LAAT HEM GAAN!'

De Schokker handelde zo snel dat zelfs Prooi het nauwelijks kon volgen. Hij draaide zich om, greep de politieman brullend beet, tilde hem op en kwakte hem vloekend tegen de grond; daarna rukte hij de

HK die Skat inmiddels getrokken had uit zijn hand en schoot ermee in de richting van de wegrennende agent. 'TENGOE, HET HUIS IN! PAK DE GELDKIST, MAAK ZE AF! ASKAT, NEEM DE WAGENS OVER! IRA!!'

Tengoe rende vlammend langs Dem Azèl naar de voordeur, maar halverwege bleef hij staan. Constanze was door de voordeur naar buiten gestapt, in haar wollen jas en rubberlaarzen, geflankeerd door haar twee honden. In haar handen hield ze een van hun eigen geweren. Hinoka's mooie Ruger mini-14. En de loop was op hen gericht.

Constanzes venijnige stem klonk feller dan ooit tevoren: 'Weg, lelijke boze! Weg, je smerige wildernis in! Weg, heer van je stinkende Seïrim! Neem je satanskwaad mee! Weg!'

Prooi deinsde achteruit. Hij verwachtte elk moment Dem Azèl achter zich te horen ontploffen.

'Vervloekt zij je smerige Naam! Scheer je weg, stinkende worm! De Diepte in, jij!'

Een van de agenten kwam half overeind, tastend naar zijn wapen. De mensen leken weer moed te vatten. Uit het bos kwam een dwingende stem: ''t Is zinloos, amigo's. Jullie zijn omsingeld. Gooi je wapens neer!'

Waarom ontploft Dem Azèl niet? dacht Prooi. Met één klap kan hij die hele troep wegvagen! Waarom valt hij niet aan? Hij hoorde de mensen opstaan, zag Constanze naderbij komen. Toen wachtte hij niet langer. Hij klemde de plastic tas met het geld onder zijn arm en vloog ervandoor. Bokkend als een geit sprong hij over takken en dode varens heen, langs het hotel naar de achterkant en er voorbij, onbekend bos in. Drie keer werd er geschoten. Achter hem. Dichterbij hoorde hij zware voetstappen naderen. Een schot. Vlak voor hem sloeg een kogel in een boomstam. Hij piepte en sloeg impulsief rechtsaf. De voetstappen waren vlak achter hem. 'IK HEB ER EEN! HALT JIJ! HALT OF IK SCHIET!'

O nee, mens, Tengoe houdt geen halt. Nooit. Niet voor mensen. Hij rende nog harder, zigzagde met onverwachte haken ongrijpbaar tussen braamstruiken door, als een volleerd prooidier, en dook een hoog varenveld in. Zo schud je achtervolgers af, méns! Toen het volgende schot werd afgevuurd, klonk het veel verder naar links dan hij had gevreesd.

Hij holde door tot hij helemaal buiten adem was. Naaldbomen omringden hem. Een verend tapijt van dennennaalden strekte zich onder hem uit. Hij vertraagde zijn vaart. Op het hoogste punt van een heuveltje bleef hij staan. Er was niet veel te horen. Behalve dan het opgewekt geritsel van een hondje dat al die tijd onopgemerkt achter hem aan had gerend. 'Hé Fai! Ben je ook ontsnapt, kereltje? Waar zitten de anderen, Fai?'

Het was doodstil. Hij was omringd door kilometers zacht ruisende stilte. Waar waren ze? Hij legde zijn hoofd in zijn nek en snoof. Hars, dennengeur, modder, verrotting. Vleugjes beestengeur. Verder niets. Ze waren heel ver weg.


## En weer wacht de wildernis

Toen de avond viel had hij hun spoor eindelijk opgepikt. Skat en Dem Azèl waren een aardverschuiving achter het hotel overgestoken, de diepte in en toen de helling daartegenover op. Tot zijn opluchting vond Prooi na lang zoeken ook Hinoka's spoor. Ze had een smal dierenpad gevolgd, tot ze op Ira was gestuit. Hun gezamenlijke spoor leidde grofweg in de juiste richting, Skat en de Schokker achterna.

Prooi herademde. Maar tegelijkertijd realiseerde hij zich dat het donker was geworden, en dat de kans groot was dat er vlakbij politiemannen naar hen op zoek waren. Snuffelend, luisterend probeerde hij zijn omgeving te peilen. Vaag verkeersgeluid ergens vóór hem. Onpeilbare geluiden ergens ver weg rechts, alsof daar een stad was. Was daar ook politie? Hij wilde niet het risico lopen hun al dwalend in de armen te lopen. Het was misschien het beste hier de ochtend af te wachten. Maar dan zou hij het wel slimmer aanpakken dan ze de vorige nacht hadden gedaan. Gapend zocht hij een beschut holletje uit, waar een paar krakkemikkige bomen tegen elkaar aan leunden. Daar zette hij een stapel dennentakken schuin tegen een omgezakte boomstam, zodat er een huisje ontstond. Vervolgens legde hij afgevallen dennentakken op de grond, in lagen kruisgewijs boven op elkaar. Daarbovenop legde hij zoveel mogelijk dorre varens en droge bladeren. Hij probeerde de wanden van dennentakken zo dicht mogelijk te krijgen met blad en aarde en was ten slotte niet ontevreden. Hij onderzocht zijn jaszakken. Zakmes, touw, gesp, speld, aansteker, Tubals kruikje en, de Diepte zij dank, vier van de Marsen die hij de vorige avond in het tankstation had gestolen. Trillerig at hij er een op. Toen ging hij liggen en bedekte zich zo goed mogelijk met de bladermassa. De plastic zak met bankbiljetten diende als kussen. Fai, die alles best vond, kroop gezellig bij hem. Als hij honger had, liet hij dat niet merken.

Er was inderdaad vlakbij een grote autoweg. De volgende ochtend stak hij hem snuivend over, de geldtas in zijn hand, Fai vlak achter hem, en dook het bos aan de overkant weer in. Hij wist honderd procent zeker dat de anderen hem waren voorgegaan. Met groeiende verontwaardiging vroeg hij zich af waarom ze niet op hem hadden gewacht. Ze waren gisteravond maar doorgerend, Skat en Dem Azèl voorop, Ira en Hinoka op enige afstand. Hier, op de grens van het bos en de bewoonde wereld, hadden Skat en Dem Azèl op de andere twee staan wachten. De bijtend sterke geur van hun urine tegen een boom was onmiskenbaar. Uit de wirwar van vluchtiger geursporen maakte hij op dat de anderen zich hier bij hen hadden gevoegd. Nou, ze hadden er blijkbaar geen moment aan gedacht ook op hem te wachten. Ze waren er met z'n vieren razendsnel vandoor gegaan. Het bos uit, de gevaarlijke openheid in, ongetwijfeld het veilige bos in dat zich daar aan de overkant verhief.

Hij volgde verbeten. Het was een heldere, koude dag en hij voelde zich helder en koud. Met de geur van dennennaalden in zijn neus liep hij door, naar het noorden, over verlaten paden, tot hij in de namiddag weer bij een weg aankwam. Daar raakte hij het spoor kwijt. Mopperend volgde hij de weg oostwaarts, net zolang tot hij in de verte twee politiewagens geparkeerd zag staan. Agenten hielden alle auto's aan die uit het westen kwamen.

Zijn nekharen schoten overeind. Hij trok Fai dicht tegen zich aan en sloop de beschutting van de bomen in. Dus de jacht was nog niet afgeblazen. Wisten de anderen dat? Was dat de reden dat hij hun spoor niet kon oppikken, hielden ze zich schuil? Nadat hij een tijd vergeefs het bos ten zuiden van de weg had doorzocht, op zoek naar geursporen, hoorde hij een dreigend geluid boven zich. Een soort van vliegtuigmotor, maar anders. Tussen de takken ving hij een glimp op van een vliegmachine. Hangend aan een wiekende propeller scheerde de machine over het bos heen, alsof hij iets zocht.

Prooi schoot diep het struikgewas in. Hij hoorde het ding traag naar het westen wegvliegen. Daar ergens bleef het dreigend hoorbaar. Beklemd liep Prooi het bos door, weg van het gedrein, terug naar de plek waar hij het spoor was kwijtgeraakt. Voorzichtig stak hij de weg over, in de hoop dat hij in de schemering niet betrapt zou worden.

Het was akelig terrein hier: wegen, elektriciteitsdraden, lelijke bouwterreinen, kapotgemaakt en opengebroken, op de manier zoals mensen dat deden. Aan zijn linkerhand opende zich een doodse grijze woestenij, alsof een ijzeren klauw alle warme grond van het gebeente van de aarde had geschraapt. Het stonk hier naar gas en gif, zuurder en bijtender dan hij ooit had geroken.

Hij was dankbaar toen zich na een paar uur een nieuw bos voor hem opende, ook al had hij het spoor van de anderen nog steeds niet teruggevonden. Wat te doen? Het was inmiddels stikdonker geworden, hij was ijskoud, bekaf en hij stierf van de honger. Grimmig bouwde hij opnieuw een hut. Hij at zijn allerlaatste Mars op en legde zijn hoofd op de plastic zak bankbiljetten. Pas na uren hongerig rillen viel hij in slaap.

De wereld waarin hij ontwaakte was stralend wit. Zelfs de hoop bladeren waarin hij zich had ingegraven, was bedekt met een wit waas. Fai sprong de witheid blaffend in, hij hapte wild naar de sneeuw die van de takken dwarrelde, maar Prooi beet op zijn onderlip. Sneeuw betekende sporen... en als je door een politiemacht werd achtervolgd, was dat geen goed nieuws.

Maar de sneeuw werkte ook in zijn voordeel. Nadat hij de hele morgen systematisch naar tekens van de anderen had gezocht, in het gebied ten noordwesten van de plek waar hij ze voor het laatst had geroken, vond hij midden in een ondergesneeuwd weiland eindelijk hun spoor terug. Vier personen hadden zich hier door de sneeuw gehaast. Vanochtend nog! Hij vergat zijn honger terwijl hij het brede spoor volgde, tevreden de vertrouwde geuren opsnuivend die nog vaag in de lucht hingen. In de loop van de dag vloog de wentelwiek weer over, maar zo cirkelend en onzeker dat Prooi wist dat de anderen nog niet waren gevonden.

Hij begon al te hopen dat ze elkaar voor het einde van de dag zouden ontmoeten, toen hij bij een perronnetje kwam. Zomaar, plompverloren. Het lag midden op een open plek in het ruisende, besneeuwde bos, er groeiden bruine varens uit de verbrokkelde stenen, er liep geen weg heen en er liep geen weg vanaf. Het lag er gewoon. Er stond een kapotte kar met ijzeren wielen naast en dat was het. Hier hield het spoor van de anderen op.

Er moest hier een vervoermiddel zijn geweest. De anderen waren ermee weggereden. Over de rails. Noordwaarts! Ze waren al tientallen kilometers verderop! Met elke seconde die hij hier stond verwijderden ze zich meters van hem vandaan. Ze hadden hem definitief in de steek gelaten!

Hij smeet de plastic zak met bankbiljetten op de grond, en schopte tegen de rand van het perron. 'Verdommese klotediepte,' schreeuwde hij tegen de bomen, 'kankertering, sodeflikker toch allemaal een roteind op, idioten!' Na een poosje hoorde hij zijn overslaande stem terug-echoën. Hij slikte zijn woede in en volgde de rails.

Dieper het sneeuwbos in, hoger, hoger, te midden van eindeloze naaldbomen die steeds meer verstilden... almaar hoger, urenlang, terwijl de schemering viel. Duizelig van de honger strompelde hij steeds verder, een wonderlijke, duistere stilte in. Hij moest in slaap zijn gevallen terwijl hij voortsukkelde. Toen hij struikelde en hard op zijn knieën terechtkwam, zag de wereld er heel anders uit dan daarnet. Een koude glans verlichtte de toppen van de bomen. Voor hem was het besneeuwde spoor in zilverlicht gedompeld. De maan blonk hoog aan de hemel, de volle januarimaan. Om hem heen strekten de bomen zich uit naar de sterrenlucht.

Waakzaam verliet hij de rails. Hij liep tussen de geconcentreerde bomen, die zich lang uitrekten. Al zijn antennes stonden op scherp. Zijn Vonk sidderde. Hij voelde de zuigende aantrekkingskracht van de langzaam wentelende hemelsfeer boven hem. Hij ving de geur op van de metalen die diep in de aarde rustten en daar langzaam hun voedzame stoffen afgaven. Hij hoorde, nog veel verder weg, aan de horizon, het gerommel van vulkanen.

Toen kwam hij met een schok tot zichzelf. Rondom hem brak hevig kabaal los. De wereld veranderde in een chaos van flapperende vleugels en hees gekrijs. Een gillende wolk vormde zich om hem heen en trok weg, terwijl hij uit alle macht tientallen vleugels en harde snavels van zich afsloeg. Terwijl ze wegvlogen, de boomtoppen in, verontwaardigd krijsend, kwam Fai op hem afgerend.

'Hé! Zag je dat, hondje?'

Hij had dat soort vogels rond Constanzes hotel gezien. Zwarte vogels met boze ogen. Een soort kraaien. Wat deden ze hier, met zoveel tegelijk? Hij keek om zich heen in het stikdonker. Vaag was hij zich bewust van harde rotsmassa dichtbij. Levenloos, koud. Hij trok zijn schouders op, tuurde nog een keer de donkerte in en verstarde. Licht.

Er vlamde daar, een meter boven de grond, een lichtje.

Geen maanlicht. Een levend, oranje lamplichtje.

Zijn oude instincten fluisterden over monsters. Toen hij dichterbij kwam en zag waar het zacht flakkerende lichtje vandaan kwam, voelde hij het kippenvel op zijn armen omhoog kruipen. Het kwam van achter het raam van een stenen huis. Een mensenhuis.

Maar hoe kon dat? Hij rook toch dat hier geen mensen waren? Hij probeerde de omtrekken van het gebouw te ontwaren. Was het wel een mensenhuis? Dit was geen plek voor mensen. De bomen waren in hun gesprek met de sterrenhemel verwikkeld, en verder rook het alleen naar oude steen en oud metaal. Prooi kwam nerveus dichterbij. Het bos liep tot een muurtje dat het gebied rond het gebouw markeerde. Of waren het méér gebouwen? Hij zag een enorm bouwsel achter een laag voorhuis oprijzen. Een verbrokkelde vesting, een bouwval van een burcht. Er was hier lang niemand geweest. Maar dat griezelige loklicht brandde evengoed.

Prooi beet in zijn onderlip. Hoe het ook zij, daar voor hem was een huis waar hij beschutting kon vinden voor de nacht. Hij zoog koude lucht naar binnen, en liep door de opening in het muurtje op de voordeur af. Hij hief zijn revolver op en klopte met het handvat tegen de houten voordeur.

Er gebeurde niets.

Niet thuis?

Hij klopte nog eens. Het geluid klonk hol door de binnenruimte.

Niet thuis.

Of ze deden alsof. Goed. Hij probeerde door het beslagen raam te kijken, waarachter het griezelig loklichtje brandde, maar zag niets dan donkere schaduwen. Waakzaam volgde hij de muur. Hoek om, tot waar het lage huis overging in een groot gebouw, met dikke, blinde muren. Hij volgde de muur tot hij bij een hoop puin terechtkwam, waar een oude, verroeste vrachtwagen zonder wielen naast stond. Hij draaide zich om en volgde de muren de andere kant op. In de zijmuur van het voorhuis ontdekte hij een klein raam. Hij kon er net bij.

Hij wachtte totdat zijn hart niet meer zo akelig bonkte. Toen wrikte hij de korte loop van de snub tussen het raam en de vermolmde sponning. Het raam schoot krakend open. Prooi klopte Fai op zijn kopje, haakte zijn handen om de sponning en trok zich omhoog. Even hing hij half binnen, half buiten. Hij kon maar weinig vormen ontwaren in de duisternis van de kamer, die verlaten rook. Zo zacht mogelijk sprong hij op de grond.

Hij bevond zich in een kamertje waar twee lage bedden stonden, bedekt met bontkleden. Op de grond lag een dik tapijt. Hij sloop naar de kamerdeur. Toen hij die opende, zijn nekharen overeind, keek hij recht in een zacht verlichte kamer. Een plezierige woonkamer, met lage banken rond een lege open haard waarin brandhout was opgestapeld. Warm gekleurde tapijten en beestenvachten op de grond. Voor het raam brandde een klein, oranje lampje.

Alle geursporen waren weken oud. Hij liep verbaasd naar het lampje toe. Nu zag hij het. Het was een bescheiden vlammetje met een meterslange lont, die in een grote glazen kruik met lampolie was opgerold. Dat vlammetje kon maandenlang blijven branden.

Op een tafel stonden een paar kleinere olielampjes. Hij stak er een aan en liep er verwonderd mee van kamer tot kamer. Het was een eenvoudig huis met lage stenen zolderingen. Er waren vier kleine slaapkamers, een badkamer en een keuken, met een fijn voorraadje eten in blik. Zelfs was er een plank vol dozen sigaretten. Aan de muur hing een soort klok dat hij goed kende. Een koekoeksklok.

Prooi had van Constanze afgekeken hoe je zo'n klok opwond. Glimlachend trok hij aan de kettingen waaraan de gewichten waren bevestigd. Het was prettig te horen hoe het leven in de klok terugkeerde. Mooi. Nu nog een vuur maken en kijken wat er in de keuken te eten was. Wat er ook van kwam, hij zou deze nacht hier blijven, zich helemaal te barsten vreten en dan lekker warm slapen.

Maar eerst Fai binnenlaten, via de voordeur. Hij had al gezien dat de sleutel aan de haak naast de deur hing. Hij liep erheen, en zag toen pas het papier dat op de tafel bij het raam lag.

15 augustus (Schok IV)

Zeer geachte heer A.,
Van harte welkom op noodbasis IV. In de hoop dat u hier voorlopig het benodigde vindt. Zoals toegezegd in laatste bericht verwacht ik half november (zeker voor Schok VIII) contact op te nemen voor nadere orders. Intussen druk doende alternatieven te vinden, goede hoop meer zuidwaarts. Wees verzekerd van mijn volkomen toewijding,

L. Wellenbruck
XI-XI-XI

## Ondergedoken

In het ochtendlicht zag het gebouw er vijandig uit. Het was inderdaad een ruïne. Alleen het voorhuis waar Prooi die nacht geslapen had, was intact. Daarachter verhieven zich sombere, geblakerde, half ingestorte fabrieksgebouwen. Her en der stonden ijzeren karren, die allemaal al jaren kapot waren. Spoorrails verdwenen in een akelig gapend gat in de rotswand.

Prooi propte zoveel mogelijk blikken met eten in de plastic geldzak en zijn jaszakken. Toen zocht hij, heuvelopwaarts, de spoorrails weer op. Afwisselend lopend en rennend volgde hij de rails in de richting van het noorden, bereid om desnoods de hele dag door te gaan. Maar al na korte tijd stuitte hij op het karretje: een houten vloertje op ijzeren wielen, met een pompmechanisme om het te laten rijden. Het stond aan het einde van de rails die doodliepen in een ruigte van besneeuwde stengels. Blijkbaar hadden ze hier de nacht doorgebracht, boven op die kar, naast een vuurtje dat zo te zien niet lang had gebrand. Ongeveer twee uur geleden waren ze weggetrokken. Twee uur maar!

Hij klom op de kar – lekker, vleugje Hinoka –, richtte zijn snub in de lucht en liet hem beuken. Een. Twee. Drie. Dat was toch wel een duidelijk signaal, niet? Hij spitste zijn oren.

Toen hoorde hij het. Van een paar kilometer verder naar het noorden. Drie venijnig hoge klappen, onmiskenbaar afgevuurd door een M16. Hij glimlachte breed.

Ze ontmoetten elkaar op het pad dat van de rails naar het noorden voerde. Skat dook het eerste op, zijn geweer in de aanslag. Toen hij Prooi zag liet hij het zakken. Hij tsjakte met z'n tong, op zijn eigen Skat-manier. 'Als ik het niet dacht. Hoe kom jij hier?'

'Nou, hoezo zou ik hier niet zijn? Waarom hebben jullie niet op me gewacht?'

Hinoka duwde Skat opzij en rende op Prooi af. 'Tengoe! Je hebt ons gevonden! We dachten dat je was neergeschoten!' Ze pakte hem heel prettig bij zijn schouders beet, ze straalde zo, je zag bijna niet dat ze blauwe wallen onder haar ogen had.

'Wie zei dat dan?'

'Ik hoorde ze roepen dat ze iemand te pakken hadden,' zei Skat, wegkijkend, 'en jij was ineens verdwenen. Wíj waren allemaal veilig... dus...'

Prooi fronste zijn wenkbrauwen. Maar Hinoka liet haar arm om zijn schouder glijden. Hij keek naar zijn tenen en vroeg: 'Waar is Dem Azèl?'

'Hij wacht daarginds met Ira. Paar kilometer verderop. Hij heeft een pestbui. Drie nachten in die rotkou, overal politie, en die helikopter boven onze kop... Ze hebben ook nog eens niks te eten mee kunnen brengen. Alleen de spullen die ze van die agenten mochten meenemen.'

Prooi schudde zijn hoofd. 'Hoe konden ze nou weten dat de Schokker daar zat?'

Skat snoof. 'Omdat wíj ze dat hebben laten weten, idioot. Ze hebben het kenteken van de vrachtwagen natuurlijk gecheckt, komen erachter dat-ie op de naam staat van ene Karl Wellenbruck, die al weken vermist is, en ontdekken dat Karls tante in de buurt woont. Bingo.'

'Zie je nu dat we de vrachtwagen niet hadden moeten laten staan!'

'Het was toch hoog tijd dat we vertrokken.'

'Maar waarom zijn jullie zo ver naar het noorden gegaan?'

'Heb je niet gezien dat de politie op alle wegen in het westen patrouilleert? Het enige wat we kunnen doen is onopvallend naar het oosten reizen, naar Poznań.'

'Poznań?'

'Daar woont ons dichtstbijzijnde contact, toch? Hopelijk kan die kerel ons voorraden bezorgen, vervoer, en vooral meer geld.'

'En hoe ver is Poznań van hier?'

'Drie-, vierhonderd kilometer,' zei Skat.

Toen vertelde Prooi van zijn ontdekking.

Omdat Prooi het huis gevonden had mocht hij de maaltijd klaarmaken. Hij vond het best. Het was verbazend hoeveel eten de mensen in blikken hadden weten te wurmen. Bonen, tomaten, varkensvlees, rijst, zelfs melk die tot poeder was gedroogd. Er was koffie, er was suiker. Er waren flessen butagas. Halverwege kwam Hinoka helpen. 'Dit is echt een prachthuis,' zei ze. 'Heb je die lekkere vachten op de grond gezien? We hebben ons ontzettend vergist in de vader van Karl!'

Maar daar dacht Dem Azèl anders over. 'Ouwe Lothar had ervoor moeten zorgen dat iemand hem in geval van nood kon vervangen! Hij had de communicatielijnen open moeten houden! Wat heb ik aan dit hutje? Ik heb getrainde medestanders nodig, bewapende lijfwachten! Het is kinderspel om onze sporen in de sneeuw te volgen, en dan zitten we hier als ratten in de val!'

'Ze kunnen ons spoor niet gevolgd hebben,' wierp Skat tegen, 'over die rails heen.'

'Tengoe kon het anders wel.' De Schokker was er na drie nachten in de sneeuw niet best aan toe. Zijn koortsige ogen lagen diep in hun kassen, en hij kon niet ophouden te beven, ook al zat hij vlak bij het vuur dat ze in de open haard hadden aangelegd.

'Dit is een prima onopvallende schuilplaats,' vond Skat. 'Volgens mij is er in de wijde omtrek geen dorp te vinden.'

'Maar waarom hier?' vroeg de Schokker, terwijl hij een dierenvacht dicht om zich heen trok. 'Er zijn hier toch geen Snorders gesignaleerd?'

'Er is wel een mijn,' zei Prooi, die met een stapel borden naar de tafel bij het raam liep.

'Maar het is geen Smidse, Tengoe, of ik moet me al sterk vergissen. Nou, jullie mogen er morgen in afdalen, broeders. Daarna vertrekken we maar weer. Ik weiger om hier machteloos te blijven wachten tot die politiehonden ons hebben ingehaald.'

Skat, die languit op een van de banken bij het haardvuur was gaan liggen, kwam half overeind. 'Maar voorlopig zitten we hier goed! Als Tengoe z'n ogen niet had opengehouden, dan waren we verhongerd en bevroren, beseft u dat wel?'

'En wie had er de grootste haast om te verklaren dat Tengoe dood en begraven was, nog voor we die verdomde smerissen de rug hadden toegekeerd?'

'Hadden we ons dan moeten laten arresteren? Ik begrijp nog steeds niet waarom u ze niet allemaal in één keer van de sokken hebt geblazen!'

'Dat had je wel makkelijk gevonden, hè?'

'Maar ik snap niet waarom u niks deed! Het leek wel alsof u bang was voor dat ouwe wijf. Toen ze begon te bazelen over de Seïrim en dat u moest opduvelen, keek u alsof u een spook zag. Waarom fakkelde u haar niet af?'

De Schokker sprong op. 'Heb je het allemaal weer zo verschrikkelijk goed door, superbrein? Hartelijk gefeliciteerd hoor, vermaak je ermee, maar bespaar het mij alsjeblieft!' Hij beende de kamer uit, naar zijn slaapkamer. De deur sloeg met een smak dicht. Skat keek hem verbijsterd na. Hinoka stak haar hoofd om de keukendeur. 'Dat was niet slim van je, Skat.'

'Maar wat heb ik gezegd? Wat heb ik gezegd?'

'Snap je het niet?' Ze deed een stap de warme kamer in, een houten lepel in de hand. 'Tante Constanze sprak de verbanningsvloek uit, die volgens de Bijbel aan zijn Naam verbonden is. Daar raakte hij helemaal de kluts van kwijt!'

'Maar dat is mensengeloof! Dat raakt hem toch niet?'

Hinoka hief de lepel op. 'Skat, Schokkers *leven* van geloof! Als er niemand in hen gelooft, zijn ze niets meer. Ze ontlenen hun Naam toch allemaal aan mensengeloven? Ze pikken allemaal hun Naam uit *mensen*-verhalen, Dem Azèl net zo goed als Tubal of Shiva! Maar tante Constanze heeft hem laten weten dat in háár boek Dem Azèls Naam niet bepaald een goeie reputatie heeft.'

'Tante Constanze,' zei Skat minachtend.

'Verkijk je niet op haar, Skat! Ze weet echt heel veel! Weet je wel dat die oude vuurgoden en vuurdemonen eigenlijk dienaren van het kwaad zijn?'

'Ach, goed en kwaad. Primitieve primatenbegrippen, Hinoka.'

'Nou, dat weet ik nog zo net niet. In elk geval hebben de mensen tegenwoordig echt een hekel aan sommige Schokkersnamen, Skat. Misschien was de volle Naam van Dem Azèl ooit een glorieuze naam, maar dat is-ie tegenwoordig absoluut niet meer. Het is hoogstens de naam van een van de mindere duivels. Je weet hoe trots Dem Azèl is. Nu is-ie door een oud vrouwtje weggejaagd, terwijl ze hem inpepert dat de Naam die hij heeft uitgekozen hier niks waard is. En dan verwijt jij hem dat hij te veel van slag was om te ontvlammen!'

'Alsof dat demente heksje het beter weet dan een *Schokker*!'

'Dat demente heksje had hem anders helemaal door, hoor. Ik snap nu ook veel wat ik eerst niet begreep.'

'Hinoka, wat hebben jullie al die tijd zitten kletsen? Vertel me niet dat jij háár gelooft! Dat wijfje spoorde niet!'

'Ik geloof wat ik wil, Skat.'

Ze verdween in de keuken. Skat trok een vies gezicht en liet zich op de bank achterovervallen. Maar door het avondeten kikkerde iedereen op. Zelfs de Schokker ontdooide. Vooral omdat Prooi in een kast een voorraad flessen ontdekte. Stolichnaya, jägermeister, becherovka, strohrum, slivovitsj, amaretto. Ze dronken allemaal. Aan het eind van de avond, toen ze tegen elkaar aan hingen op de warme vachten op de grond en de banken bij het vuur, en liederen zongen en om de beurt harde boeren lieten, was het even alsof ze hier uit vrije wil zaten en er geen politie bestond.

Het was niet moeilijk in de mijn af te dalen. In een van de kasten in het huis vonden ze sterke zaklantaarns met een voorraad batterijen. De gangen van de mijn waren breed en hoog, er liepen rails door de hogere gangen heen, en langs de wanden van de schachten waren stevige ijzeren trappen bevestigd. De Diepte hield zich stil. Ingestorte gangen liepen definitief dood in ondoordringbare puinhopen. Achter half dichtgetimmerde barricaden met waarschuwende borden gaapten bodemloze putten.

'Proberen?' vroeg Skat, terwijl hij er met zijn lantaarn in scheen.

'Toeter maar,' zei Prooi.

Niets roerde zich. Er was geen spoor van een Steen. Prooi voelde geen steken in zijn maag. Het was een dode, grimmig zwijgende mijn.

'Tengoe?'

Prooi schrok wakker. In de schemering van zijn slaapkamer zag hij Hinoka dichterbij komen. De vacht die ze om haar schouders had geslagen lichtte op in het donker.

'Wat is er?' Hij schoot overeind. 'De politie!'

'Nee, nee.' Ze kwam bij hem op bed zitten. 'Het heeft vannacht weer verschrikkelijk gesneeuwd. Skat heeft geprobeerd of we erdoor kunnen, maar het gaat gewoon niet. Je zakt tot over je knieën weg. En Dem Azèl is ziek. Te ziek om te reizen.'

'Dus we kunnen niet weg?'

Hinoka's ogen glinsterden. 'Weet je... ik wilde je nog zeggen dat ik zo blij ben dat je ons hebt ingehaald. Ik heb wel gezegd dat we je moesten gaan zoeken, maar... het waren zulke afschuwelijke dagen, Tengoe. Die kou, en niks te eten... Mijn voeten bloedden van al dat rennen. En ze maakten de verschrikkelijkste ruzies.'

'Dan is het wel goed dat we nog een dagje kunnen uitrusten.'

Hinoka was een poosje stil. 'Ik ben bang,' zei ze toen. 'Voor de politie. Voor alles... ik ben ook bang om naar Poznań te gaan.'

Prooi boog zich verlegen naar haar toe. De vettige beestenwalm van de vacht omhulde haar, maar daaronder ving hij haar zachtere, zoete geur op. Ze zat zo stil alsof ze wachtte tot hij haar fluwelen haar zou strelen. En toen hij ademloos met twee vingers de golving van een lange lok volgde, keek ze met een droevig glimlachje op.

'Ik wil weg, Tengoe. Weg van de Schokker.'

Prooi beet op zijn lip.

'Zullen we samen weggaan? Jij en ik?'

'Je moet niet bang zijn,' zei Prooi. 'We zijn er bijna, Hinoka, echt! Als we het middelpunt vinden komt alles goed. En ik weet waar het is. Het is helemaal niet ver!'

Ze keek met hetzelfde verdrietige lachje naar de grond. Toen pakte ze zijn hand en drukte die tegen haar wang. Een seconde later was ze verdwenen.

Om beurten liepen ze wacht. Tijdens Ira's wachtbeurt kwam de helikopter een paar keer hoog over; hij was bijna onzichtbaar in het grijzige wolkendek. Eén keer hoorden ze heel in de verte motorkabaal. Maar het kwam niet dichterbij.

'Door die vervelende sneeuw zitten we wel vast,' zei Skat, 'maar hij wist ook onze sporen uit.'

'Behalve de rook,' wees Prooi.

'Tsja,' zei Skat. 'Maar geen haar op m'n hoofd die eraan denkt het haardvuur te doven, Tengoe.'

Tijdens een van die koude nachten werd Prooi wakker door geschreeuw.

'Ik dóé het ook! Ik dóé het toch verdomme ook!'

'Met dat m-misselijkmakende, ge-genieperige arrogante spotlachje van jou? Askat, ik vraag je alleen om je inti-intuïtie te gebruiken! Hoe komen we hier w-weg? Wáár is het middelpunt? Maar jij, jij...'

'Ik doe wat ik kan! Maar u doet verdomme net alsof het míjn schuld is dat we niet weg kunnen!'

'O! Is het níét jouw schuld dan? En w-wie... w-wíé heeft die vrachtwagen dan laten staan? Wíé heeft de popo-litie op ons spoor gezet?'

'Alsof ik dat met opzet deed!'

'Nee? *Per ongeluk*... laten staan? Die wagen was onmisbaar! Met die wagen hadden we *allang* in Po-Polan-Poz...'

'Onzin! We kunnen de autowegen niet eens gebruiken, ze patrouilleren overal! Als u niet altijd en eeuwig ruzie maakte met iedereen, dan was het helemaal niet zover gekomen! Dan hadden we al maanden geleden met het goud van Kdaai Maksin veilig in een paleis gezeten, samen met onze bondgenoten!'

''t Is mijn... 't is míjn schuld?!'

'Die blinde driftkopperij van u leidt nergens toe!'

'Blind? Blind? Wie is hier blind? Jíj... jíj weigert... *stomweg*... te geloven wat ik zeg! Jij... met je kouwe *blinde* ángst voor de waarheid... voor je eigen inti-inti...'

'Wát weiger ik? Wát? Ik heb u altijd álles gegeven. *Alles!* U hebt me *alles* afgepakt waar ik van hield! U moet me eindelijk als een gelijke behandelen, en ophouden me uw paranoïde dogma's op te dringen! *Luister naar me! Ik ben geen kind meer!'*

'De Schokkerswaarheid... is helaas, Askat... *compromisloos!* Dog-dogma. Natuurwet. En ik ben de *enige...'*

'Onzin! Houdt u verdomme toch eens op met dat kutsprookje dat u de enige bent die goddelijk en onfeilbaar is! Dat bént u niet!! Hoe weet u dat het de enig juiste weg is om alles en iedereen te verbranden en vermoorden?' Zijn stem rees hoog op: 'U bent ziek, u gaat eraan kapot!'

'Ziek?! Askat! Jij bent te kóúd om te geloven, je... te bang, jij...' Een harde dreun. En ineens een huiveringwekkend klagelijk geluid: 'Maar als zelfs jíj... ik heb je mijn Vónk gegeven, mijn zíél... en als je hem laat *doven,* Askat... dan zijn we verloren...' Dan, razend: 'Vermoord me dan maar, bloed van mijn bloed! Zaad van mijn zaad, Vonk van mijn Vonk! Vermoord me dan! Dat heb je toch altijd gewild?'

Prooi was zijn bed uit gesprongen, hij stond verstijfd bij de kamerdeur van de Schokker, doodsbang dat hij het volgende moment een schot zou horen. Maar door de kier van de deur zag hij alleen het grote lichaam van de Schokker als een donkere hoop op het bed, een bevende, kermende hoop. En toen zag hij Skat, eerst een eindje van de man af, toen naast hem, en toen half over hem heen, armen om hem heen, handen in zijn haar, fluisterend, sussend. Het bed kraakte, toen Dem Azèl heftig zijn arm om Skat heen sloeg en hem tegen zich aan trok. Prooi kon de radeloze woorden niet verstaan die de Schokker uitstootte. Hij verstond Skats dringende bezweringen niet. Alleen het bed kraakte luid, toen ze zich verstrengeld achterover lieten zakken, in die woeste bende van vachten en dekens, die leek te kronkelen in het flakkerend lamplicht.

## De schuilplaats van de Zanger

De volgende ochtend zette Skat zich aan het oppoetsen van de geweren en pistolen, alsof er niets gebeurd was. Eerst haalde hij de slede eruit, demonteerde de loop, en toen ging hij aan het werk met zijn tandenborstel en het blik vet. Het was mooi werk. 'Sommigen klagen dat deze zo vaak vastlopen,' mompelde Skat, terwijl hij zijn favoriete zwarte geweer openklapte. 'Die snappen niet dat je een M16 liefde moet geven. Gewoon regelmatig bijhouden, en dan doet-ie alles voor je. Als je 'm verwaarloost, ja, wat wil je...'

'Laten ze nu maar komen,' zei Prooi.

Skat wreef het geweer liefdevol op, tikte op de ingevette loop, en zei: 'Andere prioriteit. Als hij droog is ga ik eerst wat wild schieten, Tengoe. Bij gebrek aan een supermarkt in de buurt.'

'Ik ga wel mee,' zei Prooi, die Skat graag onder vier ogen wilde spreken.

Ze kwamen maar moeizaam vooruit door de diepe sneeuw, zwaar als ze waren vanwege de omgeslagen schapenvachten. Het enige voordeel van de sneeuw was, dacht Prooi, dat hij ook een belemmering vormde voor de politie.

'Behalve als ze sneeuwscooters inzetten,' zei Skat.

Tegen de tijd dat ze het op wilden geven kreeg Prooi een scherp geurend wildspoor in zijn neus. Ze hadden net de tijd om één schot te lossen, voor de zwijnen in het struikgewas verdwenen. Het schot beukte zo hard door de serene sneeuwstilte, dat ze bang waren dat het door vijandige oren gehoord was. Maar de minuten verstreken, en alles bleef stil.

'Hoeveel munitie heb je nog?'

'Niet veel meer.' Skat hing zijn geweer mismoedig over zijn schouder.

'We hebben nog wel een paar blikken met eten.'

'Ja, en we kunnen natuurlijk altijd Fai nog opeten.' Skat sloeg geen acht op Proois verontwaardigde uitroep. 'Ik wou dat ik wist hoe ver het was naar een dorp. Ik durf het er met die sneeuw niet op te wagen... ik kom geen kilometer ver. En aangezien we in het hart van het Ertsgebergte zitten...' Hij schopte tegen een tak die uit de sneeuw omhoogstak. 'Aan de andere kant, in dorpen kunnen we politie tegenkomen.'

'Maar ze moeten het toch een keer opgeven? Zoveel ergs hebben we toch ook niet gedaan?'

'Gijzeling, bedreiging, tientallen gewapende overvallen,' somde Skat op, 'en afhankelijk van hoe het met die dame in het benzinestation is afgelopen, poging tot doodslag of moord. Nee, als ze in deze buurt niets anders aan hun kop krijgen, dan zullen ze de komende weken beslist niet stoppen met de jacht.'

Ze ploeterden terug naar het mijncomplex. Ver voor hen waren de kraaien al te horen. 'O, klaag niet,' zei Prooi zachtjes voor zich uit. 'O, klaag niet als 's ochtends de nevel rijst.'

'Wat zeg jij nou?'

'Niks.'

'Jawel. O, klaag niet... en wat dan?'

'Als 's ochtends de nevel rijst. Het is onzin.'

'Waar heb je dat vandaan?'

'Weet ik niet meer. Van de radio of zo.'

'Nee. Iemand bij Mist, hè? Mist zelf?'

'Hoe weet je dat?'

'Omdat ze mij vroeger ook zulke rare zinnetjes leerde. Ezelsbruggetjes. Codes. Het getal pi, bijvoorbeeld. *Mag, o Mist, uwe zegen belichten de wereld.* Of de volgorde van de planeten. Heeft ze er nog wat bij gezegd?'

'Dat ik daaraan moest denken als ik haar wilde spreken. Vanuit de wereld van de mensen.'

Skat bleef onverwacht stilstaan. Prooi wist niet of dat was omdat hij moe was, of omdat hij plotseling iets begrepen had.

Toen de mijngebouwen tussen de bomen zichtbaar werden, stelde Prooi de vraag die hem op de tong had gebrand. 'Skat... waarom maak je steeds zo'n ruzie met Dem Azèl? Als je wil dat hij ons hier weghaalt moet je hem helpen! Je weet toch dat hij ons geloof nodig heeft?'

'M'n geloof? Wat hij nodig heeft, is kritisch tegenspel. We zitten in de problemen vanwege zíjn stommiteiten! Wat dient het nou voor doel, dat hij zichzelf in een isolement heeft gemanoeuvreerd?'

'Maar iedereen heeft hem ook in de steek gelaten! Mist heeft iedereen tegen hem opgezet! *Daarom* zitten we in de problemen!'

'Maar waarom zou zij per definitie totaal ongelijk hebben? Of waarom zou iemand als Kdaai Maksin, die de allergrootste stijfkop is van alle Schokkers, zich door Mist laten beïnvloeden? Waarom zou zijn intuïtie minder sterk zijn dan die van Dem Azèl?' Skat zakte onverwacht in een diep sneeuwgat en trok zijn been er vloekend weer uit. 'Weet je wat m'n droom was? Dat we met een hele bende Vuurschokkers samen zouden optrekken – niet tégen de Waterschokkers, maar gewoon, op onze eigen manier, met een hoop absurd geklets en lol, en echte vriendschap – zoals het ook een poos leek te gaan gebeuren, Tengoe. Vroeger...'

Hij bleef staan. 'Tengoe, er zijn dingen in zijn verhalen die niet kloppen. Weet je nog, die keer dat we Mist opzochten? Ik had een verschrikkelijk gesprek met haar. Ik kan het nog steeds niet uit m'n kop zetten.'

'Wat zei ze dan?'

'Ja... dingen waardoor ik begreep dat zijn verhaal niet klopt. Over ons. Over hoe wij zijn ontstaan, jij en ik. Waardoor ik me afvroeg of ik inderdaad niet... nu ja, loyaliteit verschuldigd ben aan de Waterschokkers. Ik kan ze niet herhalen.'

'Skat, ze probeerde je weer in haar macht te krijgen! Je moet haar niet geloven, ze liegt.'

'Nee, Tengoe, ik denk niet dat ze loog. Weet je, hoe meer ik erover nadenk, hoe meer ik me realiseer dat Mist nooit loog. Dat deed ze gewoon niet. Ze is vreemd en hard, ze spreekt in raadsels, ze stuurt en lokt, maar ze líégt nooit. En als ze niet loog, dan is mijn band met Dem Azèl minder absoluut dan ik dacht. Dan is mijn band met haar net zo sterk. Daarom wil ik dat hij eerlijk tegen me is. Ook over dat hij het stomweg niet meer weet. Ik ben ook een Schokker, Tengoe, en ik heb m'n verantwoordelijkheid. Als ik onze koers niet mee kan bepalen, dan loopt het nog erger uit de klauwen dan het nu al doet!'

'Maar hij is zoveel ouder dan jij, Skat! Hij denkt op de manier van de aarde – van het aardvuur. Daar valt toch niet over te discussiëren? Hij kan die waarheid *direct* voelen. In zijn Vonk.'

'Tengoe, een waarheid die voorschrijft de Demonen te vermoorden – dat is een waarheid die ik niet accepteren kan.'

'Maar kun je niet dóén alsof je toch in hem gelooft? Hij heeft ons nodig, Skat!'

'Blind geloof helpt ons geen steek verder, Tengoe. Blind geloof leidt hem hoogstens naar de afgrond waarin hij ons wil storten.'

Prooi zocht naar een overtuigend weerwoord, maar het was hem koud geworden om het hart.

In de deuropening stond Dem Azèl. Zijn ogen brandden koortsig in zijn grauwe gezicht, hij leunde wankel tegen de deurpost, maar hij was met al zijn aandacht aan het luisteren. Even vreesden ze dat hij politiehonden hoorde naderen, maar toen ze het terrein opliepen begrepen ze wat hij hoorde: vanuit de verte kwam het gekrijs van de kraaien. Ze klapwiekten blaffend dichterbij, scheerden vlak over het dak van het voorgebouw en verdwenen in de richting van de gapende muil van de mijn. De Schokker volgde ze met zijn ogen. 'Zien jullie dat?'

'Kraaien,' mompelde Skat. 'U kunt beter niet in de kou staan.'

'Snorders! Wisten jullie dat niet? Het zijn *Snorders*!'

'Kraaien,' zei Skat geduldig. 'Het zijn een soort kraaien.'

'Kraaien?'

De Schokker keek naar de mijn alsof hij een vulkaan zag uitbarsten. 'Snorders! Zie je dat niet? Het zijn *Snorders*!'

'Het lijken gewone vogels,' zei Prooi.

'*Gewone* vogels? Zoveel?' Hij sperde zijn ogen open. Pas minuten later draaide hij zich om, om eindelijk het huis binnen te gaan.

Dem Azèl was te ziek om beslissingen te nemen. Hij bleef maar eisen dat de Bliksems met hun Schokkersintuïtie een plan zouden smeden om ondanks de sneeuw en het gebrek aan transport het middelpunt te bereiken. Ira, die meestal sleutelend aan een verroest stuk machine op de grond zat, volgde niet alleen Prooi, maar ook Skat met rode ogen. Als Skat de Schokker tegensprak ramde hij zijn ijzeren vuist op de grond. Intussen daalde een dikke laag stof op de meubels en de vloer neer. In de hoek waar Ira zijn ijzerwaren repareerde, stapelden de machineonderdelen zich op. In de zitkamer groeide de rotzooi van stinkende dekens, vieze vaat, en lege flessen.

De voorraad blikken in de keuken minderde gestaag. Een enkele keer lukte het Skat en Prooi met wild thuis te komen. Een konijn, een grote vogel. Hun maaltijden werden evengoed steeds simpeler. Een klein stukje sterk smakend vlees met een gekookte aardappel, of een hoopje vale sperziebonen. Een stuk bevleesd bot met merg en een bodempje strohrum toe. Prooi droomde van torenhoge stapels sappige mango's, van mangosap dat uit je mond langs je hals op je borst droop, van kleverige vingers, van zoveel stukken ananas dat het sap in je haren plakte.

'Dem Azèl,' zei Skat op een avond, 'ik stel voor dat we het er de volgende week op wagen. Met stukken hout en staal kunnen we sleeën en loopski's in elkaar zetten. Tengoe en ik kunnen eventueel eerst gaan, dat we een begaanbare weg opsporen.' Hij streek zijn haar van zijn vochtige voorhoofd. 'Als we onopvallend een auto kunnen stelen zijn we binnen een dag in Poznań, en dat is ver voorbij de Poolse grens, buiten het bereik van de politie. We zijn bijna door de voorraden heen. Als we de hond niet willen opeten, moeten we echt dringend...'

Maar Dem Azèls gezicht was naar het donker blinkende raam gekeerd. 'Stil... hoorden jullie dat?'

Ze keken verbaasd op. Behalve het gieren van de wind was er niets te horen. Geen motoren, geen helikopter.

'Wacht. Daar is het weer.' Dem Azèl wankelde met nerveus knipperende ogen naar de deur. 'Stil!' Hij gooide de deur open. IJskoude wind sloeg naar binnen. De olielampen flakkerden. Skat begon diep vanuit zijn borst te hoesten.

Het enige wat ze hoorden, was het naargeestig gekras van de kraaien.

'Snorders... ik weet het nu zeker. Dit moet tóch een Smidse zijn. Die kraaien zijn Snorders! Ze worden door een Schokker aangetrokken, dat kan toch niet anders?'

Het ingevallen gezicht van de Schokker begon te trekken. 'Een Smidse! Een bewoonde Smidse! Maar dan is hij hier. Dat verklaart... dat verklaart alles. Hij is híér! Natuurlijk.' Hij ademde sneller. 'Ik hoorde zijn stem in mijn dromen, in m'n eigen kop! Ik wist niet wie het was... maar hij is het! Het is de Zanger!'

'Dem Azèl... deze mijn is leeg.'

De Schokker negeerde Skat. Steeds zenuwachtiger vertrokken zich de spieren in zijn gezicht. Ineens sperden zijn ogen zich wijd open. 'Natuurlijk! Die verschrikkelijke kou... In zijn slaap trekt hij alle warmte in de wijde omgeving naar zich toe! Dat verklaart de kou! Hij zuigt de warmte op, tot hij witheet indikt!'

Prooi ving de hitte op die van Skat af sloeg toen hij sprak. 'Het is onmogelijk dat de Zanger hier is, Dem Azèl. Dan zou het middelpunt hier ook moeten zijn, en u hebt zelf berekend dat dat ergens in het westen moet zijn.'

'Het is de Zanger! De Zanger is hier, in deze mijn! Waarom begreep ik het niet eerder? Alle tekenen schreeuwden het uit, dat hij hier was, en ik was volkomen blínd!' Hij liep met zwaaiende armen op hen af. 'De zaklantaarns! De toeter! We moeten zijn Steen vinden! De Smidse in, nu meteen!'

'Dem Azèl, we hebben die mijn onderzocht...'

'Jullie hebben niet goed gekeken! Terug, naar beneden! Meteen!'

'Het is onmogelijk dat de Zanger hier is, Skat. Er is hier geen Steen!' Ze daalden met tegenzin in de mijn af, onder het kakelend gejouw van de kraaien.

'Dat weet ik ook wel. Het punt is alleen...' Skat werd onverhoeds overvallen door een hoestbui, die hem dubbel deed klappen. Pas na een hele tijd kon hij verder praten, zijn hand tegen zijn borst gedrukt. 'Au. Verdomd mijnstof...'

Ze daalden zo ver af als ze konden, in die naargeestige stikdonkere tunnels die ze al eerder hadden doorzocht, tot in de nauwste, doodlopende gangetjes. Af en toe rustten ze en iedere keer moest Prooi Skat wakker schudden. Toen hij per ongeluk Skats gezicht aanraakte, merkte hij dat het angstwekkend heet was.

Skat gebruikte drie keer zijn toeter. Drie keer tevergeefs. Ten slotte begonnen ze zwijgend aan de benauwde weg terug naar boven. Prooi hoorde Skat traag achter hem lopen, hijgend en zacht vloekend. Hij wachtte hem bij elke splitsing op.

'Skat. Ik heb een idee.'

Skat leek niet bij machte te antwoorden.

'Ik weet waar het middelpunt van de wereld wél is. En de Zanger. Ik weet het voor negentig procent zeker.'

Nog reageerde Skat niet.

'Lang geleden heeft iemand me het verteld. En het klopt met waar de Snorders heen gaan, naar het westen. Het is in Nederland.'

'Onzin! Dat zei ik je toch al? Dat is een moerasdelta.'

'Het is geen onzin, ik zweer het je!' Hij wilde niet zeggen dat het in Wageningen was, alsof hij zijn laatste troefkaart nog wilde bewaren. Of omdat hij nog steeds niet honderd procent zeker was.

'Nee...' Skat leunde hijgend op een kapotte mijnlorrie. 'Maar 't is een idee... we zouden natuurlijk kunnen zeggen... dat we dat bij Mist hebben opgevangen. Dat is het enige wat hij zou kunnen geloven. Zou jij dat willen zeggen, Tengoe? En dat je dan je onschuldige hertenoogjes een beetje openspert en zo, en misschien een beetje huilt? Kan je dat?'

Hij deed zijn best. De tranen sprongen hem vanzelf in de ogen toen Dem Azèl begon te schreeuwen dat ze zeker dachten dat-ie gek was... Prooi vond het niet zo moeilijk te stamelen dat het hem speet, dat het hem zo speet dat hij het niet eerder had verteld.

'Nederland? Waar ligt dat dan? Wat is dat? Een stad, een tuin?'

'Ik weet het niet!'

'Je weet niet waar het is, je weet niet hoe je de Zanger moet vinden die er hier onder onze voeten om ligt te schreeuwen om gewekt te worden, je weet verdomme niks!'

'Ik wéét dat het in Nederland is!'

'En als ik daarheen zou gaan zou je zeggen dat het in Patagonië is, hè? Hoe weet ik dat ze dat bij Mist niet *expres* hebben gezegd om ons op een dwaalspoor te zetten? Als het echt zo was dan zat Mist daar toch allang? Dacht je soms dat ik uitgehongerd en ziek genoeg was om Mists leugens te slikken? Denk maar niet dat ik gek ben. Ik wéét dat hij *hier* is!'

Enzovoort en zo verder, totdat de Schokker eindelijk de deur uit rende, de nacht in, gewapend met een zaklantaarn en de wektoeter, om zelf in de mijn af te dalen. Hij kwam pas in de loop van de volgende dag terug, onherkenbaar door het grauwe mijnstof. Als een gruwelverschijning dook hij in de kamer op. Hij verdween zonder een woord in zijn slaapkamer.

## Ontmaskerd, met een rotklap

De deur van zijn slaapkamer werd hard opengegooid. 'Tengoe, naar Azèl.'

'Wat?'

Skat stond naast hem, in trui en onderbroek. Hij trok het dek van Prooi en Fai af, gaf Prooi een harde duw en terwijl Prooi zich verbluft uit bed liet rollen, kroop hij hoestend onder de warme dekens. Fai, de verrader, nestelde zich gauw naast hem. 'Bij hem slapen. 't Is nu eindelijk wel eens jouw beurt.'

Prooi trok zijn broek en trui aan, en wankelde slaapdronken naar de kamer waar Skat en de Schokker sliepen. Het lampje in de hoek was net sterk genoeg om Dem Azèl te kunnen zien. Prooi moest de impuls bedwingen om terug te deinzen. De ogen van de Schokker waren onzichtbaar in hun donkere kassen: zwarte gaten in een ingevallen gezicht. Zijn vlechten hingen lukraak voor zijn gezicht, plakten tegen zijn neus, zaten raar gekronkeld achter zijn oren. Hij verspreidde een akelige zwavelhitte. Prooi kroop behoedzaam op het voorste bed, dat tegen dat van de Schokker was geschoven. Pas toen Prooi zijn keel schraapte, en 'Dem Azèl' zei, focuste hij zijn blik.

'Tengoe.' Een half lachje deed zijn mond vertrekken. 'Tengoe. Trouwe... ge-gelovige.' Hij boog zich kreunend naar hem over. 'Mist. Weet je? Ze mmma-nupileert alles. Manipu-laties, iedereen... is als was. In haar handjes. Askat... Tengoe, geloof jij in me?'

Ja, knikte Prooi. 'Ja.'

De Schokker had hem niet gehoord. 'Nniemand gelooft me. M'n Vonk krimpt. Stervenskou...' Hij tastte naar Proois hand en mompelde: 'Iedereen in haar klauwtjes! Thoumè... zelfs Thoumè. Alles pakt ze áf, van ons áf! Tubal, Thoumè, Askat, jou...'

'Nee,' zei Prooi geschrokken, want Dem Azèl schokte alsof hij koorts had.

'Jij gel...llooft me ook niet hè? Lachen, laat die ouwe gek... maar kletsen. Jullie geloven me niet! Maar je moet me hier weghalen! Naar het middelpunt! Weg, als de...'

'Volgende week...'

'O nee! Nú! Jullie... je wil me levend begraven, hè? Mmmist heeft jóú ook in d'r klauwen, hè?'

'Nee,' zei Prooi ongelukkig. 'Echt niet. Ik geloof ú, alleen u! Ik zweer het u!' Hij kroop dichter naar de Schokker toe, vaag beseffend dat hij hem moest troosten zoals Skat het deed. Met lichte huiver streek hij over zijn stoppelige wang. De man legde zijn hand op zijn rug. Kriebelde zijn nek. Zuchtte. 'Tengoe...' Hij bedaarde. 'Mijn Tengoe. Jou kan ik wel geloven, hè?'

'Ik geloof alleen in u,' prevelde Prooi. 'Ik zweer het. Ik zal u hier weghalen.'

'Jij... jij wel,' zuchtte de man. Zijn hand gleed onder zijn kraag en wreef over zijn rug, zijn schouderbladen. 'Eén trouwe...' Op Proois linkerschouderblad bleef de hand stilliggen. Prooi verstarde toen hij de vingers over het teken van Mist voelde gaan. De vingers gleden weg, kwamen weer terug, tastten het teken af. Prooi voelde de warmte uit het lichaam van de Schokker wegvloeien en toen met een schok witheet terugstromen. Met een schor keelgeluid schoot de Schokker overeind, draaide hem met zijn rug naar het licht en rukte zijn trui naar boven om zijn schouder te ontbloten. Hij stootte een rauwe kreet uit.

Kermend van afschuw begon hij Prooi van zich af te stompen. Prooi stak zijn hand naar hem uit – 'Het is echt niks, 't is echt niks' – maar de Schokker kroop van hem weg tot hij met zijn rug tegen de muur botste, waar hij paniekerig bleef brullen: '*Vis! Vis!*'

Voetstappen op de gang. Skat kwam binnenstrompelen, een deken omgeslagen. Hij zag Prooi op zijn knieën op het bed, zag de loeiende man tegen de muur. 'Wat is er nou weer?'

'Mist! Hij is... Mist! Kijk! Op z'n schouder! Hij draagt de Vis! Het teken van Mist!'

Skat trok Prooi naar zich toe, inspecteerde zijn schouderbladen. 'De Vis. Ja. En wat dan nog?'

De Schokker klappertandde hevig.

'Ú wou dat we naar Mist gingen,' zei Skat. 'Blijkbaar heeft ze Tengoe te pakken gekregen en hem met haar teken gemerkt. Hij had dat teken eerder niet, hoor.'

Maar toen Skat bij hem op bed ging zitten, sloeg de Schokker hem weg. Na een kwaad handgebaar van Skat liet Prooi hen alleen. In diepe ellende verzonken wachtte hij op zijn eigen bed af. Heel veel later pas kwam Skat weer binnensloffen. Hij schoof naast Prooi onder de dekens. Nu pas merkte Prooi hoe akelig Skats lichaam gloeide.

'Nou,' zei Skat schor, 'je hebt je dus door Mist te grazen laten nemen. Stom hoor.' Hij trilde over zijn hele lichaam. 'Wanneer is dat gebeurd? Niet toen wij daar samen waren.'

'Een andere keer,' zei Prooi. 'Ik wou haar Steen stelen... maar ze heeft me bewusteloos weten te krijgen.'

'Hoe kwam je er nou bij naar Mist terug te gaan?' Skat hoestte. 'Stom, zeg. Dit maakt 'm nog meer paranoia dan-ie al is.'

'Moet ik vluchten?'

'Ben je gek.' Skat bleef maar beven. 'Misschien is-ie het morgen wel weer vergeten, hij is ladderzat.' Hij sloot zijn ogen. 'O tering... Wacht maar even tot hij slaapt, dan mag jij verder bij hem gaan zitten. Hij houdt me al nachten wakker met z'n drankverhalen, en ik voel me zo hondsberoerd. Als ik vannacht niet kan doorslapen, word ik stapelkrankzinnig.'

Voorzichtig betrad Prooi een halfuur later de kamer weer. Tot zijn opluchting lag de man luidruchtig te snurken. Prooi luisterde met groeiend vertrouwen. Nee, hij sliep echt. Prooi schoof gerustgesteld onder een van de schapenvachten. Terwijl hij dat deed verroerde ook de Schokker zich, en kwam de hanger met de Steen tussen zijn kleren tevoorschijn. Prooi strekte zijn hand uit om hem weer terug te leggen. Toen hij de opengewerkte metalen hanger aanraakte, merkte hij tot zijn verbazing dat er geen enkele spanning voelbaar was. De Schokkersvonk deed zijn maag zwak, maar op de vertrouwde manier gloeien, maar de Steen riep geen enkele reactie in hem op. Hoe was dat mogelijk? Hij krulde zich verbijsterd op, terwijl hij besefte dat de Schokkerssteen volkomen was uitgedoofd. Of was het een andere steen, daar in die hanger – en was Dem Azèl zijn levende Schokkerssteen kwijtgeraakt?

Halverwege de volgende dag wankelde Prooi uitgeput de Schokkersslaapkamer uit. Alles stonk, de woonkamer stonk, zijn eigen kleren stonken. Hij warmde wat koffie van gisteren op, nam zijn ontbijtrantsoen – één keihard biscuitje – en begon een vuur in de haard aan te leggen. Het vochtige hout rookte volop, maar weigerde vlam te vatten.

'Is er geen havermout meer?' Skat kwam binnengesloft, een vacht om zijn schouders.

'Nee. Er zijn alleen nog wat biscuitjes, en vijf blikken bonen.' Prooi nam Skats bezwete gezicht en zijn rare, opgezwollen ogen bezorgd op. 'Voel je je al weer wat beter?'

'Nee. Ik dacht, als ik wat eet... Maar ik kan toch niks naar binnen krijgen. Is-ie wakker?'

'Nog niet.' Prooi blies hoopvol in de walmende stapel. Even flakkerde een geel vlammetje op, toen verdween het weer. Skat viel naast Prooi op de bank neer. 'Hij is echt ver heen, hè. Het is zo'n teringtoestand. Als-ie niet zo zwak was, was-ie niet zo stapelkrankzinnig geworden, met z'n waanidee dat iedereen tegen hem is, en die onzin dat de Zanger hier ligt.'

'Maar waarom is hij zo zwak? Z'n Vonk brandt niet goed, hè?'

'Nee.'

Prooi blies hard in de stapel rokend hout, en keek zorgelijk op. 'Maar dat is gevaarlijk. Als je Vonk dooft, dan ben je dood. Toch?'

Skat knikte. 'Zo zitten we in elkaar, Tengoe, wij Schokkers. Ons leven zit in de Vonk. Op het moment dat onze Vonk dooft, gaan we dood.'

'En de kracht van de Vonk is bij Dem Azèl afhankelijk van de kracht van zijn Steen, toch? Maar waarom is zijn Steen gedoofd?'

'Heb je dat gemerkt?'

'Ja. Het lijkt wel of het geen Schokkerssteen is, zo zwak is hij...' Hij rook Skats scherpe reactie. 'Is het ook geen Schokkerssteen? Weet jij hoe het zit? Waar is zijn echte Steen dan?'

'Tengoe, dat is het hele punt! Hij heeft zowat zijn hele Steen verbruikt. Hij heeft er drie grote stukken afgebroken voor de Bliksems, de rest heeft-ie verkruimeld voor de Afdankers en de Snorders. Hij heeft maar een klein deel voor zichzelf gehouden, niet meer dan een scherf.'

'Maar als-ie niet in zijn hanger zit, waar is die scherf dan?'

Skat wiste het zweet van zijn voorhoofd. 'Snap je dat dan nog niet? Heb je nu nog niet begrepen wat ik heb gedaan?'

'Wat heb je gedaan, Skat?'

'Niks. Niks! Ik had wat moeten doen, ik had zelf contact op moeten nemen met Kdaai Maksin en Dem Thoumè! Ik had hem weg moeten slepen bij Constanze! Ik heb niks gedaan, dat is het probleem, en nu is het te laat!'

'Het is niet te laat! De politie is ons spoor kwijt, en we weten precies waar we heen moeten!'

Maar Skat leunde met gesloten ogen achterover. Het duurde even voor hij weer sprak. 'Zeg, Tengoe... wat is er nu eigenlijk precies gebeurd, toen je die tweede keer naar Mist ging?'

'Niks.'

'Niks over dat ze je wilde losweken van Dem Azèl, bijvoorbeeld? Zei ze iets over wie je was?'

Er was een nieuw vlammetje tevoorschijn gesprongen. Het had zich stevig in een tak vastgebeten. Prooi blies erop, zodat het langzaam groeide. 'Ja, maar ik begreep er niet zoveel van. Ze probeerde me in de war te maken, denk ik. Net zoals ze met jou heeft gedaan.' Het vlammetje kreeg er een broertje bij. En nog een. 'Ze is ook wel heel mooi...'

Met gesloten ogen glimlachte Skat half. 'Dus ze liet jou ook niet helemaal koud.'

Prooi staarde in het oplaaiende vuur. 'Het verschil tussen jou en mij is dat jij acht jaar bij Mist in huis heb gezeten.'

'Ja... het rare is dat ik haar stem deze dagen steeds in m'n kop hoor. Alsof ik nog steeds haar undercover ben.' Prooi keerde zich verontwaardigd naar hem toe. 'Asjeblieft, Tengoe... laten we alsjeblieft niet weer beginnen met die stomme onzin over dat ik een verrader zou zijn, daar hebben we echt geen tijd meer voor... we moeten zorgen dat we hier wegkomen, voor hij helemáál in elkaar stort!'

Prooi zweeg.

'Zie je het dan niet? Hij is gek aan het worden! Hoe kan hij ook maar één ogenblik denken dat de Zanger hier is? Echt, ik ben Mist zielsdankbaar dat ze me een beetje koel verstand heeft bijgebracht. We moeten zélf denken, Tengoe, als we hem willen redden.'

'Denk je nou echt dat het helpt als je denkt zoals Mist?'

'Alsjeblieft, Tengoe! Het is niet Mist tegen Azèl! Ze hield van hem, ze hóúdt van hem, veel meer dan hij van zichzelf houdt.'

Prooi keek hem niet aan terwijl hij naar woorden zocht. 'Ja, weet je, ik snap wel dat je niet echt een verrader bent. Ook al ben je door Mist opgevoed. En ik *probeer* ook zelf te denken. Maar... op wat voor manier heeft Mist dan gelijk? Ik bedoel...'

Maar Skat lette niet op hem. Ademloos, doodstil zat hij. Zijn gezicht, dat hij had afgewend van Prooi, was een masker geworden. Zijn ogen waren star op de deur gevestigd.

Prooi keek over zijn schouder. Het bloed schoot naar zijn hoofd. De deuropening werd, opeens, gevuld door het onmogelijke lichaam van de Schokker. Die daar onmogelijk kon staan, die absoluut zeker in bed lag, in zijn verlammende drankslaap, ver van die onthullende gesprekken die zacht bij het haardvuur werden gevoerd, stompzinnige gesprekken, verboden onmogelijke gesprekken die ineens...

...die ineens in lichtende hoofdletters een verschrikkelijk geheim in de lucht hadden geschreven.

Overal in de kamer knetterden de woorden. Ze echoden in Proois hoofd zoals in dat van Skat zoals in dat van Dem Azèl – *door Mist opgevoed... acht jaar bij Mist in huis... undercover...*

Een vreemd gebonk vulde de kamer, een gebonk dat alles deed schitteren. Prooi kon zich niet verroeren, in de greep van dat bonken dat in zijn borstkas begon – of in die van Skat. Hij zat verlamd op de grond naar de Schokker te staren, die daar maar stond en stond en stond, met machteloos klauwende handen en een halfopen mond en verschrikkelijke gaten in plaats van ogen, terwijl hij naar adem hapte en niets zei, niets – totdat Skat opsprong, kermend opsprong en op Dem Azèl af rende, alsof hij hem van de afgrond wilde wegrukken – 'Het is niet waar! U moet... u begrijpt niet wat' – totdat hij door de dodelijke zwaai van de Schokkersarm werd weggemaaid, achterwaarts de kamer in – 'laat me uitleggen' – waar hij ruggelings tegen de bank aan smakte. De vormeloze woede die de Schokker was, onbeheerst hijgend armzwaaiend, bewoog zich de kamer in, op Skat af, zijdelings uithalend naar Prooi, schaduwen schokten over de muren, het regende vonken, vervloekingen, wurgende kreten: 'Weg... bij de... kanker... jij... wég...'

Prooi zag hoe Skat weer overeindkwam, moeizaam houvast zoekend bij de bank. Er stroomde bloed uit zijn neus. Hij hief zijn arm op, en als hij niet ziek was geweest, had zelfs de Schokker hem niet kunnen raken dacht Prooi – maar als een monster torende de Schokker boven Skat uit en het klonk alsof iemand een knuppel stuksloeg op een rots, en Skat dreunde tegen de bank aan, en de bank kantelde en viel om. Zonder nadenken sprong Prooi op hen af. De Schokker keerde zich nu naar hem toe. Eén stap, twee. Prooi had zich al om zijn as gedraaid, en vluchtte weg. De gang in, de keuken in. Daarachter was de badkamer en het deurtje naar buiten.

Maar de Schokker zat al boven op hem. Zijn hand schroefde zich om zijn schouder, de Schokker draaide hem naar zich toe en haalde uit. Eerst sloeg hij hem met de achterkant van zijn hand in zijn gezicht, toen greep hij hem bij zijn kraag, tilde hem op en smakte hem tegen de muur. Proois adem werd uit zijn longen weggebeukt. Hij zakte scheef op de grond. Als een hete massa stond de Schokker over hem heen. Een schop tegen zijn dij – 'verrader', een schop in zijn zij – 'valse klootzak die je er...' Prooi kromp in elkaar, zijn armen om zijn hoofd; een trap tegen zijn knie.

'Genoeg!'

De schoppen hielden op. Prooi hoorde de Schokker hijgend wegdraaien. 'Had jíj...'

'Stop daarmee!'

Skat hing tegen de deurpost aan, met dikke rode ogen en een film van zweet over zijn ingevallen gezicht. Zijn mond en kin waren bedekt met bloed.

'Jij... jij wou míj bevelen? Dacht je dat ik me door... door Mists lakeitjes liet commanderen, worm? Dacht je dat je me straffeloos kon verraden? *Adder!*'

Prooi probeerde weg te kruipen, uit het zicht alsjeblieft; het ergerde hem vreselijk dat hij zo moest huilen, vernederend huilen, en dat terwijl Skat daar stond en hem kon zien; hij hoorde Ira op het lawaai afkomen en Hinoka, Hinoka die hem niet mocht zien huilen, zij vooral niet...

Skat had zijn stem maar net in bedwang. 'Ik héb u niet verraden. Sinds ik bij u werk heb ik van niemand dan van u gehouden. Dat weet u... Ik heb u altijd met alles geholpen.'

'O ja? Ja? Waarom zat je dan altijd kritiek te spuien, ons geloof te ondermijnen? Waarom liet je de vrachtwagen achter voor de politie? Waarom weigerde je je Vonk te gebruiken en ons naar het middelpunt te brengen? En ik maar zo onnozel zijn te denken dat het gewone adolescentenrebellie was!'

Hinoka boog zich over Prooi heen. Ze veegde met een zachte, warme hand over zijn natte gezicht, trok hem voorzichtig bij de muur weg. 'Het is voorbij... het is voorbij...' Het vuur in hem ontstak zo wanhopig hevig dat hij zich aan haar vastklampte, zijn gezicht tegen haar borst gedrukt. Ze kwamen samen overeind, wankelden elkaar omhelzend naar de deur van de badkamer, waar ze bleven staan, wang tegen wang, hun armen stevig om elkaar heen.

De Schokker stond midden in de keuken te hijgen. Zijn armen zwaar afhangend naast zijn lichaam. Skat bleef met moeite overeind, maar hij hield zijn ogen strak op de Schokker gevestigd. 'Ik werk niet voor Mist... ik werk voor u. Ik haal u hier weg... als u me vertrouwt...'

'Vertrouwen? Wie denk je wel niet dat ik bén? Een zwakzinnige idioot, die niet doorheeft dat-ie wordt bedonderd? Vergis je niet... Je hebt nog níks gezien, je hebt *geen flauw idee* wie ik ben!'

Zonder aandacht te schenken aan Skats gestamel liep de Schokker hem voorbij, de kamer in, waar het haardvuur nu volop brandde. Daar bleef hij staan, in vervoering geraakt door zijn eigen woorden.

*'Weten jullie niet wie ik ben?'*

Hij liep naar de voordeur en gooide die wijd open. Ze keken alle vier naar hem zoals hij daar, onverstaanbaar mompelend, naar de helderblauwe lucht staarde. Toen hij zich omdraaide, leek zijn gezicht vanbinnen te worden verlicht. Hij stapte de kamer weer binnen, sloot de deur achter zich en rechtte zijn rug. Zijn smerige gezicht straalde. Zijn stem tintelde, was warm en krachtig. 'Het is ongelofelijk. Het is een mirakel!'

Prooi, zijn armen stijf om Hinoka heen, rook vanaf de deur hoe Dem Azèls zurige lijfstank verzoutte, indikte tot een krachtig gas. Het was alsof de nacht was voorbijgegaan en de zon was opgekomen. De woede die Dem Azèl had geteisterd was spoorloos verdwenen. Door de stank van de kamer weefde zich de lichte, rijke geur die de Schokker vroeger had gehad. Daar stond hij, met stralend gezicht en gespreide armen.

'Nu pas... op ditzelfde moment... nu pas vallen me de schellen van de ogen!'

Hij wist dat ze naar hem luisterden, zijn vier schepselen, zijn ademloos publiek.

'Mijn Vonk is weer aangegloeid! Ik sta in direct contact met de sterren... Ik voel de Diepte onder me kolken, ik hoor alle ritmes en melodieën glashelder... Volmaakt glashelder!'

Iedereen zweeg. Ze beseften allemaal dat er iets buitengewoons te gebeuren stond.

'En we hebben zo lang gezocht! Precies overal waar de Zanger níét was! Maar zo gaat het altijd, altijd zie je het voor de hand liggende over het hoofd... Je moet alles verliezen voor je de waarheid in de ogen kunt zien. Je moet uitgekotst worden, sterven, alle banden verbreken... alle banden die je laf maken en blind!'

Skat, die tegen de deurpost had gehangen, liet zich met een zucht op de grond zakken.

'De Zanger ligt daar niet in de Diepte. Ik voel hem in mezelf, hóór hem in mezelf...'

De woorden van de Schokker galmden krachtig door het huis.

'De Zanger, kinderen... *dat ben ík.*'

## 5 De laatste taak van een Bliksem

Alles is goed gekomen, was het eerste wat Prooi dacht toen hij wakker werd. Dem Azèl was de Zanger! Terwijl Prooi opstond en door het stille huis liep, vuile vaat verzamelend, dacht hij over dat ongelofelijke feit na.

Alles zou goed komen, als ze nu maar meteen naar het paleis in Wageningen zouden vertrekken. Het zou er warm zijn, er zou zoveel eten zijn dat je je helemaal te barsten kon vreten, en oneindig veel goud, genoeg om alle motoren en vliegtuigen en paleizen ter wereld op te kopen. De andere Schokkers zouden worden gesommeerd en ze zouden vol ontzag voor Dem Azèl neerknielen... en voor hen, de Bliksems. En ook voor Hinoka. Lieve, lieve Hinoka. Dromerig kookte hij water en maakte hij voor het eerst in een week weer een pot echt sterke koffie, met het laatste beetje dat in de voorraadbussen te vinden was. Toen hij het water opgoot, de hemelse geur opsnuivend, werd hij verrast door een wonderlijk geluid. Regen.

Hij rende naar het raam. In de gang werd een deur geopend. Even later stond Skat naast Prooi, gehuld in een vacht. Prooi keek naar de blauwe plek onder zijn oog, naar het rare stoppelbaardje dat op zijn kin en wangen was gegroeid. Maar hij was niet meer zo koortsig warm als eerst.

'Hé! Ben je weer beter?'

'Stuk beter. Regent het?'

'Ja. De sneeuw smelt. Nu hebben we helemaal geen sleeën meer nodig om weg te gaan!'

Skat gromde iets. Hij liep Prooi moeizaam voorbij naar de badkamer, een beetje trekkend met zijn been. Even later scharrelde hij de keuken in. Hij staarde met dikke ogen naar de koffie, viste toen een beker uit de stapel aangekoekte afwas en liet er water in lopen.

'Het is... ongelofelijk, hè Skat? Dat we al die tijd naar de Zanger zochten...'

'Ja. Het is ongelofelijk.'

'Ik ben benieuwd wat de andere Schokkers zullen zeggen als ze het horen,' zei Prooi lacherig. 'Ze zullen zich rot schrikken!'

'Vergeet het. Waarom zouden ze hem geloven? Ze geloven hem toch al eeuwen niet meer!'

Ontnuchterd schonk Prooi een nieuwe plens water op de koffie in het filter.

'Besef je dat, Tengoe? Er is niemand meer die in hem gelooft. Niemand van de Schokkers, niemand van de mensen hier. Alleen wij. Als wij niet in hem geloven, doet niemand het meer.' Skat zakte op de keukenstoel neer.

'Maar natuurlijk geloven we in hem,' zei Prooi, 'natuurlijk, Skat! Je kon gewoon ruiken hoe anders hij ineens was!' Hij keek tevreden naar het schuimende water op het koffiedik. 'Zie je dat het goed gekomen is? Je had best een beetje meer geloof mogen hebben.'

Skat staarde uit het raam. 'Of minder... een beetje minder geloof, dat had enorm geholpen.'

Proois goede humeur vervloog. 'Wát geloof je dan niet? Dat-ie de Zanger is?'

'Nou, niet alleen dat...' Skat was nauwelijks te verstaan, zo schor klonk hij. 'Maar alle rest ook niet meer. Helemaal niks meer.'

'Wat?'

Skat hief zijn gezicht naar Prooi op. Zijn ogen trokken scheef alsof hij hoofdpijn had. 'Tengoe. Zelfs jij moet toch toegeven dat hij onmogelijk de Zanger kan zijn?' Hij kneep zijn ogen samen. 'Ik snap het wel, hij heeft ons geloof nodig om in zichzelf te kunnen geloven – en hij is als de dood dat we hem al die tijd voor de gek hebben gehouden, dat we nooit in hem geloofd hebben. Maar Tengoe, er is niks ergers dat we hem kunnen aandoen, dan in z'n megalomanie geloven. Dat zou hem pas echt kapotmaken. Wat hij nodig heeft is... vriendschap, Liefde. Hij denkt dat we alleen kunnen houden van een schitterende, onsterfelijke held, die het lot van de wereld in zijn hand houdt. Maar dat is geen Liefde. Dat is kinderachtige heldenverering.'

Buiten schoof een plak sneeuw met een week geluid van het dak op de grond.

'Hij onderschat me, Tengoe. Ik kan echt wel wat meer aan...'

In de loop van de dag draaide de wind. Ergens in de hemel werd een luik geopend, en een gierende storm kwam vrij. Ze hoorden hoe er stukken glas uit de kapotte ramen van de fabrieksgebouwen weggeblazen werden, ze hoorden takken afbreken en ijzeren platen wegwaaien. Uit de mijn kwam zwak het gekras van de kraaien. Terwijl de wereld om hen heen ratelde en loeide, besloot Skat zich te wassen. Prooi zag in het voorbijgaan hoe mager hij was geworden. Hij was blij dat Skat zijn baard en snor afschoor.

Toen ze met zijn vieren in de kamer naar de storm luisterden, kwam onverwacht de Schokker binnen. Hij zette zich dicht bij het vuur op de bank die ze voor hem vrijmaakten. Prooi haastte zich naar de keuken om thee voor hem te halen. Hij was er zich van bewust dat dit een historisch moment was. De Zanger was opgestaan! Na zijn onthulling gisteren was hij stralend naar buiten gelopen, en nu was hij voor het eerst in zijn nieuwe waardigheid onder zijn bondgenoten verschenen. Een afwachtende spanning sloeg door de kamer. Maar toen Prooi de Schokker in het gezicht keek schrok hij. De man zag er helemaal niet waardig en glorieus uit. Zijn gezicht beefde en trok met onophoudelijke zenuwschokjes. Zijn handen trilden toen hij de beker van Prooi aannam.

Prooi ging naast Skat op de bank tegenover de Schokker zitten. Ira in zijn hoek bij zijn machineonderdelen, Hinoka op de bank, allemaal wachtten ze op de bevelen van de Zanger. Toen hij eindelijk sprak, was dat alleen voor Skat bedoeld.

'Askat... wat doe je hier?'

'U hebt me nodig,' zei Skat rustig.

De Schokker trok een grimas. 'Nodig? Heb ik verraders en saboteurs nodig?'

'Ik heb uw Vonk,' fluisterde Skat. 'Hier.' Hij tikte tegen zijn maag.
De Schokker beet op zijn lippen.

'Zolang u me nodig hebt,' zei Skat, 'blijf ik.'

'Ik heb je mijn Vonk geschonken. Ik heb je mijn ziel zelf toevertrouwd... maar je hebt hem aan mijn aartsvijand gegeven. Je bent dood, Askat. De Vuurschokker in je is dood. Je Vonk is dood.'

'Dat is niet waar. U weet dat ik u altijd trouw ben geweest. Ik heb uw Vonk altijd brandend gehouden.'

De Schokker antwoordde niet. Hij keek de kamer rond en richtte zijn gloeiende ogen op Fai. 'Weet je... dat soort hondjes... schijnt goed te smaken. Laten we om te beginnen dat beest vanavond eens...' Zijn stem stierf weg. Hij knipperde met zijn ogen. 'Dus je hebt mijn Vonk nog wel?'

'Ja. U kunt me vertrouwen. Ik zal u hier weghalen, naar een veilige plek. Ik zal...'

'Het probleem is... Askat, mijn Vonk dooft. Hij flakkert, hij sterft...'

'U kunt op mijn Vonk vertrouwen.'

'Je begrijpt me niet. Askat, ik weet hoe sterk Mist is. Je zegt dat ik je moet vertrouwen, maar hoe kan ik dat? Je hebt me jarenlang voorgelogen. Zelfs deze laatste maanden heb je ons werk voortdurend gesaboteerd.' De Schokker liet een lange stilte vallen. 'Askat, mijn jongen... ik zou niets liever willen dan je geloven. Ik wou dat je me ervan kon overtuigen dat het echt waar is, dat je me trouw bent. Ik zweer het je. Ik zou er alles voor over hebben, als je me dat kon bewijzen.' Prooi zag tot zijn ontsteltenis dat er tranen in zijn ogen stonden.

'Bewijzen? Wat wilt u dan dat ik doe?'

'Nou ja, wat ik wil... ik wíl niks. Dit heb ik toch ook nooit gewild! Hier stranden... op deze vervloekte plek. Constanzes duivelswoestenij. Mijlenver van het middelpunt...'

'Hoe kan ik u helpen?'

'Dat weet je best.'

In zijn hoek hield Ira op met zijn reparatiewerk. Hinoka keek met een bang gezicht van Skat naar de Schokker.

'Je beweert dat je me trouw bent, Askat... ik wil het zielsgraag geloven. Maar er is maar één manier waarop je je trouw, tegen alles in, kunt bewijzen.'

'En daarom...' Skats adem kwam stotend door zijn neus.

'M'n eerste Bliksem. M'n allerliefste jongen.'

Skat stond op. Een helft van zijn gezicht lachte. De andere helft helemaal niet. 'Ik begrijp wat u vraagt. Ik heb u gezworen dat ik alles zou doen om u te helpen. Ik wil dat u twee dingen weet. Het eerste is dat ik van plan ben die belofte na te komen. Het tweede is dat ik helemaal niets geloof van wat u zegt. Over wie u bent of wat u bent. Niets.'

Hij liep naar de voordeur. Een magere jongen in een beestenvacht. Ze zagen hem verdwijnen, de stormwind in, die bulderend aan de dingen van de wereld rukte.


## Skat betaalt zijn schuld

Prooi wist niet wat hij moest doen. Met Hinoka viel niet te praten, ze herhaalde alleen maar dat Dem Azèl een duivel was en dat Skat moest vluchten, dat ze allemaal moesten vluchten. Ira verdween naar buiten en de Schokker dronk zich gestaag door de laatste fles slivovitsj heen. Tegen de avond ging Prooi op zoek naar Skat. Hij vond hem in een van de donkere loodsen waar ze de karkassen van hun jachtbuit ophingen om ze leeg te laten bloeden. Daar, bij de haak waaronder de bloedplas nog duidelijk zichtbaar was, stond Skat. Onbeweeglijk.

Zo vreemd zag Skat eruit, dat het was alsof Prooi hem nooit gekend had. Zijn magere, scherpe bruine gezicht, de vormeloze bleke vacht om zijn fiere lijf, de onderkant van de lange leren jas die onder de vacht zichtbaar werd. Skat de Bliksem.

'Tengoe.'

Prooi kwam een paar passen dichterbij.

'Je moet... je moet zorgen dat Hinoka hier wegkomt. Wil je me dat beloven?'

'Weg?'

'Jij moet er ook vandoor. Zo gauw mogelijk.'

'Maar jij dan?'

Skat antwoordde niet.

'Wat... wat ga je doen, Skat? Wat heeft hij je gevraagd?'

'O, gewoon. Om te bewijzen dat ik hem trouw ben, moet ik mijn schuld aan hem inlossen.'

'Welke schuld?'

'Dat hij me zijn Vonk geschonken heeft. Die wil hij nu terug.'

De rauwe stemmen van de kraaien klonken heel dof, uit de diepte van de mijn. Toch hoorde Prooi ze van dichtbij. Alsof ze met hun lelijke vleugels door zijn hoofd klapwiekten.

'Terug? Maar dan – zonder Vonk... hoe kun je zonder Vonk...'

'Ik ga doen wat hij vraagt. Grandioos te gronde gaan. Weet je nog?'

Prooi slikte en slikte. 'Maar je gelooft hem niet eens!'

'Nee... dat is zo. Maar dat maakt niet uit. Hoe je het ook bekijkt, het is mijn schuld dat hij zo is verzwakt.' Hij schraapte met zijn zool over de betonnen vloer. 'Dat alles belachelijk en banaal is geworden... dat is absoluut voor een groot deel mijn schuld.'

Kraaien, krijsende kraaien leken de hele hemel te vullen. Prooi wilde zijn vingers in zijn oren stoppen, gillen dat ze stil moesten zijn, gillen dat iedereen zijn kop moest houden.

'Misschien is dit het enige wat ik kan doen wat niet belachelijk is... denk je ook niet? Denk je niet dat onvoorwaardelijke Liefde iets is om serieus te nemen, Tengoe? Het *enige* wat serieus is, ook als het gaat om... *juist* als het gaat om een Liefde voor iemand die niks is dan een opschepper en een leugenaar?'

De nacht wisselde de dag af, maar niemand trok zich daar iets van aan. Ira liep buiten in de stormwind kabaal te maken. Hij stootte rauwe klanken uit, terwijl hij tegen ijzeren wrakken trapte. Om hem heen vlogen de kraaien schaterend op. Prooi was halverwege de stormnacht naar bed gegaan. Tot zijn verbazing zag hij toen hij wakker werd Skat op het voeteneind van zijn bed zitten. Sigaret in de hand. Hij zag er afgrijselijk uit, met dikke wallen onder rode ogen.

'Ik heb de moed niet,' mompelde Skat toen Prooi overeind kwam.

'Ik... ik weet dat het moet. Maar ik heb de moed niet. Ik kan het niet.'

Prooi hapte naar adem. Woorden, hij moest woorden zeggen. Hij opende zijn mond. Tot zijn ontzetting barstte hij in huilen uit.

'Stom,' hakkelde Prooi, 'sorry. Zo stom, dat ik zit te janken, terwijl jij...'

'Ja,' zei Skat schor. 'Maar... ja. Broertje, luister eens. Ik... ' Hij leek al weer vergeten te zijn wat hij wilde zeggen. 'Je moet weggaan,' fluisterde hij toen. 'Met Hinoka. Misschien dat ik dan...'

'We kunnen niet weg. Met die storm...'

'Die valt wel mee.'

'Stormt het niet meer?'

'Nog een beetje,' zei Skat. 'Maar het is bijna voorbij.'

Prooi vervloekte zichzelf dat hij in slaap was gevallen. Angstig sprong hij uit bed, hevig gerustgesteld toen hij uit de kamer Skats stem hoorde. Er was nog niets gebeurd. Het was dag geworden en er was niets gebeurd. Maar toen hij de deur op een kier zette, hoorde hij de kwade klank van Dem Azèls stem. 'Ach Askat, hou toch op! Je wil het niet en je kan het niet! Natuurlijk niet, want je bent Mists jongetje, hè?'

'Ik wil het best! Ik vraag u alleen hóé...'

'Ik wil niet dat je praat! Weet je? Als je werkelijk vlamde zou je je levend en wel in mijn Vuur storten, zoals mensen vroeger levend geofferd werden, dronken van hartstocht! Maar jij kletst en je ouwehoert en je jeremieert en je zanikt, je zou nog geen pínk van jezelf durven offeren!'

'Ik vraag u alleen...'

'Woorden! Sodemieter op met je woorden! Als je van me houdt moet je dat met je blóéd bewijzen, Askater, en anders sodemieter je maar op!'

'Ik...'

'Sodemieter op! Ik vervloek je, verrader, kouwe lafbek! Sodemieter op!'

Hinoka kwam Prooi met bleke lippen tegemoet. 'Waar is hij?'

'Skat is buiten. Dem Azèl is in zijn kamer.'

Hinoka rilde. 'Het waait niet meer,' zei ze. Ze liep naar het raam, waar het olielampje nog altijd brandde. 'Wat doet-ie buiten?'

'Ik weet het niet.'

Hinoka opende de voordeur. Prooi rook een prikkelende lauwte in de lucht. Ergens ver hiervandaan begon het leven zich weer te roeren. Maar wat deed dat ertoe? Hinoka liep het bos in, kwam terug en liep langs Prooi naar de andere gebouwen. Bij de loods hoorde Prooi haar een geluidje maken. Een klein geluidje maar. Een kreun, een gilletje.

Proois haren gingen overeind staan. Zwarte vlekken dansten voor zijn ogen toen hij naar haar toe liep. Hij schoof langs haar heen de loods in. Daar, op de grond, naast een oude oliedrum, zat Skat. Hij zat op zijn knieën, met zijn ene hand in de andere geklemd. Voor hem op de grond lag de bijl.

Een tijdje begreep Prooi niet waarom Hinoka die nare geluidjes bleef maken. Hij nam het allemaal traag op, zonder te begrijpen wat hij zag. Skats bebloede handen. Dat dingetje daar op de grond voor Skats knieën, naast de bijl. Het bloed.

Pas toen Skat overeind probeerde te komen gingen Proois hersenen weer werken. En toen Skat achterover begon te vallen, ruggelings achteruit, alsof het licht in hem van het ene op het andere moment was uitgeknipt, begreep hij precies wat er was gebeurd. Ze renden tegelijkertijd naar Skat toe, en vingen hem op voordat zijn achterhoofd de grond raakte.

Hinoka haalde verband en jodium. Intussen probeerde Prooi het bloeden te stelpen dat uit de wond vloeide, daar waar Skat zijn pink had afgehakt. Hinoka legde een zo strak mogelijk verband aan. Skat, weer half bij bewustzijn, protesteerde zwak. Terwijl ze hem met zijn tweeën overeind trokken, graaide hij zijn pink op en stak hem in zijn zak. Ze strompelden de loods uit. 'Wacht,' zei Skat, toen ze buiten waren. 'Laat me even zitten.'

Ze gingen naast hem zitten, op de rand van een van de verroeste karren. Hij klapte dubbel en begon, door hen ondersteund, over te geven. Hij spuugde niets dan gal.

'We gaan er nú vandoor,' zei Hinoka. 'Nu meteen. Skat, alsjeblieft.'

'Júllie gaan,' zei Skat. Groengrauw was hij, maar hij zag er kalm en vastberaden uit.

'Jij bent ook al gek geworden,' zei Hinoka boos. 'Je geeft je ziel moedwillig aan de duivel!'

'Heb ik... allang gedaan,' fluisterde Skat.

'Het is zelfmoord. En waarvoor? Voor niks! Dat is een doodzonde!'

'Niet voor niks. Het zal hem moed geven.'

'Je bent stapelgek,' zei Hinoka, in tranen. 'Je bent stapelgek!' Ze sprong van de kar af en holde naar het voorhuis. 'Help me er even af, Tengoe,' zei Skat.

'Doet het niet te veel pijn? Kun je wel lopen?'

'Het doet... onvoorstelbaar veel pijn,' zei Skat, zijn kaken op elkaar klemmend. 'Maar dat was ook de bedoeling.'

Hij liep met heel langzame passen het huis in, regelrecht naar de kamer van Dem Azèl. Ze hoorden niet wat hij zei. Ze hoorden alleen de zware ondertonen van de stem van de Schokker. Even later kwam het grote lichaam van Dem Azèl de kamer binnen. Ze deden allemaal een stap achteruit. Zijn ogen waren donkere gaten, diep weggezonken in hun kassen. Zure stank wasemde hij uit: een levend lijk. Zonder naar hen te kijken liep hij de voordeur uit, terwijl hij zijn mantel dicht om zich heen trok.

Tien minuten later kwam Skat de slaapkamer uit. Op de drempel begon hij zijn leren jas open te knopen. Het duurde lang, omdat hij maar één hand kon gebruiken. Eindelijk kon hij hem uittrekken. Ze zagen hem naar de voordeur lopen en de jas aan de spijker hangen waar de sleutel aan hing. Onder de jas droeg hij een allang niet meer wit overhemd, waarvan de manchetten onder het bloed zaten.

Hij deed de voordeur open en keek naar buiten, alsof hij verwachtte daar iets volkomen nieuws aan te treffen. Zijn schouders gingen omhoog. Hij streek zijn haar naar achteren en stapte de deur uit.

Ze liepen achter hem aan tot bij de opening bij de muur. Daar, vanuit het niets, voegde Ira zich bij hen. Ze zagen Skat tussen de bomen verdwijnen, enkeldiep in de smeltende sneeuw. Ze keken hem zwijgend na tot ze hem niet meer konden zien.

Prooi spitste zijn oren. Hij dacht alle kleine, ritselende, zuchtende geluiden van de wereld op te vangen. Achter hem scharrelden krassend de kraaien op het dak van het mijngebouw. Voor hem, in het bos, kraakten de bomen. Het sap van de lente trok door hun vezels, in hun boomknoppen zinderde nieuwe warmte. En daartussen hoorde hij de voetstappen van een jongen die een recht pad door het bos volgde. En daarachter hoorde hij de diepe, raspende ademhaling van de man die hem opwachtte.

Het was windstil. Ze stonden niet alleen met zijn drieën te wachten op wat komen ging; ook de kraaien achter hen wachtten. Al het levende wachtte.

Het duurde zo lang, dat Prooi hoopvol dacht dat het allemaal goed gekomen was. En waarom niet, hoe had hij kunnen denken dat de Schokker Skat ooit... en op dat moment klonk een pijnlijk scherp sissen, dat recht door hun hart sneed. En daarna een daverende explosie.

Ze krompen alle drie in elkaar. Een vuurzuil schoot boven de bomen omhoog. Hoog laaide het vuur op, witheet tegen de lichtgrijze lucht. Langzaam kwamen rookwolken boven de boomtoppen omhoogkruipen.

Meteen toen de klap de wereld door elkaar rammelde, vlogen de kraaien op. Het leken er meer dan ooit. Blaffend, rochelend lachend zwiepten ze over hun hoofd heen, in de richting van de vuurzuil en de wolkenmassa. Daar trokken ze juichend kwaadaardige cirkels.

'Bij het Lot,' zei Ira hees.

Zijn massieve lichaam trilde. Verbijstering tekende zich af op zijn harde gezicht, dat ineens onttakeld leek. Hinoka keerde zich naar Prooi toe, haar mond bedekkend met een bevende hand. 'Hij heeft het gedaan...'

Ira draaide zich om en rende weg, in de richting van de loods. Hinoka sloeg haar armen om haar bovenlichaam heen. 'Wat moeten we nou? Wat moeten we nou?'

'Weg!' zei Prooi. 'Als de donder. Pak je spullen.'

Alsof het doodnormaal was dat ze hem gehoorzaamde, haastte Hinoka zich het huis in. Prooi staarde naar het bos. Binnen in hem was zijn Vonk uit elkaar gespat, en alle kleine spatjes vuur kronkelden nu door zijn bloed. Hij voelde zich misselijk.

Van achter hem, uit een van de mijnloodsen, drong een onverwacht geluid tot hem door. Het loeide op, waarna het regelmatig door bleef knorren. Motorgeluid. Onder Proois niet-begrijpende blik schoof Ira een brok roest op twee paar ongelijke wielen naar buiten. Het was geen motor en het was geen auto, het was deels scheploze shovel, deels mijnlorrie, deels vrachtwagen. Maar het reed. Ira, de motorman. Al die tijd dat Ira onder hun ogen aan die motoren en machines had zitten morrelen, had hij aan dit voertuig gewerkt. Waar had hij de brandstof vandaan gehaald?

Ira klom op de ijzeren zetel voorop. Hinoka kwam naar buiten hollen, een zak in haar armen, twee vachten over haar schouders, maar bij het voertuig deinsde ze terug. 'Ira! Wat is dat?'

'Diesel,' gromde Ira. 'Ik ga. Hij doet dat met Skat – afgelopen. Ik ga.'

'Maar waar ga je heen?' vroeg Hinoka paniekerig.

'Dem Kdaai Maksin,' zei Ira met een lage stem. En nog eens, met ontzag: 'Kdaai Maksin.'

Hinoka keek van Prooi naar Ira. 'Kunnen we mee? Mogen we mee, Ira?'

Ira maakte een botte knikbeweging. Haastig klom Hinoka achterop, waar ze op een houten plank een zitplaats vond. 'Tengoe, kom gauw, we moeten gaan voor hij terugkomt!'

'Ga,' zei Prooi. 'Ga nou.'

'Klim erop!'

'Ik ga niet mee,' zei Prooi zenuwachtig. 'Jullie moeten gaan. Ik kan niet mee... Ik heb het beloofd. Ga alsjeblieft weg voor hij jullie ziet!'

'Doe niet zo raar! Hij is de duivel, hij vermoordt jou ook!'

'Maak je geen zorgen! Zijn Vonk brandt nu weer. Ik moet bij hem blijven.'

143

Ira draaide de gashendel open en het voertuig begon langzaam te rijden. 'Tengoe!' riep Hinoka; haar stem was vol tranen. Zonder erbij na te denken bukte Prooi zich en greep hij Fais warme lichaampje beet. Hij tilde het beest op, rende met de voortsukkelende machine mee en zette hem op Hinoka's schoot. 'Hou hem goed vast, Hinoka! Ik wil niet dat hij opgegeten wordt. Zorg goed voor hem!'

De machine was bij de opening in de muur gekomen. Zij manoeuvreerde er voorzichtig doorheen. Toen draaide Ira haar een pad op dat naar het noordoosten leidde. Hotsend en botsend zocht het gevaarte een weg door de bomen. Prooi zag hoe Hinoka zich aan een stang vasthield. Haar andere hand had ze stevig om Fai heen geslagen. Fai. Mazzelaar.

Een paar minuten later was het bos stil alsof er nooit iemand langs was gekomen. Kraaien dansten hun dronken dans rondom de rookpluim, die boven de bomen kringelde.

Prooi liep terug naar het huis. Hij opende de deur, waarachter het haardvuur onverstoorbaar brandde. Aan de haak naast de deur hing Skats leren jas.


## Prooivogel


Hij slaapwandelde door de kamers, tot hij in de kamer van Dem Azèl en Skat terechtkwam. Een warboel van dekens en vachten bedolf de twee bedden, over lege flessen en opengeslagen wegenkaarten heen. Over een stoel hing een lading vieze kleren. En midden op de vloer lag, weerzinwekkend, Skats pink.

Prooi keek er gauw langs. Hij moest alles vergeten, hij moest Skat vergeten. Skats beste overhemd en zijn mooiste fluwelen jasje hingen netjes naast elkaar aan een spijker. Daarnaast stond, fier, afwachtend, de M16. Prooi pakte het geweer op en droeg het naar zijn slaapkamer. Het was inderdaad een heerlijk licht, compact wapen. Je moest het alleen wel goed verzorgen. Hij schopte zijn schoenen uit en kroop gekleed en wel onder de dekens. Op dat moment begreep hij pas dat hij nooit meer Fais troostende lichaampje tegen zijn buik aan zou voelen. Even lag hij ongelukkig te woelen. Toen reikte hij uit het bed om de M16 te pakken. Het was zo'n mooi schoon wapen, Skat had hem elke dag opgepoetst en schoongemaakt. Hij rook zo lekker. Hij trok hem tegen zijn buik aan en vouwde zijn armen en benen eromheen.

Ergens in de middag kwam de Schokker het huis weer binnen. Prooi hoorde de voordeur dichtslaan. Zware voetstappen klonken door de kamer. Een geur van zwavel verspreidde zich door het huis. Het was waar; het was een krachtiger geur dan de Schokker wekenlang had afgegeven.

De voetstappen bewogen zich in de richting van de keuken. Glas rinkelde tegen aardewerk. Nu hoorde hij drinken en diep, diep zuchten. En ineens, onverwacht, het venijnig kabaal van glas dat tegen steen uiteenspatte, en een onverstaanbare vloek, die werd gesmoord in schor keelschrapen. En dan – Prooi lag verstijfd te luisteren – huilen. Ongeremd huilen.

Hij moest naar hem toe. Zeggen dat het niet anders kon. Dat het nu eenmaal niet anders kon.

Hij stopte zijn duim in zijn mond en toen propte hij ook zijn andere vingers erachteraan. Hij deed zijn uiterste best om niet ook stompzinnig mee te gaan huilen. Kom, kom, dat is alleen maar consternatie, het doet er toch niet toe, het gaat niet om dat wat er is, Skat was alleen maar dat wat er was... Het gaat om dat wat komen gaat, het gaat om dat wat komen gaat.

Hij wist dat het waar was.

En op een dag, echt, op een dag, zou hij dat onvoorwaardelijk kunnen geloven.

Om wat te doen te hebben droeg hij de vloerkleden uit de woonkamer naar buiten. Het was echt niet zo koud meer. Hij begon de kleden uit te kloppen, wolken stinkend stof kwamen eraf, as, kruimels, viezigheid. Het was honds zwaar werk. Hij ging naar binnen om de blootliggende houten vloer schoon te vegen. Jonge lucht stroomde de kamer binnen.

Halverwege zijn werkzaamheden kwam de Schokker de kamer binnen. Prooi schokte op. Hij klampte zich aan de bezem vast om het getimmer van zijn hart te bedwingen. Gewoon doen, hem aankijken... Maar hij wist dat hij de Schokker in het gezicht keek als een konijn dat een vos aanstaart.

'Hé, Tengoe. Schoon schip?'

Hij knikte. De Schokker was gekalmeerd. Schoon was hij. Zijn haar was weggestreken uit zijn gezicht, dat mager maar rustig was. Hij had alles onder controle. Keek de kamer rond en knikte bedachtzaam. 'Even bijkomen, hè. Gewoon maar effetjes bijkomen.'

Hij wandelde naar de deur en keek uit over het voorterrein. Draaide zich toen weer om. 'Kun je ook mijn kamer doen? Misschien wil je ook het smerigste wasgoed even door het sop halen. Ik eh... ik ga zolang wel even in jouw kamer liggen.' Weg was hij.

Prooi leunde op zijn bezem. Dat was het dan, dacht hij. Nu is alles echt voorbij. Ik moet de kamer schoonmaken en Skats pink weggooien, dan kan het gewone leven weer beginnen.


Prooi begreep niet goed waarom de Schokker niet het bevel gaf te vertrekken. Waar wachtte hij op? Hij lag op zijn bed naar het plafond te staren.

'Dem Azèl...'

Hij schrok toen de man zijn ogen op hem richtte. Rood doorlopen, ondoordringbaar. Had Skats Vonk niet genoeg geholpen?

'Ik wou... denkt u dat we vandaag kunnen vertrekken?'

De ogen dwaalden langs hem heen. Draaiden terug naar het plafond.

'Ik ben... ik ben zo'n godvergeten klootzak. Dat is gewoon de bittere waarheid, weet je.' Een halfvolle fles leunde in de holte van zijn elleboog. 'Dat... dat wist-ie me wel in te peperen, hè? Bij... bij het Lot, wat moest ik het voelen.'

'We moeten weg,' fluisterde Prooi. 'Het eten is op.' En harder: 'We moeten weg!'

'Weg. Weg? Waarheen? We kunnen helemaal niet weg!'

'Poznań,' zei Prooi. 'En dan naar Nederland. Naar het middelpunt van de aarde.'

De Schokker keek scheel naar het voeteneind. 'Nee. Nee, dat is... Het is allemaal zo'n gedoe. Lopen... smerige buitenlucht. Ik moet er niet aan denken.'

'Maar we moeten hier weg! Ze wachten op ons!'

De man trok zijn neus op en ontblootte zijn tanden. 'Ja? Wie wacht er dan op me? De... de kraaien? De wormen... en... en de Diepte? Hè? De Diepte?'

'U bent de Zanger! U moet weggaan! Anders is de Elfde Schok verloren!'

Hij schokte omhoog. Hij zwaaide met zijn rechterarm, zijn gezicht vertrokken: 'Hou... hou je kop! Hou je... hou je eindelijk eens een keertje je rotbek dicht, ettertje! Wat heb ik daarmee te maken, dat klote... sodemieter... óp! Ga weg! *Ga weg!*'

Twee dagen daarna kwam de Schokker rond een uur of zes de keuken binnen. Prooi verstarde. Hij zat bij het aanrecht, met wat taaie wortels die hij in het bos gevonden had. De man liep langs hem heen. Trapte een lege fles opzij. Het ding maakte een overdreven schel geluid in de koude ruimte.

'Nogal stilletjes, hè?' De Schokker lachte geluidloos. 'IJslente. Kattenlente. Stille boel.' Hij zag er uitgeput uit. Skats Vonk had hem niets geholpen. 'Tengoe. Prooitje. Mijn Tengoe blijft me trouw, hè?'

De man stond naar hem te kijken. Breeduit, handen in zijn zij, glimlachend. Daar ging hij op het aanrecht zitten, vlak naast de gronderige wortels. Zo zaten ze, diep ademend.

Nog wel.

'Wat moeten we doen, Tengoe?' Hij klonk bijna normaal.

'Naar Poznań,' zei Prooi.

'Poznań? Het is te laat. Weet je... zij weet het ook. Heb je het gevoeld? Mist is hier. Niet heel dichtbij, maar in de buurt. Om te zien hoe ik kapotga. Verheugt ze zich al jaren op.'

Hij nam een wortel op, rook eraan en liet hem weer op het aanrecht vallen.

'Ze wacht, weet je. Tot ik de koude, donkere weg ga... die hier vanaf het begin op me wachtte. En waar jouw lieve hartje me heen heeft geleid, Tengoe... alsof je je in al je onschuld wilde wreken voor wat ik jullie heb aangedaan. Jullie allemaal; al m'n kinderen, van m'n Afdankers tot m'n Bliksems.'

'Dat kon toch niet anders.'

'Nee, niet volgens de wet van de Diepte. Dus is het niet meer dan gerechtigheid dat ik nu weer in de Diepte verdwijn. Ik hoor het de kraaien de hele dag schreeuwen: spring, spring, spring...'

Prooi begon zijn hoofd te schudden.

'Ja,' fluisterde de Schokker. 'Spring! Waarom niet? Daar zit toch een onheilig plezier in, om willens en wetens de Elfde Schok te verzaken en me voortijdig weer met het Vuur te verenigen. Ik heb nergens meer wat mee te maken, en ik kan doen wat ik wil... Alles kapotmaken, inclusief mezelf... wat een hele opluchting zou zijn.'

'U moet de hoop niet opgeven!'

De Schokker grinnikte, klakte met z'n tong. 'Zo'n slecht idee is dat toch niet? Kom ik over een jaartje of dertig miljoen weer helemaal gezuiverd en versterkt terug, met een vlijmscherpe intuïtie.'

'Alstublieft. U bent niet alleen. Ik ben er nog.'

De man stond met een vage glimlach op. Hij steunde op het aanrecht, terwijl hij zich een weg baande naar de voorraadkast met drankflessen. Hij nam er een paar uit, en als ze leeg bleken te zijn, liet hij ze domweg op de grond stukvallen. Bij elke knal kromp Prooi ineen. Ten slotte vond hij een volle fles gifgroene likeur. Hij greep hem vast in zijn grote hand en draaide zich naar de jongen om. 'Ja, jij bent er nog, Prooivogeltje. Stom genoeg ben je gebleven. Waarom eigenlijk? Je weet zo onderhand toch wel wat en wie ik ben?'

'Ik ben gebleven om bij u te blijven,' zei Prooi onhandig.

'Ja, zo heb ik je gemaakt. Plakkerig. Maar als er ook maar een greintje gezond verstand in je zat, Tengoe, ging je er nu als een haas vandoor...' Hij schroefde de fles open. De geur van zoete kauwgum dreef de keuken in. 'Maar je bent plakkerig, alles is zo plakkerig! Weet je, eerst wordt er van alles geschapen: algjes, plantjes, beestjes... Catastrofes, Demonen, Afdankers en Bliksems... en dan wordt dat alles weer vernietigd. Daaruit komt dan weer nieuw leven voort. Misselijk word je ervan, hè? Kotsmisselijk. Ik wou dat het eens ophield met al dat gekrioel, al die levensvormpjes, al die honger en plakkerige begeerte, al die teleurgestelde betraande ogen, die verwijten, die beledigingen, al dat geplak en handengewring...'

Hij leunde tegen de muur en nam een slok uit de groene fles. 'Jij bent veel te veel aan me gehecht. Ziekelijk gehecht! Ieder normaal mens was er allang gillend vandoor gegaan!' Hij zwaaide de fles in de richting van het plafond. 'Behalve jij, plakkerig monster, dat ik verdomme zelf heb bedacht!'

Hij vertrok zijn gezicht. 'Au. Verdomme.' Met de hand waarin hij de fles hield wreef hij over zijn maag. 'Ik moet... maak wat soep of zo. Au.'

Hij strompelde de keuken uit.

Die nacht wenkte hij Prooi, toen hij zijn kom kikkererwtensoep had leeggegeten. 'Luister, lieverdje.' Hij streelde Proois schouder, toen hij bij hem kwam zitten. 'Ik zal je een pleziertje doen. Omdat ik zielsveel van je hou, heb ik besloten te doen wat je wil en hier weg te gaan.'

Prooi opende zijn mond, maar de Schokker hief zijn hand op. 'Dan hou ik twee keuzes over. Ofwel ik spring. M'n favoriete optie, maar alla. Ofwel ik strompel naar Poznań. Zoals jij zo graag wilt.' Hij grijnsde lelijk. 'Blij? Dat doe ik voor jou.' Hij plukte aan de mouw van Proois trui. 'Maar voor allebei de opties heb ik een laatste stoot energie nodig. Ik ben op, Tengoe. Dat weet jij ook wel. Ik heb je Vonk nodig. Of ik naar Poznań ga, of spring, dat hangt af van de kracht die je in me weet op te wekken. Akkoord?' Hij nam Proois kin tussen duim en wijsvinger, en draaide zijn gezicht naar hem toe. Zijn ogen vingen Proois blik. 'Dit is mijn geschenk aan jou. Er is een kans van één op twee dat ik jouw zin doe. En in ruil... in ruil daarvoor geef je me je Vonk.'

Prooi staarde hem aan.

'Je hebt het altijd gewild hè, schat? Je kwam bij me om opgevreten te worden, is het niet? Je hebt er wel lang op moeten wachten...' Zijn duim boorde zich in Proois kin. 'Overmorgen! Overmorgen is het de dag van de Eerste Schok. Dan ontsteek je me. Je voegt je bij me in het bos en dan...'

Hij keek diep in Proois ogen, hijgend, zijn mond half opengezakt.

Prooi liep door het bos, Skats M16 over zijn schouder. Het was onverdraaglijk binnen te blijven, in dat vervloekte huis met de kraaien. Kraaien! Nu pas begreep hij wat ze betekenden. Een waarschuwing, een voorteken! Dit was een monsterplek!

Hij had alles verprutst. Hij had ervoor moeten zorgen dat Skat bij hem bleef, dat zijn Vonk heet bleef vlammen, hij had hen naar Wageningen moeten brengen. Hij had volledig, volledig gefaald.

Mist had ten slotte toch gelijk gekregen. Zijn Liefde was veel te zwak geweest. Hij had een tijdje gedacht dat hij Tengoe was, Tengoe die alles kon, omdat hij brandde van blinde trouw. Maar hij was uiteindelijk niets anders dan Prooi, doodgewoon Prooi. Zoals hij begonnen was, zo zou hij eindigen.

Als hij nu dit laatste goed deed, dan zou hij toch nog een beetje eer bewaren. Goed maken dat hij niet genoeg van Dem Azèl had gehouden. Het enige wat hem overbleef was – vlammend sterven.

En dat kon toch zo vreselijk moeilijk niet zijn?

Hij kwam binnen toen het al donker was. In de dode kamers roerde zich niets. Het was ijskoud. De Schokker had het vuur laten uitgaan. Prooi schopte zijn natte schoenen uit. Hij hing zijn voddige jasje naast de lange leren jas van Skat. Zachtjes streelde hij over de ruwe oppervlakte van de jas. Levend leer. Dood hangend, dood, in dit dode huis.

Hij liep door de verlaten kamer naar de keuken en zette de M16 in een hoek. Op het fornuis stond een pan met daarin een laagje kikkererwtensoep. Het allerlaatste blik. Hij had het tot het laatst bewaard omdat het het voedzaamste eten was. Hij stak het gas onder de pan aan en keek naar het blauwe gasvlammetje. Vriendelijk vuurtje. Butagas, dat was er tenminste wel genoeg geweest. Butagas en water. Hij had liever gehad dat de laatste maaltijd van zijn leven uit tortilla's had bestaan. Met geraspte kaas en guacamole en dan die lekkere rode saus van Amper. En koffie toe. Hij dacht aan tortilla's terwijl hij at, dacht aan Ampers tortilla's, maar hij dacht niet aan Amper. De levenden waren zo ver weg.

Hij dronk eerst één glas uit de geopende fles likeur die in de kast stond, en toen dronk hij een tweede. Aangeschoten deed hij nog één keer de ronde door het huis. Bij de voordeur bleef hij staan. Peinzend liet hij zijn vingers over Skats jas gaan. Toen nam hij de jas van de haak en trok hem aan. Niet eens zoveel te groot. Het was waar, hij was het laatste jaar enorm gegroeid. Plechtig liep hij terug naar zijn bed, met zijn armen om zichzelf heen geslagen; om Skat heen geslagen. Gekleed en al schoof hij onder de dekens. Hij kon Skats geur nog ruiken. Het was prettig zo, in die dikke leren jas. Alsof hij in Skats armen lag en Skat hem glimlachend bekeek. Skat, die getwijfeld had, maar die zichzelf uiteindelijk toch had gegeven. Dat was de enige weg, de enige weg...

Eerst hoorde hij de deur van de slaapkamer verderop opengaan. Voetstappen naar de badkamer. Voetstappen terug. Gerammel in de keuken. Het waren de normaalste ochtendgeluiden die je je maar kon voorstellen. De voetstappen passeerden de deur van zijn slaapkamer. Een fluitmelodietje klonk, zo'n ademloos deuntje tussen je tanden door, dat je floot als je op je gemak met een routinekarweitje bezig was. De voetstappen trokken een lijn door de kamer. De voordeur werd geopend. En hard dichtgegooid.

Prooi kwam overeind. Hij had moeite zijn ledematen stil te houden. Nu moest het gebeuren. Ook hij volgde de alledaagse gang van zaken. Naar de wc, naar de badkamer voor een schep water in zijn gezicht. Dan weer terug naar zijn slaapkamer. Hij keek verdwaasd om zich heen. Moest hij niks meenemen? De snub lag zacht glanzend op de grond voor zijn bed. Maar nee. Natuurlijk niet. Hij hoefde niets mee te nemen.

De buitenlucht was ontstellend zacht. Het was de dag van de Eerste Schok, dacht Prooi. 10 maart. Vandaag kreeg het leven zijn eerste echte schok, vandaag ging het beginnen. Dat moet ik hem duidelijk maken. Hij moet de mijn niet in. Hij moet naar Poznań.

Te midden van een geblakerde kring zat de Schokker op een afgevallen tak een sigaret te roken. Hij monsterde Prooi zonder iets te zeggen.

'Ik ben...' begon Prooi, maar hij merkte dat hij geen geluid uitbracht. 'Ik ben er.'

Er trok een windvlaag door de bomen, die eensgezind met hun takken zwaaiden. Toen streek een straal zonlicht over de bosbodem. Van links naar rechts. Hij verdween alsof hij er nooit was geweest. Prooi trok zijn schouders naar beneden. 'U moet...' Zucht, opnieuw. 'U moet naar Poznań. Dat moet u me beloven.'

De man trok maar aan die sigaret, loerde maar naar hem. Proois hart barstte bijna in één klap uit zijn borstkas, toen hij plotseling opstond, de sigaret weg werpend.

'Ik ben er altijd benieuwd naar geweest, weet je? Naar hoe het eruitziet. Liefde.'

Zonlicht viel zonder aankondiging botergeel over hen heen. De Schokker straalde in dat licht. 'De absolute Liefde die de planeten in hun baan houdt... De onvoorwaardelijke Liefde die de meteorieten op de aarde te pletter doet slaan. Ben het nog nooit in het vlees tegengekomen. Jij komt inderdaad een eindje in de richting.' Hij schudde zijn hoofd. 'Maar toch niet genoeg. Zoals bij alle primaten is de Liefde ook bij jou verzwakt door eisen en eigenbelang. Jammer.'

De zon verdween. De man viste een nieuwe sigaret uit zijn zak op, stak hem aan en wierp de lucifer van zich af. 'En wat wil je nu?'

'U moet niet de mijn in.'

'Dat beslis ik zelf. Wat wil je?'

'U wilde...'

'Wat wil jíj?'

Het schitterde zo, als zon op sneeuw. Het kraakte om hem heen, fluisterde. Hij rook een stootje zwavel en rook.

'Ik wil... u mag m'n Vonk hebben.'

'Mag? Ach, wat zwak uitgedrukt. Wíl je dat ik hem neem?'

Prooi knikte.

'O, zég het dan! Smeek je me hem te nemen, eis je dat ik hem neem? Zeg het hardop!'

'*U moet hem nemen!*' Hij sidderde ineens van een woede die ongepast en beschamend was. 'Doet u het nou! Niet zo praten! Doe het!'

Grote stap in zijn richting. Hij deinsde terug, voor hij zich ervan kon weerhouden.

'Maar je wil het niet eens! Je bent doodsbang!' Hand op zijn schouder, hete hand, harde klauw.

'Dat maakt niet uit! Doet u het nou alsjeblieft!'

'Maakt wél uit. Ik wil het niet in woorden, ik wil het in het vlees! Ik wil dat je Vonk het zelf wenst, verdomme! Maar je wílt het helemaal niet!'

Prooi trok Skats jas open en rukte de kraag van zijn wollen trui naar beneden, zodat zijn borst bloot kwam. 'Schiet maar! Snij maar! Doe het nou!' Hete wolkjes ontsnapten aan zijn neus, vlammen lekten uit zijn oren.

'O, dus dan moet het maar zo? Gedachteloos en halfslachtig, als een spelletje, alsof ik een konijn slacht? Wil je het zo? Wil je het zo?!' De man was woedend. Hij trok Prooi bij de kraag van de jas naar zich toe en bonkte zijn voorhoofd hard tegen Proois hoofd aan. Toen spuugde hij hem in zijn gezicht en duwde hij hem hard van zich af. 'De lauwheid! De halfheid!'

Prooi struikelde over een afgevallen tak en viel achterover op de grond. Hij krabbelde overeind, zure vlammen spugend, net op tijd om te zien dat de man een mes tevoorschijn haalde. Het lemmet flitste op in het zonlicht dat over hen werd uitgestort. Geërgerd strekten de bomen zich. Krakend, walmend, gealarmeerd door het geweld aan hun voet. Zwavelgeur wolkte op.

Een grote hand sloot zich om Proois keel. De man drukte hem ruggelings tegen de grond. Zijn gezicht was vlak boven het zijne. De punt van het mes prikte in zijn wang. 'Nu dan... nu dan...'

Prooi deed zijn best zijn ogen wijd open te houden. Nu komt het... nog heel even volhouden... Het mes kerfde langs zijn hals naar beneden, over zijn sleutelbeen, over het blote vel van zijn borst tot aan de kraag van de trui. De man zaagde krachteloos in de weerbarstige wol. 'Nou... nou...'

Ineens trok hij het mes terug. Duwde Prooi weg. Hij zat op zijn knieën naast hem te hijgen. 'Ik voel je Vonk niet eens...'

De bomen schudden in de wind. Zon en schaduw plensden in koortsachtige afwisseling op hen neer. Het onrustige bos schudde van woede, vol rookwolkjes en geknetter. Prooi zette zijn kaken op elkaar en ging zitten. Hij trok zijn trui omhoog, zodat zijn maag blootlag. De Schokker zette het botte snijvlak onder zijn laagste rib, kerfde langzaam ondiepe schrammen over het cirkelvormig litteken, tot hij geërgerd zijn hoofd schudde. 'Moet ik je eerst kussen soms? Je moet verdomme opvlammen! Dit is belachelijk, ik zit in je te zagen alsof je een paprika bent. Ik ben toch geen groenteboer...'

Prooi stond trillerig weer op. Wat een stomme toestand. Waarom stootte Dem Azèl niet toe? Wanhoop ziedde door zijn lijf, terwijl hij afwachtte, zijn schouders hoog opgetrokken.

'O verdomme! Verdomme, stinkende stronthel! Wat nou weer verdomme!'

Prooi keek om zich heen. Hij zag wat hij al die tijd had geweten: dat het brandde. Het brandde. Natuurlijk brandde het! Hoe kon het niet branden, nu de Schokker zo heet vlamde en vloekte, nu hijzelf vuur lekte? De bomen schudden zich woedend. Dem Azèl sprong razend op. Takjes op de grond hadden vlamgevat, afgevallen takken smeulden en walmden. Verward draaide de man zich om naar Prooi. 'Is dit een van jouw trucjes, geniepigerd? Ik zal je...' Hij hief het mes. Prooi zag hem komen; zijn gezicht was verwrongen.

Hij dacht niet na. Hij draaide zich om en vloog ervandoor. Hop, hop, over takken heen, langs doornstruiken, onder de huiverende bomen door. Blind voorthollend werkte hij zich van de onheilsplek vandaan, weg van de stank van de vernietiging.

In koude haast doorkruiste hij het huis. Hij stopte de snub in zijn jaszak, propte zijn zakken vol met bankbiljetten. Struikelend kwam hij in de keuken terecht, waar hij water recht uit de kraan in zijn droge keel liet glijden. Hij vulde een fles met water, schroefde hem dicht en stak hem bij de bankbiljetten in de andere jaszak. Hij holde zijn slaapkamer weer binnen en rolde zijn vacht op, bond hem dicht met zijn riem en hing hem over zijn schouder. De druk in zijn hoofd was onverdraaglijk. Naar adem happend rende hij naar de voordeur, opgelucht geen teken van leven te vinden toen hij hem opentrok. Hij holde naar de opening in de lage muur, sloeg rechtsaf, in het spoor van Ira's motormachine. Hij rende in blinde paniek door. Achter hem, ver achter hem, hoorde hij wolken schaterende kraaien boven de mijn cirkelen.

Deel II

# De dwaalwegen der mensen

# Het Alziend Oog

O, godvergeten zooi, zooi van afgekloven vissenbotten, stinkend haaienoog, ziekmakende slibstank...

Leuke grap, vind je niet? De vissige dochter van Mist blijkt vatbaar voor zeeziekte! Sprankje hoop: dat ik dus toch voor het land geschapen ben, ondanks m'n steeds lammer wordende poten. Hoop: dat ik me ondanks alles zal kunnen bevrijden uit de klauwen van mijn moeder, dat ik mijn drie vrienden kan vinden en het Verbond van de Bliksems kan vormen, flitsend snel bliksemend, onachterhaalbaar.

Hoop, ja. Ik ben het Alziend Oog, en het onmogelijke is me gelukt: ik heb te midden van zes miljard mensen de Derde gevonden, ik heb ons team van vier helden compleet gemaakt! Ik heb mijn team, met mijn slimme postpakket aan de Derde, het wapen in handen gespeeld om alle Schokkers op deze wiebelende planeet in één klap te verslaan! Zullen ze wel beseffen hoeveel ze aan me te danken hebben?

Hoop: dat het meevalt met de geruchten die ons de afgelopen maanden via Dem Thoumè en uit de Oude Wereld bereikten. Dat het de klootzak nog niet is gelukt een nieuwe gewelddadige Vuurschokker te wekken, misschien de gewelddadigste van alle... en dat hij de derde Bliksem, míjn vertrouweling, nog niet heeft opgespoord!

M'n hoofd zegt: hoop, en m'n maag zegt: wanhoop, terwijl hij nog eens een druppel gal opkotst uit de diepste diepten van m'n hondsberoerde lijf.

M'n hoofd is zo brak als mijn maag.

Ik zeg aldoor maar tegen mezelf: ik ben op weg naar de Derde... en naar Givenchy, naar alle Bliksems. We zijn met ons vieren, en samen zullen we ontsnappen aan de verstikkende Schokkerswereld! Maar m'n hele lijf is in de greep van een verlammende angst, en ik weet niet waarom. Mijn moeder is ook bang, maar op een andere manier. Eerst schrokken ze zich dood, mijn moeder en haar heilige samenzweerders: hadden ze gedacht dat Dem Azèl zich aan de Raad overgaf, blijkt hij daarginder bezig een legermacht van Vuurschokkers te formeren! Hij zou een oppermachtige Vuurschokker op het spoor zijn, vertellen onze spionnen van zijn Casa del Destino, en Dem Thoumè bevestigt dat. Een van de Groten die Dem Tubal niet heeft weten te wekken. En als hij hem vindt, en als die Grote, nog onbekende Naam, de leiding over de Schok overneemt, is dat het einde van de plannen van mijn moeder en de Waterschokkers!

Maar mijn moeder is ook kwaad, en dat ben ik niet; ik ben alleen doodsbang en ik luister gespannen. We horen verontrustend nieuws: dat er allang niets meer is vernomen van onze vijand. Hij lijkt van de aardbodem verdwenen. Heeft hij zich met die nieuwe Vuurschokker verschanst? Overleggen de schoften in het holst van een Smidse? Maar waar zijn mijn bondgenoten dan, de twee Bliksems? Waar zijn ze, in naam van de Diepte? Niemand heeft ze in lang meer gezien! Zijn ze nog steeds in zijn macht? Is alles in orde met Givenchy?

O, Givenchy... Ik heb de afschuwelijkste dromen over hem.

Is februari al voorbij? Is het al maart?

Hoe lang duurt de overtocht van de Nieuwe Wereld naar de Oude Wereld, in een stinkende olietanker, waarvan de zwart druipende ruimen leeg zijn, op een paar bleke zeezieke verstekelingen na, volgelingen van de almachtige Mist, heerseres over de golven?

# 6 Het paard van Troje

## (Of: de Steen van het Derde Seizoen)

Ik woon in Amsterdam. Ik ben vijftien jaar oud en ik heb psychische problemen. Angststoornissen, zei die vrouw waar ik heen ging met mijn moeder. Het was al een poosje mis met me, maar eind maart kreeg ik een verschrikkelijke angstaanval. Toen zei mijn moeder: de maat is vol. En ze maakte een afspraak met die vrouw. Die praatte een poosje met mij alleen terwijl mijn moeder buiten wachtte, toen gaf ze me pilletjes en ze maakte een nieuwe afspraak. Sindsdien heb ik dus geen angststoornissen meer. Sindsdien heb ik niks. Ik voel niks meer.

Ik suf me door een niemandsland heen. Links is de wereld van de vuurdemonen, die me doodsbang heeft gemaakt. Sinds dat gesprek met die vrouw weet ik dat het allemaal inbeelding was. Dat er daarbuiten ons huis iemand met een pistool in zijn hand naar me stond te loeren: inbeelding. Die vogelspin: inbeelding. De hagedis met vleugels: inbeelding. Dat kan echt, ze heeft het me uitgelegd. Dus die wereld links, die bestaat niet.

Rechts is de wereld van de mensen. Daar zwalkt mijn demonische zus Tobia doorheen op haar naaldhakken, daar wacht die sadistische weddenschap op me. Het zal wel. Het zal me niet lukken iemand te vinden, en het maakt me niks uit. Ik voel toch niks. De wereld van de mensen, daar zal ik ook nooit echt bij gaan horen. Ik heb er gewoon geen talent voor. Links, rechts. Ik ben Wik Kasterman, een spooktut die tussen de werelden zweeft.

## Enter the Game

Die ochtend stond ik duf op, ik smeerde gel in m'n haar en ik spoelde m'n ontbijt en m'n pilletje weg met thee terwijl ik m'n Frans doorkeek. M'n moeder las de krant en zei zoals altijd: tot vanmiddag meidje, fijne dag. Ik zei: jij ook. Regenjack aan. Rugzak op m'n rug hijsen. Deur uit.

Maar toen ik de sleutel van de deur naar de box uit mijn zak wilde halen, de box van de overburen waar m'n fiets staat, was iemand me voor geweest. De buitendeur stond op een kier. Ik keek de koude schemering van de gang in. Ik rook het voor ik het zag. Een mensgrote donkere hoop textiel op de grond. Het stonk nog erger dan Dario, als-ie terugkwam van vakantie in Griekenland. Ik haalde diep adem en liep erheen. Het lag uitgerekend tegen de deur van onze box aan.

'Hé!'

Tot m'n opluchting bewoog de hoop. Een plakkerige bos zwart haar stak eruit omhoog, boven op een ingevallen hongerlijderskop. Hij kwam half overeind, de rand van zijn stinkende slaapzak hoog over zijn gezicht getrokken.

'Hallo... ik moet hierbij, hoor.'

Hij schoof zoveel opzij dat ik de deur open kon doen. Daardoor vatte ik moed. Hij zat me als een zombie aan te staren, terwijl ik mijn fiets achteruit de box uit reed.

'Je kunt hier niet slapen. Ga naar het Leger des Heils, man.'

Ik wierp nog een blik op zijn donkere gezicht. Het was een buitenlands type. Hij had die ondoorzichtige ogen die junkies en alcoholisten hebben. Ik liet de buitendeur voor hem open toen ik wegfietste.

Ik vergat hem. Totdat ik twee dagen later 's avonds thuiskwam van een avondje huiswerk met Desi. Daar had je 'm weer. Op de hoek van onze straat. Hij had zijn smerige slaapzak over zijn schouders geslagen, en daaronder reikte een kapotte leren jas tot op zijn enkels. Ik zag dat hij zag dat ik hem herkende. Hij zag er jonger uit dan ik de eerste keer had gedacht, maar ik wist toch zeker dat het dezelfde dakloze was.

Toen ik hem de volgende dag om een uur of vier op diezelfde plek zag staan, doodstil, begon ik het akelig te vinden. Wat deed-ie hier? Stond-ie soms op zijn dealer te wachten? Hij had zichzelf in een razend tempo de vernieling in geholpen, hij was echt jong. Terwijl ik naar hem keek draaide hij zijn gezicht naar me toe. Met enge ogen keek hij terug. Valse beestenogen. Alsof het mijn schuld was dat hij er zo aan toe was. Nijdig zei ik: 'Je doet het jezelf aan, hoor!'

'¿Que qué?'

Hij had iets gezegd! Ik hield in en keek over mijn schouder.

'Wát doe ik mezelf aan?'

Hij had Spaans gesproken. Ik haalde mijn schouders op en fietste door.

Op een heel vroege, koude ochtend zag ik hem weer lopen, op een minuut of vijf afstand van ons huis, zijn vieze slaapzak over zijn hoofd geslagen. Ik fietste gauw door. Die zaterdag, toen ik met Desi op de Albert Cuyp had afgesproken, zag ik hem weer. Hij zat verpakt in zijn slaapzak op een boomtak, in het Sarphatipark, vlak bij het hek, zo'n meter of drie boven de grond. Hij had een fles in zijn hand. Ik moet een schrikbeweging gemaakt hebben toen ik hem zag. Hij keek strak terug. Ik dacht, misschien is hij wel zwakbegaafd of zo. Zo raar als-ie uit zijn ogen keek. Als een valse, mishandelde hond.

'Waar slapen daklozen eigenlijk, als het vriest?'

'Bij het Leger des Heils... Hulp voor Onbehuisden... stoelenprojecten... er zijn allerlei opvangplaatsen, meisje. Waarom wil je dat weten?'

'Ik vroeg het me af. En als ze niet naar zo'n project gaan?'

'Dat weet je toch wel? Ze slapen in portieken en bootjes en zo. Maar als het hard vriest, worden er meer opvangplaatsen geopend, en dan gaat de politie de straten af om ze mee te nemen.'

Op zondagochtend, paasochtend, zat hij niet meer in zijn boom. Ik weet niet waarom ik rondkeek, naar de bankjes in het Sarphatipark, tussen de bosjes. Maar ik vond wat ik zocht: de donkere vorm van een mens in een slaapzak. Gewoon op de grond tussen de struiken. De allerstomste plek om een vorstnacht door te brengen! Die avond, terwijl ik helemaal niet langs het park hoefde, fietste ik weer langs het hek. Ik keek in de hoop dat ik niks zou zien, maar mijn oog viel op een donkere, ronde vorm op de grond tussen de schaduwen. Het hart sprong me in de keel.

Ik heb die nacht niets gedaan. Ik ben gewoon naar huis gefietst. Toen ik eindelijk in bed lag kon ik niet slapen. Maar de volgende ochtend, het was allemachtig koud, zag ik achter het hek, tussen de struiken, half bedekt onder de dode bladeren, doodstil, diezelfde opbollende slaapzak.

Twee dagen later fietste ik weer over de Ceintuurbaan, op weg naar huis. Het was het soort schemering waardoor je weet dat het lente is. Aan de takken van de struiken achter het hek hadden zich de felgroene blaadjes allemaal ontrold. Ik rook een groene lichtheid in de lucht.

En toen zag ik hem vanaf de overkant van de straat. Hij zat zomaar op zijn hurken tegen het hek, met diezelfde vieze slaapzak over zijn schouders. Hoorde hij dat ik een kreet slaakte? Ik weet het niet, maar hij stond abrupt op. Ik zag hem omhoogkomen en ik zag hem meteen weer neergaan. Zijn benen zakten zo onder hem weg. Ik gooide mijn fiets neer en sprintte de weg over, levensgevaarlijk, vlak voor een toeterende auto langs.

'Hé joh! Alles goed?'

Hij lag stom scheef tegen het hek aan. Shit, wat gloeide die kerel. Toen ik m'n hand op zijn schouder legde voelde ik de hitte door het leer slaan. Meteen liet hij zijn hoofd akelig slap achterovervallen, boink! tegen het hek aan, en zijn ogen draaiden weg. Rotgezicht.

Had ik weer. Zat ik met een bewusteloze dakloze in mijn handen.

Nu ik hem van dichtbij zag, zag ik dat hij niet ouder was dan ik. Ik bleef onthutst bij hem zitten. Beetje aan z'n pols voelen. Intussen hoopte ik vurig dat niemand ons zou zien. Het duurde lang voor hij zijn hoofd weer bewoog. Z'n lodderige ogen gleden nietsziend over m'n gezicht.

'Gaat het weer?' Ik praatte Spaans tegen hem. Evengoed een stomme vraag. 'Moet ik je naar het Leger des Heils brengen?'

Niks drong tot hem door. Wat moest ik nou toch met hem? Het was al flink donker, ik was al laat. Maar ik wilde hem niet weer in die dodelijke vrieskou achterlaten, ik had me daar zo rottig over gevoeld. Weet je wat het is? Ik ben een dochter van m'n moeder. Zielige weeskindjes in huis halen. Etterende zwerfhondjes. Dakloze junkies.

Dus trok ik hem met veel moeite overeind, tot dat wankele lijf zo ongeveer rechtop stond. Hij was een halve kop groter dan ik. Ik haalde mijn fiets en dacht, als we bij mij binnen zijn, ziet tenminste niemand ons samen. Hij was zo jong, zo ziek, hij kon onmogelijk gevaarlijk zijn.

'Kun je achterop klimmen?'

Ik greep het stuur stevig vast en zette mijn voet op de trapper. 'Ik zal langzaam rijden. Hou je goed aan me vast.'

Dat leek hij te begrijpen. En waarachtig, hij liep vier wankele passen met me mee toen ik wegfietste en schoof heel onhandig zijdelings op de bagagedrager. Zijn slaapzak gleed op de grond. 'Laat maar,' zei ik. 'Hou je vast!'

Hij woog meer dan ik had verwacht. Zijn handen klauwden in mijn jack alsof hij zou sterven als hij los zou laten. Ik zegende de hemel dat we vlakbij woonden. Angstig zwieberend zwenkten we linksaf een zijstraat in, meteen weer rechtsaf, de Van Wou over en de Hemonystraat in. Toen ik voor ons huis stopte, liet hij zich van de bagagedrager glijden. Meteen zocht hij houvast bij de muur.

'Nu moet je even goed luisteren. Je kunt vannacht op mijn kamer blijven, maar alleen als je je normaal gedraagt. Dan kun je even bijkomen. Maar je moet je gedragen en doodstil zijn.'

Ik denk dat mijn intuïtie zich stilhield vanwege de pilletjes die ik slikte. Heel zwak gilde een schel stemmetje in mijn hoofd: stom! Stom! Ik ving er net genoeg van op om te zeggen: 'Je moet wel weten dat er drie mannen in huis zijn. Mijn vader en m'n broers. Dus je houdt je kalm.'

Hij knikte.

'Ik zet m'n fiets weg en dan moet je precies in het ritme van mijn voetstappen mee naar binnen lopen.'

Ik had geen flauw idee of hij er iets van begreep. Toen ik de voordeur opende, m'n zwerver als een schaduw achter me aan, riep ik overdreven vrolijk: 'Hoi! Ik ben thuis!'

Vanuit de keuken klonk boven de radio uit de stem van mijn moeder: 'Dag schatje!' We hadden geluk. Ze was in een wolk van muziek aan het afruimen. Ik haakte mijn arm in die van de jongen. Stap voor stap beklommen we de trap. Al mijn aandacht was gericht op de muziek in de keuken en de opgewekte meezingstem van mijn moeder. Ze bleef met overgave jubelen totdat we veilig en wel op mijn slaapkamer waren. Zodra ik hem losliet viel hij op mijn bed neer. Boing out.

Dat was het. Daar lag hij dan, op zijn rug boven op mijn schone dekbed, in die schimmelige, gebarsten leren jas. Hij was echt niet ouder dan ik. Op z'n bovenlip zag ik een donsdonker snorretje. Wat was-ie eigenlijk? Spaans? Mexicaans? Colombiaans? Hij was in elk geval verschrikkelijk goor. Ik voelde aan zijn voorhoofd. Loeiheet.

Op dit moment had ik natuurlijk naar mijn moeder moeten stappen. Maar ik was bang dat ze zou denken dat ik nu pas echt goed gek was geworden, nu ik dit stuk vuil van de straat had binnengesleept. En dan zou ze hem naar buiten gooien en ze zou mij weer naar die therapeut sturen, en dan zou het alsnog slecht met hem aflopen. Daarom besloot ik niks te zeggen, hem stiekem dit ene nachtje in de warmte te houden en hem dan morgenochtend fris en gezond op straat te zetten. Dat was echt het enige wat ik van plan was.

Het was net als babysitten. Ik zat de hele tijd te luisteren of ik iets van boven hoorde. Voor de vorm bleef ik nog even beneden zitten, maar toen de telefoon ging en mijn moeder blij verrast in de hoorn zei: 'Héééé Hella!', glipte ik naar boven. Hij lag er nog hetzelfde bij. Hij ademde diep en regelmatig. Zweetdruppels op zijn voorhoofd. Ik ging achter mijn bureau zitten, schoof mijn laptop opzij en legde plichtsgetrouw mijn geschiedenisboek voor me. Ik las de ene paragraaf na de andere, en steeds als ik de tweede uit had moest ik de eerste weer overlezen. Na een halfuurtje had ik het idee dat hij de hele kamer vulde, met z'n diepe geadem en zijn ferme stank.

Raam open. Naar beneden. M'n ouders zaten nog in de grote kamer, de pleegkinderen lagen in bed, en Dario en Tobia waren zo te zien uitgegaan. Ik wuifde m'n ouders liefjes toe en glipte de keuken in. Groot glas fanta. Hij zou toch wel weer eens wakker worden en dorst hebben? Maar hij werd niet wakker.

Om een uur of tien kleedde ik me uit en trok mijn lange slaap-T-shirt aan. Ik wilde voor geen goud naast hem liggen, naast dat plakkerige, stinkende lichaam. Dus wachtte ik geduldig terwijl ik me door het leesboek voor Engels heen worstelde. Ik belde met Desi, en we kletsten over alles behalve over dat wat er op twee meter afstand van me lag te walmen. Desi zou me voor gek verklaren, en terecht. Ik chatte nog wat en las intussen door, net zolang tot ik mijn ouders naar bed hoorde gaan. Toen sloop ik naar de gangkast beneden en haalde ik er het kampeermatrasje en mijn slaapzak uit. Het paste allemaal net tussen mijn bed en de deur. Toen ik in mijn slaapzak kroop voelde ik me erg nobel en buitengewoon stom tegelijk.

Hij was onder het dekbed gekropen en had het weer van zich af getrapt, hij had een schoen en een natte, kapotte sok uit geschopt, en toen ik 's ochtends vroeg wakker werd lag hij opgekruld, in diepe slaap, met halfopen mond te hijgen. Hij zag er verschrikkelijk zielig uit. Heel voorzichtig, verpleegsterachtig, legde ik mijn hand op zijn voorhoofd. Dat had ik niet moeten doen. In een woeste reflex schoot hij achteruit, bijna het bed af, hij trapte met zijn benen en sloeg met zijn armen, zijn doodsbange ogen schoten open en hij begon heel akelig te kreunen. Aaah, aah, aaah... heel angstaanjagend.

'Stil!' Ik durfde hem niet meer aan te raken. 'Stil nou!'

Het kreunen ging over in hijgen. Aangeschoten hert. Toen begreep ik dat ik hem die dag niet op straat kon zetten.

Oké.

Het was vijf voor zeven. Ik kleedde me aan, terwijl ik nadacht. Niks aan te doen. Als m'n moeder hem zou ontdekken, dan moest dat maar. Ik gokte dat hij geen kwaadaardige crimineel was, maar alleen een doodzieke junk. En doodzieke junkies, die blaas je zo om. Mijn moeder wel.

Tot m'n opluchting was mijn moeder niet thuis toen ik weer thuis-kwam van school. Alleen Dario zat op zijn kamer te gamen. Mijn stuk aangespoeld wrakhout lag nog steeds te stinken op bed. Maar toen ik binnenkwam had hij zijn ogen open.

'Hoi,' zei ik. Ik gooide mijn rugzak in een hoek. 'Hoe gaat-ie?'

Hij knikte. Toen maakte hij een drinkgebaar. De fles fanta die ik die ochtend naast zijn bed had gezet was leeg. Ik holde de trap af, bang dat mijn moeder thuis zou komen, en rende weer naar boven met een fles cola, een banaan en een mandarijn. Hij trok de fles bijna uit mijn han-den en zette hem aan zijn mond. De helft klokte langs zijn hals zijn trui in. Hij had een vreemd litteken rond zijn hals, alsof iemand gepro-beerd had hem met een ijzerdraadje te wurgen. 'Rustig aan, joh.'

'*Sed.*' Zijn fluisterstem klonk schurend hees.

'Heb je dorst? Kun je beter eerst die mandarijn eten.' Florence Nigh-tingale zat op de rand van het bed, pelde een mandarijntje en voerde hem partje na partje, recht in zijn opengesperde muil. De koortshitte sloeg van hem af. Het was nog niet op of hij begon weer. 'Dorst.'

'Een glas nog. Al die bubbeltjes zijn niet goed voor je.'

Toen mijn moeder thuiskwam had ik de situatie min of meer on-der controle. De plasemmer was geleegd en ik had die jongen dan wel niet uit die stinkjas kunnen pellen, maar wel uit zijn onherstelbaar ge-scheurde broek, die ik meteen samen met zijn sokken in de vuilnisbak had gesmeten. Ik had zijn gezicht afgelapt met een nat washandje, en een glas water en twee mandarijntjes klaargelegd. Hij sliep weer. Ik keek naar hem, terwijl ik me afvroeg hoe ik het voor elkaar had gekre-gen om in zo'n idiote situatie verzeild te raken. Alleen maar omdat ik altijd twijfelde en hem niet had durven laten stikken... Ik troostte me met de gedachte dat hij niet meer was dan een aangereden huisdier. Maar dat had ik nu eens verschrikkelijk mis.

Destijds dacht ik dat het mazzel was, dat m'n moeder besloot Hel-la met haar pasgeboren tweeling te gaan helpen, in Doetinchem. Van m'n vader en de anderen had ik minder te vrezen, en met Desi kon ik zolang wel ergens anders afspreken. In de tien dagen dat mijn moeder weg zou zijn, zou ik die jongen wel drie keer kunnen oplappen en het huis uit werken. Ik dacht dat het mazzel was. Toch, als ik niet bij hem was, werd ik bang voor datgene wat er op mijn kamer verstopt was. Alsof dat iets groters en griezeligers was dan die zieke zielenpoot.

Hij had geen haast om beter te worden. Toen ik die zondagavond voor de vijfde nacht achtereen in mijn slaapzak op de grond was gekropen en het licht had uitgedaan, hield ik me heel stil. Het duurde lang, maar uiteindelijk gebeurde wat ik verwachtte. Zijn ademhaling verloor die hypnotiserende regelmaat. Hij ging overeind zitten, nam een slok water, trok eerst zijn jas uit, toen nog een jasje en een trui. Ik hoorde zijn blote voeten op de vloer terechtkomen. Toen klaterde zijn pies in de emmer.

Hij liep naar het raam en schoof het open. Toen leunde hij naar buiten, terwijl hij zachtjes in het Spaans voor zich uit praatte. Ik kwam overeind en klikte het licht aan. Alsof ik een emmer koud water over hem heen had gegooid, zo stuiptrekte hij zich naar me om.

'Dus je bent weer beter?'

Hij perste zijn lippen op elkaar terwijl hij me met opgetrokken wenkbrauwen fixeerde.

'Als je beter bent moet je weg. Je kunt hier niet blijven.'

Hij liep terug naar mijn bed en liet zich er weer op neervallen. Toen begon hij te trillen. Ik trapte er niet in, ik voelde aan zijn voorhoofd. Alleen nog een beetje warm.

'Luister, je gaat nu eerst onder de douche. M'n vader blijft nog wel even beneden. En dan moet je schone kleren aan.' Het was net of ik mijn moeder hoorde. Maar ik moest wel, ik kon zijn stank niet langer verdragen.

Nadat hij in de badkamer zijn smerige lorren van zich had afgepeld bleef er een mager grijsbruin lijf over, een mager lijf met stevige schouders. Ik duwde hem hardhandig onder de warme straal, en nadat ik een tijdje had gewacht tot hij klaar was met het zombie-achtige staren naar zijn teennagels, begon ik hem af te schrobben. Het was ongelooflijk hoeveel vuil er van hem af kwam. Maar erger nog was zijn touwhaar. De shampoo had er in eerste instantie helemaal geen grip op. Pas na de derde lading begon het te schuimen, waarna er een warrige zwarte massa achterbleef. Hij bleek een goudbruin lichaam te hebben, onder de littekens, maar niet zo heel anders gekleurd dan ik.

Ik gooide hem een handdoek toe en duwde hem weer naar m'n kamer. Z'n vieze kleren propte ik in een plastic zak die ik onder mijn bed schoof. Ik gaf hem een boxershort uit Toons klerenkast en een joggingbroek en T-shirt van mezelf. Terwijl hij zich aankleedde maakte ik het bed nieuw op. Wat een zegen dat hij niet meer stonk! Zonder te vragen of dat de bedoeling was, kroop hij tussen de schone lakens, nam een slok water en sloot zijn ogen. Maar daar kwam hij niet mee weg hoor, broeder.

'Zeg, je kunt hier niet voorgoed blijven! Word wakker!' Ik schudde aan hem. 'Doe je ogen open! We moeten praten. Vertel tenminste eerst eens hoe je heet.'

Hij trok zijn neus op. 'En jij?' Hij hield zijn ogen stijf dicht.

'Wik,' zei ik. 'Wik Kasterman. Ik vroeg het jou het eerst.'

'En wat heb je eraan als ik je zeg hoe ik heet? Wat zou je dan weten, als ik Prooi zei, of wat voor stomme naam dan ook?' Hij praatte Spaans, met een licht schor stemgeluid.

'Dat is gewoon een kwestie van beleefdheid. Of doe je daar niet aan?'

'Nee,' zei hij.

'Nou, sodemieter dan maar op,' zei ik. 'Ik red je leven en ik verstop je met veel moeite in m'n kamer en als je dan alleen bot kan doen, kun je maar beter opdonderen.'

'Maar ik donder niet op,' zei hij met z'n ogen dicht. 'Want jij en ik hebben wat te bespreken.'

Wap. Zenuwstoot door m'n maag. Ik voelde het recht door m'n pillensuffigheid heen. Het gekke was dat dat zinnetje van hem me opluchtte. Alsof ik hier al die tijd op had gewacht.

'O ja? Wat dan?'

'Waar zit je litteken? Zit het rond je hart of op je buik?'

Had hij het nou over het litteken van mijn blindedarmoperatie?

'Wat klets je nou?'

Hij duwde zich op zijn elleboog overeind en deed zijn ogen open. Z'n gezicht was een en al zenuwachtige aandacht: z'n neusvleugels bewogen, zijn wenkbrauwen rimpelden. 'Wat ik klets? Ik klets over alles wat je wil. Bijvoorbeeld over dat jij iets hebt wat niet van jou is. Toch? Of over hoe je hier gekomen bent, en of je kunt vuurspuwen... Kun je vuurspuwen?' Zijn ogen hadden hun valsehondengloed verloren. Ze gloeiden nu met een bozewolvengloed.

'Vuurspuwen? Als je de truc kent kun jij dat ook!'

Hij begon ineens te lachen.

En ik, en ik, en ik... ik herinnerde me V.'s woorden: pas op; hij zal zijn handlangers sturen en je op de proef stellen... En dan zal hij jou en zijn handlangers vermoorden.

Dat was geen gewone jongen, die daar in mijn eigen roze-groene T-shirtje voor me lag, onder mijn eigen dekbed. Dat was het paard van Troje, dat ik eigenhandig naar binnen had gesleept.

'Wie... wie ben je?'

Hij was even energiek geweest, maar nu vloeide de kracht weer uit hem weg. Hij moest echt uitgeput zijn. 'Niemand. Een lafbek.' Hij liet zich terugvallen.

'Maar wat bedoelde je dan net, dat jij en ik wat te bespreken hebben?'

'Omdat jij en ik... omdat we in hetzelfde schuitje zitten. Ik heb je Steen opgesnord... ik kon het eerst niet eens geloven.' Hij glimlachte scheef. 'Eigenlijk weet ik nu pas zeker dat ik jou moet hebben. Nu je hebt toegegeven dat je kunt vuurspuwen. Die Steen is van jou.'

'Steen?'

'Waarom draag je hem eigenlijk niet op je lijf? Je moet hem niet beneden laten rondslingeren, in die kelder. Iedereen kan hem zo meepikken...' Z'n hese stem zakte weg. Een minuut later zat ik naar een onbereikbaar slapend lijf te kijken. Toen ik later die nacht de stille donkere keuken in liep om nieuw drinken voor hem te halen, drong er iets tot me door wat ik onder normale omstandigheden allang had beseft. Net zoals op die avond een paar weken geleden was er behalve het zoemen van de keukenapparaten niets te horen. Net zoals toen drongen de vage televisiegeluiden uit de kamer tot me door. Net als toen blikkerde het raam donkerzwart. Ik herinnerde me wat ik toen had gezien: dat er iemand naar ons huis staarde. Nu zag ik niets. Er was niemand buiten.

Ik wist heel goed waarom dat was. Diegene die destijds in het donker ons huis stond te beloeren lag nu boven in mijn bed.

Hij sliep nog toen ik naar school ging. Toen ik om twee uur mijn kamer weer binnenstapte, zat hij heel wakker met mijn joggingbroek en zijn leren jas aan achter mijn laptop. Zijn lange zwarte lokken krulden wild om zijn schouders.

'Heb je koffie?' vroeg hij zonder inleiding.

'Tuurlijk meneer. Cappuccino? Espresso? Latte? Suiker erin? Scheutje amaretto?'

Hij snapte m'n sarcasme niet eens. 'Heb je echt amaretto? Lekker.'

Ik liet mijn rugzak vallen en stapte op hem af. Hij zat met Google Earth te klooien. 'Hé zeg! Dat is míjn laptop!'

'Grappig ding,' zei hij met zijn schorre stem. 'Ik zag je ermee spelen. 't Is makkelijk. Met die knopjes.'

'Hé, kijk uit!' Hij draaide zo woest met de muis en klikte intussen de toetsen zo ongecoördineerd in dat ik bang was dat de boel vast zou lopen. En dat gebeurde ook. Hij duwde nog een tijdje vergeefs op wat toetsen, en toen draaide hij zich naar me om. 'Er kwam vanochtend een vrouw binnen.'

'Een vrouw? Shit. Wat zei ze?'

'Ze vroeg of je al weg was. Mooie vrouw. Is dat je moeder?'

'Nee, m'n moeder is er niet. Hoe oud was ze?'

'Ze was niet zo oud. Ze had rode lippen en lang zwart haar.' Hij wierp me een keurende blik toe. 'Je moet je haar ook laten groeien. Dat is mooi.'

'Dat was m'n zus. Wat deed ze? Wat zei ze nog meer?'

'Ze lachte en ze zei zoiets als "nou nou nou, jongeman". Ik zei tegen haar dat je naar school was.' Dat 'nou nou nou, jongeman' zei hij in zulk perfect Nederlands dat ik schrok. Hij trok zijn linkermondhoek omhoog, zijn ogen nog steeds op het scherm gericht, en zei in goed

verstaanbaar Nederlands: 'Dacht je dat ik die taal van jullie niet kon?'
Het was verbluffend. Als hij Nederlands sprak leek hij een totaal andere jongen. 'Net wat je wilt, hoor. Heb je wat te eten voor me?'

Er zat nog wat koffie in de thermoskan in de keuken, dus ik schonk
een beker met melk en suiker in, ik smeerde wat brood en klauwde
nog wat minimarsjes mee. Ik zette alles op het bureau neer, klikte het
scherm voor z'n neus weg en zei, in het Nederlands: 'Je had het over
een Steen.'

'Ik heb liever *zwarte* koffie,' zei hij met een blik in zijn beker.

'Je had het over een Steen, Prooi! Als je echt zo heet, tenminste.'

Hij grijnsde terwijl hij een slok nam, en toen doofde de grijns uit zodat een smal, moe gezicht achterbleef. 'Waarom ga je er zo slordig mee
om? Je Steen is heel sterk!'

'Wat is er met die Steen? Ik snap helemaal niet waar je het over
hebt!'

Hij trok zijn neus op en liet zijn blik over me heen glijden. Hij had
zo'n beweeglijk gezicht. Alle gewaarwordingen deden het rimpelen.
'Wanneer is je Steen eruit gehaald?'

Ik deed alsof ik niet bang was, maar dat was ik wel. Er sloeg een onbegrijpelijke spanning van hem af, alsof hij radioactief was.

'Prooi, hou op! Vertel gewoon wat je hier komt doen! Wat voor vies
spelletje speel je?'

Hij had een boterham van het bord gepakt en zich daarin begraven.
Alsof er niks belangrijkers was in het leven dan eten. 'Nou,' zei hij ten
slotte, terwijl hij met wijd open neusgaten de pindakaas van zijn vingers likte, 'jij hebt de Steen van het Tweede Seizoen. Je bent een Bliksem, net als ik. De derde Bliksem.'

Ik herinnerde me met een schokje V.'s e-mails: dat ik de Derde was.
'Wat is een Bliksem dan? Wat wil je van me?'

Hij vertrok zijn gezicht, alsof iets hem pijn deed. 'Ja... dat weet ik
nog niet zo goed. Het is allemaal toch te laat... en je Steen is wel sterk,
maar je Vonk gloeit heel zwak. Jouw Liefde is dus ook niet zo groot.
Niet dat het er nog iets toe doet...' Kijk, door dit soort dingen kom je
dus met je mond vol tanden te zitten. Alsof ik inderdaad niet goed ge-

noeg was, voor wat hij dan ook mocht bedoelen.

Op dat moment besloot ik dat ik zou stoppen met mijn pillen. Ik wilde de mist in mijn hoofd wegjagen. Ik moest erachter komen waar Prooi op uit was, en daar zou ik al mijn intuïtie, al m'n alarmantennes voor nodig hebben.

'Is je vriendje al weg?'

M'n vader stond op het punt het eten op te scheppen en Tobia kwam binnenzeilen om wat mee te snaaien voor ze naar haar nachtwerk ging. Niks verraden nu. 'Ja.'

Tobia glimlachte namaak-vertederd. 'Hij mag wel es naar de kapper, hè?'

'Waarom heb je hem niet gevraagd mee te eten?' vroeg mijn vader joviaal. 'Wil jij de kleintjes even roepen, Tobia?'

'Ze wil liever dat hij blijft *slapen* dan eten,' fleemde Tobia met haar glibberige glimlachje. 'Hè, Wikkie?'

'Er blijft niemand slapen zonder het eerst te vragen,' zei mijn vader, die met een rood hoofd tussen het fornuis en de tafel heen en weer liep. Twee van de pleegkinderen doken op voordat ze geroepen waren. Ze wierpen zich met veel kabaal op hun stoelen.

'Ben je wel aan de pil, Wik?' vroeg Tobia.

'Hou op, Toob,' zei mijn vader. 'Zeg, ik hoorde toch net Dario boven naar de wc gaan? Kan iemand hem even naar beneden timmeren?'

'Dario is er niet,' zei Tobia. Ze kneep haar ogen half tegen me dicht: 'Dat was *iemand anders*.' Net op dat moment stormde het derde kind binnen, stuiterend met een bemodderde voetbal. M'n vader floot hem naar zijn stoel en Tobia boog zich naar me toe en fluisterde: 'Dat losertje van jou is echt niet interessant genoeg, hoor. En een buitenlander is het ook al niet, zo te horen.'

'Dat is-ie wel,' zei ik en ik ging zitten, biddend dat Prooi het niet weer in zijn hoofd zou halen naar de wc te gaan.

Ik bracht hem een restje warme spaghetti, maar trof hem tot mijn schrik plat op zijn buik op bed aan, met zijn gezicht in zijn handen, terwijl hij huilde, huilde, allerellendigst huilde. Ik ging op mijn bureaustoel zitten, met het schaaltje spaghetti op schoot. Hij huilde niet boos, hij huilde niet aanstellerig, hij huilde alsof zijn hart gebroken was en hij alle hoop verloren had. Ik had nog nooit iemand op die manier zien huilen.

Het duurde lang voor hij tot bedaren kwam. Toen pas waagde ik het naast hem op bed te gaan zitten. Hij bleef doodstil liggen. We zaten daar een hele tijd. Totdat hij zijn hoofd ophief, zijn ogen uitwreef en snoof. 'Heb je eten?'

Ik keek hoe hij at: snel, met grote donkere ogen, terwijl zijn neusvleugels onophoudelijk bewogen. Toen hij overeind kwam om de kom op de grond te zetten flitste zijn blik over mijn gezicht heen, dan snel langs de boekenkast, het affiche met Johnny Depp. Zijn ogen groeiden, knepen samen. Het leek alsof hij zijn oren spitste, zijn neus op scherp zette. Hij rook en hoorde allerlei dingen waarvan ik niets wist.

Als een hond?

Nee. Als een verkenner. Een verkenner van een buitenaards leger.

Hij stond op, streek zijn warrige krullen achter zijn oren en wierp een blik naar buiten. Ineens klonk hij geërgerd. 'Dat snap ik nou niet. Dat uitgerekend hier... Weet je niet dat die bomen jullie haten?'

'Welke bomen?'

Hij wees naar buiten. 'Die hoge. De hele stad staat er vol mee! Met die diep gespleten schors en die groene ovale blaadjes, die zo scheef op hun steeltje zitten. Bij sommige zitten er kevers onder de schors. Weet je welke ik bedoel? Dat zijn hatelijke bomen!'

Ik volgde zijn blik. 'Iepen?'

'Die haten mensen. Voel je dat niet? Hoe komen ze hier? Hebben jullie ze *gedwongen* hier te staan? Maar waarom? Ze laten toch steeds hun takken op je kop vallen?'

Ik zuchtte. 'Waar kom je vandaan, Prooi? Wie heeft je gestuurd?'

'Niemand. Hoezo? Ik heb je zelf opgespoord. Vanwege de aantrekkingskracht van je Steen. Hij is echt sterk, ik voelde hem al van een kilometer afstand.'

'Maar waarom ben je híér gekomen, hier in Amsterdam?'

'Omdat die vrachtwagen hier ergens in de buurt parkeerde. Ik had honger, ik moest eruit. Eerst heb ik naar de bomen geluisterd... Ze zijn erg wakker. Toen ik eten zocht ving ik de trek van jouw Steen op.' Hij keek me streng aan. 'Je moet hem uit die kelder beneden halen en gaan *dragen*! Als je je Steen niet draagt, kan de energie van je Vonk makkelijk weglekken!'

Ik zal hem wel stom hebben aangekeken.

'Je Vonk is belangrijk! Weet je dat niet? Weet je wel wat een Vonk is?'

'Ik snap niet waar je het over hebt.'

'De Vonk is een spat Vuur uit de Diepte. De Diepte, een van de krachten die het leven voortjagen. De Ruimte, de Diepte en het Lot. Die samen de Liefde zijn! Begrijp je het niet? We hebben de Vonk, omdat we de Schokken moeten dienen! Hoe sterker je Vonk is, hoe beter je dat beseft.' Hij trok zijn wenkbrauwen hoog op, en zuchtte. 'Nou ja. Jij hebt zo lang bij mensen gewoond... Maar je hebt toch wel eens gemerkt dat er iets raars met je is?'

Onthutst boog ik me voorover om het lege schaaltje van de grond op te pakken. Tot mijn verbazing pakte hij me bij mijn bovenarm. 'Je snapt er niks van, hè? Kom eens.' Zijn arm gleed om mijn schouders. Hij trok me naast zich op bed. Ik ving een glimp op van zijn bloedwarme blik, zijn doodnerveuze knaagdierenneusvleugels, en zette mijn hand op zijn borst om hem af te weren. 'Prooi. Niet doen.'

'Niet bang zijn,' fluisterde hij. En hij drukte zijn lippen op de mijne.

M'n maag vloog in m'n keel. En toen was het anders dan ik dacht. Hij stak zijn tong niet in m'n mond. Hij ademde alleen even tussen mijn lippen door naar binnen. Toen voelde ik hem inhaleren, uitblazen, nog dieper inhaleren, zijn adem inhouden – en toen braakte hij een stoot loeiheet vuur mijn mond in. Het brandde zich op slag een weg door mijn keelgat mijn slokdarm door, mijn maag in, recht tot diep in mijn darmen. Alles binnen in me vloog witheet in brand. Vuur lekte weg uit mijn oren en neus. Tranen stroomden over mijn wangen, snot kledderde mijn keel in.

Heel tevreden keek hij toe hoe ik om lucht worstelde. 'Lekker hè? Dat is nou een Vonk. Snap je?'

Wat kon ik anders doen, dan hem nog een nacht laten blijven? Toen ik de volgende middag de deur van mijn kamer weer opengooide, vastbesloten om eindelijk een helder gesprek met hem te hebben, bleef ik stokstijf staan. Ik wilde schreeuwen. Maar Proois ogen lichtten op toen hij me zag. 'Hoi!' En intussen ging hij gewoon door met wat hij aan het doen was. Beetje met zijn vinger tegen dat walgingwekkende monster prikken, dat gigantisch groot midden op zijn borst zat. Zetje geven. De vogelspin maakte een afgrijselijk sprongetje achteruit. Toen klauwde hij zijn vuistdikke, gezwollen, harige lijf weer omhoog, in de richting van Proois keel. Die lachte. 'Bijten? Wou je happen dan?'

'Prooi!'

Ik kon geen voet verzetten. Waar had die monsterspin zich al die tijd schuilgehouden? O, shit! Ik had er al die tijd vlakbij geslapen!

'Prooi, sla hem weg! Kijk uit!'

Hij kwam verbaasd overeind, terwijl zijn vuist zich om het paars gestreepte harige lijf sloot. 'Wat is er? Dit is een Snorder, hoor. Zit geen gif meer in.'

Voor mijn ogen legde hij het monster op zijn rug op mijn bed, terwijl het allerviest met zijn acht dikke poten sloeg. Maar nu zag ik het ook: een snee in zijn buik. Prooi stak er zijn vinger in en de poten vielen stil. 'Kijk, hier zit Schokkersgruis, en een chippie of zo. Hij is geprogrammeerd om Schokkers te vinden. En dus jou ook, natuurlijk.' Hij keek me grinnikend aan. 'Dacht je dat-ie echt was?' Hij zette het beest weer op zijn pootjes. Het scharrelde meteen weg. 'Hij leeft wel, maar er zit geen gif meer in. Hij is alleen maar show.' Ik wist niet zeker of ik hem nu niet meer eng vond.

'En een hagedis,' stamelde ik. 'Een blauwe hagedis, met vleugeltjes. Is dat ook een Snorder?'

'Vast,' zei hij. 'Ze hebben je opgesnord. Net zoals ik je heb opgesnord.'

'Vertel me,' smeekte ik hem. 'Ik weet van die wedstrijd... Maar wat zijn Snorders precies?'

Hij was meer dan een verwarde fantast. Ik luisterde naar hem zoals ik nog nooit naar iemand had geluisterd. Alles wat hij zei woog ik, probeerde ik in harde feiten te vertalen, maar al luisterend raakte ik verstrikt in zijn verklaringen en verhalen, die nooit direct antwoord gaven op mijn vragen. Onsterfelijke demonen doken in zijn verhalen op. Met hun Snorders speurden ze naar hun mededemonen, vertelde hij, terwijl hij almaar tegen zijn maag tikte, demonen die in vulkanen sliepen. Agressieve robots bevolkten zijn verhalen, onaards prachtige meisjesengelen die konden schieten als de beste en van wie sommigen nota bene verliefd op hem waren geweest, en groenhuidige boomkinderen die niet konden spreken en maar eens in de drie weken ademhaalden, en een kok die van een halve bruine boon nog een feestmaal voor veertig wist te maken. En dan was er die glorieuze superjongen, die zelfs de robots met één hand wist neer te slaan, die het commando voerde en voor wie iedereen sidderde. En op wie alle beeldschone nimfen trouwens ook stapelverliefd waren geweest (er zat hier een foutje in z'n verhaal, maar goed). Skat! De jongen bezield door een stralende Vonk. Als Prooi zijn naam uitsprak stokte zijn stem. Skat, of de eerste Bliksem, Askat, Givenchy, vertrouwde hij me toe. Want helden hebben altijd meer namen.

'Deze jas... die was van hem.'

Heel lang geleden, nam ik aan. Toen hij nog niet beschimmeld was.

'En waar is die Skat dan nu?'

'Dood.'

Ik schrok.

'Ze zijn allemaal dood. Ik had ook dood moeten zijn.'

'Maar dat ben je niet.'

'Jammer genoeg niet.'

We praatten op een manier zoals ik nooit met iemand anders had gepraat. Beetje bij beetje begon ik het web te ontrafelen. Snorders, Stenen, Vonken... Hij kón het gewoon niet rechttoe, rechtaan vertellen. Maar ik begreep dat het die Schokkers erom ging een Schok te maken – een Schok die de evolutie zou sturen. Dat klopte met wat V. had gezegd. Als ik hem op de man af vroeg waarom hij dan niet meer bij die Schokker was met wie hij was opgetrokken, dan gaf hij domweg geen antwoord. Ik concludeerde dat hij iets verkeerd moest hebben gedaan. Hij voelde zich zo verschrikkelijk schuldig.

Geloofde ik hem? Ik wist het nog niet. Ken je dat, dat je willens en wetens blijft hangen, tussen geloven en niet geloven in? Er moest een logica in zijn verhalen zitten, maar welke? Ik had de demonen opgeroepen, ja, en misschien was Proois komst wel het antwoord op mijn vraag. Maar ik begreep het antwoord niet. Ik vroeg Prooi of hij V. kende; dat gaf hij toe, maar ze hoorde niet bij hén, en ze speelde duidelijk maar een kleine rol in zijn leven. Ik probeerde uit te rekenen wat er klopte en wat niet. Net als destijds bij V. leverde mijn systeem tegenstrijdige antwoorden op. En mijn schrikkerige intuïtie, die langzaam wakker werd nu ik mijn pillen niet meer slikte, wankelde tussen angstig halfgeloven, en hoopvol meefantaseren.

Want intussen sloeg ik als vanzelf ook aan het vertellen, zelfs die dingen die ik nooit eerder aan iemand had verteld. Ik dikte ze een beetje aan, zodat ze verzonnen leken. Dario's misdaden. Tobia's bloeddorstige mannenverslinderij. M'n moeders heilige alwetendheid, haar magnifieke grootsheid, hoe de koningin haar in de adelstand had verheven. En vooral: hoe ik mijn hele leven al verborgen wist te houden dat ik totaal niet was wat ze wilde dat ik was, wat ze dacht dat ik was. Ik was geen kleurrijk magisch, moedig, warm, tegendraads meisje. Ik was alleen maar een kille observator.

'Dat had ik ook. Hij had gehoopt,' zei Prooi, terwijl hij weer tegen zijn maag tikte, 'dat ik absolute Liefde was. Dat had ik moeten zijn. Ik heb de Steen van het Derde Seizoen, zie je. Overgave. Absolute Liefde.'

'Niemand is absolute liefde,' zei ik.

'Maar ik moest dat wel zijn. En ik ben mislukt. Verschrikkelijk mislukt.'

Hij klonk zo treurig dat ik zei dat ik hem begreep. Dat ik zelf ook zo vaak het gevoel had mislukt te zijn, omdat ik niet wist hoe ik in de gewone wereld moest leven. Dat ik van achter een glazen scherm naar de anderen keek. In het licht van mijn bedlampje zag ik hoe in zijn ogen een vonkje begon te gloeien. Ik begreep het niet, toen hij me met een schuin hoofd monsterde en nadenkend zei, heel kalm ineens: 'Misschien hoor je ook wel niet in de mensenwereld thuis. Misschien hoor je in een andere werkelijkheid.'

Hij tastte naar het glas cola naast zijn bed en nam een slok.

'Zou je dat niet eens willen proberen?'

Ik wist het niet. Maar op dat moment besloot hij wat hij met me zou doen.

Om drie uur de volgende dag stond hij zomaar voor de deur van ons huis. In z'n leren jas.

'Wat doe je hier? Hebben ze je betrapt?'

'Je vader ging boven stofzuigen.' Hij had zijn hoofd in zijn nek gelegd en snoof de lucht op. Tweeëntwintig graden, het was alweer een ongehoord warme lentedag. Alsof het niet een paar dagen geleden nog had gevroren. 'Ik ben weggeglipt.'

Ik kreunde. 'Ik kan je niet altijd binnensmokkelen! Je moet óf binnenblijven, óf weggaan!'

Zijn ogen schitterden. 'Laat me dan in die kelder slapen. Waar je fiets staat.'

'De box? Er zitten geen ramen in. En je krijgt de deur van binnenuit niet open.'

'Dat maakt niks uit. Ik slaap toch.'

Ik wist zo gauw niets beters te bedenken. Ik haalde alles wat nodig was van boven en klikte de deur naar de boxen open. Prooi liep gretig achter me aan, de slaapzak over zijn schouder, de plastic zak met eten en drinken aan zijn arm.

'Koud hier,' zei ik. 'Weet je het zeker?'

'Het is maar voor even,' zei hij vrolijk. 'En ik slaap toch.'

Toen ik de fietsen uit de box had gereden was er op de betonnen vloer net genoeg plaats voor het kampeermatras en de plasemmer. De rest van de box was volgepakt met onze oude troep. 'Weet je het echt zeker?'

Hij glimlachte stralend. 'Ja. Tot morgen!'

Prooi was nog steeds vreemd opgewekt toen ik de volgende dag na school de boxdeur opendeed. 'Hoi!' Meteen stapte hij naar buiten, de gang in en de stoep op. Hij bleef tevreden staan, zijn handen in zijn zakken, zijn gezicht opgeheven naar de zon, die vandaag nog warmer straalde dan gisteren.

'Laten we gaan lopen,' zei hij enthousiast.

'Ik kan nu onmogelijk...'

'Nee, laten we lekker gaan lopen. Ik ben al eeuwen niet buiten geweest.'

Hij ging er al vandoor. Waar liep-ie heen? In hoog tempo zuidwaarts. 'Hé!' Ik rende achter hem aan. 'Wat heb je?'

'Niks!' Ik had hem nog nooit zo vrolijk gezien. 'Het komt goed!'

Hij stapte met grote stappen voor me uit, terwijl zijn leren jas langs zijn enkels zwierde, de Ceintuurbaan op, dan langs de Amstel zuidwaarts. Zijn springerige zwarte krullen waaiden op in de aprilzon. Ik hoorde hem lachen, daar voor me. Af en toe keek hij over zijn schouder. 'Kom!'

En zo liepen we in hoog tempo langs de Amstel, linksaf de Berlagebrug over, aan de andere kant verder, almaar verder, over de brug bij de jachthaven, het industrieterrein op. Was hij ineens overvallen door een onbedwingbaar verlangen naar autowasstraten en tapijthandelaren? We sloegen rechtsaf, een drukke, zonovergoten industriestraat in, en toen aan het einde linksaf, waar het rustig was.

'Nou,' zei ik, een beetje bezweet, toen hij voor een leegstaand bedrijfsgebouw bleef staan, 'zullen we nu dan maar weer teruglopen? Waarom wou je nou met alle geweld hierheen?'

'Omdat we hier moeten zijn,' zei hij, terwijl hij een revolver met een korte loop uit zijn zak haalde. 'Ik bedoel, omdat jij hier moet zijn.' Hij richtte de loop recht op mijn buik en lachte me alleropgetogenst toe.

# The First Attack

'Ik weet ook niet precies hoe je hier gekomen bent,' zei hij. 'Maar je Steen is echt sterk, en het is absoluut een stuk van die van Dem Azèl! Het gekke is alleen dat die Steen van jou op mijn pen lijkt te reageren. Ik ben zo blij dat ik ze eindelijk allebei in m'n zak heb! Mijn ouwe pen en jouw Steen! Heb ik je al bedankt dat je mijn pen voor me hebt bewaard? Versace heeft hem je opgestuurd, hè? Heeft ze verteld dat-ie van mij is?'

'Ik weet van niks!' Hij had me al pratend via een raam het gebouw in geduwd, met de loop van zijn revolver in mijn rug.

'Ik heb veel te lang zitten niksen. De hele Elfde Schok hangt van mij af. En ook van jou. We moeten als de donder in actie komen. Die kant op.' Hij liet me steeds verder de verlaten loods in lopen. 'Ik wil je mobiel. Kom op.' Ik overhandigde hem het ding trillerig, terwijl hij me met zijn wapen in mijn zij porde. 'We gaan naar het middelpunt! Als ik het vind, en als ik de andere Vuurschokkers daarheen kan laten komen, dan hebben we nog een kleine kans!'

Hij dwong me naar een ijzeren luik toe, zo een waardoor je in een kruipruimte vol buizen komt. Daar liet hij me in springen. Een donkere ruimte waar ik niet eens rechtop in kon staan.

'Prooi! Laat me alsjeblieft gaan! Ik heb je leven gered!'

'Ja,' zei hij. 'En nu gaan we de Schok redden! Pas op je hoofd!' Hij liet het luik terugvallen. Toen hoorde ik zware schuifgeluiden. Iets werd op het luik gezet. Iets loodzwaars. En toen hoorde ik niets meer.

Het was niet echt een opluchting dat ik voetstappen hoorde toen de avond viel. Prooi hing voorover het luikgat in, nadat hij het luik had geopend, terwijl hij zijn revolver in mijn richting zwaaide. 'Kom eruit! We gaan!'

Ik hield me doodstil. Misschien zou hij denken dat ik ontsnapt was. Hij kon me onmogelijk in het donker zien zitten. Pang! Een keihard geluid, waarvan ik me wezenloos schrok. Vlak naast me sloeg een stalen projectiel in de muur. Kalk spatte van de muur af. Een scherpe splinter raakte me in mijn wang.

'Kom hier! Ik ruik je, hoor!'

Beverig kroop ik naar het luik toe. Ik durfde niet weg te rennen. Hij schoot echt. 'Kom.'

Soepel stapte hij achter me aan door het raampje naar buiten, de schemering in, terwijl hij de loop van zijn revolver in mijn lichaam bleef prikken. 'Die kant op.'

Buiten sloeg hij zijn arm om mijn schouders. Onder de beschutting van zijn jas duwde hij de loop in mijn zij. Zo liepen we innig verstrengeld over het donkere industrieterrein, gehuld in de stank van zijn smerige leren jas. Tot bij een oud Fiatje. Hij haalde autosleutels uit zijn zak en opende het portier. 'Erin.'

Op de passagiersstoel lagen een paar sokken, een leeg bierblikje en een oude krant. Ik veegde alle troep van de stoel op de grond voor ik ging zitten. Hij was al naast me geschoven. Deur dicht. Alsof het de gewoonste zaak van de wereld was stak hij de autosleutels in het contact. De motor sloeg hoestend aan. Hij hield met zijn ene hand het stuur vast en met de andere hield hij nog steeds de revolver op me gericht. Verder gebeurde er niet zoveel. Het gas loeide. We stonden doodstil.

Hij duwde wat knopjes in. Hij duwde aan de versnellingspook. Hij liet de ruitenwissers heen en weer zwiepen, toen de lichten aanflitsen. Groot licht. Ik beet op de binnenkant van mijn wang.

'Shit. Net deed-ie het nog.'

'Hij staat in zijn vrij, denk ik. Je moet schakelen.'

Moest ik hem nou per se bij zijn krankzinnige onderneming helpen?

'Ja, allicht. Hiermee.' Hij wrikte weer aan de versnellingspook. 'Koppeling.'

We maakten een wilde sprong voorwaarts. Toen sloeg de motor af. Hij vloekte. Een rare vloek, waarin hij de diepte aanriep. Hij bestudeerde het tekeningetje op de versnellingspook en draaide het contactsleuteltje weer om. Netjes trapte hij de koppeling in, terwijl hij de pook in een andere stand wrong. We botsten stoterig vooruit. Hij schakelde opnieuw, waarna de motor angstaanjagend begon te loeien. Na nog een keer schakelen reden we voorzichtig een klein eindje vooruit. 'Ik moet even aan deze auto gewend raken. Ik ben meer een motorrijder.'

'Snap je wel hoe we opvallen? Als ze ons nu zien worden we gearresteerd!'

'Hoezo?'

'Je ziet toch zo dat we geen achttien zijn!'

'Nou en?'

'Je mag niet autorijden als je nog geen achttien bent!'

Hij zweeg.

'Bovendien hebben ze gestolen auto's zo te pakken. Vanwege het kenteken.'

Wat een ongelofelijke amateur, dacht ik.

'Je kunt zo niet de snelweg op, Prooi.'

'Ik wil ook niet de snelweg op.' Hij draaide voorzichtig de Spaklerweg op. Het was er gelukkig niet druk. We reden gestaag verder, de Bijlmer door, tot de weg ons dwong rechtsaf te slaan. 'Waar gaat dit heen?' vroeg hij kribbig.

'Dit zijn van die rondweggetjes,' zei ik.

Hij volgde zijn eigen geschifte route, links, rechts, rechtuit, net zoals het hem uitkwam. We reden tussen de lichtjes van Driemond en Weesp door. Hij wist bij de stoplichten algauw handiger af te remmen en weer op te trekken dan ik verwachtte. Zijn revolver lag in zijn schoot.

Ik zou hem kunnen afpakken, in één flitsende beweging. Ik zou, als we bij het volgende stoplicht stopten, de auto uit kunnen springen. Maar ik weet niet wat het was, ik was bang. Hij zinderde zo fel, zijn ogen stonden raar. Ik twijfelde er niet aan of hij zou me neerschieten als ik ervandoor ging. Het werd donker om ons heen. In de verte zag ik lichten, maar om ons heen waren niets dan drassige weilanden en plassen. Oud-Hollands landschap. Veen en niks. Ik probeerde na te denken. 'Als ik straks niet thuiskom belt mijn vader de politie,' zei ik.

'Vast.'

'Je hebt niks aan me!'

'Jawel hoor. Je bent alleen een beetje in de war. Maar dat komt, jij hebt de Steen van het Tweede Seizoen... toen alles sloom en somber was. Dan is het niet zo gek dat je Vonk zwak is. Maar je Steen is op zich loeisterk.'

Ik probeerde na te denken. Meepraten. Hem het idee geven dat ik aan zijn kant sta. 'Prooi. Vertel me dan wat je met dat middelpunt bedoelt. Waarom moeten we daarheen?'

Toen, terwijl we door de nacht tuften, vertelde hij me het volledige verhaal. Over de conflicten tussen de zeven Schokkers, over zijn eigen Schokker wiens Vonk verzwakt was omdat zijn Steen in stukken was gespleten en zoekgeraakt (hij viste al rijdend mijn Steen uit zijn jaszak en liet hem me zien, alsof ik inmiddels al niet geraden had dat hij het over mijn griezeligste Steentje had gehad, mijn stinkende lievelingssteen). Over de toekomst van de bomen, en de Nieuwe Boom in het middelpunt van de aarde, die de muziek, en dus de aard, van de Schok zou dicteren. Over de drie Bliksems die Proois eigen Schokker, Dem Azèl (tik tegen zijn maag), had gemaakt, om sterker te kunnen staan tegenover de verraderlijke tegenpartij. Over zijn verbanning, die was uitgelopen op een glorieuze ontdekking – van de ware aard van Dem Azèl, die de Zanger-Schokker bleek te zijn – en een verschrikkelijke mislukking. Vanwege hem, Prooi. Omdat hij niet de moed had gehad zijn Vonk terug te geven. Zoals Skat had gedaan. Wat hun plicht was, omdat ze Dem Azèls maaksels waren. Zoals het zijn plicht nu was, als de laatste drager van de Vonk, om in zijn eentje de taak van Dem Azèl voort te zetten.

Het middelpunt van de aarde vinden. De evolutie redden.

We waren door donkere bossen heen gereden en nu reden we in de richting van Hilversum, dat stralend voor ons lag. Vlak voor de bebouwde kom nam Prooi een scherpe bocht naar rechts, het bos weer in. Niet lang daarna was er een parkeerplaats. Hij stuurde de wagen de verste hoek in, naast een vuilnisbak, en zette de motor uit. 'Nou,' zuchtte Prooi. 'Begrijp je het nu?'

Begreep ik het? Ik had hem best kunnen volgen, ja... Maar nu zat mijn kop vol botsende ijsschotsen. Af en toe sprong er als een zeerob een donker feit uit op. Donker Feit: dat ik de Derde was. De derde Bliksem.

Zoals ook V. had gezegd. V., die Versace heette.

Maar wat Prooi had gezegd, kon onmogelijk de waarheid zijn. Het was hooguit een bijgelovige vervorming van de werkelijkheid. Wat kon het *feitelijk* betekenen, dat ik de derde Bliksem was? Hoe het ook zat, wat ook de werkelijkheid achter Proois krankzinnige verhaal mocht zijn, dit leek me onweerlegbaar: dat er met ons allebei iets griezeligs was gebeurd. Bij onze geboorte, of misschien daarvoor al, was er iets buitengewoon engs in ons lichaam gestopt. Hard Feit. Want die Steen, die bestond. Die was er al geweest voor Versace en Prooi opdoken. Die Steen, die was bedoeld, zoals ik uit Proois verhalen opmaakte, om mijn zenuwen en m'n energie te sturen. Hoe dat ging begreep ik niet. Maar het was waar dat ik die Steen had. Net zoals Prooi.

Skat had de Steen van het Eerste Seizoen.

Prooi had de Steen van het Derde Seizoen.

Dem Azèl had de Steen van het Vierde Seizoen gehouden.

En ik had de ontbrekende Steen. De Steen van het Tweede Seizoen.

O, had ik niet altijd geweten dat er iets raars was met die Steen? Zoals mijn moeder eromheen draaide als ik vroeg waar hij vandaan kwam! En mijn litteken! Een blindedarmoperatie op m'n vierde, had ze me verteld, vlak nadat ik bij Kasterman was gekomen. Blindedarm? Bullshit! M'n Steen hadden ze eruitgehaald, dat was het! Had hij me pijn gedaan? Ik moet een angstaanjagend raadsel voor hen zijn geweest, met rare pijnen en vermogens, zoals m'n helderziendheid en m'n talent voor vuurspuwen, dat pas aan het licht kwam lang nadat die Steen uit me was gehaald. Ik begreep het nu. Uit angst hadden ze me gehersenspoeld: dat ik het brave meisje was, het saaie dromertje. Net zolang tot ik er zelf in was gaan geloven! Maar geen wonder dat ik saai was, verdorie! Ze hadden m'n Steen afgepakt, en daarmee hadden ze de kern uit mijn wezen gehaald! Die brave mensen van Kasterman, met hun medailles en al hun mooie verhalen, hadden me mijn hele leven voorgelogen!

'Maar ben ik nog wel een Bliksem, sinds ze m'n Steen hebben weggehaald? Ik kan niet echt veel bijzonders. Alleen wat kleine dingetjes...'

'Dat is omdat je Vonk is verzwakt. Trouwens, Schokkers en Bliksems kunnen in het begin nooit veel bijzonders. Dat komt langzaam aan. Skat kon nog niet eens vuurspuwen. Maar hij was al wel loeisterk.'

Hij was intussen onrustig in de dashboardvakjes aan het zoeken, in zijn zakken, op de achterbank van de auto. Hij vond een wegenkaart en een stratenboek, maar bleef doorzoeken. De revolver gleed van zijn schoot op de grond, tussen de pedalen. Hij tastte er onhandig naar. 'Jij hebt zeker niks te eten bij je, hè?' Er reed een auto over de weg achter ons. We luisterden tot het geluid in de verte wegstierf. Prooi, die de revolver inmiddels had opgevist, wreef hem peinzend schoon. 'We moeten eerst ergens eten zien te vinden. Ik heb honger.'

'Maar ik snap niet wat ík zou kunnen doen. Je wil naar dat middelpunt – waar ligt dat trouwens?'

'Wageningen,' zei hij, een beetje ademloos.

'*Wageningen?*'

'Is dat zo gek?' Hij klonk gekwetst.

'Nee... maar Wageningen is wel de allerlaatste plek waar je zou denken dat het middelpunt van de wereld is. Weet je het zeker? Wat is daar dan?'

Hij begon geërgerd opnieuw over de vulkaan die daar zou zijn, overdekt door een geheime tuin, met die Nieuwe Boom, die vuurvogel, en die enorme goudschatten; dat ze daar de Schokkerstijd in zouden gaan, met alle Vuurschokkers samen. Zeven Schokkers, één voor elk continent, zouden daarna de Schok regelen. Hoe dat precies ging, zouden we wel zien.

Ik probeerde het me voor te stellen...'*Zeven* Schokkers? Zijn er dan *zeven* Vuurschokkers? Wie zijn dat dan?'

Toen was het zijn beurt om met zijn mond vol tanden te staan.

'Prooi, we zijn maar met zijn tweeën! Anderhalf eigenlijk. Je weet niet eens hoe je die andere twee Vuurschokkers moet vinden!'

Hij staarde naar zijn revolver. Plotseling keek hij me recht in mijn gezicht. 'Jij neemt contact op met Versace. Jij weet haar te vinden. Zij kan alles via Mist te weten komen.'

'Haar oude mailadres werkt niet meer. Ik heb geen flauw idee hoe ik haar moet bereiken.'

Hij begon een haarlok om zijn vinger te draaien. 'Ik weet ook wel dat ik alles nog niet rond heb. Maar dat had Dem Azèl ook niet. Natuurlijk moet ik nog meer Vuurschokkers zien te wekken, net als hij. Daarom zeg ik dat we geen tijd te verliezen hebben. Ik wéét dat het ingewikkeld is! Maar ik heb geen keus, ik ben de allerlaatste die nog over is!'

'Vuurschokkers wekken?'

'Dat heb ik wel vaker gedaan. Ze springen het aardvuur weer in, en dan...' Hij zweeg.

'Lijkt me meer iets voor geologen,' begon ik, maar hij viel me doodernstig in de rede. 'Zoals Dem Azèl. Ik bedenk het nu pas. Het maakt helemaal niet uit dat hij het vuur in is gesprongen. *Ik kan hem ook wekken.*' Tot mijn schrik lekte er een blauw vlammetje uit zijn neus. 'Dat had ik meteen moeten bedenken!' Hij keerde zich naar me toe; zijn ogen glansden in het donker: 'We moeten terug! Ik had nooit weg moeten gaan! Als hij het vuur in gesprongen is, moet het mogelijk zijn hem te wekken! Met jouw Steen kan ik hem wekken, want dat is een stuk van zijn eigen Steen!'

'Maar hoe kun je iemand terughalen die in het aardvuur is gesprongen?'

'Ik weet hoe dat moet.' Hij begon zijn revolver weer op te poetsen. 'De ellende was dat hij op het eind zichzelf niet meer was – hij deed verschrikkelijk, maar dat was omdat zijn Vonk zo goed als dood was. Het stomme was dat het me gewoon niet *lukte* om hem mijn Vonk te geven.'

'Waarom niet?'

Hij haalde zijn schouders op. 'Weet je, ik heb een eed gezworen. Ik ga m'n eed absoluut trouw blijven. Ik weet niet wat me bezielde, dat ik hem mijn Vonk niet durfde te geven.'

'Maar wat gebeurt er dan, als je je Vonk geeft?'

Hij volgde zijn eigen gedachtegang. 'Het aardvuur zuivert en versterkt Schokkers, wist je dat? Als ik Dem Azèl wek, dan is hij weer zoals vroeger. En als hij nog steeds niet sterk genoeg is, dan zal ik er absoluut voor zorgen dat hij deze keer mijn Vonk wél krijgt. Hij móét weer zichzelf worden. Als het nodig is, dan moet hij jouw Vonk ook hebben.'

'Maar hoe dan? Die Vonk zit ín me, Prooi!'

'Ja. Als het moet, dan zullen we hem ons leven geven.'

Ik slikte m'n pillen niet meer en de waarheid raakte me recht in mijn blote hart. Ik had al die tijd op de grens van de gewone wereld geleefd, terwijl ik de wereld van de vuurdemonen op een afstand hield... Maar nu, terwijl ik naar Prooi luisterde, gleed ik onherroepelijk terug naar de oude Demonenwereld. Mijn huid prikte, mijn maag brandde. Logisch denken, hield ik mezelf angstig voor, logisch denken... Die man aan wie Prooi zich, als het moest, wilde opofferen, en die natuurlijk helemaal geen echte vuurdemon was, was wél dezelfde vent die met mijn ongeboren lichaam had geknoeid. Op wat voor manier dan ook, om wat voor reden dan ook. Hij was de schoft die iets in kinderen plantte, die ze weggooide en vermoordde. Hij had aan míj gesleuteld, hij had míj weggegooid, en nu wilde Prooi dat ik me door hem zou laten vermoorden?

'Ik wil nadenken,' zei ik. 'Ik moet... je moet me even de tijd geven.'

'Goed. Het kost wel een paar dagen om naar die mijn te rijden.'

'Nee! Ik bedoel, kunnen we niet naar huis teruggaan? Dan kunnen we... Ik wil eerst denken. Ik wéét gewoon niet wat ik moet doen.'

'Jíj hoeft het ook niet te weten. Je Vonk zal het weten zodra hij het vuur van Dem Azèl ruikt.' Hij was me al die tijd blijven aankijken, en nu legde hij zijn hand op mijn schouder, terwijl zijn stem warm en vriendelijk werd. 'Ik snap best dat je het niet meteen begrijpt. Maar je moet *anders* denken... niet zo haastig. Langzamer. Als een boom. Nog langzamer. Je moet zo langzaam als de evolutie denken, snap je?'

Hij klonk jaren ouder dan ik, eeuwen ouder... 'En dan zie je dat het er niet toe doet of er een enkel beest doodgaat. Of jij of ik. Dood hoort erbij. Als je langzaam kijkt, dan zie je hoe alles door al dat leven en doodgaan steeds mooier en warmer wordt. Dat is de evolutie. Zie je? Je moet als een Schokker leren denken.'

Blauw gas wasemde rond zijn neus. Hij was uit een andere wereld gekomen, de wereld van oeroude geheimen, en wat hij zei, op die doodgewone, warme toon van hem, kwam regelrecht uit die wereld van mythes en wijsheid.

'Maar als ik dood ben, valt er niet veel meer te denken,' zei ik evengoed.

'Nou ja,' zuchtte hij, en hij wendde zijn blik af. 'Het gaat ook niet om *denken*. Het gaat om voelen. Intuïtie.'

'Als een boom?'

'Of als vuur. Want we zijn alleen maar belichamingen van het aardvuur, jij en ik. Snap je dat? Snap je hoe mooi dat is? Dat wij niets anders zijn dan de Liefde die het aardvuur is?'

'Intuïtie,' mompelde ik. 'Niet denken. Intuïtie.'

'Schokkersintuïtie,' zei Prooi. 'Als je die hebt, zie je alles glashelder.' Ineens werd hij doodnuchter. 'Hé, kun je even in die vuilnisbak kijken of er eten in zit? Ik geloof dat ik wat lekkers ruik. Kijk uit, ik hou je onder schot.' Hij prikte me met zijn revolver.

'Doe die revolver weg, Prooi! Ik ben toch ook een Bliksem? Vertrouw me!'

Hij schokte met zijn schouders. 'Oké. Kijk even in die vuilnisbak, dan kunnen we gaan.' Mooi dat hij me onder schot bleef houden, terwijl ik het autootje uit schoof en naar de bak liep. Ik tilde het deksel op en rommelde even vol afkeer. Papieren, een half opgegeten hamburger, ondefinieerbare klonters en proppen, blikjes, een appelklokhuis. 'Niks. Als we teruggaan kunnen we eten van thuis meenemen.'

'Ik heb geld zat om wat te kopen. Ik heb gewoon nóú honger, en ik dacht dat ik wat eetbaars rook. Kom weer in de auto.'

'Wacht. Laat me tenminste eerst plassen!'

Hij zuchtte geërgerd. 'Moet dat echt?'

Met tegenzin kroop hij achter het stuur vandaan. Het wijze, mythische wezen was weer uit hem verdwenen; zijn revolver was feilloos op mijn borst gericht. 'Plas.'

'Hier?' Ik moest helemaal niet zo nodig plassen, maar ik wilde ook niet verder reizen, in de richting van die absurde zelfmoordactie. Ik wist niet meer wat ik wilde. Langzaam liep ik achteruit, langs de vuilnisbak het ondergroeisel van het bos in. 'Stop! Dichterbij. Je hoeft je voor mij niet te schamen.'

En hij had m'n mobiel afgepakt. Wat moest ik doen? Ik peuterde aan de knoop van mijn broek. Op de weg achter ons reed een auto voorbij. Prooís ogen vlogen er één fractie van een seconde heen. En in die ene halve tel dook ik de donkerte in.

Het was een levensgevaarlijke gok. Ik hoorde een knal die me de stuipen op het lijf joeg. Zonder na te denken gierde ik vooruit, dwars door de donkere struikenmassa, blind het duister in, tot ik het licht van de weg weer in het oog kreeg. Maar wat hielp me dat? Hij zat achter me aan, hij zat vlak achter me aan, ik hoorde zijn woedende voetstappen. Er was geen enkele kans dat ik zou kunnen ontsnappen. Elk moment verwachtte ik de harde slag van een kogel in mijn rug.

En toen hoorde ik stemmen op de weg. Vrolijke stemmen, uit een vrolijker leven. Luid zingen, hoge uithalen. Ik rende er recht op af. Ze waren minstens met z'n tienen. Schreeuwerige jongens en meiden van zestien, zeventien jaar, op de fiets. Recht uit een feest, of erheen, het was vrijdagavond. Als een gek met mijn armen zwaaiend rende ik naar ze toe. Joelend kwamen ze op me af. 'Hé, d'r staat er één te liften!' 'Wiewiewieuw!' 'Luuk! Da's er net één voor jou!' 'Heee! Spring maar achterop!'

Ze raakten helemaal over hun toeren toen ik inderdaad een van die gasten bij zijn jack vastgreep en achterop sprong. 'Waaah! Samir! Klootzak, Samir!'

'Vlug,' zei ik hijgend, 'alsjeblieft. Vlug!' Ik stamelde erachteraan: 'Hij zit vlak achter me... alsjeblieft!' Maar Prooi was me niet de weg op gevolgd.

De jongen bij wie ik achterop zat zei niets, maar hij begon inderdaad harder te trappen. 'Hé! Zit er echt iemand achter je aan?' vroeg de jongen die naast hem fietste.

'Ja,' hijgde ik.

'Zullen we hem opwachten?' vroeg de jongen naast me verlekkerd.

'Nee,' zei de jongen bij wie ik achterop zat. 'Waar moet je heen?'

'Je mag wel bij mij logeren,' brulde een knul van achteren.

'Station... welk station is het dichtstbij?'

'Hilversum. Daar komen we zowat langs.' Ik had maar een paar euro op zak, maar dat leek me op dit moment het minste probleem. Ik klampte me vast aan het jack van mijn redder en zegende de meute die geitend en brullend om me heen fietste. Prooi moest al kilometers ver achter me zijn.

# 7 De Gamer

Het idiootste was dat het nog geen elf uur was toen ik thuiskwam. Mijn vader was kwaad omdat ik niets had laten horen, maar ik zag dat hij geen moment echt ongerust was geweest. Hij had aangenomen dat ik bij Desi was geweest, zoals vroeger zo vaak. Het leven thuis was door geen rimpeltje verstoord geweest. Alles was doodnormaal. Alleen ik, ik was een ander geworden.

De volgende dag kwam mijn moeder lachend terug en nam ze de touwtjes weer in handen. Ik bekeek haar met andere ogen. Ik wist nu hoe ver ze ging om het leven naar haar hand te zetten. Inclusief het leven van anderen. Alles wat haar niet beviel sneed ze weg. Ze had mijn bloedeigen Steen uit me weggesneden. Net zolang had ze gesneden en gemanipuleerd, ons met therapeuten en pillen verdoofd, tot alles één grote glinsterende leugen was geworden, een nepwereldje, waarin zij in haar zelfverzonnen sterrenrol als kinderredster kon schitteren. Wij, de kinderen van Kasterman, waren niets meer dan haar verzinsels, haar uitvindingen. Het was een angstaanjagende gedachte.

Mijn hele leven was een luchtspiegelende doolhof geworden. Mijn moeder had gelogen, maar ik kon Proois verhalen ook niet duiden. Een Vuurschokker die de wereld wilde verwoesten, moehoewhahahahaa... Vonken van het magma die in ons geplaatst waren... magma dat mens werd en eigen monsters maakte. Als ik Prooi niet had ontmoet, had ik het allemaal meteen weggelachen.

Maar ik had hem wél ontmoet. Ik had zijn angst geroken en ik had hem zien huilen, ik had zijn bovenmenselijke gevoeligheid voor geuren en geluiden opgemerkt. Zijn Vonk was pijnlijk echt, de Snorders en de Stenen waren echt. Van V. – Versace – wist ik dat er echt een oorlog gaande was tussen machtige partijen. Maar welke partijen precies? Wat was er *werkelijk* gaande?

Het afschuwelijke was dat ik er niet met Desi over kon praten. Ik probeerde het wel, ik vroeg haar of zij geloofde dat er wezens waren met bovennatuurlijke vermogens, *echte* demonen, en of je meteen zou *weten* dat zij the real thing waren; maar ze begon meteen zo te lachen, en over allerlei frauderende helderzienden te praten, dat ik de rest van mijn verhaal inslikte. Toen vroeg ik mijn vader of hij ooit had gehoord van een Spaanse godsdienst waarin vuurdemonen de loop van de evolutie probeerden te bepalen. Van iets specifieks Spaans wist hij niets, maar hij begon wel enthousiast te vertellen over allerhande esoterische bewegingen van het begin van de vorige eeuw, die allemaal grootse ideeën hadden over de ontwikkeling van de kosmos. En ik had nog wel gedacht dat ik iets van die dingen af wist, met m'n eigen onderzoekjes naar vuurdemonen! Hij vertelde over antroposofie en theosofie, hij dwaalde af naar de vrijmetselarij, die nog ouder was, en toen naar het satanisme, dat juist jonger is, en waarover hij vriendelijker praatte dan ik verwachtte. Hij legde wat uit over new age, en kwam toen weer terug op de theosofie. Theosofen geloven dat alles wat leeft zich ontwikkelt naar een hoger bewustzijn, vertelde hij. Op het allerhoogste niveau straalt de wereldziel, het pure bewustzijn, puur licht, waarvan alle lagere levensvormen een vonk in zich dragen – en toen spitste ik mijn oren. Want dat van die Vonk, dat wist ik. Dat was een feit. Een witheet feit.

En toen las ik bij Wikipedia onder het kopje theosofie dat er...

*...nog veel hogere intelligenties bestaan die geen lichaam nodig hebben om bewust te leven. Die wezens die een veel grotere visie hebben en een veel groter ontwikkeld vermogen van mededogen, zullen in cycli van enkele duizenden jaren telkens weer incarneren in menselijke vorm en avatars (nedergedaalden) worden genoemd. Zij zijn het die de ontwikkeling van de mensheid begeleiden...*

Klik – een schakelaar in m'n hoofd ging om. Avatars... daar wist ik het een en ander van. Zou Prooi met die Schokkers een soort avatars bedoelen? Waren dat soms verlichte geesten die steeds weer reïncarneerden, om vanuit hun hogere kennis de evolutie bij te sturen? Geesten die ooit, in een vorig bestaan, de namen van vuurdemonen en vuurgoden hadden gekregen: Re, Shango, Shiva, Viracocha?

Ik staarde naar de zinnen op het scherm. Dat groter ontwikkeld vermogen van mededogen, daar had ik anders nog niet zoveel van gemerkt. Kinderen manipuleren, weggooien, vermoorden! Of begreep ik niet wat de Schokkers bezielde, omdat mijn bewustzijn – mijn Vonk – zoveel zwakker was dan dat van hen? Was ik zoals al die domme mensen, die bang zijn voor vuur en daarom denken dat Vuurdemonen duivels zijn? Maar het is absoluut waar dat het magma in de diepten van de aarde, waar mensen denken dat de hel is, de evolutie aanjaagt. Het is een scheppende kracht, juist omdat het verwoestend is. Als je het zo bekeek zat er wel wat in, hè?

Prooi had gezegd dat bomen wijzere wezens waren dan mensen. Was het vanwege mijn menselijk egocentrisme dat ik die gedachte belachelijk vond? Toch was het zo, dat mensen bange, agressieve natuurverwoesters zijn. Waarom hechtte ik dan zoveel waarde aan mijn soort?

Ik zat te piekeren, en de ene geloofwaardige verklaring na de andere dook in me op. Misschien waren die Schokkers in deze tijd, in deze incarnatie (als het klopte, dat ze incarnaties waren), leden van een internationaal esoterisch genootschap, dat met genetische manipulatie in de evolutie in probeerde te grijpen, om de spirituele ontwikkeling te versnellen, juist door de bomen te stimuleren. Misschien was ik inderdaad een van hun experimenten... misschien waren het ook wel wetenschappers, die vanuit hun geloof het klimaat probeerden te beïnvloeden, door aardbevingen en vulkaanuitbarstingen te forceren. Op de pen die V. me had toegestuurd en die van Prooi bleek te zijn, had Wageningen Universiteit gestaan.

Was ik echt een experiment? Of was ik meer dan dat? Was ik zelf misschien ook een incarnatie – van iets waarvan ik de grootsheid nog niet vermoeden kon?

Eén ding was zeker. Ik was hier echt bij betrokken.

Ik staarde naar het scherm. Ja, ik was er echt bij betrokken. Maar niet op een manier om blij van te worden. Volgens Prooi zou mijn voornaamste taak bestaan uit een eervolle zelfmoordopdracht. Omdat ik niets meer was dan de waardeloze verpakking van het nuttig instrument van iemand anders – de Vonk van Dem Azèl. Was dat, zoals hij zijn Bliksems zag? Waren onze lichamen voor hem niets anders dan verpakkingsmateriaal, dat je kon opensnijden en wegsmijten?

Voor het eerst dacht ik in mijn maag, in mijn buik, een hitte te voelen, die een eigen leven had. Iets roerde zich daar, iets wat wezensvreemd aan me was, wat niet van mij was, en wat ik niet kon controleren. Als een roodgloeiende parasiet.

Ik legde mijn kaarten om de risico's te berekenen en steeds kreeg ik hetzelfde resultaat: – 20. Er was één ding dat ik heel zeker wist: ik begon zo zoetjesaan echt ongerust te worden.

Ik hing uit mijn raam en keek de warme voorjaarsnacht in. Terwijl ik mijn best deed mezelf zo ontvankelijk mogelijk te maken begon de wereld zich rondom me te ontvouwen. Schuin voor me, ver in het zuidoosten, ving ik dreigende trillingen op. Dem Azèl. Ik nam hem waar als een machtige schaduw aan de uiterste horizon. Zelfs als hij in het vuur is gesprongen, dacht ik, is hij daar nog steeds aanwezig – zijn bewustzijn is niet opgelost. Hij zoekt me, dacht ik; natuurlijk; misschien versterkt Proois Vonk de mijne, en wéét Dem Azèl dat ik er ben, de laatste van zijn Bliksems. Wie hij ook is, wat hij ook is, hij probeert Prooi naar zich toe te trekken. Hij zal ook mij in zijn ban proberen te krijgen. Al ben ik mijn deel van zijn Steen kwijt, ik draag nog wel de Vonk die hij ooit in mij geplant heeft... Ik voel zijn zuigingskracht. Net als Prooi was ik in het web van de Schok getrokken.

# The Ghost Warrior

Het was die zaterdagmiddag zulk zonnig warm weer dat ik me bijna opgewekt voelde. Ik ging eerst langs Desi, die over niets anders kon praten dan haar nieuwe Joeri, en toen in m'n eentje de Pijp in, op weg naar de Albert Cuyp, een zonnebril kopen en misschien nog een kettinkje of zo. Het was druk. Mensen zaten op terrassen te kletsen. April is echt een mooie tijd. De struiken zijn groen, de bomen komen razendsnel in het blad en al het groen is zo ongelofelijk levend fris, dat het is alsof het net is uitgevonden. Het Sarphatipark leek in niets op de sombere zwarte modderpoel die het in de winter was. Overal in de stoeptuintjes stonden tulpen hard te vloeken, tussen zuurstokroze bloesemtakken en knettergele kerria in, het was één uitzinnig getierelier. Zelfs m'n eigen monsterplantjes waren aan het groeien geslagen. Ik dacht aan wat Prooi had verteld over de Schokken en de groei van het leven, maar toen botste ik tegen twee vriendinnen van school op. Ik vond niet de zonnebril die ik zocht, ik kocht een oranje-rood-geel waterijsje en ging twee keer terug naar een echt heel schitterende tas, en toen zigzagde ik de Pijp verder in.

Je hebt heel drukke straten en heel rustige straatjes in de Pijp. Ik ken ze allemaal als m'n broekzak. Ik liep een van die korte tussendoorstraatjes in, zo'n straatje waar een kartonnen doos vol lege flessen in een perkje was neergesmeten – en daar stond hij. M'n hart sprong in m'n keel. Hij stond heel stil naar me te kijken. Zijn leren jas hing open. Daaronder zag ik mijn eigen roze-groene T-shirt. Zijn lange krullen zaten erger in de war dan de vorige keer, maar verder zag hij er nog precies zo uit als toen ik een week geleden van hem was weggevlucht. Alleen treuriger.

Mijn eerste impuls was: wegrennen. Maar zijn droevige ogen weerhielden me ervan. Ik stond stil en hij stond stil. Hij had zijn ene hand in zijn jaszak gestoken. Daar had-ie zeker die fameuze revolver in. Het enige wat-ie had.

'Ik moest je vertrouwen, hè?' zei hij verwijtend. 'Mooie trouw.'

'Wat moest ik anders zeggen? Je hield me almaar onder schot.'

'Je Vonk is toch te zwak. Skat had gelijk, we hebben niks aan je. Je Steen heb ik nu, dat moet maar genoeg zijn. Als Versace komt, wil je haar dan vertellen dat ik alleen ben teruggegaan?'

'Naar die man? Die je gaat vermoorden?'

'Dat heb ik toch uitgelegd.'

We stonden behoorlijk ellendig tegenover elkaar. 'Ik geloof je wel,' begon ik onhandig. 'Over de Schokkers en zo. Maar je moet je niet laten vermoorden, Prooi. Als de Schokkers echt zo sterk zijn als je zegt dat ze zijn, is dat nergens voor nodig!'

'Je begrijpt het niet. Maar dat is niet zo raar, na al die tijd dat je hier hebt gewoond. Ik vond het in elk geval leuk dat ik je heb gevonden. De derde Bliksem.'

Z'n ogen gloeiden, maar hij keek naar de doos lege flessen tussen de tulpen.

'Hoe wil je er dan heen gaan?'

'Ik zie wel.'

'Met een gejatte auto? Dan hebben ze je zo te pakken, hoor. En ze doorzoeken alle internationale treinen. Paspoortcontrole. Jongens zoals jij pikken ze er meteen uit.' We waren te vaak met Dario en Toon op vakantie gegaan om dat niet te weten. Ook op Schiphol werden zij er geheid altijd uitgehaald. Iedere keer weer. 'Komt u even mee?'

'Prooi, luister nou eens! Je bent hem niks schuldig! Hij heeft je zelf weggejaagd!'

'Ik moet naar hem toe,' herhaalde hij. 'Waarom snap je het niet? Het is een kwestie van verantwoordelijkheid! Ik heb een opdracht! En al heb ik het de eerste keer verprutst, ik moet gewoon doen wat ik beloofd heb, of dat nou betekent dat ik zelf de leiding moet nemen, of dat het mijn einde is!'

Ik pakte zijn arm beet. 'Luister nou, ik geloof dat ik begin te begrijpen wat er aan de hand is, en ik wil je echt helpen! Maar ik laat je niet vermoorden!'

'Laat me los!'

'Nee! Niet voor je me belooft dat je met me meekomt!'

Hij was een beetje een voorspelbaar ventje. Met een nijdige frons trok hij die revolver uit zijn zak en richtte hij hem op m'n buik. 'Laat me los!'

En toen we daar als idioten tegenover elkaar stonden, met die idiote revolver tussen ons in, gebeurde er iets volkomen onverwachts. Ik kwaakte van schrik. Uit welk portiek dook deze gek ineens op? Had ons geruzie hem gestoord in zijn heroïnedromen? Ik zag hem uit het niets achter Prooi opdoemen. Wham, zomaar ineens. Ik staarde verbijsterd naar zijn gescheurde vaalrode T-shirt, zo te zien recht van tussen lege kattenblikjes opgevist. Ik zag het rafelige touw waarmee hij zijn afzakkende broek had vastgesnoerd, zag zijn gebarsten teennagels in twee verschillende slippers. Een Albanese junk met een uitgemergelde grauwe rattenkop, een mottige snor en een vettig baardje, grijzig bruine haarslierten in zijn ogen. Ik staarde wezenloos naar de pezige arm die hij pijlsnel om Proois nek had geslagen, en waarmee hij hem dicht tegen zich aan hield.

Het idiootste van alles: dat grote pistool dat hij trillend tegen Proois slaap aan drukte.

Wou hij Proois geld? Wat dacht-ie wel niet? We hadden te veel aan ons hoofd om ook nog door een stinkende verslaafde te worden geript. Hij moest weg, dacht ik, weg! Hij had helemaal niks met ons te maken, wat dacht-ie wel niet? Dat dacht ik, flink in de war, omdat ik nog gloeide van mijn wanhopige pogingen om Prooi te overtuigen. Dat dacht ik, totdat ik hoorde wat Prooi zei.

Ik staarde naar die agressieve gek met zijn bevende handen, met z'n koortsige ogen. Ik hoorde wel wat Prooi zei, hijgend, naar adem happend, zijn eigen revolver nog steeds in zijn hand, maar ik begreep het niet. Prooi zag eruit alsof hij weliswaar overdonderd was, bang, zich rot geschrokken, maar alsof hij precies begreep wat er aan de hand was.

Dit is wat hij zei.

Hij zei: 'Skat.'

Kortsluiting in je hoofd komt soms prima van pas. M'n gedachten stopten. Ik zag alleen dat ik niet ver van die lege flessen stond. Ik schoof er doodlangzaam heen. Eén lange, slanke fles stak handig zijn hals naar me uit. Mijn vuist sloot zich eromheen. Vaag drong tot me door dat de rat dingen in Proois oren fluisterde. Onverstaanbare, smerige dingen. Proois revolver wees machteloos naar de grond. Ik kwam van opzij. Ik hief de fles. Niemand lette op me. Toen liet ik het ding neerkomen. Zo hard als ik kon. Boven op die rattenkop.

Het effect was geweldig. De dreun was spectaculair. Het verbaasde me dat de fles niet uit elkaar spatte. En de rat, die maakte een akelig keelgeluid en zakte door zijn knieën. Ik smeet de fles weg. Mijn andere hand haakte zich om Proois arm. In één beweging trok ik hem met me mee, van die griezel vandaan.

Hij liet zich willoos meeslepen. Maar toen we honderd meter verderop waren verzette hij zich. Hij draaide zich om, helemaal van slag. 'Skat,' kreunde hij, 'Skat!' Met al m'n vastberadenheid wist ik hem met me mee te sleuren. 'Doorlopen, Prooi! Ik weet niet wie dat was, maar dat was een levensgevaarlijke gek!'

'Je hebt hem doodgeslagen! Je hebt Skat doodgeslagen!'

Hij wilde zich opnieuw losrukken, maar ik hield hem tegen.

'Hij knalt je neer als je teruggaat! Prooi, verdomme, ga mee!'

Ik bracht hem ons huis binnen. Was het mijn Kasterman-instinct, dat ik hem wilde redden, veilig ver weg van die moordgek? Dit keer kon ik hem niet stiekem binnensmokkelen, omdat hij half huilde, en half woest tegen me schreeuwde: 'Je hebt Skat vermoord!' Ik bracht hem naar mijn kamer, terwijl mijn moeder en de pleegkinderen ons onder aan de trap nakeken.

Wat je ook van haar kunt zeggen, mijn moeder heeft respect voor drama. Ze liet ons alleen. Op mijn kamer liet Prooi zich slap op mijn bed vallen. 'Hij is niet dood,' prevelde hij, en dan vloog hij weer op: 'Je hebt Skat doodgeslagen!' Waarop ik hem weer sussend moest toespreken, dat het helemaal niet zeker was dat het echt Skat was en dan riep hij: 'Ik rook toch dat-ie het was!' en dan zei ik dat dat net zo goed door zijn jas kon komen, omdat die immers nog naar Skat rook; maar dat we later terug konden gaan, dan kon hij het spoor zelf ruiken en dan zou misschien wel blijken dat het Skat niet was. En dan kalmeerde hij. 'Het kan hem helemaal niet geweest zijn. Skat is dood. Ik heb toch zelf gezien dat de Schokker...'

Met neerhangende schouders liet hij zich weer op het bed vallen: 'Hij zag er ook niet echt uit als Skat.'

Eindelijk trok zijn opwinding weg. Hij wou wel wat drinken, zei hij. Ik zakte de trap af, recht in de armen van mijn moeder.

'Wie is dat, Kim?'

Ik kon mijn moeder even afschepen met de gestotterde mededeling dat het een jongen uit mijn klas was die in een vechtpartij verwikkeld was geraakt, maar ik moest als de donder wat beters verzinnen.

Ik was doodzenuwachtig vanwege die junk en die krankzinnige actie van mezelf – ik zou 'm toch niet echt doodgeslagen hebben? Nu ontdekte ik pas hoe het was om vermangeld te worden tussen twee werelden. Die spookjunk, Proois plotselinge terugkeer, z'n gekte, m'n besef dat ik iets in mijn bezit had wat nietsontziende machten nodig hadden voor hun plannen, dat alles maakte dat ik de wereld van de Vuurdemonen akelig reëel voelde oprukken, alsof ze hun klauwen al naar ons uitstrekten.

Maar aan de andere kant drong de wereld van mijn moeder op, die me niet met rust zou laten voor ik me naar haar ijzeren regels had geschikt.

Eén ding had ik besloten: ik zou Prooi niet naar die mijn laten gaan. Of hij daar nu echt een Vuurschokker zou oproepen, of de mijn als een vulkaan zou laten ontploffen, of doodgewoon weer oog in oog zou staan met de man die hem had willen vermoorden, het leek me in elk geval een zelfmoordactie. Een uur lang praatten we met elkaar, waarbij ik hem eerst aan z'n verstand probeerde te brengen dat het, als hij zo zeker wist dat Skat dood was, Skat niet kón zijn geweest. Toen drong het tot me door dat mijn enige kans erin lag dat ik hem gelijk gaf. Want als het Skat wel was geweest... dan kon hij niet weg voor hij hem had teruggevonden. En dat gaf ons uitstel van executie.

M'n opzetje slaagde. Prooi kalmeerde. Mompelde dat-ie er gek van werd. Zuchtte dat-ie heel, heel zeker wilde zijn voordat hij wat dan ook wilde ondernemen. En al mompelend en zuchtend stemde hij erin toe voorlopig te blijven. In Amsterdam. Of, als het kon: bij mij.

Ik kon mijn moeder niet vragen Prooi bij ons te laten logeren. Hij was een ontzettende illegaal en m'n moeder zou meteen naar de IND moeten hollen zodra ze dat ontdekte, of ze dat nu wilde of niet. Ze kon het zich niet veroorloven, zie je, als pleegmoeder, om de wet te overtreden. Ik liep heen en weer door m'n kamer terwijl Prooi languit op mijn bed naar het plafond staarde. Tot ik zomaar ineens de oplossing vond. Het was uitgesloten dat Prooi bij ons zou kunnen logeren als hij een alleenstaande minderjarige vluchteling was, en daarom moest hij dat dus niet zijn! Het was simpel: ik hoefde alleen maar een moeder of vader voor Prooi te vinden, die mijn moeder wilde vragen of hij een poosje bij ons kon wonen, terwijl zij een paar maanden naar het buitenland gingen.

Reuze simpel, ja. Ik ging aan mijn bureau zitten en pakte het stel kaarten dat ik niet in de box beneden had weggeborgen. Ik pakte pen en papier, mijn rekenmachine, en begon te rekenen. En terwijl ik piekerde over de gegevens die ik moest invoeren – Spaans? Latijns-Amerikaans? Colombiaans?; volwassen, veertig, donker; een donkere volwassene, Spaans accent – terwijl ik zo wikte en weegde, nam mijn intuïtie het triomfantelijk over.

Ik realiseerde me, gloeiend van opwinding, dat ik nog niet zo lang geleden iemand had ontmoet die perfect in het profiel paste. In februari, toen ik met Toon en zijn vrienden in dat eetcafé in Wageningen had gegeten. Die Spaanse ex-toneelspeler die een proefschrift schreef. De man die een kogel in zijn hoofd meedroeg, de man die in was voor alles.

Ik vroeg Prooi mijn mobiel terug, die hij netjes had bewaard, belde met Toon, en toen met die man, die Javiero heette. Toon kostte me een halfuur, maar Javiero was na vijf minuten al om. Hij had zelf zo zijn ervaringen met de IND, had hij bulderend van het lachen gezegd.

Hij kwam. En speelde de sterren van de hemel. Mijn moeder vroeg naar het paspoort van zijn zoon – Pablo, bedachten we – en de papieren van zijn ziekteverzekering, die Javiero zwoer de volgende dag langs te zullen komen brengen, op weg naar het vliegtuig naar zijn doodzieke moeder in Peru (iets wat hij natuurlijk, volgens plan, zou vergeten). Mijn moeder vroeg naar alle details van hun leven, naar Proois helaas te vroeg overleden moeder, naar Proois bestaan als buitenbeentje op onze middelbare school waar hij kort geleden gelukkig mij als vriendin had gevonden, na jaren van de ene naar de andere school overgeplaatst te zijn vanwege al die baantjes in al die verschillende steden die zijn vader had gehad, en langzamerhand doemde er een heel geloofwaardig beeld van Proois zwervende leven op. Prooi speelde het spel fantastisch mee. Ik had het niet achter hem gezocht.

Het lukte. Mijn moeder vond Javiero leuk, en zat meteen ook vol moederlijke gevoelens voor Prooi. Ze maakte een hoekje voor hem vrij in Toons kamer. Daar zetten we de koffer neer die Javiero hem had geleend, vol met de kleren die ik in allerijl voor Prooi had gekocht, met bankbiljetten die hij gek genoeg in overvloed bleek te hebben. Daarna maakte hij kennis met de rest van het team-Kasterman. Tobia deed alsof ze hem nog nooit had gezien en reageerde op Prooi zoals ze altijd op onbekenden reageert: koel, kijken of er iets voor haar te halen was. Ze registreerde zelfvoldaan dat Prooi haar ademloos aanstaarde toen ze aan tafel ging zitten. Met Dario ging het anders. Hij schoof nors tegenover Prooi aan tafel en begon zonder commentaar te eten.

'Dit is Pablo,' zei mijn moeder. 'Pablo, dit is Dario. Hij blijft hier een paar weken, Dario.'

Dario's ogen flitsten over Proois gezicht. Proois wenkbrauwen schoten omhoog, zijn oogspiertjes trilden, zijn neusvleugels wiebelden. Later die avond, toen Prooi op mijn kamer zat te suffen, zag ik hem zijn oren spitsen. Dario speelde een van zijn games op maximaal volume. Mitrailleurgeratel. Luidsprekerstemmen, helikopterzwiepen.

'Wat is dat?'

'Dario's games,' zei ik, van achter mijn geschiedenisboek.

'Games?' Hij was de deur uit. Ik verwachtte hem binnen de minuut weer terug, afgeblaft door Dario. Maar hij vertoonde zich die avond niet meer.

Het ging een poosje goed. Pablo's zogenaamde vader belde elke dag op. En wij vertrokken 's ochtends om acht uur van huis alsof we samen naar school gingen, en kwamen 's middags samen weer terug, nadat Prooi tevergeefs de halve stad op sporen van Skat had onderzocht. Daarna praatten we over de Schokkers. Mijn idee dat het misschien avatars waren zei hem niet zoveel. Hij hield vast aan z'n eigen formuleringen, en bleef kalm volhouden dat het zijn plicht was leiding te geven aan de Elfde Schok, alle levende Vuurschokkers te verzamelen en terug te gaan naar Dem Azèl. Het eindigde er altijd mee dat we samen mijn huiswerk maakten, ook al bleek Prooi nauwelijks te kunnen schrijven. Verder was hij wel krankzinnig goed in taal. Alleen al van Dario's games leerde hij binnen een week een uitgebreide woordenschat over oorlog en spionage in het Engels. Na één Franse televisiefilm sprak hij Frans. Hij pikte tot mijn verbijstering zelfs een aardig mondje Russisch op van een journaal-item over Russische olieraffinaderijen. Hij had aanleg voor biologie en aardrijkskunde, maar voor geschiedenis interesseerde hij zich hoegenaamd niet. 'Mensenonzin,' gaapte hij. En hij vertrok naar Dario's kamer. Om te gamen.

## No Escape from the Demon World

Dat had ik nou nooit kunnen denken, dat ik reclame zou gaan maken voor mijn doodgewone leventje, dat leven waar ik zelf niet eens talent voor had. Maar ik deed mijn uiterste best. Om Prooi af te leiden. Ik zocht leuke dvd's voor hem uit, ik liet hem muziek horen. Ik nam hem mee naar de kampeerwinkel, omdat hij een uitrusting wilde kopen voor zijn reis naar de Schokker – maar tot mijn opluchting kocht hij niets. Op Koninginnedag trok ik hem mee de zomerse straat op, waar hij overdonderd tussen de menigte rondtolde. Maar hij had zo zijn eigen ideeën over wat er leuk was aan ons leven. In die tijd dat zijn zogenaamde vader hem elke dag zogenaamd vanuit een ver buitenland belde, raakte hij verslaafd aan games. In Dario's games kon hij de demonische held uithangen zoveel als hij maar wou.

Hij zocht me op toen ik al in bed lag. Hij droeg zijn nieuwe Lacostepolo en een geruite boxer. Voor ik het wist was hij onder het laken tegen me aan geschoven. 'Ik heb je nog niet bedankt.'

'Waarvoor?'

'Dat ik hier kan blijven.'

Ik lachte. 'Ik heb je liever in de buurt, als er hier straks Schokkers op de stoep staan die op zoek zijn naar een paar ontsnapte Bliksems.'

'Dat zou best eens kunnen gebeuren, weet je. Ze weten inmiddels wel hoe het zit, dat wij de Vonk van Dem Azèl in ons dragen... de Vonk van de Zanger...' Hij zweeg, tot hij met een andere stem zei: 'Weet je? Vandaag is het de Tweede Schok. Zijn slotakkoord, 3 mei. Midden in het Tweede Seizoen. 360 miljoen jaar geleden. Begin van de eerste bomen.'

'Schubbomen, paardenstaartbomen,' probeerde ik me te herinneren. 'En verder?'

'Reptielen. De vissen krijgen pootjes.'

'Vonden ze vast leuk.'

'Ja.' Hij schoof wat heen en weer, kon zijn draai niet vinden. Tot hij zijn arm onder me door schoof en me tegen zich aan trok. 'Ik ben het spoor kwijtgeraakt.'

'Het spoor?' Ik weet niet of ik gewoon klonk. Ik lag dichter tegen hem aan dan ooit tevoren. Zijn huid brandde door de stof tegen de mijne aan.

'Dat van Skat. Iemand had water over de stoep gegooid, dus ik weet het niet zeker. Ik dacht dat ik het een paar meter verderop weer oppikte, maar even later hield het echt op. Ik heb me suf gezocht, maar ik kan het gewoon niet terugvinden.'

'Was je zeker dat het Skats spoor was?'

'Het rook naar Skat... maar' – hij klonk heel onzeker – 'je hebt gelijk dat het ook mijn jas kan zijn geweest.' Hij streelde me over mijn schouder. Ik kreeg het er warm van. Lekker rook hij. Beetje kruidig zweet, tikje zwavel. 'Had ik je nou al verteld wat hij zei? Ik zit er de hele tijd over te denken. Hij zei: ophouden. Het moet ophouden.'

Raar ding om te zeggen, voor een junk.

'Maar het kan natuurlijk niet ophouden,' zei Prooi peinzend. 'Het begint pas. Ik snap het niet goed. Het moet een teken zijn, maar waarvan? Moet ik ophouden hier bij jou rond te hangen, en gáán?' Ik wilde protesteren, maar hij ging door: 'Dat is het, hè? Ik heb hier ook niks te zoeken.'

'Dáár heb je ook niks te zoeken,' zei ik.

'Onzin. Ik moet de Elfde Schok regelen. Hém wekken – als het moet, z'n Vonk teruggeven. Weet je' – hij kriebelde in mijn nek – 'ik wou dat ik je kon uitleggen waarom ik geen keus heb. Ik heb me zo vaak als een klootzak gedragen. Bijna iedereen van wie ik hield heb ik verraden of vermoord. Ik denk er elke dag aan... of dat mijn plicht was, of dat ik het anders had kunnen doen, en ik weet het gewoon niet.'

Als iemand je opbiecht dat hij een moordenaar is terwijl hij je lief aan het kriebelen is, dan is het moeilijk scherp te reageren. 'Verraad en moord zijn altijd slecht,' mompelde ik halfhartig.

'Ja... of nee. Ik weet het niet. Het is gewoon niet makkelijk! Ik heb dingen gedaan die volgens menselijke normen verschrikkelijk slecht zijn. Maar voor mij gelden de menselijke normen niet. Dat is het punt, zie je? Ik heb een eed gezworen... alleen ben ik er zo verrot slecht in, in onmenselijk hard en heet zijn. Ik kan het niet alleen... en daarom, daarom alleen al moet ik ervoor zorgen dat Dem Azèl terugkomt. Begrijp je?'

'Maar Prooi, dan doodt hij jou! Dat is toch *objectief* slecht?'

'Ik weet het niet. Ik weet het gewoon niet. Ik weet best dat ik soms idioot klink, in jouw oren, alsof ik per se wil worden opgevreten door een of andere kannibaal... Maar je kent hem niet. Als ik aan hem denk' – hij leek tegen zichzelf te praten – 'dan denk ik aan hoe het vroeger was... hoe hij lachte, hoe we praatten... Hij is ongelofelijk liefdevol. Als ik hem kan wekken dan zal hij weer zijn zoals hij werkelijk is. Ik lijk op hem, weet je dat? We hielden zielsveel van elkaar.'

'Ja, en daarom wilde hij je vermoorden!'

'Hij wou me helemaal niet vermoorden! Hij vond het verschrikkelijk dat het zo moest gaan, want hij hield stervensveel van ons. Maar we zijn alleen de dragers van de Vonk, zie je. Dat is het enige wat van belang is in ons.'

Weer voelde ik die akelige vonk in mijn eigen buik rondwentelen. De parasiet die ik huisvestte, een parasiet die veel belangrijker was dan ikzelf...

'Maar geloof je dan alles wat hij zegt? Over de bomen, en over de Schok – dat-ie hard en heet moet zijn? Geloof jij dat de Elfde Schok zal mislukken, als jij Dem Azèl je Vonk niet teruggeeft?'

'Natuurlijk! De Elfde Schok moet heet zijn. Ik weet nu wat kou betekent, wat kou doet met mensen, met ons! De kou maakte ons allemaal wantrouwig en ongelukkig en vijandig. En wat mijn Vonk betreft...' Hij viel zichzelf in de rede: 'Het doet er ook niet toe! Ik heb hem iets beloofd en dat moet ik gewoon doen! Het doet er niet...' Zijn stem stierf weg. Toen hij weer begon te praten, klonk zijn stem akelig wankel. 'Soms word ik er gek van, weet je dat? Waarom is alles toch zo ingewikkeld? Hoe moet ik Vuurschokkers vinden? Waar zitten ze? Wat moet ik doen? Ik wou dat ik gewoon voluit kon vlammen, net als hij, dat ik niet altijd zo moest nadenken en twijfelen! En nou weer met die spook-Skat – die geest van Skat. Wat betekent dat toch? Alles is altijd zo klote ingewikkeld!'

Daar was ik het helemaal mee eens.

'Ik wou dat ik gewoon kon zeggen, *ik doe het*, ik neem de leiding. Ik heb trouw beloofd, ik ga alle Vuurschokkers bij elkaar brengen en hém wekken, ook al kost het me m'n leven, dat is m'n missie, dus *ik doe het*... maar ik ben gewoon ook zo ontzettend bang. Dat is het stomme. Ik heb er nachtmerries van... dat ik straks die donkere klotemijn in moet, in m'n eentje... almaar dieper... die rotkou... en dat-ie... dat-ie daar dan is... in die put... als een dode... laaiende... afgrijselijke...'

'Nou, da's dan toch duidelijk? Je moet niet gaan!'

Hij zuchtte weer, lachte toen, vreugdeloos. 'Nou ja, dat is gewoon angst! Da's nou zo voorspelbaar, dat je bang bent. Consternatie en ver-twijfeling! Of ik nou bang ben of niet, ik moet gewoon gaan.'

Hij sprong bruusk van mijn bed af en liet me ongerust achter. Onge-rust. En in de war. Kriebelig, zoet in de war.

Ik kreeg hem niet mee naar de dodenherdenking. Ik struikelde pas over hem toen ik naar bed ging. 'Prooi! Wat doe je hier?' Hij lag op de grond voor mijn bed.

'Carboooon. Vandaag begintut Carboon. Kakkerlakken! Sterke... sterke beesten hoor, kakka... kalakka...' Ik snoof de stank van alcohol op. Ik klikte mijn bedlamp aan en zag de fles oude jenever die hij te-gen zijn borst geklemd hield. 'Shit, Prooi!' Ik greep de hals van de fles beet, maar hij klemde hem stevig vast. 'Carbóón!' riep hij verontwaar-digd. 'Láátste tijdperk van het Twééde Seizoen! Driemmmiljoemm... megemmmijftig... begint vandáág!'

'Zal best,' zei ik kwaad, terwijl ik de fles uit zijn greep probeerde los te wrikken. Hij greep mijn arm beet en trok me naar zich toe. Zijn mond gleed warm langs mijn hals. Toen ik me losrukte en naar de gang ont-snapte was ik tegelijkertijd boos en bloedwarm en vreselijk verdrietig.

Het was niet te ontkennen: hij zoop. Hij sloop 's nachts door het huis, en dan vrat hij de koelkast leeg en zoop hij de drankvoorraad op. En hij begon te blowen. Met Dario. Ik sprak hem erop aan en dan keek hij schuldbewust. Maar hij hield er niet mee op, en ik kon alleen maar bidden dat mijn moeder het niet zou ontdekken.

Elke dag was ik bang dat hij hem gesmeerd zou zijn. Maar hij bleef; hij zocht vergeefs Skats spoor terug, zocht met Google Earth naar wer-kende vulkanen, ik hoorde hem met mijn mobiel mislukte telefoonge-sprekken voeren met het Casa del Destino, het hoofdkwartier van het Snordersspel in Europa; ik zag hem de wegenkaarten van Europa be-studeren, websites van motorfabrikanten afstropen, en zijn geld tellen. Ik probeerde hem te helpen, maar ik wist zelf niet eens wat ik wilde. Stiekem wou ik dat het voorbij was, dat Desi weer gewoon bij me kon komen rondhangen, dat Prooi en ik die stomme Vonk en alle verantwoordelijkheid die hij met zich meebracht níét hadden. Maar we hadden hem wel. En Prooi wuifde me kribbig weg, als ik zijn eigen twijfels en onzekerheden aanwakkerde.

Op een warme middag, zo'n week of twee later – maar alle middagen waren warm, de afgelopen weken – hoorde ik ineens hard kabaal uit Toons kamer. Met een paar passen was ik de gang op, en stond ik naast Prooi, bij een omgevallen kastje en een hoop boeken en notitieblokken die over de grond waren uitgestort. Te midden van de rommel hurkte een zweterige Prooi. Hij droeg die veel te warme leren jas, zijn krullenbos zat erger in de knoop dan ooit tevoren, en hij keek me verontwaardigd aan. 'Al die... al die stomme rotzooi! Ik háát het! Al die... die *boeken...*'

'Wat spook je nou toch uit?'

'Niks... M'n spin... Ik speelde met 'm... Hij zat tussen die boeken... Ik sloeg 'm weg...'

Hij had alweer gezopen. Echt dronken was-ie niet, maar wel behoorlijk warrig.

'Ben je gek geworden?' Ik begon de boel op te ruimen, maar hield op toen ik vlak langs Prooi schoof en zijn warmte voelde gloeien. 'Wat is er met je? Ben je ziek of zo?'

'Nee.' Hij kwam nijdig overeind. 'Laat me met rust.'

'Doe die jas uit, man. Je legt het af, met die hitte!'

Ik begon aan hem te sjorren, hij probeerde me weg te duwen, ik werd net zo nijdig als hij, en zo stonden we als gekken aan die jas te duwen en te trekken. Ik gaf een fikse ruk, er scheurde iets, en er rolden rinkelend dingen op de grond. We hielden op slag op met worstelen.

'Shit!'

Ik had de jaszak opengescheurd. Die kostbare jaszak, waarin Prooi zijn onvervangbare bezit bewaarde. Hij wierp zich vloekend op de dingen die over de vloer wegrolden: een gesp, een aansteker, bankbiljetten, een klein aardewerken flesje, mijn eigen Steentje, en die pen. De pen van de Wageningen Universiteit. Terwijl de rommel wegrolde zagen we de spin komen aanscharrelen, vanaf een schuilhoekje ergens bij een plint. Hij koerste recht op de pen af. Ik dacht dat hij eroverheen zou springen, op die akelige manier van hem, om naar de Steen te gaan, maar dat deed hij niet. Hij zette zijn voorpoten over de pen neer en kwam erbovenop tot stilstand.

Prooi was op slag gekalmeerd. Heel rustig schoof hij de spin van de pen af. Met gefronste wenkbrauwen nam hij de pen in zijn handen. Hij woog hem in zijn handpalm en schroefde hem open. 'Tsssssjaaaaaah... wauw.'

Ik keek verbaasd toe. Er lag een tweede Steentje in zijn hand. Een klein, langwerpig roodzwart Steentje. De lucht eromheen leek te sidderen. Voorzichtig legde Prooi de pen op bed. Toen liet hij de scherf in zijn hand heen en weer rollen. 'Wat is het, Prooi?'

'Tering...' Hij snoof aan het Steentje, bekeek het met open mond. 'Ruik je het niet? Roodzwart. Dem Azèl!' Hij kreunde. 'Voel je het niet in je maag? Het is zo sterk als de Diepte. Dem Azèl...' Hij tikte tegen zijn maag.

'Prooi, ik snap het niet! Wat zeg je nou? Het kan toch geen Steen van Dem Azèl zijn? De Eerste had Skat, de Tweede heb ik, de Derde heb jij. Ik bedoel...'

Hij was half in trance. 'Het is 'm... het is 'm echt... de Vierde.'

'De Vierde? Maar die heeft Dem Azèl zelf!'

'Nee toch. Heb ik het je niet verteld? Die had hij niet meer. Hij had een andere steen in zijn hanger. Een dode.' Hij liet het Steentje gefascineerd in zijn handpalm heen en weer rollen. 'De Vierde. Het Vierde Seizoen! De grappen en de listen, manipulatie en verleiding... Hij tintelt heel gek.' Hij snoof eraan. 'Wat fantastisch. Nu snap ik waarom die Steen van jou zo ongelofelijk sterk leek! Ik voelde hun gezamenlijke kracht! Ze versterken elkaar – tering.' Hij leek zich diep in zichzelf terug te trekken, z'n hele gezicht trilde, zweet glom op zijn voorhoofd. Tot zijn ogen fonkelden en hij weer terug was. Gloeiend, alert. 'Maar hoe komt-ie nou in die pen? Versace heeft jou mijn pen gestuurd, maar die Steen zat er eerst absoluut niet in!'

'Dus dan heeft Versace...'

'Het kan niet anders! Zij moet deze scherf erin hebben gestopt!'

'Maar hoe kwam ze er aan?'

Hij gaf bijna licht af, zo stond hij te denken. 'Mist. Dat kan niet anders. Mist moet hem ooit van hem hebben afgepakt, die krijgt alles voor elkaar!'

'Heeft Mist Dem Azèl zijn eigen Steen afgepakt?'

'Hij had hem in elk geval niet meer in zijn hanger. Dat heb ik gezien.' Hij boerde heel hard en keek scheel, met rode vonken in zijn ogen. 'Bwuh. Ze zijn sterk... zo samen.' Hij pakte mijn eigen Steen, de Tweede, van de grond, legde hem op het hoofdeinde van het bed en legde de nieuwe Steen, het scherfachtige Steentje van het Vierde Seizoen, ernaast. De Steen van het Derde Seizoen was vlakbij, begraven in zijn eigen vlees. 'Wat ongelofelijk dat we nu bijna al zijn Stenen hebben. Wat een wonder... alleen Skats Steen ontbreekt,' fluisterde hij. 'Voel je zijn kracht?'

'De kracht van driekwart Schokker.'

We waren een tijdje stil. Maar de hele kamer trilde.

'Het is eng, Prooi. Die dingen lijken wel radioactief!' Ik werd echt onrustig. Verbeeldde ik het me, of gaven die Stenen echt een zinderende straling af – een straling die misschien tot aan de horizon voelbaar was? 'Straks wordt er nog iemand door aangetrokken!'

'Nou en? Dat is het allerbeste wat maar gebeuren kan! Wik, we hebben Dem Azèls verloren Steen te pakken! We hebben driekwart van zijn kracht in handen! Dat kan geen toeval zijn! Het is een teken, begrijp je dat niet?'

'Ik weet niet wat het betekent, maar het verandert niks!'

Hij stond daar even hard te zinderen als die stenen. Onthutst zag ik hoe er blauwig gas uit zijn oren lekte. Z'n ogen gloeiden rooiig. Het drong tot me door dat hij echt iets demonisch in zich had. Monstergebroed, zoon van een Vuurschokker – vuurduivel...

'Verandert het niks? Ik heb ineens zowat al zijn kracht in handen! Ik ben gewoon een klootzak dat ik hier al die tijd ben blijven beschimmelen!'

Gloeiend graaide hij de Stenen, de pen en de rest van zijn rommel bij elkaar, propte alles in zijn goeie jaszak en rende mijn kamer uit. Nog voor hij bij de voordeur was ging ik achter hem aan.

We renden achter elkaar door de glorieuze, bloeiende, geurende middag, hij voorop, in die belachelijk zweterige jas, zijn zwarte krullen dansend op zijn schouders; ik er een eind achteraan, langs de Amstel, toen een willekeurige zijstraat in, links, rechts, verder, verder, tot hij langzamer begon te lopen. De drank zat 'm in de benen, natuurlijk. Ik haalde hem in. Liep naast hem naar adem te happen, net als hij. Vissen op het droge. Het was bloedwarm, stikbenauwd, echt geen weer voor een hardloopwedstrijdje.

Te warm om iets te verzinnen. Hij was zo vastberaden. Alles wat ik kon bedenken om hem van gedachten te laten veranderen klonk me futiel in de oren. 'Laten we... Luister, laten we eerst spullen voor je kopen!'

Alles om uitstel te krijgen.

'Prooi, ik wil je helpen! Luister...'

Hij liep stom door, kop naar beneden, doof voor mij.

'Ik beloof je dat ik je niet zal proberen tegen te houden. Serieus. Maar...'

Er kwam geen geluid meer uit hem. Ik beende naast hem, sputterend, omdat ik niets meer wist te verzinnen. We liepen maar door. Hij was duidelijk niet van plan zijn zwijgen te verbreken. Nee, hij was met z'n hoofd al ergens anders, hij zat al halverwege Duitsland. Hij ontglipte me, en dat terwijl ik nog steeds niet wist wat ik van zijn Demonenwereld vond, van de avatars, die bomen belangrijker vonden dan mensen, die onsterfelijken, die hun Vonk in ons geplant hadden... Ik deed nog een poging: 'Luister, ik ben óók een Bliksem! Als je wat wilt doen, laten we dan samen...'

Ik keek opzij, en zag dat hij helemaal niet op me lette. Hij had zijn oren gespitst en zijn neusvleugels bewogen heftiger dan anders.

'Wat heb je?'

Hij bleef ineens stilstaan. Maar hij keek niet naar me. Hij was geen demon meer, hij was een hond die een spoor had opgepikt. Met zijn hoofd in de nek snoof hij, z'n ogen ondoorzichtig, al z'n antennes op scherp. Zonder waarschuwing begon hij weer te lopen. Steeds vlugger. Kriskras liepen we, niet in één heldere lijn. Tot hij begon te draven.

Hij sloeg een hoek om. Toen een andere hoek. Draaide zich om. Zette het serieus op een lopen, met mij achter zich aan. 'Prooi!'

Hij rende een doodgewone straat in, waar niets bijzonders te zien was. Daar bevroor hij. Hij stond aan de grond genageld, een jachthond die voorstond. Zijn neus sidderde als krankzinnig. Zijn ogen vielen zowat uit hun kassen. Alsof hij spoken zag. Maar er was niets anders te zien dan een busje even verderop, bij een open deur, waar wat mensen spullen in schoven.

'Prooi.' Ik trok hem aan zijn mouw. Hij rukte zich los. Diep ademhalend liep hij de straat in. Tot op een tiental meters van het busje. Ik volgde hem en zag een massieve kaalgeschoren meid die een grote versterker het huis uit droeg, naar twee jongens die de spullen in het busje laadden. Een magere witte gast met spierwit rechtopstaand stekelhaar en een zwart omrande bril, in een te krap jasje, nauwe broek en grote puntschoenen, en een bruine jongen in een zwart T-shirt met een print van een *Verboden in te rijden*-verkeersbord. Krakerachtige types, van rond de twintig. Prooi stond met open mond naar ze te kijken. Ze namen geen notitie van hem.

Tot een van de jongens opkeek omdat hij iets van die enorme meid moest overpakken. Zijn blik gleed de straat in en viel op ons. De jongen trok zijn wenkbrauwen op, duwde de box de bus in en riep, met een zwaai van zijn hand: 'Hé! Tengoe!'

De blonde jongen keerde zich nieuwsgierig om. De reuzin ging het huis binnen. Prooi wankelde naar voren. De donkere jongen glimlachte snel, scheef. 'Da's toevallig. Alles goed?' Hij sprak Spaans.

'Skat...'

Mijn hart miste een slag. Skat?

Er was niets in die bruine jongen wat deed denken aan de Albanese rat die ik had neergeslagen. Deze jongen had bredere schouders, al was hij op het magere af; maar hij had schoon zwart haar en een gladgeschoren, scherp vossengezicht. Het was een linke, ondanks dat glimlachje, dat zag ik wel. Fel, alert. Je moest hem niks in de weg leggen. Maar een rat was hij niet. En zeker ook geen adembenemende held. Terwijl ik hem opnam kruisten zijn ogen de mijne. En vanwege de manier waarop hij iets te snel van me wegkeek dacht ik ineens: verrek. Herinnerde hij zich die klap?

'Ik dacht wel dat ik je nog eens zou tegenkomen, Tengoe.'

'O... o, Skat!' Ik zag Proois schouders naar beneden zakken en was bang dat hij onderuit zou gaan. 'Ik dacht... ik wíst dat je hier was!'

'Ja.' Weer flitsten die donkere ogen langs mijn gezicht. 'Sorry hoor, ik was zelf een beetje doorgedraaid toen. Ik was niet helder. Ik zat al een poos achter je aan en toen zag ik je dat meisje bedreigen... Nog een geluk dat Oz in de buurt was.' Hij gebaarde naar de blonde stekeljongen naast hem, die ons door zijn brillenglazen welwillend bekeek.

'Sorry van die klap,' zei ik. 'Ik wist niet... Is hij erg hard aangekomen?'

'Hersenschudding,' zei de blonde jongen opgewekt. Hij zei het in het Nederlands, met een Duits accent. 'Maar dat was niet het ergste, hoor. Die verwaarloosde longontsteking was het echte probleem. Zagen ze bij de Eerste Hulp meteen. Hij liep al een poosje rond met veertig graden koorts.'

De forse meid kwam in de deuropening staan en verdween weer het huis in. Ik kon niet ophouden naar Skat te kijken. Af en toe rimpelde de rat door zijn gezicht heen.

'Er komen bij ons in het pand massa's geflipte types,' zei de blonde jongen, 'maar Skat was beslist het goorste, uitgemergeldste, bloederigste lijk dat ooit over de stoep naar me toe is gekropen.' Hij trok een verheerlijkt gezicht. 'Ik viel als een blok voor hem. *Schwere See!*' Hij greep met beide handen naar zijn hart.

Prooi keek van de blonde jongen naar Skat en weer terug.

'Ozzie gaat optreden,' zei Skat. 'Ze hebben een band. We kwamen hier net wat spullen ophalen. Ga je mee?'

Prooi kon geen woord uitbrengen. Ik volgde zijn blik naar Skats hand en bleef er naar staren. Aan de linkerhand ontbrak de pink.

De blonde jongen zag ons kijken. 'Ja,' legde hij uit, alsof hem wat gevraagd was, 'zijn *pink* is-ie kwijt.' Hij knikte nadrukkelijk, Prooi overdreven ernstig monsterend. Hij stak zijn wijsvinger in de lucht. 'Maar z'n *pik* heeft-ie nog, hoor. Geen zorgen, vrienden.' Hij haakte zijn wijsvinger achter de halsopening van Skats T-shirt en trok eraan.

Skat keek Ozzie van opzij aan, half geërgerd, half geamuseerd, terwijl hij met zijn tong zijn wang naar buiten duwde. Die blik zei: eikel. Maar die blik zei ook iets anders. Dat slappe geleuter, dat was een soort code. Iets van hen samen. Eén blik op Proois bleke gezicht zei me dat hij dat maar al te goed begreep.

'Nou, ga je mee?' vroeg Skat, zich van Ozzie weg draaiend. 'Plaats zat in de bus.'

'Nee,' zei Prooi schor. Ik weet niet of Skat de klank in zijn stem begreep. Ik begreep hem zelf maar al te goed. Ik wilde mijn hand op Proois schouder leggen, maar ik was te laat. 'Nee,' zei Prooi weer, zeker van zichzelf. Hij trok zijn revolver tevoorschijn – die eeuwige reflex van hem. 'Jíj gaat met míj mee.'

# 8 En intussen slaat het Lot met zijn staart en een van de vier krijgt een tik

*Het zal begin mei zijn geweest, zo'n twee weken nadat Skat hard met een fles was neergeslagen. Twee weken nadat die dunne witharige jongen hem bloedend op de stoep had gevonden en hem achter op de fiets naar een ziekenhuis had gebracht, waar hij grondig was gewassen, geschoren, met scherpe injectienaalden bewerkt en vol pillen gepompt. Bijna twee weken waren voorbijgegaan sinds hij hier terechtgekomen was, uit het ziekenhuis hierheen gereden door diezelfde praatzieke jongen, die hem in een mengelmoes van Spaans, Duits, Nederlands en Engels vertelde dat hij Ozzie heette, niet vanwege Osbourne, maar gewoon omdat-ie voluit Oskar heette en een Ossie wás, uit Leipzig, om precies te zijn, enzovoort, enzovoort. Hierheen reed hij hem, naar dit kraakpand, waar een onduidelijk gezelschap jongeren voor hem zorgde. Bijna twee weken al weer. Het leek een eeuwigheid.*

*Het was weer een bloedbenauwde dag. Het pand stonk en kreunde en Skat vroeg zich voor het eerst sinds hij hier gekomen was af of het geen tijd was om weg te trekken. Hij kon doen wat hij wilde. Sinds hij was teruggekomen uit het ziekenhuis had hij begrepen dat de band met het verleden definitief was verbroken. De nachtmerrie die achter hem lag was ten einde. Er waren zelfs nachten dat hij niet van Azèl droomde. Hij was vrij. Ook al wist hij niet wat dat betekende.*

*Hij slenterde naar de plakkerige keuken om koffie te halen en toen weer terug naar zijn hok op de bovenste verdieping, vanwaar hij op het windstille dak klauterde. Zijn haren kleefden aan zijn vochtige voorhoofd. De hele stad was één dampende benauwenis. Alle zuurstof was eruit weggezogen. Auto's stierven kermend, ter-*

*wijl ze zich amechtig voortsleepten naar de plek waar ze het voorgoed begaven. Alleen de mensen tikkelden daar kittig tussendoor, wapperende hemden, blote bovenlijven, zwaaiend met hun lange haar, ijs etend, gretig rondkijkend.*

*Ah, die mensen van de stad. Skat lag op zijn buik op het wiebelige luchtbed en voelde zich eindeloos ver van hen verwijderd. Hij zag een donkere jongen met openvallende bloes flaneren, zijn korte zwarte dreads fier rechtop (Virak, ach, Virak)... Kijk, hij draaide zich om naar een vriend die hem roepend achterop kwam, ze sloegen hun vuisten tegen elkaar, ze lachten... hij zag twee jonge jongens langs klitten, de één had zijn arm om de nek van de ander geslagen, één paar tellen maar, hij liet hem los, ze waaierden uit elkaar, vielen naar elkaar terug en plakten weer aan elkaar vast... Hij zag een man in een grijs pak, zijn jasje had hij over zijn arm, je kon zijn spieren onder zijn overhemd zien bewegen, zelfs hiervandaan... Hij zag ze voorbijgaan en zuchtte. Hij zou het einde van de straat niet eens halen, zoals hij zich nu voelde.*

*Hij draaide zich op zijn rug en bekeek zijn buik. Loze spieren, die licht zwellende bundels daar onder zijn ribben. Het was water, het zou nog een hele tijd duren voor het vuur erin terug was en hij, zeker van zichzelf, door een drukke straat in een vijandige stad zou kunnen lopen.*

*De avond viel. Irina kwam bij hem op het dak zitten met een grote watermeloen, die ze kletsend in stukken sneed. Het pand was verlaten. Ze waren naar het strand gegaan, vertelde Irina, Blijburg, Bloemendaal zelfs. Ozzie had de repetitie afgelast, ze zouden misschien pas morgenmiddag terugkomen. Had hij ook geen zin naar buiten te gaan? Bij het water zitten alleen, misschien?*

*Ze hadden hier in het pand gemerkt dat hij niet meer zei dan nodig was. Hij vroeg niets, vertelde niets over zichzelf, hing maar een beetje in zichzelf gekeerd rond. Misschien vonden ze hem arrogant, misschien dachten ze dat hij getraumatiseerd was door geweld of marteling, hij had geen idee. Maar het beviel hem dat ze hem met rust lieten. Dat leek op respect.*

*Toen Irina weg was viel hij in slaap. Het was donker, stil en koel toen hij ontwaakte. Tot zijn eigen verbazing had hij honger. Het was prettig alleen te zijn in het stille, donkere huis, dat nog warm en bedompt was. Zoals de nachten in het Huis van het Vuur vroeger, als hij saxofoon speelde. Hij had in zijn hok hier ook een oude saxofoon gevonden, een krakkemikkige maar troostende vondst. Bijna tevreden liep hij de trappen af, de holle ruimtes door, opgelucht weer iets van leven in zijn lichaam te voelen. Hij bleef een tijdje in de badkamer rondhangen. Hij waste zich met koud water en smeerde bij het stinkende aanrecht drie boterhammen voor zichzelf, neuriënd. Terwijl hij een hap van zijn boterham wegkauwde liep hij terug naar de trap. En toen hoorde hij boven in het trappenhuis stemmen.*

*Onderdrukt fluisteren. Dan een uitroep: ah! En: nee, nee.*

*Zulke geluiden. De zekere tekens van seks. Vlak onder zijn neus... Was het Irina met een vriendje? Wie was er hitsig thuisgekomen, met de prooi van een geile lentenacht? Niet dat het hem veel schelen kon, wat de mensen in dit pand uitvoerden. Ze plakten aan elkaar vast, de dunne jongens en meiden in hun zwarte kleren, ze slaakten hun kreten achter de dunne wandjes en dan was het weer gedaan. Hij lag daar ver boven, koel en onaangedaan in zijn hoge kamer onder het open dakluik, ver boven het gewroet en gevlooi van de primaten.*

*Hij beet nog een stuk van zijn boterham af, kauwde en slikte, en begon de trap te beklimmen. Richting vrijers. Hij zou maar een beetje lawaaierig doen.*

*En dat deed hij, een beetje. Maar niet genoeg.*

*Op de krappe overloop tussen twee trappen botste hij bijna tegen ze op. Ze glibberden de trap af, in elkaar verstrengeld, half ontkleed, zwetend, zo opgewonden dat ze hem pas opmerkten toen hij pal voor ze stond. Hij keek recht in Ozzies wijd opengesperde ogen. In het licht van de lantaarns buiten zag hij zijn blote schouders, zijn lichtgevend witte huid, zijn tepels, de weerloze binnenkant van zijn blote bovenarmen. Pas in tweede instantie zag hij het gezicht van diegene die zich even daarvoor nog aan Ozzies hals had vastge-*

*zogen. Dichtgeknepen ogen, uitdagend. Een jongen, een jongen met heel kort geknipt rood haar en een bloot, rossig behaard bovenlijf.*

'Oepsie,' zei Oz.

*Skat wierp zich langs hen heen, de trap op naar boven. Zijn lichaam piepte, maar hij dwong zichzelf omhoog, tot zijn benen het begaven en hij tegen de leuning aan viel. Hij greep zich in zijn boterham vast alsof het een reddingsboei was, tot het brood in een plakkerige klont was veranderd.*

'Ey, tschuldigung,' zei Ozzie. 'Neulich, die Nacht... met Leo en mij toen. Of ik bedoel niet tschuldigung, maar ik bedoel, nou ja, ik hoop dat je je er niet aan stoorde.'

'Nee hoor,' zei Skat. *Hij keek naar het verkeer beneden, naar de strakblauwe lucht, naar de meeuwen. Hij keek naar alles behalve Ozzie. Maar die hurkte gezellig neer, op twee meter afstand, onbewust van de beklemming die hij bij Skat teweegbracht.*

'Ja, zie je, twee jongens... Ik bedoel dat ik snap dat dat misschien shocking is voor je.'

*Skat zei niets.*

'Oké,' zei Ozzie. 'Nou, oké.' *Hij tuurde net als Skat in de verte.* 'So eh... gaat het eigenlijk wel weer zo'n beetje met je?'

'Jawel.'

'Duurt altijd even voor je conditie terug is, hè. Je was er beroerd aan toe. Misschien moet je eens wat meer uit. Er is echt wel wat te doen in de stad. Ik bedoel, je hoeft niet onder te duiken, ze pakken je heus niet op of zo. Die kans is klein tenminste.' *Hij begon onhandig met zijn handen tegen elkaar aan te klappen.* 'Bovendien, we hebben nog niet de kans gehad over die dingen te praten, maar als je een identiteitsbewijs nodig hebt... Ik weet niet of je van plan bent asiel aan te vragen of zo.'

*Skat wierp een razendsnelle blik op hem, flits weg. Ozzie was hem inderdaad onbelemmerd aan het bekijken van achter zijn zwart omrande bril, ernstig en bekommerd, alsof hij verantwoordelijk was voor Skats welzijn en geluk, alsof hij bij machte was* daarvoor te zorgen, alsof het Skats eigen onnozelheid was geweest die hem in zijn huidige staat van ontreddering had gebracht... Ineens haatte hij Ozzie met een vlammende intensiteit die volkomen nieuw voor hem was.

Hij draaide hem zijn rug toe.

'Verstehste – wir können ja noch drüber reden,' zei Oz, 'wenn du Bock hast. Je kunt natuurlijk zo lang blijven als je wil, dat is helemaal geen punt. We staan helemaal aan jouw kant. We zijn altijd solidair met vluchtelingen en we kunnen alles voor je ritselen wat nodig is. Ik ken allerlei mensen, voor papieren of advocaten of zo. Hoe je een goed asielverhaal moet opstellen bijvoorbeeld. Oké?'

Ozzie, Ozzie, je struikelde over Ozzie. Hij was precies overal waar je niet wilde dat hij was, met zijn lullige witte piekhaar en zijn dunne benen, z'n bril waar hij altijd aan zat te frutselen, zijn eindeloze gemekker en gevraag. Als je in de keuken snel wat brood wilde smeren stond hij pop! voor je neus, helemaal opgemaakt voor een optreden, vet zwart omrande ogen en lange zwarte wimpers, een plastic slang om zijn dunne nek gewikkeld, die nek waarop de zuigplekken nog te zien waren. Ging je naar de wc dan stond hij daar net luidkeels zijn liedjes uit te brullen, tussendoor kirrend vanwege de akoestiek. Zat je rustig in je kamer naar muziek te luisteren, dan viel hij binnen met verhalen over advocaten en illegalen en wetswijzigingen en mogelijkheden.

Hij struikelde zelfs binnen in je dromen, lichtgevend naakt, onverdraaglijk dichtbij...

Steeds als Skat tegen Ozzie op liep schoot het verlangen in hem op die bleke idioot krachtig zijn plaats te wijzen. Besefte Oz wel dat z'n gedrag volkomen onacceptabel was, besefte hij wel dat-ie met Skát van doen had, en dat hij, Skat, een minimum aan respect verwachtte? Maar dan had Oz allang z'n mond opengetrokken, dan was hij allang aan het kwaken over het een of andere krankzinnige plan, de expositie van rauwe runderlapjes die ze beneden wilden inrichten, een ideetje van die Berlijnse installatiekunstenares, weet je wel, ze zouden het een maand laten hangen om het te laten wegrotten, en ze zouden bezoekers dwingen hun reactie onder woorden te brengen omdat kunst anders volkomen vrijblijvend bleef, en dat was precies het probleem, dat iedereen alles wat een beetje gevaarlijk werd, wat hun ook maar een beetje écht zou kunnen raken, op afstand hield, en – en als Ozzie Skat dan in grote verwarring achterliet besefte Skat dat hij in dit pand, in deze absurde stad, de woorden was kwijtgeraakt waarmee hij iemand tot de orde kon roepen.

Hij bekeek zichzelf in de spiegel van de theaterzaal. Hij was toch nog steeds herkenbaar als de soldaat die hij was geweest – goed, hij was magerder en grauwer geworden, maar hij kon nog diezelfde superieure blik in z'n ogen oproepen. Hij rolde met zijn schouders en dacht een rimpeling van onzekerheid over zijn gezicht te zien trekken. 'Focus!' beet hij zichzelf toe.

Maar terwijl hij zichzelf in zijn ondoorzichtige ogen staarde vroeg hij zich af wie hij werkelijk was, in deze stad waar niemand hem kende. Een soldaat zonder bevelhebber, een aanvoerder zonder volgelingen, een legendarische held die voorgoed uit zijn legende was verbannen.

'Blind in de afgrond springen,' mompelde hij.

Hij haalde diep adem, om zijn duizeligheid te bedwingen. Welke wetten golden er nu nog voor hem? Wat was er hier in dit zinloze mensenwereldje te vinden dat hém, banneling uit een kosmische orde, enige richting zou kunnen geven?

'Hé Skat! Kom ook mee, man!' Ozzie holde hem voorbij en hinkelde toen terug. 'Dit is je kans! Het is vlakbij, we gaan fietsen, de spullen zijn er al. Kom mee!'

Ze gingen allemaal en hij had geen keus. Irina greep hem bij zijn elleboog, Jin en Roof duwden hem vooruit, ze banjerden in een kluwen naar de fietsenstalling en verdeelden de fietsen, en hij werd achterop bij Louisa gezet, waardoor hij zich een invalide worm *voelde. Maar niemand was geïnteresseerd in wat hij vond. Ozzie en de meiden traden op, en dus gingen ze.*

*Louisa fietste als een truck, zonder te slingeren, recht op alle obstakels af en Skat hield zich onwennig aan haar brede rug vast. Om hem heen taterden de anderen opgewekt met elkaar. Het was misschien half tien, het was nog steeds niet helemaal donker en de hele stad was wakker en opgewekt. Er was geen politieagent te bekennen. Skat realiseerde zich dat hij ieder moment opgepakt kon worden. Het vreemde was dat dat hem tegenwoordig kon schelen. Waarom? Hij wist het niet. Hij wist alleen dat het hem sinds kort kon schelen of hij in leven bleef of niet.*

*Er was hier een serieuze zaal voor optredens. Hij begon al vol te lopen, met woelerige, luide mensen, die zo te zien zin hadden in de avond. Op het podium was een band druk aan het klungelen met snoeren en microfoons. Skat zag op een poster dat er vier bands zouden optreden. De band van Ozzie, Irina en Louisa kwam als derde,* **Ozza Ellbogen** und **Ihre Expats** *stond er, dat zouden ze wel zijn. Skat krabde aan zijn neus. Hij slenterde naar de bar, waar grote ventilatoren koude lucht de zaal in zwiepten, hij klom op een barkruk met het vaste voornemen daar die avond te blijven en bestelde een biertje met de helft van de muntstukken die hij bezat. Twee jongens uit het pand kwamen bij hem staan. Skat leunde op de bar, luisterend naar hun gepraat, in afwachting van de muziek.*

*Na een tijdje constateerde hij dat hij zich amuseerde. De dreunende muziek betrok hem bij het gewoel, of hij wilde of niet. De bassen deden ook zijn ingewanden pulseren, de klompige, satirische, rauwe ritmes van de bands kropen onder zijn huid. Het was geen serieuze muziek, nee, daar verstond hij heel wat anders onder. Maar het had een eigen leven, het soort spottende, overmoedige leven dat je in Ozzie kon vinden: oppervlakkig, buitengewoon irritant, maar wel... nou ja, levend. Hij had er geen beter woord voor.*

*Hij merkte dat hij zenuwachtig was toen de Expats op het podium verschenen. Omdat hij de hele avond koppig aan zijn kruk was blijven kleven, had hij goed zicht op ze. Irina verscheen het eerst, haar basgitaar in de hand; toen een andere gitarist; toen Louisa die nors achter het drumstel schoof; en toen, huppelend en bespottelijk, Ozzie met zijn zilver glimmende gitaar, gekleed in een witte broek en een rinkelend zilveren hemdje. De ergernis brandde in Skats lichaam. De manier waarop Oz zichzelf en zijn band aankondigde, hakkelend, overenthousiast, gillerig! Binnen de kortste keren had hij de hele zaal aan het lachen. Maar het eerste nummer was waanzinnig, heel onverwacht met zijn jagende, gierende ritmes, en Ozzies hoge valse zang joeg je het kippenvel op je rug. Als Irina dan af en toe meezong, lager, een beetje tegen het ritme in, dan draaide je maag om. Dat was wel meteen het beste nummer. De volgende waren veel voorspelbaarder en het publiek, dat eerst opgewonden had meegegild, kalmeerde en begon doelbewust te dansen. Ze kregen een redelijk applaus, niet minder dan de eerste twee bands, maar ook niet meer. Skat merkte dat de band die daarop volgde de eigenlijke hoofdact van de avond was, en dat was volgens hem terecht.*

*Ze kwamen zwetend bij hem staan, verrukt over hun eigen prestaties. Zelfs Louisa glimlachte een beetje, terwijl ze met een andere kale reuzin stond te praten.*

*'Vond je het wat!' riep Ozzie over het kabaal uit.*

*Skat keek recht in zijn ogen, die koortsachtig oplichtten tussen de uitgelopen mascara.*

*'Het eerste nummer was prima!' riep Skat toeschietelijk terug, en Ozzies wenkbrauwen schoten omhoog. 'Ja! Vond je dat!'*

*'Heel sterk! Veel beter dan de andere.'*

*Ozzie knikte en boog zich naar hem toe. Skat rook zijn zweet, de weezoetige geur van zijn make-up, de scherpe gel. 'De andere zijn meest van Irina en Bengt. Ik ben er ook niet zo gelukkig mee, maar ik kan er hooguit wat aan sleutelen. Te gek dat je dat van mij eruit pikt.'*

*Hij leunde nog wat dichter naar Skat toe. Skats hart begon afwerend te bonken. Maar het was Ozzie om de bar te doen, hij leunde langs Skat heen op de bar en bestelde bier voor de hele groep. Toen*

223

*hij Skat een glas in de hand drukte schreeuwde hij: 'Ik hoor jou wel eens spelen!'*

*'O.'*

*'Op die ouwe saxofoon van Simon toch? Klingt echt geil! Ich meine, wirklich genial!'*

*Skat nam een slok. Ozzie steunde met zijn hand op de zitting van Skats kruk. 'Heb je daarginder soms ook in een band gespeeld?'*

*'Nee.'*

*Ozzie schudde zijn hoofd. 'Nou, ik bedoel, als jij zegt dat je dat geintje van mij goed vindt, dan zegt me dat echt wat. Als het van jou komt, bedoel ik!' Hij keek de zaal rond, waar de mensen in een dicht op elkaar gepakte massa op muziek van een dj dansten. Toen boog hij zich weer vorover om in Skats oor te gaan roepen. 'Weet je, dat is zo te gek van jou. Je komt uit god weet wat voor kuttoestand hier terecht en je moet al dat dansen en die muziek wel verschrikkelijk banaal vinden... en dat laatst met Leo en mij op de trap... na alles wat jij heb meegemaakt. Nou gaat het ons natuurlijk ook om de politiek, net als jou, dat we je opvangen is omdat we gewoon solidair zijn. Maar ik kan me best voorstellen dat je onze manier van leven belachelijke onzin vindt. Maar je doet gewoon mee en je vindt het nog leuk ook! Das is wirklich total relaxed.'*

*'Het is ook leuk,' zei Skat ongemakkelijk. Hij had Ozzie nooit ook maar iets over zichzelf verteld.*

*Ozzie trok zich van hem terug, lachte breed, en hield zijn gezicht scheef, terwijl hij hem van achter zijn brillenglazen bekeek. 'Jíj bent leuk!' Hij keek langs Skat weg, zijn ogen vingen de blik van iemand anders naast hen, die tegen hem begon te schreeuwen, dingen die Skat niet verstond. Maar hij had in geen geval iets verstaan, zijn lichaam sidderde allerwonderlijkst. Vier uur kabaal en hitte, vier uur geschreeuw en mensenmassa's, het was veel te veel. Hij leek wel gek.*

*Hij hing een tijdje rond bij de wc's, waar het rustiger en koeler was. Een jongen deelde een joint met hem. Er was een oude sofa waar hij waarachtig op wegsukkelde, zo gemakkelijk alsof hij op eigen terrein was. Hij had geen flauw idee van de tijd toen hij wakker schrok. Maar in de zaal was het feest nog gaande en de mensen van het pand dansten met overgave. Ozzies piekhaar stak nog ongeveer op dezelfde plek boven de menigte uit. In één oogopslag zag Skat dat hij in innig gesprek was verwikkeld met een jongen. Die jongen – niet Leo – had een arm om Oz heen geslagen. O, je bent leuk, dacht Skat woedend, je bent heel leuk hoor. Ozzie vindt iederéén heel erg leuk.*

*Leuk! Het woord alleen al!*

*Leuk. Hij, Skat de Bliksem, subcommandant, verrader, banneling. Hij, léúk!*

*Hij keerde zich om en vroeg zich af hoe hij thuis moest komen. Toen hij duizelig de zaal uit strompelde, voelde hij een hand om zijn arm. Irina.*

*Even later stonden ze allemaal om hem heen, Irina, Ozzie, Jin en Roof. Irina sprak kwaad op ze in, of ze gek waren geworden hem zo in de steek te laten, dat ze hem allang naar huis hadden moeten brengen, wisten ze hoe laat het was en hoe groot de kans was op een inval van de politie, of gewoon op een simpel aanhoudinkje buiten? Skat schudde zijn hoofd. Er hoefde verdomme niemand op hem te passen, dachten ze soms dat hij hulp nodig had, in een stinkend rijk, verwend, suf feeststadje als dit? Hij liep voor ze uit naar buiten, maar ze liepen als vanzelfsprekend met hem mee, alweer met hun gedachten en gesprekken elders. Skat zag uit zijn ooghoeken hoe Ozzie diep zoenend afscheid nam van twee, drie jongens. Hij brieste van woede.*

*Zodra Irina de eerste fiets van het slot had geklikt rukte hij hem uit het rek.*

*'Skat, je gaat bij mij achterop,' zei ze vinnig, terwijl ze het stuur uit zijn handen probeerde te wringen. Maar hij schudde zijn hoofd. Hij moest iets hebben om tegenaan te trappen, hij moest iets fijn kunnen knijpen, hij moest wegracen, snelheid maken.*

*Het was kwart over vier, zag hij op een kerkklok verderop. Hij* verlangde intens naar zijn motor. *Kutfiets, belachelijk speelgoed van stalen staafjes.* Hij zwaaide zijn rechterbeen over het zadel heen en ging ervandoor. Hij was verschrikkelijk moe, maar het was een opluchting te kunnen bewegen, frisse lucht in te ademen. Achter hem stapten de anderen op hun fietsen. Iemand riep iets, snelle voetstappen. Plotseling voelde hij twee stevige handen om zijn middel en een gewicht kwam op de bagagedrager neer. Hij bleef met moeite in evenwicht.

'Kun je me houden?'

Natuurlijk was hij het, Ozzie, die altijd overal was waar je hem niet gebruiken kon. Ergernis en onrust, twee warme handen drukten in zijn zij. Skat richtte zijn blik verbeten op de weg. Op de bagagedrager slingerde Ozzie heen en weer. Zijn handen lieten los, grepen zich toen vast aan zijn heupen. Onbeschaamd opdringerig, die hete, drukkende handen, juist daar, juist daar... niet veel later begon Ozzie te neuriën, en terwijl hij dat deed liet hij Skat los, waarna hij zijn armen om Skats middel haakte en zwaar tegen zijn rug aan leunde.

Koude ontzetting golfde door Skats lichaam heen. Hij trapte radeloos door. Ozzie plakte aan hem, nam bezit van hem, liet koude en hete explosies in zijn buik opbloeien. Skat schopte de trappers naar beneden. Ozzie begon gezellig te kakelen met iemand die naast hen fietste, over een demonstratie ergens binnenkort, het Lot weet wat voor bespottelijke onzin, en dat terwijl hij zijn lange vingers zojuist door Skats huid heen zijn ingewanden in had gestoken, waar hij nu lekker tussen de roodgloeiende darmen in wroette, leuterend alsof er niets aan de hand was, terwijl de bloedspatten hun om de oren vlogen.

Een paar minuten later was de fiets ineens kilo's lichter. Skat fietste nog een meter of vijftig door, tot bij de deur naar de fietsenstalling. Irina nam de fiets van hem over. Ze stommelden door de rotzooi van de kelder heen, toen de trappen op. Ozzie, zijn gitaar over de schouder, klopte Skat op de schouder en zei iets onverstaanbaars terwijl hij een gang in dook. *Waarom die gang in?* vroeg Skat zich verbijsterd af, wat gebeurt er, waar gaat hij ineens heen? Welterusten, zei Irina en toen, van het ene moment op het andere, stond hij in zijn eentje midden op de trap, de trap naar boven, naar de kamer waar hij onder het geopende dakluik sliep, waar hij nacht na nacht de sterren in de ogen keek.

Hij liep naar boven, omdat er niets anders te doen was. Trede na trede na trede. Hij deed met bevende vingers zijn deur open en ging op zijn matras zitten.

Het leven is als een transatlantische vlucht, zoals het oude spreekwoord zegt. En omdat dat zo is, wachten onvermijdelijk de luchtzakken. Onvermijdelijk komen de momenten waarop de grond onder je voeten wegvalt. Je weet eerst nog donders goed wat je overkomt: misschien nieuwsgierig, misschien somber, neem je waar hoe je valt. Er is niets aan te doen, je bent machteloos. En terwijl je ontreddering groeit trekt je bewustzijn zich terug, steeds sneller krimpt het ineen om ten slotte als een vonk in een hoek uit te doven. Dan is alle houvast verloren. Wat rest is ongerichte paniek.

Al die tijd dat dit met hem gebeurde, had Skat bewegingloos op zijn matras gezeten.

Maar toen het zover was en er niets van hem was overgebleven, zo weinig dat hij niet eens begreep dat dit het moment was waar hij de afgelopen weken in dit kleverige kraakpand in Amsterdam in directe lijn op af was gestevend, nee, dat dit het moment was waarop hij al die jaren was af gekoerst, alle jaren waarin zijn ziel zich had verdiept en gesloten, was gekwetst en uitgehongerd en beschaamd, sinds het moment dat hij voor het eerst door warme mannenhanden was opgetild, terwijl een mannenstem 'Askatertje' zei, lachend en plagerig, maar met zoveel innige nieuwsgierigheid dat hij wist dat alles voor altijd was goed gekomen... toen het zover was, toen stond hij op en liet hij zich blind naar beneden drijven.

Ozzie stond in zijn kamer en liet zingend een stok op zijn vinger balanceren. Toen hij Skat binnen zag komen, laaiend, deur openbeu-

*kend, vlammend zwaard in de hand, deed hij een stap naar achteren. De stok viel uit zijn handen op de grond. Hij zei: 'Wauw.'*

*En hij zei: 'Wat...' en hij zei: 'Hoor es...' maar toen was Skat al bij hem. Hij liep recht tegen hem op. Oz bonkte ruggelings tegen de muur op en nog bleef Skat niet staan. Hij drukte zijn lichaam tegen dat van Oz aan alsof hij er een doorgang door wilde forceren. 'Hé,' zei Ozzie en toen beukte Skat zijn buik hard tegen de zijne aan, twee keer, drie keer, waarna hij Oz bij zijn schouders beetgreep en hem ruw heen en weer schudde.*

*'Hé,' zei Ozzie, 'hé, man!' En 'Au,' zei hij, 'Kijk uit!' zei hij, waarop Skat zijn handen diep in zijn schouders klauwde en zich doelbewust tegen zijn buik begon weg te stoten.*

*'Ho,' zei Oz, zich schrap zettend tegen de muur. Blind, doof, stootte Skat alles weg, de hele schroeiende ontzetting die Ozzie in hem teweeg had gebracht, die ondraaglijke honger en ergernis en jeuk, dat allemaal vond dankbaar in Ozzies buik het houvast dat nodig was. Terwijl Ozzie verward nadacht over waar hij zijn handen moest laten, beukte Skat zich al hardhandig tegen hem klaar. Het duurde al met al maar een minuut voor Skat zichzelf akelig helder terugvond in een lijf dat beefde van zalige uitputting.*

*Hij schaamde zich op slag verschrikkelijk.*

*Toen hij op het dak zat was hij zich nog steeds veel te helder bewust dat hij Skat was, en wel een soort Skat met wie hij niets te maken wilde hebben. Hij gooide zich diep ellendig neer op het luchtbed, in de hoop dat hij meteen in slaap zou vallen en morgen bevrijd zou zijn van het bespottelijke varken waarin hij vannacht veranderd was. Moest hij zich niet ontdoen van zijn natte onderbroek? Hij duwde zijn vuisten in zijn ogen.*

*En ja, hoe kon het anders zijn, in een boom ergens beneden begon een vogeltje te zingen en Ozzie stak zijn kop boven het dakluik uit. Skat liet zich metersdiep wegzakken in het luchtbed. Ozzies blote voeten kletsten tegen het zink, Ozzies kont liet zich neer op een opblaaskussen, maar goddank hield Ozzie zijn mond dicht.*

*Wel twee minuten lang.*

*En toen: 'Ben je érg stoned?'*

*En toen: 'Weet je?'*

*En toen: 'Ik ben enorm vereerd dat je me ineens zo... eh... líéf vindt, maar eh...'*

*En toen: 'Hé, is alles oké met je?'*

*En toen: 'Skat.'*

*Dat werd zacht gezegd. Toen pas ademde Skat uit.*

*In de vroege middag werd Skat wakker op het moment dat Ozzie onder de opengeritste slaapzak uit kroop. Wat was hij ongelooflijk wit, Ozzie. Zonlicht spoelde door het dakluik over hem heen. Alles glansde en glitterde aan hem; zijn geelwitte stekels, zijn vriendelijke smalle schouders, zijn zachte, met licht dons bedekte huid. Als hij zich omdraaide kon je de steviger donsharen boven zijn ronde billen zien. Hij had een prachtige rug, ongewoon lang, heel soepel. En nergens was er op zijn smalle lichaam enig vet te bekennen.*

*Veel spieren trouwens ook niet. Maar dat had hij altijd al geweten.*

*Ozzie kwam terug met twee mokken koffie. Toen hij binnenkwam, in een boxershort dat hij onderweg had opgepikt, en zijn nog zwart omrande blik op Skat viel, bleef hij met een schrikbeweging staan. Zijn wenkbrauwen gingen omhoog, hij spitste zijn lippen.*

*Skat glimlachte. 'Wat?'*

*Ozzie blies hoofdschuddend uit. 'Jij. Je bent adembenemend. Jezus, dat ik met iemand als jij... iemand als jij...'*

*'Niet met iemand áls ik. Met míj.'*

*Ozzie knielde naast hem neer, en overhandigde hem de beker. 'Maar het is toch ongelofelijk? A Midsummer Night's Dream in Guatemala... Ozza en de guerilleros.'*

*'Oz.'*

*De blonde jongen hief zijn gezicht op en keek Skat met samengetrokken gezicht aan. Hij was ineens onzeker en onhandig, wat hij de hele nacht niet was geweest; hij wendde zijn gezicht af en zijn* handen trilden terwijl hij de beker naar zijn mond bracht. 'Ja, ik bedoel gewoon... ik had gewoon nooit gedacht dat jij... Maar maak je geen zorgen, dit blijft onder ons. Ik bedoel, ik hoop alleen dat je...' Hij nam een snelle slok. 'Nou ja, als je een bloedhekel aan me krijgt, dan kan ik daar nu natuurlijk ook niks meer aan doen.' Zijn schouders zakten naar beneden en hij slaakte een treurige zucht.

'Een bloedhekel? Waar heb je het over?'

Ozzie keek zorgelijk voor zich uit. 'Nou, het ligt voor de hand dat je een hekel krijgt aan diegene die je het leven redt. Niet? En dan nou dit ook nog... Wat kun je anders doen, op den duur, dan van me gaan walgen?'

Skat fronste zijn wenkbrauwen.

'Maar misschien vandaag nog niet,' zei Ozzie vrolijker, en hij zette de beker neer en strekte zich naast Skat uit. Skat draaide zich naar hem toe, liet zijn vingers over zijn borst gaan, van het kuiltje tussen zijn sleutelbeenderen tot de rand van zijn boxershort. Toen liet hij zijn hand onder het elastiek door glijden en nam zijn warme geslacht in zijn hand. 'Hm,' zei Oz en hij sloot zijn ogen. Het was verbazend hoe snel hij stijf werd, dacht Skat, hij groeide al na de lichtste aanraking tot boven de rand van zijn onderbroek uit. Ozzies pik was bijna zo blond als hijzelf was, bescheiden lichtbruin, maar overdreven roze aan de punt. Skat boog zich over hem heen om zijn schaamteloos roze eikel te likken, veel bloter dan de zijne... alsof hij in een schelp in de diepzee thuishoorde. Oz legde zijn hand op Skats hoofd.

Ozzie wist dingen waar Skat nog nooit aan gedacht had, en wat hij die nacht met Skat had uitgespookt en waartoe hij Skat tot diens verrassing had uitgelokt, dat bleek hij ook in het daglicht uitvoerbaar te vinden. Ozzies onzekerheid smolt weg in zijn groeiende enthousiasme. Hij had zelfs nog meer ideetjes dan in het donker. Nu het helder daglicht was en ze allebei precies wisten wat ze deden, in tegenstelling tot de afgelopen nacht, hoopte Skat dat Ozzie niet zou merken hoe nieuw dit alles voor hem was. Hij voegde zich allersoepelst naar zijn suggesties, maar evengoed lachte Ozzie nadat

*er twee uren verlopen waren en ze zweterig in elkaars armen lagen,*
*volgekliederd en plakkerig. 'Voel je je nou heel decadent?'*

*En toen Skat niets zei: 'Losing your virginity. Aan een nichtenroc-*
*ker.'*

*'Die was ik allang kwijt,' zei Skat vaag beledigd, maar Ozzie zei*
*zelfgenoegzaam: 'Maar niet je echte maagdelijkheid, schat. Meisjes*
*neuken telt niet.'*

*Dit was zo'n moment waarop Skat vroeger een sigaret had opge-*
*stoken.*

*Geen tien minuten later was Ozzie weg. Niets dan een 'o shit, half*
*vijf,' en dan een razendsnelle duik zijn kleren in, een nog snellere*
*zoen ergens halverwege Skats wang, en toen was er alleen nog het*
*roffelend geluid van zijn voetstappen op de trap en zijn vluchtige*
*geur in de kamer.*

*Skat ging zitten en keek zijn kamer rond.*

*Een klerezooi, in de zon. Eén halfvolle koffiebeker was omgeval-*
*len. Boven op zijn T-shirt lag een condoom. Dat ding dat Ozzie van-*
*nacht ineens vanuit het niets over Skats stijve pik heen had probe-*
*ren te trekken, raar strak, terwijl hij mompelde: 'Toe dan maar', en:*
*'Jezus, werk es mee', tot hij doorkreeg – terwijl Skats geslacht zien-*
*derogen onder zijn vingers verslapte – dat ook dat volkomen nieuw*
*voor hem was. Aan de andere kant van het matras, op de omgeval-*
*len stapel oude kranten, lag een tweede. Herinnering aan die onge-*
*makkelijke exercitie die Ozzie daarnet halverwege had onderbro-*
*ken, oew, wacht jongen, gaat het niet?*

*Had hij minder moeten piepen? Skat begreep de codes nog lang*
*niet.*

*Skat de Bliksem. Op een zweterige slaapzak vol zaadvlekken, in*
*een walmende mensenstad in een moerasdelta. Skat de Bliksem,*
*stinkend naar seks, met zuigplekken in zijn hals, die zich hijge-*
*rig had verslingerd aan een mens. Om zich te laten neuken, jawel.*
*Door een sterfelijke mens. Hij grinnikte, en dacht aan de Demonen.*

*Hij had geslapen en had zich toen gedoucht, want hij was uiteindelijk een zindelijke jongen, hij was met Irina meegegaan om een stapel posters voor een optreden weg te brengen en toen had hij een uurtje saxofoon gespeeld op het dak.*

*Toen pas sloeg de onrust toe. Hij dacht niet eens: waar is Ozzie, maar hij vroeg zich wel af wat hij in naam van de Diepte met de rest van de avond moest beginnen. Tegen zijn gewoonte in daalde hij af naar de gemeenschappelijke ruimte waar de grote televisie stond. Matt zapte landerig langs de programma's. Louisa en Irina probeerden een elektrisch oventje te repareren. Skat eindigde met een stuk van de krant van gisteren in een leunstoel bij het open raam. Veel las hij niet (klimaatverandering oi oi, grafiekjes, theorieën; haha), hij liet vooral de wind langs zijn duffe kop strijken. Buiten reed op volle snelheid een politieauto met sirene voorbij. Hij zat er tot na middernacht. Tijd om naar bed te gaan. Bij die gedachte werd hij pas echt ongerust.*

*Naar bed, voordat Ozzie terug was? Hem niet meer zien, vandaag?*

*Maar ze hadden niets afgesproken, wel?*

*Hij ging nerveus rechtop zitten. Ze hadden niets afgesproken. Wat dacht Oz eigenlijk van dit alles? Was het mogelijk dat hij het inmiddels allemaal al weer vergeten was? Omdat het voor Oz, die belachelijke clown, voor wie niets ernst was, die achter absurditeiten en grappen aan joeg, niets dan een absurditeit was geweest? Seks in Guatemala, een half nachtje lang?*

*Net als gisteren sloeg de ergernis toe, maar nu werd die doorsneden door angst en twijfel en, maar dat wist hij nog niet, zijn achting voor Ozzie. Wat voor spel speelde Oz met hem?*

*Hij zat nog tien minuten krampachtig in zijn stoel. Er kwamen wat mensen binnen voor een nachtfilm. De openingsmuziek sneed luid door de hoge ruimte. Skat kwam ongeduldig overeind, zijn ogen brandden en hij vervloekte Ozzie. Hij ging naar de keuken om koffie te halen. Irina en een ander meisje zaten aan de tafel bier te drin-*

ken, terwijl Gustave zich langzaam maar gestaag door een afwas van dagen heen werkte. Naast hem was een mager oud ventje dat Skat nog nooit had gezien een eindeloos verhaal aan het ophangen, zonder op weerwoord te wachten. Niet dat Gustave ooit wat terugzei, tegen wie dan ook.

De koffie in de kan was ingedikt tot een onsmakelijke stroop. Skat smeet hem weg in de wc, waarna hij de kan onder het kraantje met wc-papier schoon probeerde te wrijven. Vanaf een keukenstoel keek hij toe hoe de verse koffie de kan weer in druppelde. Hij had buikpijn, hij was nerveus en ongelukkig. Ozzie was spoorloos verdwenen.

Totdat hij opeens natuurlijk wel weer opdook, midden in de felverlichte keuken, met twee jongens achter zich aan, zodat de keuken ineens overvol was. Ozzie stopte midden in het gesprek dat hij met zijn vrienden had gevoerd. Hij zag Skat zitten en werd vuurrood. Skat sloeg zijn ogen neer. Hij had daar ter plekke van zijn stoel kunnen vallen, zo opgelucht was hij dat Ozzie was teruggekomen.

Er gebeurde verder niets. Ozzie gleed het keukengesprek binnen, ze dronken met z'n achten koffie, Skat zat er zwijgend bij. Hij keek niet één keer naar Ozzie, ademde alleen zijn aanwezigheid in.

Maar het pand was niet meer dan een doorgangsruimte voor iedereen die er opdook. Nog voor de meiden de keuken waren uitgespoeld, nog voor Gustave de laatste pan van de vloer had getild, stond Ozzie op. 'We gaan nog even bij Don langs.' Zijn blik gleed langs Skat heen, was weg voor Skat hem had kunnen oppikken en ach, de keuken was Ozzieloos, geen spoor was er meer van zijn korte verblijf daar.

Don?

Het zijn moeilijke dagen, als je bent overgeleverd aan de nukken van een jongen die het leven opvat als een grap. Wat viel er te doen? Skat sliep, maakte zijn hok schoon, zo grondig dat er niets in achterbleef dan zijn matras, de drie kartonnen dozen met zijn nieuwe *bezittingen, de radio en de oude saxofoon van Simon, en toen sliep hij verder. Wat was er te doen? Hij zat op het dak en speelde urenlang saxofoon, het was het enige wat er overbleef.*

*Soms raapte hij al zijn moed bij elkaar. Gooide hij alle waardigheid overboord. Laat ik dan een geile hond zijn, als dat blijkbaar is wat ik ben. Spring in de afgrond, spring... Dan zakte hij de twee trappen naar Ozzies verdieping af en dan klopte hij aan. Hij was bang dat Ozzie halfnaakt open zou doen terwijl er achter hem op zijn matras een andere jongen zou liggen, loom en lekker moe, brandende sigaret in de hand. Maar wat er iedere keer opnieuw gebeurde was dat Ozzie er stomweg niet was. Waarna Skat bitter betreurde dat hij hem niet in een compromitterende situatie had betrapt. Wat donderde het? Hij was nu op het punt dat hij zich, wie er ook getuige van mocht zijn, grienend om zijn nek zou gooien. Minnaar erbij of niet.*

*Minnaar?*

*Was het niet veel waarschijnlijker dat Ozzie gewoon allang een vast vriendje had?*

*Leo?*

*Leo, of Don, of wie dan ook? Een vriendje tegen wie hij inmiddels had gelogen over waar die zuigplek bij zijn tepel vandaan kwam? Een vriendje met wie hij het onstuimig had goed gemaakt?*

*'Irina, waar zit Oz toch?'*

*'Oz? Die heeft toch dat baantje in de haven? Auto's van de boot rijden.'*

*Vier dagen later klopte hij aan. Zijn blonde armen waren licht verbrand en zijn neus was verveld. Hij stond al in de kamer voordat Skat uit zijn topzware dagslaap was bijgekomen.*

*'Tschuldigung,' stamelde Oz. 'Zien of je er was... Jezus. Even...'*

*'Jezus,' zei Skat, met alle verontwaardiging die hem spontaan doorstroomde. Hij strekte zijn arm naar hem uit.*

*'Ik wil je niet lastigvallen,' zei Ozzie terwijl hij dichterbij kwam,*

'het is natuurlijk absoluut niet mijn bedoeling om...'

Hij keek zo verschrikkelijk ongelukkig dat Skat de tranen in zijn eigen ogen voelde springen. 'Idioot,' zei hij, 'Oz, jezus.' Hij had niet eens door dat hij mensenvloeken gebruikte.

Hij huilde later echt, Skat, zonder dat hij zichzelf ervan kon weerhouden, nadat hij zich over Ozzies buik en borstkas heen had leeggespoten, zo hard dat Ozzie het zaad giechelend van zijn kin en neus af veegde. Hij had niet meteen in de gaten dat Skat intussen als nat karton uit elkaar viel en over het matras heen wegdroop. Maar toen huilde Oz ook maar gelijk een beetje mee, half giechelig, waarna ze zich zwijgend aan elkaar vastklampten.

Zo word je schoongewassen, zo wordt alles weggebrand wat je aan de angstige aarde vastklonk. Skat liet zich dobberen in het licht van de leegte en herinnerde zich wat ze hadden verteld over aan de zwakten van het vlees ontstegen zijn.

'Hoe kom je eigenlijk aan die kring?' vroeg Ozzie, terwijl hij zijn wijsvinger langs het cirkelvormig litteken rond Skats hart liet kriebelen.

'Die kring?' Skat zweeg een moment en glimlachte. 'Dat... dat was... m'n paspoort naar de onsterfelijkheid. Er waren er die op hun knieën vielen, Oz, als ze die kring zagen.'

'Hoezo? Wat betekent-ie dan?'

Maar Skat legde alleen, nadenkend, zijn hand op zijn hart. 'Onsterfelijkheid...' Oz wachtte. Maar Skat liet het daarbij.

'Dat is het? Qua uitleg?'

'Ach, 't is een lang verhaal. Beetje technisch ook.'

Ozzie leunde op zijn elleboog en klopte op Skats sleutelbeenderen en ribben, tok, tok. 'Ik dacht dat ik hier de freak was, señor comandante...'

'Dat ben je ook,' zei Skat, en hij streek het haar boven Ozzies oor naar achteren. 'Superfreak Oskar, keizer van de absurditeit. Was ik vroeger doodsbang voor – het absurde, het belachelijke. Maar het

235

*doet jou niks, hè! 't Kan je geen reet schelen.'*

*Ozzie glimlachte, terwijl hij Skats hals streelde. 'Nou, het is wat ik bén, hè! Een belachelijke hoop gekwaak en show – dat ben ik, het domme blondje – beetje debiel happy dom blondje, trouwens, nou zo met jou...' Z'n glimlach werd weker. 'Skat...' Hij fronste zijn wenkbrauwen. 'Hoe heet je eigenlijk echt! Skat, dat is toch geen Spaanse naam!'*

*'Skat,' zei Skat, 'is een bijnaam. Afgeleid van As-kat. Gato de la ceniza.'*

*Oz liet zich op zijn rug terugvallen en krabde in zijn haar. 'Wacht even. Dat klopt niet. Ik bedoel, ofwel je hebt een Spaanse naam...'*

*'Ik klop ook niet. Ik heb geprobeerd het allemaal te laten kloppen. Echt, ik heb mijn leven ingezet. Het ging tussen mijn leven en de logica – wat voor logica dan ook. Nou, ik heb de logica laten vallen, en in plaats daarvan gekozen voor mijn leven.'*

*'Krass.' Ozzie veerde op en nam hem in een pijnlijke houdgreep. 'Arrogant, schweinegeil, absichtlich irremachend schizzo! Ík was de keizer van de absurditeiten, ja! Hoe zit het nou!'*

*' "I will not ask you for your secrets",' hijgde Skat. 'Remember! Die dag dat je me naar de Eerste Hulp bracht!'*

*'Ah, klootzak,' kreunde Ozzie, 'nou is het anders.'*

*'Wat is anders!' vroeg Skat, zielstevreden.*


*De nacht verstreek en de ochtend brak aan, zoals ochtenden dat doen, met kil grijs licht eerst en de pijnlijke scherpte van vogelgefluit, en dan, als je opnieuw je ogen opent, de botergele belofte van... ah, van zomerwarmte, en van de geurende huid van de jongen naast je in bed.*

*Nog voor ze wakker werden haakten ze zich in elkaar vast. Skat sliep half terwijl hij zich aan Ozzies hals vastzoog, en intussen zijn rugwervels begon af te tasten. Met groot genoegen voelde hij hoe Ozzie zijn ballen in zijn hand woog. Hij drukte zich tegen Ozzies erectie aan, zo dat zijn penis tegen die van Ozzie wreef en de ochtend gelukzalig doorbrak in zijn buik, tot Ozzie zich ineens ruw van hem af duwde. 'Wauw, ik moet... acht uur uiterlijk moet ik er zijn, anders...'*

*Sputterend schoot hij overeind om op de rand van het matras te gaan zitten, zich uit te rekken en in dezelfde beweging overeind te gaan staan. Maar dat was niet naar de zin van Skat.*

*'Hé! Kom terug,' zei hij. Hij greep Ozzie bij zijn bovenarm beet, en trok hem terug op het bed.*

*'Jezus, nee,' zei Oz. Hij draaide zijn arm los, draaide zich razend-snel om zijn as en stond aan de overkant van de kamer, graaiend naar zijn onderbroek.*

*Skat kwam overeind. 'Oz, je gaat niet wéér...'*

*'Blijf daar!' riep Ozzie schril.*

*'Jij... gaat... nergens... heen,' zei Skat langzaam, terwijl hij drei-gende stappen in zijn richting zette. Maar Ozzie molenwiekte wild met zijn armen. Met hoekige bewegingen ratste hij zijn broek van de grond, zijn bril, zijn T-shirt. 'Jezus! Blijf daar, eikel! Klootzak! Lul!'*

*Skat bleef stilstaan. Zijn handen hingen slap af. Oz schoot in zijn broek terwijl hij hem angstig aankeek. 'Ja, godverdomme toch? Klootzak.'*

*Skats gezicht versomberde. Hij stond daar besluiteloos en ge-kwetst.*

*'Ja, zeg,' zei Oz, en toen was hij aangekleed, hij schoot zijn open sneakers in en was de deur uit. Het volgende ogenblik was hij weer terug. 'Luister,' zei hij ademloos, 'sorry. Ik scheld je uit... Ik bedoel, begrijp me niet verkeerd... ik weet niet hoe je dat opvat... maar je-zus, ik moet wel, want ik ben zo godsallemachtig verliefd op je, ik moet wel, snap je? O christus.' En hij was weg.*

*Skat liet zich op het matras vallen, rug tegen de muur. Met wijd opengesperde ogen.*

*'Coño... Oz...' En toen, voluit grijnzend: 'Coño...'*

*Toen stond ook hij op. Hij trok de slaapzak op het bed recht, douchte zich, kleedde zich aan met schone kleren uit de kartonnen doos, en toen, alsof hij geen zieke, illegale vluchteling was, liep hij*

*de trappen af om het zomerse straatleven op te zoeken. Maar waar-*
*om ook niet? Zojuist was de wereld fundamenteel veranderd, zijn*
*positie daarin, zijn hele levensfilosofie en al zijn hoop en verlan-*
*gens. Hij kon niet wachten om te zien hoe de straten in die nieuwe*
*wereld eruitzagen.*

*Daar liep hij, fluitend, zijn handen in zijn zakken, ontspannen in*
*een rood T-shirt, Skat de Bliksem, de drager van de Vonk – akkoord,*
*maar zíjn Vonk, zijn eigen, en bij god, Azèl, ouwe, geile sadist die je*
*er was; dat ding zit inderdaad in je ballen.*

*Tenminste, als de juiste vingers je daar beetpakken.*

*Als je die mazzel hebt.*

# 9 Electric Animal

## (Of: de Steen van het Eerste Seizoen)

Dus daar stonden we in het straatje, oog in oog met een jongen die uit de dood was opgestaan, en Prooi stond te trillen met die stomme revolver van hem in zijn hand. Om eerlijk te zijn had ik medelijden met hem. Hij had natuurlijk geen enkele kans. Skat kwam zo snel in actie dat ik hem bijna niet kon volgen: zwaai, trap, klauw, en daar stond Prooi hem met lege handen beteuterd aan te staren, terwijl Skat hem bij de schouders hield. Ze keken elkaar een poosje recht in de ogen. Toen duwde Skat hem hard naar achteren. 'Eikel.'

Skat liep om de auto heen en sprong aan de bijrijderskant het busje in. Ozzie schoof achter het stuur. De imposante meid kwam beneden met een leren tas in haar hand, ze schoof hem de bus in, dreunde de achterdeuren met een grimmig gezicht dicht, waarna ze samen met een ander meisje met lang rood-paars haar in de bus verdween. Terwijl de bus in beweging kwam draaide Skat zijn raampje open. Hij stak zijn hoofd naar buiten en riep ons een adres toe. Toen ronkten ze weg, voordat we iets terug konden zeggen.

### De Bliksems komen samen

Er waren zoveel bellen en namen dat het een poosje duurde voor ik een rood papiertje ontdekte waarop stond: *Ozza E., 4x kort, 1x lang*. Toen ik belde schoof er hoog boven me een raam open. 'Bitte?' Ozzies blonde kuif stak naar buiten.

'We komen voor Skat!'

'Wie?'

'Skat! We hebben jullie gisteren gezien! Bij het busje!'

Het hoofd verdween. Even later werd de deur geopend. Ozzies ogen monsterden ons van achter zijn zwart omrande bril. Hij droeg een raar rinkelhemdje van zilveren schakels, en een zwarte kuitbroek. Op weg naar beneden had hij een Duits jagershoedje met een veer opgezet en in zijn linkerneusgat bloeide een meisjesoorbelletje. Een kinderachtig rood-oranje bloemetje.

'Is Skat er?'

Ozzie wees met een lange wijsvinger naar Prooi. 'Dit is het broertje. Ja toch?' Toen tikte hij mij tegen mijn borstbeen. 'En jij? Niet het zusje. Geen zusjes in het script opgenomen.'

'Nee,' zei ik. 'Ik ben Wik. Wik Kasterman. Prooi woont bij mij.'

'Tengoe,' zei Ozzie ernstig. 'Hij heet Tengoe.' Hij wenkte Prooi naar zich toe en klopte hem op zijn jaszakken en toen onder zijn leren jas langs zijn lichaam, alsof hij hem op wapens onderzocht... Met een schok realiseerde ik me dat dat precies was wat hij deed. Maar daarna liet hij ons binnen, in een grote hal met een opkrullende, kapotte parketvloer. Her en der stond troep: een oude fauteuil, een groot tuinbeeld van een meisje zonder armen, een machineachtig ding dat ik niet thuis kon brengen. Flessen, kranten. Het rook licht naar verrotting. We liepen door grote verduisterde zalen, waar mensen kamers in hadden afgetimmerd. Hier en daar kwam muziek achter een lap landbouwplastic vandaan. In één zaal, waar een gang was uitgespaard die naar een open ruimte vol speelgoed leidde, joegen kleuters op driewielertjes achter elkaar aan. We liepen door een smalle kamer vol theaterkleren en kwamen uit in een spiegelzaal waar een vrouw zichzelf langzaam in een knoop aan het leggen was, terwijl ze met één been op een krukje balanceerde. De volgende gang was van onder tot boven beschilderd met heel kleine plaatjes, een krankzinnig lang chaotisch stripverhaal waar ik een vergrootglas voor nodig zou hebben. Toen we duizelig de gang uit liepen botste ik tegen een onverwacht obstakel op: een kunstkerstboom, helemaal opgetuigd. Met veel gerinkel bracht ik hem tot bedaren.

Ozzie grinnikte. ' "It is hard to adapt to chaos", ' zei hij, ' "but it can be done." Kurt Vonnegut.' Hij hopte soepel een trap op, een sprink-haan met dunne, elastische benen. ' "I am living proof of that: It can be done." Hier naar boven!'

Aan het einde van een verlaten zolderverdieping vol open deuren was een gesloten deur, die niet lang geleden felrood geverfd was. Midden op de deur stond een S. 'Voorheen Simon,' zei Ozzie. 'The Refugee's Room.' Hij klopte hard. 'Skat! Visite!'

Achter de deur werd een onverwacht zonovergoten kamertje zichtbaar. Middenin lag een kale matras met een slaapzak erop, tegen de muren stonden wat dozen, maar het belangrijkste was de ladder die naar het openstaande luik in het plafond leidde. En daarboven, op het hete dak, zat Skat. Koninklijk, met ontbloot bovenlijf, in een opblaasfauteuil, een saxofoon op schoot. Om hem heen strekte de stad zich schitterend uit.

'Wauw,' zei ik.

Skat legde de saxofoon naast zich neer. 'Niet gek, hè? Panorama. Ik kan alle verdachte figuren van kilometers ver zien aankomen.' Hij sprak Spaans tegen me.

'Leuk als de ME komt,' zei Ozzie in het Nederlands. 'Kunnen we fijn lang naar ze zwaaien.'

'Worden jullie ontruimd?'

'We onderhandelen nog. Maar het ziet er niet best uit.'

Prooi had naar Skat staan staren, maar nu wierp hij een blik over de rand naar beneden. 'Het is goed te verdedigen,' zei hij in het Spaans. 'Wat hebben jullie voor wapens?'

'Oude koelkasten en verfbommen,' zei Oz in het Nederlands.

'Nah,' zei Prooi verontwaardigd.

'We gaan niet vechten, Tengoe,' zei Skat. 'Dat is allemaal voorbij. En als jij weer een wapen trekt gooi ik je van het dak af. Begrepen?'

Prooi ging met een somber gezicht op een plastic tuinstoel zitten. Ozzie gooide zijn hoed opzij en strekte zich uit op een stel mottige kussens onder een zieltogende palm in een pot. Ik vroeg me af of dat arme ding ooit water kreeg.

'Ik dacht dat je dood was,' zei Prooi tegen zijn handen.

Skat schokschouderde. 'Dus niet.'

'Maar er was een ontploffing...'

'O ja, hij was kwaad... Tuurlijk was-ie kwaad.'

'Kwaad? Maar waarom? Waarom heeft hij je niet gedood? Waarom nam hij je Vonk niet?'

'Omdat hij geen flauw idee had hoe hij dat moest doen.' Skat wendde zijn gezicht van ons af en staarde in de verte. 'Dat nam ik hem bijzonder kwalijk. Hij had me toch op zijn minst een glorieuze heldendood kunnen bezorgen? Daar rekende ik op! Hij kon toch niet verwachten dat ik ter plekke zijn eigen oeroude offerceremonie voor hem verzon? Alsjeblieft, zeg.' Hij stak zijn armen de lucht in en rekte zich lang uit.

Onder zijn gehavende bruine huid was hij één en al scherpe energie. Ik herkende het van Dario: net als bij hem brandde er in Skat een felheid die maakte dat je vanzelf op een afstandje bleef. Nee, dacht ik toen, terwijl ik hem bekeek, het was toch anders: Skat was beheerst, het brandde en broeide onderhuids. Hij had de boel onder controle. Ondanks zijn hardheid leek hij een beetje op Prooi. Zijn mond, een trek rond zijn ogen. Die ogen fascineerden me. Dwingend, donker, en als hij wou, o ja, als hij maar wou, vast ook sensueel. En toen Skat weer naar Prooi keek, dacht ik iets van die andere kant op te vangen. Een glimp warmte. Ik begon te begrijpen dat Prooi in hem de held der helden had gezien.

'Had hij een mes, Skat? Sneed hij je?'

'Hij zat een beetje met een mes te haspelen, ja, maar dat was voor de show. Hij wou echt dat ík het deed, dat ik m'n Vonk spontaan uitkotste en ter plekke stierf of zo, ik weet het niet. Nou ja, het werd gênant.'

'Dus je bent ook gevlucht.'

Skat zei een tijdje niets. Toen hij eindelijk antwoord gaf klonk zijn stem heel wat onzekerder dan daarvoor. 'Het punt was – en dat kon ik hem niet vergeven – dat hij het niet eens *waardeerde* dat ik het grootste offer wilde brengen. Ik dacht, nu zal-ie toch moeten toegeven dat ik echt van hem hou, nu zal-ie me toch wel bedanken of zo... Maar nee, niks. Toen ben ik ervandoor gegaan.'

Proois onderlip schoof naar voren. 'Dus daarom was hij zo zwak...
omdat hij jouw Vonk niet had!' Ik zag zijn gezicht verkreukelen. 'Nu
begrijp ik waarom hij moest springen.'

'Springen? De mijn in? Dem Azèl?' Ik zag Skat en Prooi allebei tegelijkertijd tegen hun maag tikken. 'Dacht je nou echt dat iemand met
zoveel eigenwaan er een eind aan zou maken?'

Niemand, niemand op aarde had zo'n beweeglijk gezicht als Prooi.
In één tel ontspande het zich volkomen, om daarna hevig te gaan trillen en dan samen te knijpen. 'Maar... leeft hij dan nog?'

'Natuurlijk! Had je dat niet van Mist gehoord dan?'

'Mist?'

'Jij hebt Mist toch zeker ook wel gebeld? Je had me zelf die code gegeven!'

'Wat?'

'Die code! *Klaag niet als 's ochtends de nevel rijst!* Dat had je toch zelf
ook wel uitgepuzzeld? Het aantal letters in elk woord geeft het cijfer
aan. Acht cijfers na het entreenummer en 506, haar mobiele telefoon-
nummer!'

Prooi keek hem verbijsterd aan.

'Nou, ze verwachtte in elk geval van je te horen. Ze wil je dolgraag
spreken. Ze was in de buurt, wist je dat niet? Azèl heeft zelfs een poosje
bij haar gelogeerd, tot hij weer bijgekomen was. Hij heeft z'n excuses
aangeboden, z'n ongelijk bekend en zich braaf naar de Raad geschikt.'

Ik denk dat dat te veel was voor Prooi. Hij sprong op en begon rondjes over het dak te lopen, gevaarlijk dicht bij de rand, naar de palm, terug naar de rand. Ozzie kwam overeind en tilde een grote plastic fles
van de grond op. 'Willen jullie trouwens wat drinken? Verse citroen,
basilicum, munt, knoflook, gember, suiker, ijs en jenever. Oergezond!'

Ik weet niet of het oergezond was, en lekker was het zeker niet, maar
het spul bracht Prooi wel bij zijn positieven. Hij liet zich weer op de
tuinstoel vallen.

'Maar hij is de Zanger! Hoe kan het dan...'

'Blijkbaar is-ie van gedachten veranderd. Hij volgt nu de koers van
de Raad.'

Prooi staarde stom voor zich uit.

Toen vertelde Skat hoe hij na zijn vlucht in een dorpje kleren en eten had gestolen, waarna hij weer koorts had gekregen. Een longontsteking. Hij had ergens een tijdje in een treinwagon liggen ijlen, hij wist het niet meer precies. Maar hij wist wel dat Mist hem tijdens hun telefoongesprek had gevraagd ervoor te zorgen dat Azèls Bliksems zijn rol niet zouden overnemen. Daar was hij het hartgrondig mee eens geweest, en zo was hij in Amsterdam terechtgekomen, achter Prooi aan.

'Ik maakte me zorgen over je, Tengoe. Je bent altijd zo goedgelovig geweest, je bent zo licht ontvlambaar... Je zit nu bij een familie thuis, hè? Verstandig. Is alles verder goed met je?'

'Hoe had je me gevonden? Je kunt m'n spoor niet ruiken.'

'Van Mist. Ze vertelde me dat Versace het adres wist, waar je waarschijnlijk zou zijn. Wist je dat Versace met Mist naar de Oude Wereld is meegereisd? Ik ben haar' – hij knikte naar mij – 'die dag dat ik je te pakken kreeg vanaf je logeeradres gevolgd.' Toen Prooi verbaasd opkeek voegde hij eraan toe: 'Jij had Versace dat adres toch gegeven? Zo vond ik je dus.'

Ik begreep heel goed hoe Versace aan mijn adres gekomen was. En ook waarom ze had gedacht dat Prooi daar te vinden zou zijn. Maar ik zei niets. Skat keek weer naar mij en leunde toen achterover. 'Hoe is het jou eigenlijk vergaan? Zijn Hinoka en Ira ook hier?'

'Nee. Het ging met mij hetzelfde als bij jou. Hij wou me ook vermoorden, en dat lukte ook niet zo goed.'

'Wat?'

'Het was... het was niet zo leuk.'

'Shit. Wat een zak! Ik had nooit gedacht dat hij diezelfde grap bij jou uit zou halen! Dat spijt me, Tengoe. Als ik dat geweten had was ik er niet in mijn eentje vandoor gegaan. Ik dacht echt dat jullie meteen zouden vluchten!'

'Ira en Hinoka wel. Met Fai.'

'Maar je bent 'm daarna dus ook gesmeerd?'

'Ja. Ik kwam uiteindelijk bij een weg uit. Bij een benzinestation waren vrachtauto's. Ik ben in een gekropen die naar Nederland ging. Het was makkelijk.'

Ze zwegen allebei. Ozzie en ik deden alsof we er niet waren.

'Nou, dat ligt dus achter ons, Tengoe. Daar eindigde ons heldenbestaan. Hoe bevalt het swingende mensenleven je?'

'Ik ben geen mens!'

Skat lachte. Hij raapte zijn saxofoon van de grond op en begon te spelen. Dat kon hij ook al. Al miste hij een pink. Het was maar een kort melodietje, zacht en schor, met wat virtuoze riffjes tussendoor, maar het was alsof hij ons daarmee iets vertelde wat in zijn verhaal niet gezegd kon worden. De pijn, die hij en Prooi hadden verdragen. Dat wat in Proois ogen schemerde.

'We zijn ontsnapt, Tengoe. Het is voorbij! Hij heeft een smerig spelletje met ons gespeeld, het was een vies, glibberig, megalomaan web van leugens en manipulaties, allemaal te zijner ere, en het is kapotgesprongen. Hij heeft het opgegeven. Nou jij nog. Word volwassen. Laat het achter je!'

Prooi zag er helemaal niet volwassen uit. Hij leek op een ongelukkige jongen van veertien die een ongenadig pak rammel heeft gehad. Skat richtte zich tot mij. 'Zeg, Wik... zo heet je toch? Kan-ie bij jullie blijven wonen?'

'Voorlopig,' zei ik. 'Maar over een paar weken moeten we wel wat anders verzinnen.'

'Maar als hij níét is gesprongen,' zei Prooi, die niet luisterde, 'waarom komt hij ons dan niet halen? Hij is een Schokker, hij heeft een taak! Hij wéét dat ik weet waar het middelpunt is!'

'Tengoe,' zei Skat streng, 'hij doet niks meer op eigen houtje. Hij heeft tegenover Mist toegegeven dat zijn intuïtie niet meer deugt. Er zal wel weer een Raadsvergadering komen. Als ze met hun spelletje door willen gaan, en meer Schokkers willen wekken, zoals ze dat noemen, zijn we zo een paar eeuwen verder.'

'Dat is onzin, het kan veel sneller! Wist je,' hij stond op, 'dat zíj een Schokkerssteen heeft? Begrijp je wat dat betekent? En háár had ik al in een paar uur gevonden!'

Skat keek stomverbaasd op. 'Een Steen? Onmogelijk. Weet je dat zeker?'

Prooi maakte een kwaad tsjak-geluid. 'Dat is van kilometers ver te voelen.'

'Maar...' Hij keek me wantrouwig aan.

'Ze wist van niks, ze had haar Steen gewoon ergens weggepropt! Ik voelde hem van kilometers afstand. Ik begrijp niet dat jij het niet voelt!'

'Maar ik begrijp niet hoe... wacht eens, ik neem aan dat Versace hier iets mee te maken heeft.'

'Maar ík heb haar gevonden,' zei Prooi.

'Versace en ik hadden wel eerder contact,' gaf ik toe. 'Over de mail.'

'Ah,' zei Skat. 'Ik begin het te snappen. Het komt allemaal bij Mist vandaan! Versace stak d'r vingers in Mists schatkist, ze gebruikte jou als contactpersoon, en liet jouw adres aan mij doorgeven. Wat een intrigante is ze toch!'

Het hinderlijke was, dat ik Skats reacties en opmerkingen niet goed begreep. En hij had zo'n manier van doen waardoor je niet even om uitleg vroeg. Waarom feliciteerde hij me niet, of zoiets? Ik had allang door dat Skat niet bepaald de hartelijkheid zelve was, maar hij had toch wel een beetje enthousiast mogen doen? Maar ik wilde niet kinderachtig lijken. Ik was vooral nieuwsgierig naar wat hij er van dacht, of die Schokkers avatars waren, of wetenschappers, of desnoods geschifte leden van een onzinsekte. Ik had er recht op te weten wat het gevaar was. Ik was óók een Bliksem, al was Skat daar dan niet van onder de indruk. 'Wat denk jij er nou van, Skat?' vroeg ik dus zo zakelijk mogelijk. 'Zijn we in gevaar, met die Stenen? Denk je dat de Schokkers ze komen zoeken?'

Zijn blik gleed langs me heen en bleef aan Prooi haken. 'Dat lijkt me onwaarschijnlijk. Azèl functioneert voorlopig blijkbaar prima zonder Steen. Nee, ik denk niet dat we gevaar lopen.'

'Wij niet, maar *hij* is in gevaar!' zei Prooi fel. 'Hoe kun je nou zeggen dat hij goed functioneert zonder onze Stenen? Hij heeft geen enkele scherf van zichzelf meer! Wij hebben met ons drieën al zijn kracht in handen! Jij hebt de Eerste Steen, ik heb de Derde, en zij had de andere! Begrijp je wat ik zeg? We hebben *al zijn kracht* in handen! Als we niks doen verzwakt hij zo weer!'

'Ik vind het niet zo erg als hij zijn superkrachten kwijt is, Tengoe. In elk geval is zijn leven niet in gevaar, zolang hij zich kalm houdt, en een beetje gezond leeft. Mist vertelde dat hij zich bij haar heeft volgevreten en dat hij in een uitstekend humeur was toen hij daar wegging. In perfecte conditie. Op een nieuwe Harley.'

'Mooi zo.' Prooi duwde zijn haar achter zijn oren. 'Je moet niet denken dat ik de Schok in de steek laat, alleen omdat hij zo kloterig heeft gedaan. Hij was gewoon zichzelf niet. Als hij gezond is en niet zoveel drinkt kunnen we best samenwerken.'

'Behalve dat *hij* niet meer met óns wil samenwerken, Tengoe. Dat heeft hij Mist gezworen. En ík heb Mist beloofd dat de Bliksems zich voortaan verre van Schokkerszaken zullen houden.' Hij reikte naar de plastic fles met het oergezonde spul en schonk zichzelf nog een beker in. 'Waarom laten jullie ze niet lekker in de stront zakken? Dat ga ik doen. Ik doe voortaan alleen nog wat ík wil.'

Prooi barstte nijdig uit: 'Na alles wat je hebt gezegd over hoe ontzettend veel je van hem hield?' Hij schudde zijn hoofd, zodat zijn krullen wild om zijn schouders dansten: 'Je hebt alleen met Mist gesproken! Een *Waterschokker*! Je hebt haar meteen al van alles beloofd, zonder dat je met hém hebt gepraat! Hoe weet je zo zeker dat hij niet met ons wil samenwerken? We zijn nog steeds *Vuurschokkers*! We zijn *nodig*!'

'We zijn helemaal niet nodig. We hadden niet eens mogen bestaan, Tengoe. En die Schok gaat toch wel door, op z'n eigen manier, zoals hij ook begonnen is. Op 21 december 2012, of in het jaar 4772, wat doet het ertoe? Tengoe, de helft van hun verhalen bestaat uit sprookjes! Laat alles maar gebeuren zoals het gaat!'

'En dat zeg je nadat we hebben *gezien* wat er gebeurt als de kou toeslaat!' Prooi sidderde van verontwaardiging. 'Ik snap niet dat je in Mists praatjes trapt! Wij zijn Vuurschokkers, natuurlijk wil ze ons erbuiten houden! Maar denk je echt dat ze jou vertrouwt? Hoe weet je dat ze ons niet liever *definitief* uit wil schakelen, zoals ze altijd al wilde? Dan is er nú iemand naar ons op weg, Skat!'

Skat zweeg. Maar ik zag dat Proois opmerking hem had geraakt.

'Ik zal je wat vertellen. Wat jij ook aan Mist hebt beloofd, Skat, ik ga wél door. Ik heb een eed gezworen! Ik heb de Stenen, en ik ga ze gebruiken om mijn Vonk aan te wakkeren, supersterk te worden, en de Elfde Schok te redden! En als Mists huurmoordenaars komen, zal ik ze met mijn vuur verpulveren! En ik hóóp, ik hóóp van harte dat mijn Vonk zo sterk wordt dat ik *voelen* kan waar Dem Azèl is. Nu weet je het!'

Hij stampte naar het luik, en verdween uit ons gezicht.

Ik voelde me gedesoriënteerd. Als ik Skat geloven moest, hadden de Schokkers ons niet meer nodig. De Bliksems waren in de mensenwereld verdwaald geraakt en daar zouden ze moeten blijven, ver van de wereld van de onsterfelijke Schokkers. Maar ik wist niet of ik Skat moest geloven. Want Prooi dacht er heel anders over.

Hij zat urenlang voor mijn raam naar buiten te staren, met de twee Stenen in zijn hand. Ik zag aan zijn ogen dat hij heel ver weg was.

Op een benauwde zaterdagmiddag niet veel later, toen er behalve Tobia niemand thuis was, belde Skat bij ons aan. Ik deed nietsvermoedend open, sabbelend aan mijn waterijsje, en verslikte me. En dat was niet alleen omdat Skat de laatste was die ik verwachtte. 'Shit, Skat!'

'Wat?'

'Dat kun je toch niet aan, man!'

'Hoezo niet?' Hij keek met opgetrokken wenkbrauwen naar zijn benen, die in een kleurig gebloemde legging waren gestoken. Hij droeg daaronder maar al te duidelijk niets, geen stevig boxershort, niets. Zijn voeten staken in een stel zware legerlaarzen, en verder droeg hij alleen een zwart nethemdje. 'Die legging is van Irina,' lichtte hij toe. 'Ik dacht dat hij nogal leuk stond.'

'Ben je gek geworden? Je ziet alles!'

Ik ging hem zenuwachtig voor, de trap op naar mijn kamer, waar Prooi achter mijn computer hing, en trok meteen de klerenkast open. De grootste broek die ik had was die oranje met al die ritsen. Skat schopte zijn laarzen uit en trok de broek over zijn legging aan. Als hij hem laag op zijn heupen liet hangen paste hij nog ook.

Prooi volgde zijn bewegingen met een ongedurige frons. Zonder hem een blik waardig te keuren begon Skat mijn kleren door te vlooien. Hij trok een zilveren glimbloesje tevoorschijn. Met een blik op de spiegel aan de binnenkant van de kastdeur wrong hij zich in het veel te krappe ding. Zijn borstkas was beslist een stuk imposanter dan de mijne. Hij pelde de bloes met gespitste lippen af en zocht verder.

''t Is een fat,' zei Prooi kwaad. 'Een blaaskaak en een fat.'

Skats oog viel op een zeemleren cowboygeval met franjes. Hij grijnsde zichzelf toe in de spiegel, terwijl hij met moeite de middelste knoop door het knoopsgat wurmde. Zijn blote bicepsen staken behoorlijk indrukwekkend uit de mouwgaten, maar hij zag er volkomen bespottelijk in uit.

'Dat staat je voor geen meter.' Ik boog me langs hem heen de kast in en ving zijn scherpe mannengeur op. 'Ik heb hier een mooi overhemd. Van Toon nog. Een echte Dolce & Gabbana.'

'Laat dat maar,' zei hij, met een snelle blik op het overhemd, waarna hij zijn zeemleren spiegelbeeld van opzij en van achteren keurde. 'Het is niet de bedoeling dat het staat.' Heftig rukte hij de cowboyhes af, om mijn roodfluwelen kerstbloes tevoorschijn te trekken, die met de overdadige kantmanchetten en de gouden flonkertjes in de kraag. Hij had het geluk dat die bloes me te groot was.

'Wat zoek je dan precies?'

'Podiumoutfit,' mompelde hij. Prooi zuchtte diep.

Gek genoeg zag Skat er schitterend uit, in dat rode fladdertjesfluweel. Niet als een nicht, niet als een travestiet. Hij was gewoon onbegrijpelijk. Onbegrijpelijk adembenemend. Ik denk dat hij dat ook zag, in de spiegel, want zijn rechtermondhoek trok even naar boven. 'Kan ik deze lenen?'

Hij had de bloes al op het bed gegooid, samen met zijn nethemd, boven op de andere hemdjes, en nu stond hij daar ongegeneerd in zijn blote bovenlijf tussen mijn topjes en broeken te rommelen, dat allegaartje van de spullen die ik had gekregen en gekocht. Nu zou eigenlijk Tobia binnen moeten komen. Wat zou ze ervan zeggen, als ze zag hoe deze krijger hier in mijn meisjeskamer was opgedoken?

Skats hard gewelfde rug was bedekt met schrammen en littekens.

Om zijn hals had hij hetzelfde vreemde litteken als Prooi; en op zijn borst, rondom zijn hart, tekende zich een gebleekt cirkelvormig litteken af. Een krijger, ja. Ik staarde naar die rug, dacht aan Ozzies lange witte vingers en vroeg me af of Ozzie die rug wel eens zou aaien. Zouden ze ooit lief tegen elkaar doen? Of beukten ze bot op elkaar in, als ze geil waren, tegen een muur aan, brullend als beesten? Of vergiste ik me, ik met m'n dirty mind, en was er niks van dat soort dingen tussen hen?

'Het moet niet staan, maar het moet ook niet níét staan,' zei hij. En met een blik op mij: 'Dat wat jij nu draagt, dat staat jou dus niet.'

Mijn zachte pastel gebloemde lievelingsbloes? Van Desi gekregen, en hij had háár altijd super gestaan. Achter Skats ontblote tors ving ik in de spiegel een glimp op van het lila-beige-groen.

'Nee? Waarom niet?'

'Het is je stijl niet.'

'En wat is mijn stijl dan wel?'

'Weet ik veel. Dat,' hij maakte een handgebaar naar mijn klerenkast. 'Je zult er wel een naam voor hebben.'

Hij trok een ruim geel baseballhemd met rode letters aan, waarna hij zich boven op de stapel verfrommelde kleren op mijn bed liet vallen. Opruimen ho maar.

'Nou, hoe is het met je, Tengoe?'

Er kwam geen reactie, maar Skat ging ferm door. 'Weet je, het is onzin om ruzie te hebben over dat Schokkersgesodemieter. Ik bedacht dat je *in theorie* gelijk kan hebben, dat je vervelend bezoek krijgt. Mist vindt je inderdaad een risico. Als je je wil wapenen, dan wil ik je best helpen. Het is om allerlei redenen goed als jij je sterk voelt. Hoe had je dat precies gedacht, met die Steen?'

Skat had niet begrepen dat we niet één, maar twee Stenen in ons bezit hadden.

'Vertel me niet dat Versace hier ook al achter zat,' zei hij nijdig, toen Prooi de twee Stenen op bed had gelegd, met de simpele mededeling dat dit de Tweede en de Vierde waren. 'Ze moet en zal alle Bliksems en Stenen bij elkaar krijgen, hè? Als ik haar spreek zal ik haar duidelijk maken dat ze moet ophouden zich ertegenaan te bemoeien!'

'Maar dankzij haar hebben we wél alle Stenen bij elkaar,' zei Prooi.

'Fijn dan, missie volbracht. Ik begrijp alleen niet hoe Mist er achter is gekomen waar de derde Bliksem uithing! Speld in een hooiberg. Of was dat ook Versaces werk?'

'Eigenlijk wel,' zei ik. 'Ze heeft de hele wereld afgegoogeld. Eerst in opdracht van Mist, maar later voor zichzelf. Ik begreep er eerst ook niks van, ik dacht dat ze overdreef, dat ze fantaseerde – ook over die hele Schokkerswereld. Maar ze had gelijk.'

Hij keek me afkeurend aan. 'Dus je hebt je door haar laten inpalmen? Net zoals ze dat met mij en Tengoe probeerde? Ik weet niet wat ze je precies heeft verteld, Wik, maar ik hoop wel dat je inmiddels gesnapt hebt dat je hier *helemaal* niks mee te maken wil hebben!'

Ik begreep zijn ergernis wel een beetje. Had hij net besloten de hele Schokkerswereld de rug toe te keren, dook ineens de Steen van het Tweede Seizoen op, in het bezit van iemand die er nou niet bepaald als een Bliksem uitzag. Moest-ie ineens twéé Bliksems uit de Schokkerswereld losweken, in plaats van eentje! Hij was echt geïrriteerd. Toen we hem vertelden dat Versace mij de Vierde Steen verstopt in de pen van de Wageningen Universiteit had gestuurd, die pen die van Prooi was geweest en die hij ooit in haar kamer had laten liggen, humde hij ongeïnteresseerd. En toen ik hem vroeg of hij een idee had hoe de Vierde Steen, Dem Azèls eigen scherf, in Versaces bezit was gekomen, werd hij bijna kwaad. Konden ze het nu over Tengoe hebben?

Hij woog de Stenen in zijn handpalm, rook eraan, knikte toen Prooi hem vroeg of hij voelde hoe sterk ze op elkaar reageerden. En toen had hij een idee. 'Misschien kunnen we hun werking versterken door ze aan elkaar vast te lijmen.'

Het leek me geen slecht idee. Per slot hoorden die Stenen bij elkaar, en het leek nuttiger als Prooi zijn Schokkerskracht versterkte, dan dat ik dat deed. Het was een wonderlijk karwei. Ik haalde secondenlijm, we legden de twee Stenen op het bed en zagen hoe de lucht om hen heen begon te trillen – als bij een luchtspiegeling. Prooi keek meteen al moeilijk. Ik zag hoe zweetdruppels zich op zijn gefronste voorhoofd verzamelden. Maar ik voelde het zelf ook. M'n maag begon te schrijnen, zelfs al was mijn Steen er al lang geleden uitgehaald. Tussen onze drie lichamen en de twee Stenen op het bed kraakte het. Een vonk sprong van de Stenen over op onze vingers. 'Experiment,' zei Skat. Hij voegde de twee Stenen zo goed en kwaad als het ging samen. Ik streek secondenlijm op de twee kanten. Skat perste de Stenen een tijd krachtig tegen elkaar aan en toen liet hij los. Ze bleven vastzitten. De halve Steen zinderde zo dat je hem bijna kon horen gonzen.

'Tweede en Vierde,' zei Skat. 'Wat zal het effect zijn als je hem draagt, Tengoe?'

Prooi nam hem in zijn handen. 'Ik word er vast misselijk van.'

Skat grinnikte. 'Volgens het verhaal heb je nu de ingekeerdheid en de verleiding in handen. Dan je eigen liefdevolle hartje er nog bij... en jouw sentimentele Derde Steen... Met een beetje geluk verander je in een egoïstische seksmaniak.'

'Haha,' zei Prooi met een grafstem.

'Ik gok erop,' zei Skat, weer ernstig, 'dat je hiermee een beetje meer op je eigen kracht gaat vertrouwen.'

Ik had een oude hanger uit de voorraad curiosa van mijn vader opgevist, die groot genoeg was om er de dubbele Steen in op te bergen. Prooi liet zich de ketting gewillig omhangen. Ik zag niet precies wat het aan Proois kracht of intuïtie veranderde, maar we waren het erover eens dat de Stenen de tijd moesten krijgen om te werken.


## Verdwaald tussen mensen

Eigenlijk deed Skat heel aardig z'n best om Prooi te interesseren voor de gewone wereld. Skat vond het daar inmiddels fantastisch – elke keer als we hem zagen, glansde hij meer. Maar Skat had iets gevonden wat Prooi nog niet gevonden had. Want al dat lieve gestreel en gekriebel van Prooi, die dag voor dodenherdenking, dat had niets betekend. Ik vond het niet leuk het onder ogen te zien, maar dat geaai was blijkbaar zomaar een gewoonte van hem. Niets in mijn wereld kon een snaar in hem raken. Er was niets waar Prooi echt verliefd op kon worden.

Skat belde me soms op m'n mobiel, en dan fietsten Prooi en ik door de smeltende stad naar een cafeetje. Daar zat hij dan, binnen of op het terras. Eén keer droeg hij Ozzies zwart gerande bril.

'Heb je nou ook al wat aan je ogen?' Prooi had de neiging snauwerig te praten, als hij het tegen Skat had.

'Nee nee,' zei Skat dromerig, terwijl hij de bril afnam. 'Het is alleen verbluffend hoe *anders* de wereld eruit ziet, als je hem door de ogen van mensen bekijkt. Proberen?'

Prooi zette de bril met tegenzin op. 'Au,' zei hij, en hij trok hem nijdig weer af. 'We zijn geen mensen, Skat!'

'Hmm,' zei Skat. Hij plaatste de bril liefdevol op zijn neus. Een beetje studentikoos zag hij ermee uit, wat gek was, omdat hij dat zo helemaal niet was. Toen een meisje zich naar hem overboog om een vuurtje te vragen, terwijl ze haar haren achter haar oren streek, begreep ik haar wel. Skat met bril zag er bijna uit als iemand met wie viel te praten. Maar Prooi trok zijn wenkbrauwen op. 'Rook jij zelf eigenlijk niet meer?'

'Roken?' Skat wierp een blik op het rokende meisje naast hem. 'Nee. Gestopt. Te veel herinneringen, zie je.'

Prooi knipperde met zijn ogen en begon met een bierviltje op tafel te slaan. De ongemakkelijke stilte werd verbroken door een langsgillende brandweerauto. Even later volgde een tweede, toen de derde. We zwegen tot de sirenes in de verte verdwenen.

Vaak eindigde zo'n afspraak ermee dat Ozzie aan kwam waaien, altijd stralend enthousiast. Dan verduisterde Proois gezicht. Hij had nauwelijks genoeg fatsoen om nog een paar minuten te blijven zitten. Soms moest hij wel, zoals die keer dat Skat ons vroeg Ozzie op te wachten, terwijl hij intussen iets dringends afhandelde. Toen Ozzie kwam, probeerde hij oprecht een gesprek met Prooi aan te knopen. 'Gaat het goed met die Stenen, Tengoe?'

Grom van Prooi.

'Je moet weer eens bij ons langskomen. Speel jij geen instrument?

We hebben iemand van ongeveer jouw leeftijd in het pand, die gitaar speelt. Niks voor jou?'

Geen sjoege.

'Ik wil je niks opdringen, hoor – maar er is ook iemand die zelf games maakt. Soort anti-games, beetje satire en zo. Maar technisch krankzinnig goed.'

Ik had met Ozzie te doen. Hij deed z'n best. Maar, merkte ik, daar had hij ook zijn eigen redenen voor. 'Zeg... als je er niks over wilt zeggen, moet je het zeggen, hoor. Maar jullie woonden vroeger met een hele bende in een soort hacienda, hè? In de bergen, in Guatemala, Honduras, Costa Rica of zo? Daar ergens?'

'Ja,' zei Prooi koud.

Ozzie bestudeerde zijn flesje bier. 'Hoe was het daar nou? Had je er het naar je zin?'

Prooi mompelde iets dat voor 'ja' kon doorgaan.

'Ja – Skat kan er ook wel redelijk positief over praten. Al snap ik niet... Die kerel daar, hè, die de boel runde. Die Dem Azèl. Wat was dat voor iemand? Ik bedoel, ik weet dat-ie een Schokker is en zo, maar ik bedoel, hoe wás-ie? Hoe was het tussen jullie?'

Prooi snoof. 'Heeft Skat het je niet verteld?'

'Jawel. Maar wat ik bedoel... Was-ie... was-ie een commandantachtig type, of ging het verder? Waren jullie heel... *innig* met elkaar... Ik bedoel, Skat sliep bij hem, hè? Dat klopt toch?'

'Soms,' zei Prooi. 'Maar als Skat jou heeft verteld dat Dem Azèl alleen van hem hield, dan heeft-ie je voorgelogen. Hij hield minstens zoveel van mij!'

Er viel een stilte. Ozzie nam een slok. 'Weet je,' zei hij toen lijzig, 'het kan me niet schelen of Skat tegen me liegt.' Hij keerde Prooi een glimlachend gezicht toe. 'Behalve over één ding. Dat éne ding is toevallig het enige wat er voor mij echt toe doet.'

Hij zag er zo allerellendigst zelfgenoegzaam uit dat Prooi zich niet in kon houden. 'Je weet er niks van, hoe het daar was! Waar zit je nou naar te vissen? Skat was de *subcommandant*! En hij was... hij was met niemand *innig*, of hoe je dat noemt!'

'So.'

'Niemand! Behalve met Hinoka.'

'Hinoka?'

Prooi probeerde zo hard mogelijk toe te slaan. Ik zag de aderen in zijn nek zwellen. *Zijn vrouw!* En tegen haar loog hij nooit!'

Ozzie keek van Prooi weg. 'Liegen, dat is zo'n beetje de gewoonte, hè, bij jullie thuis?'

'Skat doet wel vaker aardig tegen mensen' – Prooi raakte helemaal verhit – 'om strategische redenen! Om ergens een slaapplaats te vinden, of wat dan ook! Dan halen ze zich in hun hoofd dat-ie hun vriend is. Maar Skat is niemands vriend! En jij hebt geen flauw idee wie we zijn, wat Skat je ook verteld heeft! Of-ie het wil of niet, Skat staat ver boven de mensen! En hij zal zich dat binnenkort wel weer realiseren, als hij je niet meer nodig heeft, en dan...' Hij was donkerrood aangelopen.

Ozzie kwam overeind. Hij keek Prooi aan alsof hij hem door een omgekeerde verrekijker bestudeerde. Prooi viel stil. En in die stilte boog Ozzie zich naar hem toe. Hij drukte zijn wijsvinger hard tegen Proois neuspunt.

'Ik zal jou es wat vertellen,' zei hij. 'Oké, ik heb er niks mee te maken wat er daarginder allemaal is gebeurd. Oké. Maar jij hebt niks te maken met wat er tussen mij en Skat is. Hoor je me? Wat Skat van míj wil, daar heb jij echt geen ene fick mee te maken. Verstanden? Gracias.'

Hij ging weer zitten en dronk het flesje leeg, terwijl hij Prooi met opengesperde ogen fixeerde.

Ik denk dat het toen definitief tot Prooi doordrong dat Skat verloren was voor de Demonenwereld.

Skat liet me dat zelf ook weten, op een van onze afspraken op een overvol terras in het Vondelpark, waar het volslagen onmogelijk was iets te bestellen. We hadden weer veel gezwegen en een beetje over niks gepraat, toen Skat zich ineens tot mij alleen richtte.

'Ik heb Versace jouw nummer gegeven, Wik,' zei hij.

'Wat?'

'Ze belde me op. We kregen binnen de minuut ruzie, stom genoeg.

Die dwingelandij van haar komt me de neus uit, en ik heb haar nogal hardhandig afgekapt. Je zult binnenkort wel van haar horen. Het zou fijn zijn als jij haar ook zou vertellen dat het afgelopen moet zijn.'

Hij leek er nog iets aan toe te willen voegen, maar zweeg. Toen boog hij zich naar Prooi over, om te vragen of hij binnen wat wilde bestellen. Meteen nadat Prooi uit het zicht was sloeg hij met zijn knokkels op de tafel. 'Je moet niet met hem mee praten.'

'Wat?'

'Ik weet niet wat je erbij denkt te winnen, maar het helpt Tengoe niks als je in zijn verzinsels meegaat.'

'Verzinsels? Hoezo? Die Stenen zijn toch geen verzinsel?'

'Nee, die Stenen kunnen echt rare dingen doen met een mens. Ze hebben een enorm effect op je energie. Daarom reken ik er ook op dat ze Tengoe zo oppeppen dat hij een beetje zelfstandig gaat denken.' Hij keek over zijn schouder, of Prooi er al weer aankwam. 'Maar wat ik bedoel, ik kén Versace. Ze pikt het liefst goedgelovige types uit voor haar plannetjes. Jullie zijn natuurlijk met z'n tweeën enorm aan het fantaseren geslagen, over dat Verbond van de Bliksems en zo. Maar dat moet stoppen!'

'Maar geloof je dan niet... er bestaat toch zoiets als een Vonk? Schokkers zijn toch onsterfelijk?' En toen zei ik waar ik al die tijd over had nagedacht: 'En Bliksems zijn dan toch ook onsterfelijk?'

'Dat soort dingen bedoel ik nu! Kom nou toch, denk na! Seksuele voortplanting en onsterfelijkheid sluiten elkaar uit. Het is het een of het ander!'

'Maar Schokkers hebben wel een Vonk.'

'Natuurlijk! Hoogstwaarschijnlijk omdat ze die met de een of andere techniek in zichzelf hebben opgekweekt. Of misschien ontbrandt die Vonk als reactie op die Stenen, weet ik veel. Maar zelfs al zóú de Vonk echt een restant van het aardvuur zijn, dan zorgt hij nog niet voor onsterfelijkheid! Maak Tengoe dat alsjeblieft duidelijk. Het is echt hoog tijd dat hij ontnuchtert. Behalve zijn Steen en zijn Vonk is hij een doodgewone jongen. En over klimaatverandering weet-ie helemaal niks. En jij ook niet.'

'Oké,' zei ik verbluft, want ik had zo gauw geen weerwoord. En toen: 'Maar wat is er verder dan nog verzonnen? Die Schokkers dóén toch iets met het klimaat?'

Hij blies zijn wangen op. 'Net zoals tienduizenden andere wetenschappers en bedrijven en organisaties en regeringen, ja. Maar ik wil niet dat je Tengoe zit op te fokken dat hij een speciale kosmische missie of zoiets zou hebben. Of dat jíj daar iets nuttigs in zou kunnen doen. Akkoord?'

Toen Versaces telefoontje kwam was er één lang moment waarop ik echt gelukkig was. Alsof ik eindelijk met een verstandig iemand kon praten over alle ongrijpbare dingen die er gebeurden.

'Wik? Wat heerlijk je te horen! Ik ben zo blij dat we elkaar eindelijk spreken! Is alles goed met jullie? Zijn jullie allemaal bij elkaar?'

V.'s stem klonk heel anders dan ik me had voorgesteld. Ze praatte met een hoog, ademloos stemgeluid in het Spaans. Ik giechelde en we kletsten een poosje heel lekker, zo van wie had dat allemaal gedacht en heb je Givenchy gezien (en toen pas begreep ik – boink! – wie ze daar al die tijd mee had bedoeld) en is-ie niet *schitterend* en wat fantastisch dat we elkaar allemaal gevonden hebben! Over haar ruzie met Skat – Givenchy – zei ze niets.

'Wanneer begreep je wat er in de pen zat? Wat een grap, hè? Je snapte er eerst niks van, hè?'

'Nee. Waarom heb je het me niet meteen verteld?'

'Het was zo stompzinnig, ik durfde niet duidelijker te zijn, omdat ik dat pakketje tijdens onze reis door een bediende moest laten posten! Het was een verschrikkelijke reis, ik was zo bang dat alles was misgegaan. Pas toen we allang in Europa zaten hoorde ik dat Givenchy nog leefde! Ik was zo opgelucht! Ik hoorde mijn moeder hem opdracht geven Prooi zo nodig uit te schakelen. Daar had ze gelijk in, vind je niet? Stel je voor dat Prooi de rol van Dem Azèl probeert over te nemen, het is zo'n heethoofd! Daarom heb ik mijn moeder verteld waar je woonde, zodat Givenchy Prooi kon opsporen.'

Ik zweeg geschokt. Dát had Skat niet verteld, dat hij de opdracht had gekregen Prooi *uit te schakelen*. Het was nog zo'n raar idee niet van Prooi, dat Mist huurmoordenaars op ons af kon sturen.

'Er is een kans dat Dem Azèl toch nog probeert contact op te nemen met jullie. Hij lijkt weer loyaal te zijn aan de Raad, maar je weet nooit, hè? Maar als we bij elkaar blijven, met de vier Stenen, dan zijn we sterk genoeg om hem af te weren. Was het geen wonder dat ik wist waar alle Stenen waren en dat ik jullie bij elkaar kon brengen?'

Het zat me niet lekker. Alsof zij alles in haar eentje regelde en wij haar marionetten waren. Skats woorden klonken in mijn oren: ze kiest goedgelovige types uit...

'Nee Wik, maar luister. We varen jouw kant op, waar zullen we afspreken? We hebben een hele rits motoren op het schip, ik kan er best één jatten om dichter bij je te komen, als ik maar niet een heel eind in m'n eentje hoef te doen. Dat lukt me niet.'

Afspreken?

'Of stuur een bediende met een auto naar me toe! Ik zie er idioot uit in die stomme soepjurken van me. Kun je je moeder vertellen dat ik een poosje kom logeren?'

'Wacht even... wat bedoel je precies?'

'Nou, ik kon toch bij jou logeren? Het lijkt me geweldig! Moeten we wel meteen kleren gaan kopen – als ik zolang geld van je kan lenen – want ik zie er niet uit. Lijkt het je niet geweldig om samen te gaan shoppen? Ik wil ook meteen naar de kapper! Met wat voor auto ga je altijd? Laat je de chauffeur je pakjes dragen? Wat zijn je lievelingswinkels?'

Het is heel lastig iemand af te remmen die denkt dat je in de wereld van Paris Hilton leeft, omdat ze die van tv kent. Versace begreep m'n tegenwerpingen niet, en ze werd almaar kribbiger. Ze hing boos op. Maar de volgende dag hing ze alweer aan de lijn. Ze bleef maar bellen. Ik legde eindeloos uit dat ze nu onmogelijk kon komen, dat we al pleegkinderen en een logé hadden en dat dat al ingewikkeld genoeg was, dat ons huis niet groot genoeg was, dat ik helemaal geen geld had om uitgebreid te gaan shoppen, dat we niet eens een eigen auto hadden, behalve de bestelbus van de zaak van m'n vader, maar het drong

niet tot haar door. Elke keer was ze een beetje bozer, een beetje onge-
duldiger.

Prooi was die vrijdag niet mee naar school gegaan. Hij was in bed gebleven, in zijn stikkend benauwde kamer, koortsig. Moest ik weer een
smoes verzinnen voor m'n moeder, die toch al wantrouwig was omdat
Proois nepvader Javiero steeds minder belde, met steeds vagere verhalen. 's Middags, toen ik sloom van de aanhoudende hitte Toons kamer
binnenliep, vond ik Prooi doodstil op bed. Hij hield een aardewerken
kruikje tegen zijn lippen. Het was het flesje dat hij in zijn zak bewaarde, bij zijn pen.

'Wat zit daarin, Prooi?'

'Niks.'

'Wou je het opdrinken?'

Hij drukte het flesje tegen zijn borst. 'Nee! Als ik zou drinken zou
ik... vertragen. Het is alleen voor Schokkers. Om uit de tijd te stappen.'

'Uit de tijd stappen?' Het klonk akelig. Toen ging me een licht op.
'Prooi, is dat de manier waarop Schokkers onsterfelijk worden? Door
uit de tijd te stappen?'

'Dan... dan leef je in de Schokkerstijd. Heel langzaam... en dan weet
je alles...'

Hij klonk zo schor, zo ademloos, dat ik het raam opengooide. Buiten was het nog heter dan binnen en ik sloot het weer. Een stroom-
pje brandlucht glipte mee naar binnen. De gloeiende stad was uitge-
droogd, en brandde om de haverklap.

Had Skat toch gelijk en was ik niet per definitie onsterfelijk, enkel
en alleen omdat ik een Bliksem was? Zou ik alleen onsterfelijk kunnen
worden als ik samen met Dem Azèl en Prooi zo'n drankje zou drinken,
en samen met hen naar een kosmisch trage parallelle wereld over zou
stappen? Zo heel aanlokkelijk klonk dat niet... en Prooi leek het ook
niet zo'n geweldig vooruitzicht te vinden.

Ik draaide me naar hem om. Hij was gespannen en in de war. Het
was alsof de lucht in de benauwde kamer zelf vergiftigd was. Nee, het
was alsof de zuurstofloos hete lucht in de hele stad doordrenkt was van

gif. Alsof wraakzuchtige Vuurdemonen de stad in hun gloeiende greep hielden.

Ik ging naast hem zitten en pakte zijn hand. Zijn warme blik flitste even naar me toe, en toen weer weg. Langzaam strekte ik me naast hem uit. Ik streelde zachtjes over zijn bovenarm. Gek, hij was in die weken dat hij bij ons woonde steviger en sterker geworden, hij was gaan glanzen en eigenlijk steeds mooier geworden... Hij had echt mooie ogen, een ongelofelijk intens, levend gezicht, schitterend haar en een prachtig gespierd bovenlijf, veel mooier dan de meeste jongens van zijn leeftijd. Maar terwijl de Vonk in hem groeide, leek hij steeds ongelukkiger te worden.

Hij reageerde niet. Ik boog me over hem heen, voelde de Vonk in mijn eigen maag aangloeien. Zachtjes kuste ik hem op zijn voorhoofd. Op zijn wang, op zijn mooie lippen. Nu pas schoot er een elektrisch siddertje door hem heen. Maar nog bewoog hij niet. Alleen zijn hand, die klemde hij nog steviger om het flesje. Zijn wimpers kriebelden over mijn neus, mijn oogleden. Ik legde mijn wang op zijn schouder en speelde met zijn glanzende krullen.

'Iedereen is verdwaald,' zei hij zacht. 'Jij ook. Je doet maar wat. Skat doet maar wat. Als je een mens bent is alles chaos. Niemand weet waar hij heen moet.'

'En jij wel?'

Hij zweeg een poosje. Toen mompelde hij: 'Hij wil me niet meer. Als hij me nog wou, had hij me allang opgehaald.'

Wat kun je zeggen tegen iemand die erom treurt dat Satan heeft besloten hem niet de hel in te sleuren? Na het eten wist ik hem mee te krijgen de straat op, de langzaam afkoelende avond in. We liepen wat in het wilde weg, zonder te praten, tot we op de Wibautstraat een auto achter ons hoorden toeteren. Er stopte een busje naast ons en Skat boog zich van achter het stuur over Ozzie heen naar ons over. 'Hé! Tengoe! Ga je mee?'

Altijd leuk om Skat te ontmoeten. Ik was weer eens lucht voor hem. Maar omdat Prooi niets zei, vroeg ik: 'Waar gaan jullie heen?'

'Groningen! We spelen morgenavond. Ga mee, dan kun je de band eens horen!'

Prooi aarzelde. Maar het zou goed voor hem zijn, verdorie, als hij wat leuks zou doen. Muziek, feest! Marm zou het vast goed vinden, als we haar beloofden bij tante Joke en Ricardo te blijven slapen. 'Ja,' – ik gaf Prooi een duw in zijn rug – 'toe nou! Leuk!'

De deur van de achterbank schoof open. Daar zat een zwaar opgemaakt meisje met lange rood-paarse haren. Ik herinnerde me dat ik haar destijds bij het busje had gezien. 'Hoi,' zei ze met een stralende glimlach, terwijl ze plaats voor ons maakte. Ze was heel toeschietelijk voor een zwaar opgemaakt meisje met lange rood-paarse haren. Ozzie draaide zijn gezicht naar Prooi om, ving zijn blik en boog zich naar Skat over om hem in zijn hals te bijten. Hij sabbelde smakkend aan Skats vel, terwijl hij Prooi met grote ogen aanstaarde. Ik voelde Proois spieren naast me verstrakken.

'Hè Oz,' zei Skat geërgerd, terwijl hij hem wegduwde. Ozzie bleef naar Prooi staren, met een belachelijke starre grijns. Hij stak zijn tong naar buiten en wiebelde ermee. Intussen liet hij zijn hand door Skats haren glijden. Zijn tong zwabberde richting Skat en terwijl Ozzie goed in de gaten hield of Prooi bleef kijken, begon hij Skats oor af te lebberen.

Skat stopte midden in zijn pogingen weg te rijden. Zijn stem was pijnlijk scherp. 'Oz, ga achterin zitten. Tengoe, kom hier.'

Nooit glom er valser leedvermaak in iemands ogen dan toen Prooi van de achterbank klom en Ozzies plaats voorin innam. Ozzie schoof met een wezenloze grijns aan de kant van de chauffeursstoel naast het meisje met het rood-paarse haar. Nog vóór hij zich voorover kon buigen om weer iets slijmerigs met Skat te doen, trok het meisje hem terug.

'Hou es op met dat gezeik, eikel. Laten we liever de flyer afmaken.' Ze sloeg een map open die op haar knieën lag. 'Nu Skat meespeelt in plaats van Bengt moeten we ook een nieuwe naam hebben. *Ozza Ellbogen und Ihre Expats* kan echt niet meer.'

'*Die böse Sophie*,' zei Ozzie. Hij was Prooi en mij op slag vergeten.

'Na... vind ik niks. *Demonic Laughter*, dat heeft toch wel wat?'

'*Solid Crunch*,' opperde Oz. 'Wat vind je daarvan?'

Ik haalde m'n mobieltje tevoorschijn en belde mijn moeder. Ze was onverwacht enthousiast over ons plan. Ze moest echt een zwak plek-je voor Prooi hebben. Toen dat geregeld was leunde ik achterover. We waren Amsterdam uit gereden en de wereld lag verzadigd van de hitte om ons heen. Zomaar, van het ene moment op het andere, was ik ge-lukkig. Wie had dat een paar maanden geleden kunnen denken, dat ik zomaar op een vrijdagavond met een stelletje ongelofelijke gasten als deze door het land zou rijden? Ik voelde me groter dan mezelf, nu ik wist dat ik een Bliksem was. Zelfs al zou ik waarschijnlijk nooit echt hoeven beslissen of ik een onsterfelijke held zou worden, zelfs al zou er hierna helemaal niets meer gebeuren, ik wist nu dat ik uitverkoren was geweest. In mijn buik droeg ik de Vonk van de onsterfelijke levens-kracht van de aarde. Ik was één van de drie allerbijzonderste mensen die er op aarde rondliepen.

Voor me zaten Skat en Prooi zachtjes te praten. In het Spaans. Ik begreep eerst niet goed wat ze deden, tot we achter elkaar wat afsla-gen namen en beurtelings moesten afremmen en versnellen. 'Twee,' zei Skat dan met een rustige, warme stem. 'Drie. Oké,' en dan grinnik-te hij bijna onhoorbaar.

'Ik wéét het wel, hoor,' fluisterde Prooi tevreden. 'Ik kan prima au-torijden.' Nu zag ik het: hij had zijn hand op de versnellingspook.

'Ja? En wat nu dan?'

Boterzacht schakelde Prooi. 'In z'n vier natuurlijk.'

Ze werkten soepel als olie samen. Hun geluidloos grinniken ver-mengde zich met het snorren van de motor. Was er echt alleen plant-aardig materiaal gebruikt bij onze schepping? Had Dem Azèl niet ook wat olie en benzine door ons heen geroerd?

We knorden door de avond in de richting van het noordoosten, Muiden, richting Almere. We stopten voor patat. Ozzie vroeg me zelfs belangstellend het één en ander over mijn monsterplantjes; ik had niet eens gemerkt dat die Prooi waren opgevallen, maar Oz kon het alleen via Skat van hem gehoord hebben.

Het zal na negenen geweest zijn toen we Almere voorbij waren en we de Oostvaardersplassen naderden. Op verzoek van het meisje met het rood-paarse haar reden we niet over de A6, maar over de dijk. Tijd zat. We hadden het meeste verkeer achter ons gelaten. De zon ging nog niet onder, maar er hing al wel een zachtgouden sprankeling in de lucht. Het water links van ons schitterde, de plassen rechts glansden; het was alsof we tussen de scherven van een gebarsten spiegel door reden. Langzamerhand vielen de groene en gele vlekken land weg. We reden over een rechte lijn in het zilver. Ik leunde tegen het raam en liet me verblinden door de glinstering.

'Hoog water,' zei het meisje met het rood-paarse haar, Irina.

'Du sagst es,' zei Ozzie.

Ik zag het. Het Markermeer was hoog tegen de dijk op gekropen. Maar ook rechts van de weg strekte zich een eindeloze watervlakte uit. Tot aan de horizon blonk de hele wereld met een roerloze zilverglans.

'De Oostvaarderplassen?' vroeg ik. 'Zijn die zo groot?'

'Het water staat heel hoog,' zei Irina. 'Gek. Het heeft helemaal niet geregend, de laatste tijd.'

Ik probeerde een glimp op te vangen van de beesten die daarginds altijd graasden. De kuddes wilde paardjes, de oerossen. Maar alles was stil en glad.

We zagen alle vijf zwijgend hoe het water aan de rechterkant naar de weg toe kroop. Vreemd: er reed niemand voor ons, er reed niemand achter ons. Alleen wij reden hier, over die smalle strook tussen de warme glinstering. We zagen hoe het water de berm op kroop, over het gras stroomde en aan het asfalt likte. Toen hoorden we de wielen slissen en spetteren. Skat minderde vaart. Overal om ons busje heen spiegelde het water.

Ik weet niet waarom we niet stopten. Misschien waren we te veel in de macht van al dat geglinster. Langzaam sneden we door het vliesje water heen, terwijl de hemel onmerkbaar verkleurde en transparant werd. Aan de horizon verdiepte de zon zich tot rood, oranje, paars, maar uit de koepel boven ons trok alle kleur weg. Alles was glashelder nu. Boven ons blonk zinderend wit kristal, onder onze wielen spatte doorschijnend licht op.

Pas toen we niet meer wisten of we nog op de weg waren stopte

Skat. We stapten allemaal uit en stonden tot onze enkels in het zilver-water. We keken om ons heen.

'Kijk,' zei Irina.

Ik weet niet waar ze vandaan kwamen. Eerst dacht ik dat iemand een handjevol bloemen uit een auto gegooid moest hebben. Toen dacht ik dat er een bloementransport verongelukt was. Maar toen zag ik dat er, vanaf de kant van het Markermeer, een heel veld drijfbloemen kwam aangegleden. Lichtend witte bloemen. Frisgroene drijfblaadjes dobberden eromheen, rond als het blad van penningkruid. We stonden enkeldiep tussen de witte bloemen, in een wereld die helder was als glas.

'Mist,' zei Prooi zacht.

Skat krabde zich op zijn achterhoofd.

'Mist heeft het water onder controle gekregen,' zei Prooi nog zachter. 'Ze zijn het helemaal niet eens geworden. De hitte is van Dem Azèl. Maar Mist heeft de tegenaanval ingezet. Water. Een natte Schok.'


## En uit het diepste der Diepten

'We moeten er absoluut zo gauw mogelijk heen,' zei Prooi voor de zoveelste keer.

'Wageningen,' prevelde ik.

'De enige reden die ik kan bedenken waarom Mist hier is, is dat ze wéét dat Wageningen het middelpunt van de wereld is! Ze heeft Dem Azèl er vast in laten lopen, om hem te laten verklappen dat het hier in Nederland is. En nu is ze ernaar op weg, en ik wil wedden dat ze er eerder wil zijn dan Dem Azèl, om háár koude Schok te starten! We moeten Mist stoppen!'

Sinds onze afgebroken reis naar Groningen was Prooi uit zijn lusteloosheid wakker geschokt. Hij had erop gestaan dat Skat ons in Almere afzette, net toen er een verschrikkelijke hoosbui losbarstte. Prooi had zich er niets van aangetrokken. Een tijdlang was hij snuffelend heen en weer gelopen, tot hij doornat was en ermee instemde mee terug te gaan naar Amsterdam. Sindsdien spitte hij alle kranten door en keek hij zoveel mogelijk nieuws. Er waren niet eens zo veel berichten over de overstroming. De N701 was afgesloten, zeiden ze, waarna een nieuwsitem over een paar verdronken Heckrunderen volgde. Maar het journaal had wel meer van dat soort nieuws te melden. Heftige regenbuien zorgden voortdurend voor overstromingen, voor ondergelopen kelders, lekkende supermarktdaken. De stad rook schunnig vruchtbaar. M'n monstruosa's knapten uit hun stengels, zo groeizaam was dit bloedwarme, natte weer. Overal woekerde bloeiend onkruid, en het water in de grachten, stroperig groen, kronkelde onder je ogen van het leven. Volgens Prooi kwam dat allemaal doordat Mists nattigheid zich met Dem Azèls hitte mengde. Als we haar niet stopten zou de stad stomweg onderlopen.

'Maar hoe ziet dat middelpunt er dan uit? En hoe wil je Mist stoppen?' vroeg ik.

'Er moet daar ergens een bijzondere tuin zijn. Een vuurtuin of zo. Een vulkaantuin.'

'Voor zover ik weet is er geen bijzondere tuin in Wageningen, en zeker geen vuurtuin! Er zijn wel parken en zo, maar er is honderd procent zeker geen vulkaan in Wageningen, Prooi!'

Hij trok zijn schouders op. Wat wist ik ervan? In miljoenen jaren kon een vulkaan aardig afslijten en uitdoven. Alleen volwassen Schokkers konden met hun seismologische zintuigen de geur van zo'n oeroud begraven monster opsnuiven.

'Skat moet mee,' zei Prooi. 'We moeten er met de drie Bliksems zijn. We roepen de Vuurvogel op, met de kracht van Dem Azèls Stenen, namens Dem Azèl... Dat móét hij voelen! Ik weet zeker dat hij in de buurt is, en hopelijk heeft hij de andere Vuurschokkers opgeroepen, dan kunnen we met z'n zessen de Schokkerstijd in gaan, voordat Mist er is!'

Ik zal er wel weinig enthousiast uit hebben gezien.

'Ik heb het gif toch, waarmee je kunt vertragen? Dat flesje! Je hebt het zelf gezien! Gekregen van Dem Tubal.'

Ik zat met mijn mond vol tanden. Wageningen... het klopte met wat ik al eerder had gedacht. Dat de Schokkers, gereïncarneerde intelligenties, een grootscheepse operatie wilden starten die het klimaat zou beïnvloeden, en daarmee de evolutie. Zouden ze vanuit Wageningen een reeks precisiebombardementen willen uitvoeren, om een zorgvuldig geselecteerde reeks vulkanen te doen ontploffen? Wageningen... ja, eigenlijk kon Wageningen best het middelpunt van de wereld zijn! Tienduizend kilometer naar het westen lag een actieve vulkanenzone, en tienduizend kilometer naar het oosten lag een vulkanenzone. Bijna tweeduizend kilometer naar het noorden lagen de vulkanen van IJsland, en bijna even ver zuidwaarts lagen de Zuid-Italiaanse vulkanen.

En ineens herinnerde ik me Toons woorden over een van zijn Wageningse professoren. Genetische manipulatie. Inderdaad, ze hadden óns genetisch gemanipuleerd – Prooi, Skat, mij. Ze hadden ons opgekweekt, zoals Prooi zei! Dat was een féit. Natuurlijk wilden de Schokkers in Wageningen zijn, om dat tot hun hoofdkwartier te maken! Daar was immers een wereldberoemde staf wetenschappers aanwezig, die alles wist over genetisch knoeiwerk? Als ergens de knowhow was om nieuwe evolutionaire vormen te creëren, bomen te veredelen, ecosystemen te beïnvloeden, dan was het daar. In Wageningen!

Ik zou het anders zeggen, mijn woorden waren niet die van Prooi. Maar in essentie hadden hij en ik het over hetzelfde: over personen die met keihard ingrijpen een evolutionaire schok wilden forceren. Wat Skat ook zei, dit waren geen sprookjes. Wat moest ik doen? Ondanks alles wat er de afgelopen weken was gebeurd, had ik nog niet besloten voor wie ik partij zou kiezen als het erop aankwam. Ik dacht natuurlijk net als iedereen dat de opwarming van de aarde *gestopt* moest worden, niet aangemoedigd, maar Prooi had me aan het twijfelen gebracht. Wie moest ik steunen? Wilde ik de Schokkerstijd in? Maar er was geen tijd meer om te twijfelen. Het was zover. We trokken ten strijde.

'We moeten er absoluut eerder zijn dan Mist,' zei Prooi.

Het was noodweer. De temperatuur was ineens opgeklommen tot vierendertig graden, de hele stad loeide van de brandweersirenes, tot 's avonds na het eten een verschrikkelijke hagelbui losbarstte. De hagel ging over in warme stortregens en we renden door de overstromende straten, meteen al zo nat dat het niet gaf dat auto's ons met opsproeiend gootwater doordrenkten. Puffend en snotterend belden we bij Ozzie aan, in de hoop dat Skat en hij terug waren uit Groningen. De acrobate deed open.

'Ze gingen meteen door naar het open podium,' zei ze. 'Het gaat goed met de band, hè?'

We holden de straat weer op. Toen zelfs ons ondergoed was doorweekt, vonden we ze in een achterkamer van een theaterkroeg die uit talloze kamers en zaaltjes bestond. Skat hief zijn hand op om te laten merken dat hij ons gezien had, maar hij bleef zitten waar hij zat, tussen de apparaten en instrumenten. Om hem heen hingen allerlei mensen die we nog nooit gezien hadden. Ozzie stond enthousiast tegen iedereen tegelijk te roepen, terwijl hij van de een naar de ander sprong: 'Aber er ist absolut megamässig! Als jullie hem horen zullen jullie hem allemaal op je *knieën* smeken bij ons te komen, ik zweer het je!'

'We hebben al een drummer,' zei een kale jongen met staalblauwe ogen, van wie ik niet eens wist dat hij bij de band hoorde.

'Nee, dat zeg ik nou toch de hele tijd! Louisa stopt ermee, ze wil meer tijd voor die vrouwenband van d'r. Grote kans dat ze vanavond niet eens komt! Unieke kans toch om het eens uit te proberen?' Hij danste zwetend in het rond. 'Hör zu, der Typ is geniaal!'

'Maar waarom zou-ie dan met jullie willen spelen, Oskar?' Een oudere man met lang grijs haar grijnsde treiterig.

'Omdat-ie wel es wat met metal wil, zegt-ie!' riep Ozzie.

'We zijn geen metalband!'

'We spelen toch metal-*nummers*! We experimenteren toch, we doen toch alles! En hij is in voor experimenten! En hij kent Bengt, daarom! Negentien is-ie, een idioot opdondertje, vijftien lijkt-ie. Over een jaar zit-ie voorgoed in New York. Wereldtalent!' Hij keek op z'n horloge. 'Over een paar minuten is-ie hier.'

'Je had het tegen Louisa moeten zeggen,' zei Irina streng. 'Stel...'

'Louisa wil niet meer! En als ze toch komt, kunnen ze wat mij betreft om de beurt spelen. Louisa is ook steengoed. Maar Tifa is wereld-klasse!'

'Moeten jullie dan niet eens beslissen hoe jullie band héét, voor jullie wereldberoemd worden?'

'Dat is allang besloten, *Solid Crunch*.'

'Oz!' riep Irina. 'Dat is onzin! *Infinite Complexity*. Ben je het vergeten?'

'Veel te new-agerig, Irina, getverderrie.'

'*Gabilondo y Urresti*,' zei Skat, achterover leunend in de oude sofa, zijn benen op een versterker voor hem.

'En wat moet dat betekenen?' vroeg de man met het lange grijze haar.

'De fabriek die Llama-pistolen maakte, begin vorige eeuw.'

'Pistolen!' zei Ozzie vol afkeer. 'No way. Skat, hoe heet dat knaag-dier ook weer – Latijns-Amerika – grootste knaagdier ter wereld.'

'Capibara?'

'*Capibara Blast!*'

'*Agouti Blast*,' zei Skat. 'Leuker beestje.'

'*Agouti Revenge*,' zei Irina krijgshaftig.

'*Exploding Agouti's*,' zei Ozzie. En op dat moment, terwijl iedereen begon te lachen, diende de nieuwe drummer zich aan. Daar stond hij in de deuropening: een tenger jochie dat je nog geen zeventien zou geven, in een keurig polootje. Z'n nette kleren staken nogal af tegen de schreeuwerige rotzooistijl van de anderen. Ik denk dat-ie indo was. Hij grinnikte het gezelschap schaapachtig toe, waarop Ozzie op hem af sprong. 'Tifa!'

Prooi en ik voelden ons erg overbodig. Plakkerig, klam en nerveus liepen we heen en weer tussen de repetitieruimte, waar veel werd geroepen en chaotisch gespeeld, en het cafégedeelte. Pas een uurtje later, toen de repetities voorbij waren en de eerste opwinding over de nieuwe drummer was geluwd, en Louisa zwijgend was gekomen, zwijgend in alle zaaltjes had rondgekeken en zwijgend was vertrokken, kwam Skat op ons af. 'Hij is echt goed! Tering.'

'Ga jij ook spelen?'

'Paar nummers. Weet je? Tifa is veel beter dan wij allemaal bij elkaar. Tering.'

Prooi legde zijn hand op zijn arm. 'Skat, we moeten naar Wageningen. Nu. Voordat Mist erheen gaat.'

'Mist? O, shit.' Skat trok een vies gezicht. 'Ik heb hier zó geen zin in. Zullen we het er een andere keer over hebben?'

'Er is geen tijd meer,' zei Prooi; zijn schorre stem klonk heser dan ooit. 'Wij zijn de enigen die er iets tegen kunnen doen, Skat! Begrijp je het niet? Mist probeert nou al Dem Azèls hitte te blussen met haar stortbuien! Ze probeert het eerste bij het middelpunt te zijn, en Dem Azèl buiten te sluiten! Wil je dat dit land onderloopt? Dat al je mensenvriendjes verzuipen?'

Skat schudde zijn hoofd alsof een vlieg hem hinderde. 'Dit is niet het moment, Tengoe. Laten we... We spreken elkaar na het optreden. Blijven jullie luisteren?'

Ik belde mijn vader op. De band zou om negen uur optreden, dus ik bezwoer dat we voor middernacht thuis zouden zijn. Morgen heb ik de eerste twee uur vrij, loog ik. En toen zaten we op barkrukken te wachten, in een zaaltje met een handjevol mensen die stukken ouder waren dan wij. Ik was er niet rouwig om dat we niet meteen naar Wageningen zouden doorreizen. Ik legde Prooi uit dat Mist, als ze uit Duitsland kwam en eergisteren op het Markermeer had gevaren, onmogelijk in een directe lijn op weg naar Wageningen kon zijn. Ze wist dus nog niet precies waar het middelpunt was, en dus hadden we best even tijd om te luisteren.

Eerlijk gezegd was ik bang dat ik het optreden gênant zou vinden. Vooral voor Prooi. Ik was bang dat ze voor gek zouden staan, voor het groepje volwassenen dat was komen luisteren. Maar tijdens dat optreden realiseerde ik me dat Ozzie en de anderen tot een andere wereld hoorden dan ik. Ik was bang voor paal te staan, maar zij waren die angst al lang en breed voorbij. Als alles uit de hand liep hadden ze daar zelf vooral erg veel lol om.

En het was om te lachen. Het begon met Ozzie natuurlijk, die in een grasgroen pakje, zwaar opgemaakt, het podium op huppelde en over zijn woorden struikelend het publiek welkom heette, welkom bij het eerste optreden van hun band in nieuwe formatie, de ex-Ooooozza's! Vals akkoord op zijn gitaar. Intussen kwamen de andere bandleden op: Irina met de basgitaar (ze begon meteen aan het ding te plukken, ritmisch met Ozzies gehakkel mee), de kale jongen die we niet kenden, die achter een keyboard schoof, toen de nieuwe drummer, en ten slotte, in mijn rode kerstbloes, Skat, zijn saxofoon in de hand. Ook hij was flink opgemaakt, maar het stond hem niet eens gek. Hij bleef er nors uitzien.

'De ex-Ozza's, met Irina Zawadka van de ex-Ozza's,' riep Ozzie zangerig, 'Irina!' En hij begon met hoge stem een toonloos liedje te zingen, terwijl Irina glimlachend meespeelde; het duurde maar een paar seconden. Het liedje ging zonder waarschuwing over in een heel fel, ritmisch nummer waar iedereen zich meteen met overgave op wierp. Iedereen, behalve Skat, die in een hoekje stond toe te kijken. Ik keek naar de nieuwe drummer. Het was verbazend. Zijn stekker leek in het stopcontact gestoken te zijn, zo koortsachtig kaatste hij ineens tussen alle hoeken van zijn drumstel heen en weer. Zelfs ik kon horen dat het ongelofelijk was wat hij daar deed. Met handen en voeten schopte hij een waanzinnig goed ritme op, zodat iedereen werd meegesleurd. Af en toe stopten ze allemaal tegelijk alsof ze adem moesten halen, een moment doodse stilte; dan keken ze elkaar aan, hapten naar lucht en gooiden zich weer het kabaal in. Ozzie zong, hoog, laag, krijsend-zingend-gillend, terwijl hij als een groene sprinkhaan over het podium heen en weer katapulteerde en zelfs een keer een radslag maakte. Ik verstond er geen woord van. Voordat het eerste nummer achter de rug was dropen ze al van het zweet.

'Tsssaa!' schreeuwde Ozzie toen het voorbij was. De mensen in de zaal klapten en joelden en lachten, maar de mensen van de band draaiden zich allemaal naar de drummer om en riepen dingen naar hem, wahnsinn, schitterend, shit zeg. Hij zat met neergeslagen ogen te glimlachen, terwijl hij met zijn drumstokje fiedelde.

'Traubenzucker,' zei Ozzie duidelijk hoorbaar in de weerkerende rust. 'Oké?' Ze knikten allemaal en namen hun positie weer in. Skat bleef rustig in de schaduw staan. Naast me wiebelde Prooi zuchtend met zijn benen. Maar toen de muziek weer begon zat hij mee te wippen. Dit ging er verschrikkelijk ruig aan toe, met veel gegil en geschreeuw, waar alle bandleden behalve Skat aan meededen. Als er even een rustig tussenstukje was zag je Ozzie verrukt grijnzen. Hun plezier was aanstekelijk. Het publiek lachte mee, nieuwe mensen kwamen nieuwsgierig de zaal binnen, vooraan waren er twee aan het dansen. Ik had gedacht dat rockbands zich vooral fotogeniek voor de camera aanstelden als ze speelden, dat het egotrippers waren, maar het was heel anders: ze hielden elkaar voortdurend in de gaten, ze gaven elkaar seintjes, ze lachten tegen elkaar en gingen duels met elkaar aan, het was allemaal veel spannender en lolliger dan ik ooit gedacht had.

'Tifa!' brulde Ozzie zodra de laatste noot gespeeld was, 'Damesenheren... dedrummervanonzenieuweformatieTiiiiiiifa!' En de drummer speelde een krankzinnig snel vrolijk stukje; ik kon hem niet volgen, zo vlug en ingewikkeld.

'Op basgitaaar,' zei Ozzie, 'Iriiina. Op keyboard Aaaaltan!' De kale jongen speelde een paar duizelingwekkende akkoorden. 'En op saxofoon... Skat.' Ik verwachtte dat Skat ook een deuntje zou spelen, maar hij deed niets. Irina wel; ze plonkte een snelle lijn op de bas, stak haar arm uit in de richting van Ozzie en riep luid: 'En als leadzanger... Ossskar Lichtschlag!'

Ozzie stak zijn tong uit, zakte door zijn knieën en sprong onmogelijk hoog de lucht in, maar toen hij weer op zijn benen stond begon hij heel rustig op zijn gitaar te spelen. Hij praatte er goed verstaanbaar overheen, veel rustiger dan hij tot nu toe was geweest. Plechtig, bijna.

'Het volgende nummer... is voor iemand die... uit de oorlog kwam. Verbrand, kapotgeschoten, uitgehongerd... en geëlektrocuteerd. Hij is het beest dat me onder stroom zet... de bliksem die me verpulvert. Dit nummer is voor de jongen van hoog voltage... *E-lec-tric a-ni-mal.*'

Hij keek niemand aan toen hij na zijn intro in het Engels begon te zingen, maar achter hem zetten de bandleden voorzichtig in. Het was een vreemd, melancholiek melodietje. Halverwege kwam Skat naar voren. We hoorden eerst niet eens dat hij al begonnen was te spelen. Zijn droevige saxofoongeluid had zich binnen in het geluid van Ozzies gitaar genesteld. Skat stond rechts op het podium, Ozzie links, en ze speelden zo geconcentreerd, zo nauw in elkaars klanken binnengedrongen dat het onfatsoenlijk leek. Na een poosje vingen ze elkaars blik. Oog in oog speelden ze, naar elkaar toegekeerd, met een paar meter elektriciteit tussen hen in. Ik had nog nooit zoiets adembenemends gezien. Zoiets ontzettend intiems.

Maar vanuit het midden van Ozzies klanken groeide Skat. Hij wendde zijn blik af, hij blafte, rochelde, hikte. Gaandeweg wist hij langere klanken uit te stoten. Sirenes, gejank. En dan, terwijl het ritme versnelde, een melodie. De saxofoon vloog nu hoog boven alle andere klanken uit, tot hij voluit triomfantelijk de hele wereld uit elkaar scheurde.

En toen voegden de anderen zich bij hem. Ozzie liet zijn gitaar gieren, de drummer weefde een bloedstollend ritmisch web waarop de rest op en neer stuiterde, zo elastisch alsof er helemaal niets aan was om muziek te maken. Ze stootten hun koppen tegen het plafond en ik wilde meteen weer beginnen met m'n blokfluitlessen. Blokfluit? Wat een onzin! Sax! Trompet! Hard, verscheurend, hartverscheurend blazen!

Ik geloof dat de hele zaal rechtop stond toen ze stopten. 'Electric Animal!' schreeuwde Ozzie. 'Electric Animal! Dames en heren, ik stel u voor aan onze band: *Electric Animal!*'

In het kabaal dat losbarstte verdronk Irina's boze kreet. Ik draaide me lachend naar Prooi om. Hij leek helemaal niet te letten op wat er op het podium gebeurde. Hij zat naast me te trillen, zijn neusgaten wijd open, zijn gezicht gespannen sidderend, op die manier die ik van hem kende. 'Wat heb je?' vroeg ik, maar hij schudde zijn hoofd.

Nieuwe nummers volgden, rauwe metalnummers wisselden nummers met jankende punkrock af, en dan kwam er weer een nummer dat helemaal geen rock leek (als Skat meespeelde). Maar het laatste nummer voor de pauze begon anders dan de andere. Skat, die de laatste twee nummers niet had meegespeeld, stapte naar voren. Niemand kondigde aan wat er gebeuren ging. Skat stond in het midden van het podium en hij sloot zijn ogen. De zaal schuifelde afwachtend.

Ik verwachtte een kreet. Ik verwachtte een brullende tirade. Wat ik niet verwachtte, was die akelig kwetsbare stem die zich ineens liet horen. Hees als Proois stem soms was, zo hing Skats stem los in de ijlte, als een doodmoeie vogel. Skat fluisterde, stamelde alsof hij niet wilde zingen, alsof hij niets wilde zeggen, alsof hij bang was dat hij in snikken uit zou barsten als hij verderging. Hij zong alsof hij op het punt van breken stond. Niemand haalde adem.

Ik verstond niet wat hij zei, maar ik geloof dat ik alles begreep. Of mijn Vonk begreep het. Ik kreeg er kippenvel van. Zonder aankondiging stopte Skat, midden in een zin. Het was onverdraaglijk stil. Toen, in die schrijnende stilte, nam de drum het over. Het was Skats hortende liedje, maar dan anders gekleurd. Na een paar maten deed Skat zijn ogen open. Hij tilde zijn saxofoon naar zijn mond. Donkere zuchten haakten zich in elkaar vast, de drums weefden zich erdoorheen en sleepten de klachten vooruit, schopten ze tot ze vaart kregen en begonnen te schelden; de bas en de gitaren sprongen enthousiast de ruzie in en begonnen mee te schreeuwen, en een paar tellen later was het hele podium weer een kakofonie van geuren en kleuren. Ik was zo opgelucht dat ik hardop lachte en Prooi aankeek: 'Vet! Vind je niet?'

Maar Prooi vond het niet vet. Hij keek er niet eens naar. Hij had zich half omgedraaid op zijn kruk en staarde naar de uitgang alsof hij in steen veranderd was. Ik volgde zijn blik. Er stonden daar, rond de deur en in de deuropening, een heel stel mensen met glazen in hun hand. De zaal was eerst halfleeg geweest, maar tijdens het optreden was hij volgelopen en nu verdrongen de mensen elkaar bij de deur om te zien wat er aan de hand was.

'Ha-llufuurtje pauze!' riep Ozzie van het podium. De mensenmassa begon te stromen en te dringen; iemand vanbuiten riep: 'Bar hiernaast ook geopend!'

'Wat was er nou?' vroeg ik Prooi, terwijl we ons met de stroom mee naar buiten lieten duwen.

Prooi schudde zijn hoofd. Ik trok hem mee, weg van de massa, de koelere gangen in. Maar er vloog een deur open, een man kwam de gang op stappen, lachte naar ons en riep over zijn schouder: 'Skat! Li'l bro and sis!' En toen konden we niet anders, toen moesten we de kleedkamer wel in. We kregen flesjes bier in onze handen gedrukt. Het was nog veel drukker dan voor het optreden. Skat was verwikkeld in een kluwen rond de drummer en daaromheen stonden lachende mensen uit de zaal, die allemaal door elkaar heen riepen.

'Nee, nee, nee! Er *is* geen naam voor wat we doen!' Ozzies schrille stem. 'Electric Animal is absoluut vernieuwend en de mensen *vreten* het!'

'Dat komt door Tifa,' riep Irina. 'Luister, Oz, we snappen geen hout van wat we doen! Tifa, jíj maakt het tot iets... tot iets verstaanbaars. Jij maakt er muziek van!'

'Nou, ik snap er ook niks van, hoor,' lachte Tifa. 'Wat was dat nou met dat Traubenzucker, Oz – hoorde die e-majeur daar echt?'

'Wat?' Ozzie, midden in de lawaaierige groep, liet z'n zwaaiende armen abrupt zakken. 'Hoezo? Hadden we het bij de repetitie toch over gehad? Ik wou een beetje spanning naar de break toe! Het begon me te vervelen, dat gehak in mineur. Hadden we toch *afgesproken?*'

'Maar je begon al acht maten van tevoren! Dat werkt toch alleen over de laatste twee?'

'Jaaaa.' Ozzie trok een vies gezicht, maar de kale jongen zei: 'Oz, je zat dwars door het keyboard heen te jengelen!' en Oz, beledigd: 'Ja, mogen we alsjeblieft experimenteren, ja? Zijn we Electric Animal of zijn we een salonorkest?'

Er werd gelachen, ze riepen dwars door zijn protesten heen. Achter ons drongen twee nieuwkomers binnen, een lange bleke jongen met opvallend mooie ogen en een jonge Surinaamse vrouw op naaldhakken, in het soort strakke mantelpakje dat je eerder bij de ING zou verwachten dan hier. Zodra de drummer ze in de gaten kreeg sprong hij op en elleboogde hij zich naar ze toe. 'Jas! Teresa! Zijn jullie toch gekomen!'

Voor me glipte Prooi weg, in de richting van Skat. Ik dook achter hem aan en was op tijd bij hen om Prooi te horen zeggen: 'Hij is hier. Ik zweer het, hij is hier.'

'Onzin.' Skat nam verstoord een slok water uit een tweeliterfles. 'Onmogelijk.'

'Ik wéét het!'

Een dikke, zwetende jongen duwde ons opzij om Skat te kunnen bereiken. 'Hé, jij bent de saxofonist, hè? Kunnen we straks effe een kort interviewtje doen met de leader en jou en de drummer? MTNL televisie. Hoe noemen jullie die stijl van jullie nou?'

We vluchtten weg, de gangen door, naar buiten, waar de mensen in de lauwe avondlucht stonden te praten en te drinken. Het regende niet meer. 'Wie dacht je dat er was?' vroeg ik Prooi.

'Ik dácht niks. Hij ís hier. Heb jij niks gevoeld?'

Hij zei het zo kalm dat ik hem geloofde. 'Dem Azèl?'

Prooi knikte.

Het was me ineens te veel. De hitte, het kabaal, die oprukkende onderwereld. Ik had zin om weg te lopen en Prooi in z'n sop gaar te laten koken. 'Maar...'

'Wacht maar.' Hij klonk volkomen zeker van zijn zaak. 'Hij is vlakbij. Ik denk dat ik je hem straks kan aanwijzen. Voel je hem echt niet?'

'Waar ergens voel je hem?'

Hij gebaarde naar links. 'Hij is net heel even binnen geweest. Toen Skat zong. Ik viel bijna flauw... Ik zag hem net toen hij weer wegging. Hij is niet ver weg. Hij wacht.'

Toen we een paar rondjes hadden gelopen, dacht ik dat de Vuurschokker was opgelost in de stadsbevolking, als een van de vele latino's die de Amsterdamse nachtwereld rijk is. Maar Prooi wenkte me het gebouw weer binnen waar Electric Animal speelde. We kwamen via een zijdeurtje de zaal binnen waar de band op meer dan volle kracht aan het spelen was. En toen, meteen nadat we onopvallend langs het podium waren geschoven, zagen we hem. Vlak naast de uitgang. Al had ik hem nog nooit gezien, ik wist meteen wie hij was.

Hij was groot. Zeker twee meter. Hij leunde tegen de muur naast de deur, bijna een kop groter dan de man die naast hem stond. Het was onmogelijk hem niet meteen te zien. Niet alleen vanwege zijn grootte, niet vanwege die hoed die hij diep over zijn voorhoofd had getrokken, niet vanwege de volle dreads die op zijn brede schouders vielen. Het was iets anders. Zelfs van hieraf voelde je zijn energie. De mensen naast hem voelden het, je kon het zien aan de manier waarop ze een beetje afstand hielden. Hij was het soort man waardoor een café stilvalt als hij binnenkomt. Dan smeet hij de deur open, hard lachend, gevolgd door twee mindere goden in zwaaiende jassen; hij droeg een hoed en zou iets roepen naar iemand in het café, want dit was zo'n man die altijd wel iemand kende. Vrouwen zouden met opgetrokken wenkbrauwen naar hem opkijken, iedereen zou de rug rechten en de buik intrekken. Hij zou naar de bar lopen, naast een paar meisjes gaan staan en drank bestellen, ook voor die meisjes, en hij zou iets zeggen over hun tieten (ik wist het omdat ik bij zo'n gelegenheid wel eens naast Desi had gestaan; niet dat iemand ooit iets over míjn tieten zou zeggen natuurlijk), en zich dan omdraaien en een heel interessant gesprek beginnen met de interessantste personen in zijn omgeving, net iets te luid. Meestal waren het acteurs.

Zo'n man was dit. In tegenstelling tot Prooi en Skat was hij piekfijn gekleed. Zijn bruine huid glansde in het gouden zaallicht, zijn ogen schitterden onder de rand van zijn hoed. Ik wist niet of hij ons zag, maar het voelde wel zo. Ik stond hem secondelang aan te gapen, tot Prooi me vinnig naar achteren trok. Toen ik me daarna weer omdraaide was hij weg.

'Waar...'

Prooi was het zijdeurtje al door. Achter elkaar aan renden we de warme straat op. Er was niemand te zien. Geen wegschietende schaduw. Geen echoënde voetstappen.

Hij moest in een taxi zijn gesprongen. We raakten zijn spoor algauw hopeloos kwijt. Even voor middernacht besloten we naar huis te gaan, en we vielen samen op mijn bed neer, te moe om ons uit te kleden. Om een uur of vijf werden we wakker. We lagen plakkerig in elkaar gekruld boven op het dekbed, Proois arm om me heen geslagen. Ik wierp een voorzichtige blik over mijn schouder en viel in Proois open, donkere blik. Hij trok me naar zich toe, zoende me in mijn hals en maakte zich van me los. In één vloeiende beweging was hij bij het raam. Hij duwde het open en leunde eruit. Zijn gezicht stond kalm toen hij zich naar me omdraaide. 'We gaan Skat halen. En dan gaan we.'

'Wageningen?'

'Ja. Het kan niet anders of hij is daarheen op weg.'

## Facts of life

Maar Skat was niet thuis. We konden nog zo lang op Ozzies bel drukken, er reageerde niemand. Het was zes uur 's ochtends op maandagochtend; waar kon Skat op dit moment van de dag anders zijn dan thuis? Maar hij was er niet. Prooi liep briesend heen en weer langs het huis, zijn woordenstroom was opgedroogd. Ergens in de verte liep een oude vrouw met een hondje. We hoorden een tram langs rinkelen, de eerste tram van de dag. Een dronkenman waggelde aan de overkant voorbij.

'Misschien zijn ze ergens anders blijven slapen,' zei ik. 'Zal ik hun mobiel proberen?'

'Hij kán niet niet thuis zijn!'

De dag was alweer aan het opwarmen. Vogels waren de baas. Ze floten naar die enkele fietser die van een feest thuiskwam, of misschien wel naar z'n vroege werk ging. In de verte, aan de overkant van de straat, liep een stel, armen om elkaar heen, één fiets onhandig voortduwend.

'Als Skat niet meegaat zijn we verloren! Hij móét mee!'

De twee met de fiets waren een tijdje bij een container blijven staan zoenen en nu liepen ze verder, onze kant op. Ik voelde me akelig zichtbaar. Maar Prooi draaide zenuwachtige rondjes, blik naar boven, wenkbrauwen gefronst, blik om zich heen, naar de krantenjongen die met volle tassen langsfietste, naar de geliefden met de fiets.

'Misschien heeft-ie gisteren te veel gezopen en kon-ie niet meer naar huis.' Prooi sloeg de hoek om. Bij de achterdeur naar het souterrain bleef hij staan. Hij bonkte er hard tegenaan, zonder resultaat natuurlijk. Op dat moment waren de twee met de fiets vlak bij het pand aanbeland. Ze gingen zonder een woord van afscheid uit elkaar, de ene jongen linksaf, de straat in waar wij net hadden gestaan, de jongen met de fiets recht op ons af. Ik deed al een stap achteruit. Maar de jongen met de fiets bleef op een paar passen afstand van ons stilstaan. 'Nee maar,' zei hij.

Prooi zuchtte. Zijn stem klonk zowel geërgerd als opgelucht. 'Nou, waar zat je nou? We moeten er meteen vandoor! Dem Azèl is hier!'

'O ja?' Skat bekeek ons met een lodderige glimlach. Hij zag er plakkerig uit, wazig en zielstevreden. Een kat die de nacht in een emmer slagroom had doorgebracht. 'Dat lijkt me hoogst... onwaarschijnlijk.'

Hij glimlachte alweer. Hij is dronken of stoned, dacht ik.

'Je moet meteen meekomen. Begrijp je het niet? Dem Azèl is hier, op weg naar het middelpunt, maar Mist is ook op weg, hij heeft ons nodig! Heb je het busje?'

'Busje?' Skat keek naar boven, naar een van de ramen van het huis. 'Ik ga helemaal nergens heen, broertje. Ik heb... ik heb er een dag en een nacht op zitten, en nu ga ik slapen.' Hij zuchtte diep. 'Slapen. Met Ozzie. Dat is wat ik nu ga doen.'

Hij droeg alweer een T-shirt van mij. Dat ene witte shirt met fluorescerende strepen. Wanneer had hij de kerstbloes voor deze verruild? Het witte shirt had hem eerder die nacht waarschijnlijk prachtig gestaan. Als hij er niet zo lodderig en doorgefeest had uitgezien, was hij nog steeds prachtig geweest. De rat was spoorloos uit hem verdwenen.

'Maar je moet met óns mee! Dem Azèl is hier! Je bent geen mens!'

'O nee? Dat kan anders nog een... behoorlijk interessante... discussie worden, broertje,' antwoordde Skat lijzig. 'Maar ik zal je zeggen dat ik... hoe dan ook... nú met een mens naar bed ga en dat... er helemaal niemand in de wereld is die me daarvan af zal houden en zeker ... onze vermoeiende ouwe baas niet.' Hij knikte traag. 'Die heeft... z'n zeggenschap over ons al l-lang geleden verspeeld, Tengoe. En nu... nu doen we wat we zélf willen. En wat ik wil... dat is... naar bed gaan.' Hij knikte bij elk woord. 'Met Oz.'

Hij duwde de fiets op ons af, en nu begreep ik pas dat hij de deur door wilde waar we voor stonden, het souterrain in. Ozzie was natuurlijk via een andere deur naar binnen gegaan, die wachtte boven op hem.

'Als je Dem Azèl nú in de steek laat – als je de Liefde verzaakt,' zei Prooi met een ernst die ik nooit eerder van hem had gehoord, 'dan sterf je. Dat weet je.'

Hij was voor Skats fiets gaan staan en had zijn handen op het stuur gelegd. Skat keek hem van achter zijn sliertige haren aan. 'Liefde. Dat was helemaal geen liefde, Tengoe. Dat was... angst. Je wéét helemaal niks over de liefde, jij.' Hij zwaaide gevaarlijk heen en weer. 'Maar ik... weet er nu wel wat van. En het is niet een gigantisch verslindend monster. Het is niet de zwaartekracht die ons verplettert. Het is...'

Boven ons hoofd werd een raam geopend. Skat hield midden in zijn zin op en keek omhoog. Z'n ogen trokken scheef opzij, zijn mondhoeken krulden om en hij straalde. Hij straalde echt. Licht van binnenuit, vonken in zijn ogen.

'... Het is... het is de hete honger... in je ingewanden... die je naar een ander toe drijft, Tengoe. Of dat nou vernederend is of niet.' Hij loensde naar Prooi. Hij had al die tijd nog geen blik op mij geworpen. 'Maar het is niet m-moordend. Dat is het punt, zie je? Liefde is... pijnlijk en... gekmakend... en bespottelijk... en levend... maar niet dodelijk.'

'Je mag niet van een mens houden!'

'Jíj hield van een mens. Toch? Je sliep – je sliep toch met Ampertje?'

'Dat was heel anders.'

'Nou, misschien. Dat weet ik niet.' Skat glimlachte hem scheel toe.

'Skat! Je móét mee! Hij heeft je Steen nodig, we moeten zijn Vonk versterken! Mist gaat hem aanvallen, en hij heeft zijn Steen niet! We moeten hem helpen!'

'Misschien moeten we,' hakkelde ik, 'ik bedoel, kunnen ze er niet over *praten*? Ik bedoel...'

Maar Skat noch Prooi lette op me. Skat duwde Proois handen van het stuur af, zette de fiets tegen de muur en hurkte neer. 'Zeg Tengoe. Kom es zitten. Ik ge-geloof dat we even... even iets moeten bepraten.'

Prooi hurkte met een wantrouwig gezicht naast hem neer.

'Kijk. Er is – en dat heb ik ook zo gewild – er is een beetje een misverstand ontstaan. Over die Stenen en die Vonk en zo.' Hij zuchtte en wreef in zijn ogen. Hij deed duidelijk zijn best om te ontnuchteren. 'Facts of life. Ik weet niet zo goed hoe ik het moet zeggen. Kijk, je hebt niet zoveel aan mij. Als het op die... die Stenen en zo aankomt.'

'Bedoel je dat je voor Mist kiest? Je kiest voor haar, hè?!' Skat trok een gepijnigd gezicht. 'Maar je bent van Dem Azèl! Wil je dat ik je Steen eruit snij? Zíjn Steen? Want het is zíjn Steen en jouw Steen is net zo nodig als de andere drie!'

'Kijk,' zei Skat, terwijl hij over zijn wang krabde. 'Dat bedoel ik dus. Ik heb hem niet. Ik heb die Steen niet.'

Het werd stil. En het bleef een hele tijd stil. We staarden naar Skat en Skat keek van ons weg, zijn wang krabbend, zijn neus optrekkend.

'Hoezo? Wat? Wanneer...'

'Nooit gehad. Ja, sorry. Het was een beetje... theater van mijn kant. Elf jaar theater. Had er nooit aan moeten beginnen.'

Ik hoorde Prooi luid slikken.

'Dus... ik heb geen Steen, heb er nooit een gehad. Ik ben geen Bliksem.'

'Bedoel je dat je... ben je gewoon een mens? Maar... ben je wel uit het bos gehaald? Maar hoe kwam je dan...?' Ik stelde de vragen die Prooi niet stelde.

Skat blies mismoedig uit. 'Toen ik klein was, in het bos, had iedereen het voortdurend over die kinderen met kringen. Ik had geen kring...'

'Je hebt wél een kring!' Prooi klonk doodnijdig.

'Ja, maar toen niet. Vanwege al dat gejubel over die kinderen met kringen... die zo slecht of geweldig moesten zijn... was ik verschrikkelijk jaloers op die gasten met een kring. Tot ik er eentje tegenkwam.'

'De Derde,' zei Prooi, met een blik op mij.

'Nee, die zag ik daarna pas. Het moet diegene zijn geweest die de Steen van het Eerste Seizoen had. Hij lag half in het water, ik herinner het me nog. Morsdood, half opgevreten. Gepakt door een kat, denk ik. Prachtige kring rond zijn hart.' Hij haalde zijn neus op. 'Dus... ik dacht bij mezelf: vacature. Weet je nog? Dat we littekens in onszelf sneden?

Ik sneed een kring rond mijn hart. Goed diep. Tot bloedens toe. Meerdere malen, tot het een goed diep litteken was.'

'Je was door de bosbrand weggeblazen,' zei Prooi traag. 'Je werd in de as gevonden.'

'Jawel. Op een goeie dag sloeg de bliksem in. Bosbrandje. Ik werd half geblakerd, maar dankzij de pijn kon ik door de linie heen breken. Een eind verderop vonden de Demonen me.'

'Hoe oud was je toen?'

Skat lachte schamper. 'Stomme vraag voor ons soort types. Ik zal misschien twee jaar in het bos gezeten hebben. Maar weet ik veel hoe oud we leken, toen we uit die zaadbollen kropen? Of hoe snel we groeiden? Sneller dan normaal, in elk geval. Ze zeiden dat ik eruitzag als een jaar of zeven. Een ambitieus monster van zeven. Dus, zie je... je hebt niks aan mij.'

'Daarom was je zo kwaad op me. Omdat ik wél een Bliksem ben.'

'Dat vond ik niet leuk, dat jij ineens opdook,' erkende Skat. 'The real thing. Ik was als de dood dat ik door de mand zou vallen... als Azèl jou leerde kennen. Jij gloeit veel heter dan ik. Je ruikt alles, je spuwt vuur... Je kon m'n plaats binnen de kortste keren inpikken. En mij... had hij zomaar kunnen vermoorden. Omdat ik niets meer was dan een Afdanker. In zijn termen dan.'

'Wist Mist dat jij geen Bliksem bent?'

Skat trok een grimas. 'Nee, zelfs zij trapte erin. Ze had het wel leuk gevonden. Ze hield me vaak genoeg voor dat ik Azèl niks verschuldigd was. Ze liet me goed merken dat ik háár bezit was.'

Prooi maakte een verontwaardigd geluid.

'Ze zei altijd: diegene die je dag na dag te eten geeft. Diegene die 's nachts liedjes voor je zingt als je bronchitis hebt. Diegene die je dwingt voor het slapen gaan je tanden te poetsen, dat is je moeder.'

'Zit wat in,' mompelde ik.

'Ze is niet je *moeder*,' siste Prooi.

'Maar dat had ze allemaal wel voor me gedaan, hoor. Acht jaar lang. Hele opgave voor iemand als zij... die kinderen haat. Dus. Ik gehoorzaamde haar als... als haar slaafje, toen ik pas bij Azèl was.' Hij snoof.

'Dat ik zelfs zijn Steen voor haar stal... ging wel ver, hè?'

'Z'n... zijn Steen? Die heb jíj...?'

'Dat wist je toch wel? Laatste brokje dat-ie nog had. Scherf van het Vierde Seizoen. Ik jatte hem, stopte een stukje pyriet in z'n hanger zodat-ie 'm niet missen zou, en bracht de Steen bij Mist. Zo kwam hij dus bij Mist terecht, zie je. Blijkbaar is Versace daarna ook aan het jatten geslagen... waarna ze hem aan Wik opstuurde, in de hoop dat jij hem daar zou vinden.'

'Je hebt zijn Steen aan Mist gegeven!'

'Dat wist je toch wel? Ik kon er m'n kop bijna niet over houden, tegen jou – ik heb me er altijd kapot schuldig over gevoeld, Tengoe. Toen in Duitsland... toen-ie onder onze ogen instortte... toen besefte ik dat dat allemaal míjn schuld was. Dat hij kapotging... omdat hij die Steen niet meer had, die z'n Vonk brandend had moeten houden.'

'Je hebt zijn Steen aan Mist gegeven!'

'Ja, en ik heb er genoeg voor geboet! Hij vermoordde m'n beste, m'n enige vrienden – maar waarom denk je dat ik dacht dat ik hem mijn leven wel móést geven?' Hij krabde woest in zijn haar. 'Ik wist natuurlijk best dat ik helemaal geen Vonk had om terug te geven. Het was des te afgrijselijker omdat ik wist dat hij... op uur U... zou ontdekken hoe erg ik hem bedonderd had... Ik hoopte dat het alles goed zou maken als ik mijn leven gaf. Beetje al te romantisch, niet... Hij heeft het nooit ontdekt, trouwens. Ik ging er al eerder vandoor.'

'Je hebt zijn Steen aan Mist gegeven!'

'Ja, en dat was drie jaar geleden, ik was toen nog van Mist! En inmiddels... inmiddels lijkt het me dat we quitte staan, Dem Azèl en ik.'

'Je was niet van Mist! Je was al bij Dem Azèl! Hij vertrouwde je!'

'Tengoe. Die dag dat we bij Mist inbraken en ik per ongeluk tegen haar opbotste. Weet je nog dat ik je vertelde dat we een afgrijselijk gesprek hadden? Toen zei ze dat er nog een reden is waarom ze me als haar zoon beschouwt. Namelijk... dat ik ook... háár genetisch materiaal in me draag.'

'Dat kan niet,' stotterde Prooi. 'We komen van de bomen!'

'Zeker, absoluut. Dat óók. Ik heb erover gepiekerd... tot ik begreep dat ze technisch gezien... best gelijk kan hebben... Mist heeft er een handje van hè? Om het leven dat in haar begint te groeien uit te stoten. Ze haat kinderen. Net als Azèl. Ze baart allerlei algjes, vissen en slangen die ze dan wegsmijt. Ik heb ze in haar vijvers zien spartelen. Wie weet hoe... Azèl te werk is gegaan toen hij ons maakte? Is hij met een van die algjes begonnen?'

'Dat... dat kan niet. Hij kwam nooit bij haar. Hij haatte haar!'

Skat streek zijn haar naar achteren. 'Nee. O, nee. Nee, Tengoe. Je weet toch... Dat weet je toch? Ze zijn eeuwenlang samen geweest.'

Prooi slikte.

'Geen hartstochtelijker liefdespaar dan Mist en Azèl, Tengoe. Tot het misging, zo'n veertien, vijftien jaar terug.' Hij glimlachte. 'En daarna nog steeds natuurlijk. Even hartstochtelijk met mekaar behept.'

Prooi sloot zijn ogen. Na een poosje mompelde hij: 'Dus dan... dan zijn we toch van Mist... Was dat waarom ze me met haar teken tatoeeerde?'

'Dat deed ze vooral om Dem Azèl te treiteren, Tengoe. Om hem eraan te herinneren dat jij niet zijn bezit bent. Maar we zijn ook niet háár bezit! Azèl besliste wat we zouden worden. Trouwens, voor zover ik weet zijn de kinderen die Mist uitdraagt altijd dochters. Azèls beste scheppingen, zijn Bliksems, zijn jongens.'

'Dus...'

'Dus niks. Niemand heeft het alleenrecht op ons, Tengoe. Niemand. En verder denk ik niet dat we ooit antwoord zullen vinden op de vraag wat voor schepselen we precies zijn. Boom, vis, mens, Demon, vuur... Het enige wat ik zeker weet is dat we in het bos waren, met tientallen weggegooide kinderen. Het bos was onze moeder.' Hij kwam langzaam overeind, steunend tegen de muur.

'Maar je hield toch van hém? Je hield toch wel van hém?'

'O, ik hield van hem... van de hartstochtelijkste, bezetenste man ter wereld. God, wat hield ik van hem... Belachelijk veel. Onfatsoenlijk veel. Tot op het allerlaatste moment, toen ik doorkreeg dat het hem koud liet, dat ik hem mijn leven wilde geven. Maar' – hij trok zijn mond scheef – 'ik heb onder zijn leiding niet zo erg veel van de liefde begrepen. Ik ben een beetje verkeerd opgevoed eigenlijk, wat dat betreft. En jij ook.'

Hij stond stralend rechtop. Geen Bliksem, geen kosmische held. Een doodgewoon sterfelijke, stralende jongen.

'Maar evengoed, Tengoe... al is de liefde dus niet moordend, ze is wel erg dwingend, en ik moet... er nu dus echt heen.'

Prooi kwam verslagen overeind. Zijn schouders hingen af, terwijl hij een stap opzij deed. Skat pookte met een sleutel in het slot en opende met enige moeite de deur van de kelder. Hij duwde de fiets het donkere binnenste in. Ik keek naar Proois hopeloze gezicht. Ik wist wat hij dacht. De slag was bij voorbaat verloren. We hadden samen maar drie Stenen... Drie, geen vier. We konden Dem Azèl zijn volledige kracht niet teruggeven, want de Steen van het Eerste Seizoen was voorgoed buiten ons bereik. Zelfs ik voelde me verloren. Prooi en ik stonden er helemaal alleen voor. Er waren maar twee levende Bliksems op aarde. Prooi – en ik. Ik, twijfelkont, angsthaas.

Het duizelde me. Skat had zoveel gezegd, hij had ook iets gezegd wat een alarmbel bij me had laten rinkelen, maar ik wist niet meer precies wat – ik wist alleen dat er geen tijd meer was voor piekeren en twijfelen. Ik haalde diep adem en riep Skat achterna: 'Skat! Jij kent Dem Azèl en Mist het allerbeste! Het geeft niet dat je geen Bliksem bent, je móét ons helpen! Je moet mee naar Wageningen!'

Vanbinnen klonk een hoop geratel en gekletter.

'Skat!'

Hij kwam terug. 'Maar waarom dan toch daarheen? Waarom naar Waag... naar... daarheen?'

'Wageningen is het middelpunt van de wereld,' zei ik. 'Dat is de plek waar we ze moeten stoppen. Het kan me niet schelen wie er wint, maar...' Ik deed een stap dichterbij en fluisterde: 'Prooi gaat er koste wat het kost heen, ik kan hem niet tegenhouden, en ik ben zo bang dat hij zich door Dem Azèl laat ompraten en zich wat aan laat doen...'

Hij knikte. 'We hebben vanavond weer een optreden. Als je het echt wilt, ga ik daarna wel mee. Vanwege Tengoe. Waar kan ik jullie vinden?'

'Met het busje?'

'Nee, dat zullen ze zelf nodig hebben.'

'Dan moeten we met de trein. Amstelstation. Hoe laat ben je klaar?'

'Vroeg. Ik kan jullie daar rond tien uur, half elf treffen.'

'Er gaat om 22.30 uur een trein. Intercity Nijmegen.' Dat was de trein die Toon altijd nam. 'Daar zitten we in!'

Hij grijnsde en sloeg de deur dicht. We stonden naast elkaar naar de bekraste deur te kijken, alsof die deur ons zou kunnen helpen Skats verhaal tot ons door te laten dringen. Het verhaal van de nep-Bliksem.

# 10  De vulkaan van Wageningen

## (Of: de Steen van het Vierde Seizoen)

Om 22.25 uur was Skat er niet, om 22.27 uur was hij er niet en om 22.28 uur was hij er niet. Prooi, die volgens mij de hele dag terwijl ik op school had gezeten nerveus door de stad had gezigzagd, stond op het punt te ontploffen. We hingen uit de deur van de trein, onze ogen op de trappen gericht. Om 22.29 uur was er nog geen spoor van Skat. Maar om 22.29 uur 50 seconden, toen de conducteur snerpend floot, zagen we een pluk zwart haar boven aan de roltrap opduiken. Skat sprong het perron op, was met tien kattensprongen bij ons, net toen de deuren dichtsisten. Met zijn ellebogen hield hij ze open terwijl hij zich naar binnen wrong.

'Skát,' riep ik kwaad, maar hij liet zich hijgend op een klapstoeltje vallen en streek een haarlok uit zijn ogen. 'Ik bén d'r toch? Ben midden uit het optreden weggerend, hoor!'

Dat was te ruiken. Hij wrong zich uit een roodleren jasje, gooide het op de grond en leunde rinkelend voorover, in een wolk van mannenzweet. Z'n zwarte haar stond alle kanten op, stijf van de gel. De mascara van zijn zwaar opgemaakte ogen was tot halverwege zijn wangen uitgelopen.

'Ik hoop in elk geval dat je een kaartje hebt gekocht,' zuchtte ik.

'Kaartje?'

'O nee.'

Maar Skat keek opgewekt naar buiten, waar de lichten van de stadsnacht langs ons heen flitsten.

## De hoogten van de Vuurvogel

Voor we weggingen had ik mijn kaarten gelegd. Ze bevestigden wat ik al wist: dat dit een beetje uit de hand begon te lopen. Ik had nog steeds geen plan. Mijn vriendin Desi was niet blij geweest toen ik haar gevraagd had weer voor me te liegen, vooral niet omdat ik niet wilde vertellen wat er aan de hand was. Maar mijn ouders hadden het goed gevonden dat Prooi en ik die nacht bij Desi zouden logeren, en als het Dees zou lukken me morgenochtend met een moederachtige stem bij school ziek te melden, dan had ik de tijd tot morgenmiddag een uur of vier.

Ik haatte Skat, omdat hij zo stompzinnig zonder kaartje de trein in was gesprongen. Nu moesten we bij elke halte stiekem loeren in welk treinstel de conducteur instapte. En dan moesten we een hele serie wagons door lopen, trap op trap af, weg van de controle, in de hoop dat we geen conducteur vóór ons over het hoofd hadden gezien.

Als we achter elkaar door de warme, halfvolle trein liepen, vol met doodgewone mensen die boeken lazen of in hun mobieltje kletsten, hielden ze op met wat ze deden. Het was eigenlijk erg grappig. Daar kwamen we aan, de drie Bliksems, en niemand wist wie we waren. Skat voorop, met die strakke, kwaaie kop van hem, met z'n krankzinnige gelhaar en doorgelopen mascara, z'n legerlaarzen, die krappe glimmende broek met kettingen rond zijn middel, z'n rode jack over z'n schouder. Dan kwam Prooi, niet eens veel korter dan Skat, in die vieze, schimmelige leren jas, z'n krullerige haar een chaos, z'n gezicht een en al waakzaamheid, z'n ogen groot en spiegelend. En dan ik, in m'n zwarte spijkerbroek en een vuurrood T-shirt en Tobia's korte jack met het doodshoofd achterop, waar het eigenlijk te warm voor was. Ik had het wel toepasselijk gevonden. Als we zo langskwamen schrok iedereen op. Vrouwen trokken hun handtas naar zich toe, mannen schoten overeind. Overal zag ik bange ogen, die ons nerveus nakeken. Ik hoorde de zucht van verlichting als we de wagon achter ons lieten, wij, drie licht ontvlambare, onaangepaste allochtone jongeren. Maar als die mensen hadden geweten wie we echt waren en waarheen we op weg waren, dan zouden ze nog veel angstiger gekeken hebben. Want wij hadden het lot van de wereld in onze handen. Wij, de drie Bliksems.

Nee. Twee Bliksems. En één selfmade nep-Bliksem.

Prooi wilde niet gaan zitten. Hij moest nog veel zenuwachtiger zijn dan ik, zo drentelde hij heen en weer. Maar Skat en ik schoven op twee lege banken tegenover elkaar. Toen Prooi het balkonnetje op was gelopen boog ik me naar Skat over.

'Wat doen we als Prooi zich aan hem over wil geven?'

'Hm?'

'Ik ben zo bang dat hij zich op de een of andere manier aan hem wil opofferen!'

Skat legde zijn voorhoofd tegen de ruit. 'Ik hou me met Azèl bezig. Áls-ie opduikt. Let jij op Tengoe.'

'Wat kan er gebeuren? Denk je dat er echt zo'n vuurtuin is?'

'Best mogelijk. Er zit een hoop overdrijving in die Schokkersverhalen, maar er is wel degelijk een geolied internationaal netwerk geweest, al hapert dat nu. Die Smidsen bestaan echt, ook al zijn dat niet letterlijk goddelijke smederijen, en er moet de een of andere belangrijke plek zijn in het middelpunt van de wereld.'

'Is dat een soort laboratorium? Of een militair commandocentrum?'

'Geen flauw idee. Schokkers hebben het over een tuin. Het middelpunt is volgens hun verhalen een vulkaan, maar die boom van het Nieuwe Seizoen zou er ook moeten groeien. Het kan net zo goed een computercentrum zijn, of een commandopost – Dem Tubal kan zo'n plek hebben aangelegd, met alle apparatuur en faciliteiten die nodig zijn om een Schok te starten. Dem Azèl had het over bommenwerpers en zo. Maar misschien was dat ook grootspraak.'

'Oké. Maar hoe ziet de toegang tot dat Schokkerscentrum er dan uit?'

'Kan van alles zijn. Als het een ondergronds gebouw is, wat me logisch lijkt, is het een kelder, een kloof of een krater, of een onderaardse rivier, of een boom.'

'Een boom?'

'Dat zou een keer gebeurd zijn, ja. Volgens de verhalen. Ik geloof bij de Tweede Schok. De toegang zou gelegen hebben tussen de stammen van een paar grote schubbomen en wolfsklauwbomen die naar elkaar toe gegroeid waren. Tussen hun wortels zou de tuin gelegen hebben, een verzonken watertuin. Ik kan me goed voorstellen dat Dem Tubal een boom heeft geplant om de ingang aan te geven.'

'Maar hoe weet je dat iets de toegang is?'

'Dat merk je pas als er inderdaad zo'n commandopost is.' Met iets van ongeduld draaide hij zijn gezicht naar me toe. 'Heb je gedaan wat ik je laatst gezegd heb? Tengoe ontnuchteren?'

Ik voelde me meteen schuldig. Skat keek nog misprijzender. 'Waarom bemoei jij je hier toch mee? Ik heb je gezegd dat je je erbuiten moest houden. Heb je iets met Tengoe?'

'Nee,' zei ik, in de war. 'Ik heb de Steen van het Tweede Seizoen toch?'

'Ja, natuurlijk... Al zou ik Versace daar graag nog eens over willen spreken.' Hij sloeg zijn ogen weer naar me op: 'Maar wat is jouw belang bij Tengoe? Ik hoop van harte...'

Op dat moment kwam Prooi terug en we zwegen alsof we over hem geroddeld hadden. Het zat me niet lekker dat Skat altijd zo afwerend deed als het over mijn Steen ging. Hij bleef me maar wantrouwig behandelen. Met welk recht? Ik mocht er dan niet erg heldhaftig uitzien, ik was een echte Bliksem en hij niet! Toch leek Skat het meest op zijn gemak van ons alle drie. Tot mijn verbazing viste hij glimlachend een mobieltje uit zijn zak op, toen er in onze wagon iets begon te rinkelen. 'Hé,' zei hij stralend, al zijn aandacht bij het ding. 'Ja. Nee, nee...' Hij lachte laag en zwoel, spinde als een kat, fluisterde vanuit zijn keel en vrat al met al dat mobieltje bijna op. 'Nee! Je hoeft echt niet te komen! *¡Que no, que no hace falta!*' Hij brak hoofdschuddend de verbinding af.

'Wat? Wil Ozzie komen? Nee toch? Luistert-ie wel naar wat je zegt?'

'Oz?' Hij lachte op een rare manier, vol ontzag. 'Tuurlijk niet. Ozzie laat zich niks zeggen. Door niemand. Die trekt zich nergens wat van aan.'

Zonder verdere uitleg begon hij naar buiten te glimlachen. Weet je? Er is niets zo irritant als een verliefde idioot. Vooral niet als je op het punt staat een beslissende veldslag te gaan leveren.

Maar zijn mobiel bracht me op een idee. Ik trok me terug in het halletje, met één oog op de gang waar de conducteur niet in moest verschijnen en belde Toon. Op mijn vraag gaf hij me glasheldere antwoorden.

'Maar wat moet je nou met dat arboretum? Je gaat daar nu toch niet heen?'

'Toch wel,' zei ik, ineens weer doodnerveus. 'Toch wel, Toon.'

'En wat nu?'

We stonden voor station Ede-Wageningen. Ede-Wageningen is niet bepaald een bruisend uitgaanscentrum. Er sukkelden wat mensen te voet of op de fiets van het station weg, er stonden wat mensen bij bushaltes te zwijgen, niets op dit plakkerig warme plein wees erop dat er zo een botsing tussen bovenaardse machten zou plaatsvinden.

'Voel je wat, Tengoe?'

Hij beet op zijn lippen. 'Weet niet. Hij is niet dichtbij.'

'Wat bedoel je? Hoe ver is-ie?'

Prooi haalde zijn schouders op.

'Die tuin,' zei ik. 'Kun je voelen waar die is?'

Hij keek om zich heen en haalde weer zijn schouders op.

'Waarom denk je toch dat dit het middelpunt van de wereld is, Tengoe?' vroeg Skat.

'Dat wéét ik. Is dit Wageningen?'

'Dat is nog wat verderop,' zei ik. 'Maar waar wil je precies heen?'

'Er moet iets zijn,' zei Prooi onwillig. 'De resten van een vulkaan. Een onderaardse tuin. Zoiets.'

'We kunnen naar de Wageningse Berg.'

Prooi knikte. 'Goed.'

Ik probeerde op de stadsplattegrond de route te bepalen. 'Er zijn een paar parken op de Wageningse Berg,' zei ik. 'Maar het zijn geen geheime tuinen of zo. Wil je daarheen?' Ik begon weer te twijfelen.

Zouden de Schokkers toch niet eerder naar een van die laboratoria van de universiteit gaan, waar geëxperimenteerd werd met genetische manipulatie?

'Ja,' zei Prooi. 'Naar de berg.'

'Wat voor parken?' vroeg Skat.

'Botanische tuinen. Met bomen. Arboretum Belmonte... en nog één, de Dreijen. Ik ben er wel eens geweest, ze zijn van de universiteit.'

'Bijzondere bomen?'

'Niet heel erg. De zakdoekjesboom is leuk.'

Op dat moment kwam er een bus voorrijden die naar Wageningen reed. Ik betaalde voor ons alle drie. We stapten bij het busstation uit, de drukkende warmte in. Het was daarna nog twintig minuten lopen. Met elke minuut dat we dichterbij kwamen, nam onze onrust toe.

'Hij is hier, hè?' zei Skat halverwege.

'Niet vóór ons,' zei Prooi zacht. 'Achter ons.'

Het liep tegen middernacht en het dorp om ons heen was al in slaap gevallen. Een enkeling liet nog in hemdsmouwen een hondje uit. Maar iets in de broeierige nachtlucht trilde. Als ik om me heen probeerde te kijken, de schaduwen in, zag ik sterretjes. Ik voelde het ook, net als Prooi: iemand achtervolgde ons.

We passeerden het bomenpark de Dreijen, maar dat lag niet op de berg. We volgden de Generaal Foulkesweg langs ritselende bomendonkerte en grote huizen tot aan de ingang van het arboretum Belmonte. De jongens zwegen beduusd. Twee lage muurtjes aan weerszijden van een keurig stenenpad, dat leidde naar een park dat in niets op een geheime tuin of vulkaan leek.

'Ik heb jullie gezegd dat er geen verborgen tuin is!' zei ik.

'Ze zijn ontzettend wakker,' zei Prooi. 'De bomen. Heel wakker.'

'Kan best. Maar als dit een vulkaan is, ben ik een tortilla,' zei Skat.

'Toch is dit wel een berg,' zei ik. 'Vanaf dit punt zie je het niet, maar bovenaan wel. Zullen we naar binnen gaan?'

We liepen het donkere pad op, de bomentuin in. Ik herinnerde me het nog: bij daglicht was het een plezierig bomenpark. Als je op het hoogste punt was had je een mooi uitzicht over de weilanden beneden, tot aan de glinsterende Nederrijn en daar voorbij. 's Nachts was het een veel grimmiger landschap, vol schaduwen waarin een monster zich gemakkelijk kon verbergen. Ik was hier maar één keer eerder geweest, zodat ik geen notie had waar we waren, of waar zich een geheime toegang tot wat dan ook kon bevinden. Naast me haalde Prooi iets uit zijn zak. Ik zag het glinsteren: de kapotte pen van de Wageningen Universiteit.

Op het hoogste punt bleven we staan. Beneden zagen we het lichtschijnsel van de weg die naar de rivier liep. De Nederrijn. In de rivier lag een wit cruiseschip afgemeerd. Prooi bleef doelloos heen en weer drentelen. Ik hoorde hem met het knopje van de pen klikken.

'En?' Skat draaide cirkeltjes om hem heen.

'Ik weet niet. Er is hier van alles onder... Maar ik weet niet hoe we erbij kunnen komen.'

'Wat is hier dan onder?'

'Vuur. Aarde, steen, water, vuur.'

'Ja, allicht. Maar is dit het middelpunt van de wereld? Is hier een Smidse geweest? Is hier een spoor van een vulkanische grot te bekennen?'

Prooi gaf geen antwoord, maar liep verder het park in, lukraak door bosjes heen stampend. Skat volgde hem. Ik vond het onprettig in mijn eentje op het gras achter te blijven. Al was het nog zo benauwd warm, ik kreeg het koud van de zenuwen. Alsof ik de nabijheid van de Schokker ook al begon te voelen, sensitief als Prooi...

Ik zag het omdat ik de hele tijd angstvallig om me heen keek. Eerst was het een klein vonkje, onopvallend als een vuurvliegje, een vliegtuiglichtje, hoog tegen de lichtbewolkte nachtlucht. Toen groeide het uit tot een streepje. Een goudgeel vlammend streepje met een staart. Toen kreeg het dwarsstreepjes. Het volgende moment was het één fladderig lichtschijnsel, dat me op een paar meter afstand passeerde. Ik keek het met open mond na. Ik was hem vergeten, met alle dingen die er sindsdien gebeurd waren. Maar ik had hem eerder gezien: de vuurvogel. Ik had hem vanuit de Kalvertoren gezien, die dag in maart, hoog boven de Amsterdamse daken.

Waar waren de jongens? Ik draaide me om mijn as, ik durfde niet te roepen. Waar zaten ze nu ineens? Ik snelwandelde langs de struiken. Totdat ik, iets verder naar links dan ik verwacht had, een glimp van hun schaduw opving. Ik rende naar ze toe. 'Prooi!' riep ik onderdrukt. 'Skat! Ik heb de Vuurvogel gezien! Ik heb...'

Alsof ik tegen een muur aan liep. Mijn hart stond stil. Daar was hij, volkomen onverwacht. Vlak voor me. Midden op een grasveldje dat door bomen en rododendronstruiken werd omzoomd. Een massieve schaduw van zeker twee meter hoog.

'Vuurvogel?' zei hij. 'Hmm. Mooi.'

Zijn warme, zoet fluwelen stem sneed door mijn maag. Ik hoorde hem zachtjes lachen, voor hij aan een sigaret trok en een rode vonk deed opgloeien. Het was het soort lach dat je ellebogen aan de binnenkant kietelt. Het zweet brak me uit. Ik bleef staan, maar ik wilde naar hem toe gaan en hem recht in zijn gezicht kijken. Ik bleef staan, maar ik wilde gillend wegrennen.

Achter me hoorde ik de struiken bewegen. Ik wilde schreeuwen, ga weg! ga weg! maar ik kon nauwelijks ademhalen. Prooi, vlak achter me, maakte een gesmoord keelgeluid. Skat zei niets, maar het geritsel waarmee zijn voeten over het gras naderden stokte abrupt.

De Schokker lachte opnieuw, diep in zijn keel: een verrukt lachje, vol van oprecht plezier. De sigaret viel op de grond, zijn donkere schaduw kwam zwierig naderbij: 'Tengoe! M'n heerlijk misbakseltje, Vonk van m'n Vonk, kom aan m'n hart!'

Hij spreidde zijn armen als een enorme nachtvogel, duisternis tegen een achtergrond van duisternis – en een schaduw passeerde me rakelings, met een gesmoord geluid dat een snik was en een lach tegelijk; blauwe vonken spatten van hem af tot de twee schaduwen elkaar raakten en in elkaar versmolten, terwijl witte en blauwe vonken knetterden, het siste alsof er een band leegliep – waarna de nacht verlicht werd door een felle, knallende lichtflits. Schaterlachend sprongen ze uit elkaar.

Dem Azèl leek een vlam uit de lucht te grijpen, die hij sierlijk in een bakje liet overspringen, dat hij op de grond voor zijn voeten neerzette. We stonden in de cirkel van licht en konden elkaar zo scherp zien alsof de zon was opgekomen.

Het was zulk vreemd, onaards licht. Het sidderde en trilde en de hele wereld sidderde en trilde mee. De bomen leken te gonzen. Mijn eigen bloed gonsde. Toen ik Dem Azèl voluit in zijn gezicht keek, hem, de verschrikkelijke aanstichter van mijn bestaan, schrok ik. Hij leek sprekend op Prooi. Nee, dat was niet helemaal waar; het was vooral de gespannen beweeglijkheid van zijn bruine gezicht die me aan Prooi deed denken. Zijn ogen en neus waren anders, zijn wenkbrauwen waren zwaarder en vastberadener. Ik zag een man die brandde met de vanzelfsprekende, nietsontziende macht van vuur. Dit was iemand die zich nooit zou excuseren. Net zomin als een bosbrand zich zou excuseren.

Het licht flakkerde op zijn gezicht. Immense schaduwen dansten achter hem. Ik hoorde hoe de bomen zich rekten en dansten, ik hoorde ze met hun armen schudden. Hier was een van hun beschermers, een Schokker, regisseur van hun Schok! Wie was hij, deze man, die Prooi in z'n macht had, die man die achteloos levens opeiste, alsof hij God zelf was? Ik registreerde het dure jasje van donkere stof dat hij droeg, het overhemd van rode zijde. Bij de tijd en modieus was hij; maar door alles heen brandde zijn withete macht. Wat wilde hij van ons?

Prooi hing vlak naast hem rond, nu eens wat verder van hem af, dan weer dichterbij, tot waar de spanning tussen hun lichamen als een zwak schijnsel opgloeide. Zijn gezicht straalde, hij kon niet ophouden met lachen. Dem Azèl hield hem af en toe vast, kneep hem in zijn nek, plukte in zijn haar: 'Je bent gegroeid, mannetje!' Hij bekeek hem met echte warmte, ik kon het niet ontkennen – ze grinnikten op dezelfde manier tegen elkaar, trokken hun neus op dezelfde manier op, hun ogen knepen op dezelfde manier samen. 'Wat doet het me goed je te zien, kereltje! Ik heb je ontzettend gemist. Heb je de geneugtes van het mensenleven geproefd? Lekker de beest uitgehangen?'

Nog lachend draaiden zijn ogen zich naar Skat. Skat, met zijn uitgelopen make-up en z'n nethemdje. De Schokker verstomde op slag. 'Nou. Nou.'

Met moeite maakte ik mijn blik van Dem Azèl los. Skat fixeerde de Schokker met gefronste wenkbrauwen. Van zijn zelfverzekerdheid was niet veel meer over.

'De Askat in clownstenue. Ik heb je laatst horen croonen in net zo'n soort apenpakkie, makker, ik werd er zeeziek van. Een vent zonder kloten! Moet je dat zo afficheren?'

'Altijd nog meer kloten,' zei Skat schor, 'dan een vent die het geloof van kleine jongetjes nodig heeft om in zichzelf te geloven.'

Het gezicht van Dem Azèl vertrok zich vol diepe minachting. 'Nou, Tengoe, dank de Diepte dat ik jou nog heb! Is het je al gelukt de toegang te vinden?'

Prooi wiebelde met zijn hoofd. 'Het is hier ergens vlakbij.' Hij keek Dem Azèl met wijd opengesperde ogen aan; zijn neusvleugels sidderden, vlammetjes knetterden uit zijn oren. Hoe langer ik keek, hoe meer ik zag dat hij en Dem Azèl van hetzelfde soort waren. De Prooi die ik kende werd daar voor mijn ogen overgenomen door iets anders: een onbekend, demonisch wezen: een Demon die Tengoe heette.

'Natuurlijk. Waarom zouden jullie anders op dit uur van de nacht in dit bosschage rondbanjeren?'

'De reden dat we hier zijn,' zei Skat strak, 'is dat we u willen stoppen. U laat Tengoe met rust, en u houdt op met die hele krankzinnige poppenkast. U kunt de Schok niet beïnvloeden, dat weet u zelf ook wel. Ga naar huis!'

'Ja, ja,' zei Dem Azèl, 'jij bent Mists slippendragertje, knul, dat weten we wel. Van jou wil ik alleen m'n Steen terug, voor zover die niet van ellende vergruisd is in dat zielige lijf van je.' Hij keerde zich naar Prooi. 'Tengoe, m'n hartje, Thoumè en Maksin wachten vlakbij op een teken van mij. Maar we moeten opschieten, want Mist zit achter me aan. Het is m'n bedoeling met ons vieren de Schokkerstijd in te gaan. Vier Vuurschokkers! Maar we moeten vlug zijn. Ik wil geen kogels aan Mist en d'r Watertantes verspillen. Waar is de toegang precies?'

'Ik kan hem wel vinden,' zei Prooi. 'Laat u me maar even kijken.' Hij stapte van hem weg, recht door de lichtcirkel op mij af, maar zijn blik was op het donker achter me gericht.

'U gaat nergens heen,' beet Skat. 'Ik snap niet waarom we nog naar u luisteren. U hebt de Raad loyaliteit beloofd en u breekt uw eed alweer! Het kan u geen donder schelen wat u allemaal kapotmaakt! Wik, haal Tengoe hier weg.'

Het hart sprong me in de keel. Skat had mijn naam genoemd en nu kon het niet anders of Dem Azèl zou zijn blik op me laten vallen. Hij zou een moment doodstil staan. En dan, en dan... Ik spande m'n spieren voor zijn uitbarsting, terwijl ik traag achterwaarts de lichtkring uit bewoog, naar Prooi toe, die in de schaduwen achter me aarzelde. Toen trof de harde stem van Dem Azèl ons. 'TENGOE!'

Ik bleef staan. Prooi zette een stap naar achteren.

'Tengoe, haast je! Trek je niks van dit travestietje aan, vind de toegang! En jij, Askatertje, heb ik niet al maanden geleden gezegd dat ik me niet meer gebonden acht aan welke Schokkerseed dan ook? De Raad verried mij, stootte me uit en nam me alles af, inclusief m'n Bliksems, dus ik doe wat ik wil. En of je het nou leuk vindt of niet, je bent nog steeds een Vuurschokker, en je zult doen wat ik zeg. Je hebt geen keuze!'

Ik begreep het niet. Had hij me nog steeds niet gezien? Ze praatten tegen elkaar alsof ik niet bestond! 'We hebben alle keuzes van de wereld,' riep Skat. 'Zelfs al wóú ik de travestiet uithangen! U hebt uw recht op mij verspeeld, begrijpt u? Ík heb me aan m'n belofte gehouden, tot op het allerlaatst, ík wel! Omdat ik – ondanks alles – geloofde dat het u ergens nog ernst was. Maar u hebt precies laten zien wat al die mooie verhalen van u inhouden. Leugens, moord en doodslag!'

'Ach hemeltje toch,' zei de Schokker. Zijn stem smolt, werd plotseling donkere stroop. 'Ach lieve schat, wat een misverstanden nu toch allemaal! Je wil me toch niet vertellen dat je bang bent geweest dat ik jullie ooit iets áán zou doen?' Ik merkte dat Prooi achter me mee stond te luisteren.

'Het leek er verdacht veel op.'

'Och toch. Ach lieverdje. Natuurlijk niet. Al had ik er reden genoeg voor. Maar als ik jullie echt had willen doden, daar in dat akelig koude hutje, dan had ik het toch gemakkelijk kunnen doen? Met één kogeltje! Tsss.'

Ook ik kon niet anders dan luisteren naar die warme, dwingende stem.

'U... u eiste ons leven op! Met zoveel woorden!'

'Met hoeveel woorden? Dat jullie je eigen dramatische conclusies trokken, daar kan ik toch niks aan doen? Natuurlijk, ik heb je een beetje gevoerd. Jullie adolescenten zijn zo dol op drama en tragedie, ik was je graag ter wille. Niks opwindenders voor een puber dan te denken dat hij smartelijk zijn leven geeft voor iets wat groter is dan hij!' Hij trok een plat zilveren zakflesje uit zijn zak, schroefde het open en nam een slok. 'Ik heb je precies gegeven wat je wilde, hoor. Beetje spanning en sensatie, dat verdiept de ziel. Maar vertel me, wat had ik anders moeten doen? We zaten een klein beetje in een impasse, nietwaar?'

'Impasse?'

'Jullie hadden me in dat vieze hutje lelijk in de hoek gemanoeuvreerd. We waren op zoek naar het middelpunt, nietwaar? We hadden haast! En nu zaten we daar ellendig vast! Het grootste probleem was dat jullie zo ziekelijk afhankelijk van me waren. Ik werd er iebelig van, jullie deden niks, jullie plakten maar aan me vast om te horen wat er moest gebeuren. Wat moeten we doen, waar is het middelpunt van de aarde, wie is de Zanger, al dat gedoe.'

'Dat heeft u opgelost.'

'Ach, onzin. Het is helemaal niet van belang wie de Zanger is. We improviseren wel een beetje als het zover is. Nee, het probleem was dat ik niet wist waar de tuin in het middelpunt was. Met ons broodnodige goud. Hij moest in de buurt zijn, zoals de Snorders aangaven, maar m'n Schokkersintuïtie was mét m'n Vonk verdwenen. Want die had ik aan jullie geschonken, nietwaar? Het was de bedoeling dat *jullie* mijn intuïtie zouden zijn. M'n ogen, m'n oren, m'n neus... *Jullie* moesten het allemaal aanvoelen, *jullie*! Maar omdat jullie zo passief waren geworden – door Mists toedoen, uiteraard – ontwikkelden jullie geen greintje initiatief meer! Ik háát die plakkerige slapheid, dat eeuwige gediscussieer en gejeremieer! Initiatief, dat wou ik, initiatief! Dus moest ik je wel wegjagen. Met een beetje theater en geweld natuurlijk, want anders was je nooit weggegaan.'

'U liegt. Zo was het helemaal niet! U probeerde ons niet weg te jagen. U wilde ons doden!'

'Ik heb je vaak genoeg *gevraagd* weg te gaan, maar dat hielp niet bijster veel, wel? Ik moest het warrige denkvermogen van je verradersbrein op tilt laten slaan, ik moest je gevoel blokkeren, opdat je Schokkersintuïtie het over kon nemen. Niets effectiever om brein en hart te laten stoppen dan een goed gespeelde moordaanslag.' Hij nam weer een slok uit de flacon en schroefde hem glimlachend dicht. 'Nou, m'n strategie had overdonderend succes. Jullie hebben je Schokkersneusje gevolgd en voilà! We zijn er! Heel fijn.'

Ik stond daar in de warme schaduw en luisterde en luisterde. De stem van mijn Wekker drong in mijn huid en kroop in mijn bloed. Wat hij zei klonk redelijk, veel redelijker dan Skats beschuldigingen. Skat kon nog zo de macho uithangen, Dem Azèl was hem absoluut de baas. M'n hele systeem werd door elkaar geschud. M'n ratio volgde Dem Azèl en gaf haar goedkeuring, m'n intuïtie kreunde aan de ene kant dat hier iets weerzinwekkends aan de hand was en aan de andere kant zuchtte ze: ja ja ja – ja, jij bent het. Jij bent het grootse dat ik altijd heb willen zien.

De nacht pulseerde, de warme bosgrond onder mijn voeten sidderde. In mijn ooghoeken prikkelden wolken stofgoud. Alles stond strak van een levenskracht die uit zijn voegen barstte, alsof de levensdrang van de hele evolutie zich hier in de Wageningse Berg samenbalde. Het was te groot om te vatten, maar het klopte in mijn eigen aderen en ik wist: dit leven brandde ook in mij, de derde Bliksem... Dit was míjn erfenis. Zo groots was het, dat ik er net zo heftig naar verlangde dat de Schokker me eindelijk zou opmerken als dat ik daar bang voor was.

Van één ding was ik overtuigd. Deze man hier was machtiger dan alle mensen die ik ooit had ontmoet. Een Demon, ja. Een Vuurdemon.

Het meest alledaagse geluid ter wereld rukte me los uit m'n fascinatie. Een mobiel ging af. We schrokken er allemaal van. Maar Skat trok zich terug, de schaduw in, tot ik alleen van verre nog zijn stem kon opvangen; 'ja... alsjeblieft... vlug, ja.'

'Laat je niet door Askat besmetten, hè, Tengoe,' zei de Schokker bezorgd. 'Die mensengekkigheid. Dat wichtje dat je bij je hebt, zie je daar wat in? Je weet dat we geen mensen kunnen meenemen, hè.'

'Ik wou al meteen naar u terug,' zei Prooi van ergens achter me. 'Ik ben nooit vergeten wat m'n opdracht is. Weet u...'

'Ik weet het heel goed, m'n jongen. Je kon er toch wel tegen, hè, dat ik je destijds een beetje pestte? Ik ben altijd buitengewoon dol op je geweest, en ik neem je niks kwalijk.' Hij lachte. 'Zeg, wat Askat betreft, kunnen we zonder zijn Steen?'

'Ik heb drie Stenen!' zei Prooi. 'Drie! Tweede, Derde en Vierde Seizoen.'

'Wat? De Vierde... bij het Lot, kereltje! Maar dat was... Hoe wist je dat de Steen die ik droeg de echte niet was? En hoe...' Hij stokte, schudde zijn hoofd.

'Mist had hem. Tot Versace hem van haar afpakte en hierheen opstuurde, ik bedoel, naar de derde Bliksem.'

Dem Azèl streek zijn haar driftig naar achteren. 'Wacht even, Tengoe! Mist... maar... wacht, je bedoelt dat jullie de derde Bliksem ook gevonden hebben? Ongelofelijk! Dat is fantastisch! Ik had nooit... Hoe heb je z'n Steen in handen gekregen? Heb je hem moeten doden?'

'Nee... Die Steen was er al uit. Ik voelde 'm...'

'Luister, ik moet het later maar precies van je horen, we hebben nu gierende haast. Maar je bent fenomenaal! En wat die Stenen betreft, kunnen we Askat straks niet even snel vloeren en opensnijden? Is zo gebeurd. Dan hebben we de Eerste Steen ook. Het staat me tegen hem mee te nemen, zoals-ie is geworden. En ik heb hem niet meer nodig.'

'U heeft Tengoe ook niet meer nodig,' klonk Skats stem, heel fel nu. Hij was geruisloos dichterbij gekomen.

Dem Azèl lachte ontspannen. 'Nou! Daar gaat m'n plannetje je snel even te rippen, Askat! Maar Tengoe wil ik nog wel, zie je. Vierentwintigkaraats Vuurschokker. Nou Tengoe, we hebben haast, snor die toegang op! Het is hier, ik voel het ook. De Vuurvogel is hier, ergens moet de schoot van de aarde zich geurend openen. Maar waar?'

'Dat wichtje!' Dat was ik dus, in zijn ogen. Hij had nog steeds niet gezien dat ik zijn smartelijk gezochte derde Bliksem was! Wat moest ik doen? Wat wilde ik? Ik brandde van een verlangen dat ik niet begreep, ik wilde vooral gezien worden, *gezien*!

Gouden licht stak in mijn ogen. Ik keek verstoord op. Maar meteen moest ik mijn ogen dichtknijpen. Alles schitterde, alsof er een geluidloze vuurpijl voor onze ogen uitbarstte. Eén lang moment was de nacht een gouden vonkenregen, toen flitste een lange, vonken sproeiende staart voorbij, de hemel in. Ik keek hem na. Een pijlsnelle vlucht naar boven, een duikvlucht naar beneden. De Vuurvogel dook de bomenschaduwen in en dook er weer uit op. Hij trok zulke snelle cirkels boven de boomkruinen, grote achten en cirkels, dat er een vlammende lijn van goud in de lucht bleef staan. Overal rondom ons vloog hij. Wij waren het middelpunt van zijn cirkelingen.

Prooi was het park al in gelopen, als in trance, ongelofelijk gespannen. Terwijl ik hem achternarende hoorde ik Skat tegen de Schokker uitvallen: 'Blijf staan!' Ik liet hun stemmen achter me. Maar toen ik Prooi had ingehaald, durfde ik hem niet aan te raken. Hij was statisch elektrisch.

'Prooi! Wat ga je doen?'

'De toegang,' prevelde hij.

'Niet doen,' zei ik. 'Hij wil je meenemen... het vuur in. Hij is levensgevaarlijk...'

'Ik open de toegang voor hém,' zei hij vastberaden. 'Dat ben ik altijd van plan geweest.'

Zijn stem klonk zo vreemd dat ik niets wist terug te zeggen. Alles was raar. Binnen en buiten mij blikkerde en flonkerde alles. Toen mijn mobiel rinkelde drukte ik het lawaai geërgerd weg. 'Prooi, ik denk echt...'

'Je moet niet denken,' zei Prooi. 'Je moet je overgeven. Dit is groter dan wij!'

'Dit is niet groter dan wij, Prooi! Wij hebben de Stenen. We zijn even sterk als hij, je moet absoluut niet met hem meegaan!'

Waarom had ik niet begrepen dat we het moment van verstandig praten allang waren gepasseerd? Ik zag de dreun niet aankomen, maar hij trof me zo hard in mijn maag dat ik naar achteren struikelde. Een tweede vuistslag in mijn zij, een ijzeren haak achter mijn knieholtes en ik was gevloerd. Proois voetstappen verwijderden zich snel.

Ik lag stompzinnig te hijgen en te kreunen, mijn hand tegen mijn pijnlijke maag gedrukt. Toen ik mijn adem eindelijk weer onder controle had flakkerde de duisternis nog steeds voor mijn ogen. Heel voorzichtig krabbelde ik overeind – au! – en luisterde. Dichtbij hoorde ik de kraakgeluiden van de nacht. Een heel eind verderop gromden motoren, verre stemmen. Net toen ik het pad op liep, ging mijn mobiel weer af. Geschrokken bracht ik hem tot zwijgen. Ik doorzocht de schaduwen, vast van plan Prooi weer op te sporen, al wist ik niet wat ik kon uitrichten. Het leek wel alsof het steeds heter werd, bloedbenauwd kriskraste ik tussen de struiken door, ik haakte vast aan nare twijgen en brak onverwacht het open veld in. Schaduwen, overal. Een van hen haastte zich naar me toe, veranderde halverwege in een geagiteerde Skat, extra dramatisch vanwege zijn zwart omrande ogen en het grote zwarte pistool in zijn hand: 'O. Jij bent het. Waar is Tengoe?'

'Ik weet het niet. Hij sloeg me neer.'

'Vind hem, hou hem tegen zolang je kunt! Er komt van de kant van het dorp een troep motoren dichterbij. Ik durf te wedden dat het Thoumè en Maksin zijn.'

'De andere Vuurschokkers?'

'Ze komen met helpers, ze zijn minstens met z'n tienen. Als die met z'n allen de toegang vinden wordt het een catastrofe! Ze zullen de berg laten ontploffen, met ons erbij, en ze zullen Tengoe met zich mee sleuren!'

'Maar wat kunnen wij tweeën tegen tien Vuurschokkers beginnen?'

'Er komt versterking aan. Ik heb Versace vanochtend al gebeld; Mist en haar mensen liggen beneden afgemeerd. Ik heb ze net gebeld dat ze naar boven moeten komen. Gewapend, want Dem Azèl zal iedereen proberen af te maken! Oz komt er trouwens ook aan, hij heeft de politie gewaarschuwd. Tot ze hier zijn probeer ik de Vuurschokkers tegen te houden, zorg jij dat je als de sodemieter Tengoe terugvindt, hou hem koste wat kost bij Azèl weg!'

Hij haastte zich weg, mij overlatend aan mijn onmogelijke opdracht. Het duizelde me. Wat *wilde* ik? Aan wiens kant stond ik? Maar ik riep mezelf tot de orde. De tijd van twijfelen was voorbij. Eén ding wist ik: ik stond aan Proois kant. Wat er ook gebeurde, ik zou hem niet in de steek laten. Verdorie, ik was een Bliksem! Ik rende buiten adem kriskras door de tuin, nog zenuwachtiger toen ik op de weg een colonne zware motoren hoorde naderen. Even later vond ik Prooi terug. Midden op een breed pad. Alleen.

Op mijn hoede kwam ik dichterbij. Zijn gezicht was geconcentreerd, open en verwachtingsvol. Zijn mond stond open, terwijl hij langzaam in cirkels liep. Ineens bleef hij staan, voor een vreemd bosje, ergens achter de goed onderhouden struiken- en bomengezelschappen van het park. Een paar overduidelijk exotische bomen vormden samen een raar allegaartje, waarvan ik niet één boom herkende. Een brede, oude knoestboom met kronkelige, dikke wortels spreidde haar takken over ons uit. In haar beschutting groeiden jonge boompjes en struikjes, opschot van wie weet wat voor moederbomen. Ze gonsden allemaal. Ik kon ze bijna horen.

Prooi knipperde met zijn ogen en deed een stap voorwaarts, het bosje in. Ik zag dat hij de pen in zijn hand hield. Plompverloren viel hij op zijn knieën. Ik volgde zo zacht mogelijk. Het moest zowat veertig graden zijn, de lucht was vet als olie... Pal voor Prooi, tussen oude winterbladeren, stak een bescheiden struikje uit de grond, hooguit veertig centimeter hoog. In dit donker, dat door de straatlantaarns verderop maar nauwelijks werd aangelicht, was het struikje slecht te zien. Het leek wel wat op één van mijn monstruosa's. Iets kronkelig was het, dit boompje dat het midden hield tussen naaldboom en loofboom. Ik wachtte zelf nog op de eerste bloei van mijn eigen monsterboompje om te weten wat het precies was, maar deze leek er veel op.

Prooi bewoog zijn lippen. Zijn vingers trilden, hij blies adem uit, wiegde heen en weer, maakte schorre gromgeluidjes. Ik volgde zijn zenuwtrekkingen verbaasd. Het struikje tegenover hem leek zich in antwoord te strekken. Of was dat de hitte, die voor mijn ogen danste? Hoorde ik het hout echt gonzen en tintelen? Ik luisterde gespannen, totdat Prooi in lachen uitbarstte. Onverwacht jongensachtig lachen. Pure vrolijkheid.

Hij liet zich achterovervallen en trappelde met zijn benen, hij sloeg op de grond, krabbelde overeind en verdween, snel als een aap, in de knoestige moederboom. Ik begreep er helemaal niets van. Was hij nu echt gek geworden? Stofgoud warrelde om ons heen, de wind blies het in mijn mond, bijtend zanderig smaakte het, zwavelmetaal-zanderig. Boven mijn hoofd hoorde ik zingen.

De wind liet het bos zingen en de wind waaide het ronken van motoren aan. De Vuurschokkers waren vlakbij. Ze konden elk moment in colonne het park binnendenderen. Met zijn hoevelen waren ze? Hoe kon Skat ze in zijn eentje tegenhouden?

'Prooi!' riep ik wanhopig. Waarop, als in antwoord, een totaal onverwachte stem klonk.

'Wik! Wikkie!'

Toons stem was als een reddingsboei in een zee van verwarring. Zodra ik hem hoorde, die goeie ouwe stem van Toon, de stem van mijn eigenste, liefste broer, begon mijn brein weer te werken. Het was alsof mijn lichaam weer vaste vorm kreeg. 'Toon!'

Hoorde hij me? 'Toon!'

'Wikkus?'

Ja, hij hoorde me!

'Joehoe! Waar zit je nou toch?'

'Hier!' Terwijl ik met mijn rug naar de boom stond, helemaal gericht op Toon, gleed Prooi naar beneden. Ik schrok me een ongeluk. Maar hij sloeg me niet neer, hij pakte mijn hand en trok me lachend het bosje uit. 'Het is zo grappig. Het is zo grappig!'

'Grappig? Wat is grappig?'

'Wik, *de bomen beheersen de Schok!*'

'Wat? Wat bedoel je?'

'Zag je dat boompje? O, natuurlijk zag je het! Je hebt er zelf ook zo eentje! Je had me moeten vertellen dat je het wist. Het is zo grappig!'

'Wat is er met dat boompje?'

'Dat is 'm! Dat is de Nieuwe Boom! De boom van het Vijfde Seizoen!'

'Hè? Wat bedoel je nou toch? Hoe weet je dat?'

'Het is geen schubboom en geen naaldboom en geen loofboom. Toch? Heb jij enig idee wie zijn vrienden zijn, welke beesten? Ach nee, natuurlijk niet. Hij is nog niet rijp, hè, we kunnen nog niet weten hoe zijn seks gaat.' Hij lachte.

'Wikkie!' Toon klonk verrukkelijk dichtbij.

'Toon!'

En daar was-ie, m'n heerlijke broer, zwoegend op zijn ouwe krot van een fiets, waar geen licht op zat. 'Sjozus-master-menina! Wikkus op de Berg! Allemachtig!'

Hij sprong van zijn fiets en veegde zijn gezicht af met de mouw van zijn T-shirt. 'Wat spook je nou toch allemaal uit, Wikkie? Waarom neem je je mobiel niet op? Weten Marm en pap hiervan?' Zijn oog viel op Prooi. 'Hé, Pablo! Ben jij hier ook? Wat is er aan de hand? Doen jullie een dropping of zo? Hoort die motorbende bij de ingang er ook bij?'

'Nee, nee... Toon, er is hier een man... Ik kan het niet uitleggen, maar het is een kerel die Pablo kent en voor wie hij is weggevlucht. Hij is levensgevaarlijk en zijn motorvrienden ook! Help ons alsjeblieft!'

De hele berg was ontwaakt. Alle bomen keken naar ons. Zwaargouden geuren streken langs ons gezicht en ik zweer het je, de aarde beefde. Toon stond verbijsterd tegenover me. 'Wat? Heb je de politie wel gebeld? Wat doet die kerel hier? Waarom ben jij hier?'

Dichtbij schreeuwde een bekende, zware stem: '*Tengoe!*'

Toen pas besefte ik dat Prooi er weer vandoor was. Door de bevende glansnacht holde ik hem achterna, met Toon achter me aan. Een paar passen verder hoorde ik Toon een kreet slaken. Ik keek op en zag de Vuurvogel dichterbij komen. Hij laaide verblindend fel op, terwijl hij kringetjes rondom ons vloog. Hij schoot de hemel in en liet zich weer vallen. Tot op een paar meter boven het hoofd van Prooi, die weer op ons af kwam rennen. Een eind achter hem doemde de schaduw van Dem Azèl op.

Weer beefde de grond onder onze voeten. Prooi rende langs ons heen en verdween in het struikgewas. We doken achter hem aan, tot vlak bij de oude knoestboom, in dat bosje waar het merkwaardige struikje stond. Eén ogenblik dacht ik dat de boom in brand stond. Vonken spatten van haar af. Ze trok en krampte met haar takken. Toen zag ik het: de vlammende schicht van de Vuurvogel draaide koortsachtige spiralen om haar heen.

'*Tengoe!*' Dem Azèl naderde.

Op de weg beneden hoorde ik het stationaire rommelen van de Schokkersmotoren, die afwachtten. De gloeiende nacht was vol lawaai. Onder aan de berg, op de weg naar de Nederrijn, klonk ook verkeer. Ik dacht daarvandaan lichten te zien schijnen. Aan de andere kant kwamen sirenes aan loeien. En van weer een andere kant naderde in hoog tempo een enkele auto. Nog een eenzame motor snelde over de weg. Hulptroepen? Vijanden? Ik kon er niets tegen doen, ik moest op Prooi passen, die elektrische jongen die voor me zijn handen op de stam van de boom legde. De Vuurvogel sproeide vonken over hem heen, maar Prooi schitterde bijna nog meer dan hij. Fluisterend streelde hij de boom, midden in die regen van vonken. En ik zag wat Prooi zag. Tussen de wortels van de oude boom glinsterde licht. Warm, rood licht. Proois gezicht glansde rood toen hij me glimlachend dichterbij wenkte. We bogen ons samen over de spleet. Het was moeilijk daarbeneden iets te zien. Zag ik vloeibare vuurbloemen? Bomen van laaiend magma, met vlammen in plaats van bladeren? Zag ik withete traptreden afdalen naar poelen waaruit vuurvissen opsprongen?

'*Tengoe!!*'

Alles danste voor mijn ogen. Naast me sprong Tengoe op, vuurvogel, hij danste weg, het struikgewas weer uit, Dem Azèl tegemoet. 'Ik heb hem gevonden! Ik heb de toegang gevonden, en de boom van het Vijfde Seizoen! U moet naar hem luisteren! Hoort u z'n muziek?'

'Boom van het Vijfde Seizoen? Tengoe, schiet in naam van de Diepte op! Als ik de anderen niet nú het sein geef haalt Mist ons in, het mens is strontdichtbij. Waar is de toegang!'

'Maar u moet de muziek toch horen? Ik heb de Nieuwe Boom gevonden!'

'Wat interesseert mij die boom? Ik moet die toegang hebben! Hoor eens Tengoe, de ene boom wil dit, de andere dat, tegen de tijd dat ik de Schok op hun kruinen pleur zien we wel wie er wint! We moeten hier weg voor Mist er is! Waar is het gat? Zeg op!' Ze stonden vlak buiten het struikgewas waarachter de oude boom zich roodgloeiend verhief. 'Moet ik je verdomme neermeppen voor je doet wat ik vraag?'

In de vonkenregen die ons allemaal in lichterlaaie zette, vlamde ook mijn eigen Vonk op. Luide sirenes maakten het onmogelijk te denken. Toen ze plotseling wegstierven stapte ik kaarsrecht door de struiken, recht de schaduw van Dem Azèl in. Naast Prooi bleef ik staan. 'U blijft van hem af!'

Nu zag hij me. Nu, voor het eerst. Zijn kwade hoofd schokte opzij, zijn rode ogen spatten vuur. 'Zwijg, primatenpest! Uit de weg als de goden spreken! Hinder ons niet!'

Een golf van licht sloeg door me heen. Ik voelde me sterker en zekerder dan ooit tevoren. Hier stond ik: ik, weggegooid kind, teruggevonden kind. Het moment was aangebroken dat ik mijn naam opeiste. Ik eiste hem op, ja, ik eiste alles op: de Vonk, de verschrikkelijke erfenis van het Vuur, mijn bloedband met Dem Azèl die mijn Wekker was, en mijn plaats tussen de onsterfelijken.

'Ik ben,' zei ik trillend en ik strekte me uit, 'ik ben de *derde Bliksem*!'

Ik voelde in mijn eigen lichaam hoe mijn oude droomwereld, mijn demonenwereld en mijn alledaagse leven als Kasterman-meisje in elkaar schoven. Ze vloeiden samen. Voor het eerst in mijn leven was ik volkomen, volkomen écht. 'Ik ben de derde Bliksem! Ik heb de Steen van het Tweede Seizoen, u moet naar me luisteren!'

Ik was van top tot teen gespitst op Dem Azèls reactie. Ik wist niet of zijn oplaaiende verrassing mijn eigen vuur zou ontsteken, maar zoiets verwachtte ik. Mijn hart was warm naar hem geopend, ik stond klaar om de wereld van de Demonen in te treden.

Maar de Schokker had geen halve tel nodig om te reageren. Voor de tweede keer die nacht werd ik genadeloos opzij geramd. 'Uit de weg, primatenpest! Bazel niet!'

'Ze is écht de derde Bliksem,' klonk Proois stem zwak tussen de sterretjes door, maar Dem Azèl baste: 'Rottend Lot, Tengoe! Ben je stapelgek? Alsof ik een wijf zou kiezen om mijn Steen in te planten! Mijn Bliksems zijn jongens, alle drie! *Kerels*, wat anders? Waar is de toegang, warhoofd?'

Alle geluid viel weg. Boink. M'n hoofd ging op ruis.

Het duurde een poosje voor ik weer geluiden ging registreren. Een eindje van me vandaan: mensen. Een luidruchtig stel. Stemmen, schreeuwen. Ik kwam half overeind en liet me weer terugvallen. Leeggelopen ballon. Niks. Ik was niks.

'*Tengoe!*'

Een paar meter van me vandaan werd de slag om de toekomst van de wereld uitgevochten en ik had er niks mee te maken. Ik was helemaal geen Bliksem! Ik begreep er niks van, maar ik schaamde me rot. Ach, ik had altijd geweten dat ik niks was, diep in mijn hart had ik dat altijd geweten...

'Wikkie, verdorie! Alles goed?' Toons hand op mijn arm.

'Ja...' Ik weet niet of hij me hoorde, met al dat geschreeuw vlakbij. Ik kroop in elkaar, ziek van schaamte. Ik was niks, niks, niks... Maar Toon haakte zijn handen onder mijn oksels en trok me overeind. Met tegenzin liet ik hem begaan. Bah, ik was nog misselijk ook. 'Rustig, Wikkie. Blijf rustig staan.'

Toons troostende arm om mijn schouder hield me overeind. Ik moest op hem leunen om niet om te vallen, snoof zijn vertrouwde warmte op. Hij probeerde me van alle gedoe weg te trekken, maar ik verzette me. Ik kon Prooi niet in de steek laten, ik moest erbij blijven, ook al was ik niks waard... Zij aan zij stonden we aan de rand van een groepje mensen, verlicht door flakkerlicht, verduisterd door een walm die uit de grond opsteeg.

'Opzij! Tengoe, opzij, hou het park in de gaten en schiet als je Mist ziet, schiet raak! Ik forceer de toegang!'

De groep viel uiteen. De Schokker stond met zijn rug naar me toe, scherp afgetekend tegen de rood brandende, walmende oude boom. Hij breidde zijn armen uit. Mijn angst voor hem laaide weer op, ik verwachtte dat hij vuur zou braken, dat hij zou ontploffen, en dat ik niet zou kunnen verhinderen dat hij Prooi mee zou laten ontploffen. Maar wat er gebeurde, was van een heel andere orde. De Schokker maakte geluid.

Omdat alles zong, zoemde en knetterde, kon ik zijn gezang eerst niet volgen. Het maakte daar bijna onmerkbaar deel van uit. Tot hij luider begon te zingen. Onvast, schor, zoekend. Het klonk soms naar middeleeuwse kerkmuziek, soms naar het strotzingen van de poolstreken, soms naar de liederen die mijn moeder wel eens speelde, oude Latijns-Amerikaanse volksmuziek. De gloed tussen de boomwortels leek op zijn zingen te reageren. De Schokker sloeg ritmisch tegen de wortels aan, sprak, zong, reciteerde. Toen haalde hij een soort trompet tevoorschijn. Hij gaf een harde lelijke stoot. Blies een serie hoestende en schetterende klanken, stopte abrupt en hernam zijn zangerig spreken.

Midden in één van zijn steeds langere, ingewikkelder zanglijnen maakte iemand zich los uit de groep omstanders. Een bleke idioot in een grasgroen pak. Ozzie ging op twee passen afstand van de Schokker staan en begon mee te zingen. Mee? Nee, ertegenin. Ik weet niet veel van muziek, maar dat hoorde ik. Ertegenin. De lijn die Dem Azèl aan het uitspinnen was stokte, startte weer en raakte in zichzelf verstrikt. De Schokker viel stil, terwijl Ozzie luid een schel deuntje zong. Een stukje Electric Animal. Het liedje brak af toen de Schokker zich met een ruk naar Ozzie omdraaide. 'Wat!'

Ozzie deinsde achteruit. Met één, twee stakerige hertensprongen voegde hij zich weer bij de anderen. 'Wat!' brulde de Schokker. 'Opzij, pest van deze planeet! Laat de Schokkers het overnemen, primatenziekte!' Hij draaide zich om en om, schuddend met zijn hoofd. 'Tengoe! Waar zit je? Ik heb geen tijd meer, die muziek werkt niet, ik ga de toegang opendreunen! We gaan het Vuur in, hou je klaar!' En nog luider: 'Thoumè! Maksin! Verdomme!' Weer scheurende trompetstoten. Hij wierp de toeter op de grond en haalde een donker voorwerp uit een tas op de grond.

'U doet niets!'

Skats uitroep sneed door de nacht. Hij stond rechtop te midden van de anderen, met een getrokken pistool. Een groot, zwart pistool. 'U blijft staan! Ik zweer u dat ik schiet.'

Ik weet niet of Skat zag dat de Schokker iets in zijn hand hield. Ik kon in het donker niet zien wat het was. Het had niet de vorm van een wapen. Er zaten rare draadjes aan, en ineens schoot het door me heen dat het wél een wapen was... een explosief, een zelf gefabriceerde bom...

'Jij? Schieten? Op mij?'

'Blijf staan!'

De Schokker bleef staan. Rook om zijn benen. Rood vuur in zijn ogen. 'Je hebt geen recht me te commanderen, fatje. Ik ga doen waartoe ik op aarde ben – ik laat de hele klotebende exploderen! Ik ga het Vuur in, samen met Tengoe, samen met mijn getrouwen, ik laat de berg openbarsten, en ik hoop dat dat het einde is van iedereen die me heeft tegengewerkt! Schiet maar, je kunt me niet doden!'

'Nee?' Skats mond vertrok. 'Dat kan ik wel, Azèl. Toevallig kan ik dat wel.'

'O ja? Probeer het dan!' Hij lachte. 'Dood de man die jou je heroïek heeft geschonken, Askat. Dood de man maar, die je leerde lief te hebben, die je leerde groter te worden dan je was! Dood de man die jou je leven heeft gegeven!'

Toon liet me los. Hij schoof van me weg. Tegelijkertijd bewogen de mensen om Skat heen zich onmerkbaar van hem weg.

'Mijn leven? Het enige wat u gaf was opschepperij, gekte en dood!'

'Ach, zielenpiet! Wat heb ik gedood! Niets van jou heb ik gedood!'

'Al was het alleen maar vanwege de Demonen,' zei Skat met een lage stem. 'Al was het alleen maar vanwege Virak.'

'Neem je me kwalijk dat ik de Demonen heb vrijgelaten? Het waren je slaven niet!'

'Ik neem u kwalijk dat u ze hebt afgeslacht!'

'Afgeslacht? Hoezo? Ze hebben ongetwijfeld hun vrolijke leventjes in het een of andere schilderachtige mensenstadje voortgezet. Hoezo afgeslacht?'

'U... u zei dat... dat u hun motoren had gesaboteerd... U zei...'

'Askat, hoe vaak heb ik je niet gezegd dat mensen alleen hun eigen illusies zien? Dat de taal bedrieglijk is? Je hebt alweer je eigen bange conclusies getrokken uit wat ik niet heb gezegd. Illusies en waanbeelden. Zielig.' Hij deed een stap opzij en hief zijn hand op. 'Maar zoals ik al zei, of ik ze gedood heb of niet, *het had je niet uit mogen maken.* Alweer een proef waarvoor je bent gezakt. Nu, jongetje, wijk of verga. Ik heb genoeg van je.'

Op dat moment doken er twee schaduwen achter de Schokker op. Twee schaduwen wierpen zich op de grote man, die zich vloekend verdedigde. Skat sprong op de worsteling af en liet zijn pistool hard op Azèls hoofd neerkomen. Ik geloof dat de Schokker vuur spuwde. Uit de grond kropen tongetjes rood vuur omhoog. Slierten nevel slingerden zich rond de benen van de strijders. 'Pas op!!' Een schrille stem. Daaroverheen het meest ijzingwekkende gebrul dat ik ooit had gehoord. Schaduwen vluchtten weg. En toen, zonder waarschuwing, spatte de berg open. Het was alsof iemand een megavuurwerkbom in een rioolput had gedwongen, waar hij met een bloedstollende klap explodeerde. Echo's donderden diep in de ingewanden van de aarde. Een steekvlam schoot omhoog. Hitte sloeg me in het gezicht, zo hard dat ik opnieuw van m'n voeten werd geslagen. De harde grond kwam me tegemoet. Maar toen ik met mijn buik tegen de aarde sloeg, bleef de wereld bewegen. Ik probeerde houvast te vinden, maar alles waar ik mijn handen op wist te leggen schoof weg. De grond onder me maakte een akelige duik naar beneden.

Ik zag geen hand voor ogen. Ik wist niet meer wat onder of boven was – alles was walmende, gloeiende rook. Om me heen gilden de bomen en sloegen met hun takken, de bladeren krijsten brandend. De grond begaf het onder me. Ik zakte weg, machteloos om me heen graaiend. Ik zakte weg, en te midden van de rest van het afval van de wereld stortte ik schreeuwend de Diepte tegemoet.

## Vlak bij de waarheid

Het was donker. En doodstil. Ik lag op mijn buik met mijn ogen stijf dicht en dacht: dat is een meevaller. Dat dacht ik echt. Toen dacht ik een hele tijd niks. Ik bewoog me niet, ik keek niet. Maar dat verhinderde niet dat een beklemmende angst vanuit mijn benen opkroop.

Weggegooid, dacht ik. Weggegooid. Alweer.

Ik voelde mezelf trillen, hoorde zelfs mijn tanden klapperen. Ademhalen, wist ik. Dat had Desi gezegd die keer dat ik te veel had geblowd. Rustig maar, ademhalen. Ik snoof lange teugen bedompte lucht naar binnen. Langzaam zakte de angst terug. Genoeg om heel voorzichtig mijn hielen op te heffen. Rommel gleed ratelend van mijn benen af. Ik schatte de afstand die mijn hielen aflegden. Vijf centimeter. Tien centimeter. Vijftien. Ten slotte stonden ze op hun hoogste punt. Ik kon ze nog verder bewegen, kon mijn hakken in mijn kont drukken. Ik hoorde mezelf een snikgeluidje maken. Hoe het ook met me was gesteld, ik zat in elk geval niet gevangen onder een laag granieten plafond. Dat was waar ik het allerbangste voor was: bewegingloos vastgeklemd liggen onder een onwrikbare laag.

Ik wachtte. Ging mijn lichaam na. Pijnlijke maag, twee beurse schouders. Mijn linkerarm was echt flink bezeerd, net als mijn linkerheup, waar zich iets hards in geboord had. Hier en daar schrijnde mijn huid. Nog steeds met mijn ogen dicht tastte ik mijn omgeving af. Vlak naast me raakte ik harde steen. Als een brokkelige rotswand. Aan mijn andere kant was open ruimte.

Prooi had gelijk gehad. Er was hier onder de Wageningse Berg wel degelijk een geheime ruimte. Of het een Smidse was of een oude bunker, of een neolithische grafkelder of een middeleeuwse kerker wist ik niet, maar het was iets met stenen muren. Hoe diep was ik naar beneden gestort? Als de berg verder instortte, zou ik de hele lading op mijn kop krijgen. Maar er leek daarboven niets meer te gebeuren. De oorlog is afgelopen, dacht ik. Ik weet niet wie er heeft gewonnen, maar de slag is voorbij. En ik heb hem verloren.

Ik opende mijn ogen.

Niks.

Ik voelde stukken puin in mijn rug prikken. Boven me, om me heen, overal was niks. Stikdonker. Roerloze duisternis.

Het was niet alsof de duisternis op me loerde, zo was het juist niet. Het was geen ding dat me in de greep hield. Het was níéts. En dat niets was onmenselijk, oeroud. Het was vierenhalf miljard jaar geleden hier geweest, het had zich een eindje van de aarde teruggetrokken toen de evolutie begon, maar het vulde de hele kosmos en wachtte geduldig tot de aarde de volgende ronde van vijf miljard jaar zou volmaken, waarna het niets het weer zou overnemen. Dat was het. Niets. Het oppermachtig niets.

Stop! Ophouden met die stomme gedachten! Er was hier helemaal niet niks, ík was er, en boven me, vlakbij, waren mijn broer en mijn vrienden naar me aan het graven. Waarom lag ik hier zo stom passief te wachten? Ik moest contact met ze zoeken! Opgewonden tastte ik naar het mobieltje in mijn broekzak. Wat was ik toch een idioot, ik had alles bij de hand, contact, licht! Mijn bevende hand vond de harde vorm van mijn mobieltje in mijn linkerbroekzak, en meteen wist ik dat er iets mis was. M'n mobieltje was niet langer rechthoekig, hij was raar vermangeld. Ik moest er na mijn val recht op gevallen zijn. Dit was hetgene dat zich in mijn heup had geboord... Het gaf zelfs geen vonkje licht meer.

Rustig ademen, zei ik tegen mezelf, rustig... Ze komen je heus wel redden... Ze weten waar je bent, of je mobiel het nu doet of niet, heus... Ik praatte tegen mezelf alsof ik een kind was, sussend, tot er iets verontrustends tot me doordrong.

Heel scherp, niet ver van me vandaan, sneed een zwak geratel door het donker. Op slag stonden al mijn nekharen overeind. Leefde er hierbeneden iets? Als dit een Smidse was – lieve Heer, o lieve lieve Heer – kon het dan niet dat er hierbeneden iets leefde? Iets onzegbaar ouds, dat was wakker geroepen door de explosie?

Het bleef een tijdlang stil en toen hoorde ik vallende steentjes. Schuiven. Ik kon niet bepalen waar het vandaan kwam. Het was afschuwelijk om hier alleen te zijn, maar het was nog afschuwelijker te weten dat er zich hier ergens in dit hol iets roerde, iets wat hier miljoenen jaren opgesloten was geweest...

Nadenken, zei ik tegen mezelf, rationeel blijven, meisje. Kom nou. Al die Schokkersverhalen zijn onzin... en toen wist ik: nee. Nee, wat *onder* de Schokkersverhalen lag was de waarheid over de *wereld*... En wat zich daar ook mocht roeren, het was een werkelijkheid die ik niet ontlopen kon.

Wist het dat ik hier was?

Het werd weer stil. Zo lang, dat ik me realiseerde dat dat geluid waarschijnlijk alleen was veroorzaakt door het langzaam verder wegzakken van de aarde. Hoogstwaarschijnlijk was ik het zelf die wegzakte, zonder dat ik het merkte, almaar dieper en dieper het niets in.

Ik was weggegooid, dacht ik. Ik was opgeraapt, akkoord, door mensen die hun best deden me alles te laten vergeten, maar uiteindelijk wás het zo: ik was weggegooid, en opnieuw weggegooid, tot hier toe... Ik was gewoon maar één van de afdankers van de moordmachine van het leven, die oprukte over de stapels lijken van alle kinderen die eindeloos aan haar werden geofferd. Dat was de waarheid die onder de verhalen van de Schokkers lag. Dat was ook mijn waarheid.

En alle ontzetting golfde onhoudbaar op, als een donkere wolk die op me neerdaalde, een onverdraaglijke, verstikkende wolk niets. Het sneed ziekmakend scherp door mijn vlees en drong door tot in het merg van mijn botten. Doodsangst was het, maar het was meer dan dat, het was de dood zelf die bezit van me nam. Een afgrijselijke doodskou kneep mijn longen samen en drukte mijn schedel tussen zijn handen in elkaar...

'Hé... Rustig maar...'
Stem zo dichtbij. In mijn eigen hoofd?
'Hé joh. Ben je zo bang? Je wou toch zelf mee, de Elfde Schok regelen? Nou, een echte Schok is nog wel effe wat harder dan dit, hoor!'
Een hand tegen mijn wang. Droomde ik? Ik deed mijn best om ge-

luid uit te brengen, maar ik wist niet meer hoe het moest. Een neus drukte zich in mijn hals, een arm gleed over mijn middel. 'En dan wou jij een Bliksem zijn. Watje.'

Hij hield me vast. We waren in het stikdonker begraven, maar hij hield me vast. Het angstmonster trok langzaam, heel langzaam uit me weg. Het duurde uren, maar ik voelde hoe het centimeter voor centimeter verdertrok – totdat ik, eindelijk, weer ademen kon. Een levende arm lag stevig op me. Ik legde mijn hand op het gebarsten leer van zijn mouw.

'Kalm maar, hoor,' suste hij. Wang tegen mijn wang.

'Prooi...'

'De hele boel stortte in,' zei hij. 'Had voor mij niet gehoeven. Maar 't is een Schokker, hè.'

Ik knikte. O, die warme huid van zijn wang tegen de mijne.

'We vielen naar beneden. Het is hier de Diepte. Levensgevaarlijk. Maar we zijn náást het middelpunt gevallen. Of het heeft zich gesloten. Pech hè? Anders zaten we nu in de tuin... Maar ik ben blij dat ik je hoorde, ik dacht dat ik helemaal alleen was.'

'Ik ook,' stamelde ik. Ik was beverig van uitputting.

'We hebben mazzel. Er is een soort scheefgezakte plaat boven ons, die steunt op een paar stevige muurtjes en zo. Ik heb het onderzocht, het zit muurvast. Je hoeft niet bang te zijn dat het verder instort.'

Hij streelde voorzichtig door mijn stoffige haar. Veegde nattigheid van mijn wangen weg. Hij likte mijn wangen schoon en spuugde hoestend op de grond. Hield me toen vast, borst tegen borst, buik tegen buik. De hanger met de twee Stenen prikte in onze borst. 'Niet bang zijn, hoor,' fluisterde hij. 'Het is maar de verbijstering. Eerst de consternatie, dan de verbijstering. Woede, angst. Allemaal show. De waarheid ligt hieronder.'

'Waarheid,' zei ik. 'Weet je wat de waarheid is?' Hij hield m'n trillende lijf stevig vast. 'Dat we zijn weggegooid! Weggetrapt, weggeschopt! We zijn niks! Afval, troep!'

'Ja,' zei hij kalm, 'dat is waar. We zijn allemaal weggegooid. En toen vond ik jou. Ik bedoel, jij vond mij. En Skat vond mij... En die stomme witte jongen vond Skat en toen vond ík Skat. En Dem Azèl heeft mij gezocht en teruggevonden... En nu vond ik jou weer.' Hij wreef over mijn heup. 'Zie je?'

Ik weet niet, ik was hem ineens verschrikkelijk dankbaar. Ik trok hem dichter tegen me aan en drukte mijn lippen op zijn mond. Hij maakte een oneindig lief geluidje. We likten elkaar een poosje, lippen, wangen, ogen, tong, tanden, hals. Zijn hand gleed onder mijn T-shirt en lag vies maar levend op mijn zwetende huid.

'Hij wil me nog wel,' fluisterde hij, met nauwelijks onderdrukte opgetogenheid, terwijl hij zijn wang tegen de mijne wreef. 'Heb je het gehoord? Hij is dol op me. Ik had er nooit aan mogen twijfelen.'

Ik aaide hem over zijn wang. 'Idioot,' fluisterde ik.

'Heb je de andere Vuurschokkers gezien? Ik hoop dat ze niet heel diep zijn gevallen... Maar ze kunnen wel tegen een stootje. Ik hoop dat Dem Azèl gauw weer...'

'Stil,' zei ik, 'alsjeblieft, alsjeblieft...'

Grinnikend duwde hij zijn neus in mijn hals. Zachtjes, lief, blies hij warme adem tegen mijn huid, die kietelde en bloeide. Zijn hand kroop naar mijn rug, hij trok me stevig tegen zich aan, en zo lagen we, onbeweeglijk, als twee schipbreukelingen, een tijdlang elkaars warmte in te ademen.

'Luister,' zei hij ineens. 'Dat is mooi... Hoor je het ook?'

Ik spitste mijn oren. Het was hier in de Diepte, waar niets waaide, kraakte, of ritselde, zo doodstil, dat je andere oren nodig leek te hebben om de geluiden vanhier op te vangen. Het duurde even voor ik begreep waar Prooi op doelde. Het was niet eens een geluid, het was een trilling; een donkere vibratie die van heel diep kwam – het huiverde in mijn buik, heel warm, nauwelijks naspeurbaar, en trok dan weer weg. Tot het, na een lange pauze, eindeloos traag teruggolfde, en in mijn hele lichaam resoneerde.

'O... wat is dat?'

'De hartslag van de aarde.'

We lagen er samen op te wachten, en telkens als het kwam, vingen we het samen op. Het golfde door onze verstrengelde lichamen heen, warm en geruststellend, we voelden het in elkaars lichamen gonzen, het vermengde zich met onze eigen hartslag en versterkte die en zegende die. Dan vloeide het uit ons weg. Maar iedere keer liet het me rustiger achter. We merkten samen hoe de golven verzwakten, tot ze ten slotte helemaal niet meer kwamen.

Maar het donker leek daarna niet meer vijandig en koud. Ik was zelf niet meer donker en koud. Het was vreemd: ik voelde me bijna veilig, in dit holletje in de Diepte. Ik was bijna tevreden hier te zijn, hier, in de omhelzing van een jongen die warm was en ademde... en ik werd me scherp bewust van Proois strelende hand op mijn blote rug.

Hij had zo'n lieve hand. Een warme, levende jongenshand, onrustig van een soort honger die hier, in de Diepte, op dit moment, helemaal niet op zijn plaats leek. Hij kriebelde me en toen begon hij me op die speciale, hongerige manier af te tasten. Ja, dat deed hij. Eerst was ik verbaasd... Ik was vergeten dat dat bestond, die honger, dat verlangen. Maar de hartslag van de aarde had mijn angst gladgestreken; en Proois hand op mijn huid herinnerde mijn lijf eraan dat alles van het leven nog steeds bestond, zelfs hier. Onmiskenbaar dook de honger op om ook zijn blote vel te voelen.

Ik wilde leven voelen, ik moest zijn leven voelen, hier in het midden van het niets. Mijn hand kroop onder de leren jas door, trok zijn T-shirt omhoog en voelde zijn heerlijke, zachte huid. Ik tastte zijn rug af terwijl hij de mijne aaide, terwijl we elkaar langzame kussen gaven. Zijn vingers riepen mijn rug tot leven. Mijn bloed klopte warm in mijn keel, in mijn buik, tussen mijn benen. Ik hoorde mezelf zachtjes piepen, alsof ik een verdwaald, hunkerend diertje was...

Wat er gebeurde was goed en doodgewoon. Misschien juist omdat we niets konden zien; het donker is een andere wereld. Wat er gebeurde was anders dan alles wat ik wist van verliefdheid en seks, al herkende ik het best: dat warme kloppen en vloeien tussen je benen, dat knijpen in je keel, die lekkere zenuwen... Maar hier beneden, terwijl we allebei natrilden van het voorbijtrekken van de dood, was wat we deden voor ons allebei gloednieuw. Het had geen naam. Het was domweg leven.

Ik had de onverdraaglijke hardheid van een waarheid ontdekt die me vernietigen kon: dat ik was weggegooid. Of mijn moeder die nu wilde wegwuiven of niet, dat was míjn waarheid, de dodelijke waarheid onder mijn bestaan. Maar nu ontdekte ik dat er hierbeneden een andere, even bikkelharde waarheid was: dat ik leefde. Dat ik wilde leven. En dat, dat was óók mijn waarheid.

Want we leefden. We wilden leven. We leefden met het leven van het Vierde Seizoen, het seizoen van de grappen en het verlangen. We leefden en we stopten niet. We wilden steeds meer. Ik kuste zijn blote buik en hij begon, met diepe zuchten van opwinding, mijn veel te kleine borsten te aaien, die in de gewone wereld niet meetelden. Maar hier stonden ze strak van het leven en hij zoog aan mijn tepels, waardoor mijn Vonk al mijn vezels in lichterlaaie zette. We brandden zo, allebei, we hadden zo'n honger, we bleven ons maar aan elkaar vastklampen. Hij had m'n beha omhooggeschoven, maar ik knoopte zijn spijkerboek open. Hij zuchtte dankbaar toen ik mijn hand om zijn blote piemel sloot, dat malle ding dat jongens zo openlijk met zich meedragen. Ach, wat hield ik van hem. Ik hield van alles aan hem, van alles wat levend was in hem, van al zijn verdriet en woede en gekkigheid. Hij was zoals ik en ik was zoals hij, en ik trok hem boven op me zodat zijn stijve tegen mijn blote buik gedrukt werd. Zo wreven we ons tegen elkaar op, langzaam en snel, in golven die kwamen en gingen, en toen hij, opeens, in een oogverblindende explosie van blauw licht, zijn kleverig vocht over mijn buik uitspoot, kreunde hij verbaasd, alsof hij totaal niet had verwacht dat dat zou gebeuren. Het was de eerste keer dat een jongen op mijn bloedeigen huid klaarkwam. Ik was, ik weet niets, ontroerd of onthutst. 'O,' zei Prooi, 'sorry, ik...'

Hij kwam overeind en bonkte suf met zijn hoofd tegen de plaat boven ons. Doink. 'Pas op,' zei ik. Lam giechelig trok ik hem weer boven op me, zijn warme buik midden in het kledderspul dat hij op me had achtergelaten. Zo lagen we boven op elkaar, nat, plakkerig, levend.

Het was zo grappig: we hadden met ons tweeën het donker weggevaagd. Ik kon Proois innig tevreden gezicht zien, daar vlak boven me, in de flakkering van het blauwe licht dat nog uit zijn neusgaten stroomde, uit zijn oren lekte. Het danste om hem heen en lichtte de puinrommel aan. Ik glimlachte: 'Kijk...,' en hij glimlachte ook, en kuste me. 'Da's m'n Vonk... die is ook gelukkig.'

We bleven kussen tot er een korreltje steen op de bodem naast ons tikte. En weer een. En nog een. Prooi lachte zachtjes.

'Wat is dat, Prooi?'

'Ze graven naar ons.'

'Dat kan nog wel eventjes duren...'

Hij begon me weer te zoenen. 'Wil je... zal ik jou ook...'

O, hij bedoelde het zo lief, mijn Vuurdemon. Van wie had hij dat geleerd, om lief te zijn? Ik drukte m'n blote buik tegen de zijne, zoende hem hongerig, en toen, opgewonden, overmoedig, pakte ik zijn hand en leidde ik hem mijn broek in, naar het broeierig kloppende hart van mijn kruis. Mijn hand lag over de zijne, terwijl ik hem zachtjes liet wrijven. Hij begreep geloof ik absoluut niet wat de bedoeling was, maar hij deed gehoorzaam, bijna eerbiedig, wat ik wilde. Tevreden liet ik me een poosje dobberen, vallend, opstijgend, zonder mezelf te verliezen. Ik weet niet of dat aan mij lag of aan hem, of aan het donker of aan alle angst van die dag, maar het kon me niet schelen. Leven is gewoon een beetje troeperig en onhandig. Net als de liefde. En ook deze liefde, die geen liefde was.

Of misschien ook wel.

We sliepen in elkaars armen tot de geluiden vanboven ons wekten. Daarna duurde het nog uren. Het was al licht toen ze ons voorzichtig naar boven tilden, die brandweermannen met vervaarlijke helmen en vetleren pakken. We doken op in een chaos van zwaailichten, politiemannen, ambulances en honden. Ze hadden de boel al weer onder controle, zag ik: de plek waar ik werd neergezet was geblakerd en nat, het vuur was geblust. Toon was het eerste bij me. Huilend, nota bene. Hij huilde echt en zijn kleren waren kletsnat, alsof hij natgespoten was. Achter hem zag ik Skats doodmoeie gezicht fel oplichten, toen hij Prooi uit de grond getrokken zag worden. Ozzie, zijn blonde kop bestoven met roet, stompte Skat grijnzend in zijn zij.

'Ik kan lopen!' riep Prooi. 'Er is niks met me aan de hand!' Behalve dan dat hij zijn gulp nog had openstaan en dat was in het vale ochtend-licht ineens verpletterend zichtbaar. Ik draaide mijn hoofd lacherig weg en ving een glimp op van een vreemd meisje, dat met doorweek-te kleren op een brancard zat, haar zwarte haren als sluiers over haar schouders gedrapeerd. Met lichte ogen knipoogde ze naar me. En ik, die opdook uit het diepste der diepen, vroeg me verbaasd af wat er allemaal aan de oppervlakte van de wereld was gebeurd, op dat moment waarop de vulkaan van Wageningen was ontploft.

# 11 *En intussen slaat het Lot met zijn staart en een van de vier krijgt een tik*

*In de vroege ochtend van de vijfentwintigste juni, nadat ik haar de inhoud van Givenchy's telefoontje had doorgegeven, had mijn moeder het schip de rivier op laten varen, en die avond, toen Givenchy's tweede telefoontje kwam, lagen we voor anker in een smalle rivier die onder aan een heuvelrij door groen laagland stroomde. Givenchy's stem maakte me op slag klaarwakker. Ik sprong uit mijn kooi en kleedde me aan. Meteen daarop hoorde ik de scheepsmotoren starten. Zo vlug als ik kon – het lopen gaat steeds moeilijker, lijkt het wel – beklom ik de trap naar het dek en ging ik tussen de opgewonden bediendes bij de reling staan. Dit is de nacht, dacht ik, terwijl ik probeerde vast te stellen van welke heuvel Givenchy had gebeld. Dit is de nacht waarop ik de wereld van mijn moeder achter me zal laten. Vannacht ga ik ons bevrijden uit het web van de Schokkers.*

*Givenchy had me gebeld. Twee keer. Onze ruzie lag achter ons, en vanaf vandaag zouden we nooit meer ruziemaken. Dit was de nacht.*

*We meerden af bij een plek waar een straatweg schuin het water van de smalle rivier in gleed. Alsof auto's hier spontaan in boten veranderden, als ze het water raakten. Een paar honderd meter van ons vandaan rees de nachtdonkere helling van de heuvel op. Het was zo stil nu de scheepsmotoren zwegen, dat we de zachtste geluiden konden traceren: stemmen boven op de heuvel, motoren nauwelijks hoorbaar daarachter, af en toe geschreeuw. Daar waren ze, mijn vrienden: Givenchy, Wik en Prooi. De drie Bliksems met wie ik de rest van mijn leven zou doorbrengen.*

*Mijn moeder kwam naast me staan. 'Hij heeft ze gewaarschuwd,'*

*mompelde ze. 'Ze zijn gekomen. Ik wist niet eens dat Kdaai Maksin*
*al in Europa was... en Thoumè... Zelfs Thoumè...'*

'Zijn de Vuurschokkers daar?'

*'Ik heb geen moment geloofd dat hij zich werkelijk naar ons*
*zachte Pact zou schikken,' zuchtte ze. 'Waarom ben ik dan toch ver-*
*rast? Waarom heb ik mijn Waterschokkers niet opgeroepen? Ik ben*
*een idioot.'*

'Denkt u echt dat daar het middelpunt van de wereld is?'

*Ze leek zich niet te realiseren wie ik was. Ze gaf me gewoon ant-*
*woord. 'Nee, natuurlijk niet.' Die gedachte vrolijkte haar op. 'Wat*
*dat betreft, kan hij zo heel veel kwaad niet aanrichten. En als Thou-*
*mè en Maksin zien dat hij het spoor bijster is... dat zijn kaartenhuis*
*ineenstort...' Ze lachte. Het laatste waar ze aan dacht, natuurlijk,*
*waren degenen die daar op die heuvel het grootste gevaar liepen:*
*mijn vrienden, mijn bondgenoten: Givenchy, Prooi, Wik.*

'Laat u hem dan gewoon zijn gang gaan?'

*Ze was niet erg zeker van haar zaak. 'Er is een kleine kans dat hij*
*toch gelijk heeft. Maar dan zou ik toch zelf ook moeten voelen dat*
*hier de Tuin is...' Ze viel stil, en haar plotselinge concentratie sloeg*
*op mij over. Ik zag het bijna op hetzelfde moment als zij: een lich-*
*tende streep boven op de heuvel. De schittering verdween en kwam*
*toen terug, hoger nu, in de vorm van vonkende cirkels, die snel naar*
*beneden spiraalden en uitdoofden. 'De Vuurvogel!'*

'Maar dan is het hier toch,' zei ik en zij, met haar vuisten op de re-
*ling slaand: 'Het kan niet! Het kán gewoon niet!' Ze draaide zich om*
*en haastte zich van me weg; haar sluiers waaierden uit. Ik ging ach-*
*ter haar aan, steunend, leunend, kreupelend, tot aan de ingang naar*
*benedendeks, waar ze de wachters bij zich riep. En Sjel, natuurlijk,*
*toptechnicus, toeverlaat, uitverkoren beheerder van de laptop met*
*míjn programma nota bene! Ze gaf haar bevelen, mannen renden*
*weg, ze overlegde gehaast met Sjel, 'hoogst onwaarschijnlijk, me-*
*vrouw', hoorde ik, 'zekere voor het onzekere', 'niet ingrijpen indien*
*niet strikt noodzakelijk...' Beneden werd een loopplank uitgelegd,*
*motoren startten.*

*Ik dook langs mijn moeder heen terwijl ze nog met Sjel delibereer-*
*de. Niemand van de wachters zag me toen ik me tussen de motoren*
*verstopte. Ze waren zich met veel geschreeuw aan het bewapenen,*
*herhaalden instructies – niet ingrijpen indien niet strikt noodzake-*
*lijk – en toen donderden ze over de ijzeren loopplank de oever op.*
*Er stonden in het ruim, behalve de wagens, nog vier Schokkersmo-*
*toren klaar. Niemand had eraan gedacht de sleuteltjes op te bergen.*
*Waarom ook, we zijn hier allemaal van Mist en doen niets wat Mist*
*ons niet beveelt. Ik koos de geel gespoten Bandit 1200, omdat ik*
*wist hoe ze daaraan gesleuteld hadden, aan die onmisbare street-*
*fighter. De enige reden dat ze hem niet hadden gekozen moest zijn*
*dat er iets was met het licht. Maar wie had er licht nodig? M'n hart*
*klopte luid in m'n keel toen ik hem tot leven bracht. Ze hadden de*
*deur opengelaten, de weg naar de mensenwereld was vrij. Mijn mo-*
*ment was gekomen.*

*Ik schoot de trouwe troep wachters voorbij, die onder aan de heu-*
*vel hun motoren stationair lieten draaien. Een paar van hen kropen*
*naar boven door het struikgewas, vermoedde ik, zaklampen flits-*
*ten. Hun kreten verdronken in het geraas van mijn Bandit, maar*
*niemand durfde me achterna te gaan. De weg voerde me links langs*
*de heuvel, zo ver van de heuvel vandaan dat ik me zorgen begon te*
*maken, maar toen draaide hij met een bocht weer terug en kruiste*
*hij een weg die me weer naar rechts voerde. Daar, bij twee lage ste-*
*nen muurtjes, stond, dreigend, een tiental Harleys geparkeerd, met*
*draaiende motoren. Terwijl ik er zo hard mogelijk langs reed ving ik*
*een glimp op van een reusachtige in bruin leer verpakte massa die*
*met gekruiste armen schrijlings op een motor zat – Kdaai Maksin,*
*vermoedde ik – waar een massief monster met zware ijzeren armen*
*naast stond. Maar voor de ingang liep een slanke gestalte met lang*
*sluik haar tot op zijn heupen heen en weer. Dem Thoumè!*

*Ik smeekte het Lot dat ze mijn blauwe kleren niet hadden opge-*
*merkt, dat mijn actie de aanwezigheid van Mist niet had verraden.*
*Dat ik ervandoor wilde gaan betekende niet dat ik mijn moeder*
*ontrouw was; ik was het, wat de Schok betreft, helemaal eens met*

haar kijk op de zaak. Een busje dat me met honderd kilometer per uur passeerde bracht me tot bezinning. Het busje remde abrupt en sloeg rechtsaf, en ik volgde het, tot een andere ingang, naast donkere mensengebouwen. Voor me verdwenen de achterlichten van de bus tussen het geboomte van de tuin. Voorzichtig pruttelde ik erachteraan, over de tuinpaden, langs bomen en struiken die net zo wakker waren als ik. Voor me hoorde ik driftig geschreeuw. Rode vlammen laaiden daar op. Ik koerste erop af, strak van verwachting, toen ik een moment verblind werd. Lichtwolken, sterrenregens... De Vuurvogel trok voorbij. Het geluid van het busje stierf weg en ik hoorde schreeuwen: 'Tengoe!'

Dem Azèl! Ik was op tijd! Ik kwam eraan, mijn helden, ik, het Alziend Oog, de spin in het web! Jammer genoeg moest ik de Bandit halverwege het park achterlaten om niet al te zeer opgemerkt te worden, en zo strompelde ik een stuk minder heldhaftig op het slagveld af dan ik wilde, niet bepaald de grote bevrijder. Ongewapend en kreupel... Lief Lot, zou ik wel iets kunnen uitrichten, als het erop aankwam? Voor me nam het rumoerige groepje langzaam vorm aan. Schaduwen, vlammen: Dem Azèl, verlicht door een raar rood grondvuur, razend, groter dan ik me herinnerde... Voor hem stond Prooivogel, vlammend als een Schokker. Ik hield geschrokken in toen ik hem in de smiezen kreeg, want hij zag er griezelig uit, een rood flakkerende schaduw met een verwrongen gezicht, blauw gas walmend uit zijn neus en oren, terwijl hij schril schreeuwde – ik weet niet wat.

'Moet ik je verdomme neermeppen voor je doet wat ik vraag?' Dem Azèls donderende stem deed de bladeren schudden, een vonkenregen oplaaien. Ineens kreeg ik Givenchy in de gaten. Givenchy! Maar wat was er met hem gebeurd? Dikke zwarte cirkels rond zijn ogen, zijn haar woest uitéénstaand, de raarste kettingen rond zijn rare glimbroek! Hij had zich omgedraaid omdat er iemand aankwam, maar die iemand was niet ik. Een witte schim die eruitzag als een sprieterig grasspook, sprong op hem af. Hij dook ín Givenchy, die op de vreemdste manier zijn armen om hem heen haakte.

*Ik dacht nog: het spook valt Givenchy aan, maar dat was helemaal niet zo. O nee, dat was helemaal niet zo.*

*Een nieuwe stem in het bosje was aan het schreeuwen geslagen; ik zag een dun meisje met kort zwart haar en een puntig gezicht, een jongensmeisje in een rood T-shirt, dat naast Prooi enorm stoer stond te doen. Iele schreeuwmuis. Wat deed die hier?*

*'Ik ben de derde Bliksem!' Haar stem sloeg over. 'U moet naar me luisteren!'*

*Het meisje van Kasterman! Dat was ze! Ik staarde naar mijn derde bondgenoot, dat warrige wicht dat me geen trouw had willen beloven. Die was zich dus inmiddels heel wat gaan verbeelden! Ik had me haar totaal anders voorgesteld, veel stijlvoller, met lang golvend haar, vrouwelijker. De leugenares! Als ik geweten had hoe ze er echt uitzag, dan had ik haar niet zo enthousiast binnengehaald. Wat hadden we aan zo'n krielkip? Ik wierp een zenuwachtige blik op Givenchy, die roerloos naast die zwaar opgemaakte wit-groene jongen stond te luisteren, en hoorde toen Dem Azèls volgende woede-uitbarsting. Die raakte niet alleen dat meisje, maar ook mij recht in de maag.*

*Ik moest me vastgrijpen aan het boompje waar ik naast stond. Wat? Ze was géén Bliksem? Het heftige gepraat dat volgde ging volkomen aan me voorbij. Ze was geen Bliksem! Hoe had ik het zo verschrikkelijk mis kunnen hebben! Ik had een onnozel méns in ons wereldplan betrokken, ik had heilige geheimen aan een méns onthuld! Hoe had ze me zo kunnen bedriegen? Bij het Water, m'n intuïtie was goed geweest! Ze had me dus toch verraden, ook zij had me verraden, vieze schijnheilige opschepper met haar praatjes over hoe supermooi ze was, haar vuurspuwen en haar planten! Vaag zag ik dat Givenchy het had overgenomen, pistool in de hand, en ik dacht: mooi, schiet ze allemaal af!*

*Mijn hoofd was in alle staten en de tuin om me heen was in volle beroering. Vlammen schoten op, vette rookwolken werden uitgebraakt en intussen doken er steeds meer schaduwen op. Mists wachters, natuurlijk. Kijken of ze het waterpeloton het sein moes-*

ten geven om aan te vallen. Maar die stevige jongeman die zich over het meisje Wik had gebogen en haar weer op haar voeten zette, die had ik nooit eerder gezien. Dat was er geen van Dem Azèl. Een lekkere kop met zwarte krullen had-ie, een aantrekkelijk stevig lijf. Een sterke jonge vent van een jaar of twintig, een kerel met een leuk gezicht, de enige hier die niet stapelgek leek. Nu sloop hij op Dem Azèl af, die uit alle macht tegen Givenchy stond te schreeuwen.

Waar bleven de andere Vuurschokkers? Waarom rukten die niet op? Ik had toch gehoord hoe daarnet, in alle verwarring, Dem Azèl de wekhoorn had gebruikt om de Vuurschokkers tot zich te roepen? Ik zag Mists mensen net zo nerveus om zich heen kijken als ik zelf deed – toen een onverwachte explosie ons allemaal van de sokken sloeg. Een vuurzuil barstte uit de aardkorst omhoog. Bomen werden versplinterd; takken, aarde en stenen vlogen in het rond. Alles schudde en beefde, alles gilde. Ik kon niets doen dan me vasthouden aan dat zielige boompje naast me, dat zich al even paniekerig aan mij vastklampte. Er was zoveel kabaal dat ik eerst niets hoorde, maar toen schreeuwde Dem Azèl, vlak voor me, op een manier die ik nooit eerder had gehoord. Hij schreeuwde zoals ik me voorstelde dat Vuurschokkers brullen als ze worden gewekt, protesterend tegen de onvoorstelbare pijn waarmee ze in het vlees gedwongen worden. Ik opende mijn ogen en zag, tussen de hel van hoog opschietende vlammen, een demonische wervelwind van vuur. De personen om hem heen vatten zelf vlam, hun kleren vonkten en rookten. Het brandende lichaam in hun midden sprong paniekerig heen en weer.

Ik stond als aan de grond genageld, verstrengeld met dat boompje, totdat er vlak bij me brandende takken neervielen. De hitte verzengde mijn wimpers. Ik liet mijn boompje los en strompelde achteruit, weg van de hitte, steeds verder achteruit, tot ver buiten het bereik van de vonkenregens. Daar raakte mijn voet de Bandit. De aanraking gaf me moed. Sidderend trok ik de motor overeind. Ik sloeg mijn been eroverheen, zat er schrijlings op, sterker nu ik de kracht van vuur en aarde tussen mijn benen voelde. Voor me klonk afschuwelijk gebrul.

*De Vuurschokkers! Waar bleven ze? Als ze nu niet kwamen, zou-*
*den ze te laat zijn! Dem Azèl werd opgeëist door het Vuur. Hij had*
*het Vuur uitgedaagd en hij werd er levend door verslonden!*

*Ik zag het voor mijn ogen gebeuren.*

*En ik deed niets.*

*Secondes gingen voorbij, en elke seconde duurde een uur. Ik zat*
*daar maar, ik deed niets – mijn moeder zou me dat nooit vergeven.*

*Daar voor me, aan de andere kant van grasveld en lage struiken,*
*rolde Dem Azèl heen en weer over de grond. Gedaantes sprongen*
*machteloos om hem heen. Ik haalde diep adem, startte de motor, en*
*reed er recht op af. Ik schoot over het grasveld, brak krakend door*
*de struiken, en hoorde mezelf schreeuwen, over het vlammenbulde-*
*ren heen: 'Gooi hem achterop! Ik rijd 'm naar het water!'*

*Ik ving de blik op van die stevige jongeman van twintig. Zijn*
*ogen keken in de mijne en we begrepen elkaar meteen. Hij vroeg*
*zich niet af waar ik vandaan kwam. Alsof hij heel zijn leven had*
*verwacht dat ik op dit moment op zou duiken. Razendsnel han-*
*delde hij, hij en de anderen die daar in de buurt waren. Terwijl*
*ze doorgingen de vlammen uit te slaan, sjorden ze het loodzware,*
*smeulende lichaam van de Vuurschokker op mijn buddyseat. Hij*
*greep zich brullend aan me vast, zijn vlammen beten zich in mijn*
*dunne bloes, schroeiden mijn haren. Maar ik spoot ervandoor, gek-*
*kenwerk was het, door het brandend puin, door de aardverschui-*
*vingen recht op de afgrond af. Ik zag eerst niets dan zwarte boom-*
*kruinen, struikgewas, tot ik, in de koplampen van de motoren be-*
*neden, direct onder de rand een zigzagpad zag opdoemen dat de*
*helling af leidde. Ik dook blind de diepte in. Pad op, dan weer van*
*het pad af, slippend, jankend, recht door de struiken verder naar*
*beneden. Dem Azèl klemde zich aan me vast terwijl hij wild heen*
*en weer schudde, we verbrandden samen, braamtakken scheurden*
*onze huid open, takken zwiepten ons in het gezicht, maar toen had*
*ik de asfaltweg bereikt. Ik joeg de Bandit voort met de snelheid van*
*de bliksem. Recht op het water af. Tot waar de weg zuchtend in het*
*water wegzakte.*

Het siste spectaculair. Enorme stoomwolken bolden om ons heen op. Koel, heerlijk koel water omsloot ons. We zakten rechtstandig naar beneden: de Bandit, Dem Azèl en ik. Mijn verbrande rug werd gekoeld. Mijn nek werd door water gestreeld. Alles was stil en koel. Genadig water, heel onze wonden. Red onze ziel, red onze vijanden...

Ik liet me zakken, dobberen, strelen. Ik wist niet wat er met Dem Azèl gebeurde. Ik wist dat hij zich van me had afgetrapt toen de motor was gezonken. Hij zou het wel redden, dacht ik zorgeloos. Ik draaide met mijn hoofd om mijn haren te laten uitwaaieren, intens gelukkig. Ach, het water... Ik liet me almaar verder zakken, tot waar het water dikker en kouder werd.

Dit was de nacht van mijn leven, ik had het geweten. Maar wat ik niet had geweten is dat al mijn plannen zouden mislopen. Het Lot had met zijn staart geslagen en alles wat ik ooit had bedacht was waardeloos gebleken. Ik had mijn kaarten op verraders gezet. Verraderlijke Givenchy, die zich inliet met gekken. Verraderlijk mensenmeisje dat had gedaan of ze een beeldschone Bliksem was. Ik had geplot en gepland en alles was misgelopen...

Maar het Lot, dat nooit doet wat je wil, stuurde me iets anders in de plaats. Het stuurde me een stevig lichaam, dat sputterend op me af zwom, met de lompe techniek van de mensen. Het dook naar beneden en dook weer op. Ongelofelijk trappelkabaal. Ik nam het geamuseerd waar. Bij de derde poging liet ik me vinden. Hij had sterke armen, die jongeman met zijn aardige gezicht. Het was heerlijk me door hem te laten omhelzen. Hij zwoegde en hijgde en spuugde water uit terwijl hij me onhandig door het water naar de kant sleurde, klots klots; hij trok me sputterend de kant op. Hij nam mijn gezicht in zijn handen en keek naar me, holy shit, hij drukte op mijn maag alsof hij me wilde laten overgeven en ik gaf geen sjoege totdat hij zijn mond tegen de mijne drukte om me adem in te blazen. Toen opende ik mijn lippen een beetje. Hij verstarde. Hij moest voelen hoe ik glimlachte, onder de druk van zijn lippen.

Er stonden mensen om ons heen. Hij trok zijn gezicht van me

weg. 'A-alles goed?' Hij had zo'n lief en bezorgd gezicht. 'Ik eh... ik dacht...'

'Ze zwemt als een rat, hoor,' hoorde ik Givenchy's stem. 'Die verdrinkt heus niet.'

Maar de jongeman bleef me aanstaren.

'Waar is Dem Azèl?' Givenchy verwijderde zich van ons.

'Weggezwommen,' zei ik, mijn blik op mijn redder gericht. 'Die overleeft het wel.'

'Maar waar is Tengoe?' vroeg een andere stem. 'En dat Wikmeisje?'

'O shit,' zeiden ze. Zelfs mijn redder. De anderen renden weg, in de richting vanwaar we gekomen waren. Maar de jongen met het vriendelijke gezicht trok me voorzichtig overeind, zijn sterke arm om me heen. 'Kun je lopen, denk je? Kan ik je ergens heen brengen? Waar woon je?'

Heel dichtbij glansde het grote schip van mijn moeder. Vlakbij, wist ik, waren de wachters met hun motoren. 'Haal me hier weg,' zei ik. 'Gauw. Zo ver mogelijk weg.'

We liepen zomaar voorbij de wachters, die in de berm van de weg naast hun motoren op nieuwe bevelen wachtten. Ze lieten ons gewoon passeren. De asfaltweg naar de heuvel weer op. Toon – zo heette mijn redder – merkte dat ik moeilijk liep. Hij ondersteunde me geduldig. Pas toen we in de schaduw van de heuvel gekomen waren liet ik hem stoppen.

'Heb je je benen bezeerd?' vroeg hij. Hij had zo'n warme stem.

'Ik heb gewoon rotbenen,' zei ik.

'Loop je dan altijd zo moeilijk?' Hij vroeg het zo bezorgd dat ik hem zijn directheid niet kwalijk nam. 'Of heb je je gebrand?' Voor ik het wist had hij mijn dunne, doorweekte broekspijp omhooggetrokken. Ik hoorde hem schrikken van de zilveren glinstering, die hij daaronder niet verwachtte. 'Wat is dat?'

'Niks ernstigs,' zei ik. 'Familiekwaaltje. Soort eczeem.'

Hij lachte. 'Je bent echt een zeemeerminnetje... Ik denk dat je heel goed kunt zwemmen.'

'Ik vond het leuker door jou gered te worden.'

Hij was even stil. 'Ik vond het leuk jou te redden.'

We keken allebei omhoog de heuvel op. Het brandde daar nog volop. Blauwe lichten mengden zich met rood vuur. Sirenes snerpten door het lawaai heen. 'Wil je naar boven? Ik moet daarheen, ik moet weten of het goed is met m'n zus. Maar daarna kan ik je naar huis brengen, als je wil. Waar woon je?' Toen ik geen antwoord gaf ging hij onhandig verder: 'Wat kwam je hier eigenlijk doen? Je kent die vent met die bom, hè?'

'Laten we naar boven gaan,' zei ik. 'Ik wil ook graag weten wat er met de anderen is gebeurd.'

Dat was het, de flitsende draai in mijn leven. Dit was mijn moment: mijn groot moment van geluk.

# 12 De weggegooide kinderen

## (Of: de Steen van het Tweede Seizoen)

Het duurde nog wel even voor de politie ons van de berg weg liet gaan. Wij drieën, Ozzie en Toon en ik van Kasterman, waren de enige getuigen die ze hadden. Skat was er in het geniep vandoor geschoten zodra hij wist dat Prooi was gered. De mensen van de ambulance hadden Prooi nog niet gezond en wel verklaard, of ook Prooi was spoorloos verdwenen. Zodat ik, arm schaap dat nog maar net onder het puin vandaan was gehaald, ter plekke een heel verhaal bij elkaar moest stotteren. Ja, ik was Wik Kasterman, uit Amsterdam, op bezoek bij m'n broer die aan de Wageningen Universiteit studeerde, en ik wist van niks. Ik had geen flauw idee wie die twee jongens waren, die ene die met mij onder het puin was geraakt en die andere, waarschijnlijk hoorden ze bij die vent die de berg had laten ontploffen. Welke vent? vroegen ze, hoorde die dan bij een van die motorbendes? Ik begon te begrijpen dat de politie, die door Ozzie was gebeld, bij de ingang van het park slaags was geraakt met een motorbende, die koste wat het kost met hun motoren de tuin in had willen rijden. Waarschijnlijk om slag te leveren met een andere, in het blauw geklede motorbende, die vanaf de weg naar de rivier wilde oprukken. Geen arrestaties, ze waren ontkomen, maar...

'Dat zei ik toch al,' onderbrak Toon hen ongeduldig, 'm'n zusje heeft er niks mee te maken! Ze was bij me op bezoek en ze had allang naar huis moeten gaan, maar ze is blijkbaar stiekem gaan stappen en ik denk dat ze met een vriendje hierheen is gegaan. Toen die bende hier kabaal begon te maken belde ze me op...'

'We begonnen bang te worden,' vulde Ozzie behulpzaam aan. Die had aan een wenk genoeg om verder te improviseren. 'Sorry agent, ik had het meteen moeten zeggen, maar 't is eigenlijk mijn schuld dat zij hier is. Dat vriendje was ik. Ik was met haar aan de praat geraakt in de kroeg... en het was een warme nacht en toen heb ik gevraagd of ze mee wou hierheen... Ik ben nogal romantisch aangelegd, ziet u. Romeo en zo. Lolita eigenlijk meer. Rozengeur en zo, weet u wel?'

Waarmee Ozzie zichzelf in de problemen bracht, want wat moest-ie met zo'n jong meisje op dat uur van de nacht en waar woonde-ie eigenlijk, totdat Toon begon over de explosieven die die vent had gebruikt, die waarschijnlijk voor iets heel anders waren bedoeld, waarna de agenten zich omdraaiden naar het meisje met de lichtende ogen en merkten dat ook zij in het niets was opgelost.

Ze haalden ons in op de weg naar Toons studentenhuis. Alle drie: Skat, Prooi, en Versace. Want zij was het, dat vreemde meisje met de lichte ogen dat op de brancard had gezeten. We keken elkaar aan. Geheimzinnige V., aan wie ik trouw had gezworen. Maar dat wist ze niet. Ze had die mail van mij nooit gekregen. Ze had een bijzondere, ivoren huidskleur, grote grijsbruine ogen en lang zwart haar. Was ze mooi? Ze had in elk geval een heel bijzonder gezicht, een en al opgewonden gretigheid. Eerlijk gezegd had ze een beetje een gezicht om bang van te worden. Maar ze had een mooie mond. De mond die Prooi ook had. En Skat. En Dem Azèl ook, trouwens. Een heel mooie mond.

Ik hielp haar met douchen, omdat ze niet lang rechtop kon staan. Ze was zilverig opgetogen, haar lichte ogen straalden. Ik vroeg me af of ik haar moest opbiechten dat ik geen Bliksem was. Maar zij was geïnteresseerd in heel andere dingen. 'Dus Toon is jouw broer? Heeft hij eigenlijk een vriendin?'

Ze had haar verschroeide kleren afgepeld en stond in haar slanke blanke blootje voor me, draaiend aan de warmwaterkraan. Ze was mooi, vond ik, dun, maar met mooie golvende heupen en ronde borsten zoals ik ze dolgraag zelf had willen hebben. Maar er was iets mis met haar benen. Ze waren niet alleen heel lang en dun, maar er lag ook een vreemd soort eczeem op. Het was zilverschilferig, schubbig. Het bedekte haar huid van haar liezen tot de bovenkant van haar lange, brede voeten.

'Niet dat ik weet,' zei ik, terwijl ik haar met mijn arm om haar middel ondersteunde. 'Hij heeft geloof ik bindingsangst.'

'Hm,' zei ze. Ze ving met haar gezicht de waterstraal op. 'Wil jij m'n haar doen?'

Toon gaf ons allemaal schone kleren uit zijn eigen klerenkast, en hij zocht in de kamers van zijn medestudenten naar lege bedden en matrassen. Zelf propte hij om zeven uur 's ochtends nog alle stinkende kleren in de gemeenschappelijke wasmachine, voor hij eindelijk in bed kroop. Versace had het zo weten te regelen dat zij op een stretcher in zijn kamer sliep. Ik geloof dat Toon het wel leuk vond. In het begin was hij altijd heel dol op meisjes.

We konden niet meteen slapen, Prooi en ik. Er was te veel gebeurd. Stil lagen we naast elkaar op de hoogslaper van een medestudente, tussen de knuffelbeertjes. Schoon gedoucht, nieuw. Ik keek naar hem, zoals hij daar op zijn rug lag, z'n gezicht kalm naar het plafond gericht. Dat was de jongen met wie ik daarnet had gevreeën. Slaperig vroeg ik me af wat dat betekende, in deze andere wereld hierboven. Hadden we nu iets met elkaar? Zou hij me straks, of morgen, naar zich toe trekken alsof dat vanzelfsprekend was, en zijn hand onder mijn T-shirt laten glijden? Zou ik straks, of morgen, hetzelfde bij hem doen? Ik keek naar de jongen naast me en wist het niet.

'Wat bedoelde je nou,' vroeg ik ten slotte – één vraag uit vele – 'toen je zei dat de bomen de Schok beheersen?'

Hij klonk sereen. 'Merkte je niet hoe wakker ze zijn geworden? Misschien hebben de Afdankers dat toch wel gedaan... Of misschien hebben de bomen elkaar wakker geroepen toen het Huis van het Vuur afbrandde.' Hij glimlachte. 'We hebben er nooit aan gedacht dat bomen misschien echt goed voor zichzelf kunnen zorgen. We dachten altijd dat ze Schokkers nodig hadden om hun Schokken voor hen te maken. Maar bomen zijn de wijste schepselen op aarde. Hij zéí het gewoon tegen me, het boompje... Ik bedoel, ik *begreep* hem... dat hij wakker is, dat hij heel goed weet wat er gebeurt, en dat hij alles ongelofelijk spannend vindt, dat ik echt niks hoefde te doen.'

'Bedoel je dat de bomen bepalen hoe de Elfde Schok eruit gaat zien?'

'Ze weten in elk geval wel wat de mensen aan het doen zijn. De mensen brengen gif in de atmosfeer en veranderen het klimaat. Ik heb niet begrepen of de Nieuwe Bomen de mensen de opdracht hebben gegeven om dat te doen, of dat ze ze hun gang laten gaan omdat het ze goed uitkomt. Bomen hebben altijd geprobeerd de mensen voor hen te laten werken.'

'Dat lukt ze niet altijd zo best.'

'Misschien niet. Maar ik weet wel dat de Schok die de mensen aan het maken zijn, de Schok is die dít boompje wil, Wik. Die gekke boom van het Vijfde Seizoen. En zijn familie.' Hij zweeg abrupt. Toen vroeg hij: 'Heb jij gezien of het boompje verbrand is?'

'Ik weet het niet. Maar ik heb er nog eentje, Prooi.'

'Ja. Ik had hem bij jou al bekeken, maar ik kon hem niet begrijpen.'

'Dus de mensen moeten *stoppen* het milieu te redden? Dit is allemaal de *bedoeling*?'

'Bomen weten dat verwoesting erbij hoort,' zei Prooi. 'Er zijn bomen waarvan de zaden alleen ontkiemen als er brand overheen gaat. Wist je dat?'

'Ja...'

'Bovendien,' – hij draaide zich op zijn zij, zijn gezicht naar me toe – 'is er oorlog tussen de bomen. Een hoop bomen vinden het inderdaad níét leuk, omdat ze de Elfde Schok niet zullen overleven. Daarom geven zij andere mensen de opdracht de bestaande natuur te beschermen.' Hij streelde over mijn wang. 'De bomen werken tegen elkaar in.'

'Oorlog,' zei ik zacht.

'De hele geschiedenis van het leven is het oorlog geweest tussen alle soorten beesten, planten en bomen, en alle krachten, de Diepte, de Ruimte, het Lot... Ze kunnen niet zonder elkaar, ze werken samen, maar ze bevechten elkaar ook voortdurend. Soms wint de ene, soms de andere.'

'Maar deze Schok gaan de mensen zelf verliezen. Denk je niet?'

'Kan best.' Hij pakte een van de beertjes op die om het bed heen stonden. 'En veel leuke bomen ook. Een paar daarvan bewaakten de toegang. Ze wilden Dem Azèl niet doorlaten.'

'Je pen heeft niet erg geholpen, hè?'

'Wat? O, wat stom!' Hij had niet begrepen dat ik hem plaagde, met die nonsens over zijn kapotgekauwde pen. 'Ik had hem mijn pen moeten geven! Denk je dat dat de reden was waarom de toegang niet openging? Niet dat ik de kans had om hem dat uit te leggen.' Hij keek het beertje ernstig in de ogen. 'Maar als hij terugkomt zal ik het hem zeggen. Hij vindt er wel wat op.'

'Als hij terugkomt?'

'Natuurlijk! Hij moet even bijkomen, maar dan weet hij me wel weer te vinden.'

'Maar Prooi, die man is echt gevaarlijk! Hij wilde iedereen op de berg opblazen! Skat en Mist, en...'

'Ik zal op hem wachten,' onderbrak Prooi me; zijn stem was week en warm.

Hij was zo dicht bij me geweest, daarbeneden in de Diepte. En nu was hij eindeloos ver weg. Ik had me vergist. Voor een deel waren we hetzelfde, ja... maar voor een groot deel leek hij helemaal niet op me. Prooi, de enige echte Bliksem die er nog op aarde rondliep, de enige met een laaiende Vonk en een Steen in z'n buik, hoorde bij een ander leven.

We waren een raar stelletje, zoals we de volgende dag om een uur of twaalf aan het ontbijt zaten. We zaten allemaal te lachen, moppen te tappen, alle gebeurtenissen van de vorige avond om en om te draaien, en als ik even stopte om iedereen te bekijken dacht ik: wat zijn we een raar stelletje. Ozzie was niet eens de gekste. Zonder make-up zagen hij en Skat er betrekkelijk normaal uit en ze deden ook normaal en aardig, al zei Ozzie wel voortdurend dingen om ons aan het lachen te maken. Anders was het aan de andere kant van de kamer, waar Versace met zulke stralende ogen naar Toon keek, die steeds met even stralende ogen terugkeek, dat we er verlegen van werden.

'Ik had nooit kunnen raden dat Wageningen het middelpunt van de

wereld is,' lachte ik. 'Maar voor jou was dat natuurlijk allang zo, Toon!'
'Het middelpunt van de wereld is waar Skat is,' zei Ozzie.

'Ach, ik heb de Waterschokkers zo vaak over het middelpunt horen praten, ik heb zoveel theorieën gehoord,' zei Versace, 'dat ik geloof dat er helemaal niet één middelpunt is. Dat kan toch ook niet? De wereld is rond! Je kunt overal beginnen met het maken van een Schok.'

'Dat klopt. Een evolutionaire catastrofe – een Schok, zoals jullie dat noemen,' zei Toon, 'ontstaat nooit vanuit één plek. Hij ontstaat doordat er over de hele aarde allerlei natuurverschijnselen gaande zijn. En door alle cycli die de stand van de aarde bepalen...'

'De Ruimte, de Diepte en het Lot,' zei Prooi.

'Maar de Vuurvogel was hier wel,' zei ik.

'Ik denk dat hij door jullie aangetrokken werd,' zei Versace. 'Ik denk dat hij honderden plekken heeft om het binnenste van de aarde weer in te gaan.'

'Maar betekent dat,' vroeg ik, 'dat de Schokkers ook overal ter wereld de Schokkerstijd in kunnen gaan? Als ze de hartslag van de aarde daar maar horen?'

'Even reëel, Wik,' zei Skat. 'Dat zijn allemaal maar mythes, en zelfs Dem Azèl trok zich niets meer aan van zijn eigen oeroude mythische dogma's. Hij had totaal geen interesse in de Nieuwe Boom, hij wou met z'n vieren de Schokkerstijd in, terwijl je met zo weinig de Schok helemaal niet kúnt beheersen, en hij wou zelfs Mist laten neerschieten! Hij meent het serieus, dat hij de Schokkerswetten heeft afgezworen.'

'Omdat-ie geen Steen meer heeft,' zei Versace. 'Ik durf te wedden dat zijn Vonk is gedoofd, en dat hij is vervallen tot de menselijkheid. Het ging hem vast alleen om het goud, dat in het middelpunt zou liggen... wat volgens mij ook al een mythe is.'

'Hij hoopte waarschijnlijk dat er een commandopost was ingericht,' zei Skat. 'Met massa's goud en wapens en zo. Maar ik betwijfel of Dem Tubal ooit is begonnen met het opzetten van zo'n basis. Hij vatte zijn eigen Schokkerssprookjes veel te letterlijk op.'

Ik zag hoe Prooi met een strak gezicht meeluisterde.

'In elk geval zullen we geen last meer van Azèl hebben,' vervolgde

Skat. 'Kdaai Maksin zal ongetwijfeld met de pest in terug naar huis zijn gegaan, die wil de komende tijd niks meer met Azèl te maken hebben. Dat betekent dat Azèl vleugellam is. Geen goud, z'n geloofwaardigheid kwijt, buiten de Schokkerswereld gesloten. Hij is ongelofelijk vernederd, dus hij zal zich wel niet meer bij ons durven vertonen.'

'Dan is Mist het enige probleem,' concludeerde ik. 'Dem Azèl is uitgeschakeld, maar zolang Mist hier in de buurt is, blijft het stortregenen en overstromen.' In het daglicht leek het me weer vrij onwaarschijnlijk. Gisteren had ik het begrepen, daar diep in de donkere Diepte: dat de waarheid die schuilgaat achter de wereld van de Demonen en de waarheid die ons kleine leven regeert, dezelfde is. Maar de woorden van die twee werelden bleven hinderlijk verschillend. 'Ik bedoel, als zij doorgaat met Schokken.'

'Maar Mist doet niks op dit moment,' zei Versace verbaasd. 'Jullie denken toch niet dat zij die regens veroorzaakt? Dacht je nou echt dat ze in haar eentje aan het Schokken zou slaan?'

We vertelden haar over de bloemenzee op de N701, legden uit hoe uitzonderlijk alle regenbuien waren, die weelderige tropengroei in Amsterdam. Ze fronste haar wenkbrauwen. 'Dat van die bloemen kan kloppen – we hebben er een hele lading van geloosd toen we op een groot meer waren. Ze woekeren als de pest, alle bassins op ons jacht zaten vol. Maar mijn moeder weet best dat ze de Schok niet kan regelen voordat ze de Schokkerstijd in gaat. Ze is nog niet begonnen, hoor.'

'Maar...' We keken elkaar verbouwereerd aan.

'Wie is dan verantwoordelijk voor die toestanden?'

'De bomen?' vroeg ik.

'Eerder de mensen. Klimaatverandering komt gedeeltelijk door de mens,' zei Toon, 'maar die verandering kan niet zo'n heel tijdelijk en plaatselijk effect hebben. Hebben jullie niet gemerkt dat het vooral in Nederland zo heet is? En dan ook nog es het ergste in het westen. Behalve gisteravond dan, toen was het hier in Wageningen ook ineens bloedheet.'

Ik had bewondering voor hem; hij deed z'n uiterste best te begrijpen waar we het allemaal over hadden, zonder onze onbegrijpelijke verhalen weg te lachen. Misschien heeft hij dat op de universiteit geleerd, of in die vreemde landen waar hij veldwerk doet. Daar stikt het van de mythes en spookverhalen, die hij toch serieus moet nemen, omdat ze een kern van waarheid kunnen bevatten.

'Gisteravond.. bloedheet, hier...' Versace keek van Skat naar Prooi naar mij. 'Zeg... jullie hebben nu de vier Stenen, hè?'

'Dat wil zeggen,' zei Skat, maar ze ging ernstig verder: 'De effecten van Azèls gebroken Steen moeten onvoorstelbaar sterk zijn. De Stenen van de Vier Seizoenen die op elkaar inwerken... Ik kan me voorstellen dat dat het plaatselijke klimaat flink op hol kan laten slaan.'

'Wacht even, Versace... Je denkt dat wíj er de oorzaak van zijn?'

'Hoor eens, ik heb het overzicht. Ik ken alle werelden, die van de mensen en die van de Schokkers. Als er Schokkers bij elkaar komen, krijg je de wildste elektrische effecten! Heb je nooit een Schokkersvergadering meegemaakt? Donder en bliksem! Oververhitting!'

'Maar samen vormen de Vier Stenen toch maar één Steen?'

'Het lijkt me logisch dat de kracht van de aparte Stenen enorm is gegroeid sinds ze in jullie zijn geplant. Door jullie Vonk moeten die Stenen zijn gaan groeien, en andersom. Stenen zijn levende energiefabriekjes, hoor. Nee, *jullie* zijn de boel hier aan het opschokken, met je vier Stenen!'

'Vier Stenen samen, dat zou kunnen,' zei Skat. 'Maar er zijn geen vier Stenen, Versace.'

'Hoezo niet? Jullie drie Stenen en Azèls Steen, die ik aan Wik heb gestuurd!'

'Nee,' zei Skat. 'Sorry, Versace. Ik heb het jou ook nooit verteld, vrees ik.'

'Wat heb je me nooit verteld?'

Als Toon er niet was geweest, was Versace waarschijnlijk ter plekke ontploft. Nu liet ze Skat zijn verhaal doen. Ze ondervroeg hem fel en verontwaardigd, maar toen ze alles had begrepen, kon ze alleen nog in lachen uitbarsten. 'Givenchy! Onsterfelijke, fantastische Givenchy! Al net zo'n smerige fraudeur als de rest van de bende! Al die tijd was jij geen haartje bijzonderder dan ik!'

'Hij is wél bijzonder,' zei Ozzie beledigd. 'Juffrouw! Dat neemt u terug!'

'We hebben ons allemaal vergist,' zei Skat. 'Ik had totaal niet door dat jullie dachten dat Wik een Bliksem was! Ik dacht dat jullie *wisten* dat Bliksems per definitie jongens zijn, en ik begreep maar niet waarom ze zich ermee bemoeide!'

'Maar Givenchy, al ben je dan geen Bliksem, je bent wel een Afdanker. Je hebt dus wel gruis van Dem Azèl in je lijf zitten. Dat kan de werking van de andere drie Stenen versterken.'

'Misschien wel. Al die elektriciteit die er door me heen is gejaagd moet de kracht van dat gruis hebben versterkt,' zei Skat nadenkend. 'Ik heb het vaak genoeg vanbinnen voelen branden.'

'De warmte begon toen Prooi bij ons in huis kwam,' zei ik. 'Het werd pas echt heet toen Dem Azèl in Amsterdam opdook, maar ook daarvoor was het al abnormaal heet. Dat doen de drie Stenen, en Skats gruis dus... En ik denk dat Proois Vonk loeisterk is.'

'Zie je? Met z'n drieën bij elkaar zijn jullie een ramp voor de mensenwereld!'

'Maar ik ben dus ook geen Bliksem,' zei ik kleintjes.

'Dat snap ik nog steeds niet,' zei Prooi. 'Je had wel de Steen van het Tweede Seizoen!'

'Dat was geen slimme zet, Versace,' zei Skat, 'om die ook aan haar te sturen. Dat de drie Stenen bij elkaar zijn, is omdat jij ze allemaal naar één punt hebt gestuurd!'

'Hoezo heb ik de Tweede naar haar gestuurd? Ik heb de *Vierde* gestuurd! Dat was die scherf die jíj van Dem Azèl had gestolen, Givenchy, drie jaar geleden, en die ik toen weer van Mist heb gestolen. Ik heb hem in Proois pen verstopt... Dát was de Vierde, ja?'

'Maar ze heeft twéé Stenen,' zei Skat ongeduldig, 'en ze is geen Bliksem, dus ze kan die niet zelf gehad hebben.'

Ik zei: 'De *Vierde* kreeg ik van Versace. Maar de *Tweede* Steen had ik al! Altijd al!' En toen viel er een diepe stilte en keek iedereen me aan. Pas toen besefte ik dat er iets heel raars aan de hand was. Ik was geen Bliksem. Kon geen Bliksem zijn. Maar ik had wel die Steen.

Waar kwam die Steen vandaan?

Ik had het mijn moeder eindeloos gevraagd, maar ze had nooit antwoord gegeven. Waarom had ze me dat niet willen vertellen?

'Ik... ik weet echt niet hoe ik eraan kom,' stotterde ik. 'Sorry... Ik heb hem al zo lang...'

Ze staarden me zwijgend aan, alsof ik iets verschrikkelijks verborgen hield. Toen zag ik uit Toons gezicht alle uitdrukking wegdruipen. Hij keek me zo hulpeloos aan, dat ik alleen maar suf kon terugstaren.

Skats stem drong tot me door: 'Nou, hoe zit dat? Hoe kwam je aan die Steen?'

Toon was het, die zich naar Skat omdraaide.

'Dario,' zei hij.

'Dario kwam in Nederland toen hij zes was,' zei Toon. 'Hij was moeilijk. Maar onze ouders dachten dat ze hem wel aankonden, na hun ervaringen met mij en Tobia. Maar Dario was wild, doodsbang en agressief. Ze ontdekten die Steen natuurlijk algauw, hij had een groot litteken op zijn borst en daarachter zat die Steen, die hem pijn deed. Maar toen hij geopereerd was werd hij alleen nog maar onhandelbaarder. Hij wou die Steen weer z'n lijf in, slikte hem de hele tijd in en dan kwam hij er met veel moeite weer uit, hij stopte hem in zijn neus, in z'n oren; m'n ouders werden er gek van. Toen hebben ze hem die Steen afgepakt.'

Hij zuchtte. 'Dat was de eerste keer dat Dario opgenomen moest worden. Ze pompten hem vol kalmerende middelen. Ze deden een therapie met hem, zodat hij een hekel zou krijgen aan die Steen. Nou, hij was daarna wel een beetje kalmer, maar er was ook iets in hem gebroken.'

'En die Steen?' vroeg Skat.

'Onze ouders durfden hem niet weg te gooien. Ze hebben hem bewaard tot Dario alles vergeten leek te zijn. Toen kwam Kim bij ons in huis, Wik bedoel ik, en toen ze nog klein was ging ze vuurstenen verzamelen. Eindelijk een goede bestemming voor de Steen, dachten m'n ouders. Ze dachten dat Dario alles vergeten was. Maar dat was niet zo.'

'Dát bedoelde Tobia,' fluisterde ik. 'Dat ik iets van Dario gepikt had.'

'Jij wist het niet, Wik,' zei Toon geruststellend. 'Maar Dario wist het maar al te goed. Hij zei er nooit iets over. Maar elke keer als jij goeie cijfers haalde op school, iedere keer als jij een kleurwedstrijd won, dan dacht hij eraan dat jij zijn Steen had.'

'Maar m'n litteken dan? Ik heb een litteken op mijn buik!'

'Vanwege die blindedarmoperatie,' zei Toon. 'Dat herinner je je toch wel?'

Ik wreef over mijn buik. Waarna het tot me doordrong dat het slordige litteken dat Dario van zijn operatie had overgehouden de onthullende kring rond zijn hart verborg.

'Ik heb hem gezien,' zei Skat. 'De derde Bliksem. Dario. In het bos. Vlak nadat ik de eerste Bliksem dood had zien liggen. Hij werd door mensen meegenomen. Hij was even groot als ik.'

'Dario,' kreunde ik. 'Ik moet het hem vertellen...'

'Ik denk niet dat-ie naar je wil luisteren,' zei Toon.

We reden met Skat en Ozzie mee terug. Prooi zat voorin naast Skat, ik zat naast Oz op de achterbank. Het grootste deel van de weg zongen we; soms zongen Oz en ik samen een nummer dat Skat en Prooi niet kenden en dat was leuk. Toen zong Ozzie een lange ballad-versie van Electric Animal. Hij laste passages in over een jonger elektrisch beestje, een prooivogeltje dat meester was over het vuur. Prooi en ik glimlachten naar elkaar in de achteruitkijkspiegel.

'Weet je,' zei Ozzie toen het nummer uit was, 'eigenlijk ben ik de Zanger. De Zanger van de Elfde Schok. Ooit bij stilgestaan, My Legendary Heroes, dat de Zanger een méns moet zijn?'

'Natuurlijk,' zei Skat. 'De Elfde Schok is de Schok van de mensen.' Hij roffelde op het stuur. 'Ten goede of ten kwade.'

'En het is de Schok van de bomen,' zei Prooi, die de hele tijd nog niets gezegd had.

'En van de hele rest,' zei Skat, 'de schommelingen van de aardas, de bewegingen van het magma enzovoort, tuurlijk. De Diepte, de Ruimte, en het Lot. Want die komeet komt ook nog wel. Maar voor het eerst – en voor het laatst – doen de mensen mee.'

'Ik wou dat we de natuur met rust lieten,' zei ik.

'We zíjn natuur,' zei Skat. 'Stomme, blinde, destructieve natuur, met zelfmoordtrekjes. Maar daar komen we waarschijnlijk pas achter als we de natuur en onszelf om zeep geholpen hebben.'

## Geen reden voor feest

Het was een schitterende zomer. Zorgwekkend schitterend. Oude mensen bezweken aan de hitte, scholen gingen over op een tropenrooster, en sportwedstrijden werden afgelast. Het grachtenwater dikte in tot een stinkende olie, waar een walm van rottende vis vanaf sloeg. Tot er weer tropische slagregens losbarstten, alle kelders overstroomden en de grachten over hun boorden heen golfden. In alle kieren en gaten woekerden uitbundige planten, die vet begonnen te bloeien en hun zaad overal in het rond sproeiden. Huizen verdwenen achter de gulzig glimmende klimop en wingerd. Een stokrozenplaag verspreidde zich over de stad. Geen fiets kon langer dan een nacht op één plaats blijven, zonder dat er zich taaie slingerplanten door zijn spaken vlochten.

Overal in de stad stonk het naar brand, overal hoorde je sirenes. Mijn monsterboompje vond het allemaal zo te zien fantastisch. Wat dat betreft klopte het helemaal: de Elfde Schok was de wereld lekker aan het opwarmen. Zodat het nieuwe boompje zich er fijn zou voelen. Ik bekeek mijn struikje met nieuwe ogen, en eerlijk gezegd vond ik het een behoorlijk eng boompje. Dat zou een creepy bos worden, een bos van deze monstergroeisels... We inspecteerden hem op tekens van voortplanting, maar als die er al waren, misten we ze volkomen. En daar was ik niet rouwig om.

Ik voelde me een beetje duizelig worden als ze op de televisie alweer meldden dat er een hitterecord was verbroken. Dat de hoeveelheid neerslag begon te lijken op die in Bangladesh. Na een week of twee deden we een experiment. De toetsen waren voorbij en ik had vrij, en Prooi en ik gingen samen bij tante Joke en Ricardo in Groningen logeren. Na een dag begon de temperatuur in Amsterdam naar beneden te kruipen. Na twee dagen vertelde de weerman dat er in het westen des lands koelte op komst was, en weer een dag later lagen de kustprovincies onder een fris wolkenlaagje. Maar toen we die avond op het Amstelstation uitstapten, begon het kwik alweer te stijgen. De volgende dag joeg een zuidenwind de wolken uitéén en braadde de zon de stad weer aan. We overlegden met elkaar op het dak van Ozzies pand. We moesten het onder ogen zien. Zolang Prooi, Skat, Dario en de Schokkersstenen in dezelfde stad waren, zou Amsterdam geteisterd blijven door tropische hitte. Iemand moest weg. Samen met de Stenen.

Skat keek Ozzie aan en Ozzie keek naar Skat.

Toen begon Ozzie te glimlachen. 'Zullen we?'

Skats mondhoek trilde. 'Wat denk jij?'

'Shanghai moet te gek zijn.'

'En New York?'

Ozzie stak zijn onderlip naar voren. 'Eerst moet je papieren hebben. Dat is peperduur. En riskant. Een Latijns-Amerikaans paspoort lijkt me het meest haalbaar. Willen jullie dat ik meteen ook iets voor Tengoe regel?'

Javiero belde nog maar één keer in de week. Ik begreep hem wel; het begon zo zoetjesaan een onmogelijke situatie te worden. Niet dat mijn moeder het Javiero moeilijk maakte. Maar ik zag haar bezorgde gezicht als ze van de telefoon wegliep en naar Prooi keek.

Eerst dacht ik dat het nog maar heel even zou duren, dat alles bijna helemaal in orde was. Het leek zo lekker te gaan, met Prooi in de buurt, z'n lieve grijnslachjes naar me de hele tijd, z'n arm even om m'n middel, z'n mond gauw in m'n hals als niemand keek... Hij was vrolijk en opgewonden, en ik dacht een tijdje dat het kwam door wat er tussen hem en mij was gebeurd in de Diepte.

Die avond kwam hij bij me, en zijn warmte maakte dat ik openbloeide. Ik glimlachte, m'n buik glimlachte, alles in me ging glimlachend voor hem open. Hij duwde zijn neus in m'n hals en likte zachtjes naar boven, naar m'n mond, we begonnen elkaar weer te zoenen als toen, en ik hoorde hem spinnen als een kat, zo gelukkig was-ie... Ik aaide over zijn sterke rug en wreef over zijn littekens, zijn handen doken onder mijn T-shirt en zochten mijn ribben, mijn navel, mijn tepels... Hij kwam half overeind, om in één snelle zwaai zijn shirt af te gooien en zijn prachtige blote bovenlijf te tonen. Waarop hij mijn shirtje over mijn hoofd uittrok, en met grote ogen naar me keek. Zo lang dat ik er verlegen van werd. Toen begon hij met zijn wijsvinger langzame cirkels rond mijn tieten te trekken. En heel ernstig, heel lief, mompelde hij iets ongelofelijk stoms.

'Hinoka had veel grotere borsten.'

Het was zo adembenemend stom dat ik niet meteen kon reageren. Maar hij ging gewoon door, zich van geen kwaad bewust: 'Maar jij bent... Het pást zo precies bij jou, dat je kleine borsten hebt.'

Hij legde zijn handen over ze heen en ik vergaf hem alles, het was ineens alsof ze helemaal niet klein waren, maar vol en verlangend. 'Ze zijn zo mooi precies goed.' Zijn ogen glansden plechtig. 'Jij bent... je bent *sierlijk*. Dat is het woord, geloof ik. Als een lief beestje... niet een agouti, maar... je bent meer vogelachtig. Een beetje een kolibrie.'

'Dat is mooi,' zei ik, een beetje beverig, maar warm tot in het diepst van mijn tenen. 'Weet je? Er was een kolibrie, in Peru, die stal het vuur om het aan alle mensen te geven. Ken je dat verhaal? Hij heette Himboei, het kolibrietje.'

Ik voelde hem boven me verstrakken. Alsof dat woord een herinnering opriep. Hij liet me los en liet zich op zijn rug naast me neervallen.

'Heb ik iets verkeerds gezegd?' Ik probeerde zijn blik te vangen. 'Denk je nou aan vroeger? Hé joh...' Ik kietelde zijn nek, krabbelde in zijn heerlijke, dikke, warrige haar en wachtte op zijn reactie. Die niet kwam. 'Hé, je bent nou hier, hoor...'

'Ja,' zei hij mat.

'Wat is er nou, joh? Alles is toch goed nu? Je hoeft niet meer weg, je kunt lekker bij ons blijven. En het komt goed met de hitte als Skat weggaat en de Stenen bij je weghaalt, toch?'

Hij staarde naar het plafond.

'Hé...'

Het leek hem moeite te kosten om te reageren. 'Ik vind het... ik vind het vreselijk lief van je dat je zegt dat ik hier kan blijven.' Hij draaide zijn gezicht naar me toe, z'n verlangende, ongelukkige gezicht. Het was zo duidelijk wat-ie voor me voelde. 'Maar ik kan niet. Dat snap je toch wel.'

'Waarom kun je niet blijven?'

'Zodra Dem Azèl me weer gevonden heeft, ga ik weg. Ik weet natuurlijk niet hoe lang het duurt, voor-ie...'

'Wat? Dat meen je toch niet?'

'Natuurlijk meen ik het! Wik, ik heb een eed gezworen! Bovendien – wat moet ik anders?'

'Hoezo? Je weet toch dat hij nergens voor terugdeinst! Heb je Skat niet gehoord? Dem Azèl is een leugenaar, hij trekt zich nergens meer wat van aan, zelfs niet van zijn eigen Schokkerswetten!'

'Tuurlijk heb ik Skat gehoord. Ik heb al dat geklets gehoord! Mensenstommigheden. Jullie snappen er niks van! Skat ook niet. Maar die is ook gewoon maar een mens. Denk maar niet dat ik mijn Stenen ooit aan hem geef!'

'Maar dat is de enige oplossing!'

'Oplossing? Voor wie? Voor de mensen misschien!'

'Maar Prooi' – ik leunde op mijn elleboog om in zijn gezicht te kunnen kijken, en zijn wang te strelen – 'je moet niet met Dem Azèl meegaan. Alsjeblieft. Jij bent veel aardiger dan hij... Hij vindt het totaal niet erg om alles en iedereen te vermoorden en te verbranden, en zo ben jij gewoon niet. Je zou je nooit zo gedragen als hij!'

'O, ben ik zo niet? Het spijt me, Wik, maar of je het nu leuk vindt of niet, ik ben zo wél, en er is maar één iemand die dat begrijpt!' Hij kwam overeind, ging op de bedrand zitten, met zijn rug naar me toe.

'Prooi, maar Dem Azèl is gevaarlijk! Begrijp dat dan!'

Hij zei niets.

'Prooi!'

'Ja hoor, ik hoor je wel!' Hij was ineens ijskoud. 'Dat zeggen jullie altijd allemaal, hè? *Hij is gevaarlijk, hij is levensgevaarlijk!* Maar dat ben ik ook, hoor! Vuurschokkers zijn niet aardig! Iedereen haat ze!' Hij draaide zich met een ruk naar me om: 'Ik dacht dat jij snapte waarom dat niet anders kan, *waarom* we verschrikkelijk moeten zijn! Maar jij snapt het ook niet. Je hebt geen flauw idee wat het is om een Bliksem te zijn. Weet je? Als jij alles over me wist zou jij mij net zo haten als je Dem Azèl haat. Bliksems doen verschrikkelijke dingen! Onmenselijk erge dingen!' Hij ramde zijn vuist op zijn knie. 'Ik hóór hier ook niet! Ik hoor bij de eeuwigheid!'

Ik keek beteuterd in zijn ogen en zag rode vlammetjes dansen.

Zo lagen de zaken dus. Hij viel soms toch weer mijn kamer binnen, keek me aan of ik een taartje was dat hij niet mocht hebben, foezelde met me en vluchtte weg. Ik werd er doodziek van. Hij leek mij wel, met mijn systeem, zo vanuit de Schokkerswereld bekeken +5 en −2 en −31, vanuit zijn verliefdheid bekeken daarentegen +181/2, eindeloos gezeur, zucht. Op de liefste dagen zoenden en streelden we wat, soms ineens voluit, zodat ik weer helemaal verliefd op hem werd. Maar het was nooit meer zoals toen, in de Diepte.

En toen kwam hij niet meer bij me. Hij lag op bed naar het plafond te staren, maar al te vaak stoned of aangeschoten. Soms sloot hij zich op met Dario, om te gamen. Of hij hing over de vensterbank, zijn blik op oneindig. Zijn gezicht werd smaller. Ik merkte dat hij zich steeds minder interesseerde voor eten. Het licht verdween elke dag meer uit zijn ogen.

Van Toon kreeg ik weinig steun. Hij was giechelig gelukkig. Hij vertelde hoe Versaces motor uit het water was getakeld, hoe ze er samen net zolang aan gesleuteld hadden tot hij het weer deed, hoe grappig ze was en hoe eigenwijs, wat een temperament ze had, zijn lief zeemeerminnetje, je zou niet zeggen dat ze nog maar zestien was, vond ik het niet gek dat hij iets had met iemand die nog maar zestien was? Ik was nergens meer verbaasd over, zei ik, maar ik vroeg me wel af waar haar moeder eigenlijk was gebleven? Volgens Toon was die met haar schip verder gereisd, ze liet Versace erg vrij. En als ik me zorgen maakte over

Prooi moest ik met Marm gaan praten, ik kon toch niet alle problemen op Javiero afwentelen; bovendien, we hadden toch bedacht dat het goed zou komen als die Stenen werden weggegooid, en had hij al verteld dat Javiero, Versace en hij op hun motoren naar Maastricht waren gereden?

## De Tweede Steen

Het was heel stil in huis. Iedereen was mee naar de film, vanwege de verjaardag van mijn vader. Alleen ik was thuisgebleven. En Dario. De derde Bliksem. Die de Tweede Steen gedragen had.

Ik klopte op zijn deur. Niemand antwoordde. Ik duwde de deur voorzichtig open. Hij zat op zijn matras tegenover het flakkerend televisiescherm, met een controller in zijn hand. Maar hij had zijn game uitgespeeld. Hij zat naar de aftiteling te staren, met het volume op nul. Nu pas zag ik dat zijn mond, die mond die altijd veel te mooi en zachtaardig was geweest in die harde jakhalzenkop van hem, leek op die van Dem Azèl.

'Dario...'

Ik wist niet eens of het nog aan was met die verpleegster, op wie hij een halfjaar geleden verliefd was geweest.

Ik wist eigenlijk niets van Dario.

'Hm?'

Ik knielde op de grond neer, tussen de lege chipszakken en de computertijdschriften.

'Dario...' Ik zuchtte. Ik wist niet waar ik moest beginnen. 'Weet je. Pablo...'

Hij reageerde niet.

'Het gaat niet goed met hem. Ik dacht, misschien kun jij helpen. Weet je... Pablo komt van dezelfde plek als jij. Hij heet trouwens geen Pablo, maar Prooi... Ik vind dat je moet weten hoe het zit. Ik heb het nooit geweten, van jouw Steen. Ik wist niet dat hij van jou was. Maar nu weet ik alles. Prooi heeft ook zo'n Steen.'

Dario sloeg heel hard met zijn vuist op de grond. 'Stop!'

'Dario, maar je moet het weten! Die Steen...'

'Stop!!' Hij stak een vinger naar me uit. Zijn gezicht was akelig vertrokken, hij keek als een slang die aan wilde vallen.

'Ma...'

Dreun. Ik slikte.

'Stíl!! Ja? Bedankt.' Hij keerde zich weer naar het televisiescherm. 'Ik wil er niks mee te maken hebben! Wat kan het mij schelen wat er gebeurd is? Ik ben uitgekotst! Ik word nog steeds uitgekotst! Ik heb geen behoefte aan de details.'

Ik beet op mijn lip en keek naar het scherm. De aftiteling bleef maar doorrollen.

Dario zweeg en ik zweeg.

We waren elkaar, denk ik, nooit naderbij geweest dan in dat machteloze zwijgen.


### Prooi, of de onzin van het leven

Op een dag dat ik Prooi maar nauwelijks wakker had kunnen krijgen, zette ik hem op de bagagedrager en fietste ik met hem naar het kraakpand. Het ging zo niet langer. Skat moest ingrijpen. We hadden hem nodig.

We kwamen aan op het allerverkeerdste moment denkbaar. Door het open raam hoorde ik Ozzie schreeuwen: 'Is het zo ondraaglijk verschrikkelijk om een poosje afhankelijk van me te zijn?'

'Je begrijpt het niet! Ik móét mijn eigen geld verdienen! Ik kan toch niet...'

'Valt je piemel er soms af als je een paar weekjes op onze kosten eet? Stompzinnige macho!'

Ik fietste door, zette mijn fiets een eind verder op slot en liep samen met Prooi via een omweg terug. Toen ik aanbelde, deed de acrobate open. We liepen langzaam de trap op. Maar het was nog steeds het verkeerde moment.

'Maar ik *begrijp* je niet! Ik begrijp gewoon helemaal geen réét van' – Skats driftige, overslaande stem – 'en ik kan er niet *tegen*, ik kan er verdomme...'

Ik gaf Prooi een teken, en hij bleef halverwege de trap wachten. Ik sloop aarzelend verder. De deur van Ozzies kamer stond half open. Ik zag Skat zitten. Op Ozzies matras, ineengedoken, zijn hoofd in zijn handen. Hij leek de wanhoop zelf.

Ik ving een glimp op van Ozzies gezicht. Hij stond op een paar meter afstand van Skat en hij keek naar hem. Hij keek naar hem met zo'n warme uitdrukking op zijn gezicht, je mocht willen dat ooit iemand zo naar jou zou kijken. Skat merkte het niet eens. Hij zat daar maar. Tot hij opschrikkend zijn hoofd hief, zijn vechtershoofd. Klaar voor de strijd.

En toen zei Ozzies iets. Hij zei het zo zacht dat ik het niet verstond. Maar ik zag hoe Skats gezicht zich ontspande. Zijn schouders zakten naar beneden. Hij begon te gloeien. Terwijl ik me geruisloos omdraaide hoorde ik hoe Ozzie naar Skat toe liep en naast hem ging zitten. En ik dacht: als ik nu maar had gehoord wat Ozzie zei, dan had ik het geheim van de liefde in handen.

Toen we na een uurtje terugkwamen liet Ozzie ons opgewekt binnen. Skat zat, in een geel-rood gebloemde bermuda, achter een bakbeest van een pc.

'Hé, Oz,' zei ik. 'Heb je een nieuwe computer?'

Ozzie maakte een kinbeweging naar Skat. 'Anders kan-ie niet *werken*.'

'Werken?'

'Studeren. Natuurkunde,' zuchtte Ozzie. 'En als ik hem daar nou nog mee kon helpen – maar ik weet niks meer van die shit.' Hij liet zich in de grote fauteuil zakken en sloeg zijn benen over elkaar, wiebelend met de punten van zijn grote schoenen.

'Natuurkunde?' Prooi was zowaar naar Skat toe gelopen en boog zich naast hem over de pc.

'Hij wil examen doen,' zei Ozzie. 'Diploma's halen!'

'Jee, wat goed,' zei ik.

'Ja, huiselijk, niet? We zijn ontzettend huiselijk aan het worden hier. Straks gaan we nog naar de IKEA. Leuke fotolijstjes kopen voor de diploma's, en een uitklapbare bedbank... bankbed. Oder so ähnlich.'

Skat legde Prooi iets uit, daar achter de pc. De tafel en de grond lagen bezaaid met boeken.

'Dus nu zit je de hele dag te studeren, Skat?' vroeg ik.

'Nou ja,' zei Ozzie, 'dat wil zeggen, als-ie niet aan het jatten en dealen en pimpen is, dan zit-ie achter de pc, ja.'

'Onzin!' zei Skat venijnig. 'Je begint niet opnieuw, Oskar Lichtschlag!'

We hielden alle drie de adem in.

'Ruzie?' vroeg ik, net ietsje te opgeruimd. Het was of ik mijn moeder hoorde.

'Nee,' zei Skat.

'Altijd,' zei Oz. En toen lachten ze allebei. 'We slaan elkaar de hele dag de schedel in,' zei Ozzie tevreden, 'behalve 's nachts, dan gebruiken we zweepjes. Niet dat het wat helpt.'

'Oz,' zei Skat, terwijl hij zijn stoel achteruitschoof en opstond, 'jij zei toch dat Else nog oude natuurkundeboeken had? Atheneum 4?'

'Dat heeft toch geen zin,' zei Ozzie, ineens ernstig. 'We gaan reizen, Skat!'

'Maar het is interessant,' zei Skat, stralend bruin, heel gespierd, heel nadenkend. 'Er vallen allerlei puzzelstukken op hun plaats. Ik bedoel, ik zie ook wel dat dit beginnerswerk is, maar ik begrijp nu al zoveel meer, alleen al door die basisdingen te lezen. Als ik ooit een verblijfsvergunning krijg, waar dan ook, wil ik hiermee door. Dit interesseert me.'

'Pri-ma-ten-in-tel-lect,' zei Prooi, die druk bezig was allerlei toetsen in te drukken.

'Jazeker, Tengoe, en er is geen enkele reden daar minachtend over te doen. Schokkersinzicht is namelijk niet per se iets beters, weet je? Bovendien... zulke dingen leren begrijpen is... dat is ontzettend opwindend. Denken, dat is een soort seks.' Hij raapte een boek van de grond op. 'Is er een wetenschappelijke verklaring voor het feit dat de Stenen de atmosfeer beïnvloeden? Om wát voor straling gaat het hier? En hoe verklaar je de lichamelijke bijeffecten?'

'Het wordt de Nobelprijs,' zei Ozzie verliefd. 'Ik zweer het je. Over een jaar of tien. Niks minder dan de Nobelprijs.'

'Alles wat ze me hebben verteld is onzin! Sprookjes, sprookjes! Azèl en Mist hadden het allebei totaal mis, de evolutie gaat niet in de richting van de waarheid en ook niet in de richting van chaos. De evolutie gaat helemaal nergens heen!'

Van achter het scherm tsjakte Prooi geërgerd. Ik ving Skats blik en wees op Prooi. 'Skat – het gaat niet goed met Prooi.'

'Ja, je ziet er inderdaad belazerd uit,' zei Skat, die met drie stappen bij hem was. Hij voelde zijn voorhoofd. 'Wat is er met je? Je zit toch niet meer over Dem Azèl te piekeren? Ga leven, Tengoe, ga iets doen wat je interesseert, leer mensen kennen!'

'Leven?' Prooi duwde Skat hard van zich af. 'Leven? Hier? Bij die stomme mensen, die geen idee hebben van wat ze doen, of waar het allemaal heen gaat?' Hij schoof de stoel knerpend achteruit. 'Ik hoor hier niet!'

'Nee? En waar hoor je dan wel?'

'Dat weet je best! En dít leven hier slaat nergens op. Dat weet jij ook! Het gaat niet om wat er nu is. Het gaat om dat wat komen moet!'

'Ah!' Skat haalde bloedserieus uit. De klap kwam zo hard aan dat Prooi bijna van zijn stoel af donderde. Ozzie en ik sprongen allebei op. 'Het gaat wél om wat er is! Dat is het enige wat er is! Het gaat om wat er ís, eikel!' Skat had Prooi stevig bij zijn bovenarmen beetgegrepen, hij blafte recht in zijn gezicht: 'Ik ben die Schokkerssprookjes toch zo kotszat! Word wakker, Tengoe! De toekomst bestaat niet, we leven nú! We zijn niet onsterfelijk, ik niet, jij niet, en Dem Azèl ook niet! Dít is wat ik ben, dít is wat jij bent, en dat is het, *dat is het!* Dít is ons leven, Tengoe!'

'O ja! Dat kun jij makkelijk zeggen! Jij was altijd al zo fantastisch!' Hij wriggelde in Skats greep. 'Maar ik... ik heb altijd alleen maar... de afgrijselijkste rotdingen gedaan. Amper en... Silu... de Afdankers...' Hij slikte en slikte. 'Ik ben een klootzak, ik kan niks, ik maak alles kapot!'

'O, klootzak,' zei Skat nijdig, terwijl hij in Proois bovenarmen bleef knijpen. 'Ben je nou echt zo stom als je eruitziet? Wat kon jij er nou aan doen, aan die rotdingen! Hij luisde je erin, ja?'

Prooi wreef woest in zijn ogen.

'En je moet stoppen met zeggen dat je niks kan! Wie is er de beste inbreker van ons tweeën? Wie heeft er op z'n veertiende de mooiste vrouw van de wereld versierd? Wie snorde de boom van het Vijfde Seizoen op? En wie wou Dem Azèl met zich meenemen de Schokkerstijd in? Klootzak!'

'Maar dat was gewoon toeval!' Hij haalde zijn neus op. 'Bijna alles wat ik deed ging per ongeluk. Per ongeluk! En dat wil ik niet meer. Ik wil niet meer alles fout doen en alles afschuwelijk vinden wat ik doe. Hier ook, ik maak hier ook iedereen ongelukkig... iedereen die lief voor me is. Snap je het niet? Hij is de enige die van me houdt, de enige die snapt waarom het niet anders kan, dat we alles kapotmaken! Maar ik kan het niet zonder hem, m'n Liefde is niet sterk genoeg zonder hem. Zonder hem ben ik een monster. Zonder hem ben ik niks, dan besta ik niet eens! Dan ben ik een per-ongeluk-iets!'

'Nou, de hele evolutie is een per-ongeluk-iets, Tengoe. Dat is de werkelijkheid, een aaneenschakeling van ongelukjes en gelukjes! Die algjes die zuurstof pompten, al die per ongelukke vergissinkjes... tot aan de intelligentie van de mensen toe. Ook een vergissinkje. Maar ja, dat is wat er is, daar moeten we het mee doen.'

'Dat is... precies wat Mist zei.'

'Ja, maar zelfs al zat ze er met de hele rest naast, dan kan ze híér toch gelijk mee hebben? Waarom niet? Waarom zou de evolutie geen improvisatie zijn, zoals alles wat de moeite waard is in het leven? Kosmische improvisatie, met valse klanken en tegenritmes. Improvisatie, gewoon voor de lol! En laat me je verzekeren, het ís lollig, Tengoe. Wat er allemaal niet van is gekomen! Leuk toch? Net zo leuk als jij nu bent.'

'Ik ben niet leuk!'

'Hinoka vond jou leuker dan mij. Azèl vond jou leuker dan mij. Iedereen vindt jou leuker dan mij, behalve Ozzie gelukkig. Dus zo is het allemaal opperbest geregeld.' Eindelijk liet Skat Prooi los. Hij ruffelde hem door zijn haar. 'Het leven roept je, Tengoe. Dít leven. Niet dat van Azèl.'

'Maar als ik goed ben zoals ik ben – wat niet zo is –, waarom zeg je dan steeds "Tengoe" tegen me?' Prooi stond moeizaam op.

'Je bent toch al wel een Tengoe, hoor. Een dondervogel. Je bent er driftig genoeg voor. En ik verdom het om je Prooi te noemen! Je moet eens ophouden jezelf als zijn prooi te zien.' Prooi trok grijs weg, toen hij overeind stond. Hij greep zich vast aan de computertafel. Skat kneep zijn ogen half dicht. 'Geef me je Stenen, Tengoe.'

'Nee! Het zijn zíjn Stenen! En ik weet dat je hem een klootzak vindt, maar als je ze wilt hebben zul je me eerst dood moeten schieten. Maar bedenk wel dat ik Tengoe ben. Tengoe, de enige echte Bliksem! En ik spuw vuur, Skat!'

Waakzaam liep Skat op Prooi af, die zich fel oprichtte, en toen, zonder wat te zeggen, door zijn benen zakte.

'Het is hoog tijd dat we van die Stenen af komen,' pruttelde Skat. Hij tilde Prooi op en legde hem zacht op Ozzies matras. 'Ik had het mis, dat ze hem zelfvertrouwen zouden geven. Ze binden hem alleen maar aan de Schokkerswereld.'


Ozzie kwam met een ananas aanzetten, die hij met veel kabaal en gekledder wist te slachten. 'Oefenen,' zei hij. 'Kan onderweg van pas komen, als je wild eten klein kunt krijgen.' Toen hij Prooi een stuk wilde geven, bleek hij in slaap gevallen te zijn.

'Wanneer willen jullie eigenlijk weggaan?' vroeg ik, zuigend op mijn brok ananas.

Skat kauwde een vezelig stukje weg. 'We wachten op m'n papieren. Het plan is dan eerst Latijns-Amerika te doorkruisen. Ik gooi eerst één Steen in de Atlantische Oceaan, bij Rio de Janeiro, want daar willen we heen. Dan kan ik de andere later in de Stille Oceaan dumpen.' Hij keek bezorgd naar Prooi. 'Als hij die Stenen wil afgeven tenminste.'

'Dat wil-ie niet,' zei ik. 'Het is zo stom. Ik heb het idee dat het beetje leven dat er nog in hem zit, door die Stenen komt. Als-ie die kwijtraakt...'

'Verdwaald,' zei Oz. 'Eenzame Bliksem, verdwaald in de mensenwereld.'

Skat zuchtte. 'Er is niet zoiets als een mensenwereld. Er is een *wereld*. En daar heeft-ie nog niets van gezien.' Hij beet een stuk ananas af. 'En ik ook niet. Ik heb zo'n zin rond te gaan kijken. Zuid-Amerika!'

'Latin,' zei Ozzie opgewekt. 'Tettermuziek. Nooit wat in gezien.'

'Als jullie gaan, hoe lang blijven jullie dan weg?'

'O, misschien wel jaren! Misschien wel voorgoed.'

'Voorgoed?'

Ozzie zag mijn geschrokken gezicht. 'Waarom kom je ons niet opzoeken? Jij en broertje?'

'Opzoeken! Weet je hoeveel dat kost?'

'Dat betalen wij wel.' Ozzie keerde zich glimlachend om naar Skat. 'We gaan werken, tijdens de reis. We gaan goudgeld verdienen, ik zweer het je!'

'Dat zal wel,' lachte ik.

'Onderschat me niet, meisje,' zei Ozzie. 'Ozza heeft een neus voor goud. Voor wat voor goud dan ook.' Hij streek langs Skats heup.

'Lijkt me vet,' zei ik ademloos, vreselijk vrolijk ineens. Op Ozzies matras draaide Prooi zich kreunend om. We keken alle drie naar hem. 'Maar hij kan helemaal niet reizen,' zei ik ontnuchterd. 'Hij kan helemaal niks meer.'

'Misschien helpt het als jij een beetje lief tegen hem doet, Wik?' vroeg Ozzie. 'Hij valt op meisjes, toch?'

'Dat helpt niks,' zei ik somber. 'Hij interesseert zich nergens meer voor. Hij zit alleen maar te staren, te gamen en te blowen. En te zuipen.'

'Sweet fourteen,' zei Oz.

'Hij is gewoon doodsbang,' zei Skat. 'Azèl heeft hem volkomen gehersenspoeld. En die Stenen versterken dat. Hij heeft natuurlijk allang door dat Azèl een zak is... maar dat durft hij niet eens te *denken*.'

'Maar waarom toch niet?'

'Wik, bedenk wel effe wat-ie op z'n geweten heeft – hij heeft de Afdankers, z'n broers en zussen verbrand, en zijn beste vriend, de kok, verraden. Het is niet gek dat Tengoe zo'n hekel aan zichzelf heeft: hij barst van het schuldgevoel. Alleen Azèl kon hem wijsmaken dat dat allemaal voor het hogere doel was. Hij wéét ergens wel dat dat niet klopt. Maar als-ie z'n geloof in Azèl opgeeft, wat dan?'

## Schokkers zijn onsterfelijk

Na een paar iets koelere dagen sloeg de bloedhitte met hernieuwde kracht toe. De dagen ketenden zich aan elkaar tot een gloeiende tunnel, waar alle zuurstof uit was geperst. Het uitbundige groen in de stad werd platgeslagen door hoosbuien. Asfalt plakte aan je voeten als je de straat overstak. Sommige straten stonden continu blank, met een vieze bruine stinkdrab. Net als Prooi bleef ik het liefste thuis, achter de gesloten gordijnen, in de tocht van de ventilatoren, terwijl we sloten ijswater dronken. Ik benijdde Tobia, die 's nachts werkte. Toon benijdde ik niet; hij was somber thuisgekomen, en wilde niet zeggen wat er aan de hand was. Was het uit met Versace? Nee hoor. Ze was alleen een paar dagen naar haar moeder. Alles in orde, hoor. Maar hij joeg Prooi zijn kamer uit, sloot zich op en draaide sombere muziek.

Ik staarde naar buiten, naar de verlaten straat. Iedereen was de smeltende stad ontvlucht. Af en toe zag je nog een amechtig figuur voorbij strompelen, op weg naar de koelte van de supermarkt. Of een verdwaalde toerist, die de Albert Cuyp zocht. Zoals die man die daar nu aan kwam. Typisch iemand die hier niet thuishoorde. Overdressed, met die hitte.

Ik zag hem naderen en stil blijven staan, op zo'n dertig meter van ons huis af. Hij nam zijn hoed af en veegde zijn voorhoofd af. Een grote kerel. Met lange dreads.

Mijn bloed veranderde in ijs.

Ik liet me op de grond vallen, zodat niemand me vanbuiten kon zien. Hij was helemaal niet uitgeschakeld! Hoe hadden we kunnen aannemen dat hij verpletterd was? Waarom hadden we geen plannen gemaakt voor als hij weer op zou duiken?

Wat moest ik doen?

M'n keel kneep samen. Ik was heet en koud tegelijk.

Skat bellen! Waar zat Prooi? Hij mocht absoluut niet weten dat Dem Azèl er was! Zou Dem Azèl weten dat zijn Bliksem hier in huis was? O, natuurlijk wist hij het! De gezamenlijke spanning van de drie Stenen trok de Schokker naar ons huis toe, dat was onvermijdelijk! Waarom hadden we dat niet voorzien? Hij kón ons niet met rust laten! Geen kracht op aarde was sterker dan de kracht die de Schokker naar zijn scheppingen trekt!

Ik kroop naar Dario's kamer, maar daar stond alleen de televisie luid te schreeuwen. Waar zaten ze? Ik rende de trap af, de grote kamer in, de bijkamer, de gang. Ik stormde de keuken in en hield geschrokken halt.

Daar stonden ze. Naast elkaar. Tobia, Dario, Toon. Ze wachtten op me.

Tobia's ogen gingen naar de klok. 'Mooi,' zei ze. '14.09 uur. Heb je je paspoort bij je?'

'Wat?'

'Wikkie. 15 juli, 14 uur 9 minuten precies. Je had een halfjaar de tijd.'

'Wat?' Dem Azèl stond buiten, hij kon elk moment binnenvallen en Prooi met zich meesleuren – ik had moeite me op Tobia te concentreren. De glimlach verdween van haar gezicht. 'Wil je echt zeggen dat je het *vergeten* bent?'

'Als ze het vergeten is,' zei Dario, 'heb jij gewonnen, Toob.'

'Jazeker,' zei Tobia genietend.

15 juli. Ik was het volkomen vergeten. De dag waarop de weddenschap met Tobia afliep. Ik had haar al weken nauwelijks gezien, al weken zat mijn hoofd vol met Schokkers en Bliksems! Ik wist het natuurlijk nog: als ik geen echt interessante mensen had gevonden, zou ze me verdwalen. Echt verdwalen. Naar Nås, bijvoorbeeld. Wat een stompzinnig, kinderachtig treiterspelletje!

Had ik echt gedacht dat dat het toppunt van werkelijkheid was?

'Ik heb nu effe geen tijd voor jouw rotspelletjes, Tobia,' zei ik, zenuwachtig en boos. 'Ik...'

'Geen tijd?' zei Tobia. 'Hoezo geen tijd? We hebben het een halfjaar geleden afgesproken! Jij moest zo nodig laten zien dat je een echt leven had, weet je nog? Jíj wou dat laten zien! Jij hebt die afspraak zelf gemaakt!'

'Tobia,' zei Toon, 'het is mooi zo. Wik...'

'Hou je erbuiten,' zei Tobia. 'Wík moest zo nodig volwassen zijn! Jij deed de gok, Wik! Nou, wat heb je in handen?'

'Sorry, Tobia, maar ik heb nu echt even iets anders aan m'n kop!'

Tobia lachte schamper. 'Ja? Fijn! Laat maar es horen dan! Interessante dingen? Volwassen zaken? *Echte* problemen?'

'Tobia,' zei Toon en toen, terwijl ik me omdraaide om weg te rennen, kreeg ik een gedachte. Intuïtie? Ratio? Ze zette m'n kop in witheet licht. Ik draaide me heel langzaam weer om. Filmeffect. Behalve dat dit echt was.

'Tobia,' zei ik. 'Als ik jou vrienden van mij kan laten zien. Iets oudere vrienden. Interessante mensen, echt interessante mensen. Uit het buitenland. Die mij leuk vinden. En die mij uitnodigen om langs te komen, op hun kosten. Dan heb ik gewonnen, hè? En dan verdwaal jij voor mij diegene die ik aanwijs, hè? Dat zweer je me, hè?'

'Ja,' zei Tobia niet-begrijpend. 'Dat was de deal.'

'Oké,' zei ik. 'Wacht hier.'

Toon begreep wat ik van plan was. Het was door zijn toedoen dat ze er nog zaten toen ik een halfuur later de keuken weer binnenstapte. Met achter me aan drie mensen. Twee van hen had ik onopgemerkt achterom binnen laten komen, via de tuin van Abel, de achterbuurman.

Tobia en Dario stonden op van de tafel waar ze cola hadden zitten drinken. Het was grappig te zien hoe Dario op Skat reageerde: al zijn nekharen gingen overeind staan. Haat op het eerste gezicht. Ozzie had zich voor de gelegenheid opgemaakt, de schat. Om interessanter te lijken. Gothic-ogen, rinkelhemdje, strakke witte broek en z'n zilveren plastic nepslang om zijn nek. Skat vormde het grootste contrast met hem dat je je kon voorstellen. Hij droeg een zwartleren broek, met kettingen in plaats van een riem. En verder alleen een openhangend zwart mouwloos vest, waaronder een schouderholster zichtbaar was, met daarin zijn zwarte pistool (een HK USP, wist ik van Prooi). Ik wist waarom hij het pistool had meegenomen. Ik had hun over Dem Azèl verteld. Dat pistool was daar niet voor de show.

Prooi stelde zich met dikke ogen van de slaap naast hen op. Ik had hem in mijn eigen kamer gevonden, slapend op mijn bed. Ik bad dat hij suf genoeg zou zijn om de aanwezigheid van Dem Azèl niet op te merken.

'Wie zijn dat?' vroeg Tobia koud.

'Mijn nieuwe vrienden,' zei ik. 'Er is nog iemand, een meisje, maar die kon zo snel niet komen. Ze is ook heel interessant.'

'Wie zijn jullie? Hoe kennen jullie m'n zus?'

Skat deed alsof hij nadacht. 'Ik heb Wik leren kennen... effe zien... toen ze me met een fles bewusteloos sloeg.'

Tobia's mond viel open.

'Wat overigens m'n redding was, want ik was doodziek, en door die klap kwam ik in het ziekenhuis terecht, waar ze me nog net het leven konden redden. Daarna... afgezien van het feit dat ze ook m'n broertje het leven heeft gered, heeft ze ons een paar lastige problemen helpen oplossen. Ze is heel scherp.'

'Scherp,' zei Tobia, 'zal best. Maar vind je haar léúk? Vinden *jullie* haar léúk?'

'Ze zingt niet best,' zei Ozzie, 'maar ze is lekker eigenwijs. Ik heb nog nooit iemand gezien die zich zo eigenwijs met andermans problemen bemoeit. Of ze er nu wat mee te maken heeft of niet. Dat is leuk.' Hij wierp een kritische blik op me. 'Mooi is ze natuurlijk niet, dat niet. Ik ben veel mooier.' Hij nam zijn bril af en knipperde met z'n wimpers.

'Jullie zijn dus geen vrienden.'

'Zijn we wel,' zei Skat. 'Ik heb bloesjes van d'r geleend. Ze heeft een grappig soort stijl.'

'Ze is m'n beste vriendin,' zei Prooi.

'Ik geloof niet dat jij telt, Pablo,' zei Tobia geërgerd. 'Is die gangster jouw broer?'

'Ja,' zei Prooi. 'Maar hij houdt niet van haar vanwege mij.'

'Zeg nou eens eerlijk,' zei Tobia. 'Beschouwen jullie haar echt als een vriendin?'

'Ja,' zeiden ze alle drie tegelijk.

'Maar wacht eens, jullie wonen hier! Jullie wonen niet in het buitenland!'

'Tengoe en ik komen uit Centraal-Amerika,' zei Skat, 'en Oz komt uit Duitsland. Binnenkort gaan Oz en ik het land weer uit. Voorgoed.'

'O,' zei Tobia.

'En ze nodigen me nu alvast uit,' zei ik.

'Absoluut,' zei Ozzie, 'zodra we ergens wat langer blijven. En wij betalen de reis.'

Skat zei op een toon die duidelijk maakte dat de zaak was afgerond: 'We hebben dingen met elkaar meegemaakt die niemand ooit zal begrijpen. We zijn meer dan vrienden. Is het zo genoeg?'

De vijandschap sneed zo scherp door de keuken heen dat de glazen bijna stuksprongen.

'Akkoord,' zei Tobia ten slotte. 'Akkoord, Wik.'


Dario schoot de keuken uit. Maar Skat en Ozzie rolden met hun schouders en keken naar buiten. 'Zullen we nu dan,' zei Skat, maar ik legde afwerend een vinger tegen mijn lippen, met een gebaar naar Prooi, die zich moe op een stoel had laten vallen. Ontevreden zetten ze zich rond de keukentafel. Met z'n allen begonnen ze de fles frisdrank leeg te drinken, die Toon uit de koelkast had gehaald.

'Je valt me mee, Wikkie,' zei Tobia. 'Dus nu moet ik Dario...'

'Tobia,' zei ik. 'Je moet Dario niet voor me verdwalen.' Ik wierp een blik uit het keukenraam, en trok haar weg de keuken uit, de grote kamer in.

'Je hoeft geen medelijden met hem te hebben, Wik. Het maakt hem niks uit, hij vindt het weer eens wat anders.'

'Nee, ik bedoel dat je iemand anders voor me moet verdwalen.'

Ze liet zich op de bank vallen en tikte een sigaret uit een pakje. 'Wie dan?' Tegen alle huisregels in stak ze de sigaret aan en omhulde zich met rookwolken.

En toen vertelde ik haar over Dem Azèl. Een bijgewerkt verhaal, zo dat ze het geloven zou. Over een man die Pablo in zijn macht had gekregen, die op zijn ondergang uit was en de moeder van Toons vriendinnetje bedreigde. Er was maar één manier om aan hem te ontsnappen. Hij moest verdwaald worden. Voorgoed. Radicaal, definitief. Ze bleef zwijgen toen ik ophield met praten. Maar ik trok haar overeind. 'Kom. Ik zal je hem laten zien.'

Ze volgde me de trap op naar boven, naar haar eigen kamer, die aan de straatkant lag. We hadden hem volmaakt in beeld. Hij stond er bepaald elegant bij, in een slank, driekwart jasje, de hoed nu in zijn hand, zijn mooie, lange haar tot op zijn schouders. Ontspannen trok hij aan zijn sigaret. Het was alsof hij op de bus wachtte.

Tobia bekeek hem van top tot teen.

'Hm,' zei ze peinzend, terwijl ze de rook van haar sigaret uitblies. 'Hij zal wel van die vrouw gescheiden zijn. En die vieze jongens van jou zijn natuurlijk zijn zoons. Kerels maken er altijd zo'n kosmisch drama van. God valt van zijn troon af, helemaal op z'n pik getrapt, ach heremiejeetje.'

M'n maag zakte een centimeter of wat naar beneden. Als Tobia niet besefte wat er op het spel stond, dan was alles verloren. Ik zocht naar de woorden die in één klap duidelijk zouden maken dat dit wezen hier van bovenmenselijke dimensies was. Voor ze met een geringschattend glimlachje van me weg zou lopen en Prooi en ons allemaal in de klauwen van Azèl achter zou laten.

Maar ze liep niet weg. Ze bleef het raam uit kijken. Tot ze laag in haar keel lachte, een kriebellach die het vel van mijn bovenarmen deed prikken. 'Maar hij heeft wel wat, hè? Hij heeft wel wat...'

Ze drukte de sigaret uit, trok haar bloesje naar beneden en wiegelde doelbewust, op haar hoge hakken, kortgerokt, naar de trap. Een moment later hoorde ik de voordeur slaan.

Ze belde pas heel laat 's avonds op, toen ik al in bed lag.

'Tobia! Waar ben je!'

'Waar ik ben? Jeuz... in de een of andere tent, ik weet niet hoe-ie heet. Zeg, ik wou even weten... voorgoed verdwalen, hè? Maar ik doe hem niks aan, hoor! Het is best wel een schatje. Je kunt vet met hem lachen.'

'Tobia! Hij is gevaarlijk!'

'Hij is natuurlijk een opgeblazen gek, maar dat zijn ze allemaal, Wikkie. Weet je, we zijn met z'n tweetjes een soortement feest van zijn land aan het vieren. De Derde Schok, 15 juli... ooit van gehoord? 't Is hun Kerstmis, geloof ik. Hij heeft een idioot cadeau voor me gekocht, een echt gouden hangertje, superduur! In elk geval, ik wou alleen vragen, had je nu nog een speciaal idee, met dat "radicale" verdwalen?'

'Hij mag niet terug kunnen komen, Tobia!'

Ze giechelde. 'Je bent echt een ijskouwe, zeg. Nou, ik zie je morgen, dan hoor ik het wel. Maar dan ga ik m'n eigen gang verder, hoor.'

Prooi was het moeilijkste. Maar ik kon het niet uitstellen. Ik liep naar het logeerhok, waarheen hij was verbannen nu Toon voor een paar weken was thuisgekomen. Hij lag met de bewegingloze spin op zijn borst naar het plafond te kijken.

'Prooi.'

Hees vertelde ik het hem. Dat Dem Azèl was opgedoken. Dat ik Skat en Ozzie niet alleen vanwege die weddenschap had gebeld, maar ook omdat Dem Azèl ons huis in de gaten hield. Prooi luisterde doodstil. Ik hoorde hem bijna niet ademen.

'Heb je niks gemerkt? Heb je niet gevoeld dat hij er was?'

'Nee...' Nauwelijks hoorbaar. 'Ik heb het niet eens gevoeld...'

Ik ging bij hem op het wiebelige opklapbed zitten. 'Ik heb het je niet gezegd, want ik wilde niet dat je met hem meeging.' En toen moest ik wel. Ik moest vertellen wat ik Tobia had gevraagd.

Nog kwam er geen enkele reactie van hem. Het was angstaanjagend. Ik liet me op mijn knieën op de grond zakken en wreef door zijn haar, greep zijn hand, zijn koude hand. Hij liet met zich doen. Eindeloos ver weg was hij.

'We hebben geen andere keus, Prooi. We willen niet dat hij jou met zich meeneemt de Diepte in. Hij is zichzelf niet meer, hij wil alleen nog maar vernietigen. We willen dat je blijft leven...' En toen realiseerde ik me dat ik precies deed wat mijn moeder had gedaan, precies wat Oz over mij had gezegd: me bemoeien met andermans problemen. Ik wilde niet dat hij meeging met Dem Azèl omdat dat hem doden zou. Ik dwong hem het leven van de mensen in, omdat ik dacht dat dat het goede was. Maar had ik het recht? Heb je het recht iemand het leven te redden?

Prooi schudde zijn hand los uit de mijne en duwde zichzelf overeind. Het bed piepte verschrikkelijk. 'Geef me je mobiel.'

Ik aarzelde. Mag je iemand tegen zijn zin van de dood redden?

'Geef op!' Stem als een pistoolschot. Trillend trok ik m'n mobiel uit m'n zak.

'Wat is Tobia's nummer?'

'Bel de laatste oproep maar terug.'

En terwijl ik hem op de knoppen zag drukken, wist ik dat ik geen keus had. Of ik het recht had om iemand het leven te redden wist ik niet, maar ik had geen keus. Ik wilde niet dat hij de Diepte in verdween! Ik vloog op en rukte hem mijn mobiel uit de hand; hij schoot ook omhoog, zo hard dat het bed dichtklapte. Hij trapte zich dreunend vrij, in een snoekduik die hem boven op me deed belanden en de strijkplank tegen de muur kwakte, en in één snelle greep had hij de mobiel weer in handen. Uit de gang klonk de kwade stem van mijn vader: 'Wat is hier aan de hand? Het is verdorie na elven! De kleintjes slapen!'

'Niks,' piepte ik. 'Het bed klapte in.'

'Wik? Naar je kamer! Pablo en jij moeten allebei slapen! Eruit, als de donder!'

Bevend, mobielloos, stond ik op de gang. 'Sorry hoor, maar sommige mensen moeten morgenochtend wél vroeg op,' zei mijn vader. 'En ik wil niet dat jij 's nachts bij Pablo bent!'

Hij wachtte tot ik achter mijn eigen kamerdeur was verdwenen. Ik wachtte tot hij achter de zijne was verdwenen. Toen sloop ik terug. Prooi zat in elkaar gezakt in kleermakerszit op de grond, voor zijn gesneuvelde bed. Hij hield mijn mobiel tegen zijn oor gedrukt. 'Nee... nee, maar... sorry. Ik wil alleen...'

Een luide stem schalde onverstaanbare flarden uit m'n mobiel.

'O.' Een heel scheef glimlachje. 'Ja... sorry... gelukkige Derde...' Zijn hand, met daarin de mobiel, zakte naar beneden. Hij zat doodstil, zijn gezicht voor mij verborgen.

'Heb je hém gebeld?!'

Geen antwoord. Hij zakte steeds verder in elkaar. Toen merkte ik dat hij aan het huilen was. Z'n hele lichaam schokte. Daar zat hij, midden in de ravage van het hok, zelf in puin stortend. Ik zag het voor mijn ogen gebeuren. De enige Bliksem op aarde doofde voor mijn ogen.

Ik had gewonnen. Niet omdat Prooi had gekozen voor het gewone leven, maar omdat Dem Azèl hem had weggescholden. Omdat hij hem gestoord had terwijl hij met een bloedmooie vrouw de Derde Schok aan het vieren was.

Toen ik het hem dan eindelijk vroeg, na lang, lang praten, haalde Prooi trillerig het kruikje van Dem Tubal uit zijn jaszak. Hij legde het uit eigen vrije wil in mijn hand, en sloeg zijn droeve ogen naar me op, de ogen van een geslagen hond: 'Een klein beetje maar, hè? Je moet het zeggen, hoor... een klein beetje.'

De volgende middag, toen Tobia met een rare glimlach om haar mond het huis binnenkwam, kon ik haar glasheldere instructies geven.

Samen met de rest van de Amsterdammers ontvluchtten we de gloeiende, stinkende stad. Naar de camping. Prooi en ik ontweken elkaar. Maar we waren nog geen dag thuis, of mijn moeder riep mij en hem bij zich. In de grote kamer. Ze ging op de bank zitten en gebaarde dat we op de stoelen tegenover haar moesten gaan zitten. Het spel was uit.

Ik had het verwacht en ik had me al een tijd geleden samen met Prooi voorbereid. Dus vertelden we alles. Dat Prooi uit Duitsland was weggevlucht voor zijn gewelddadige vader, maar dat we geen andere familieleden hadden kunnen opsporen. Dat Javiero er niks mee te maken had. Dat we ook wel wisten dat Prooi weg moest, maar dat we gewoon nog niemand hadden kunnen vinden die hem wilde hebben. Bovendien was Prooi ziek geworden. Hij was te slap om weg te gaan.

'Dit is heel, heel dom van jullie geweest,' zei mijn moeder. 'Ik wist natuurlijk allang dat er iets niet klopte, maar ik wist niet dat Javiero je echte vader niet was, Pablo. Jullie brengen me in ernstige problemen.'

'Ik ga wel weg,' zei Prooi. 'Ik ben heel dankbaar dat ik zo lang heb mogen blijven. Ik zal nu weggaan.' Hij zag eruit alsof hij geen drie straten ver zou komen.

'Ben je een haartje betoeterd,' zei mijn moeder. 'We gaan dit strategisch aanpakken, jongens. Ik zit hier al een tijdje over te piekeren en ik heb het er ook met mijn man over gehad. Geef nu eerlijk antwoord, Pablo. Heb jij echt geen andere familie?'

'Ik heb een broer,' zei Prooi. 'Enne... nou. Niemand eigenlijk verder.'

'Waar kom je vandaan?'

Prooi keek heel ongelukkig. 'Ik weet niet hoe het daar heet.'

'Kijk, Pablo, toen het ons duidelijk werd dat Javiero je niet kon opvoeden, hebben we besloten dat we je als pleegkind wilden aannemen. We moeten dat nu heel zorgvuldig spelen en vooral niet vertellen dat je hier al maanden illegaal zit. En dan nog geef ik je geen garantie dat het lukt. Maar zou je dat willen?'

'Ik moet erover nadenken,' zei Prooi, met een blik op mij.

'Dat is goed,' zei mijn moeder. 'Maar niet te lang.'


'Toe nou... geef je Stenen aan Skat en blijf bij ons! Het zou hartstikke leuk zijn. Dan worden we broer en zus...'

'Je hebt genoeg broers.' Hij lag languit op mijn bed. 'Ik heb toch gezegd... ik kan hier niet leven. Jouw wereld wil zo iemand als ik niet. Dus...'

Zo doods als zijn stem klonk, zo koud was de rilling die langs mijn rug trok. 'Wat bedoel je?'

'Beetje pauze. Dat bedoel ik. Hij neemt ook even pauze, hè? Dan wordt-ie weer zichzelf. Zo gaat dat. Schokkers doven even uit om hun Schokkerskracht te herstellen – en zo dus.'

'Zo dus wat?'

Hij nam mijn hand in de zijne. 'Als het zover is, als hij weer wakker wordt, zou jij hem dan kunnen vertellen waar ik slaap? Als jij dan nog leeft... Maar zo lang zal het toch niet duren?'

'Prooi,' zei ik, 'doe nou niks raars! Je wil toch niet...'

En toen zag ik dat hij de hanger met de Stenen niet meer droeg.

Hij staarde langs me heen en mompelde in zichzelf, zo zacht dat ik hem nauwelijks verstond: 'Ik weet niet precies hoe het moet, zonder dat drankje van Dem Tubal... Maar de Afdankers konden het ook... in trance raken en zo...' Zijn stem zakte nog verder weg. 'Het stelt niet zoveel voor... niet alsof we in het Vuur springen of zo... Het is gewoon... een soort slapen...'

Het was afschuwelijk. Hij was al buiten mijn bereik. Machteloos zag ik toe hoe hij steeds verder weg glipte, die afschuwelijke geesteswereld van hem in, terwijl hij vlak bij me bijna onverstaanbaar in zichzelf mompelde: 'Ik begin al wel een beetje te snappen hoe het werkt...'

'Prooi, toe nou! Je wil toch niet doodgaan?'

Geruststellend grinnikje. 'Nee joh. Maak je nou maar geen zorgen.' Hij kwam moeilijk overeind. 'Waar zijn Dem Azèl en Tobia nu?'

'Australië. Maar Prooi, alsjeblieft...'

Hij stond op. Hij moest zich aan de bedrand vasthouden. 'Ze is heel mooi,' zei hij, en hij sjokte naar Dario's kamer.

Er was een ansichtkaart voor mij gekomen. Van Tobia.

je bent gek dat je zelf niet wou verdwalen Wicky!!! waanzinnig hier. su-perromantisch ook al is het helemaal niet zo warm als ik had gedacht. prachtige surfstranden. en dolfijnen!! en de lekkerste jongens ooit maar ik kijk niet eens naar ze met A. in de buurt. he's THE MAN! XXX his love too!!!

Afgestempeld in Byron Bay, Australië.

De school begon weer, en het was meteen hard aanpoten. Dat was lastig omdat ik voortdurend over Prooi piekerde. Elke dag dobberde hij verder van me weg, met z'n verdoofde ogen. Mijn moeder bracht hem eindelijk naar de dokter, omdat hij nauwelijks uit zijn bed kon komen en steeds minder at, maar de routineonderzoeken wezen niets bijzonders uit. Hij had alleen ondergewicht en bloedarmoede. Ook mijn moeder begon zich nu zorgen te maken.

Ten einde raad vroeg ik Versace om hulp. Ik had haar tijdens een van onze zeldzame telefoongesprekken iets – niet alles – verteld over ons plan met Dem Azèl. Zij vertelde mij over de bewegingen van Mist. Rivieren op en af; heel traag.

'Heb jij een idee wat we zouden kunnen doen? Hij wil gewoon doodgaan, hij is zo ongelukkig, Versace!'

'Nou, ik ook,' zei ze. 'De kinderen van Schokkers zijn niet geboren voor het geluk.' Ze klonk heel somber.

'Wat is er? Heb je problemen met Toon?'

'Nee,' zei Versace wrang. 'Hij houdt van me, zegt-ie. Maar wat is mensenliefde? Hij heeft een beetje ruimte voor zichzelf nodig, hij is nog niet toe aan een vaste relatie. Maar wanneer is-ie er dan wél aan toe? Hij is zes jaar ouder dan ik!'

Arme Toon, zachtaardige Toon – Versace was tien keer zo fel als hij.

'Je moet geduld met hem hebben, Versace. Toon is een schat! Maar ja...'

Ze klonk doodongelukkig. Maar ze dacht wel mee over Prooi. 'Weet je... denk je dat hij terug zou willen naar huis?'

'Terug waarheen? Het enige wat ooit zijn thuis was, is afgebrand en kapot!'

'Ja,' zei Versace terneergeslagen. 'Dat is zo.'

Op een middag kreeg ik bericht van Tobia. Twee sms'jes. Samen vormden ze één bericht.

Gebeurd! je kunt tevreden zijn. mooi plekkie ook, ik denk 80 meter onder de grond, een heel eind van de toeristenroutes door de grot vandaan. niemand zal hem vinden. mooi oerwoud, grasbomen die pas bloeien als ze verbranden! en walvissen in de oceaan vlakbij. zal-ie leuk vinden als-

365

ie wakker wordt. 't was een schat maar wel een beetje vermoeiend. ga nu met Nate en Kenny naar Perth, moet hoognodig geld verdienen!!! love uit Leeuwin (serieus!) T.

## 13  En intussen slaat het Lot met zijn staart en een van de vier krijgt een tik

*Het was het prettigste in het schemerdonker te liggen, vond Prooi. Dan tintelde het in de hoeken, een tinteling die zich langzaam uitbreidde tot een wolk stofgoud die het hele kamertje deed dansen. Tot iemand de kamerdeur opende. Jammer. Weer een bezorgd iemand, zinloos bezorgd, die zijn pols kwam voelen, die eten bracht dat hij toch niet eten kon.*

*Ze dachten dat hij van ongelukkigheid aan het sterven was. Maar dat was niet zo. Het was veel simpeler dan dat. Hij liet gewoon zijn Vonk doven. Er was niks bijzonders aan de hand, niks om druk over te doen. Hij wilde uitdoven. Deze wereld wilde hem niet. Hij hoopte dat hij zacht weg kon gaan, om straks, aan de andere kant, Dem Azèl terug te vinden. Maar als hij het fout had, en als hij niet de Schokkerstijd, maar de dood in zou glijden, dan kon hij zich daar niet meer druk om maken. De dood was niks bijzonders. Leven, dat was bijzonder.*

*Hij had de Stenen weggeborgen en hij was opgehouden met eten. Hij dronk alleen nog, net zoals helemaal in het begin, toen hij wakker was geworden in het bos. Drinken, slapen, beetje suffen. Net als vroeger. Wel was het fijn om bij Dario te zitten. Dario, stomme Catastrofe-Bliksem. Hij hield van Dario, glimlachte om zijn woedeuitvallen, die altijd voorbij trokken als de donder. Het was lekker in Dario nog de nagloed van de Vonk op te snuiven, een gloed die je alleen voelde als je wist dat hij er was. Die gloed die in zijn eigen buik voorgoed uitdoofde. Wat niet onprettig was. Het was heel vredig eigenlijk.*

*Het meisje kwam vaak. Ze aaide zijn hoofd en gaf hem te drin-*

ken. Eén keer zat ze naast hem te huilen. De moeder kwam en praatte over dokters, therapeuten, ziekenhuizen. Het was vervelend de mensen zoveel last te bezorgen. Hij hield echt veel van ze, van het meisje dat zo lekker rook en van wie hij een poosje te veel had gehouden, van die moeder met haar mooie rode haar, van de broers. Van Skat, die hem af en toe stijf kwam schelden. Dan deed hij zijn best, at onder hun boze ogen een appel, een banaan. Een hoop moeite. Voor wat?

Een dezer dagen zou hij de leren jas aantrekken. En dan zou hij naar buiten lopen, de sneeuw in. Ach nee, er was geen sneeuw... De nazomerwarmte in. En dan zou hij doorlopen, tot waar hij op hem wachtte. En dan zou hij zijn armen uitbreiden, glimlachend, en hij zou zeggen: 'Tengoe!', met zo'n innig warme stem. Hij zou hem omarmen, optillen en neerzetten, maar niet loslaten, nooit meer loslaten, en ze zouden naast elkaar bij de toegang tot de tuin staan, het middelpunt van de wereld. En hij, Tengoe, zou de pen uit zijn zak halen en die in zijn hand leggen. Dan zou de toegang stralend opengaan... en barstend van geluk zouden ze naar binnen stappen, zij tweeën, daar naartoe waar alles vuur en waarheid was, en het begin van een nieuwe wereld, die barstte van geluk.

Soms scheen de zon op zijn gezicht alsof hij daar al was. Deze dagen hoorde hij stemmen, lieve stemmen. Silurians stemmetje kwam als de zon in zijn ogen prikte, het stemmetje dat ze had gehad toen ze zijn zonnemeisje was geweest. 'Het is heerlijk als we straks in de bomen mogen gaan slapen...' Als de wind waaide en buiten de bladeren ruisten, hoorde hij de andere Afdankers. Ze zongen hun woordloze Lied van de Bomen. Nou, de bomen konden inderdaad prima voor zichzelf zorgen! Hij grinnikte voor zich uit, vanwege de mop die dat was. Dat de bomen de Elfde Schok beheersten. De tuin in Wageningen was niet erg verbrand, had Wik verteld... en hij wist dat de bomen hem alles vergeven hadden. Soms neuriede hij het mee, het Lied van de Bomen. Vond hij het jammer dat hij niet verhouten zou? Ach nee. Het was goed zoals het was. Is het niet, Amper! Hij hoorde Ampers stem: 'Je kunt nog kiezen!' Maar er was voor hem nooit iets te kiezen geweest. Zijn Schokker, zijn Wekker was te sterk... En hij had alle anderen verraden. Er was voor hem niets te kiezen overgebleven.

Hij wankelde naar de wc, wankelde dromerig weer terug. Bij de deur van zijn logeerhok bleef hij staan. Er was aangebeld; nu waren er stemmen beneden. Skat! Hij had niet zo'n zin in Skat, hij was zo moe. Skat praatte zo. Hij hoopte dat de stemmen beneden zouden blijven.

Er was de stem van Wik en er was een andere stem. Die stem was als een warme hand in je nek. Vreemd... Hij leunde tegen de deur aan om te proeven hoe die stem was. Die stem was als een hand op je rug, die je rug kriebelde als je ongelukkig was... die stem was als zoete zwarte koffie. Het deed bijna pijn, zoals die stem van alles wakker riep. Hij knipperde met zijn ogen. Z'n maag wiebelde. In hem sprong – tik – een restant van zijn Vonk op. Een golf van ongerustheid rolde door hem heen.

Die golf joeg hem van de deur weg, de gang in, naar de trap. Hij klampte zich aan de trapleuning vast; het bloed bonkte in zijn oren. Beneden in de deuropening, half achter Wik, stond iemand in een felgeel overhemd en een iets te krap pak. Een dikkig, bruin persoon... die ontzettend rook naar aftershave... naar koffie, naar mais... Prooi liep de trap niet af, de traptreden vlogen hotsend en stotend op hem af, hij trapte ze wild onder zich weg terwijl hij zich de diepte in stortte, lam van ongeloof, niet in staat een woord uit te brengen. Pas toen die dikke jongen hem vanbeneden met een kreet tegemoet was geschoten en ze op elkaar gebotst waren en achterwaarts de trap af gekukeld, waar ze boven op elkaar bleven liggen, spartelend, stompend, schaterlachend, toen pas vond hij zijn stem terug. 'Amper!'

Op de een of andere manier kwamen ze in de grote kamer terecht, op de grote zitbank. Het meisje liep mee, haar broer kwam vanboven kijken wat er aan de hand was. De moeder kwam terug, beladen met tassen vol boodschappen. Het was alsof alle mensen op hem en Amper af kwamen. Prooi moest lachen en huilen en opnieuw lachen, duizelig van opwinding leunde hij tegen Amper aan. Toen Amper, bij de binnenkomst van de moeder, beleefd overeind kwam, moest Prooi alweer giechelen, omdat hij half van de bank af werd geschoven. Dat giecheltje was nieuw. De moeder hoorde dat er door Ampers komst iets veranderd was, en al wist ze niet wat, ze smeerde een stapel boterhammen, legde een schaal vol koekjes, brouwde een pot thee en kwam erbij zitten.

'Matteo,' zei Amper. 'Zegt u maar gewoon Matteo. Ik ken Prooi van daarginder. Fijn dat ik eh... dat ik effe mag binnenkomen.'

Prooi plukte maar aan Ampers kleren. 'Wat... wat doe je hier nou ineens? Amper...'

Amper boog zich voorover en koos een boterham met worst en waterkers. 'Wat ik hier doe? Ik kom je ophalen natuurlijk!'

De moeder en het meisje schoten overeind. Amper legde geduldig uit hoe hij hier terecht was gekomen. Lucia de postbode – weet je nog, jochie? – had hem, na een telefoontje via via via van Versace – dat meisje van Mist, jij kent haar beter dan ik, Prooitje –, verteld dat hij contact op moest nemen met Versace. Dat had hij gedaan. Ze had hem uitgelegd dat het niet goed ging met Prooi. Hij had meteen een vliegticket gekocht en nu was hij dan hier. 'Je ziet er inderdaad niet erg gezond uit, kereltje.' En hij keek naar de vrouwen tegenover hem alsof hij hun verweet dat ze hem hadden uitgehongerd.

'Maar waarheen wou je hem meenemen, Matteo?' vroeg de moeder.

'Naar huis. Ik heb hulp nodig in het restaurant. Het wordt steeds drukker. Rosita en Alma doen de bediening, maar in de keuken red ik het niet meer alleen.'

Prooi lag als een lange hond over Ampers schoot heen. Hij hoorde Amper wel, maar kon hem zo een-twee-drie niet volgen. De moeder keek van Prooi naar Amper. 'Maar Matteo, Prooi heeft geen papie-

*ren. Hij kan de grens niet over. Ik ben bezig uit te zoeken of wij hem in ons gezin kunnen opnemen en een verblijfsvergunning kunnen regelen.'*

'Nee, nee,' zei Amper hoofdschuddend, 'ik ga hem adopteren.'

'Wát wil je, Matteo?'

'Ik heb het allemaal uitgezocht. Het is eerst zaak dat ik hem het land weer in smokkel, maar daarna doe ik het. Hij is een soort vondeling, dus er is geen probleem.'

'M-Matteo,' stotterde de moeder, 'hoe oud ben je?'

'Eenentwintig. Je kunt adopteren vanaf je vijfentwintigste. Nou, Rosita is dertig.'

'Ja, maar jij dus niet.'

'Nee,' zei Amper, alsof hij iets moest uitleggen aan heel hardleerse kinderen, 'maar daarom ben ik ook met d'r getrouwd.'

'Getrouwd?' Prooi opende zijn ogen wijd en greep zich aan Ampers bovenarm vast.

'Ik zeg toch dat ik het heb uitgezocht? Als één van een echtpaar oud genoeg is, kunnen ze samen adopteren. Nou, Rosita had samen met m'n neef dat restaurant in Tacaco, m'n neef ging dood, en toen had ze geen man meer, geen kok en geen geld. Ik ben wél een kok en ik heb wel geld. En ik had een oudere vrouw nodig. Trouwens, Rosita is ontzettend leuk. Dat heb ik altijd al gevonden.'

Toen wist niemand iets te zeggen.

'Maar... je hebt helemaal geen geld,' protesteerde Prooi ten slotte zwakjes. 'Vanwege mij... Je bent weggegaan voor je contract was afgelopen!'

'Prooitje, hoe vaak heb ik je nou gezegd dat ik niet achterlijk ben? Ik had natuurlijk mijn voorzorgsmaatregelen genomen! Ik heb al die jaren alle waardevolle spullen die ik maar in huis kon vinden stiekem in de kelders ingegraven. Gouden spiegels, antieke degens, pre-Colombiaanse kunstdingetjes en later het tafelzilver en de luxe keukenspullen en zo. Toen iedereen weg was heb ik de zaak weer beetje bij beetje uit de rokende puinhopen opgegraven. Weet je hoe belachelijk veel geld kunsthandelaars voor die dingen beta-*

len? Ik heb nu al veel meer dan zeven jaar kokssalaris bij mekaar, ik zweer het je, en ik heb nog niet de helft verkocht!'

*Die avond kookte Amper. Precies wat Prooi bestelde. Tortilla's. Met geraspte kaas en guacamole, en die lekkere rode saus van vroeger, weet je nog wel? O ja, en of Amper het wist. Prooi wachtte languit op de bank tot het eten klaar was, liet zich wegzakken in een nieuw soort slaap en werd wakker in de vertrouwde etensgeuren van het Huis van het Vuur.*

*Het meisje Wik boog zich over hem heen: 'Ben je blij?' Ze keek lief en zorgelijk en ook een beetje gekwetst. Een beetje als Silurian.*

*'Ja. Amper kookt echt heel lekker... Moet je proeven straks...'*

*Acht mensen aten aan de kamertafel, vijf mensen van Kasterman en drie Kastermanse pleegkinderen. Prooi at op de bank uit Ampers hand, languit tegen hem aan gevlijd, zijn hoofd tegen zijn schouder. Onooglijk kleine hapjes tortilla. Een vinger guacamole. Slokje limonade. Vinger rode saus. Vanaf de tafel riepen de mensen steeds hoe lekker het was. Prooi viel in slaap en werd weer wakker, in Toons tweepersoonsbed, met Amper naast hem, die in een voetbaltijdschrift zat te lezen. Ruud van Nistelrooy stond op het omslag, las Prooi. Amper ving zijn blik op en glimlachte. 'Geen buikpijn?'*

*'Beetje,' zei Prooi tevreden. Hij wachtte tot Amper verder las en liet toen een stevige scheet.*

*'Ah!' riep Amper verontwaardigd, wild wapperend met het tijdschrift, maar Prooi lachte: 'Da's van jouw eten!'*

*'Maar dat zijn niét de manieren die ik je geleerd heb,' zei Amper. 'Ga slapen, stuk ellende.'*

*Het is weer net als vroeger, dacht Prooi. Alsof er niks gebeurd is.*

*Maar er is wel wat gebeurd. Er is heel veel gebeurd. Te veel, misschien. Onrust fladderde in zijn maag en hij vroeg, kleintjes: 'Waarom ben je gekomen, Amper?'*

*'Nou! Ik kon je toch moeilijk in de steek laten, Prooivogeltje!'*

*'Waarom niet? Waarom ben je niet kwaad op me?' Hij moest het*

weer zeggen. 'Ik heb je verraden... Door mij heb je je contract niet afgemaakt. Ik was afschuwelijk...'

Ampers antwoord was zo zacht en verlegen, dat Prooi het nauwelijks verstond. 'Jawel... Maar je hebt ook het aardigste tegen me gezegd dat ooit iemand tegen me gezegd heeft. Weet je niet meer? Dat maakte alles van tevoren al goed.'

'Wat dan?'

'Nou... je zei een keer dat ik je vader was. Weet je nog? De allereerste keer in m'n leven dat iemand iets aardigs tegen me zei.'

'Het is toch ook zo,' zei Prooi, oneindig opgelucht. 'Jij hebt me opgevoed.'

'Nou, zie je? Vandaar. Vandaar.'

# 14 Het volle leven

Of ik het nu leuk vond of niet, Amper was Proois redding. Prooi had me over Amper verteld, maar omdat Amper me niet bepaald een boeiende figuur had geleken, had ik nooit over hem nagedacht. En als je hem zo zag, die dikke, zweterige gast die bij ons op de bank boterhammen zat te eten, dan zei je: die is nog niet bijdehand genoeg om de veters van Skat te strikken. Maar als ze dan in het Spaans met elkaar zaten te praten begon ik Amper te zien zoals Prooi hem zag. Z'n ogen, die snel wisselden van fel naar wantrouwig naar innig warm. Z'n mond, die steeds in een glimlach plooide als hij naar Prooi keek. Z'n stem, streng, zakelijk, hard, en dan plotseling week en gul.

Toen Prooi weer genoeg was aangesterkt om naar buiten te gaan, trokken ze samen de stad in. Ze deden allerlei toeristische dingen die me niks voor Prooi hadden geleken: ze gingen naar Artis, naar Madame Tussauds en prijsschieten op de kermis, ze zagen een voetbalwedstrijd in de Arena en ze maakten een rondvaart door de grachten. Ze gingen vaak zwemmen, waar Prooi dol op bleek te zijn, zagen eindeloze hoeveelheden films en stroopten een hele serie restaurants af. Een enkele keer ging ik mee en dan geneerde ik me kapot: Amper zag er al niet uit in dat pak, en dan leverde hij ook nog luidkeels commentaar op alles wat er werd geserveerd. Hij vroeg de obers wat er in naam van de Maagd met dat arme entrecoteje was gebeurd, om vervolgens in de keuken deksels op te tillen en ongevraagd van de bearnaisesaus te proeven. Prooi lachte zich slap. 'Tjongejonge,' zei Amper dan als we vertrokken. 'En dat voor zulke prijzen!' Maar soms was hij wél onder de indruk en dan noteerde hij van alles met een potlood in een beduimeld schrijfblokje.

Ze ruzieden, lachten en praatten aan één stuk door. En soms hoorde ik ze heel stil met elkaar praten, ergens in een rustig hoekje in huis, met lange tussenpozen waarin ze niets zeiden. 'Nou nou,' zei Amper zachtjes. 'Nou nou, kereltje.'

We gingen naar Electric Animal luisteren. Amper vond het verschrikkelijk. Maar hij ging wel mee om Skat gedag te zeggen. Ik had Skat verteld dat Amper Prooi had genezen, maar hij reageerde toch heel ongemakkelijk toen Amper voor hem stond. 'Hé... hallo... Amper...'

'Dezelfde,' zei Amper. 'Tsja, Skat! Wel een heel andere hobby, hè, die je nu hebt?'

We bleven nog een uurtje praten, maar ik was blij toen we weggingen, want ze hadden in veel te rad Spaans duizend-en-een herinneringen opgehaald aan vroeger, tot ik zelfs hun bulderend gelach niet meer kon verstaan.


Ik werd wakker omdat het hagelde. Toen ik het raam opendeed kwam Prooi binnen. Hij sloeg een arm om me heen, en zo hingen we naast elkaar uit het raam de hagelstenen te vangen. 'Kijk eens,' zei Prooi. Ik schrok. Die rotspin zat vlak boven me, tegen de bovenkant van het kozijn geplakt.

'Nee, kijk,' zei Prooi. Met argwaan zag ik hoe het beest zich tot op de vensterbank liet zakken. Hij leek even na te denken. Toen dook hij over de vensterbank heen naar buiten, onder de klimop die tegen de muur op groeide.

'Waar gaat-ie heen?'

'Misschien is zijn magnetische kracht aan het verzwakken,' zei Prooi. 'Kijk, hij gaat echt weg. Ik zag hem gisteren al de tuin in kruipen. Maar toen durfde hij nog niet.'

'Ik wist niet dat Snorders konden verzwakken.'

'Ja hoor. Ze gaan ook dood, uiteindelijk.' Hij klonk heel rustig. 'Alles gaat dood. Dat weet je toch?'

'Behalve Schokkers,' zei ik.

'Nee,' zei Prooi. 'Die gaan ook dood. Als de aarde sterft. Alles moet vergaan.'

We luisterden naar de ritselingen van de spin onder de klimop. 'Behalve het níéts.'

'Dat ook. Want dan is er ineens weer íéts. Weet je, toen we onder de aarde waren... Je denkt, er is niets. Maar toen was jij er... en zo gaat dat altijd. Er is niets... en dan is er weer wel wat. Er was niets en toen kwam Amper. Dat is het Lot, denk ik.' Hij haalde zijn arm van mijn schouder en leunde met gekruiste armen op de vensterbank. 'Weet je... ik was echt heel erg verliefd op je. Ik heb een beetje stom gedaan. Ben je boos op me?'

Onderaardse explosie achter m'n navel. 'Nee.'

Prooi stak zijn handen naar buiten, de hagel in, en veegde ze af aan zijn gezicht. Hij grinnikte in zichzelf. 'Weet je wat mijn probleem is? Ik hou gewoon te veel van iedereen.' Hij schudde zijn hoofd. 'Alleen geloof ik niet dat ik dat wil veranderen. Zo ben ik nou eenmaal...'

We hingen elk aan een kant uit het raam en zagen de hagel in regen veranderen.

'Dus je gaat met Amper mee?'

Hij schudde tsjakkend zijn hoofd. 'Hij begrijpt niet eens dat ik een Bliksem ben. De enige echte! Hij wíl het niet weten. Het komt hem veel beter uit als ik een beetje stom bij hem in de keuken kom werken.'

'Dus je gaat niet mee!'

'Tuurlijk ga ik mee. Als Dem Azèl vijfentwintig jaar slaapt heb ik wel even de tijd. Zou hij vijfentwintig jaar slapen? Dan hoop ik alleen dat de Elfde Schok niet echt op 21 december 2012 komt. Dan mist-ie hem nog.' Hij fronste zijn voorhoofd. Toen klaarde hij op: 'Amper heeft een afwasmachine en een tortillamachine, wist je dat?' Somberder: 'Maar hij staat erop dat ik naar school ga overdag... zal me wat worden.' Opgewekt weer: 'Hij gaat hier een motor kopen. Rijen we mee naar Spanje, serieus. Daar pikken we een vrachtboot. Wat zou jij kiezen? Een Triumph Rocket III of een BMW R1200 RT?'

# We moeten mensen zijn

De vogeltrek was begonnen. Iedereen was aan het inpakken en afscheid nemen. We gingen voor de laatste keer naar het kraakpand, Prooi, Amper en ik, en vonden daar Skat opgewonden in Ozzies kamer, met zijn nieuwe papieren in de hand. We bogen ons gretig over hem heen. De jongeman die ons vanaf het fotootje aankeek zag er heel wat keuriger uit dan Skat.

'Hoe heet je nou?' vroeg Ozzie.

'Krijg je alweer een nieuwe naam, Skat?'

'Zeg het nou!'

Skat las z'n naam en barstte in lachen uit. 'Angelo! Wat zeg je me daarvan? Angelo!' Hij gooide de pas op tafel. 'Dat is wel de alleridiootste naam die ze hadden kunnen uitzoeken!'

'Angie,' mompelde Ozzie. 'Ango, Angro, Angry...'

'Skat,' zei Skat. 'Da's de naam die ik van m'n vrienden heb gekregen. De Demonen. Laat ik het daar maar bij houden.'

We dronken koffie in de vieze, hete keuken. We beseften dat dit het definitieve afscheid was van ons legendarisch bestaan. Het was misschien de laatste keer dat we met ons allen bij elkaar waren. Binnenkort zouden ze vertrekken, Skat en Ozzie, samen met twee Nederlandse vriendinnen, om minder op te vallen. Dus praatten we, van de hak op de tak, over alle nieuws dat we nog niet hadden uitgewisseld. Toen Skat hoorde hoe het verder zou gaan met Prooi verslikte hij zich.

'Wat?! Amper wordt jouw *vader*?' Zijn gezicht vertrok van verbijsterd naar kwaad en weer terug, tot zijn mond ineens uiteenspleet en hij schaterlachend voorover sloeg. Hij hield niet op. De tranen rolden over zijn wangen. Prooi sloeg hem koel gade.

'Altijd nog minder belachelijk,' zei hij, toen Skat bedaarde, 'dan om het vriendinnetje van zo'n kakelende eikel te zijn.'

'Hm,' zei Ozzie, één wenkbrauw optrekkend. Hij zag er eerder aangenaam verrast dan beledigd uit. Hij leunde naar me over. 'Weet je?' fluisterde hij in m'n oor. ''t Is m'n blonde haar. Latino's zijn er gek op.' Hij streek zijn piekhaar met een fiere kinbeweging naar achteren, alsof hij weelderige lokken over zijn schouders zwierde.

Maar Skat keek Prooi met opgetrokken bovenlip aan. Ik dacht dat hij zou gaan blaffen. Hij keek naar Ozzie, toen naar Amper, die breeduit op zijn stoel zat en ongegeneerd terugkeek. Skats mond vertrok weer, tot zijn ene mondhoek naar boven wipte.

'We doen het meteen goed, hè, Tengoe? Moeten we mensen zijn, zullen we meteen ook maar bespottelijke gekken zijn.'

'Amen,' zei Ozzie.

Ja, we moesten mensen zijn. Ook Prooi zag dat onder ogen. Hij stond plechtig op, en plechtig legde hij de ketting met de twee Stenen in Skats hand. Skat beloofde hem al even plechtig dat hij de Stenen van het Tweede en Vierde Seizoen van elkaar zou scheiden en in twee verschillende oceanen gooien. Ze keken elkaar in de ogen, allebei doordrongen van de betekenis van hun besluit. Dem Azèl zou het voorgoed zonder zijn Stenen moeten stellen.

'Nu maar hopen dat hij zonder die Stenen je spoor bijster raakt, Tengoe,' zei Skat, terwijl hij de hanger in zijn zak stopte, 'en dat-ie je met rust laat.'

'Dat doet-ie voorlopig zeker,' lachte ik. 'Daar hebben we wel voor gezorgd!'

'Hoezo? Je zus heeft hem op een ander continent achtergelaten – maar als-ie geld bij elkaar gescharreld heeft is-ie zo weer terug!'

'O nee,' zei ik trots. 'We hebben hem de Schokkerstijd in laten gaan. Tobia heeft hem Tubals drank laten drinken, en hij is volkomen out gegaan. Die slaapt wel even!'

Skats reactie verbijsterde me. Hij rukte me bij m'n arm naar zich toe: 'Wát? Wat hebben jullie gedaan?!'

'Nou – we hebben gewoon – hij slaapt alleen, Skat!'

'*Slapen?!*' Hij keek naar me alsof ik een mensenetende haai was. 'Dat gif... dat vertraagt zijn hartslag! En als er niets is wat het ritme van een vertragende hartslag ondersteunt... *Te-ring!*'

'Hij heeft,' zei Prooi kalm, 'in een grót gedronken. Een beetje maar. Dicht bij de hartslag van de aarde. Jullie zeiden zelf dat het middelpunt van de aarde overal is. Daar is hij nu.'

Skat keek naar Prooi en toen weer naar mij. Hij trok me naar zich toe en siste in mijn oor: 'Waarom dacht je dat Schokkers hun hartslag durven vertragen? Besef je dat ze dat alleen maar durven omdat ze in *reïncarnatie* geloven? Omdat ze oprecht denken dat je een paar eeuwen kunt overslaan door je hart stil te leggen, en even het leven uit en in te glippen?' Hij kneep me bijna fijn: 'Geloof jíj in reïncarnatie? Hè?' Hij wachtte mijn antwoord niet af. '*Ik niet!*'

Hij wendde zijn blik af. Naar waar Prooi stond, zwijgend. Skat duwde me weg, ineens koud beheerst. 'Nou, sorry. Laat maar! Sorry. Hij slaapt. Goed. Hij slaapt wel een poosje.'

'Hij slaapt wel een poosje,' zei Prooi ernstig, zijn ogen op Skat gevestigd.

We zijn er nooit op teruggekomen. Prooi leek er in elk geval niet over te piekeren. Hij was in de wolken over alle dingen die Amper en hij voor de reis aanschaften: motorpakken en helmen, laarzen, tentje, slaapzakken, ik werd er naar van. Amper had in Spanje contacten, zei hij; een neef van een neef, die hen kon helpen ongemerkt met een schip in Midden-Amerika te komen. Mijn moeder was er erg op tegen, maar ze kon niet tegen Amper op.

Ik ook niet. Ik voelde me overbodig, en in de war. 's Nachts jankte ik stiekem in bed omdat ik, als blind, onzeker mens, me belachelijk had gemaakt door me te bemoeien met veel te grootse zaken. Vanaf nu zou ik me, als gewoon mens, maar liever bij het verstandige en alledaagse houden. Ik moest mijn gevoel voor andere, wonderlijker werelden opgeven, en mijn tweede gezicht. Ik had te hoog gegrepen. En dus moest ik voortaan niets meer zijn dan een saai, blind mens – en braaf doen wat verstandige mensen zeiden. Ik zou nooit meer de moed hebben verder te kijken. Voorgoed, voorgoed...

Ik ging naar buiten, de warme namiddag in. Ik liep langs de Amstel, terwijl Prooi in ons huis zijn koffers aan het pakken was, om voorgoed van me weg te gaan. Ik liep me daar akelig alleen te voelen. Tussen al die andere mensen die daar liepen, de gewone joggers en fietsers en hondenuitlaters. Het werden er gaandeweg minder. Ik had eerst niet eens door dat de hemel verduisterde, omdat die donkerte zo goed paste bij hoe ik me voelde. Iedereen om me heen zocht beschutting, behalve ik. Het werd steeds donkerder en benauwder, tot ver voor me de eerste bliksemschichten zichtbaar werden. Aan de horizon rolde het grommen van de donder. Ach, wat kon het me schelen... ik keek naar de steeds fellere flitsen, terwijl ik doorliep, handen in mijn broekzakken. Donderslagen rommelden, dreunden steeds luider. Mij hadden ze niet. 'Geef me uw bliksem,' mompelde ik automatisch, terwijl ik mijn ogen gevestigd hield op de plaats waar even later gehoorzaam een bliksem verscheen, en dan zei ik, precies op tijd: 'En uw donder.' Zo liep ik door, broedend op mijn sombere gedachten, terwijl ik om me heen de bliksemschichten liet oplichten, en de donder liet rollen.

En toen... toen het onweer snel dichterbij kwam, en loodzware regendruppels op de stenen naast me neerkletsten, trok een duizeling door me heen. Wacht eens even... ik bleef staan, midden in de regen die snel in heftigheid toenam. Knetterende bliksemschichten, vlakbij, knallende donder – het onweer danste in trage cirkels een kosmische donderdans om me heen, terwijl de hemel zich over me uitstortte. Ik stond daar suf kletsnat te worden. Want ik kon het niet ontkennen. Al was ik geen Bliksem, ik was nog steeds in staat *de bliksem op te roepen*. Zoals ik dat al die jaren had gekund... doodgewoon, alsof het vanzelfsprekend was. En toch was ik geen Bliksem!

Het dreunde in mijn oren, ik zag niets, maar mijn hart klopte als een razende, en mijn hersenen draaiden withete rondjes. Ik was een mens – *maar dát kon ik*.

En verder dan dat ben ik eigenlijk niet gekomen.

Ik wist niet hoe het zat, en ik weet het nog steeds niet. Maar toen, op dat moment, begreep ik dat de raadselachtige wereld van de Schokkers en die van de mensen met elkaar verstrengeld zijn. Ik wist niet hoe, ik werd er niet ineens new age van, of zo, maar één ding wist ik wel: ik zou me nooit meer door een ander laten voorschrijven hoe de wereld in elkaar stak. Niet door mijn moeder, door *niemand*.

Zo'n heerlijke gedachte was dat, dat ik tintelend van opgewektheid door de regen terug naar huis holde, om Prooi te helpen met zijn chaotische pogingen zijn spullen te pakken.

De dag voor Proois vertrek brachten we Skat en Ozzie weg naar Schiphol, samen met hun blonde vriendinnen. We zagen ze zonder problemen door de douane gaan. 's Avonds vond ik Prooi in de tuin, bij het monsterboompje. Hij zat op zijn hurken met de pen te klikken, oog in oog met het zwijgende struikje. De warme schemering verdiepte de kleuren zo, dat ik ze bijna kon proeven.

'Ik beloof je dat ik terugga naar Wageningen,' zei ik. 'Als het boompje daar verbrand is, dan vraag ik of Toon deze opkweekt. Al is-ie ook een beetje eng. Om een stekje te planten op de plaats van de vorige.'

'Er zijn er vast meer van,' zei Prooi. 'Ze zijn de meesters van het Vijfde Seizoen.' Hij draaide zich naar me om en pakte mijn hand vast. 'Wil je me iets beloven? Wil je rinkeldingetjes in de bomen in Wageningen hangen? Belletjes en fluitjes – en rode linten. In *alle* bomen op de berg. Wil je dat voor me doen?'

Ik keek naar zijn krullerige haar, zijn gretige, zenuwachtige, glanzende gezicht. Er stroomde een diep donkerrode warme golf door me heen. Nooit, nooit, nooit had ik zo'n diepe liefde voor iemand gevoeld als de liefde die ik op dit moment voor Prooi voelde. Weggegooid kind, boomschepsel, Afdanker. Bliksem, prooivogel. Mijn niet-Bliksembroertje, mijn niet-liefste, mijn wel- of niet-medemoordenaar. Ik klemde mijn kaken op elkaar en haalde diep adem. 'Dat is goed.'

Hij glimlachte en kneep warm in mijn hand. Ik kneep terug, harder dan ik bedoelde.

'Mail je me?'

'Er is een internetcafé in Tacaco,' zei hij. 'En Amper denkt erover internet te nemen.'

'Mooi! Dan mailen we elke week, ja?'

Er waren zoveel dingen die ik niet met hem kon bespreken... Maar als ik geen woorden kon vinden, zou ik hem kwijtraken. Want woorden waren alles wat we straks nog over zouden hebben. En dus stelde ik hem een van mijn vele vragen, mijn onmogelijke vragen: 'Voel jij je nu eigenlijk écht? Je zei tegen Skat dat je je zo niks voelde... dat je niet bestond. Maar voel je je nu wel echt, nu je een mens moet zijn?'

Hij pufte. 'Skat is wel heel echt geworden. Mensenecht. Die bestaat nu, met papieren en alles.'

'Ja. Maar jij?'

Hij stond op. Ergens in de verte weerkaatste een raam een laatste straal zonlicht.

'Ik bedoel eigenlijk... Je zei altijd dat je niet in onze wereld thuishoort. Dat het jou alleen ging om dat wat komen moet. Is dat nu anders? Vind je onze wereld nu wel belangrijk? Wíl je hier zijn?'

Hij kneep zijn ogen dicht en gaf langzaam antwoord. 'Het was meer... Ik dacht dat de wereld mij haatte, weet je. Omdat ik iedereen die van me hield had verraden en vermoord... Maar ik ben geen monster. Dat begreep ik door Amper.' Hij opende zijn ogen en keek naar de ruisende boomkruinen boven zijn hoofd.

'Dus je wil hier wel zijn?'

'O ja. Ik hou van de bomen,' zei hij dromerig. 'Ik hou van de bomen die er nu zijn. Ik hield van Silurian en de Afdankers. Ik hou van Amper en Fai en Skat, en van Hinoka. En van Dario, wist je dat? Hij is net een Catastrofe, en dat is zo grappig. En ik hou ontzettend van *hem*. Nog steeds. Ik weet niet of dat een goede liefde is of niet. Dat ik van jou hou, en van gamen – en van Amper en dat ik met hem meega: ik weet niet of dat goed is. Het is allemaal een beetje per ongeluk en toevallig – ik heb per ongeluk heel erge dingen gedaan, maar ook best goede. En zo is het.' Hij glimlachte verlegen. 'Ik ben maar gewoon wat ik ben.'

'Ja,' zei ik zacht.

Hij grinnikte, alsof het allemaal een geweldige grap was. 'Het is wel gek, hè? Ik wilde altijd zo graag weten wat het doel van mijn leven was. En toen dacht ik dat ik het wist – dat het mijn doel was om de Elfde Schok te redden. Maar ik had het mis.' Hij keek glimlachend naar zijn tenen. 'Ik had nooit kunnen raden dat *Amper* mijn bedoeling was! Dat het de bedoeling was dat ik met Amper een restaurant zou gaan runnen.'

'Maar dat blijf je toch niet je hele leven doen?'

'Vast niet! We zien wel, hè? Ik hoop alleen dat Rosita een beetje leuk is. En dat ik het in Tacaco leuk ga vinden.' Zijn sprankelende gezicht gloeide ineens plechtig. 'Amper zegt dat daar de mooiste vrouwen van de wereld wonen.'
Toen moest ik glimlachen. 'Nou, dan zit je daar goed.'
Hij grijnsde vet. En ineens zag ik in zijn gezicht de man die hij ging worden, die Dem-Azèl-achtige grote kerel die meer van vrouwen, eten en drinken zou houden dan goed voor hem was. Een gretige vent die het leven met huid en haar zou verslinden.

De dag na Proois vertrek begon de temperatuur te dalen. De hele stad herademde. Het was maandenlang veel te warm geweest, een broeierige smoorhitte die ons benauwde dromen had bezorgd. Nu werden de mensen wakker en ze trokken blozend en fris in herfstjassen de straat op. Ik ook. Vlak bij het Sarphatipark rinkelde mijn mobiel. 'Tobia!? Waar zit je!'
'Spanje!'
'Maar je zat toch...'
'In Australië, ja, was te gek! Ik ben met Ruben meegereisd naar Spanje. M'n nieuwe vriendje! Hele lekkere Spanjaard. Maar ik dacht, ik bel je even... Weet je waar ik zit? Zo toevallig! Ik zit in het dorpje waar Azèl is geboren. Geinig hè? Je gelooft het niet, ik heb z'n moeder gezien! Heel oud besje, hartstikke stokdoof, maar heel lief! Ik heb haar fotootjes van hem gegeven. Ze heeft van alles verteld, dat-ie bij zijn geboorte meteen de hele boel urenlang bij elkaar schreeuwde en de dokter onderpieste. Hij had hier ook een verloofde, zei ze, een bleek dun meisje met lichte ogen, ze heeft me hun verlovingsfoto laten zien. Niebla heette ze, Mist! Wil je Marm zeggen dat ik morgen via een vaste telefoon bel? Vet duur zo. Adíos!'

## 15  *En intussen slaat het Lot met zijn staart*

## *en...*

*Ik had het natuurlijk moeten weten. In dit verraderlijke seizoen, het seizoen van de verleiding en de manipulaties, de leugens en de grappen, is ook de liefde verraderlijk. Mensen zijn niet in staat lief te hebben. Ik begrijp Givenchy's verraad nu beter: hij is niets meer dan een mens.*

*Net zoals mijn lieve, armetierige, sterfelijke Toon.*

*Een glinstering op het water, een korte verbazing, een tik van de staart van het Lot... en dan is de mensenliefde voorbij.*

*Ik heb alles geprobeerd. Ik heb de liefde proberen af te dwingen. Dat doet mijn moeder ook, en ze doet het verbazend goed. Mij is het niet gelukt.*

*Ze zijn ontsnapt, alle drie. Drie van de vier, die aan dit avontuur begonnen. Ze zijn ontsnapt aan de grootse verhalen waar anderen hen in hadden opgesloten. Givenchy – of wat er van Givenchy over is, nu hij vlamt voor de raarste mens die ooit is uitgevonden – doorkruist de continenten. Mijn eigen spion, dat onhandige koeriertje, wiens leven ik heb gered, zit voor op een schitterende Triumph en rijdt zijn beste vriend naar een land toe dat ik dolgraag had bezocht. En mijn bondgenoot, mijn zelf gevonden bondgenoot, is me al bijna vergeten. We hebben samen de Elfde Schok gered van Dem Azèls agressie, maar ze denken al niet meer aan me. Ik was de architect van hun heldendaden, ik heb alles geregeld en gepland, en ze zijn me vergeten!*

*Licht, vederlicht is de liefde van mensen...*

*Mijn moeder zit de hele dag verdwaasd voor zich uit te kijken over het water. De bediendes lopen op hun tenen heen en weer. Ze weten wat er te gebeuren staat. Ik weet het nu ook. Ik loop lang-*

*zaam door de zalen benedendeks en ik probeer de pijn in mijn voe-*
*ten niet te voelen. Ik probeer de pijn in mijn hart niet te voelen.*
*'Dochter,' zei mijn moeder. 'De eerste slag rond de Schok is verlo-*
*ren.'*
*Wist ze van mijn aandeel in de catastrofe?*
*'Eén toegang is verwoest. De Vuurvogel is het hart van de aarde in*
*gedoken.' Ze keek me niet aan. Haar ogen waren ondoorzichtig wit.*
*'De Zanger is verward, de Vuurschokkers zijn verstrooid, het hart*
*van de Waterschokkers is gebroken. We moeten ons herstellen.'*
*'Herstellen?'*
*'Dochter, ik ga de Schokkerstijd in.' Ze gebaarde met haar hand.*
*'Mijn vriendinnen arriveerden gisteravond. Moge een korte slaap*
*ons een nieuwe eeuw in dragen. Moge de slaap onze zinnen herstel-*
*len en ons onze Schokkersintuïtie teruggeven.'*
*'Schokkerstijd!'*
*'Mijn rampzalige vriend, onze vijand,' zei ze schor, 'Dem Azèl...*
*Hij is ons voorgegaan, mijn dochter. Hij is gegaan... we volgen hem*
*stil. De volgende eeuw mag ons begroeten.'*
*'Wanneer... wanneer gaat het gebeuren?'*
*Ze sloot haar ogen.*
*'Moeder... ik wil de Schokkerstijd niet in!' Het was klaarlichte*
*dag, alle wanden om ons heen waren helwit, maar hoe hard ik ook*
*knipperde, ik zag alleen een vormeloze grijze nevel. 'Ik wil niet!'*
*Wat ze toen zei, brak mijn hart.*
*'Hoezo? Natuurlijk ga je niet mee!' Ze opende haar lege ogen.*
*'Wíj, de Schokkers, gaan de Schokkerstijd in! Jij – jij bent vrij elk*
*pad te kiezen dat je wenst. De rivier staat open voor je.'*
*De schaduwnevel trok weg. Om me heen gaapte een afschuwe-*
*lijke, stralende leegte. Ik zag mijn moeder opstaan, terwijl ze haar*
*wijde sluiers om zich heen schikte.*
*'Mama!'*
*Haar pupillen schoven terug het oogwit in. Ze zag me. Met een*
*ijskoude blik. Nooit had iemand van me gehouden, nooit! Ik was*
*het ijskoude niets dat iedereen van zich afstootte. Zelfs mijn moe-*

*der stootte me af. Het was afschuwelijk, maar ik barstte in snikken*
*uit. Stompzinnig, kinderachtig snikken.*

'O,' *zei mijn moeder geërgerd.* 'Wat een verdriet. Beheers je, dochter.'

*Hoe kon ik? Ik kon niemand beheersen, mezelf niet, anderen*
*niet. Niemand!*

'Luister,' *zei mijn moeder, en er klonk een klank in haar stem*
*door die ik nooit had gehoord, een vreemde weekheid, een zweem*
*van wanhoop.* 'Luister, mijn kind, ik weet niet wat er met ons zal*
*gebeuren. Ik weet niet zeker of de gifslaap, die ons lichaam zal bre-*
*ken, ons bewustzijn zal helen, of wissen... Ik weet niet... hoe... en*
*of wij zullen ontwaken. We zullen niet in de aarde, maar varend op*
*het water drinken, en ik weet niet of in het water de hartslag van de*
*aarde te horen zal zijn...'*

*Ze was doodstil blijven staan, haar ogen wijd open. Toen liet ze*
*zich weer terugzakken in haar stoel.* 'Maar jij, jij die geen Schok-*
*kersvonk hebt, jij zult de slaap zeker niet doorstaan. Dem Tubals*
*gif...' Ze huiverde.*

'Maar u zou toch niet drinken als u dacht dat...'

'Wat ik denk? Misschien gaan we naar de grens van de spiegelwe-*
*reld van mythes en goden, dochter. De onsterfelijke, zeer trage we-*
*relden op de grens van het leven. Maar wat dat betekent voor ons*
*sterfelijk vlees en bewustzijn, dat weet ik niet. Alles is twijfel, kind,*
*in dit Seizoen. Ik heb besloten het risico te nemen. Maar jij hebt*
*geen Vonk, en je hebt geen Steen...'*

*De wereld draaide om me heen.*

'Maar... u kunt toch niet zomaar...' En toen wierp ik me voor haar*
*neer. Ik knielde voor dat lichtgevende lijf dat in al die sluiers gewik-*
*keld was, ik duwde mijn hete natte gezicht tegen haar buik, zo he-*
*vig dat ze niet anders kon dan, onwennig, haar dunne armen om me*
*heen slaan.*

'Alstublieft, laat me niet achter! Geef me dan een klein beetje te*
*drinken! Als u me vasthoudt... als u me vlak bij uw Steen... Ik wil*
*niet alleen achterblijven! Niemand wil me, niemand, niemand!'*

'Ach, mijn dochter... m'n kind...' Ze streelde mijn haren. Ik voelde haar vingers beven. En toen ze me zo streelde, en ik mijn gezicht almaar snikkend in haar warme buik duwde, toen zuchtte ze. 'Nu... heb ik je niet altijd het recht gegeven te kiezen? Dan moet ik je dat ook nu toestaan... Maar wat is het een bittere keuze, mijn dochter.' Ze hief mijn gezicht op en streek de tranen van mijn wang. Ik zag dat ook haar marmeren wangen glinsterden. 'Maar weet je zeker dat je het leven achter je wil laten? Ik had zo gehoopt dat je een andere weg zou kiezen. Waarom ben je toch niet met Askat en Prooi het leven in gevlucht? Ik heb je die weg toch gewezen?'

Ik begreep niet eens wat ze zei. Had ze dan gewild dat ik met hen was ontsnapt? Was ik dan altijd al een speelbal in handen van mijn moeder geweest, juist als ik dacht dat ik aan haar ontsnapte?

'Kom, kom. Hou op met huilen. Er is altijd de troost van de twijfel, meisje. Amuseer je vandaag nog wat, en als je bij je keuze blijft, voeg je dan aan het einde van de dag bij ons in de salon. We zullen vanavond nog drinken.'

Het was vreemd en ik haatte mezelf erom, maar ik kon niet ophouden met huilen. Het was alsof ik tientallen harten had, die allemaal achter elkaar braken. Het ene na het andere. Mijn hart voor Givenchy en dat voor Prooi, mijn hart voor Wik en mijn hart voor Toon, mijn hart voor mijn moeder en dat voor de wereld die ik nu verlaten ging, de rare, onmogelijke, grappige, onbeheersbare wereld van de mensen. De werkelijkheid. De werkelijkheid, die te licht en te toevallig was om mij te redden.

Ik hinkepootte naar mijn hut. Zo lang zou ik niet meer hinkepoten, wist ik. Ik vond mijn zilveren mobieltje onder mijn kussen. Dat zou ik straks ook achterlaten, samen met al mijn verdriet. Ik belde haar nummer en hoorde haar stem. Eerst lacherig. Toen geschrokken: 'Versace?'

'Ik wou afscheid nemen,' zei ik.

'Wacht.' Ik hoorde hoe ze van een groepje pratende mensen wegliep. 'Waar ga je dan heen?'

'Dat weet je toch wel?' En ineens werd ik kwaad: 'Je hebt het mooi voor mekaar, hè? Givenchy en Prooi aan jouw kant en ik hier! Je was nooit van plan samen met mij te ontsnappen, hè? Maar jullie zullen het daar niet lang uithouden, hoor. Denk daaraan als je straks tachtig bent en verschrompelt! Ik ga de onsterfelijkheid in, en als jij tachtig bent, ben ik nog steeds net zo jong als nu!'

'Versace, maar je kunt nog steeds ontsnappen! Daar heb je mij toch niet voor nodig?'

'Ik heb je inderdaad niet nodig, meisje. Maar jij zult nog wel eens beseffen dat je mij verschrikkelijk mist, mij, en mijn wereld!'

'Waar ben je? Wil je dat ik je kom halen? Ik wil je best helpen, Versace...'

Ik hoorde mezelf keihard lachen. 'Heb je alweer last van je redderscomplex? Ik ben vlak voor je neus, meisje, maar jullie mensen zien nooit wat vlak voor je neus is! Alles wat groots en schitterend was, was voor het grijpen, Wik. Vlak voor je neus! Maar je hebt het niet gegrepen en nu is het te laat! Ik ga weg. Ik ga de wereld van de onsterfelijken in, die jij had willen zien!'

'Waar ben je dan? Zijn jullie op dat schip van je moeder? O, ben je op de Amstel?'

Ik hoorde de wind tegen haar mobieltje slaan. Ach, de koele wind van de herfst, die ruim baan had gekregen nu de Schokkerskinderen elkaar verlaten hadden. Ze haastte zich naar me toe en ik moest lachen. Die Kasterman, die wil altijd maar redden. Maar de tijd van de heldendaden is voorbij. De tijd van absolute Liefde, eeuwig bloeiende tuinen en wonderen, die is voor haar voorbij.

'Versace! Ik ben bij de Berlagebrug. Zijn jullie echt op de Amstel? Waar kan ik je vinden?'

In het Tweede Seizoen, wilde ik zeggen, want bij het landgoed Engelina, even voorbij de begraafplaats, had ik paardenstaarten in de berm zien bloeien, de bomen van 350 miljoen jaar geleden, klein als brandnetels. 'Doe geen moeite! Ik ben er niet meer!!'

'Versace, alsjeblieft... Doe niet zo raar!'

'Ik ben er niet meer, Wik! We hebben niks gemeen! Ik weet wat je

388

denkt, dacht je dat ik dat niet wist? Je denkt, Versace is een aanstelster. Je denkt dat mijn moeder zoiets is als de jouwe, hè? Je denkt vast en zeker dat Givenchy en Prooi doodgewoon de zoons zijn van Dem Azèl, hè? En dat Mist en Dem Azèl getrouwd waren, tot Tubal kwam om ze stapelgek te maken... Ik weet wat je denkt, want jullie mensen maken alles klein en banaal! Maar je hebt het verschrikkelijk mis! Alleen zul je het nooit weten, want mijn wereld is voor jou gesloten, mijn wereld van waarheid en eeuwig water!'

In een storm van woede was ik mijn hut uit gestrompeld, de trappen weer op, naar het glazen licht van de heldere herfstdag. En in dat licht zag ik haar in de verte dichterbij komen, over de weg langs de Amstel, op haar fiets. Ik zag dat ze haar gezicht ophief, een machteloos mensengezicht. Met haar hand klemde ze een mobieltje tegen haar oor: 'Versace!'

'En ik heet geen Versace! Hoe durf je te denken dat ik een mensennaam heb?'

'Hoe heet je dan?' Ze was nog maar een paar honderd meter van ons prachtige schip vandaan. Dat schip, dat vannacht heel langzaam, onafwendbaar, de mist in zou varen, om daarin op te lossen. Ze zag het nu, statig midden in de vaargeul, en ze zag mij. Ik stond wijdbeens aan de reling, mijn lange haren opwaaiend in de wind.

'Ik heet zoals al Mists dochters heten. Kun je het niet raden?'

Ze was ter hoogte van het schip gekomen. Stapte af. Daar stond ze, op enkele tientallen meters van me vandaan. We keken elkaar recht in de ogen. De angstige pijn die ik in haar ogen las was de mijne. Ze ging verliezen wat van levensbelang was geweest, terwijl ik op hetzelfde moment ook alles verloor. Zij: de wereld van de Demonen. Ik: de wereld van de mensen.

'Vis,' zei ik. Maar ik zei het zacht.

Ik slingerde mijn mobiel met een prachtige boog de rivier in. En toen, met een nog mooiere boog, een volmaakte, mythische boog, een boog waarover blinde zangers nog eeuwen kunnen zingen, dook ik erachteraan.

Ik stond daar met de fiets aan mijn hand, mijn mobieltje nog bij mijn oor. Ik had de slag gehoord waarmee het hare het water had geraakt. Vlak daarna had ik haar flonkerende zeemeerminnenbenen in de Amstel zien verdwijnen.

'Versace,' zei ik. En toen: 'Vis...'

Achter me zongen de bomen. Voor me fluisterde het water. De dingen stonden naakt in de herfstzon, vlijmscherp afgetekend.

Ik had nog zoveel willen zeggen... Ik had willen zeggen dat ze het mis had. Er waren geen twee werelden. Versace, de waarheid die onder de wereld van de Schokkers ligt, en de waarheid die onder de mijne ligt, dat is dezelfde.

We hoeven niet te kiezen. Net zomin als ik hoefde te kiezen tussen ratio en intuïtie. Het is nooit het een of het ander. Er is niet één verhaal dat het onuitputtelijk wonder dat de wereld is, het pure wonder dat wij bestaan, helemaal verklaren kan, Versace: niet jouw mythes, geen enkele wetenschap van mij. Niets, niets kan dat levensgevaarlijke mirakel temmen. Het is levend als vuur.

Want het is waar dat er 542 miljoen jaar geleden nog niets was. Geen bomen. Geen mensen. Geen demonen.

En nu is er wel iets.

En niemand, niemand kan dat in één sluitend verhaal wringen.


Ik draaide me weg van de rivier. Ik duwde mijn fiets langs de smalle weg voort. Racefietsers passeerden me met nijdige belletjes. Joggers puften me voorbij. Eerst zag ik een hele tijd niks. Mist, waterige mist... En toen zag ik, bij het landgoed Engelina, een heel bosje fiere paardenstaarten in de berm staan. Armpjes uitgespreid, vrolijk als Prooi. Ik veegde mijn ogen af en snoot mijn neus. Ik plukte diegene die het meest enthousiast leek en peuterde hem in het gat van mijn kapotte voorlamp. En zo fietste ik door de schitterende nazomerdag naar huis, met mijn boompje voorop. En niemand keek ons gek aan, niemand nam een foto van ons, terwijl we samen toch een

*ongehoord spektakel vormden. Een meisje van vijftien en een boom*
*van 350 miljoen jaar oud. Samen op de dwaalwegen van de mensen,*
*dapper op weg naar het Vijfde Seizoen.*

Aanhangsel 1

## Personages

Wik Kasterman, 15 jaar – voorheen Kim Kasterman; het Amsterdamse
meisje dat met behulp van ratio en intuïtie alle mensen probeert te
doorzien
Desi, 15 jaar – Wiks beste vriendin
Tobia, 19 jaar – Wiks zus
Dario, 18 jaar – Wiks op een na oudste broer
Toon, 22 jaar – Wiks oudste broer, die in Wageningen studeert
Marm – de moeder van Wik Kasterman

Prooivogel ofwel Prooi, 14 jaar – de weggegooide jongen die in het bos
wakker wordt
Tengoe – de naam die Dem Azèl en Skat aan Prooi geven
Pablo – de naam die Prooi in Amsterdam aanneemt

Versace, 16 jaar – de dochter van Mist
Amper, 21 jaar – de kok van het Huis van het Vuur
Fai – de hond van het Huis van het Vuur
Skat de Bliksem, 18 jaar – voluit Askat, plaatsvervangend commandant
van het Huis van het Vuur, leider van de Demonen
Givenchy – Versaces naam voor Skat

### Andere bewoners van het Huis van het Vuur

Demonen – de beeldschone jongelingen die in het Huis van het Vuur
wonen; resultaat van het tweede experiment van Dem Azèl (vuur/
mens)
Hinoka (v) – het mooie Demonenmeisje dat meereist naar Europa
Virak (m), Tojon (m), Shango (m), Smerta (v) – Demonen

393

Catastrofes – de angstaanjagende, agressieve bewoners van het Huis van het Vuur; half machine, half mens. Resultaat van het eerste experiment van Dem Azèl (ijzer/mens)

Ira (m) – de Catastrofe die meereist naar Europa

Afdankers – de boomkinderen, resultaat van het derde experiment van Dem Azèl (boom/vuur/mens)

Silurian (v), Himboei (m), Devon (m), Vendia (v), Jura (v), Carbo (m), Ordo (m) – Afdankers


**Schokkers**

Dem Azèl (m) – Schokker (Vuur), commandant van het Huis van het Vuur

Dem Mist (v) – Schokker (Water), tegenstandster van Dem Azèl

Dem Tubal (m) – leider der zeven Schokkers (neutraal, oorspr. Vuur)

Dem Thoumè (m) – jongste der Schokkers (Vuur); standplaats VS

Dem Kdaai Maksin (m) – Schokker (Vuur); standplaats Mongolië

Dem Indra (v) – Schokker (Water), standplaats India

Dem Suijin (v) – Schokker (Water), standplaats Japan

Sjel – technicus in dienst van Dem Mist

Dem Shiva – de grootste van de Schokkers in een vorig tijdperk, Wekker van Dem Tubal. Niet actief

Dem Loki – een van de vele Schokkers die in het verleden actief waren. Zoals de meeste Schokkers draagt Dem Loki de naam van een vuurgod of vuurdemon, dit keer uit de Noordse mythologie


**Personages in de Oude Wereld**

Karl – de vrachtwagenchauffeur in de Oude Wereld

Lothar Wellenbruck – Karls vader

Tante Constanze – de bewoonster van het jachthuis in de Oude Wereld

Javiero, 39 jaar – universiteitsvriend van Toon, Spaanse ex-toneelspeler
Ozzie, 21 jaar – Oskar Lichtschlag, leadzanger en gitarist
Irina, 22 jaar – het meisje met het rood-paarse haar; basgitaar
Louisa, 24 jaar – de drumster
Altan, 22 jaar – de kale jongen; keyboard

Tante Joke en Ricardo – Wiks tante en neef in Groningen

# Aanhangsel 2

## Overzicht van de Vier Seizoenen en de Tien Schokken

| Seizoen | Tijdperk | Milj jaar geleden | Bomen | Schok | Dag |
|---|---|---|---|---|---|
| Eerste | Cambrium | 542 | | | 1 jan |
| | Ordovicium | 488 | | | |
| | | 450-440 | | Eerste Schok | 10 maart |
| Tweede | Siluur | 443 | Eerste landplanten | | |
| - sporen - | Devoon | 416 | | | |
| | | 375-360 | Sporenbomen | Tweede Schok | 3 mei |
| | Carboon | 359 | Bossen, naaktzadigen (o.a. coniferen) komen op | | |
| Derde | Perm | 299 | Neergang sporenbomen Naaldbomen dominant | | |
| - naald - | | 251 | | Derde Schok | 15 juli |
| | Trias | 251 | | | |
| | | 205 | | Vierde Schok | 15 aug |
| | Jura | 199 | Warme wouden, coniferen, nieuwe naaldbomen | | |
| | | 183 | | Vijfde Schok | 30 aug |
| | | 146 | | Zesde Schok | 24 sep |
| Vierde | Krijt | 145 | | | |
| - loof - | | 116 | Snelle opmars bedektzadigen (bloemen-planten) | Zevende Schok | 14 okt |
| | | 65 | | Achtste Schok | 18 nov |
| | Tertiair | 65 | Nieuwe flora; loofbomen | | |
| | | 34 | | Negende Schok | 9 dec |
| | | 14,5 | | Tiende Schok | 22 dec |
| | Heden | 0 | | | 31 dec |
| Vijfde | | | | Elfde Schok | |

Gebaseerd op de International Stratigraphic Chart 2009, en vele andere bronnen

# Dankwoord

Voor onmisbare adviezen en kritisch tegenspel dank ik Annemarie Behrens, Jesse Hoving, Yvonne Wijland, Jan Hoving, Nanne Timmer, Anti von Klewitz, Stan Groffe, Sander Hoving, Simone van der Linden, Jesse van der Panne, G. Salvati, Maarten Hoving, Carel ten Cate, Maria Grever, Marnel Breure, Roos Bekkenkamp, Joy Smith, Liesbeth Minnaard, studenten en staf van University College London, Sheffield and Cambridge, Ien van Laanen en de onvermoeibare helden van Querido: Jacques Dohmen, Mirjam Bolt, Theo Veenhof, en vooral Dik Zweekhorst.

Ozzies band Electric Animal is vernoemd naar een wetenschappelijke studie van Akira Mizuta Lippit, *Electric Animal: Toward a Rhetoric of Wildlife*. Minneapolis: University of Minnesota Press, 2000.

Uitgeverij Querido stelt alles in het werk om op milieuvriendelijke en duurzame wijze met natuurlijke bronnen om te gaan. Bij de productie van dit boek is gebruikgemaakt van papier dat het keurmerk van de Forest Stewardship Council (FSC) mag dragen. Bij dit papier is het zeker dat de productie niet tot bosvernietiging heeft geleid.